DU SOLLST NICHT LEBEN

Das Buch

Detective Inspector Phil Brennan wird zu einem grausigen Tatort in Birmingham gerufen. Eine Mutter und ihr Baby wurden mit einer Armbrust erschossen. Neben den beiden Leichen sitzt gefesselt der Vater des Kindes. Er musste wählen, ob er selbst oder seine Freundin und das Kind sterben. Er entschied sich, sein eigenes Leben zu retten. Bald schon meldet sich der Täter bei der Polizei. Seine Motivation: Gerechtigkeit. Er beginnt ein gefährliches Katz-und-Maus-Spiel mit der Polizei, und schon bald gibt es einen weiteren Toten. Marina bekommt es währenddessen in der Psychiatrie von Colchester mit einer Frau zu tun, die einen bedrohlichen Einfluss auf ihre suizidgefährdete Patientin hat. Die Fremde weiß erstaunlich viel über Marina und Phil, und schnell wird klar, dass die Frau aus der Vergangenheit eine tödliche Gefahr darstellt …

Die Autorin

Tania Carver ist der Autorenname von Martyn Waites. Der Debütroman *Entrissen* mit der Profilerin Marina Esposito war wochenlang in der *Sunday Times* Top 10 und auf der *Spiegel*-Bestsellerliste. Danach begann der weltweite Erfolg der Thrillerserie, der bis heute anhält.

Von Tania Carver sind in unserem Hause bereits erschienen:

Die Marina-Esposito-Thriller:
Entrissen · *Der Stalker* · *Stirb, mein Prinz*
Jäger · *Morgen früh, wenn du willst*
Du sollst nicht leben

TANIA CARVER

DU SOLLST NICHT LEBEN

Thriller

Aus dem Englischen von
Sybille Uplegger

List Taschenbuch

Besuchen Sie uns im Internet:
www.list-taschenbuch.de

FSC
www.fsc.org
MIX
Papier aus verantwortungsvollen Quellen
FSC® C083411

Deutsche Erstausgabe im List Taschenbuch
List ist ein Verlag der Ullstein Buchverlage GmbH, Berlin.
1. Auflage Juli 2017
2. Auflage 2017

Titel der englischen Originalausgabe: *Truth or Dare*
(First published in Great Britain in 2014 by
Sphere, an imprint of Little, Brown Book Group)
Umschlaggestaltung: zero-media.net, München
Titelabbildung: © FinePic®, München
Satz: LVD GmbH, Berlin
Gesetzt aus der Sabon und der Neuen Helvetica
Druck und Bindearbeiten: CPI books GmbH, Leck
ISBN 978-3-548-61351-2

ERSTER TEIL

WIDER DAS GESETZ

1

Darren Richards schlug die Augen auf. Und schloss sie ganz schnell wieder, als grelles Licht ihn blendete.

»Na, aufgewacht?«, erklang von irgendwoher eine gedämpfte Stimme. »Wie schön.«

Erneut öffnete er die Augen, diesmal langsamer. Er blinzelte. Das Licht war immer noch genauso grell – wie ein Filmscheinwerfer, der direkt auf seine Netzhaut ausgerichtet war. Als stünde er im Mittelpunkt der Aufmerksamkeit. Es war so hell, dass es weh tat. Er schloss die Augen wieder. Sah Venen hinter seinen Lidern pulsieren, dann Schatten von Venen. Anschließend war alles wieder schwarz. Und er wagte es, die Augen noch einmal zu öffnen, und jetzt ließ er sie offen.

Ihm schwindelte, und es dauerte eine Weile, bis er scharf sehen konnte. Sein Kopf war bleischwer, er hatte ein Kribbeln in Armen und Beinen, und in seinem Magen rumorte es wie nach einem schlechten Skunk-Trip. Er blinzelte gegen die Helligkeit an, kniff die Augen zu Schlitzen zusammen. Am Rande des Lichtscheins bewegte sich eine Gestalt, so dass es hin und wieder kurz dunkel wurde. Viel mehr als einen schwarzen Körper und ein gräulich-weißes Gesicht konnte Darren nicht erkennen. Nein, das war kein Gesicht. Ein Schädel. Riesengroße Augen und ein runder Mund … oder nein, was war das? Er blinzelte erneut. War er etwa noch high? Nein. Er versuchte sich zu erinnern. Er hatte nichts geraucht, war den ganzen Abend nüchtern geblieben. Na ja, bis auf die ein, zwei Dosen Lager auf dem Weg zu Wayne, aber die zählten nicht. Er runzelte die Stirn. Wayne. Was war bei Wayne passiert? Hatte er es überhaupt bis zu ihm geschafft? Er dachte angestrengt nach, versuchte das Pochen in seinem Kopf auszublenden, das gleißende Licht, die seltsame Gestalt. Zermarterte sich das Hirn. Nein. Er war nie bei Wayne angekommen.

»Ah, Darren ...«, hörte er erneut die gedämpfte Stimme.

Darren versuchte von dem Stuhl, auf dem er saß, aufzustehen, musste aber feststellen, dass er weder Arme noch Beine bewegen konnte. Er saß da wie festgenagelt. Er richtete den Blick nach unten. Seine Arme waren von den Handgelenken bis zu den Ellbogen mit dickem silbernem Isolierband fixiert, genau wie seine Beine von den Knöcheln bis zu den Knien und sein Oberkörper. Er war an den Stuhl geklebt, eingewickelt wie eine Mumie. Er unternahm einen weiteren Versuch, sich zu bewegen, aufzustehen. Vergeblich.

»Bleib ruhig sitzen«, sagte die Stimme.

Auch der Stuhl ließ sich nicht von der Stelle rücken. Darren schaute nach unten. Am Fußboden festgeschraubt. So langsam bekam er es wirklich mit der Angst zu tun. Aber die Angst machte auch seinen Kopf frei. Half ihm, klar zu denken. Er lauschte dem eigenen Atem, hörte das Blut durch seinen Körper rauschen. Und da war noch etwas. Erstickte Geräusche wie von einer gefangenen Katze, die verzweifelt zu miauen versuchte, es aber nicht konnte.

Darren fand seine Stimme wieder. Auch wenn sie dünn und unsicher klang.

»Was ... was soll das?«

Statt ihm eine Antwort zu geben, trat die Gestalt langsam aus dem Licht in den Schatten. Von dort musterte sie Darren mit zur Seite geneigtem Kopf.

»W... was? Was geht hier ab?« Darren kämpfte ein weiteres Mal gegen seine Fesseln an. Ohne Erfolg.

»Gerechtigkeit«, antwortete die Stimme undeutlich.

Gerechtigkeit?, dachte Darren, *oder Gebrechlichkeit*? Was hatte der Typ gesagt? Was sollte das bedeuten?

»Was reden Sie da?«, fragte er.

»Gerechtigkeit«, wiederholte die Gestalt. Diesmal verhörte Darren sich trotz des dumpfen Klangs der Stimme nicht. »Wiedergutmachung. Fairness. Balance. Die Dinge wieder ins Gleichgewicht bringen. Davon rede ich.«

Darren stürmten viel zu viele Fragen auf einmal durch den Kopf. Er fischte wahllos eine heraus. »Wie bin ich hierhergekommen?«

»Ich habe dich hergebracht. Habe dich von der Straße aufgelesen.«

Darren strengte sein Gedächtnis an. Der Weg zu Wayne, und dann ... Blackout. Erneut sah er sich um, versuchte sich einen Überblick über seine Umgebung zu verschaffen. Der Raum, in dem sie waren, wirkte alt und verfallen. Und kalt war es. An der hinteren Wand flatterte irgendwas. Der Nachthimmel. Wie konnte das sein? »Wo bin ich hier?«

Die Gestalt gab undefinierbare Geräusche von sich. Erst glaubte Darren, der Kerl würde husten. Dann wurde ihm klar, dass er lachte.

»Du bist ja richtig wissbegierig«, meinte die Gestalt. »So viele Fragen. Aber die richtigen sind nicht darunter. Nur die langweiligen, phantasielosen.«

»Was ... was sollte ich denn für Fragen stellen?«

Die Gestalt kam langsam auf ihn zu. Da war immer noch dieses Miauen, ganz schwach im Hintergrund. Wegen des Dröhnens in seinem Schädel hörte Darren es kaum.

Als die Gestalt näher trat, konnte Darren erste Einzelheiten ausmachen. Eine enganliegende Gasmaske in der Farbe alter Knochen ließ ihren Kopf glatt wie einen Totenschädel erscheinen. Die Gestalt trug ein formloses, schwarzes Kleidungsstück, das nach einem Arbeitsoverall aussah. Schwere, klobige Stiefel. Handschuhe. Man konnte nicht erkennen, ob es sich um einen Mann oder eine Frau handelte, aber Darren vermutete, dass es ein Mann war. Er erinnerte sich an eine Heavy-Metal-Band, deren Mitglieder alle Gasmasken und Overalls getragen hatten. So sah der Typ aus. Damals hatte er den Look irgendwie cool gefunden. Gruselig. Aber die Musik war trotzdem scheiße gewesen.

»Stell deine Frage, Darren.«

Darren überlegte angestrengt. Das hier war wichtig. Er musste die richtige Frage stellen. Dann bekam er vielleicht auch die richtige Antwort.

Dann fiel es ihm ein. »Wieso ... wieso bin ich hier?«

Die Gestalt blieb stehen. Darren sah es natürlich nicht, aber er stellte sich vor, wie sie hinter ihrer Maske lächelte. »Das ist die richtige Frage. Gut gemacht.«

Darren wartete. »Und?«, fragte er nach einer Weile.

»Du weißt, wieso«, antwortete die Gestalt, drehte sich um und tauchte wieder in der Dunkelheit unter.

Darren überlegte aufs Neue. »Nein«, sagte er mit einem Kopfschütteln. »Keine Ahnung.«

Bewegung hinter dem Licht. Irgendetwas wurde über den Boden gezogen. An einer ganz bestimmten Stelle aufgestellt.

»Du weißt es«, erklang gleich darauf die Stimme. »Der Grund ist das, was du getan hast. Das, womit du ungestraft davongekommen bist.«

»Was?«, fragte Darren. »Womit bin ich denn davongekommen?«

»Du hast zwei Menschen getötet, Darren. Und du wurdest nie dafür bestraft.«

Darren verzog das Gesicht, so fieberhaft dachte er nach. Zwei Menschen getötet? Er war doch kein Mörder. Und dann fiel es ihm wieder ein.

»Ach«, sagte er. »Das.«

»Ja«, sagte die maskierte Gestalt, und in ihrem Tonfall schwang unterdrückte Wut mit. »*Das.* Du hast ein Auto gestohlen. Zusammen mit deinen Freunden. Weißt du noch?«

»Ja, okay«, sagte Darren. »Darum geht's hier? Scheiße noch mal, daran kann ich mich ja kaum noch erinnern.«

»Du hast ein Auto gestohlen«, fuhr die Gestalt fort. »Weil du auf Drogen warst. Du hast ja alles eingeworfen, was du kriegen konntest. Deswegen lässt dich jetzt auch dein Gedächtnis im Stich, Darren. Und dann bist du losgefahren, bis zur Halskrause voll mit Gras und Alkohol und E und weiß der Henker, was sonst noch alles. Du hast die Kontrolle über den Wagen verloren, bist auf den Gehweg geraten und hast zwei Fußgänger getötet. So war es doch, oder?«

Darren hatte das Gefühl, sich verteidigen zu müssen. Jetzt fiel es ihm wieder ein. Oder wenigstens fiel ihm wieder ein, was danach passiert war. Die Zelle. Die Polizeiwache. U-Haft. Der Prozess. Sobald er wieder nüchtern gewesen war und man ihn mit seiner Tat konfrontiert hatte, hatte er sich richtig mies gefühlt. Nicht wegen der Toten, obwohl – ja, das war auch ziemlich schlimm gewesen. Aber vor allem, weil er wusste, dass er jetzt vielleicht für lange Zeit in den Bau wandern würde. Das hatte ihm eine Scheißangst eingejagt. Als Jugendlicher hatte er schon wegen anderer Sachen gesessen, aber das waren alles Bagatellen gewesen. Drogenbesitz, Handtaschenraub. Dummheiten halt, nicht der Rede wert. Ein paar Monate Jugendarrest, und hinterher hatte er etwas gehabt, womit er prahlen konnte. Seinem Ruf hatte das nur gutgetan. Aber das hier war was ganz anderes – das hier war eine richtig ernste Sache. So viel war ihm klar gewesen.

»Eigentlich hättest du dafür ins Gefängnis gehen müssen, stimmt's?«, sagte die Gestalt. »Und zwar für lange Zeit. Sehr lange Zeit.«

»Ja. Bin ich aber nicht«, erwiderte Darren. Er verspürte wieder das gleiche Selbstbewusstsein wie damals vor Gericht – nachdem sein Verteidiger einen Fehler im polizeilichen Vorgehen nachgewiesen hatte und seine Festnahme deshalb rechtswidrig war. Der Richter hatte keine andere Wahl gehabt, als – wenngleich widerwillig – das Verfahren gegen ihn einzustellen. Darren hatte den Gerichtssaal als freier Mann verlassen.

»Nein«, sagte die Gestalt. »Das bist du nicht.«

Trotz seiner brenzligen Lage konnte Darren seinen Übermut nicht bremsen. »Tja, daran können Sie jetzt wohl auch nichts mehr ändern«, sagte er. »Ich wurde angeklagt und bin freigesprochen worden. Ende der Geschichte. Mein Anwalt sagte, der Fall hätte gar nicht erst vor Gericht kommen dürfen.« Er schaute auf seine Arme herab. »Sie können mir also gar nichts. Sie müssen mich gehen lassen.«

»Muss ich das?«, fragte die Gestalt.

»Klar«, sagte Darren. »Ich kenne schließlich meine Rechte.«

Die Gestalt antwortete nicht. Zog sich wortlos hinter die Lichtquelle zurück und legte dort einen Schalter um. Neben dem Scheinwerfer, der Darren ins Gesicht leuchtete, flammte ein zweiter auf. Darren schaute auf das, was dieser zweite Scheinwerfer anstrahlte. Und begriff, was die Ursache des seltsamen Miauens gewesen war. Seine Freundin Chloe und ihre gemeinsame Tochter Shannon. Die Kleine war noch nicht mal ein Jahr alt. Chloe war genau wie er mit Klebeband an einen Stuhl gefesselt, der ein kleines Stück entfernt neben seinem stand. Shannon wiederum war an Chloe festgeklebt.

Chloe starrte ihn an. Ihr Mund war zugeklebt, aber in ihren Augen standen Tränen und Todesangst.

»Was ... was soll der Mist? Was ist hier los?«, fragte Darren.

»Gerechtigkeit«, sagte die Gestalt. »Wie ich sagte. Du hast eine Frau und ihr Kind getötet. Unschuldige Menschen. Du hast es nicht einmal gemerkt.«

»Aber das war doch keine Absicht. Das war ein Unfall.«

»Trotzdem hast du es getan. Und du musst dafür bezahlen. Du hast zwei Menschen auf dem Gewissen, die ein Recht auf ihr Leben hatten. Du glaubst, du bist ungeschoren davongekommen. Aber in dem Punkt irrst du dich. Also, was sollen wir tun?«

Darren sah Chloe und Shannon an. Die Kleine war völlig außer sich. Sie begriff überhaupt nicht, was ihr hier widerfuhr. Sie strampelte und zappelte, doch das Klebeband saß fest, so fest, dass sie nicht einmal weinen konnte. Und durch ihre verzweifelten Bewegungen machte sie es nur noch schlimmer. Mit weit aufgerissenen Augen sah sie ihren Vater an, als hoffe sie, er könne sie trösten, alles wiedergutmachen. Aber Darren starrte bloß hilflos zurück.

»Du hast die Wahl«, sagte die Gestalt. Während sie sprach, brachte sie neben dem Licht einen Gegenstand in Position. »Jemand muss für das bezahlen, was du getan hast. Für die Menschen, die du getötet hast. Und streng genommen solltest du dieser Jemand sein, nicht wahr?«

»W... was?«

Dann sah Darren, womit die Gestalt hantiert hatte. Eine Armbrust. Sie war auf einem Stativ montiert und schwenkte erst zu ihm, dann zu Chloe und Shannon.

»Deine Entscheidung«, sagte die Gestalt.

Panik stieg in Darren auf. Er erhaschte einen Blick auf Chloes riesengroße, bittende Augen und den völlig verstörten Blick seiner kleinen Tochter. Erneut zerrte er an seinen Fesseln.

»Das ist doch ein Witz«, sagte er laut. »Ein scheißverdammter Witz, oder?«

»Das ist kein Witz, Darren. Es ist tödlicher Ernst. Du hast zwei Menschen aus dem Leben gerissen. Und das war noch nicht alles. Deine Tat hatte Konsequenzen. Du hast eine Ehefrau getötet. Eine Mutter zweier Jungen. Eine Tochter. Du hast an dem Tag nicht nur zwei Existenzen ausgelöscht. Du hast darüber hinaus das Leben vieler anderer Menschen zerstört. Du hast viele andere Menschen ins Unglück gestürzt.«

»Durchgeknallt!«, schrie Darren. »Sie sind doch vollkommen durchgeknallt!«

»Ich meine es todernst, Darren. Das hier ist kein Scherz. Entweder du bezahlst für das, was du getan hast, mit deinem eigenen Leben, oder ...« Die Gestalt deutete auf Chloe und Shannon. »Du hast die Wahl. Aber die Rechnung wird beglichen werden.«

»Sie bringen uns doch sowieso alle um«, sagte Darren. »Warum spielen Sie dann dieses dämliche Spiel mit uns?«

»Nein, nein, nein ... Du irrst dich. Ich werde keineswegs alle umbringen. *Du* wirst es tun, nicht ich.«

»Und was tun Sie?«

»Ich sorge lediglich für Gerechtigkeit. Wenn du dich dafür entscheidest, die Konsequenzen deiner Tat auf dich zu nehmen, wirst du sterben, und deine Verbrechen sind gesühnt. Dann sind Chloe und Shannon frei.«

»Und wenn nicht?«

»Dann trifft der Bolzen sie. Und du kannst gehen. So oder so, jemand muss bezahlen. Es wird Gerechtigkeit geben.«

Darren konnte Chloe nicht ansehen. Er wusste, sie versuchte panisch, seine Aufmerksamkeit zu erregen, reckte den Hals trotz des Klebebands, schrie hinter ihrem Knebel und versuchte verzweifelt, sich zu befreien. Die Kleine, die die Todesangst ihrer Mutter spürte, wimmerte herzzerreißend.

Nein, dachte er. *Sieh sie nicht an. Es ist leichter, wenn du sie nicht ansiehst.*

»Du hast dich entschieden«, stellte die Gestalt fest.

»Ja«, sagte Darren. Sein Puls raste. Er schwitzte. Es war schrecklich, klar, aber in wenigen Sekunden wäre alles vorbei. Außerdem: Er konnte es nicht tun. Was wäre der Sinn?

»Eigentlich fällt die Wahl leicht, oder? Wenn man es genau bedenkt.«

Chloes durch den Knebel gedämpfte Schreie wurden lauter. Darren wandte den Kopf ab.

»Denk daran«, sagte die Gestalt und ging hinter der Armbrust in Stellung. »Du wolltest es so. Das hier ist deine Gerechtigkeit.«

»Jetzt tun Sie's doch einfach. Danach kann ich dann gehen, oder?«

Darren schloss die Augen. Sie würden ihm fehlen. Aber je länger er drüber nachdachte ... So schlimm wäre es nun auch wieder nicht. *Ja*, sagte er sich. *Nicht so schlimm.* Chloe ging ihm schon seit Längerem auf die Nerven. Ständig nur am Nörgeln und Meckern, ließ ihn nie in Ruhe. Und sie achtete auch nicht mehr so auf sich wie früher. Ihr Arsch wurde immer fetter, doch das schien ihr völlig egal zu sein. Und die Kleine ... na ja, um ehrlich zu sein, war sie ein Betriebsunfall gewesen. Wenn Chloe nicht zu dämlich gewesen wäre, ihre Scheißpille regelmäßig zu nehmen, wäre das alles nie passiert. Er hatte ohnehin vorgehabt, Schluss zu machen. Hayley war schon eine ganze Weile auf ihn scharf. Sie waren sogar schon im Bett gewesen. Und wenn daraus nichts wurde, konnte er immer noch zu Letisha zurückgehen. Vater zu sein, das war nichts für ihn. Nicht wirklich. Besser, er war frei, ohne Altlasten. Ein einsamer Wolf. Genau.

Neben ihm versuchte Chloe immer noch wie von Sinnen zu schreien. Darren hörte nicht hin.

Ja, dachte er. *Ein bisschen krass vielleicht, aber trotzdem.*

Die Gestalt machte sich bereit. Darren schloss die Augen.

Der Schuss wurde ausgelöst.

Darren konnte nicht anders. Er öffnete die Augen, wandte den Kopf. Sah Chloe und Shannon.

Und begann zu schreien.

Er hörte gar nicht mehr auf.

ZWEITER TEIL

DER WÄCHTER

2

»Mein Gott …« Die Hände auf die Knie gestützt, beugte Detective Sergeant Ian Sperring sich nach vorn. Das Luftholen fiel ihm hörbar schwerer, als seine beträchtliche Körpermasse ihm die Atemwege abdrückte. Er starrte auf die Toten und verzog in unverhohlenem Abscheu den Mund. Dann schüttelte er den Kopf, schloss die Augen. Entfernte sich. Dabei atmete er die ganze Zeit durch den Mund, um den Gestank nicht riechen zu müssen.

»Tja, Boss«, sagte er. »Ich würd mal sagen, Ihr Freund ist ein waschechter Irrer.«

»Er ist nicht mein Freund«, sagte Detective Inspector Phil Brennan. Er war mindestens zehn Jahre jünger als sein direkter Untergebener und gut fünfzig Kilo leichter. Doch angesichts der grausigen Szene, mit der sie sich in diesem Moment konfrontiert sahen, waren all ihre Unterschiede – ob nun körperlicher oder beruflicher Natur – vollkommen bedeutungslos.

Das Licht mehrerer Tatortleuchten durchschnitt die Dunkelheit und verlieh der Lagerhalle eine unwirkliche Atmosphäre, als wären sie Schauspieler an einem Filmset und das Grauen vor ihnen wäre lediglich ein Meisterwerk aus der Spezialeffekte-Abteilung. Doch alles war echt. Tödlich echt.

Um sie herum gingen Kriminaltechniker in Plastik-Overalls ihren geheimnisvollen Verrichtungen nach, suchten im

Staub nach Spuren, zauberten Antworten aus dem Nichts herbei.

Phil, in einen ganz ähnlichen Overall gehüllt, hatte sich in dem heruntergekommenen Lagerhaus umgesehen, um zunächst ein Gefühl für den Ort zu bekommen; um zu ergründen, weshalb die Tat sich gerade in diesem Gebäude ereignet hatte, in dieser Gegend. Um ein Verständnis für die Inszenierung zu entwickeln. Das war notwendige analytische Basisarbeit – mit dem Vorteil, dass er dabei nicht die ganze Zeit den schrecklichen Anblick vor Augen hatte.

Phil drehte sich in Sperrings Richtung. Er konnte die Leichen nicht länger ignorieren.

Sie erinnerten an die makabre Version einer Renaissance-Skulptur der Muttergottes mit ihrem Kind. Nur dass dieser Künstler, anders als seine Vorgänger, nicht Transzendenz oder Entrückung ins Zentrum seiner Darstellung gerückt hatte, sondern ... ja, was eigentlich? Phil sah genauer hin. Seinen eigenen perversen Zorn? Seinen Wahnsinn?

Der Kopf der Frau war durch die Wucht des Schusses nach hinten geschleudert worden, ihre Haut verfärbte sich bereits dunkel. Der Leib des mit Klebeband an seiner Mutter befestigten Babys war von den körpereigenen Faulgasen aufgetrieben – ein fetter, bläulicher Cherub. Auf beiden Gesichtern schien noch der Schrecken des Erlebten zu liegen. Die Finger der Frau waren zu Klauen gekrümmt und umklammerten die Lehne des Stuhls wie in einem letzten, vergeblichen Versuch zu entkommen.

Phil hatte, seit er zum Morddezernat der West Midlands gekommen war, bereits einige unschöne Tatorte gesehen. Dieser hier zählte jedoch ohne Zweifel zu den schlimmsten. Ein Alptraum. Nur dass er real war.

»Definitiv eine Armbrust.«

Sperring und Phil sahen auf. Esme Russell, die Rechtsmedizinerin, trat zu ihnen. Ihre blonden Haare waren zu einem Pferdeschwanz gebunden, und ihre normalerweise unverwüstliche Upperclass-Manier – wenn man sie sah, musste man unwillkürlich an Champagner, Picknicks und Reitturniere denken – hatte deutlich gelitten.

»Eine Armbrust?«, wiederholte Sperring entsetzt. »Eine gottverfluchte Armbrust?«

»Sind Sie sicher?«, fragte Phil nach. »Sie haben die Leichen doch noch nicht untersucht.«

»Ich kenne mich auf dem Gebiet aus, fürchte ich«, erklärte Esme. »Mein Bruder hat früher an Bogenschießwettbewerben teilgenommen. Er war ziemlich gut, hat es bis auf die Bezirksebene geschafft. War sogar für Olympia im Gespräch. ›Wenn es eine Sehne und einen Pfeil hat‹, hat er einmal gesagt, ›treffe ich damit jedes Ziel. Immer.‹« Die Erinnerung entlockte ihr ein Lächeln. »Ein bisschen arrogant, aber meistens hatte er recht.«

»Und jetzt denken Sie, Ihr Bruder ist der Täter, oder was?«, fragte Sperring unwirsch, damit sie beim Thema blieb.

Eine leichte Röte kroch ihr in die Wangen. »Nein. Tut mir leid. Ich wollte damit nur sagen, dass ich die Schusswunde einer Armbrust auch ohne Leichenschau erkenne.«

Während Sperring aus dem Kopfschütteln gar nicht mehr herauskam, studierte Phil die beiden Toten. Die Kriminaltechniker hatten den Tatort bereits untersucht und den Ermittlern begrenzten Zugang über einen schmalen, durch Metallplatten markierten Pfad gestattet, der die Gefahr einer Verunreinigung minimieren sollte.

Er blickte von der Stelle, wo die Frau und das Kind saßen, zu dem leeren Stuhl daneben. Dort war das Klebeband zerschnitten. Der junge Mann, den sie gefunden hatten, war ins Krankenhaus gebracht worden. Bis jetzt hatte er das Bewusstsein noch nicht wiedererlangt.

Phil ging in die Hocke, vorsichtig auf einer Metallplatte balancierend, und inspizierte den Fußboden. Das Gebäude stand im Birminghamer Stadtteil Hockley, zwischen dem Juweliers-Quartier und dem Nobelviertel St. Paul's. Hier beherrschten alte Backsteinbauten das Bild – Zeugnisse von Birminghams Stellung als industrielles Herz des Landes im achtzehnten und neunzehnten Jahrhundert. Inzwischen standen sie leer und waren baufällig, warteten darauf, dass jemand im postindustriellen einundzwanzigsten Jahrhundert mit einem neuen Nutzungskonzept aufwartete. Sie in begehrte, völlig überteuerte Stadtwohnungen verwandelte. In Clubs für selbstverliebte, urbane Hipster. In eine Kreativagentur oder eine Galerie.

Aber nicht dieses Gebäude. Phil nahm an, dass es früher einmal als Lagerhaus gedient hatte, aber es hätte auch eine alte Fabrik sein können, ein Speicher oder etwas anderes. Jetzt war es dem Verfall überlassen. Es standen nur noch drei Außenwände, auf der Rückseite und bei den Nachbargebäuden hatten bereits die Abrissarbeiten begonnen. Die Innenräume waren schutzlos der Witterung ausgesetzt und eigentlich nicht viel mehr als Halden aus Ziegeln und Schutt. Absperrungen aus Holzbrettern sollten Neugierige fernhalten.

Das noch stehende Gemäuer hatte drei Etagen. Auf der mittleren hatte man die Leichen gefunden. An der offenen Seite war eine Absturzsicherung aus Kunststoff aufgestellt worden, und eine lose Sichtschutzplane flatterte im Wind. Keine dieser beiden Sicherheitsvorkehrungen sah so aus, als genüge sie den bestehenden Arbeitsschutzrichtlinien. Der dicke Bohlenfußboden des Stockwerks war voller Schrammen und Kerben, durch jahrelange intensive Nutzung, und endete an der abgerissenen Gebäudeseite im Nichts. Pfeiler aus rostigem Eisen stützten die Decke. In den Fensterrahmen hingen – wenn überhaupt – nur noch einzelne Scherben. Die Wände bestanden aus alten, bröckelnden Ziegelsteinen.

Phil, der immer noch vor den Leichen hockte, setzte seine Lesebrille auf, beugte sich weiter herunter und inspizierte das Holz des Bodens.

»Mekka liegt in die andere Richtung«, sagte Sperring, der sich ausreichend erholt hatte, um einen schlechten Witz zu reißen.

Phil ignorierte ihn. Betrachtete weiterhin aufmerksam den Fußboden. Irgendwann stand er auf, nahm die Brille ab und blickte sich nach seinen beiden Kollegen um.

»Ich glaube, Sie haben recht, Esme«, meinte er. »Schauen Sie mal.« Er deutete auf die Holzbohlen. »Sehen Sie hier, um die Stühle herum? Kaum Staub. Und da drüben, vor den beiden Stühlen? Auch kaum Staub. Da muss etwas gestanden haben. Und dazwischen? Eine Staubschicht.«

»Soll heißen …?«, fragte Sperring.

»Soll heißen, dort hat jemand gestanden und …« Phil ging über die Metallplatten zurück und blieb einige Meter von den Stühlen entfernt stehen. Er drehte sich zu den beiden Leichen um. Deutete mit dem Finger auf sie. Betätigte einen imaginären Abzug. Zuerst die Frau, dann das Kind. »In dieser Höhe«, sagte er und zielte. »Stabil. Muss irgendwo befestigt gewesen sein.« Er schaute erneut zu Boden. »Ein paar Kratzer im Holz. Als wäre hier etwas hin und her gerückt worden.«

Sperring runzelte die Stirn. »Und was ist mit dem Typen auf dem anderen Stuhl?«

Phil drehte sich ein Stück zur Seite. Er stellte sich immer noch vor, wie er eine Schusswaffe hielt. Zielte. Danach inspizierte er aus dem Stand erneut den Fußboden. »Hier, wo ich stehe, ist es dasselbe. Wenig Staub. Es hat also Bewegung stattgefunden. Dazwischen ist die Staubschicht unberührt, und in unmittelbarer Nähe des Stuhls ist sie dann wieder unterbrochen.«

»Das ist passiert, als wir ihn losgeschnitten haben, um ihn ins Krankenhaus zu bringen«, warf Sperring ein. »Ging ja nicht anders.«

»Schon klar«, sagte Phil. Am Stuhl waren nicht nur die Überreste des Klebebandes zu sehen, sondern auch Spuren diverser Körperausscheidungen. Der Mann musste sehr lange dort gesessen haben. »Aber schauen Sie mal. Irgendwas war hier aufgebaut. Mittig zwischen den beiden Stühlen. Man hätte es in die eine …«, er drehte sich zu dem leeren Stuhl um, »oder in die andere Richtung schwenken können.« Jetzt wandte er sich den beiden Leichen zu. »Ich will keine voreiligen Schlüsse ziehen, aber ich denke, Sie haben recht, Esme. Eine Armbrust scheint mir am plausibelsten. Vermutlich auf ein Stativ montiert.«

»Und warum hat's dann nicht auch den Kerl erwischt?«, fragte Sperring.

»Gute Frage«, sagte Phil. »Wie geht es ihm? Wissen Sie was?«

»Er lebt, dem letzten Stand nach«, lautete Sperrings Antwort. »War aber knapp. Liegt auf alle Fälle noch im Krankenhaus. DC Oliver ist bei ihm und wartet, dass er zu sich kommt.«

»Gut«, sagte Phil. »Wenn er irgendwas zu sagen hat, wird Imani es schon aus ihm herausholen.«

Sperring erwiderte nichts darauf. Phil wusste sehr wohl, dass sein Kollege DC Oliver nicht in gleichem Maße schätzte wie er selbst. Aber er wollte jetzt keinen Konflikt heraufbeschwören. Es war nur ein weiterer Punkt auf der Liste der Dinge, in denen sie sich uneins waren.

»Ich fasse noch mal zusammen«, sagte Sperring. »Die

Armbrust ist auf einer Halterung befestigt und kann auf beide Stühle zielen. Aber nur die Frau und das Kind sterben. Der Typ wird am Leben gelassen. Warum? Was will Ihr Freund uns damit sagen?«

Phil seufzte. »Er ist nicht mein Freund.«

»Echt?«, sagte Sperring. »Scheint er aber zu glauben.«

»Dann leidet er unter Wahnvorstellungen.«

Sperring betrachtete erneut die Leichen und schauderte leicht. »Wahnvorstellungen? Ich würde mal sagen, das ist noch das geringste seiner Probleme.«

3

Der erste Anruf war am Abend zuvor über das Bürgertelefon der West Midlands Police eingegangen.

Disponentin Janice Chisholm wusste noch genau, wie sie ihn entgegengenommen hatte. Ihre Schicht hatte gerade angefangen. Ein Pappbecher mit überteuertem Kaffee stand auf ihrem Schreibtisch bereit, daneben ein Schokobrownie in einer bereits durchgefetteten Papiertüte – für den Fall, dass sie später Hunger bekam und eine kleine Stärkung brauchte. Sie arbeitete schon seit mehreren Monaten in der Telefonvermittlung, war umfassend geschult und instruiert worden. Sie kannte sich aus. Wusste, wie man die Schweigsamen zum Reden brachte, die Redseligen daran hinderte, zu sehr abzuschweifen, die Ängstlichen bestärkte und die Aggressiven besänftigte. Sie hatte eine echte Begabung. Was sie konnte, war nicht allein durch Training zu erreichen. Es gefiel ihr, mit Menschen zu reden. Ihnen zu helfen. Sie hatte das Gefühl, eine wichtige Arbeit auszuführen. Doch gelegentlich gab es auch Anrufe, die ihr aus dem einen oder anderen Grund nicht mehr aus dem Kopf gingen. Verstörende Anrufe. Pöbelanrufe. Traurige Anrufe. Seltsame Anrufe.

Oder solche, die ihr einfach nur Angst machten.

»Ich will mit Philip Brennan sprechen. Detective Inspector Philip Brennan.« Die Stimme klang dumpf, die Worte waren kaum zu verstehen.

»Entschuldigen Sie?«, sagte Janice. »Könnten Sie vielleicht etwas lauter sprechen? Ich kann Sie nur sehr schwer hören.«

Geräusche am anderen Ende, scheinbar angestrengtes Atmen, aber ansonsten nur Schweigen. Sie dachte schon, sie hätte einen dieser Leute in der Leitung, die sich einfach nur einen dummen Scherz erlauben wollten. Das kam gelegentlich vor. Anrufer, die ihr die Zeit stahlen – in der Regel Kinder oder Jugendliche, die obszöne Bemerkungen machten oder ihr versaute Fragen stellten. Wenn sie ihnen dann mitteilte, dass der Anruf zurückverfolgt würde, reichte das normalerweise aus, um sie loszuwerden. Doch dieser Anruf hier schien anders zu sein. Deshalb erinnerte sie sich später auch noch so genau daran.

»Ich will mit Detective Inspector Philip Brennan sprechen«, sagte der Anrufer wieder. Seine Stimme klang immer noch gedämpft, war aber jetzt besser zu verstehen.

»Das ist im Moment leider nicht möglich. Ich kann Sie nicht direkt zu ihm durchstellen. Hat es mit laufenden Ermittlungen zu tun?«

Stille. Weitere Atemgeräusche. Janice wurde langsam mulmig zumute. »Wenn Sie mir sagen, worum es sich handelt«, fuhr sie fort, »kann ich ihm etwas ausrichten, wenn es Ihnen recht ist.«

Die Leitung war tot. Janice versuchte, die Sache abzuhaken, und nahm die nächsten Anrufe entgegen. Wichtige Anrufe.

Der zweite Anruf kam gut eine Stunde später. Bis dahin

war es ein relativ ruhiger Abend gewesen. Janice gönnte sich gerade eine Pause und hatte ihren Schokobrownie angefangen zu essen, als sie ihre Kollegin Ann zwei Plätze weiter einen vertrauten Namen sagen hörte.

»Ich fürchte, Detective Inspector Brennan arbeitet nicht in diesem Büro. Könnten Sie mir schildern, worum es geht? Dann leite ich Ihre Nachricht gerne weiter.«

Sofort wurde Janice hellhörig. Sie machte Ann ein Zeichen.

»Einen Augenblick, bitte ...«, sagte Ann und stellte den Anrufer zu Janice durch.

Das war es nicht, was diese beabsichtigt hatte, aber nun blieb ihr keine andere Wahl, als den Anruf entgegenzunehmen. Sie beeilte sich, den Bissen Brownie herunterzuschlucken, den sie im Mund hatte.

»Hallo?«, sagte sie. »Ich glaube, wir haben vorhin schon mal telefoniert.«

Wieder dieser keuchende Atem. Aber jetzt war er schneller, harscher, rasselnd.

»Detective Inspector Brennan. Ich muss mit ihm sprechen.«

»Wie meine Kollegin Ihnen bereits erklärt hat: Er ist nicht hier. Er arbeitet nicht in diesem Büro. Er ist –«

»Stellen Sie mich gefälligst durch. Sofort.«

Janice lehnte sich einen Moment lang auf ihrem Stuhl zurück. Sie hatte oft mit Menschen zu tun, die verzweifelt waren, aber mit Unhöflichkeit kam man bei ihr nicht weiter. »Bitte reden Sie nicht in diesem Ton mit mir, sonst lege ich auf.« Sie wartete auf eine Antwort. Hörte wieder nur seinen Atem. Sie betätigte die Aufnahmetaste an ihrem Telefonapparat. Im nächsten Moment fuhr der Anrufer fort: »Ich muss mit Detective Inspector Brennan sprechen. Es steht ein Menschenleben auf dem Spiel.«

»Dies hier ist keine Notrufnummer«, klärte Janice ihn auf. »Wenn es dringend ist, versuchen Sie es unter der 999. Soll ich Sie verbinden?«

»Nein.« Der Anrufer klang verärgert. »Detective Inspector Philip Brennan von der Abteilung für Kapitalverbrechen der West Midlands Police. Ihn will ich sprechen und nur ihn.«

Janice zögerte. Richtlinien und Vorschriften waren dazu da, befolgt zu werden. Sie konnte gar nicht mehr zählen, wie oft man ihnen das eingeschärft hatte. Unter keinen Umständen durften sie Anrufer zu einzelnen Ermittlern durchstellen. In neun von zehn Fällen handelte es sich um Spinner oder angeblich medial Begabte, die jemanden von der Polizei im Fernsehen gesehen hatten und nun von ihm besessen waren.

In neun von zehn Fällen.

»Warten Sie ganz kurz«, bat sie ihn. »Bitte bleiben Sie in der Leitung.«

Ohne auf eine Reaktion zu warten, verlegte sie den Anruf in die Warteschleife. Dann wählte sie die Nummer der Wache in der Steelhouse Lane. Jemand nahm ab. Sie erklärte, wer sie war, und berichtete dem diensthabenden Polizisten von dem Anruf.

»Hört sich nach einem Spinner an«, meinte der.

»Stimmt«, sagte Janice. »Aber ich würde Sie nicht behelligen, wenn ich ihn wirklich für einen Spinner halten würde. Von denen kriegen wir hier mehr als genug, das können Sie mir glauben.«

»Sagen Sie ihm einfach, dass der Anruf zurückverfolgt wird«, riet der Polizist hörbar gelangweilt. »Oder sagen Sie ihm, seine Mum hat das Abendessen fertig.«

»Das würde ich normalerweise ja auch tun«, gab Janice zurück und versuchte, sich von dem herablassenden Tonfall des Mannes nicht aus der Ruhe bringen zu lassen. »Ich mache diese Arbeit lange genug, um zu wissen, wann etwas nicht stimmt. Und mit dem hier stimmt irgendwas nicht. Wenn es tatsächlich was Ernstes ist, will ich am Ende nicht diejenige sein, der es nicht aufgefallen ist.«

Schweigen. Dann ein Seufzer. »Also, meinetwegen ...« Papierrascheln, dann das Klicken einer Maus. »Ist schon gegangen. Feierabend. Kann er nicht mit jemand anderem reden?«

»Hat Brennan ein Handy? Können Sie den Anruf nicht umleiten?«

Wieder ein Seufzer des Polizisten, als hätte Janice von ihm verlangt, ganz allein die Forth Bridge anzustreichen. »Also schön, von mir aus – aber dann sind Sie mir was schuldig.«

»Was ist mit der Gewissheit, einen guten Job gemacht zu haben, reicht Ihnen das nicht?«

Ein Auflachen. »Vielleicht laufen die Dinge bei Ihnen da drüben anders. Eine Sekunde.«

Janice fand sich in der Warteschleife wieder. Also wartete sie. Irgendwann meldete sich eine andere Stimme. Sie klang jünger als die des Polizisten zuvor und hatte einen etwas anderen Akzent. London oder Umkreis? Jedenfalls nicht Birmingham, so viel stand fest.

»Phil Brennan.«

Janice stellte sich vor. »Normalerweise würde ich Sie nicht stören, Detective Inspector. Ich weiß, es entspricht nicht der Dienstvorschrift, aber ...« Sie erzählte ihm von dem Anrufer.

»Danke, Janice«, sagte Brennan. »Man kann nie wissen. Stellen Sie ihn durch.«

Sie tat es.

Und damit war sie raus aus der Sache. Bis sie am nächsten

Tag die Nachrichten sah und das Interview mit Detective Inspector Phil Brennan verfolgte, der über einen der grausamsten Doppelmorde berichtete, die er je gesehen hatte, und etwaige Zeugen dazu aufrief, sich bei der Polizei zu melden.

Auch am Tag danach sah sie die Nachrichten.

Und am Tag danach.

Und …

Dachte an den seltsamen Anrufer.

Und begann zu zittern.

4

Man hatte umgehend einen Streifenwagen zu der vom Anrufer genannten Adresse geschickt: ein verlassenes Gebäude in der Legge Lane in Hockley.

»Beeilen Sie sich«, hatte der Anrufer Phil eingeschärft. »Er macht's nicht mehr lange. Er wollte leben. Er hat sich für das Leben entschieden, und wir müssen seinen Wunsch respektieren, nicht wahr? Was für eine Gesellschaft wären wir, wenn wir es nicht täten?«

»Wer sind Sie?«, hatte Phil gefragt. »Worum geht es hier?«

»Das werde ich Ihnen natürlich sagen. Keine Sorge, Sie werden beizeiten alles erfahren.«

»Nach wem suchen wir denn?«

»Sie werden ihn schon erkennen.«

Bei diesen Worten lief Phil ein Schauer über den Rücken. *Es muss jemand sein, den ich kenne,* war sein allererster Gedanke. Womöglich sogar ein Freund. »Wer?«, hakte er sofort nach.

»Fahren Sie zu der Adresse. Überzeugen Sie sich selbst. Dann wird alles einen Sinn ergeben. Alles wird Ihnen klar werden.«

»Was wird mir klar werden?«

»Gerechtigkeit. Ausgleich. Darum geht es. Und ich hoffe, wir stehen, was das angeht, auf derselben Seite. Das hoffe ich wirklich.«

»Haben Sie auch einen Namen?«

Eine Pause trat ein. Phil erwartete eine flapsige Antwort. Oder gar keine.

»Nemesis«, sagte die Stimme mit unverkennbarem Stolz.

Phil wollte noch weitere Fragen stellen, aber gleich darauf war die Leitung tot. Er rief auf der Wache an und erreichte den diensthabenden Polizisten.

Er fragte ihn, ob er etwas von dem Gespräch mit dem Unbekannten mitbekommen habe. Hatte er nicht. Also wies Phil ihn an, zwei Streifenpolizisten zu der vom Anrufer genannten Adresse zu schicken und ihnen mitzuteilen, dass er ebenfalls auf dem Weg dorthin sei. »Klingeln Sie Sperring aus dem Bett. Sagen Sie ihm, er soll mich dort treffen.«

»Na, das wird er Ihnen bestimmt danken, Boss«, lachte der Polizist.

»Das wird er zweifellos.«

Phil legte auf und sah auf die Uhr. Kurz vor Mitternacht. Er warf einen Blick zur anderen Bettseite. Leer. Er mochte es nicht, wenn Marina nicht da war. Dann wachte er oft mit ihrem Kissen im Arm auf. Er hatte ihr nie davon erzählt, wollte nicht wie ein liebeskranker Trottel dastehen. Obwohl er genau das war. Nach all der Zeit war er immer noch in seine Frau verliebt, hatte immer noch Schmetterlinge im Bauch, wenn er sie sah, und bekam immer noch eine Erektion, wenn sie sich im Bett an ihn schmiegte. Er hatte es nie jemandem gegenüber zugegeben, aber nach dem zu urteilen, was einige seiner Kollegen zu dem Thema sagten, war die Intensität seiner Gefühle alles andere als normal. Doch was kümmerte es ihn? Er war froh darüber. Er wusste, wie kaputt er gewesen war, bevor er sie kennengelernt hatte. So wollte er niemals wieder sein.

Er stand auf und zog sich an: ein kariertes Westernhemd mit weißen Perlknöpfen, Selvedge-Jeans, Red Wing Boots, seine Lederjacke. Die ewig gleichen Buchhalteranzüge, die seine Kollegen im Dienst tragen sollten, lehnte er ganz bewusst ab, denn in seinen Augen waren sie lediglich eine andere Art von Uniform. Und seine Haare waren auch nicht gerade soldatisch kurzgeschnitten. Dementsprechend ermunterte er auch die Mitglieder seines Teams stets dazu, ihrer Individualität freien Lauf zu lassen. *Drücken Sie sich aus*, sagte er immer. *Das hilft Ihnen dabei, kreativ zu denken. Und kreatives Denken klärt Verbrechen auf.* Nicht alle teilten diese Ansicht – manche zeigten eine geradezu pathologische Abneigung gegen seine Ideen –, aber man tolerierte ihn. Solange er Resultate lieferte.

Er putzte sich die Zähne, trank einen Schluck Wasser, stieg ins Auto und fuhr zu der Adresse, die ihm der Anrufer durchgegeben hatte. Während der Fahrt ging er das Telefonat wieder und wieder im Kopf durch.

Es würde kein leichter Fall werden. Das hatte er im Gefühl.

5

»Und was hatte Ihr neuer bester Kumpel sonst noch so zu sagen?«, fragte Sperring mit Blick auf den leeren Stuhl. »Hat er Ihnen verraten, wer er ist und warum er das getan hat? Was er als Nächstes vorhat? Würde uns die Arbeit wesentlich erleichtern.«

»Darauf, was er vorhat, können wir auch von selber kommen«, gab Detective Constable Nadish Khan zurück, der sich zwischenzeitlich zu ihnen gesellt hatte. Er trug denselben blauen Plastik-Overall wie alle anderen, bewegte sich darin aber leicht verwegen, so als wäre er in einem Club und nicht an einem Tatort. »Er ist ein Wahnsinniger. Ein Killer.«

»Wir sollten keine voreiligen Schlüsse ziehen«, mahnte Phil.

»Wie ist das gemeint?«, fragte Khan und wirkte gekränkt. »Glauben Sie nicht, dass der Anrufer es war? Oder glauben Sie nicht, dass er wahnsinnig ist?«

»Eins nach dem anderen«, sagte Phil. »Haben wir schon herausgefunden, wer die Opfer sind? Wer der Mann im Krankenhaus ist? Und wurde der Anruf zurückverfolgt?«

»Ich komme gerade vom Revier«, sagte Khan. »Hab ein paar Sachen überprüft. Der Mann heißt Darren Richards. Hab seinen Namen durch den Computer gejagt; ein paar Vorstrafen: Autodiebstahl, Straßenraub, kleinere Delikte. Wohnt in Lea Hall. Kein Wunder also.«

Phil wies auf die Leichen. »Und die beiden?«

Khan wurde bleich und bemühte sich krampfhaft, nicht dorthin zu sehen, wo Phils Finger hinzeigte. Trotz seiner Arroganz und seines großspurigen Benehmens galt Nadish Khan unter Kollegen als zartbesaitet – und das nicht zu unrecht. Phil hatte ihm schon mehr als einmal befehlen müssen, den Tatort zu verlassen, aus Angst, er könne sich übergeben und Spuren verunreinigen.

Khan begann zu schwanken.

»Nadish …«

»Alles klar, Boss. Mir geht's gut.«

Er sah nicht danach aus, aber Phil ließ es auf sich beruhen. »Denken Sie einfach daran«, mahnte er.

»Locard'sche Regel. Ja, ja, ich weiß. Das sagen Sie mir jedes Mal. Keine Bange. Ich werd schon nicht –«

Er stürzte zum Ausgang.

Phil wechselte einen Blick mit Sperring und zog eine Augenbraue hoch.

»Er ist ein guter Kerl«, meinte Sperring. »Wird sich schon noch dran gewöhnen.«

Phil sagte nichts, sondern wartete einfach darauf, dass Khan zurückkam. Was dieser auch bald tat. Er war noch blasser als zuvor und wischte sich mit einem Taschentuch den Mund.

»Was sagten Sie gerade?«, fragte Phil.

»Ja«, antwortete Khan, sichtlich um Fassung ringend. Eine Stelle irgendwo hinter Phils Kopf schien eine ungeheure Faszination auf ihn auszuüben. »Darren Richards ...«

»Und die anderen beiden?«

»Nach dem derzeitigen Stand«, fuhr Khan fort und wusste, dass ihm nichts anderes übrigblieb, als die Leichen anzusehen, auch wenn er alles tat, um es zu vermeiden, »handelt es sich um Darren Richards' Freundin Chloe Hannon und ihre gemeinsame Tochter Shannon.«

»Shannon Hannon?«, sagte Sperring mit einem Schnauben. »Was für Vollidioten. Können solche Leute nicht mal das Hirn einschalten?«

»Hoffen wir, dass Mr Richards die Absicht hatte, sie zu heiraten«, meinte Phil. »Obwohl das jetzt auch keine Rolle mehr spielt. Liegt über sie etwas vor?«

Khan schüttelte den Kopf. »Nichts Wesentliches. Nur eine Auseinandersetzung mit einer anderen Frau vor einer Kneipe.« Er steckte das Taschentuch ein und zückte sein Notizbuch. »Letisha Watson. Hat behauptet, sie würde ihr den Freund ausspannen wollen. Hat deswegen Streit angefangen. Anscheinend hatten Darren Richards und Letisha Watson zu dem Zeitpunkt noch was laufen. Er hat sie verlassen, als Chloe Hannon von ihm schwanger wurde.«

»Scheiße«, sagte Sperring. »Um da durchzusteigen,

braucht man keine Polizei, da braucht man eine Mittags-Talkshow. Woher weißt du das alles?«

»Ist aktenkundig«, erklärte Khan. »Darren Richards scheint ein gefragter Typ gewesen zu sein.«

»Scheint so«, bemerkte Phil. »Aber das hier sieht ... mir nicht nach der Tat einer eifersüchtigen Exfreundin aus. Mag sein, dass ich vorschnell urteile, aber ich denke, wir können Letisha Watson als Täterin ausschließen. Ich bezweifle, dass sie so viel Aufwand betrieben hätte.«

»Keine Ahnung«, meinte Khan. »Ich war auch schon mit einigen ziemlich durchgeknallten Zicken zusammen.«

»Das glaube ich Ihnen gern«, sagte Phil. »Aber das hier ist etwas anderes. Ein ganz anderes Ausmaß von ... keine Ahnung, wovon.«

»Oder wieso«, ergänzte Sperring. »Was hat Ihr Kumpel Ihnen denn sonst noch so gesteckt?«

»Jetzt passen Sie mal auf«, sagte Phil und wandte sich seinem Untergebenen zu. »Können wir bitte von dieser Person nicht als meinem Kumpel sprechen?«

Sperring wich seinem Blick aus. »Sorry, Boss.« Die Entschuldigung klang wenig überzeugend.

»Alles, was der Anrufer mir verraten hat, war diese Adresse hier. Er hat mir gesagt, es ginge um jemanden, der leben wolle, der sich für das Leben entschieden habe, und wir müssten diese Entscheidung respektieren.«

»Sich fürs Leben *entschieden*?«, wiederholte Khan stirnrunzelnd.

»Entschieden, ganz genau. Dann hat er noch irgendwas über Gerechtigkeit gesagt. Und Ausgleich. Und dass er hofft, dass wir auf derselben Seite stehen.«

»Gerechtigkeit?«, sagte Khan und runzelte erneut die Stirn. Er sah noch einmal in seine Notizen. »Er hat ›Gerechtigkeit‹ gesagt?«

»Ja«, antwortet Phil. »Wieso? Kommt Ihnen das irgendwie bekannt vor?«

»Weiß nicht.« Khan blätterte in seinen Notizen. »Gerechtigkeit …« Er fand, was er gesucht hatte, und las es zunächst leise durch. Schüttelte dann den Kopf. »Keine Ahnung, ob das wichtig ist, vielleicht klammere ich mich auch an Strohhalme, aber – hier. Darren Richards stand unlängst vor Gericht, weil er unter Alkohol- und Drogeneinfluss ein Auto geknackt und eine Spritztour damit gemacht hatte. Verkehrsgefährdendes Verhalten und so weiter. Anscheinend hat er zwei Fußgänger überfahren …« Er verstummte abrupt.

»Was?«, sagte Phil. »Was ist denn?«

Khan sah auf. »Er hat zwei Fußgänger überfahren. Hat sie voll erwischt. Eine Mutter und ihre Tochter.«

Ein Schauer kroch Phil den Rücken hinauf. Er betrachtete die Leichen. »Mutter und Tochter?«

»Ja«, sagte Khan und konsultierte noch einmal seine Aufzeichnungen. »Und das ist noch nicht alles. Er wurde deswegen nicht verurteilt.«

»Was?«, sagte Sperring. »Na, zum Glück war ich nicht der leitende Ermittler in dem Fall. Arme Sau.«

»Hm«, machte Khan. »Das Verfahren wurde wegen eines Formfehlers eingestellt. Bei den Ermittlungen hatte man sich nicht an die Vorschriften gehalten. Sein Anwalt hat es nachgewiesen und für seine Verteidigung genutzt. Damit war der Fall im Eimer.«

»Und jetzt lebt er, und eine andere Mutter und ihre Tochter sind tot«, sagte Phil. »Das hat der Anrufer gesagt. Er wollte leben. Er hat sich für das Leben entschieden. *Entschieden …*« Erneut betrachtete er die Leichen. Dann die Stelle, von der aus man sie erschossen hatte. Dann den anderen, leeren Stuhl. Unbewusst strich er sich mit der Hand über die Wange, ertastete die schwachen Umrisse seiner Narben.

»Für das Leben entschieden ...« Er wandte sich seinen Kollegen zu. »Überprüfen wir, ob der Anruf geortet werden konnte. Ich glaube, Sie haben recht. Wir haben es tatsächlich mit einem Wahnsinnigen zu tun.«

6

Die Nadel senkte sich auf das Vinyl. Ein dumpfes Knackgeräusch, begleitet von statischem Knistern. Noch einmal, dann ein drittes Mal. Dann ging es los. Eine Snare Drum, gefolgt von einem Vibraphon, das langsam und genüsslich den Hook spielte. Und dann Jerry Butler, wie er mit seiner gebrochenen, seelenvollen, lyrischen Stimme seiner Frau erklärte, dass er sie niemals aufgeben würde, ganz gleich, wie mies sie ihn behandelte.

Er lehnte sich in seinem Sessel zurück und schloss die Augen. Ließ die Musik über sich hinweggleiten, ihren Zauber entfalten. Er tauchte ganz in die Musik ein. In vielerlei Hinsicht war es der perfekte Song. Nicht nur aufgrund dessen, was er aussagte, sondern auch, weil man so viel hineinlesen konnte. Soul der Sechzigerjahre. Unübertroffen. Echtes musikalisches Handwerk. Herz und Seele. Alles kam zusammen. Massengefertigt, ja. Aber trotzdem sprach sie die Sprache der Träume. Es war die einzige Musik, die zu hören sich lohnte.

Die Sonne begann langsam um die schweren Samtvorhänge herum ins Zimmer zu kriechen. Schwache Strahlen erhellten träge in der Luft tanzende Staubkörnchen und brachten ein wenig Wärme mit. Er merkte nichts davon. Saß da, den Kopf zurückgelehnt, und lächelte. Ließ seine Gedanken treiben. Inzwischen mussten sie dort sein, dachte er. Phil Brennan und sein Team. Überall. Sie vermaßen, tüteten ein, analysierten. Suchten. Finden würden sie nichts. Er war zu sorgfältig gewesen, zu umsichtig. Zu schlau für sie. Das wussten sie nicht – noch nicht. Aber sie würden es noch früh genug feststellen.

Wenn sie jetzt dort waren, hieß das, dass Darren noch lebte. Gut. So sollte es sein.

Er hatte erwartet, Darrens Gesicht in den Nachrichten zu sehen. Ebenso wie die Gesichter seiner Freundin und Tochter. Tagelang hatte er alle amtlichen Bekanntmachungen gelesen, jede Nachrichten-Website im Internet durchforstet. Er schlief kaum noch, aß fast nichts mehr. Zu aufgeregt. Er wollte sehen, wie seine Arbeit gewürdigt wurde, wie die Veränderung begann. Doch er hatte nirgendwo etwas gefunden. Er dachte an Darren, noch immer an den Stuhl gefesselt, unfähig, sich aus eigener Kraft zu befreien. Unfähig, sich auch nur zu bewegen. Das war nicht richtig. Es bestand die Gefahr, dass er starb. Also hatte er ihnen die richtige Richtung gewiesen. Ihnen einen kleinen Schubs gegeben. Ein kurzer Anruf bei Phil Brennan, und Darren würde leben. Dann wäre alles wieder im Lot. Die Waagschalen wären im Gleichgewicht.

Darren musste leben. So waren die Regeln. Wenn Darren starb, wären seine Worte – seine *Taten* – als Lüge entlarvt. Und das durfte nicht sein. Es reichte nicht, dass Gerechtigkeit geübt wurde, es musste auch jemanden geben, der sie bezeugte. Darren hatte seine Wahl getroffen. Nun war es an ihm, diese Wahl zu achten. Wenn es keine Ehre, keine Fairness, *keine Gerechtigkeit* mehr gab, was bliebe dann noch? Nichts. Dann wäre er genauso schlimm wie sie. Dann wäre alles sinnlos. Niemand würde etwas daraus lernen. Dazu durfte er es nicht kommen lassen.

Der Song war zu Ende. Es knisterte, als der Plattenteller sich noch kurz weiterdrehte, dann hob sich die Nadel von der Platte. Er saß still da und wartete. Erneut senkte sich der Arm. James Carr: »The Dark End of the Street«. Noch besser als Butlers Song. Das Klagelied des Ehebrechers – so hatte jemand ihn einmal beschrieben. Doch er sah viel mehr darin. Es ging nicht um Sex. Nicht um etwas so Schmutziges, etwas so widerwärtig Vergängliches. Es ging um Geheimnisse, um die Dunkelheit. Um Lügen. Um die Masken des Alltags, hinter denen sich die Menschen verbargen. Um den Funken des Wiedererkennens zwischen zwei verwandten Seelen, dem sie bei Tageslicht jedoch nicht weiter nachgingen. Stattdessen warteten sie, bis es dunkel wurde und die Masken fielen. Erst in der Dunkelheit konnten sie der Wahrheit ins Auge blicken, wer und was sie wirklich waren. Das war viel aufregender, viel tiefsitzender, viel *lebendiger* als fader Sex.

Er ließ die Augen geschlossen, und seine Gedanken wanderten erneut zu Darren. Zu der Entscheidung, die er getroffen hatte. Wie er auf Kosten von Frau und Kind die eigene Haut gerettet hatte. Und er dachte an Darrens Miene, als ihm plötzlich bewusst geworden war, was diese Entscheidung ihn kosten würde. Was sein Handeln wirklich bedeutete. Er konnte nicht leugnen, dass es ihn erregt hatte, dies mit anzusehen. Damit hatte er gerechnet, natürlich; er hatte es sich sogar als einen der angenehmen Nebeneffekte seiner Entscheidung vorgestellt. Aber er hatte nicht gedacht, dass es ihm so viel Vergnügen bereiten würde. Ganz zu schweigen von diesem köstlichen Zittern in seinem Körper, als Frau und Kind von dem tödlichen Bolzen durchbohrt worden waren.

Er durchlebte diese Sekunden in Gedanken wieder und wieder, zehrte von ihnen. Darrens Gesicht, seine Qualen, während er mit einer Entscheidung rang. Dann die widerstreitenden Gefühle in seinen Zügen, sobald der Entschluss getroffen war. Selbsthass gegen Selbsterhaltungstrieb. Kummer gegen Gleichmut. Entsetzen gegen Inkaufnahme. Und dann, zum Ende hin, Unglauben, der schließlich einer schrecklichen Akzeptanz Platz machte. Und grauenhafter, herzzerreißender Trauer.

Wunderschön.

Gerechte Vergeltung. Perfekt. Sogar noch perfekter, als er es sich ausgemalt hatte.

Der Schauer, der in dem Moment durch seinen Körper gegangen war, das Machtgefühl, als er für Gerechtigkeit sorgte – eine Gerechtigkeit, die die meisten Menschen für unerreichbar oder unmöglich hielten –, all das hatte er ganz deutlich gespürt. Erregend deutlich. *Und er hatte es wahr gemacht.*

Sobald Darrens Entscheidung gefallen war, hatte seine Frau ihn starr vor Entsetzen angesehen. Sie hatte nicht glauben können, dass ihr eigener Freund sie zum Tode verurteilte. Hatte nicht begreifen können, wie die Welt dermaßen aus den Fugen geraten sein könnte. Beim Anblick dieses stummen Austauschs zwischen den beiden hätte er etwas empfinden müssen. Mitleid. Bedauern. Irgendwas in der Richtung. Doch er hatte nichts gefühlt. Die Frau hatte sich auf Darren eingelassen. Hatte ein Kind von ihm bekommen. War bei ihm geblieben. Es war ihre eigene Schuld, und nun musste sie die Konsequenzen ihres Handelns tragen. Genau wie Darren. Denn nicht er hatte die beiden auf dem Gewissen. Sondern Darren selbst.

Darren hatte die Augen zugemacht, als die Armbrust abgefeuert wurde. Dann hatte er angefangen zu schreien und immer weiter geschrien und geschrien und geschrien, bis er keine Luft mehr bekam und ihm die Stimme versagte.

Danach hatte er nur noch so schnell wie möglich verschwinden müssen. Alles mitnehmen, seine Spuren verwischen. Dann nichts wie weg. Er war nicht dumm. Er wusste, dass man ihn für das, was er getan hatte, jagen würde. Doch er würde es ihnen nicht leicht machen. Er würde keinerlei Hinweise zurücklassen, ihnen keine Hilfestellung geben. Stattdessen würde er mit ihnen reden. In ein Zwiegespräch mit seinen Verfolgern treten, damit sie begriffen, was er tat. Sich vielleicht sogar in seine Lage versetzen. Denn sollten sie in Fragen der Gerechtigkeit nicht auf ein und derselben Seite stehen?

Auch dieser Song war zu Ende, der Plattenteller drehte sich, die Nadel knackte, er drehte sich, sie knackte. Saß in einer Rille fest.

Er ging zur Jukebox. Sie war wunderschön. Eine Rock-Ola Princess 435. Vollkommen. Er betätigte den Handschalter; der Tonarm kehrte in seine Ausgangsposition zurück, das Gerät schaltete sich aus. Er überflog die Titel. So viele Singles, so viele Lieblingsstücke. Aber im Moment reizte ihn keins. Normalerweise half ihm die Musik. Sie ging ihm in den Kopf, ins Herz und hielt alles in Schach. Doch die letzten Tage über hatte er immerzu an Darren und sein Schicksal denken müssen. Es hatte ihn vollkommen vereinnahmt.

Er schaltete den Fernseher ein, zappte sich durch die Kanäle bis zu einem Nachrichtensender. Gleichzeitig schaute er auf seinen Laptop, der daneben stand. Lächelte. Endlich fand seine Arbeit Erwähnung. Vage Berichte ohne Einzelheiten. Lediglich Bilder eines vertrauten, von weißen Plastikplanen verhüllten Gebäudes, im Vordergrund ratlose Reporter. Ein Kribbeln durchlief ihn. Er wusste mehr als die Nachrichtencrews, mehr als die Öffentlichkeit. Mehr als die Polizei. Er wusste alles.

Er ging ans Fenster, zog die Vorhänge auf. Sonnenlicht verwandelte das Zimmer. Er sah sich um. Inmitten der vielen Antiquitäten, ganz zu schweigen von den maßstabsgetreuen Modellen auf sämtlichen Regalen, war ihm, als lebe er in einem Museum. Oder in einem Mausoleum.

Aber ihm gefiel es so. Er hatte seine Jukebox. Und was noch wichtiger war: seine Arbeit.

Nein, es war mehr als nur Arbeit. Es war eine Berufung.

Bald würde Darrens Gesicht in den Nachrichten auftauchen. Dann würden sie begreifen, was sich ereignet hatte. Wie der Gerechtigkeit Genüge getan worden war. Und mit dieser Erkenntnis, dachte er traurig, wäre seine Erregung vorbei.

Er wusste, was er zu tun hatte. Lächelte bei dem Gedanken daran.

Er fing gerade erst an.

7

Marina Esposito betrachtete die junge Frau, die ihr gegenübersaß. Sie bemühte sich, kein Pauschalurteil zu fällen, keine voreiligen Schlüsse zu ziehen, die die Ergebnisse des Gesprächs beeinflussen konnten. Aber es fiel ihr schwer.

Die Frau wirkte, als wäre sie allenfalls körperlich anwesend. Die kleinen Augen in ihrem breiten, kuhähnlichen Gesicht zuckten pausenlos durch den Raum, als hielten sie Ausschau nach etwas Interessantem. Auf ihren feuchten, fleischigen Lippen lag ein kleines Lächeln. Sie hatte sich die fettigen Haare zu einem Zopf gebunden, ihr Körper wirkte in dem für alle Insassinnen als Standardkleidung vorgeschriebenen kratzigen grauen Jogginganzug dick und unförmig.

Marina nahm ihren Stift und machte sich eine Notiz.

»Joanne«, sagte sie. Langsam drehte die Frau das Gesicht zurück in ihre Richtung, bis ihr leeres Lächeln auf Marina ruhte.

»Joanne, wissen Sie, warum Sie hier sind?«, fuhr Marina fort.

Joanne zuckte mit den Achseln.

Marina hakte nach. Ihr Tonfall war leise und bestimmt. »Joanne, ich möchte gerne, dass Sie mir sagen, ob Sie verstehen, weshalb Sie hier sind. Können Sie das?«

Joannes Blick verschleierte sich, bis es ihr irgendwann gelang, auf Marina zu fokussieren. »Wegen den Männern«, antwortete sie langsam.

»Unter anderem, ja«, sagte Marina. »Wegen der Männer. Aber das ist nicht der einzige Grund, oder?«

»Wegen den Männern«, beharrte Joanne, diesmal lauter. »Weil sie nicht wollen, dass ich mich mit meinen Männern treffe.«

Marina nickte. »Die Männer. Richtig. Aber die Männer waren nicht das eigentliche Problem, stimmt's? Niemand hat von Ihnen verlangt, dass Sie sich nicht mehr mit Männern treffen. Niemand hat Ihnen gesagt, dass Sie das nicht tun dürfen, richtig?«

»Sie haben gesagt, ich darf meine Männer nicht mehr wiedersehen. Auch nicht am Computer. Und dass ich nicht mehr ausgehen darf. Und dann haben sie mich hierhergebracht.«

»Und warum durften Sie nicht mehr ausgehen, Joanne? Warum wollten sie nicht, dass Sie sich mit den Männern treffen?«

Joanne verdrehte die Augen, ihre Miene verfinsterte sich. Sie dachte nach. Wahrscheinlich waren es keine schönen Gedanken, mutmaßte Marina.

»Ach so«, sagte Joanne schließlich. »Sie meinen die Babys.«

»Genau«, sagte Marina. »Die Babys.«

»Du warst die Erste, an die wir gedacht haben«, hatte DC Anni Hepburn gesagt, als Marina am Abend zuvor angekommen war. »Na ja, ehrlich gesagt warst du die *Einzige*, an die wir gedacht haben.«

»Keine Ahnung, ob ich das als Kompliment verstehen soll oder nicht«, hatte Marina erwidert.

Anni hatte sie einige Tage zuvor angerufen. Marina kannte Anni, weil sie bis vor einiger Zeit in Colchester, Essex, im Ermittlungsteam von Marinas Mann Phil Brennan zusammengearbeitet hatten. Sie hatten sich angefreundet und waren in Kontakt geblieben, nachdem Marina und Phil nach Birmingham umgezogen waren. Anni hatte Marina sogar bei einem Fall geholfen, in den diese persönlich involviert gewesen war. Jetzt erwiderte Marina den Gefallen.

Sie hatten sich im Garden Café in der Minories Art Gallery in Colchester getroffen. Anni hatte sich den Ort ausgesucht, weil sie wusste, dass es eins von Marinas Lieblingscafés in der Stadt war. Und Anni selbst gefiel es auch. Hinter hohen Backsteinmauern verborgen und mit seinen kleinen architektonischen Kuriositäten, die einen unversehens überraschten, erinnerte es an eine Miniaturversion des vom selbsternannten Architekten Sir Clough William-Ellis künstlich angelegten Dorfs Portmeirion in Wales.

»Warum hast du mich hierher bestellt? Willst du mich zurück nach Colchester locken?«, fragte Marina.

Anni lachte. »Ich sollte es eigentlich besser wissen, oder?« Ihr Lächeln verflog, als sie Marina eine Akte reichte. »Ihr Name ist Joanne Marsh«, sagte sie. »Wir benötigen ein Gutachten.«

Marina nahm die Unterlagen aus der Akte und überflog sie. »Ich glaube, ich habe von dem Fall gehört.«

»Bestimmt. Sie ist nicht gerade eine Unbekannte.«

Marina sah auf. »Wo ist sie momentan untergebracht?«

»Im Finnister. Ganz in der Nähe.«

Marina nickte. Finnister House war eine psychiatrische Klinik mit Sicherheitsverwahrung für psychisch kranke Straftäter unweit von Norfolk. Die Einrichtung legte großen Wert auf Rehabilitierung und Therapie der Insassen und hatte fast ausschließlich weibliche Insassen. Marina kannte die Klinik nur vom Hörensagen, doch was sie gehört hatte, stimmte sie eher skeptisch.

»Und da fahren wir hin?«

»Gleich morgen früh.« Anni lächelte, und ein schelmisches Blitzen trat in ihre Augen. »Der heutige Abend steht uns zur freien Verfügung. Keine Ehemänner, keine Freunde, keine Kinder. Wir sollten um die Häuser ziehen.«

»Und so willst du mich davon überzeugen, zurückzukommen?«

Anni lachte. »Was uns nicht umbringt, macht uns härter.«

»Also, Joanne. Dann erzählen Sie mir doch mal von den Babys.«

Joannes gute Laune war verflogen. Jetzt hockte sie mürrisch auf ihrem Stuhl und starrte Marina mit finsterer Miene an.

»Die Babys.« Marinas Tonfall war sanft, aber sie ließ nicht locker. »Was haben Sie mit den Babys gemacht?«

Joanne zog die Schultern bis zu den Ohren hoch wie ein genervter Teenager. »Ich hab sie … beseitigt.«

»Und warum, Joanne? Warum haben Sie sie beseitigt?«

»Die haben gestört. Ich konnte nicht mehr machen, was ich wollte.«

»Männer treffen.«

Joanne nickte.

Der Fall war durch sämtliche Medien gegangen. Joanne Marsh war eine junge Frau, die allein mit ihrem Vater auf einem abgelegenen Gehöft in der Nähe von Clacton an der Küste von Essex lebte. Sie hatte regelmäßig über Sexseiten im Internet Kontakt zu Männern aufgenommen, um sich mit ihnen zum ungeschützten Geschlechtsverkehr zu verabreden. Manchmal hatte sie sogar mehrere Sexualpartner gleichzeitig gehabt. Es gab reichlich selbstgedrehtes Videomaterial dazu.

Sie geriet ins Visier des Jugend- und Sozialamtes – und das nicht zum ersten Mal. Bereits in ihrer Kindheit hatte es ernstzunehmende Hinweise auf Inzest und systematischen sexuellen Missbrauch gegeben. Ihr Vater und andere Männer, teils Verwandte, teils Freunde, hatten sich an der minderjährigen Joanne vergangen. Zwar konnten die Anschuldigungen nie bewiesen werden, doch seitdem hatte das Jugendamt ein wachsames Auge auf sie gehabt. Als Joanne daher eine Nachricht mit dem Wortlaut »Bin das Baby los heute Nacht Party wo sin meine MÄNNER?« auf einer Sexseite postete, schlug man sofort Alarm.

Nach einigen Nachforschungen stellte sich heraus, dass Joanne infolge ihrer Sextreffen schwanger geworden war – was sie allerdings nicht davon abgehalten hatte, bis zum Geburtstermin weiterhin mit wechselnden Partnern Verkehr zu haben. Allem Anschein nach hatte sie das Kind zu Hause, vermutlich mit Hilfe ihres Vaters, zur Welt gebracht. Noch am selben Abend war sie losgezogen und hatte sich mit jemandem getroffen.

Die Abteilung für Kapitalverbrechen, der auch Anni angehörte, war auf den Plan gerufen worden, und kurz darauf hatte man in einem flachen Grab bei der Hintertür des

Farmhauses die Leiche eines Neugeborenen gefunden. Misstrauisch geworden, hatte man auch den Rest des Grundstücks umgegraben. Und weitere sieben Babyleichen entdeckt.

Jetzt saß Joanne in Finnister und wartete darauf, dass ein psychologisches Gutachten über sie erstellt wurde.

»Also«, fuhr Marina leise und in neutralem Ton fort. »Wie haben Sie die Babys denn beseitigt? Was genau haben Sie getan?«

Joanne sah sich sichtlich gelangweilt im Zimmer um. »Hab ein Loch gegraben und sie reingetan.«

»Und das war's?«

»Hab das Loch wieder zugemacht. Festgetrampelt.«

»Und dann?«

»Wie, und dann?«

»Was haben Sie dann gemacht?«

Wieder ein Schulterzucken. »Bin ausgegangen.«

Marina nickte. Schluckte ihren Ekel hinunter. Sie musste sich sehr bemühen, professionelle Distanz zu wahren.

»Kann ich jetzt gehen?«

»Gehen?«, fragte Marina. »Wohin?«

»Nach Hause.«

Marina schüttelte den Kopf. »Joanne, ich glaube, Sie werden für sehr lange Zeit nicht mehr nach Hause gehen.«

8

Phil starrte zu dem Wohnsilo empor. Selbst die helle Morgensonne und der klare blaue Himmel konnten die Düsternis und Verzweiflung nicht vertreiben, die ihn umgaben. Handsworth war ein sozialer Brennpunkt in Birmingham. Die Armut hier war groß, und auf dem Rücken dieser Armut ritten die vier altbekannten Reiter Kriminalität, Gewalt, Gangs und Drogen. Das Leben hier war ein ständiger Krieg.

»Wetten, dass der Scheißaufzug im Arsch ist«, sagte Sperring, der ebenfalls den Blick nach oben gerichtet hatte.

»Hören Sie auf zu jammern«, sagte Phil. »Ihnen schadet die Bewegung ganz sicher nicht.«

Sperring tat so, als hätte er das nicht gehört. »Und wenn er funktioniert, hat ihn garantiert jemand als Toilette benutzt.«

Phil maß ihn mit einem strafenden Blick, dem Sperring widerstrebend begegnete. »Was denn?«, sagte er und zog in gespieltem Erstaunen die Augenbrauen hoch. »Jetzt kommen Sie mir bloß nicht wieder mit Ihrem linksliberalen Gutmenschengesülze. Sie wissen doch ganz genau, was hier für Leute wohnen. Wir haben jeden Tag mit ihnen zu tun. Wenn es die nicht gäbe, wären wir arbeitslos. Dann würden wir unsere Tage damit verbringen, alten Damen über die Straße zu helfen und Kätzchen aus Bäumen zu retten. Ist doch wahr.«

Phil starrte ihn wortlos an.

Irgendwann knickte Sperring ein. »Was ist denn? Sie wissen doch genau, dass ich recht habe.«

»Ein bisschen mehr Respekt. Das ist alles, was ich verlange. Wird Sie schon nicht umbringen.«

Sperring zuckte mit den Schultern. Phil wusste, das war die einzige Antwort, die er sich von ihm erhoffen konnte.

»Kommen Sie«, sagte er und ging auf den Eingang zu. Sperring folgte ihm schlechtgelaunt. »Und außerdem«, setzte Phil noch hinzu, als sie fast bei der Tür waren, »alten Damen über die Straße helfen? Sie würden innerhalb eines Monats an Langeweile sterben.«

Sperring antwortete nicht.

Letisha Watson wohnte im neunten Stock des Trescothick Tower, einem innerstädtischen Apartmentkomplex aus den Sechzigerjahren, der wie alle anderen innerstädtischen Apartmentkomplexe aus den Sechzigern einmal wie die Zukunft des Wohnens ausgesehen hatte. Städte, die in den Himmel wuchsen. Und wie alle anderen innerstädtischen Apartmentkomplexe aus den Sechzigern verwandelte er sich schon bald in das genaue Gegenteil. Beton und Ziegel begannen zu bröckeln, und durch die stetig breiter werdenden Risse in den Wänden pfiff gespenstisch der Wind. Verbindungsgänge zwischen den einzelnen Betonburgen waren wie Käfige mit Maschendraht umzäunt, damit keine Kinder über die Geländer kletterten, heruntergeweht wurden oder sich – wie diejenigen, die es nicht ertragen konnten, hier leben zu müssen – absichtlich in die Tiefe stürzten. Das Gebiet war zu einem Problemviertel wie aus dem Lehrbuch verkommen, einem Abladeplatz für zerrüttete Familien und Unerwünschte, für Asylsuchende und Einwanderer, die niemand wollte. Wie ein Heim für streunende, geprügelte, aggressive Tiere. Nur dass hier, anders als bei einem Tierheim, keine Besucher kamen, um die Insassen zu befreien und ihnen einen Neuanfang, ein besseres Leben zu ermöglichen.

Phil hatte vor Verlassen des Tatorts letzte Instruktionen gegeben. Khan sollte die Befragung der Nachbarschaft leiten und herausfinden, ob jemand irgendetwas gesehen oder gehört hatte. Der Tatort war so sauber, dass er sich diesbezüglich keine großen Hoffnungen machte, aber es musste getan werden – eine rein kosmetische Übung, Festhalten an einer unwirklichen Hoffnung.

Imani Oliver war nach wie vor im Krankenhaus bei Darren Richards. Sie hatte die Anweisung erhalten, Phil anzurufen, sobald der Mann das Bewusstsein wiedererlangte. Phil und Sperring hatten beschlossen, in der Zwischenzeit Darren Richards' Exfreundin Letisha Watson einen Besuch abzustatten. Phil glaubte nicht recht daran, dass sie in der Lage wäre, etwas Nützliches zu den Ermittlungen beizutragen, aber auch das war Teil ihrer Arbeit.

Unwirkliche Hoffnung.

Sie hatten die richtige Tür gefunden. Schon von außen wirkte die Wohnung heruntergekommen, die Fensterscheiben waren verdreckt, die Rahmen fleckig und voller Schimmel. Die Tür war mit Dellen und Kratzern übersät, und an einigen Stellen, wo die Farbe abgeplatzt war, sah man das nackte Holz durchscheinen. Sie hatte Ähnlichkeiten mit einem gescheiterten Boxer, der jeden Kampf seiner Karriere verloren hatte. Phil klopfte an. Wartete.

»Bisschen früh für Leute wie die«, meinte Sperring.

Phil sah ihn an. »Was tun Sie da?«

Sperring hob die Hände. Er war dabei, sich Latexhandschuhe überzuziehen. »Man kann nicht vorsichtig genug sein. Ich habe keine Lust, irgendwo in eine Nadel zu fassen. Oder sonst was.«

Phil schüttelte den Kopf und klopfte ein zweites Mal.

Kurz darauf wurde die Tür geöffnet. Phil hielt seinen Dienstausweis hoch. »Letisha Watson?«

Die Frau im Türrahmen sah aus, als schliefe sie noch. Sie trug ein altes T-Shirt mit einem verblassten Schriftzug in Gold, *I am fabulous*. Dazu eine ebenso alte Schlafanzughose. Sie war multiethnischer Herkunft und hatte dunkle Haut, trotzdem wirkte ihr Teint blass und ungesund. Sie war noch jung, doch die Müdigkeit und der harte Zug um die Augen ließen sie älter erscheinen.

»Ach du Scheiße«, sagte sie und schlurfte den Flur entlang. Die Wohnungstür ließ sie einfach offen.

Phil und Sperring tauschten einen Blick, ehe sie eintraten und ihr folgten. Sperring schloss sorgfältig die Tür hinter ihnen.

Sie gingen hinter ihr her ins Wohnzimmer. Eine dreiteilige Couchgarnitur aus Lederimitat, verschlissen und voller Flecken, billige Holzmöbel, in der Ecke ein No-Name-Flachbildfernseher. Überall lagen schmutzige Wäsche, Müll und anderer Kram herum. Es sah aus, als hätte die Bewohnerin, was die Reinhaltung des Zimmers anging, irgendwann einmal mit den besten Absichten begonnen, jedoch bald feststellen müssen, dass ihr die Arbeit über den Kopf wuchs.

»Was wollen Sie?«, fragte Letisha Watson, ließ sich in einen Sessel fallen und zündete sich eine Rothmans an. Phil vermutete, dass mehr als eine Nacht Schlaf nötig wären, um die dunklen Ringe unter ihren Augen verschwinden zu lassen.

»Darren Richards«, begann er und nahm auf dem Sofa Platz. Sperring hockte sich ganz vorne auf die Kante, als hätte er Angst, sich mit etwas anzustecken, oder als wolle er jederzeit flüchten können. Vielleicht auch beides.

Letisha Watson atmete tief ein und dann wieder aus. Ihr Atem hing im Wohnzimmer wie eine düstere Wolke, schuf ein eigenes Mikroklima des Elends um sie herum. »Was ist mit dem?«

»Uns liegen Informationen vor, dass Sie seine Freundin waren.«

»War ich. Bis er diese Schlampe geschwängert hat.«

»Damit meinen Sie wohl Chloe Hannon?«

»Hm.« Letisha Watson schaute zwischen den beiden Männern hin und her. »Worum geht's denn genau? Was hat er jetzt wieder gemacht?«

»Er ... nun ja, das wissen wir nicht, Letisha. Wir hatten gehofft, Sie könnten uns das sagen.«

Ihre Augen wurden schmal vor Misstrauen. »Wieso?«

Sperring stand auf. »Dürfte ich mal auf die Toilette?«

»Klar«, sagte sie, ohne ihn anzusehen. Sperring verließ

den Raum. »Was wollen Sie von mir? Egal, worum's geht, ich hab nichts gemacht. Ich wette, Darren war's, was auch immer es war. Würde ihm ähnlich sehen.«

»Wann haben Sie Darren Richards zum letzten Mal gesehen, Letisha?«

Achselzucken. »Keine Ahnung. Ist schon Wochen her. Hab ihn seit Ewigkeiten nicht gesprochen.«

»Und Chloe Hannon?«

Ihre Miene verdüsterte sich. Wut glomm in ihren Augen auf. »Die weiß, was gut für sie ist, und macht einen großen Bogen um mich.«

»Dann tut es Ihnen also immer noch weh, dass Darren sich ihretwegen von Ihnen getrennt hat?«

Letisha Watson schnaubte. »Von mir aus kann er die alte Schlotze haben. Die sind wie füreinander geschaffen. Ich würd ihn ohnehin nicht mehr zurücknehmen, sonst hol ich mir noch irgendeine Krankheit. Dreckige Nutte.«

Phil nickte, scheinbar nachdenklich. »Letisha ... wie stark war Ihre Abneigung gegen Chloe Hannon?«

»Hab die Alte gehasst.«

Phil nickte wieder, sagte jedoch nichts. Sein Schweigen machte Letisha Watson nervös. »Worum geht's denn hier eigentlich?«

Phil lehnte sich nach vorn. »Letisha. Chloe Hannon ist tot. Sie wurde ermordet.« Er beobachtete ihr Gesicht, um zu sehen, wie sie auf diese Neuigkeit reagierte.

Letisha riss die Augen auf. Schlagartig war sie hellwach. »Und Sie glauben, ich war das?«

Phil sprach so ruhig und sachlich wie möglich. »Wir reden mit allen, die sie gekannt und vielleicht einen Groll gegen sie gehegt haben. Reine Routine.«

»Sie glauben, ich war das?«, wiederholte sie mit schriller Stimme, in der Angst und Wut mitschwangen.

»Wie ich sagte, wir –«

Sie beugte sich nach vorn und zeigte mit ihrer brennenden Zigarette auf ihn. »Sie kommen in meine Wohnung und beschuldigen mich. Was für Beweise haben Sie überhaupt? Was für Beweise?«

»Können Sie uns sagen, wo Sie vergangenen Montag- und Dienstagabend waren, Letisha? Bitte.«

Sie hielt inne, ein Widerstreit der Gefühle spiegelte sich auf ihrem Gesicht. »Ich hatte zu tun«, sagte sie schließlich.

»Sie waren hier, stimmt's?«, sagte Sperring von der Tür her. Phil und Letisha wandten sich um. »Oder waren Sie arbeiten? Wie lange gehen Sie schon anschaffen?«

Sie wurde rot. »Geht Sie einen Scheißdreck an.«

»Ich hab mich mal ein bisschen in Ihrem Schlafzimmer umgeschaut. Nicht gerade das, was man ein Boudoir nennt, oder? Eher Kategorie Resterampe, wenn Sie mich fragen. Sie könnten wenigstens mal die Matratze beziehen, damit man die Flecken nicht so sieht. Wäre doch das Mindeste.« Er trat ins Wohnzimmer. »Sie empfangen die Typen immer hier, stimmt's? Oder machen Sie auch Hausbesuche? Wenn ich Sie wäre, würde ich mich auf Hausbesuche verlegen. In diesem Dreck und Gerümpel kriegt doch kein Mann einen hoch.«

Letisha stand auf und zeigte zur Tür. »Raus. Sofort. Beide.«

Phil erhob sich. Er ärgerte sich über das Benehmen seines DS und versuchte noch, die Situation zu retten. »Hören Sie, Letisha, wir wollen einfach nur wissen ...«

»Ich hab gesagt: raus. Wenn Sie noch irgendwas zu sagen haben, dann sagen Sie's meinem Anwalt.«

»Ich wette, den Spruch haben Sie schon oft gebracht«, meinte Sperring. »Wir finden allein raus.«

Draußen im Treppenhaus ließ Phil seiner Wut freien

Lauf. »Was zum Teufel sollte dieser Auftritt? Was wollten Sie damit bezwecken? Wir sind nur hergekommen, um ihr ein paar Fragen zu stellen.«

»Ich weiß«, sagte Sperring und lächelte. »Und genau wie Sie dachte ich, das wäre reine Zeitverschwendung. Aber irgendwas an ihr kam mir bekannt vor. Deshalb habe ich mich mal bei ihr umgesehen.«

»Das war unprofessionell«, wies Phil ihn zurecht. »Genau diese Art von Verhalten kann dazu führen, dass ein Fall vor Gericht abgeschmettert wird. Oder dass wir Ärger bekommen.«

Sperring schwieg, bis sie die Treppe hinunterstiegen.

»Wollen Sie nicht wissen, was ich gefunden habe?«

Phil seufzte. »Was? Was haben Sie gefunden, Ian?«

Er grinste breit. »So einiges.«

9

»Was denkst du?«, fragte Anni.

»Schuldig. Definitiv.«

»Ohne Zweifel«, sagte Anni. »Aber ist sie zurechnungsfähig genug, dass ihr der Prozess gemacht werden kann?«

»Tja«, sagte Marina. »Das ist die große Frage.«

Sie saßen in der Kantine des Finnister House. Um sie herum saßen Pfleger und Ärzte, machten Pause, sammelten neue Energie und erzählten sich Klatsch, von dem die professionelle Höflichkeit es verbot, dass er das Krankenhaus verließ.

Marina lehnte sich über den Tisch und sah Anni direkt an. »Weshalb hast du mich wirklich herkommen lassen?«

Anni wirkte ein wenig verlegen. »Wegen ... des Gutachtens über Joanne Marsh. Du solltest feststellen, ob sie vor

Gericht gestellt werden kann.« Trotz ihrer dunklen Hautfarbe wurde Anni rot.

»Das hätte jeder tun können, Anni. Du hättest jemanden von hier finden können, aus East Anglia oder was weiß ich. Mir ist klar, dass ich gut bin – aber so gut bin ich nun auch wieder nicht.«

Anni seufzte. Bevor sie antworten konnte, kam jemand anders ihr zuvor.

»Fiona Welch.«

Marina drehte sich um. Hinter ihr stand Detective Sergeant Mickey Phillips. Er war groß, mit kahlrasiertem Schädel und bulliger Statur, doch aus seinen Augen sprachen Intelligenz und Mitgefühl, wie man sie bei einem Mann seines Aussehens nicht unbedingt vermutet hätte.

Er war Annis Partner, sowohl beruflich als auch privat. Marina wollte ihn zur Begrüßung umarmen, doch seine Worte hielten sie davon ab. »Fiona Welch?«

Er sah kurz zu Anni, dann nickte er. »Ja. Erinnerst du dich noch?«

»Sicher.« Phils ehemaliger Vorgesetzter in Colchester hatte während Marinas Abwesenheit einmal eine externe Psychologin als Beraterin zu einem Fall hinzugezogen – Fiona Welch. Phil hatte sich nicht gut mit ihr verstanden – was keine Rolle gespielt hätte, wäre er nicht zu der Einschätzung gelangt, dass auch ihre professionelle Leistung stark zu wünschen übrigließ. Schließlich kam sogar heraus, dass sie wichtige Informationen unterschlagen hatte, die im Zusammenhang mit einer Serie von Morden standen, die auf ihr Geheiß hin verübt worden waren, weil sie ihre Theorie über die Antriebskräfte menschlichen Verhaltens hatte beweisen wollen. Sie war als geistig unzurechnungsfähig eingestuft worden, hatte sich jedoch zu Tode gestürzt, bevor sie in Gewahrsam genommen werden konnte. »Phil hat immer noch Narben von der Begegnung. Und zwar buchstäblich.« Marina schaute zwischen den beiden hin und her. »Aber sie ist tot, insofern ...?« Sie ließ die Frage unvollendet.

»Ist sie das?«, fragte Anni.

»Ist sie es etwa nicht?«

»Davon sind wir ausgegangen«, sagte Mickey, der sich jetzt zu ihnen setzte. »Aber – na ja, das kann Anni dir alles erzählen.«

Anni lehnte sich über den Tisch. »Vor etwa sechs Monaten gab es einen Mord in der Nähe von Colchester. Ein junger Mann, Mitte zwanzig, hat seine Freundin getötet. Beziehungstat, dachten wir anfangs, nicht weiter ungewöhnlich – leider.«

»Wir wurden nicht mal gerufen«, fuhr Mickey fort. »Klarer Fall. Der Typ hat gestanden, es gab keine offenen Fragen. Schien kein Motiv für die Tat gehabt zu haben, aber das war nicht unser Problem.«

»Aber dann«, sagte Anni, »gab es einen weiteren Mord, etwa einen Monat später. Identisch. Gleiches Alter, gleiche Umstände. Die beiden Frauen sahen sich sogar ein bisschen ähnlich.«

»Wie sahen sie denn aus?«, wollte Marina wissen.

Wieder ging ein Blick zwischen Anni und Mickey hin und her.

»Groß. Dunkle Haare.«

»Man könnte auch sagen: wie du«, meinte Anni. »Dem Äußeren nach. Sie waren sogar wie du angezogen.«

Marina war geschockt und mehr als nur ein bisschen besorgt.

»Danach haben wir den Fall übernommen«, erklärte Mickey. »Unsere Abteilung. Zwei Morde – das konnte kein Zufall sein. Wir haben die beiden Männer erneut verhört und sie Dinge gefragt, die bei der ursprünglichen Vernehmung nicht zur Sprache gekommen waren. Über andere Frauen, zum Beispiel. Dabei fiel dann irgendwann der Name.«

»Fiona Welch«, sagte Anni.

»Nur dass sie tot ist«, sagte Marina.

»Genau«, sagte Mickey. »Wir haben gesehen, wie sie gestorben ist und ihre Leiche abtransportiert wurde. Aber diese Männer haben steif und fest behauptet, sie getroffen zu haben. Sie zu kennen. Sie hatten eine Affäre mit ihr. Sie hat ihnen befohlen, ihre Freundinnen aus dem Weg zu räumen. Sie hat sie zum Morden überredet.«

»Sie hat sie manipuliert?«, fragte Marina.

Die beiden nickten.

»Aber warum kam das nicht bei den jeweiligen Prozessen zur Sprache? Warum haben die Männer das nicht ausgesagt? Sie wären nicht freigekommen, aber immerhin hätten sie so vielleicht ihre Haftstrafe verkürzen können.«

»Sie hat ihnen gesagt, sie dürften nichts verraten«, antwortete Anni.

»Und sie haben ihr gehorcht.«

»Sie muss sie vollkommen unter ihrer Kontrolle gehabt haben.«

»Wie dem auch sei«, fuhr Mickey fort. »Wir haben diese Frau aufgespürt. Sie hatte bereits ihr nächstes Opfer im Visier. Sie war gerade dabei, den Mann davon zu überzeugen, sich ihretwegen von seiner Freundin zu trennen.«

»Für immer«, setzte Anni hinzu.

»Aber vor den Morden«, berichtete Mickey weiter, »hat diese Fiona Welch die Männer in allen drei Fällen dazu überredet, auf ihre Freundinnen einzuwirken, damit diese ihr Äußeres verändern. Sie sollten sich die Haare dunkler färben, es in Locken legen lassen, Kleider anziehen, wie du sie tragen würdest ...«

»Seid ihr sicher, dass ihr mir nicht nur schmeicheln wollt?«

Mickey und Anni sagten nichts.

»Wie habt ihr sie denn aufgespürt?«, fragte Marina, »diese Fiona Welch?«

»Das war einfach«, antwortete Anni. »Sie gab Lehrveranstaltungen an der Uni, im Rahmen des Graduiertenstudiengangs Psychologie. Die Männer sind alle ihre Studenten gewesen.«

»Sie wurde verhaftet«, berichtete Mickey weiter. »Wir haben sie vernommen, haben versucht, sie zu knacken ... keine Chance. Sie ist bei ihrer Geschichte geblieben. Sie sei Fiona Welch. Diejenige, die gestorben ist, sei eine Hochstaplerin gewesen.«

»Sie wusste alles«, ergänzte Anni. »Kannte ihre komplette Lebensgeschichte und hat sie erzählt, als wäre ihr das alles selbst passiert. Sie war so überzeugend, dass wir uns irgendwann gefragt haben, ob sie nicht womöglich recht hat. Vielleicht war die Frau, die gestorben ist, wirklich eine Betrügerin, und *sie* ist die echte Fiona Welch.«

»Wir haben alles versucht«, ergänzte Mickey. »Alles. Nichts hat funktioniert. Sie sei Fiona Welch. Nichts von dem, was wir gesagt oder getan haben, konnte sie von dieser Behauptung abbringen.«

»Sie hat also zugegeben, die beiden jungen Männer manipuliert zu haben, damit sie ihre Freundinnen umbringen? Und bereits ein drittes Opfer in Arbeit zu haben?«

Anni nickte. »Ganz genau. Wir mussten nicht mal Druck auf sie ausüben. Als wäre sie noch stolz darauf. Als *wollte* sie gefasst werden.«

»Damit alle sehen können, wie brillant sie ist«, sagte Marina. »Wie schlau. Wie gut sie die Menschen manipulieren kann.«

»Sie wollte sich damit brüsten«, ergänzte Mickey. »Aber viel genützt hat es ihr nicht. Sie wurde trotzdem gefasst.«

»Das ist wahr«, sagte Marina. Dann runzelte sie nachdenklich die Stirn. »Aber schon irgendwie seltsam. Sie macht sich ungeheuer viel Mühe, um so zu tun, als wäre sie Fiona Welch. Der ganze Aufwand – wozu? Nur um sich dann von der Polizei festnehmen zu lassen?«

Mickey zog die Schultern hoch. »Die echte Fiona Welch haben wir seinerzeit ja auch geschnappt«, meinte er. »Wenn sie nicht ums Leben gekommen wäre, wäre sie im Gefängnis gelandet. Und nie wieder rausgekommen. Nie wieder.«

»Stimmt«, sagte Marina. »Aber die echte Fiona Welch wollte auch geschnappt werden. Zumindest hätte sie es in Kauf genommen. Denn so wäre sie berühmt geworden. Das war ja ihr Ziel: Ruhm. Man hätte ihr zugehört. Sie sogar gefürchtet. Sie wäre eine berüchtigte Serienmörderin gewesen. Sie hätte ihre Schriften veröffentlicht. Man hätte sie ernst genommen – das glaubte sie jedenfalls.«

»Alles richtig«, sagte Anni. »Und?«

»Und«, sagte Marina, »was will *diese* Frau?«

»Wie meinst du das?«, fragte Mickey.

»Na ja, wenn es stimmt, was Anni gesagt hat, dann hat sie es ja offenbar darauf angelegt, gefasst zu werden.«

Mickey zuckte mit den Schultern. »Und?«

»Dann hat sie folglich auch euch manipuliert. Sie ist hier drinnen, weil sie hier drinnen sein *will.*«

Mickey schwieg.

»Aber wieso?«, fragte Marina.

Anni stand auf. »Gehen wir doch und fragen sie, was meinst du?«

10

»Sie hatte ihr Handy auf dem Bett liegen«, sagte Sperring, sobald er und Phil wieder im Audi saßen.

Phil hatte zuvor ein stummes Gebet gen Himmel geschickt, sein Wagen möge noch dort stehen, wo er ihn geparkt hatte – und zwar unbeschädigt. Als er losfuhr, hoffte er, dass die Bremsen noch funktionierten. Zwar war ihnen niemand aufgefallen, aber die Anwohner hatten sie zweifellos gesehen und als Polizisten identifiziert. Er hoffte einfach, dass keiner von ihnen Zeit oder Lust gehabt hatte, sich an seinem Wagen zu schaffen zu machen.

»Also haben Sie es sich mal genauer angesehen«, sagte Phil und lehnte sich nach vorn, um die Lautstärke der Midlake-CD herunterzudrehen, die gerade lief. »Ihnen ist klar, dass das vor Gericht niemals Bestand hätte?«

Sperring zuckte mit den Schultern. »Dazu wird's nicht kommen. Sie wird's nie erfahren. Hab ja keine Fingerabdrücke hinterlassen.« Er begann sich die Latexhandschuhe auszuziehen.

Phil fuhr eine Weile schweigend weiter und testete unauffällig die Bremsen. Sie schienen ordnungsgemäß zu funktionieren, und er entspannte sich ein wenig. »Und«, sagte er schließlich, »bevor Sie noch platzen: Was haben Sie gefunden?«

»Sie platzen doch genauso, und zwar vor Neugier. Also«, sagte Sperring und setzte sich zurecht. »Ich hab mir ihren Kalender angeschaut. Wollte wissen, ob sie irgendwelche Termine eingetragen hat und so weiter. Zu meiner Verblüffung stellte sich raus, dass sie nicht besonders gut organisiert ist. Also hab ich auch noch einen Blick in ihre Kontaktliste geworfen.« Sperring grinste. »Und bin dabei auf ein paar Namen gestoßen, die man sich mal näher ansehen sollte.«

»Zum Beispiel?« Phil hielt den Blick auf die Straße gerichtet. Er kannte sich in Birmingham immer noch nicht sehr gut aus und musste sich beim Fahren stark konzentrieren – nicht nur, weil ihn die Straßenführung verwirrte, sondern weil die anderen so aggressiv fuhren. Er hatte immer gedacht, Londoner Autofahrer wären schlimm, aber gegen die aus Birmingham waren sie harmlos.

»Moses Heap.« Sperring lächelte höchst zufrieden.

Phil sagte der Name rein gar nichts. »Aha. Okay.«

»Sie kennen Moses Heap nicht?« Sperring grinste. »Muss wohl vor Ihrer Zeit gewesen sein. Es gab früher mal zwei große Gangs in der Stadt.«

»Gab?«

»Dazu komme ich gleich. Also, es gab zwei große Gangs, schon seit vielen Jahren. Ihre Anfänge reichen zurück bis zu den Krawallen in Handsworth Mitte der Achtziger. Die Handsworth Boys und die Chicken Shack Crew.«

»Aha. Hatten diese Namen eine bestimmte Bedeutung?«

»Die eine Gang wurde in Watson's Café in Handsworth gegründet. Sie hatten praktisch stadtweit das Geschäft mit Drogen, Prostituierten und Türsicherheit für Nachtclubs unter ihrer Kontrolle. Wir kamen ums Verrecken nicht an sie ran. Dann kam es zu internen Streitigkeiten – Drogen, Frauen, worüber diese Typen sich eben so streiten –, und die Chicken Shack Crew hat sich abgespalten; sie hatten ihr Hauptquartier im Chicken Shack in der Soho Road. Die Handsworth Boys haben sich Aston, Erdington und Lozells gekrallt, die Chicken Shack Crew Handsworth, Perry Barr und Ladywood. Crack, Heroin, das volle Programm.«

»Komisch, dass die Handsworth Boys nicht über Handsworth geherrscht haben.«

»Und der Grund ständigen Ärgers, wenn ich mich nicht irre. Lange Rede, kurzer Sinn: Die Gewalt geriet irgendwann außer Kontrolle. Eine Weile ging es hier zu wie im Wilden Westen, immer wieder kam es zu Schießereien. Sogar Schulkinder waren involviert. Moses Heap war der Boss der Handsworth Boys. Nachdem der Anführer der Chicken Shack Crew, Julian Wilson, ermordet wurde – übrigens wurde deswegen nie jemand belangt –, beschloss Moses Heap, dass es so nicht mehr weiterging, und hat versucht, sich mit dem neuen Boss der Handsworth Boys, Julians Bruder Tiny, zu einigen. Sie haben sich an den runden Tisch gesetzt wie in Nordirland und einen Frieden ausgehandelt.«

»Ist doch lobenswert«, meinte Phil.

»Ja. Aber nicht alle haben das Memo gekriegt. Deshalb ist der Frieden immer noch ein bisschen wacklig. In Gefahr. Wie dem auch sei: Einige dieser Gangster, unter ihnen auch Moses Heap, behaupten seitdem, der dunklen Seite der Macht den Rücken gekehrt zu haben. Sie haben sich als Stadtteilbeauftragte neu erfunden, als Lehrer, als Menschen, die die Welt zum Guten verändern wollen, den ganzen Quark.«

»Das ist ja alles sehr interessant«, sagte Phil, »Aber wie soll uns das helfen, den Mörder von Chloe und Shannon zu finden?«

»Na ja, nennen Sie mich einen Zyniker, aber ich bin der Meinung, die wundersame Bekehrung des Moses H. ist nichts weiter als eine Riesenladung Bockmist. Er spielt ein Spiel. Verarscht alle. Das hat er immer schon getan. Er ist ein Spieler. Ein Zuhälter. Kann auch die entsprechenden Vorstrafen vorweisen. Und wenn er ein Freund von Letisha Watson ist oder sie zu seinem Stall gehört, dann hat er vielleicht kein Problem damit, ihr eine kleine Gefälligkeit zu erweisen, wenn sie ihm im Gegenzug auch eine erweist?«

»Eine Gefälligkeit, wie ihre Rivalin und deren Tochter umzubringen?«

Sperring zuckte mit den Achseln. »Könnte man doch mal nachverfolgen.«

Phil nickte. »Und wo finden wir diesen Moses Heap?«

Sperring lächelte. »Soweit ich weiß, hat er die heilenden Kräfte der Musik für sich entdeckt.«

Kaum hatte Phil die Tür geöffnet, dröhnte ihm ohrenbetäubende Musik entgegen. Die Hip-Hop-Beats waren so laut, dass einem fast die Trommelfelle platzten, und dazu war eine wütende, brutale Rap-Phantasie über Waffen, Gangs und billige Schlampen zu hören. Wenigstens ging Phil von einer Phantasie aus. Doch wenn man bedachte, wem sie hier einen Besuch abstatteten, konnte es durchaus sein, dass der Künstler lediglich seinen ganz normalen Alltag besang.

Das Tonstudio befand sich in einem viktorianischen Backsteinbau in einer heruntergekommenen Gegend von Aston, in dem nun, wie ein Schild über dem Eingang besagte, die No Postcode Organisation, eine durch Spenden finanzierte Nachbarschafts-Begegnungsstätte, untergebracht war. Phil und Sperring hatten beim Eintreten ihre Dienstausweise vorgezeigt und den jungen Schwarzen vorne am Tresen gefragt, ob Moses Heap im Hause sei. Der junge Mann hatte ganz offensichtlich nicht das erste Mal mit der Polizei zu tun; er musterte sie voller Misstrauen, wenn nicht gar unverhohlenem Hass. Dann sagte er, er werde im Studio anrufen und nachfragen, ob Mr Heap zu sprechen sei.

»Nicht nötig, Junge«, sagte Sperring. »Wir überzeugen uns lieber persönlich. Wollen ihm ja nicht die Überraschung verderben.« Damit marschierte er los, den Korridor entlang, und Phil folgte ihm. Er war versucht, seinen Untergebenen für dessen aggressives Verhalten zu rügen, doch auch er war interessiert daran, Moses Heap in seinem natürlichen Umfeld zu erleben.

Sie durchquerten das Gebäude. Die noch original erhaltenen, grün gefliesten Wände wollten nicht so recht zu den neuen Zwischenwänden aus Gipskarton und den unzähligen Plakaten passen, die an den Betrachter appellierten, die Waffen niederzulegen, oder auf denen erbauliche Zitate bekannter Persönlichkeiten wie Martin Luther King, Bob Marley und Tupac Shakur zu lesen waren. Vor einer schlichten Holztür, über der sich zwei Lichter befanden, ein rotes und ein grünes, hielten sie an. Das grüne Licht leuchtete.

»Nach Ihnen«, sagte Sperring.

Aller Augen wandten sich ihnen zu, als sie eintraten. Trotz Phils legerer Kleidung wurden sie schon auf den ersten Blick als Polizisten entlarvt. Im Raum fläzten sich zahlreiche junge schwarze Männer zwischen zwanzig und Mitte dreißig auf niedrigen Sofas und Sesseln. Ihre Mienen ließen keinerlei Zweifel daran aufkommen, dass ihre bisherigen Erfahrungen mit der Polizei negativ gewesen waren. Einer von ihnen kam auf sie zu und baute sich vor Phil auf. Starrte ihm in die Augen.

»Ich suche nach Moses Heap«, sagte Phil in ruhigem Ton, während er den Blick des Mannes erwiderte. Er wollte nicht Aggression mit Aggression beantworten, seinem Gegenüber aber dennoch signalisieren, dass er sich nicht einschüchtern ließ.

»Und was wollen Sie von dem?«, fragte der Mann.

Im Raum roch es nach Schweiß, Gras und Alkohol.

»Wir möchten uns kurz mit ihm unterhalten«, sagte Phil. »Mehr nicht.«

Ein zweiter Mann stand auf. Er war besser angezogen als der erste, der sich vor Phil aufgebaut hatte – derselbe Street Style, aber edlere Marken. »Schon okay, Clinton«, sagte er. »Lass gut sein.«

Widerwillig zog sich der erste Mann zurück, wobei er Phil allerdings nicht aus den Augen ließ.

Der andere Mann nahm Clintons Platz ein. »Ich bin Moses Heap.« Er sah aus, als müsse er seine angeborene Abneigung gegen die Polizei mit Gewalt unterdrücken. Doch trotz aller Wut bemerkte Phil auch eindeutig Intelligenz in seinen Augen. »Was kann ich für Sie tun, meine Herren?«

»Könnten Sie bitte die Musik leiser drehen?«, sagte Phil. »Oder sollen wir uns draußen unterhalten?«

Moses Heap machte dem Jugendlichen hinter dem Mischpult ein Zeichen, woraufhin die Musik verstummte. Die plötzlich eintretende Stille war ein Schock. Phil klingelten die Ohren.

»Was Sie zu sagen haben, können Sie vor meinen Brüdern sagen. Wir haben keine Geheimnisse vor den Bullen.«

»Letisha Watson«, sagte Phil. »Ist sie eine Bekannte von Ihnen?«

Moses Heap runzelte die Stirn. »Letisha Watson ...« Er zuckte mit den Achseln. »Der Name sagt mir nichts.«

»Sie ist eine Prostituierte, wohnt in der Trescothick-Siedlung«, half Sperring nach.

Moses Heaps Miene blieb unbeteiligt. Erneutes Achselzucken. »Na und?«

»Sie kennt Sie«, sagte Phil. »Ihr Exfreund ist Darren Richards. Sagt Ihnen der Name vielleicht etwas?«

Moses Heap schwieg.

»Und die aktuelle Lebensgefährtin ihres Exfreundes hat einen verfrühten Tod gefunden.«

Moses Heap sah Phil an, und Phil war sicher, etwas in seinen Augen aufflackern zu sehen. »Mein Beileid für die Familie«, sagte er.

»Ihr kleines Kind wurde ebenfalls getötet«, fügte Sperring hinzu. »Ermordet. Es war kein Unfall.«

Erst jetzt nahm Heap von Sperring Notiz. »Warum erzählen Sie mir das? Glauben Sie, ich war's? Glauben Sie, ich ermorde Kinder?«

»Wir fragen alle, die entweder die Verstorbene oder einen Bekannten der Verstorbenen gekannt haben«, erklärte Phil. »Reine Routine, mehr nicht. Ihr Name ist gefallen, also sind wir jetzt hier.«

Moses Heap dachte nach. Nickte. »Aha. Na, den Weg hätten Sie sich sparen können. Ich kann Ihnen nicht weiterhelfen. Ich weiß nichts über den Mord an Chloe Hannon. Oder über den an ihrer Tochter.«

Phil stutzte. »Ich habe Ihnen ihren Namen doch gar nicht genannt.«

Furcht zuckte über Heaps Züge. Seine Selbstbeherrschung drohte ihn kurz zu verlassen, aber dann hatte er sich gleich wieder im Griff. »Dann muss ich's wohl in den Nachrichten gehört haben.«

»Die Einzelheiten wurden noch nicht an die Presse herausgegeben. Auch keine Namen.«

Heap zuckte, vergebens um Lässigkeit bemüht, mit den Schultern. »Na, irgendwo muss ich's ja wohl herhaben.«

»Woher denn?«, fragte Phil.

»Was weiß ich?« Seine Stimme wurde lauter, Wut blitzte in seinen Augen auf. »Wollen Sie mich deshalb festnehmen, oder was? Wollen Sie mich anklagen? Nur zu, klagen Sie mich an. Mein Anwalt hat mich in einer Stunde wieder draußen. Und Sie beide sind Ihren Job los. Ich bin Geschäftsmann. Ein geachteter Mann hier im Viertel. Das hier sind meine Partner. Und Sie kommen hier rein und beschuldigen mich vor all diesen Leuten des Mordes? Vergessen Sie's, Mann. Vergessen Sie's.«

Phils Blick ging durch den Raum. Schon von Beginn an war eine gewisse Anspannung zu spüren gewesen, doch innerhalb der letzten Sekunden hatte sie merklich zugenommen. Er wusste, dass sie fürs Erste nicht weiterkommen würden.

»Wir bleiben in Kontakt, Mr Heap«, sagte er und wandte sich zum Gehen.

»Verlassen Sie nicht die Stadt«, setzte Sperring noch hinzu, ehe er seinem Chef folgte.

Die Musik setzte wieder ein, noch ehe sie die Tür erreicht hatten. Diesmal klang sie noch lauter, noch aggressiver. Draußen atmete Phil erleichtert auf. »Na, das lief wohl so gut, wie zu erwarten war«, stellte er fest.

»Weiß nicht«, meinte Sperring. »Ich habe da drinnen ein paar bekannte Gesichter gesehen. Und nicht alle aus derselben Gang. Muss ein Meeting gewesen sein oder so.«

»Vielleicht wollten sie bei ein paar Bier, einem Joint und ein bisschen Musik ihre Differenzen ausräumen.«

Sperring schnaubte. »Wohl eher die Stadt unter sich aufteilen. Wir sind hier nicht bei *Der Pate*.«

Ehe Phil etwas erwidern konnte, klingelte sein Handy. Er nahm an, hörte zu, sagte etwas und drehte sich dann zu Sperring um.

»Das war Imani. Darren Richards ist wieder bei Bewusstsein.«

11

Die Plattennadel knackte, sprang zurück. Knackte, sprang zurück. Wieder und wieder. Sie hing fest, nachdem der Song verklungen war. Knisternd und knackend. Zeit, die sich endlos in der toten Luft drehte.

»Komm schon, Philip, wo steckst du?«

Er hatte den Blick auf den leise gestellten Fernseher gerichtet und wartete. Langsam wurde er ungeduldig, und seine ursprüngliche Euphorie ließ allmählich nach. Der Kitzel, sein Werk, das Ergebnis seiner Mission, im Fernsehen zu sehen, drohte in Enttäuschung umzuschlagen.

»Mit wem redest du?«

Er fuhr ein wenig zusammen, schaute sich um. Verflucht, warum musste seine Schwester ausgerechnet jetzt auftauchen?

»Mit niemandem. Das ist der Fernseher. Mehr nicht.«

Seine Schwester warf ebenfalls einen Blick zum Fernseher. »Oh«, sagte sie. »Das ist doch direkt gegenüber.«

»Ja, stimmt. Deshalb schaue ich es mir ja auch an.«

»Aha.«

Seine Schwester blieb. Er wollte, dass sie verschwand, dass sie dahin zurückging, wo sie hergekommen war, aber sie rührte sich nicht von der Stelle.

»Wolltest du irgendwas? Bist du aus einem bestimmten Grund hier?«

»Wie? Nein.«

»Warum gehst du dann nicht wieder? Ich sag dir Bescheid, falls was Neues passiert.«

»Na gut.«

Und fort war sie. Er wartete ab, bis er die Gewissheit hatte, dass sie nicht wiederkommen würde, dann wandte er seine Aufmerksamkeit wieder dem Fernseher zu.

Niemand von der Polizei hatte bislang vor der Kamera Stellung genommen. Niemand. Er hatte auf DI Brennan gehofft, schließlich hatten sie bereits ein Gespräch geführt. Aber nein. Totale Funkstille.

Noch einmal war er seine Erwartungen in Gedanken durchgegangen. DI Brennan sollte ein Fernsehinterview geben. Er sollte vor die Mikrophone treten und ihm sagen, dass er wusste, was er getan hatte. Dass er es verstand. *Ge-*

rechtigkeit. Genau. Er sollte erklären, dass er seine Arbeit guthieß.

Und er würde nicken, den Worten des Detective lauschen, sie begreifen und der tiefen Verbindung zwischen ihnen nachspüren. Und würde wissen, dass seine Arbeit ihn berühmt machen würde.

Berühmt. Bei dem Gedanken meldete sich prompt sein schlechtes Gewissen. Nein, darum ging es nicht. Berühmt werden. Das war nicht sein Antrieb. Nicht der Beweggrund für sein Handeln. Nein. Berühmt sein, das bedeutete *X Factor* oder *The Voice*. Diese Dschungel-Show. Peinliche Gestalten. Katie Price. Die Kardashians. Er grinste. Als er den Namen zum ersten Mal gehört hatte, hatte er geglaubt, es handle sich um eine außerirdische Spezies bei *Star Trek*. Dann hatte er die Kardashians gesehen und gedacht: *Ich hatte recht. Es sind tatsächlich Außerirdische.*

Nein. Berühmt zu sein, das bedeutete: prominent zu sein, weil man sonst zu nichts taugte. Berühmt zu sein, nur weil man berühmt war. Kasperlefiguren, alle miteinander. Sie hatten nichts mit ihm gemeinsam. Das, was er tat – und weshalb er es tat –, war etwas vollkommen anderes. Seine Arbeit. Seine Berufung.

Er hatte so lange vergebens auf eine Bestätigung durch die Polizei im Fernsehen gewartet, und seine Stimmung war gegenwärtig so schlecht, dass er sich bei dem Gedanken ein wenig albern vorkam: *Berufung*. Aber es traf zu. Er wusste es. Wie wenn fromme Menschen die Stimme Gottes hörten, die ihnen sagte, sie sollten sich zum Priester weihen lassen. Oder als Missionar mit mexikanischen Straßenkindern arbeiten oder was auch immer. Es war seine Arbeit, aber sie war rein. Nicht besudelt durch Geld. Oder Gott. Es war ein Dienst, den er anderen zu erweisen beschlossen hatte, und er wollte dafür nicht bezahlt werden. Der einzige Lohn, den er forderte, war Anerkennung. Mit Berühmtheit hatte das nichts zu tun.

Er schüttelte den Kopf, konzentrierte sich wieder auf den Fernseher. Das Gerät war nagelneu. Ein riesiger, moderner Flachbildfernseher, beinahe so groß wie eine Kinoleinwand. Dazu die neueste Ausstattung, die man für das vollendete Heimkino-Erlebnis brauchte – so hatte es jedenfalls in der Broschüre gestanden. Aber er brauchte das alles. Für seine Arbeit. Erneut kamen die Nachrichten, wieder dieselben Bilder. Er hielt den Atem an.

»... zum gegenwärtigen Zeitpunkt. Allerdings wurde uns zugetragen ...« Der Reporter stand unten an der Legge Lane. Er war jung und ehrgeizig, die Krawatte eng gebunden, die Frisur makellos, und seine Augen leuchteten bei dem Gedanken, dass diese Story vielleicht seine Fahrkarte aus der Provinz bedeuten würde. Hinter ihm das teilweise abgerissene Gebäude, abgesperrt mit Flatterband, verhüllt mit weißen Plastikplanen. Drinnen bewegten sich Schatten, und die Planen raschelten in der Brise, so dass das Gebäude wirkte wie ein Segelschiff während einer Flaute.

»Da drinnen werdet ihr nichts finden«, sagte er laut. »Das kann ich euch garantieren.«

»... wurden zwei Leichen aus dem Gebäude gebracht. Eine Person scheint bei Eintreffen der Polizei am Tatort noch am Leben gewesen zu sein, befand sich jedoch offenbar in kritischem Zustand und wurde in ein Krankenhaus gebracht. Einzelheiten in Bezug auf die Identität der zwei Opfer wurden bisher nicht bekannt, auch ist unklar, wer für die Tat verantwortlich ist. Die Polizei stuft die Todesfälle allerdings als verdächtig ein.«

Er lachte. Mehr hatte der Reporter nicht aus den Ermittlern herausbekommen? Bei all dem Betrieb, der dort im Gebäude herrschte? Erbärmlich. So würde er wohl kaum den

Sprung ins überregionale Fernsehen schaffen. Ein Leben in der Provinz war vorgezeichnet.

Ein Schwenk der Kamera über die nähere Umgebung, dann zurück auf die flatternden weißen Planen. Der Reporter sprach mit sich überschlagender Stimme, doch je mehr er redete, desto weniger sagte er aus. Irgendwann wurde zurück zum Sprecher ins Studio geschaltet.

Er lehnte sich zurück. Sein Mut sank. Wo war Brennan? Wieso war er nicht da und redete zu ihm, appellierte an ihn? Warum? Das Blut rauschte tosend durch seinen Körper. Sein Atem ging immer schneller, ihm schwindelte. Ja, er hatte es getan. Das stimmte. All die Planungsarbeit hatte sich ausgezahlt, es hatte tatsächlich funktioniert. Ein Hoch auf ihn. Aber sie hatten es nicht begriffen. Hatten nichts verstanden.

Er schloss die Augen. Vielleicht war er nicht klar genug gewesen. Zu obskur. Vielleicht waren sie wirklich so beschränkt, wie er gehört hatte. Vielleicht hatte er ihnen zu viel zugetraut. Er hatte Brennan für klug gehalten. Wenigstens für klüger als den Rest. Diesen Eindruck hatte er gewonnen. Das war das Ergebnis seiner Nachforschungen gewesen. Vielleicht war er einem Irrtum aufgesessen.

Er öffnete die Augen, richtete den Blick erneut auf den Bildschirm. Die Nachrichten hatten sich zwischenzeitlich einem anderen Thema zugewandt, einem Verkehrsunfall auf der M6. Das Gefühl euphorischer Freude verschwand genauso schnell, wie es gekommen war. Ja, es war sein Werk, und jeder konnte es im Fernsehen bewundern, aber … es fehlte etwas. Er dachte nach, starrte angestrengt auf den Fernseher. Sah nicht die Bilder, nur den dünnen schwarzen Rahmen. Etwas fehlte.

Aber was?

Er starrte weiter vor sich hin. Und langsam offenbarte es sich ihm.

Kein Wort von der Polizei. Keine Einzelheiten. Eine Person in kritischem Zustand. Die Todesfälle offiziell als verdächtig eingestuft.

Er nickte. Ja. Das war es. Das war es, was fehlte. Was hatte er gerade im Fernsehen gesehen? Was hatte er *wirklich* gesehen? Nichts als einen atemlosen, wenig kompetenten Reporter, der über einen Doppelmord berichtete. Mehr nicht.

Und was fehlte?

Alles.

Das Werk. Die Erklärung. Was er wirklich wollte. Was wirklich passiert war.

Gerechtigkeit.

Ja. Das Gefühl, dass der Gerechtigkeit Genüge getan worden war.

Er schaltete den Fernseher aus und ließ sich in den Sessel sinken. Um ihn herum standen die mit höchster Sorgfalt gebauten Modelle aus vergangenen Tagen. Handwerkskunst. Stolz. *Inzwischen sind das altmodische Wörter*, dachte er. *Schmutzige Wörter.*

Scheinbar zum ersten Mal vernahm er das Knacken und Knistern der alten 45er Schallplatte, als die Nadel in der Rille stecken blieb. Sie kreiste und kreiste und kam nie zum Ende. Das Zimmer wurde dunkel und bedrückend. Ein Gefühl des Unbehagens überkam ihn.

Erneut schloss er die Augen, versuchte nachzudenken. Gerechtigkeit. Wie konnte er sie über seine Arbeit, seine Suche aufklären?

Er lächelte. *Suche.* Ja. Das war das passende Wort. Suche. Etwas Mythisches, Legendäres. Eine Leistung epischen Ausmaßes. Suche. Sehr gut.

Also. Er musste sich erklären. Sie mussten ihn verstehen. Erst nachdem sie begriffen hatten, was er tat, konnten sie auch begreifen, dass er die Wahrheit sagte. Es war der einzige Weg. Nur so konnten alle von seinem Beispiel lernen. Dann würde man ihn feiern.

Er lachte. Vielleicht würde er doch noch berühmt werden. Er überlegte weiter. Und lächelte. Ihm kam ein neuer Gedanke. Vielleicht war die Polizei doch gar nicht so dumm. Vielleicht waren sie richtig clever. Vielleicht hielten sie absichtlich Informationen vor den Medien zurück. Vielleicht erzählten sie ihnen nicht die ganze Geschichte. Vielleicht nicht mal einen Teil davon.

Also: Was nun?

Er öffnete die Augen. Er wusste es. Es lag auf der Hand. So einfach. Er hatte ihre Aufmerksamkeit. Jetzt musste er sie nur noch wissen lassen, dass es ihm ernst war.

Er stand auf, ging zur Jukebox und wählte eine neue Platte aus. Garnet Mimms: »Cry Baby«.

Es gab keinen Grund zum Weinen, dachte er. Die Zukunft hatte nie strahlender ausgesehen.

12

»Wurde ihr eigentlich schon offiziell etwas zur Last gelegt?«, wollte Marina wissen, als sie mit Anni und Mickey den Gang im Finnister House entlangging. Ein Pfleger, groß und stämmig, war mit von der Partie. »Dieser Fiona-Welch-Imitatorin?«

»Das ist es ja gerade«, sagte Mickey. »Wir wissen gar nicht genau, *was* wir ihr zur Last legen sollen.«

»Wir hätten sie der Beihilfe beschuldigen können oder der Annahme einer falschen Identität, so was in der Art.« Anni zuckte mit den Schultern. »Aber sobald sie verkündet hatte, sie sei Fiona Welch, schrillten bei uns die Alarmglocken los, und wir haben sie herbringen lassen.«

»Und sie ist aus freien Stücken mitgekommen?«, fragte Marina.

»Es war ein Kompromiss, den wir mit ihrem Anwalt ausgehandelt haben«, erklärte Mickey. »Kein Gefängnis, keine U-Haft. Stattdessen kann sie hier beobachtet und therapiert werden. Sie war sofort damit einverstanden.«

»Hat euch das nicht stutzig gemacht?«, wollte Marina wissen.

»Oh doch«, sagte Anni. »Deshalb bist du ja hier.«

»Unter anderem«, sagte Marina.

Anni und Mickey schwiegen.

Sie blieben stehen. Der Flur war groß und hell. Es hätte ein ganz normales Krankenhaus sein können, wären die Scheiben aus Drahtglas in den Fenstern und die massiven Sicherheitsschlösser an den Türen nicht gewesen. Und die schwenkbaren Überwachungskameras in sämtlichen Ecken. Sie waren sogar einigen Patienten begegnet, die ohne Begleitung unterwegs waren. Marina wusste, dass dies ohne Kameras niemals möglich gewesen wäre. Die Insassen mochten sich ohne Begleitung bewegen, aber allein – unbeobachtet – waren sie niemals. Nicht an einem Ort wie diesem.

»Da wären wir«, verkündete Anni.

Die Tür, vor der sie standen, sah genauso aus wie alle anderen Türen auf dem Gang. Sie hatte ein dickes Stahlschloss. Der Pfleger trat vor, holte aus der Ledertasche an seiner Hüfte einen an einer Kette befestigten Schlüssel hervor und sperrte die Tür auf. Bevor er sie öffnete, wandte er sich an die drei. »Soll ich mit reinkommen?«, fragte er. »So sind eigentlich die Regeln, Sie wissen schon.«

»Wenn Sie möchten«, sagte Mickey. »Könnte aber ein bisschen voll werden.«

»Wie Sie wollen«, sagte er. »Dann warte ich hier draußen. Aber denken Sie dran: kein Körperkontakt. Halten Sie

Abstand. Sie wurden durchsucht? Haben alles am Tor abgegeben?«

»Haben wir«, bestätigte Mickey.

»Man kann nicht vorsichtig genug sein.« Er drehte sich wieder zur Tür und öffnete sie. »Ich hoffe, Sie sind angezogen, Fiona«, rief er. »Sie haben nämlich Besuch.«

Er öffnete die Tür weit. Marina warf einen Blick ins Zimmer. Auf dem Bett saß eine Frau. Jung, Ende zwanzig, höchstens Anfang dreißig. Sie hatte die Beine untergeschlagen und las. Die Ankunft der Besucher ließ sie aufschauen. Ihr Blick glitt über ihre Gesichter. Sie lächelte. »Kommen Sie nur rein«, sagte sie. »Ich kriege nicht oft Besuch.«

Sie betraten das Zimmer, und die Tür wurde hinter ihnen geschlossen.

Marina studierte die Frau, die von sich behauptete, Fiona Welch zu sein. Klein. Kompakt. Dunkelhaarig. Sie trug die in der Klinik vorgeschriebene Einheitskluft aus T-Shirt und Jogginghose. Langsam streckte sie die Beine aus und erhob sich grazil vom Bett. Sie lächelte immer noch, gab jedoch nichts preis. Ihr Gesicht war wie eine Wand.

»Bitte, setzen Sie sich doch, wenn Sie irgendwo Platz finden«, sagte sie. Marina sah sich im Zimmer um. Es hatte die spartanische Schlichtheit einer Gefängniszelle – Bett, Tisch, WC-Bereich und Waschbecken –, doch es gab auch persönliche Akzente. Auf dem schmalen Regalbrett standen einige Toilettenartikel, daneben Bücher und Akten.

Marina entschied sich für den Stuhl am Tisch und setzte sich. Anni ließ sich auf der Tischkante nieder, Mickey blieb stehen.

»Ich fürchte, ich kann Ihnen keinen Tee anbieten«, sagte Fiona Welch. »Und sonst leider auch nichts. Solche Dinge vertraut man uns hier nicht an. Anscheinend aus der Befürchtung heraus, wir könnten jeden beliebigen Haushaltsgegenstand als Waffe, Folterinstrument oder zur Selbstverletzung nutzen. Als wären wir MacGyver.«

»Kein Problem«, sagte Marina.

»Gut«, sagte Fiona Welch und nickte. Sie setzte sich wieder aufs Bett. »Also, wie komme ich zu dieser Ehre?« Sie fixierte Marina. »Ms Esposito?«

»Sie wissen, wie ich heiße?«, fragte Marina.

»Aber natürlich«, antwortete Fiona Welch. »Ich kenne Ihren Mann, wir haben zusammengearbeitet.« Ihre Miene veränderte sich, sie schlug die Augen nieder. »Tja, das war einmal. Wir ... hatten in zu vielen Dingen eine unterschiedliche Auffassung.«

»Eine unterschiedliche Auffassung.«

Fiona Welch lächelte. »Ich war damals noch sehr impulsiv. Vorschnell. Sie wissen sicher, wie das ist, das Feuer der Jugend. Man weiß genau, dass man recht hat. Immer. Inzwischen bin ich viel abgeklärter.«

»Ist das so?«

»Absolut. Verstehen Sie mich nicht falsch, ich kann immer noch dieselbe Meinung haben, aber ich muss sie nicht mehr unbedingt so lautstark vertreten. Im Gegenteil, oft bewegt man sogar mehr, wenn man einen sanfteren Ansatz wählt. Finden Sie das nicht auch, Marina? Darf ich Marina zu Ihnen sagen? Schließlich haben wir ja so viele Gemeinsamkeiten. Ich habe das Gefühl, Sie persönlich zu kennen.«

Trotz der Sicherheit, die Annis und Mickeys Anwesenheit ihr gaben, hatte diese Frau etwas an sich, das ein gewisses Unbehagen in Marina weckte. Sie aus dem Gleichgewicht brachte. »Und was genau haben wir gemeinsam?«, fragte sie und hoffte, dass ihre Stimme einigermaßen fest klang.

Wieder ein Lächeln. »Wie geht es Ihrem Mann?«, erkundigte sich Fiona. »Ich habe so gerne mit ihm zusammengearbeitet. Und das obwohl er keine Gelegenheit ausgelassen hat, meine Theorien zu diskreditieren. Theorien, die, wie Sie sicher wissen, sich seitdem als zutreffend erwiesen haben.«

»Was für Theorien meinen Sie konkret?«, fragte Marina neutral und bestimmt.

Fiona Welch lehnte sich zurück. Sie genoss die Aufmerksamkeit. »Über Moral und Manipulation«, erklärte sie. »Vor allem im Zusammenhang mit Männern. Wir machen uns die ganze Zeit etwas vor. Reden uns – als Kollektiv, als Gesellschaft – ein, dass wir moralisch sind. Dass wir den Unterschied zwischen richtig und falsch kennen. Und noch wichtiger: dass wir auch unser Handeln daran ausrichten. Immer. Wenn wir die Wahl haben, handeln wir richtig. Das ist unser Grundsatz. Auf diesen Überzeugungen bauen wir unser Leben auf.« Sie schüttelte den Kopf. »Nein. Das ist eine Lüge. Alles gelogen. Eine solche Differenzierung gibt es nicht. Kein Richtig und kein Falsch. Kein Schwarz und kein Weiß. Streng genommen gibt es nicht einmal Grauzonen.«

»Was gibt es stattdessen?«

Fiona redete ungeduldig weiter, als wäre sie eine Grundschullehrerin, die Fünfjährigen die Grundlagen der Mathematik zu erklären versuchte. »Eine überlieferte Menge an Werten, natürlich. Relative Werte, die man aussetzen oder wegverhandeln kann, je nachdem, welche Bedürfnisse zu einem gegebenen Zeitpunkt Priorität haben.«

»Ist das so?«, fragte Marina.

»Ja, das ist so.« Für ihr Thema entbrannt, beugte sich Fiona Welch vor. »Ein Beispiel: Sie wollen für Ihre Familie sorgen. Das ist Ihre oberste Priorität. Wozu wären Sie bereit, um dieses Ziel zu erreichen? Welche extremen Verhaltensweisen könnten Sie für sich rechtfertigen, wenn es darum ginge, das Wohl Ihrer Familie zu gewährleisten? Jedes, würde ich sagen. Man kann alles wegrationalisieren, solange man sich im Besitz eines guten Grundes wähnt.«

»Ja, ja«, sagte Mickey. »Wir haben auch *Breaking Bad* gesehen.«

Zorn huschte über Fiona Welchs Züge. In diesem Augenblick konnte sich Marina gut vorstellen, wie sie mit ihren Fingernägeln ihrem Mann langsam und tief die Wange zerkratzt hatte.

Doch sie fing sich rasch wieder und beugte sich erneut nach vorn, ein kleines Lächeln auf den Lippen. »Würden Sie mir nicht zustimmen, Marina? Würden Sie nicht auch sagen, dass Sie gewisse Dinge getan haben, um Ihre Familie zu beschützen? Hmm? Dinge, die man als moralisch fragwürdig, wenn nicht gar als rechtswidrig bezeichnen müsste?«

Marina versteifte sich. Sie war sich bewusst, dass Anni und Mickey sie beobachteten. Also schluckte sie die Antwort, die ihr auf der Zunge lag, herunter und sprach leise und ruhig. Ganz Profi.

»So etwas wie Moral gibt es also nicht«, fasste sie zusammen. »Das ist Ihre Kernaussage? Dass alles relativ ist.«

»Genau«, sagte Fiona Welch. Sie klang enttäuscht, dass Marina sich nicht von ihr hatte provozieren lassen.

»Jemand könnte also ein Verbrechen begehen, und es wäre völlig in Ordnung, wenn er davonkäme, solange er nur die passende Entschuldigung hat – ist es das, was Sie sagen wollen?«, fragte Mickey. »So meinen Sie das?«

Sie legte den Kopf in den Nacken, schloss die Augen. Lächelte. »Genau die Reaktion, die ich von einem Mitglied der Polizei erwartet habe. Sie müssen noch viel lernen«, sagte sie leise.

»Warum sind Sie dann hier?«, fragte Marina. »Wenn Ihre Theorien stimmen, was machen Sie dann hier?«

Fiona Welch schlug die Augen wieder auf. »Das sage ich Ihnen gern.«

13

Der Mann im Krankenbett sieht genauso aus wie das, was er ist, dachte Phil: *der einzige Überlebende einer schrecklichen Tragödie.* Er war bleich und dehydriert. Sein Gesicht wirkte eingesunken, und kränkliche Flecken zeigten sich auf der Haut. Er war wach – zumindest halbwegs –, strahlte jedoch eine Erschöpfung aus, die kein noch so langer Schlaf lindern konnte. Seine leblosen Fischaugen lagen tief in ihren Höhlen und fixierten Dinge, die niemand sonst sehen konnte. Eine private Welt des Grauens, von der die anderen im Zimmer – zu ihrer großen Erleichterung – nichts wussten.

»Darren Richards?«, fragte Phil.

Bei der Erwähnung seines Namens erschrak Darren Richards. Hätte er die Kraft dazu gehabt, vermutete Phil, wäre er zusammengezuckt.

»Detective Inspector Brennan«, stellte Phil sich vor und hielt Richards seinen Dienstausweis hin.

Detective Constable Imani Oliver saß am Bett des Mannes. Während Phil sprach, sah er sie an, als suche er bei ihr nach einem Hinweis darauf, wie er reagieren sollte.

Imani war die Erste in Phils Team gewesen, die auf seinen unkonventionellen Ansatz positiv reagiert hatte. Ungewöhnliche Kleidung fördert ungewöhnliches Denken. Sie trug legere, praktische Sachen: Jeans, Pulli und Stiefel. Sie war jung und attraktiv, und ihre dunkle Hautfarbe bildete einen deutlichen Kontrast zu ihrem weißen Zopfpullover. Phil hatte schon oft mit ihr zusammengearbeitet. Er wusste, wie gut sie war, und empfand eine Wertschätzung für ihre Arbeit, die Sperring oft abging. Auch Sperring war gut in seinem Job. Loyal und verlässlich. Aber es fehlte ihm an Menschenkenntnis, und als vorurteilsfrei konnte man ihn weiß Gott auch nicht bezeichnen.

»Schon gut, Darren«, sagte Imani mit sanfter, begütigender Stimme. »Sie können ruhig mit ihm reden. Er tut Ihnen nichts.«

Darren Richards schien das nicht zu überzeugen. Er wirkte zu verstört, um überhaupt über das Erlebte zu sprechen.

Imani, die dies instinktiv spürte, ergriff erneut das Wort. »Keine Sorge. Er will Ihnen nur helfen. So wie wir alle.«

Phil fand einen freien Stuhl, den er ans Bett stellte. Eine Schwester zog die Vorhänge zu, damit sie wenigstens den Anschein von Privatsphäre hatten.

»Bitte strengen Sie ihn nicht unnötig an und sorgen Sie dafür, dass er sich nicht aufregt«, bat sie Phil.

»Ich mache es so kurz wie möglich«, versprach dieser. »Danke.« Er schenkte ihr ein Lächeln, das die Schwester scheu erwiderte.

»Gern geschehen. Ich verstehe ja, dass Sie nur Ihre Arbeit machen.«

»Genau wie Sie.«

Phil lächelte immer noch. Die Schwester errötete leicht und ging.

»Sie Charmeur, Sie«, sagte Imani leise.

»Immer höflich sein«, meinte er. »Vielleicht habe ich uns damit gerade ein bisschen mehr Zeit rausgeschunden.« Dann wandte er sich wieder Darren Richards zu. Der traumatisierte junge Mann war umgeben von Infusionsständern und Monitoren. *Wahrscheinlich hat er noch nie in seinem Leben so viel Aufmerksamkeit bekommen*, dachte Phil, ehe es ihm einfiel: Richards hatte schon vor einem Richter gestanden. Mehrmals sogar. Das war auch einer der Gründe, weshalb Sperring es vorgezogen hatte, Phil nicht ins Krankenhaus zu begleiten.

»Sie können mit solchen Typen besser umgehen als ich«,

hatte er gesagt und sich keine Mühe gemacht, seinen Abscheu zu verhehlen. »Ich fahr zurück aufs Revier. Mal schauen, ob Nadish schon eine Spur hat, der man weiter nachgehen sollte. Und ich prüfe ein paar Hinweise von heute Vormittag.«

»Als da wären?«, hatte Phil gefragt.

»Moses Heap, zum Beispiel. Der Kerl macht mich aus irgendeinem Grund nervös. Nicht nur wegen all des Zeugs in der Zeitung. Da ist noch was anderes. Ich weiß nur noch nicht, was. Ich hab da so ein Gefühl. Das ist, als würde mich was jucken, und ich muss unbedingt kratzen.«

»Wunderbar. Dann lasse ich Sie mal machen«, hatte Phil entgegnet und war alleine ins Krankenhaus gefahren.

Er rückte seinen Stuhl näher ans Bett. »Also, Darren«, begann er in demselben Tonfall wie Imani. »Was ist passiert?«

Darren Richards' Augen weiteten sich. Die Angst verschwand aus seinem Blick, der nun leer und hohl wurde. *Red nicht mit den Bullen,* dachte Phil. *Alte Gewohnheiten legt man nur schwer ab.*

»Weiß nicht«, sagte Darren.

»Na, kommen Sie, Darren«, sagte Phil. »Sie müssen doch wissen, was passiert ist. Sie waren schließlich dort.«

Darren Richards mauerte. »Kann mich nicht erinnern.«

Vielleicht gab es noch einen anderen Grund, weshalb er nicht redete, überlegte Phil. Einen viel näherliegenden. »Ich kann verstehen, dass Sie sich nicht erinnern wollen«, sagte er. »Das ist bestimmt alles sehr schmerzhaft für Sie. Was Sie durchgemacht haben, würde jeden zutiefst erschüttern.«

»Wenn Sie schon wissen, was ich durchgemacht hab, wieso soll ich's Ihnen dann noch mal erzählen?«

»Weil ich herausfinden möchte, wer das getan hat. Und um zu verhindern, dass er es wieder tut.«

»Ich war's nicht«, sagte Darren Richards schnell. Zu schnell. Danach war es, als hätte die plötzliche Anstrengung ihn erschöpft. Er ließ sich zurück in die Kissen sinken.

Phil fuhr fort. »Nein, davon gehe ich auch nicht aus. Aber bestimmt haben Sie doch etwas mitbekommen. Sie haben den Täter gesehen. Sie müssen mir alles sagen, was Sie über ihn wissen.«

Darrens Erinnerungen kamen zurück, auch wenn er sich dagegen sträubte. Phil sah es in seinen Augen. Er musste ihn zum Sprechen bringen, ehe er wieder dichtmachte.

»Bitte, Darren, helfen Sie mir.« Phil warf einen Blick zu Imani – ein Signal, dass sie etwas sagen sollte.

»Wir werden ihn kriegen, Darren«, sagte sie. »Wir werden dafür sorgen, dass Chloes und Shannons Mörder vor Gericht gestellt wird. Das haben die beiden verdient. Aber Sie müssen uns dabei helfen. Ich weiß, es ist schwer. Ich weiß, es schmerzt, aber wir brauchen Ihre Hilfe. Bitte.«

»Sagen Sie es uns jetzt«, sagte Phil. »Dann haben Sie es hinter sich und können mit dem Vergessen beginnen.«

»Bitte«, wiederholte Imani.

»Wie hat er ausgesehen?«, fragte Phil und lehnte sich vor. »Können Sie sich daran erinnern? Konnten Sie einen Blick auf ihn werfen? War es überhaupt ein Mann?«

Darrens Atmung wurde hektisch. Sein Blick zuckte umher, ohne wirklich etwas wahrzunehmen. Er kämpfte gegen die Erinnerungen an. Phil warf einen Blick auf den Herzmonitor; die Linie bewegte sich schneller. Sie warteten.

»Knochenschädel«, sagte er irgendwann. Seine Stimme klang heiser und gebrochen, und er sprach das Wort aus, als würde es ihm mühsam aus dem Hals gezogen.

Phil und Imani tauschten einen verwirrten Blick.

»Knochenschädel?«, wiederholte Phil. »Sie meinen, er war hager? So dass man die Knochen unter der Haut sehen konnte?«

Darren schüttelte den Kopf. »Nein … ein Totenschädel …«

Imani lehnte sich vor. »War er geschminkt?«

Er schüttelte den Kopf.

»Eine Maske?«, fragte sie weiter. »Meinen Sie das? Trug er eine Maske, die aussah wie ein Totenschädel?«

Auch diesmal war die Antwort ein Kopfschütteln. »Nein. Eine Maske. Ja. Aber keine Totenkopfmaske. Sie sah nur so aus wie eine Totenkopfmaske.«

»Was war es denn?«, fragte Phil.

Darren runzelte angestrengt die Stirn. »Gas … maske …«

Phil begriff. »Eine Gasmaske. Er trug eine Gasmaske.«

Darren nickte.

»Und diese Gasmaske«, fuhr Phil fort, »die hatte runde Augen? Sie war hell und engsitzend?«

Darren nickte.

»Und sie sah aus wie ein Totenschädel.«

Darren erschauerte und schloss die Augen.

»Aha«, sagte Phil. Er hatte das Gefühl, dass es vorwärtsging.

»Wie sind Sie dorthin gekommen, Darren? In das Gebäude?«

»Weiß nicht mehr«, sagte Darren mit geschlossenen Augen.

»Überhaupt keine Ahnung?«

Darren schüttelte den Kopf. »Bin einfach da drinnen aufgewacht. Auf diesem Stuhl …« Abermals erschauerte er, und diesmal drohte es in anhaltendes Zittern umzuschlagen. Phil und Imani wussten, sie mussten ihn zum Reden bringen, ehe er die Nerven verlor.

»Was ist das Letzte, woran Sie sich noch erinnern?«, fragte Imani.

»Ich war auf dem Weg zu Wayne«, sagte Darren, dessen Stimme nur noch ein müdes Flüstern war.

»Wayne«, sagte Phil. »Und waren Sie betrunken, als Sie zu Wayne gegangen sind?«

Darren schüttelte erneut den Kopf.

»High?«

Erneutes Kopfschütteln. »Nein, Mann.« Langsam wurde Darren ärgerlich.

»Gut«, lenkte Phil ein. »Sie waren also auf dem Weg zu Wayne. Zu Ihrem Freund Wayne.« Er nahm sich vor, in Darren Richards' Akte nach dem Namen zu suchen und ihn überprüfen zu lassen. »Und als Nächstes sind Sie dann in dem Gebäude aufgewacht.«

Darren nickte.

»Mit Klebeband an den Stuhl gefesselt.«

Darren nickte erneut, die Augen fest zugekniffen.

»Wer ist Wayne?«, fragte Imani.

Darren zuckte mit den Schultern. »Ein Kumpel.«

»Könnte er der Täter gewesen sein? Könnte er Ihnen das angetan haben?«, fragte wieder Imani.

Darren öffnete die Augen. »Nee, Mann.« Er klang regelrecht schockiert.

Phil beugte sich erneut vor. »Haben Sie irgendeine Ahnung, wer es gewesen sein könnte? Wer hätte ein Motiv haben können? Fällt Ihnen irgendjemand ein?«

Darrens Unbehagen wuchs. Je drängender die Fragen wurden, desto ruheloser warf er sich im Bett hin und her, so als ob er fliehen wolle. Doch dazu fehlte ihm ganz offenbar nicht nur die Kraft, sondern auch die Fähigkeit, seinen Gliedmaßen die entsprechenden Befehle zu erteilen.

»Wirklich gar keine Ahnung, Darren?«

Darren schüttelte den Kopf, diesmal ziemlich heftig.

»Was wollte der Täter denn, Darren?«, fragte Imani. »Warum könnte er das getan haben?«

Darren fing schon wieder an zu zittern. Er zitterte immer stärker, als würde es seinen Körper zerreißen. Sein Mund zuckte und öffnete sich, als wolle er sprechen, doch es kamen keine Worte.

Phil bohrte weiter. »Warum, Darren? Warum hat er das getan?«

Darrens Zittern hörte nicht auf. Sein Mund verzerrte sich. Phil und Imani verstummten. Warteten ab, was als Nächstes passieren würde. Dann begann Darren zu schreien.

»Gerechtigkeit ... Gerechtigkeit ... er wollte ... er hat gesagt, er ... ich musste ... ich sollte Gerechtigkeit üben ...«

Wieder ein Schrei, der in ein Schluchzen überging, das wiederum zu einem schrecklichen animalischen Wimmern wurde, wie Phil es noch nie zuvor gehört hatte.

Die Schwester zog die Vorhänge auf und trat ans Bett. Aber Phil war bereits aufgesprungen, gab Anweisungen und eilte in Richtung Ausgang.

Gerechtigkeit.

14

»Also. Gehen wir die Sache noch mal durch, in Ordnung?« Glen Looker starrte seinen Mandanten an und versuchte, seinen Ärger herunterzuschlucken – von seinem Sarkasmus ganz zu schweigen. »Nur, dass Sie diesmal nicht die Turnschuhe erwähnen.«

»Aber das waren meine Turnschuhe.«

Glen Looker ließ den Kopf in die Hände sinken und schüttelte ihn langsam. Irgendwann sah er auf. *Schade,* dachte er. Sein Problem hatte sich nicht in Luft aufgelöst. Es saß ihm immer noch gegenüber, lebensgroß und doppelt so dämlich.

»Ja, Leon. *Ich* weiß, dass es Ihre Turnschuhe waren. *Sie* wissen, dass es Ihre Turnschuhe waren. Und Sie wissen auch, wie das Blut darauf geraten ist.«

Leon grinste. »Weil ich Milton in die Seite getreten hab, als er geblutet hat.«

Glen seufzte. »Leon, wenn Sie das außerhalb dieses Raumes erwähnen ...« Er hielt inne. *Außerhalb* war vermutlich bereits ein zu schwieriges Wort für seinen Mandanten ... »Ich meine, da draußen – ich darf Sie daran erinnern, dass dies ein ganz besonderer Raum ist, in dem Sie alles sagen können, was Sie wollen, und niemand kann Sie dafür belangen. Aber wenn Sie genau dasselbe jemandem da draußen erzählen, wird man Sie ins Gefängnis stecken, Leon. Haben Sie das verstanden?«

Leon legte die Stirn in Falten.

Nein, dachte Glen. *Er hat es nicht verstanden.*

Er seufzte erneut. »Noch einmal ganz von vorn, ja? Es war Abend, und Sie waren unterwegs zu Ihrem Lieblings-Hühnchengrill, ist das korrekt?«

Leons Gesicht begann zu leuchten. »Ja. Chicken Cottage. Richtig geil da. Die haben auch Pommes und alles.«

»Verstehe. Sie wollten das Abendessen für Ihre Familie besorgen, weil Ihnen Ihre Familie am Herzen liegt und es Ihnen wichtig ist, für sie zu sorgen, wann immer Sie können.«

Wieder runzelte Leon die Stirn. »Das stimmt so aber nicht, Mr Looker. Nee.«

»Was meinen Sie damit, das stimmt so nicht? Darauf haben wir uns doch geeinigt.«

Leon schüttelte den Kopf. »Nee, Mr Looker, ich bin da

hin, weil ich Beef mit Milton hatte. Hab nach ihm gesucht. Er hat mich gedisst, und ich hab's mitbekommen, und das geht gar nicht. Ich wollte ihn abstechen.« Er grinste. »Hab's ihm so richtig gegeben, nicht wahr?«

Glen stöhnte und schloss die Augen. *So habe ich mir mein Leben nicht vorgestellt*, dachte er. *Warum ich? Ich dachte, ich wäre inzwischen in einer dieser schicken Kanzleien mit scharfen Sekretärinnen und Koks zum Mittagessen. Stattdessen sitze ich hier und muss den letzten Abschaum vertreten. Warum tue ich mir das an? Ich sollte ihn einfach in den Zeugenstand rufen, dann verzapft er seinen Mist und wandert in den Knast.* Er nickte. *Ja*, dachte er. *Genau so mache ich es.*

»Kann ich dann jetzt gehen?«, fragte Leon.

»Wohin wollen Sie denn gehen, Leon? Zurück in Ihre Zelle? Haben Sie's etwa eilig, dahin zu kommen?«

»Aber es ist nicht mehr lange, oder, Mr Looker? Sie können da doch was drehen, oder? Das machen Sie doch immer. Sie finden schon was. Sie hauen mich raus.«

Glen Looker atmete tief durch. »Leon, lassen Sie es mich erklären. Wenn Sie nicht mit mir zusammenarbeiten, wenn Sie die Dinge nicht so sehen, wie ich sie sehe, wenn Sie nicht so denken, wie ich Ihnen sage, dass Sie denken sollen, dann kommen Sie hier nicht mehr raus. Verstehen Sie das?«

Leon wirkte verletzt und sah aus, als wäre er den Tränen nahe.

»Versuchen wir es also noch mal, Leon. Sie sind zum Chicken Cottage gegangen, um für Ihre Familie etwas zu essen zu besorgen. Auf dem Rückweg hat jemand Sie angerempelt. Das war Milton. Er hat geblutet. Sie sind weggerannt. Was auch immer ihm passiert war, Sie wollten da nicht mit hineingezogen werden. Es war ja allgemein bekannt, dass Sie und Milton nicht gut miteinander auskamen, und Sie wollten nicht, dass man Ihnen die Schuld dafür gab, was ihm zugestoßen war. Sie wollten einfach nur so schnell wie möglich nach Hause und Ihrer Familie das Essen bringen, das Sie für sie gekauft hatten.

»Ich kauf meiner Mum doch nichts zu essen. Die ist 'ne dreckige Hure.«

Glen knirschte mit den Zähnen. Fuhr jedoch unbeirrt fort. »Sie sind in Miltons Blut ausgerutscht. So ist es auf Ihre Turnschuhe gelangt. Richtig?«

Leon schüttelte den Kopf. »Das ist ziemlich viel zu merken.«

»Ja, das ist es, Leon. Das ist es.«

Er musterte das viel zu groß geratene Kind in seinem Gefängnis-Jogginganzug. Der hiesigen Presse zufolge war Leon eines der gefürchtetsten und gefährlichsten Gangmitglieder der Stadt. *Vielleicht könnte ich auf verminderte Schuldfähigkeit plädieren*, überlegte Glen. *Er ist zu beschränkt, um zu begreifen, was er tut.* Das Problem war nur: Er war nicht *wirklich* beschränkt. Leon war getestet und für voll schuldfähig befunden worden. Diesmal würde er diese Verteidigungsstrategie nicht anwenden können. Nun ja, er hatte es versucht.

»Ich weiß nicht, ob ich das hinkrieg, Mr Looker.«

»Üben Sie, Leon. Üben Sie. Sie kriegen das hin. Kommen Sie schon. Geben Sie sich einen Ruck.«

Leon starrte ihn an.

»Na los, Leon.«

»Was, meinen Sie jetzt gleich?«

Glen lehnte sich mit verschränkten Armen zurück und starrte an die Decke. »Ich frage mich, ob es vielleicht doch noch nicht zu spät ist, Feuerwehrmann zu werden …«

»Was, Mr Looker? Wollen Sie etwa gehen?«

Er setzte sich wieder aufrecht hin. »Nein, Leon. Ich gehe

nicht. Und jetzt kommen Sie. Sie haben gehört, was ich gesagt habe. Jetzt versuchen Sie es.«

Leon kniff vor lauter Konzentration die Augen zusammen. »Ich bin zu Chicken Cottage, weil ich Essen für meine Familie holen wollte.« Strahlend sah er Glen an. »Ich mach das gut, oder, Mr Looker?«

»Ganz phantastisch, Leon. Oscarreif. Und jetzt weiter.«

Erneut kniff Leon die Augen zusammen. Er suchte angestrengt nach den richtigen Worten und versuchte diese dann in der richtigen Reihenfolge anzuordnen. »Ich sorge gern für meine Familie. Sogar für meine Mutter. Weil sie das nämlich nicht macht. Ranzige Schlampe.«

»Sie weichen vom Text ab, Leon.«

»Sorry. Sorry.« Er konzentrierte sich wieder. »Ich sorge gerne für meine Familie. Will, dass sie was Gesundes und Nahrhaftes zu essen bekommen.« Wieder strahlte er. »Gefällt Ihnen das, Mr Looker?«

»Brillant, Leon. Sie sind bombastisch. Weiter.«

Zufrieden fuhr Leon fort. »Und dann hab ich Milton gesehen, mit dem ich Beef hatte.«

»Nein, Leon, das sagen Sie *nicht.*«

»Wieso nicht? Hab ich doch. Das wissen alle von meinen Leuten.«

»Ja, aber Sie müssen die Geschworenen davon überzeugen, dass Sie, *obwohl* Sie und Milton Streit hatten –«

»Wir hatten richtig krasses Beef.«

»Genau. Aber das müssen Sie vergessen und stattdessen die Geschworenen davon überzeugen, dass Sie mit seinem Tod nichts zu tun hatten. Verstanden? Dass es ein Unfall war. Ja? Sie müssen sich an die Geschichte halten, die ich Ihnen gerade erzählt habe. Diese Geschichte müssen Sie vor Gericht erzählen. Das ist die *einzige* Geschichte, die Sie erzählen dürfen. Verstehen Sie das?«

Leon machte die Augen zu und runzelte dermaßen lange die Stirn, dass Glen schon dachte, er wäre eingeschlafen.

»Ja, Mr Looker«, sagte er schließlich und riss die Augen wieder auf. »Das ist so, als würden wir eine spannende Geschichte erzählen, oder? Wir müssen sie so erzählen, dass sie total wahr klingt und alle uns glauben. Nicht wahr?«

Glen lächelte. »Sie haben es auf den Punkt gebracht, Leon.« Er unterdrückte ein Gähnen. »Sollen wir es noch mal probieren?«

Kaum hatte er die Justizvollzugsanstalt von Birmingham verlassen und sich auf den Weg zu seinem Wagen gemacht – Leons erbärmlicher Versuch einer Aussage hallte immer noch in seinen Ohren wider –, warf Glen Looker einen Blick auf sein Handy. Die Nachricht auf seiner Mailbox ließ ihn abrupt stehen bleiben. Er spielte sie ein zweites Mal ab.

»Verdammte Kacke«, sagte er laut und strebte zu seinem Wagen.

Als wäre sein Tag nicht schon lausig genug.

15

»Ich bin sehr glücklich hier.« Fiona Welch lehnte sich zurück, als würde sie es sich in ihrer Lieblingsbar auf ihrem Lieblingssessel bequem machen.

»Gut«, sagte Marina. »Das freut mich. Und ist das auch der Grund, weshalb Sie hier sind? Weil es Sie glücklich macht?«

Ein Lächeln zeigte sich auf Fiona Welchs Zügen. Ein Lächeln, das Geheimnisse verbarg. Und keine angenehmen. »Sagen wir einfach, es passt momentan gut in meine Pläne.«

Marina wartete auf mehr, doch sie wurde enttäuscht. »Das ist alles? Deshalb wollten Sie hierherkommen?«

»Ich bin aus freien Stücken hier«, sagte Fiona Welch.

»Während Ermittlungen gegen Sie laufen«, warf Mickey ein. »Während Ihre Behauptungen überprüft werden und wir darauf warten, dass wir Anklage gegen Sie erheben können.«

Fiona Welch sah Marina an. In ihrem Blick lag Hohn. »Wie halten Sie den bloß aus? Hm? Ich meine nicht nur ihn als Person, sondern diese ganze Polizisten-Mentalität. Vor allem bei den Männern. Stur. Ideenlos. Langweilig. Fade und vorhersehbar. Finden Sie nicht?«

Auch diesmal ließ Marina sich nicht provozieren, auch wenn sie merkte, wie Mickey sich versteifte. Sie hoffte, dass es ihm gelingen würde, sich eine Erwiderung zu verkneifen und der Frau keine weitere Munition zu geben.

»Dies hier ist der ideale Ort, um meine Arbeit fortzuführen«, erklärte Welch.

»Der ideale Ort?«, fragte Marina. »Aber Sie sind hier doch Patientin.«

»Aus freien Stücken«, sagte sie. »Ich habe hier reichlich Gelegenheit zum Arbeiten. Dieser Ort strotzt nur so vor potentiellen Fallstudien. Ich habe ungehinderten Zugang zu einigen der perversesten Köpfe des Landes. Noch dazu ausnahmslos Frauen. Die Arbeit, die bislang auf diesem Gebiet geleistet wurde, ist überaus dürftig und, wenn ich mir die Bemerkung erlauben darf, auch recht stümperhaft. Geprägt von Ignoranz. Und ich weiß, wovon ich spreche. Ich habe alles gelesen. Nein. Das hier ist meine Gelegenheit – meine Chance, den existierenden Werken über weibliche Psychopathologien etwas wirklich Neues, Bahnbrechendes hinzuzufügen. Wenn ich bereit bin, diesen Ort hier zu verlassen, wird meine Arbeit ohne Zweifel zu den Standardwerken auf dem Gebiet zählen.«

»Aha«, sagte Marina. »Verstehe.«

Fiona Welchs Miene verdüsterte sich. Ihr Blick richtete sich fest auf Marina. »Verspotten Sie mich nicht.« Ihre Stimme war leise und gefährlich. »Bitte machen Sie nicht den Fehler, mich zu verspotten.«

Marina spürte, wie ihr die Röte in die Wangen stieg. Der plötzliche Wechsel im Tonfall der Frau war verstörend. »Ich wollte Sie nicht verspotten. Ich finde bloß, es ist ... ziemlich viel auf einmal, mehr nicht. Eine ganze Menge Arbeit.«

»Der ich mehr als gewachsen bin, das kann ich Ihnen versichern.« Sie verstummte und starrte Marina an, den Kopf zur Seite geneigt.

»Wissen Sie«, meinte sie irgendwann. »Ich habe mir Sie jünger vorgestellt.«

Marina versuchte ihr Erstaunen zu verbergen. »Was m ... was meinen Sie damit?«

»Nur das. Jünger. Ich kenne Phil so gut, da hätte ich nicht gedacht, dass die Frau, die er heiratet, so ... alt ist wie Sie. Ich dachte, er würde sich für eine jüngere Person entscheiden, mehr nicht.«

Marina gewann ihre Fassung wieder. »So, dachten Sie das? Aha. Na ja, was soll ich sagen? Sie haben sich geirrt. Er hat sich für mich entschieden.«

Fiona Welch nickte. »Das hat er. Ja. Aber ...« Sie schüttelte den Kopf. »Ich bin mir sicher, manchmal, wenn er Sie so ansieht, wenn ihm auffällt, dass Ihre Haare nicht mehr dieselbe Farbe haben wie früher – obwohl es zugegeben gut gemacht ist –, dass Ihr Make-up ein bisschen dicker aufgetragen ist und Sie länger im Fitnessstudio schwitzen, sich für immer geringere Resultate immer mehr anstrengen müssen ... Bestimmt sieht er Sie gelegentlich an und ... Nun ja, ich denke nicht, dass er sich eine andere wünscht, das ist einfach nicht sein Stil, oder? Treue ist ihm wichtig. Nein. Aber bestimmt hat er so gewisse Momente, meinen Sie nicht? Nur ein paar Sekunden. Diese kleinen Augenblicke der Unzufriedenheit, wenn er sich denkt ... Sie ist alt. Sie wird immer älter. Und er selbst fühlt sich noch jung, als würde er so bleiben, wie er ist, aber Sie nicht ... und –«

»Wollen Sie auf irgendetwas Bestimmtes hinaus?«, fragte Marina eine Spur lauter und unbeherrschter, als sie beabsichtigt hatte.

Fiona Welch lächelte. »Nur eine kleine Anregung zum Nachdenken. Das ist alles.«

Anni stand auf. »Gibt es sonst noch was? Wenn nicht, sollten wir jetzt wohl gehen.«

Fiona Welch hob spöttisch die Hände, um zu signalisieren, dass sie nichts dagegen hatte. »Lassen Sie sich von mir nicht aufhalten.«

Die anderen beiden machten sich zum Gehen bereit. Fiona Welch erhob sich ebenfalls und trat auf Marina zu. Ergriff ihre Hand. »Ich bin froh, dass ich endlich Gelegenheit hatte, Sie kennenzulernen. Persönlich.«

Marina sagte nichts.

»Bitte richten Sie Phil ganz liebe Grüße von mir aus, ja?«

Marina zog ihre Hand weg.

Die drei gingen zur Tür. Fiona Welch lachte. »Ja, Marina. Bestimmt werden wir uns bald viel öfter sehen.«

Verwirrt und, wenn sie ehrlich war, auch etwas beunruhigt, drehte Marina sich um. »Was meinen Sie damit? Wieso glauben Sie, dass wir uns ab jetzt öfter sehen werden?«

»So ist es eben. Warten Sie einfach ab, was passiert. Dann werden Sie zu demselben Schluss kommen.« Sie tat so, als wolle sie sich abwenden, dann drehte sie sich noch einmal um, als wäre ihr plötzlich ein Gedanke gekommen. »Wie geht es übrigens Ihrer Tochter? Sie muss ja inzwischen ... vier Jahre alt sein?«

Marina merkte, wie sie zu zittern begann. »Das geht Sie nicht das Geringste an.«

»Richten Sie auch ihr liebe Grüße von mir aus, wenn Sie mögen.«

»Kommt«, sagte Mickey. »Gehen wir.«

Die drei waren an der Tür.

»Ach, Marina«, sagte Fiona Welch. »Eine Sache noch.«

Wider besseres Wissen drehte Marina sich erneut zu ihr um.

»Sagen Sie Phil ...« Sie hielt inne und bewegte stumm den Mund, als suche sie nach dem richtigen Wort. Dem perfekten Wort. »Sagen Sie Phil ... Gerechtigkeit. Es dreht sich alles um Gerechtigkeit.«

Marina runzelte die Stirn. »Was soll das bedeuten, alles dreht sich um Gerechtigkeit?«

Sie wandte sich ab und sah aus dem Fenster. »Er wird es schon wissen.«

Sie sprachen nicht, bis sie das Krankenhaus verlassen hatten und draußen im kalten Herbstsonnenschein standen.

»Also, die war ja kein bisschen unheimlich, was?«, meinte Mickey.

»Ich habe das Gefühl, ich muss baden«, sagte Anni. »Mein Gott.«

Marina schwieg.

»Was sollte das?«, fragte Anni. »Die Bemerkungen, die sie dir gegenüber gemacht hat?«

»Ach, das Gefasel einer Wahnsinnigen. Das Übliche. Was solche Leute eben so von sich geben.« Marina versuchte es herunterzuspielen, aber da war etwas in Fiona Welchs Worten gewesen, das sie beunruhigte. Das einen wunden Punkt getroffen hatte. Sie war sich bewusst, dass sie genau das beabsichtigt hatte, und ärgerte sich über sich selbst, weil sie ihr in die Falle gegangen war. Trotzdem, das Gefühl ließ sich nicht abschütteln.

»Ich fahre nach Hause«, sagte sie.

»Oh«, sagte Anni, unfähig, ihre Enttäuschung zu verbergen. »Wir hatten gehofft, du kommst noch mit zu uns, und wir verbringen den Abend gemeinsam.«

Marina sah sich um. Spürte eine Kälte in der Luft. Hatte das Gefühl, von unsichtbaren Augen beobachtet zu werden.

»Ich sollte besser nach Hause fahren«, sagte sie.

16

Das Restaurant *Bank* in Brindleyplace, Birmingham. Inmitten einer Kulisse aus Glas und Stahl bot es feines Essen und Ausblick über den Kanal sowie eine ganze Reihe Kettenrestaurants und Läden. Zu Mittag hatte hier reger Betrieb geherrscht. Inzwischen war die Mittagszeit längst vorbei, doch einige der Gäste schienen nicht zu wissen, wann es Zeit zum Aufbruch war.

Und genau so gefiel es John Wright, der ebenfalls zum harten Kern gehörte. Wozu war man Chef, wenn man nicht hin und wieder ein paar Vorteile genießen konnte? Das Essen war so gut wie beendet, die Dessertteller waren abgeräumt. Jetzt ging man zu Kaffee und Likör über. Offiziell war es eine Strategie-Besprechung, doch man nutzte die Gelegenheit gern, um sich selbst zu feiern. Das war Tradition, wenn die Boni ausgeschüttet wurden. Die Mitarbeiter freuten sich jedes Mal darauf, und er enttäuschte sie nie. Er mochte das Gefühl, trotz allem noch einer von ihnen zu sein. Natürlich nur bis zu einem gewissen Grad.

Jetzt tranken sie ihre Digestifs und erzählten einander

Anekdoten, je lauter und zotiger, desto besser. Jeder versuchte, seinen Vorredner auszustechen. Selbst zum Mittagessen blieb der Konkurrenzkampf nicht aus.

Er betrachtete die anderen in der Runde. Er arbeitete schon so lange bei der Bank, dass er die einzelnen Typen auf den ersten Blick unterscheiden konnte. Da waren die jungen, gierigen Haifische, die Prinzen, die sich auf dem Weg nach oben wähnten und denen es vollkommen gleichgültig war, wen sie auf dem Weg dorthin ans Messer lieferten und wie viel sie von sich verkaufen mussten. Sie lachten laut über alle seine Witze und kämpften darum, in seiner Nähe sitzen zu dürfen. Er konnte sie nicht für ihr Verhalten verurteilen. Er war früher genauso gewesen.

Dann gab es noch die, die nur ihre Zeit absaßen, die ewig treuen Beta-Männchen und Ja-Sager, die Hofeunuchen. Sie existierten einzig, um den Willen ihres Chefs zu erfüllen. Morgens kamen sie, und abends gingen sie wieder nach Hause. Sie waren meistens schon älter und verhielten sich insgesamt eher unauffällig. Früher hatte er diese Typen verachtet. Erst als er auf der Karriereleiter immer weiter vorangekommen war, hatte er erkannt, wie nützlich sie waren. Protokollführer. Türwächter. Leute, die ihm die Scheiße vom Leib hielten. Menschliche Schutzschilde. Sie waren ihr Gewicht in – nun ja, nicht direkt in Gold wert, dazu waren sie zu austauschbar. Vielleicht in irgendeinem Halbedelmetall.

Und dann waren da noch die Frauen. Immer wieder die Frauen. Viele seiner Kollegen vertraten die Ansicht, Banking sei ein Geschäft für Männer. Das Hauen und Stechen einer derart konkurrenzbewussten, testosterongesteuerten Umgebung, der schiere Adrenalinrausch – all das überfordere das weibliche Geschlecht. So lautete der stillschweigende Konsens, den aus Angst vor einem Diskriminierungsprozess selbstverständlich niemand laut auszusprechen wagte. Trotzdem war es die Wahrheit. Auf Frauen konnte man sich einfach nicht verlassen. Man stellte sie ein, sie begannen Karriere zu machen, man investierte Zeit und Arbeit in sie, und irgendwann stiegen sie aus, um Babys zu bekommen. Und man musste wieder ganz von vorne anfangen. Trotzdem, er hatte nichts gegen Frauen. Vor allem wenn sie so attraktiv waren wie die ihm gegenübersitzende Denise. Dunkelhaarig, tolle Kurven. Ihr enger Rock stellte nicht nur ihren Körper zur Schau, sondern ließ auch die Strapse erahnen. Sie trug sie nur für ihn. Das wusste er.

Über den ausgelassenen Lärm der Runde hinweg lächelte er ihr zu. Sie erwiderte das Lächeln. Hob aufreizend ihr Glas an die Lippen und trank. Er sah zu, wie sie schluckte. Die Vorstellung galt allein ihm, und er merkte, wie er bei dem Anblick steif wurde.

Dem Himmel sei Dank für die kleinen blauen Pillen.

Sie stellte ihr Glas zurück auf den Tisch – ihr geheimes Zeichen zum Aufbruch. Er hatte sich das ganze Mittagessen über zusammengerissen. Nicht zu viel gegessen, Alkohol nur in Maßen, damit er einen halbwegs klaren Kopf behielt. Alles für Denise. Schließlich wollte er das, was ihn erwartete, genießen können.

Er war ziemlich sicher, dass die anderen wussten, was zwischen ihnen lief. Ihm war es egal. Er wusste auch, dass ein Großteil der jungen Wilden eifersüchtig auf ihn war. Sie sahen Denise als einen der Vorteile an, die der Job mit sich brachte – als einen Bonus, auf den sie noch keinen Anspruch erheben durften, den sie sich aber verdienen wollten. Die anderen, die Beta-Männchen, schauten einfach weg. Das konnten sie am besten. Solche Typen brauchte man im Bankwesen immer.

John Wright stand auf. »Meine Herren ...«, sagte er mitten in die jüngste Anekdote hinein. Der Klang seiner Stimme ließ den Sprecher augenblicklich verstummen. Es wurde still am Tisch. »Es war mir wie immer ein Vergnügen. Don wird sich um die Rechnung kümmern. Genießen Sie den Rest Ihres Nachmittags.«

Sie alle prosteten ihm zu, und er ging. Mit Denise an seiner Seite fühlte er sich wie ein König.

Sie spazierten am Kanal entlang.

»Gleicher Ort wie immer?«, fragte er, obwohl er die Antwort bereits kannte.

»Natürlich.«

Das Malmaison Hotel lag unmittelbar gegenüber von Harvey Nichols, genau vor The Mailbox, dem noblen Einkaufszentrum, das, der Ansicht war zumindest John Wright, sein wahres Potential nie abgerufen hatte.

Denise warf einen begehrlichen Blick auf die Artikel im Schaufenster von Harvey Nichols.

»Sieht ganz so aus, als würdest du lieber shoppen gehen, als den Nachmittag mit mir zu verbringen«, meinte er lächelnd.

Sie hakte sich mit einem Grinsen bei ihm unter. »Auf keinen Fall.«

Lügnerin, dachte er gutgelaunt.

»Die haben wirklich einige sehr schöne Sachen im Fenster«, meinte er.

»Vielleicht gönne ich mir hier später etwas von meinem Bonus.«

»Oder vielleicht würdest du dich ja auch freuen, wenn ich dir etwas Schönes kaufe?«

Sie zögerte mit einer Antwort. Er wusste, sie wollte ja sagen, doch ihr war klar, dass sie sich solche Geschenke erst verdienen musste.

»Du hast mir doch schon was Schönes geschenkt«, sagte sie schließlich. Dann flüsterte sie ihm ins Ohr: »Ich trage es unter meinen Kleidern.«

»Braves Mädchen«, sagte er und lächelte. Er liebte es, wenn sie wussten, wie man das Spiel richtig spielte.

Sie hielt sich ein Stück abseits, während er zur Rezeption ging und das Zimmer buchte, dann fuhren sie zusammen im Lift bis ins oberste Stockwerk. Eine Suite nur für sie zwei. Dieselbe Suite wie immer.

John Wright betrat das Zimmer. Der eisgekühlte Champagner stand bereit.

»Ich mache mich nur schnell frisch«, sagte Denise und verschwand im Bad.

Wieder lächelte er, als er an die sinnliche, erotische Erscheinung dachte, die bald in der noch geschlossenen Badezimmertür auftauchen würde. Er entkorkte den Champagner und schenkte zwei Gläser voll. Ohne auf Denise zu warten, hob er sein Glas an die Lippen und spülte mit dem ersten Schluck eine kleine blaue Tablette hinunter.

Dann setzte er sich aufs Bett, wartete, dass die Wirkung einsetzte, und begann sich auszuziehen. Er fing immer bei seinen Socken an. Es war ihm ein Graus, dass viele Menschen, vor allem Engländer, beim Sex die Socken anbehielten. Darauf hatten ihn die Frauen auf dem Kontinent hingewiesen. Ihn sollte niemand desselben Vergehens bezichtigen. Er legte auch seine restlichen Kleider ab und hängte seinen Anzug ordentlich in den Schrank. Dann ging er zum Bett, um sich hineinzulegen, und erhaschte einen Blick auf sich im Spiegel. Er sah keinen übergewichtigen, älteren Herrn mit Hängebacken und Halbglatze. Er sah einen vitalen Liebhaber, der noch voll im Saft stand. Einen einflussreichen, mächtigen Mann. Lächelnd stieg er ins Bett.

Da klopfte es an der Tür.

»Das darf doch wohl nicht wahr sein …«

Er stand wieder auf und warf sich den weißen Frotteebademantel über, der ihm zwei Nummern zu klein war. Warum waren diese Dinger nur immer zwei Nummern zu klein? »Ja?«, sagte er unwirsch. »Ich hatte angewiesen, dass wir nicht gestört werden.«

»Es tut mir sehr leid, Mr Wright«, kam eine bebende, leicht gedämpfte Stimme von der anderen Seite der Tür. »Das ist mir durchaus bewusst. Aber es ist dringend. Ihre Frau …«

Mehr musste Wright nicht hören. Er riss die Tür auf.

Und erstarrte.

Dort stand eine von Kopf bis Fuß in Schwarz gekleidete Gestalt mit einer engsitzenden Gasmaske, die ihren Kopf wie einen Totenschädel aussehen ließ. Die Gestalt hielt etwas in der Hand.

John Wright war von dem Anblick so überrascht, dass er weder rufen noch sich bewegen konnte.

Die Gestalt trat ins Zimmer. Sprühte ihm etwas ins Gesicht.

Verriegelte die Tür hinter sich.

17

»Ich sag gar nichts. Kein Wort. Erst wenn mein Anwalt hier ist.«

Moses Heap saß an einem Tisch im Vernehmungsraum eins auf dem Revier in der Steelhouse Lane. Er war so aufgebracht, dass man den Eindruck hatte, seine Wut könne jeden Moment seinen Körper zum Explodieren bringen und den Raum mit gleißend weißem Licht erfüllen.

Sperring und Khan nahmen ihm gegenüber Platz. Sperring hatte eine braune Mappe vor sich und lächelte selbstgefällig. Khan ahmte jede Bewegung seines Mentors nach.

»Alles zu seiner Zeit, Moses. Wir haben ihn schon angerufen. Und während wir auf ihn warten, wollen wir uns schon mal ein bisschen unterhalten, das ist alles. Ein paar offene Fragen klären.«

»Ich sag gar nichts. Sie können jeden Bullentrick anwenden, den Sie wollen. Ich kenn sie alle. Ich sag kein Wort.«

Sperring lächelte immer noch. Er hatte schon mit solchen Typen zu tun gehabt. Viele Male. Hatte praktisch seine ganze Karriere darauf aufgebaut. Die selbsternannten Rechtsexperten. Die Klugscheißer, die ihre Ausbildung im Knast erhalten hatten. Schlaumeier, die dachten, sie könnten einen Detective austricksen. Die sich für cleverer hielten als die Polizisten, von denen sie verhört wurden. Wenn sie so schlau waren, warum landeten sie dann immer wieder im Gefängnis? Warum war er, der angeblich so dumme Bulle, immer derjenige, der sie festnagelte? *Vollidioten*, dachte er.

»Wie Sie wollen, Moses. Dann warten wir eben. DC Khan und ich werden geduldig hier sitzen, bis Ihr Rechtsbeistand eintrifft. Das macht uns gar nichts aus. Wir haben sowieso nichts Besseres zu tun. Und dann, wenn er hier ist, können wir endlich formal Anklage gegen Sie erheben.«

Furcht bahnte sich ihren Weg durch Moses Heaps Maske der Wut. »Anklage erheben? Weswegen denn?«

Sperring zuckte mit den Schultern und verschränkte die Arme vor der Brust. Lehnte sich auf seinem unbequemen Stuhl zurück. »Wir warten, bis Ihr Anwalt da ist. Dann können Sie gerne das eine oder andere zur Sache beitragen. Oder auch mehr. Würde mich nicht wundern.«

»Was?«, sagte Moses. »Was für einen Scheiß wollen Sie mir denn jetzt wieder anhängen? Sie schieben mir was in die Schuhe, das ist doch wohl klar.«

Sperring zuckte erneut mit den Achseln. Khan nahm sich ein Beispiel an ihm und blickte Moses mit ausdrucksloser Miene an.

»Sie haben nichts gegen mich in der Hand, weil ich nichts getan hab. Und das wissen Sie auch.«

»Wie Sie meinen, Moses.« Sperring schaute demonstrativ auf seine Uhr. »Der lässt sich aber Zeit, was?«

Moses' linkes Bein begann zu wippen. Auf und ab, immer schneller und schneller, als könne er es nicht stillhalten, als wäre es kurz davor, sich von seinem Körper loszureißen und sich selbstständig zu machen. Sperring sagte nichts.

»Was wird mir denn überhaupt zur Last gelegt? Kommen Sie, ich hab ein Recht darauf, das zu erfahren.«

So leicht zu manipulieren, dachte Sperring. *Alle miteinander. Aber lass ihn noch ein bisschen zappeln. Er ist noch nicht ganz reif. Erst soll er betteln.*

»Alles zu seiner Zeit.« Bedächtig beugte Sperring sich nach vorn. »Aber wenn ich Sie wäre, mein Freund, würde ich mir für Weihnachten nichts vornehmen. Nicht in diesem Jahr. Und in den nächsten Jahren auch nicht.«

Angst flackerte in Moses' Augen auf. Sein Blick huschte durch den Raum, sprang in alle Ecken, prallte gegen Wände und Tür. Wie ein gefangenes Tier, das verzweifelt nach einem Weg in die Freiheit sucht.

»Das können Sie nicht mit mir machen, Mann. Das können Sie nicht ... Was auch immer das hier sein soll, Sie haben nichts gegen mich in der Hand, gar nichts ...«

»Das wird sich zeigen.«

Moses saß eine Weile da und schwieg. Versuchte seine Atmung unter Kontrolle zu bringen, sich zu fangen. »Sagen Sie's mir doch einfach, Mann. Jetzt sagen Sie schon.«

»Ich dachte, Sie wollten auf Ihren Anwalt warten, Moses?« Wieder lächelte Sperring.

»Jetzt sagen Sie's halt ... ehrlich jetzt ...« Er klang laut und verzweifelt.

»Also gut, wenn Sie darauf bestehen ...« Sperring seufzte, als wäre es eine große Last, und schlug die Akte auf. Er betrachtete ein Blatt Papier und las davon ab. »Hier steht, Moses, dass Sie vor knapp zwei Jahren wegen Nötigung verhaftet wurden.«

Moses Heap runzelte die Stirn.

»Vielleicht erinnern Sie sich nicht mehr an den Vorfall«, sagte Sperring. »Kann sein, dass es damals nur einer von vielen war. Sie haben dem Mitglied einer gegnerischen Gang aufgelauert und es mit einer Armbrust bedroht.« Er sah auf und Moses direkt ins Gesicht. »Stimmt das?«

Moses Heap wirkte mehr verwirrt als wütend. »Das ist Jahre her. Als die Gangs noch miteinander im Krieg lagen. Außerdem ist gar nichts passiert.«

»Sie sind mit einer Verwarnung davongekommen.«

»Genau. Und der Typ, dem ich gedroht hab, war heute bei mir. Er hat mit mir zusammen im Studio abgehangen.« Er zuckte mit den Achseln. Lachte stotternd. »Das war's? Mehr haben Sie nicht gegen mich in der Hand? Dafür haben Sie mich hergeschleift?«

Sperring lächelte geduldig. »Nicht ganz. Wie ich vorhin sagte, ich glaube, Sie sind ein Bekannter von Letisha Watson.«

Moses' Verhalten veränderte sich, er wurde argwöhnisch. »Ich kannte sie früher mal. Hab jetzt aber nichts mehr mit ihr zu tun.«

»Sie waren früher ihr Zuhälter.« Eine Feststellung, keine Frage.

»Sie können nicht einfach solche Anschuldigungen –«

»Verarschen Sie mich doch nicht, Moses. Sie waren früher ihr Zuhälter. Sie wissen es, ich weiß es.«

Moses hob die Schultern, sagte aber nichts.

»Denken Sie zurück an heute Mittag, als ich bei Ihnen war. Wissen Sie noch, was ich da gesagt habe? Letishas Exfreund, der, den sie sich geangelt hat, als sie nicht mehr zu Ihrem Stall gehörte – nachdem Sie ausgestiegen waren.« Er malte mit den Fingern Anführungszeichen in die Luft. »Der liegt im Krankenhaus. Seine neue Freundin – die, für die er Letisha verlassen hatte – ist tot.«

»Das haben Sie mir doch schon gesagt.«

»Und ihre Tochter ebenfalls.«

»Das haben Sie mir auch schon gesagt.«

»Ja, das habe ich, Moses.«

»Und ich hab Ihnen gesagt, was ich Ihnen jetzt auch wieder sage: Ich hatte nichts damit zu tun. Und ich war nie ihr Zuhälter.«

Sperring lehnte sich zurück. Musterte Moses eindringlich.

»Besitzen Sie Ihre Armbrust noch, Moses?«

Moses schaute zwischen den beiden Detectives hin und her und überlegte, welche Antwort wohl die klügste wäre.

»Ja?«

»Wieso wollen Sie das wissen?«

»Beantworten Sie einfach die Frage.« Es war Khans erster Beitrag zu der Vernehmung.

Moses zögerte immer noch.

»Wir könnten es auch so rausfinden«, sagte Sperring. »Uns einen Beschluss besorgen, Ihre Wohnung durchsuchen – Ihre *Bude*, wie Leute wie Sie das nennen – und mal schauen, was wir da so finden.« Wieder beugte er sich über den Tisch. »Aber es ist doch viel einfacher, eine direkte Frage zu stellen und eine ehrliche Antwort darauf zu bekommen. Besitzen Sie Ihre Armbrust noch?«

Moses lehnte sich zurück und stieß dabei hart gegen die Rückenlehne des Stuhls. Er gab sich geschlagen.

»Ja. Ja, ich hab sie noch.«

»Na, bitte. Das war doch gar nicht so schwer, oder? Und haben Sie sie in letzter Zeit benutzt?«

»Nein.«

»Sicher?«

»Ja. Was hat das mit Letisha Watson zu tun?«

Wieder lächelte Sperring. Jetzt kam der Todesstoß. Er öffnete den Mund, kam aber nicht mehr dazu, irgendetwas zu sagen, denn die Tür zum Vernehmungsraum wurde aufgerissen, und herein marschierte Glen Looker. Er war genauso wütend wie kurz zuvor Moses.

»Schönen Nachmittag, die Herren. Wie ich sehe, treten Sie wieder einmal die Rechte eines meiner Mandanten mit Füßen? Setzen ihn unter Druck, damit er redet, obwohl Sie genau wissen, dass Sie damit gegen das Gesetz verstoßen, wenn er zuvor den Wunsch geäußert hat, das Gespräch in Anwesenheit seines Rechtsbeistandes zu führen? Was haben Sie zu Ihrer Verteidigung vorzubringen?«

Sperring spürte Zorn in sich hochsteigen. Wenn es etwas gab, das er noch mehr hasste als den Abschaum, den er verhören musste, dann waren es die Anwälte, die ihr Geld damit verdienten, selbigen Abschaum zu vertreten. Er stand auf.

»Ihr Mandant gehört ganz Ihnen.«

Er ging und warf die Tür hinter sich zu. Khan schaffte es gerade noch rechtzeitig hinterher, um nicht eingeklemmt zu werden.

18

John Wright öffnete die Augen. Sein Schädel pochte, und nicht allein wegen des Alkohols, den er beim Mittagessen getrunken hatte. Er versuchte sich zu bewegen. Es ging nicht. Er sah sich um. Er befand sich nach wie vor in seinem Hotelzimmer, war allerdings mit Isolierband an den hölzernen Schreibtischstuhl gefesselt. Denise saß auf dem Plüschsessel. Auch sie war mit Klebeband fixiert, sogar ihr Mund war zugeklebt. Sie hatte die Augen vor Angst weit aufgerissen. Sein Blick fiel auf die teure Wäsche, die er ihr gekauft hatte. Einer der Strümpfe war halb heruntergerutscht. Trotz seiner Panik konnte er nicht umhin zu bemerken, dass er immer noch eine Erektion hatte.

Verdammte kleine blaue Pillen, dachte er.

»Na, wieder wach?«, erklang die gedämpfte Stimme hinter der Maske. »Gut.« Die Gestalt trat zum Fenster und zog die Vorhänge zu. »Wir wollen ja nicht, dass uns jemand zuschaut, oder? Nicht, dass das wahrscheinlich wäre – so weit hier oben.« Er drehte sich wieder in den Raum hinein. »Also. Mal sehen ...«

John Wright fand seine Stimme wieder. »Wenn es – wenn Sie Geld wollen, dann ...« Eine Stimme, die viel dünner klang, als er es sich vorgestellt hatte.

»Geld?« Die maskierte Gestalt lachte. »Bei euch geht es immer nur ums Geld, nicht wahr? Bei euresgleichen. Sie glauben, Geld ist die Antwort auf alles.«

»Na ja ...« John Wright versuchte mit den Schultern zu zucken, als läge die Antwort auf der Hand. »Was denn sonst? Weshalb sind Sie sonst hier?«

»Genau. Was gibt es überhaupt noch außer Geld?«

»Eben.« John Wright spürte einen kleinen Hoffnungsschimmer. Er konnte verhandeln. Er konnte einen Deal vorschlagen. Er hatte eine Chance, hier wieder rauszukommen. »Was gibt es sonst noch?«

Der Maskierte beugte sich ganz dicht zu ihm herab. »Gerechtigkeit, Mr Wright. Gerechtigkeit.«

Jetzt war Wright verwirrt. »Gerechtigkeit? Wofür?«

»Was glauben Sie?«

Da begriff Wright. »Ah, verstehe. Jetzt weiß ich, wer Sie sind. Was Sie vorhaben. Sie sind einer von diesen Anonymous-Leuten, stimmt's? Jetzt wird mir einiges klar. Ich bin der große böse Banker, und Sie sind der ... was? Der maskierte Held? Ist es das, was Sie glauben?«

»Ja, Mr Wright. Genau das glaube ich.«

Die Gestalt wandte sich von John Wright ab und begann Gegenstände aus seinem Rucksack zu nehmen und auf den Schreibtisch zu legen. Als Denise sah, worum es sich handelte, wurden ihre Augen noch größer. Sie wollte schreien, aber der Knebel hinderte sie daran.

John Wright bemerkte ihre Reaktion, und auch seine Angst meldete sich zurück. Er versuchte den Hals zu recken, um herauszufinden, was es war, das sie so voller Entsetzen anstarrte. Doch die Gestalt blockierte ihm die Sicht, was alles nur noch schlimmer machte.

Nachdem der Maskierte sämtliche Gegenstände angeordnet hatte, wandte er sich wieder John Wright zu. »Mr Wright, gehe ich recht in der Annahme, dass Sie sich Ihrer Taten bewusst sind?«

»Wahrscheinlich habe ich jede Menge unverzeihliche Dinge getan – in Ihren Augen.«

»Ja, das haben Sie. Das können wir nicht leugnen. Sie arbeiten für eine Bank, die nicht nur Drogengelder gewaschen, sondern vor einigen Jahren sogar den Finanzcrash mit verursacht hat. Und warum haben Sie all das getan? Um Geld zu verdienen, natürlich. Um in die eigene Tasche zu wirtschaften.«

»Na und?« Wright hatte das Gefühl, sich verteidigen zu müssen. »Ist Geldverdienen ein Verbrechen?«

»Sie arbeiten für eine Bank, die während der Hypothekenkrise Leerverkäufe hypothekenbesicherter Wertpapiere getätigt hat. Sie haben vorausgesehen, was passieren würde, und beschlossen, auf den Zusammenbruch von Subprime-Hypotheken zu wetten. Außerdem haben Sie Leerverkäufe von Hypotheken-Anleihen getätigt. Auf diese Weise haben Sie vier Milliarden für Ihr Unternehmen verdient.«

»Na und? Das ist mein Job.«

»Den Sie sich fürstlich haben bezahlen lassen. Während der Rest der Welt, der Rest der Menschen in diesem Land, in eine Existenznot geriet, wie sie nicht mal Ihre Großeltern erlebt hatten. Und alles nur, weil Sie für sich und Ihre Freunde Geld scheffeln wollten.«

John Wright hatte genug. Seine anfängliche Furcht ging in Zorn über. »So läuft das eben. Je eher Sie und Ihre naiven, idealistische Freunde das kapieren, desto besser. Und jetzt lassen Sie mich frei, dann sage ich auch niemandem, was hier passiert ist. Aber wenn Sie mich weiter festhalten, werde ich dafür sorgen, dass es Ihnen leidtut. Sehr leid.«

Der Maskierte ging im Zimmer auf und ab. »Wurden irgendwelche Banker für ihr Handeln zur Rechenschaft gezogen? Ist irgendjemand ins Gefängnis gekommen? Was Sie getan haben, war kriminell. Aber mussten Sie sich vor einem Richter für Ihre Verbrechen verantworten?«

»Natürlich nicht. Wie gesagt, so läuft das nun mal. Und jetzt seien Sie nicht so verdammt naiv und lassen mich gehen.«

»So läuft das nun mal. Naiv. Richtig.« Aus seiner Tasche holte der Maskierte einen Laptop. Er klappte ihn auf. Ließ John Wright einen Blick auf den Bildschirm werfen.

»Erkennen Sie das wieder?«

John Wright riss die Augen auf. »Wie sind Sie –«

»Erkennen Sie das wieder?«

Wright starrte auf den Bildschirm. »Das ist ... das ist mein Konto.«

»Eins Ihrer Konten. Eins Ihrer Offshore-Konten.« Er wechselte zwischen verschiedenen Ansichten hin und her. »Ich habe noch andere. Alle voll mit Ihrem Geld. Alle.« Er stellte den Laptop auf den Tisch und drehte sich wieder zu Wright um. »Sie sind sehr reich, nicht wahr?«

»Ja. Ja, das bin ich …« Wright klang, als stünde er unter Schock.

»Sehr reich. Und Sie sind reich geworden, indem Sie andere Menschen arm gemacht haben. Stimmt das?«

John Wright gab keine Antwort.

»Ist es nicht so?«

»Wenn Sie … wenn Sie das sagen.«

»Und? Was gedenken Sie dagegen zu tun?«

»Was … wie meinen Sie das?«

»Nun ja, wie ich sagte: Niemand musste sich für diese Taten verantworten. Sie kamen nie vor Gericht. Aber Sie hätten vor Gericht kommen *müssen*. Was Sie getan haben, war kriminell. Und doch mussten Sie nie dafür geradestehen.« Er beugte sich zu ihm. »Bis jetzt.«

Er wandte sich ab und nahm etwas Schweres vom Tisch. Betrachtete es eine Zeitlang, wog es in seiner Hand. Drehte sich dann wieder zu Wright um.

»Sehen Sie das hier?«

Er hielt John Wright den Gegenstand vor das Gesicht.

Wright zuckte zurück.

»Das hier ist … Sie sehen ja selbst, was es ist. Ein Bolzenschneider. Zuerst wollte ich eine Gartenschere nehmen. Aber das wäre eine ziemliche Sauerei geworden. Außerdem hätte es zu viel Kraftaufwand erfordert. Etwas, woran Sie ja nicht gewöhnt sind, John, stimmt's?«

Wright versuchte, vor dem Bolzenschneider zurückzuweichen. »Was … was haben Sie vor?«

»Nun, wie gesagt, bisher mussten Sie sich nicht für Ihre

Verbrechen verantworten, obwohl das nur recht und billig gewesen wäre. Ich denke, darin sind wir uns alle einig. Dies ist also Ihre Chance. Sie müssen mir einfach nur sagen, was für Sie das Wertvollste ist.«

Wright wartete, unsicher, ob er richtig gehört hatte. »Und dann ... dann lassen Sie mich frei?«

»Selbstverständlich. Hier geht es schließlich um Gerechtigkeit, nicht um Rache. Sie haben die Wahl. Eine echte Wahl. Ich präsentiere Ihnen zwei Optionen, und Sie entscheiden sich für die eine oder die andere. Je nachdem, wie Ihre Wahl ausfällt, dürfen Sie gehen. Als freier Mann. Jetzt gleich.«

»Wo ist der Haken?«

»Es gibt keinen Haken.«

Die maskierte Gestalt schob einen kleinen Beistelltisch vor Wrights Stuhl und stellte den Laptop darauf, so dass Wright den Bildschirm sehen konnte. Neben den Laptop legte er den Bolzenschneider.

»Hier ist also meine Frage.« Der Maskierte sah zwischen Wright, Denise und dem Laptop hin und her. »Was ist Ihnen am meisten wert?«

»Was?« Wrights Tonfall war vorsichtig, er witterte eine Falle.

»Es ist doch ganz einfach«, sagte der Maskierte mit einer Spur Ungeduld in der Stimme. »Was ist Ihnen am meisten wert?«

»In ... in diesem Raum? Auf der Welt? Was? Was meinen Sie?«

»Auf der Welt. Ich denke, die Frau da können wir schon mal ausschließen. Bestimmt ist es ganz nett, sich mit ihr ein paar Stunden zu vergnügen – wenn Sie überhaupt so lange durchhalten –, aber sie ist nur etwas für zwischendurch. Also bleiben noch zwei Dinge. Sie selbst und Ihr Geld.«

John Wright schwieg. Der Maskierte fuhr fort.

»Sehen Sie, Sie wurden mit den Fingern in der Kasse erwischt. Sie haben anderen Menschen ihr Geld weggenommen und sich die eigenen Taschen damit vollgestopft. Oder vielmehr: Ihre eigenen Konten. Und Sie sind ungestraft davongekommen. Also frage ich Sie noch einmal: Was ist Ihnen wichtiger? Ihr Geld oder …« Er nahm den Bolzenschneider hoch. »Ihre Finger?«

John Wright starrte auf den Bolzenschneider. »Das ist ein Scherz. Das kann doch nicht wahr sein.«

»Kein Scherz.«

»Das ist … ein übler Streich. Sie sind ein … Student. Aus irgendeiner Pressure-Group. Sie filmen das hier für YouTube oder sonst wen.«

»Nein. Mitnichten. Es ist so, wie ich es gesagt habe: Es ist alles echt. Das hier widerfährt Ihnen gerade wirklich. Also. Wie entscheiden Sie sich? Finger oder Geld?«

Wright schwieg.

»Das ist langweilig, John. Sie brauchen einen Anreiz.« Der Maskierte beugte sich nach vorn. Betätigte ein paar Tasten. »Schauen Sie auf den Monitor. Sehen Sie das?« Der Bildschirm war voller Zahlenkolonnen. »Das sind Ihre Konten. In jeder Sekunde, die Sie zögern, fließt von einem Ihrer Konten Geld ab. Ich habe einige gemeinnützige Organisationen als Empfänger ausgesucht. Das Geld wird unwiderruflich verloren sein, Sie werden es nie wiedersehen. Und wenn alles weg ist, ist alles weg. Also los, John, wofür entscheiden Sie sich?«

John Wright beobachtete den Bildschirm, die Augen vor Entsetzen weit aufgerissen. Er sah, wie sich all das, wofür er so hart gearbeitet hatte, vor seinen Augen in Luft auflöste. Er dachte fieberhaft nach, sein Gehirn lief auf Hochtouren. Er konnte das Geld aufgeben. Ja. Natürlich. Er konnte jederzeit neues Geld verdienen. Genau. So würde er sich entscheiden.

»Ach so«, sagte der Maskierte da, als hätte er seine Gedanken gelesen. »Ich sollte vielleicht noch etwas sagen. Ich habe die Anwendung so programmiert, dass sie nicht nur Ihre Konten leert, sondern auch Ihre Kreditkarten sperrt. Und Ihr persönliches Kreditrating löscht. Und noch viele andere schöne Dinge mehr. Kurz gesagt, Sie werden ruiniert sein, wenn das Programm durchgelaufen ist. Von Ihnen wird nichts mehr übrig sein. Sie werden eine so große finanzielle Bürde darstellen, dass niemand Sie mehr einstellen will, ganz egal, wo. Also, wie lautet Ihre Entscheidung?«

Wright sah die Zahlen am Bildschirm immer kleiner und kleiner werden. Der Maskierte ließ den Bolzenschneider zuschnappen.

»Ich lasse ... ich lasse mich von Typen wie Ihnen nicht einschüchtern.«

»Die Uhr tickt.«

Die Zahlen schienen immer schneller zu schwinden. Auf Nimmerwiedersehen verloren. Seine Panik wuchs. Wenn es in dieser Geschwindigkeit weiterging, würde er die Verluste nie ausgleichen können. Nicht bei derart hohen Summen. Nicht mehr in der ihm verbleibenden Lebenszeit. Die Zahlen schrumpften noch schneller.

»Finger!«, rief er. »Nehmen Sie ... nehmen Sie meine Finger ...«

Er war sicher, dass die Gestalt unter der Maske lächelte. »So ist es besser.«

Er ging dorthin, wo Denise saß, und hob etwas vom Boden auf. Ihren teuren Slip aus Spitze und Seide. Dann kehrte er zu Wright zurück und stopfte ihm das Kleidungsstück grob in den Mund.

»Das sollte Sie am Schreien hindern.« Er hob den Bolzenschneider und legte ihn um Wrights kleinen Finger der rechten Hand.

»Einen nach dem anderen, würde ich sagen. Bereit? Los geht's.«

Und er drückte zu.

19

»Was zum Teufel glauben Sie eigentlich, was Sie hier machen? Was sollte das?«

Phil war eben aufs Revier zurückgekehrt und über Sperrings Alleingang in Kenntnis gesetzt worden. Er war alles andere als erfreut darüber. Er traf Sperring, als dieser wütend aus der Vernehmung gestapft kam, und zitierte ihn umgehend in sein Büro. Er gab sich Mühe, die Tür nicht zuzuknallen. Er wollte dem restlichen Team keinen Anlass zu Spekulationen darüber geben, was hier im Gange war. Wie aufgebracht er war.

Sperring feuerte sofort zurück. Seine Wut stand der seines Bosses in nichts nach. »Meinen Job mache ich, was denn sonst?«

»Sie haben Moses Heap aufs Revier bestellt, ohne das vorher mit mir zu besprechen ... aus welchem Grund? Aufgrund welchen Verdachts? Was haben Sie gegen ihn vorliegen?«

»Nadish hat recherchiert. Heap ist vorbestraft. Nötigung mit einer Armbrust. Ein hübscher Zufall, finden Sie nicht auch?«

»Und es gibt nur eine Armbrust in ganz Birmingham, wollen Sie mir das sagen?«

»Ich will sagen«, konterte Sperring betont langsam, als rede er mit einem zurückgebliebenen Kind, »dass man so einen Zufall nicht einfach ignorieren kann. Wir *mussten* mit ihm reden.«

»Ja, da stimme ich Ihnen zu. Wir mussten mit ihm reden. Vielleicht ist es auch *kein* Zufall. Aber dafür hätten wir ihn nicht extra aufs Revier bestellen müssen, oder? Erst recht nicht jemanden, der seine Wandlung vom Saulus zum Paulus so öffentlich zelebriert.«

Sperring schnaubte. »Wenn Sie ihm den Mist abkaufen.«

Phil sagte nichts, sondern musterte seinen Untergebenen. »Darum geht es hier eigentlich, oder?«, sagte er gefährlich leise. »Einmal ein Verbrecher, immer ein Verbrecher, stimmt's?«

Sperring hob die Schultern. »Statistisch gesehen trifft das zu.«

»Und Sie halten nichts von dem Prinzip ›Im Zweifel für den Angeklagten‹?«

»Wenn er wirklich vom Saulus zum Paulus geworden ist, wie Sie es formuliert haben, und wenn wir bei den religiösen Metaphern bleiben wollen, würde ich sagen, dass ich mich zu der Frage agnostisch verhalte.«

»Und jetzt hat sich auch noch Glen Looker eingeschaltet«, sagte Phil. »Mein Gott. Der größte Winkeladvokat von ganz Birmingham. Wissen Sie, wie oft der uns schon verklagt hat?«

»Klar weiß ich das. Und wissen Sie, wie viele Kriminelle wegen ihm frei rumlaufen? Weil er sie aufgrund irgendeiner lächerlichen Formalität rausgeboxt hat? Das sagt doch alles. Diesen Typen ruft Heap an, wenn er in Schwierigkeiten steckt. Solches Gesocks hält immer zusammen.«

Phils Tür öffnete sich ohne vorheriges Anklopfen. Die Männer verstummten. DCI Alison Cotter, Phils unmittelbare Vorgesetzte, trat ein.

»Was zum Henker ist hier los?«, fragte sie, sobald die Tür

hinter ihr ins Schloss gefallen war. »Ich habe eine stadtbekannte Persönlichkeit auf dem Revier sitzen, die von Polizeigewalt redet, während der Anwalt, dieses Arschloch Looker, überall herumposaunt, dass er unsere Abteilung verklagen will.«

Sie sah zwischen den beiden Männern hin und her. »Hätte einer von Ihnen vielleicht die Güte, mich aufzuklären?«

Keiner sagte etwas. Irgendwann warf Sperring Phil einen messerscharfen Blick zu und öffnete den Mund.

»Also …«

»Er ist vorbestraft, Ma'am«, fiel Phil ihm ins Wort, ehe Sperring noch mehr sagen konnte. »Ich weiß, er hat eine blütenweiße Weste, vor allem in den Augen der Medien, aber es gibt zu viele Verbindungen zu unseren Ermittlungen. Zu viele Zufälle. Moses Heap scheint sowohl das Opfer als auch Darren Richards zu kennen oder mit beiden zu tun gehabt zu haben. Und er wurde schon einmal verurteilt, weil er jemanden mit einer Armbrust bedroht hat.«

In Wahrheit wusste Phil nicht, ob es zu einer Verurteilung gekommen oder Heap lediglich verwarnt worden war, aber nun hatte er es gesagt und musste dabei bleiben.

Cotter sagte nichts, sondern schaute erneut zwischen den beiden hin und her.

»Als wir bei ihm waren, wollte er vor seinen Kumpels nicht reden«, sagte Sperring. »Und wir auch nicht. Also hat er uns keine andere Wahl gelassen, als ihn herzuholen.«

Cotter holte tief Luft. Hielt den Atem an. Schließlich nickte sie und atmete aus.

»Und die Schikane durch die Polizei? Die Gewaltanwendung?«

»Was glauben Sie denn?«, sagte Phil. Auch diesmal war er wieder schneller als Sperring.

»Ich weiß sehr genau, was ich glaube«, gab Cotter zurück. »Und ich glaube, ich habe eine ziemlich gute Vorstellung davon, was gelaufen ist.«

»Von Belästigung oder gar tätlichen Übergriffen kann keine Rede sein«, sagte Sperring. »Überhaupt keine. Und das weiß er auch ganz genau. Er redet einfach Mist.« Sperring hielt inne. Warf seiner Vorgesetzten einen Blick zu. »Ma'am.«

Cotter seufzte. »Wahrscheinlich haben Sie recht. Also gut, überlassen Sie mir alles Weitere. Ich beschwichtige Looker und lasse Heap laufen. Und hoffe, dass sich die Sache damit in Wohlgefallen auflöst.«

»Danke, Ma'am«, sagte Phil. »Das weiß ich sehr zu schätzen.«

Cotter nickte. »Gestanden hat er wohl nicht, nehme ich an?«

»So weit sind wir nicht gekommen«, antwortete Sperring.

»Schade. Hätte vieles vereinfacht. Aber keine Bange, wir können die Sache zu unseren Gunsten darstellen. Eine Frau und ihre Tochter wurden ermordet. Wenn Heap unbedingt einen Egotrip daraus machen und als jemand dastehen will, der die Suche nach dem Mörder behindert, können wir sehr ungemütlich werden. Sehr, sehr ungemütlich.«

»Danke«, sagte Phil noch einmal.

Cotter verließ sein Büro und schloss die Tür hinter sich. Keiner der beiden Männer sagte etwas.

Irgendwann brach Sperring das Schweigen.

»Warum haben Sie das gemacht? Sich vor mich gestellt?«

»Was hätte ich denn tun sollen?«, fragte Phil zurück. »Sie den Wölfen zum Fraß vorwerfen?«

Sperring zuckte mit den Schultern. »Hätte ich erwartet.«

Phils Miene war unbewegt. »Wir sind ein Team, Ian. Sie, ich, Nadish, Imani und die anderen. Ein Team. Und wir unterstützen uns gegenseitig. Auch wenn wir nicht immer einer Meinung sind oder gut finden, was ein anderer sagt oder tut – wir stehen füreinander ein. Richtig?«

Sperring ließ sich lange Zeit, doch schließlich nickte er. »Danke, Boss.« Er konnte Phil nicht ansehen, hielt ihm aber die Hand hin.

Phil schüttelte sie. Dann ließen sie beide die Hände sinken. Schweigend standen sie da. Ehe einer der beiden etwas sagen konnte, klopfte es an der Tür.

»Was will sie diesmal?«, fragte Sperring.

»Herein«, rief Phil.

Es war Elli, die EDV-Expertin des Teams. Die zierliche Inderin nutzte die von Phil initiierte Lockerung der Kleidervorschriften voll aus. Genau genommen hatte sie das auch schon vorher getan, denn trotz ihrer Schüchternheit wusste sie sehr genau, dass sie zu wertvoll für das Team war, als dass jemand sie deswegen gerügt hätte.

Das T-Shirt, das sie heute zusammen mit ihrem üblichen Outfit, bestehend aus Jeans, Boots und klobigem Metallschmuck, trug, war mit einem Raster knallbunter Polizei-Notrufhäuschen im Andy-Warhol-Stil bedruckt, so wie sie in der Serie *Doctor Who* als Raum-Zeit-Maschinen vorkamen. Ausnahmsweise mal ein T-Shirt, das Phil verstand.

»Boss?« Sie klang zögerlich. Sie wollte die beiden nicht unterbrechen, doch ihr Blick verriet, dass es dringend war.

»Ja, Elli. Was gibt es denn?«

»Er … er ist wieder da.«

»Wer?«

»Der Anrufer. Der von gestern. Er ist gerade in der Leitung.«

Phil und Sperring stürzten aus dem Raum.

20

Der Rechtsprecher. Das war gut. Das fühlte sich richtig an. Der Rechtsprecher. Denn genau darin bestand seine Aufgabe. Das war es, was er tat.

Er hatte einen Namen gebraucht. Nemesis war seine erste Wahl gewesen. Er hatte ihn sogar am Telefon gegenüber der Polizei erwähnt. Aber er passte nicht richtig. Zu melodramatisch. Außerdem beschrieb er nicht präzise genug den Charakter seiner Berufung.

Dann war ihm eine Eingebung gekommen. Während er sich zum Mittelfinger von John Wrights linker Hand vorgearbeitet hatte. Als dieser arrogante Banker – ein Typ, den es nicht im Geringsten juckte, wenn er andere Menschen oder ganze Firmen in den Bankrott trieb und Familien ihre Häuser wegnahm, solange es nur Geld dabei zu verdienen gab – nur noch ein schreiendes, heulendes, winselndes, sabberndes Wrack gewesen war. Genau da hatte er ganz plötzlich gewusst, was er war. *Wer* er war.

Der Rechtsprecher.

So würde er fortan heißen.

Er hielt inne, betrachtete sein Werk. John Wright alle Finger und Daumen abzuschneiden war anstrengender gewesen als erwartet. Trotz des großen Bolzenschneiders, den er mitgebracht hatte. Unter seiner Gasmaske war ihm der Schweiß ausgebrochen. Die Knochen waren überraschend widerstandsfähig gewesen.

Doch er hatte sich nicht beirren lassen. Er hatte Wright sein Wort gegeben. Der Gerechtigkeit musste Genüge getan werden, und es war seine Aufgabe, dafür zu sorgen. Und trotz der Hitze und der körperlichen Anstrengung hatte er auch Vergnügen dabei empfunden. Nein, mehr als nur Vergnügen. Es hatte ihn mit einer überbordenden Freude erfüllt, mit einer gerechten Verzückung. Er hatte sich allmächtig gefühlt, ein Gott unter Sterblichen. Dieses Gefühl war die Bestätigung gewesen, dass er das Richtige tat.

Er setzte ein Zeichen. Er wehrte sich. Er war ein Streiter für die Unterdrückten und Benachteiligten.

Er stöhnte vor Anstrengung, als er ein letztes Mal die Zangen des Bolzenschneiders zusammendrückte.

Der kleine Finger fiel zu Boden.

Der Rechtsprecher richtete sich auf und holte tief Luft.

»Mensch«, sagte er und betrachtete sein Werk. »Jetzt habe ich aber Hunger.«

Der Teppich um den Stuhl herum war klebrig und schwarz von Blut. Finger und Daumen lagen verstreut am Boden wie Pommes Frites mit Ketchup. Wright hatte schon vor langer Zeit das Bewusstsein verloren.

Der Rechtsprecher holte einen Strick aus seinem Rucksack und band ihn fest um Wrights Handgelenk, so wie er es zuvor bereits bei der anderen Hand getan hatte.

»Sie sollen ja nicht verbluten. Versprochen ist versprochen.« Der Rechtsprecher warf einen Blick auf den Laptop und betätigte ein paar Tasten. Die Zahlen am Bildschirm standen still. Er ging näher heran, um besser sehen zu können.

»Oh je«, sagte er, an den Bewusstlosen auf dem Stuhl gewandt. »Viel ist nicht mehr übrig, fürchte ich. Es ging doch schwerer, als ich dachte. Aber Sie können ja jederzeit von vorne anfangen, nicht wahr? Das sagt ihr den Leuten doch auch immer. Einfach die Ärmel hochkrempeln. In Ihrem Fall gilt das natürlich nicht. Jedenfalls vorerst nicht.«

Der Rechtsprecher war dabei, seine Werkzeuge wieder im Rucksack zu verstauen, als sein Blick auf die Frau fiel. Fast wäre er erschrocken. Er war so in seine Arbeit vertieft gewesen, dass er sie vollkommen vergessen hatte. Sie saß zusammengesunken in ihrem Sessel und stöhnte leise. Sie hatte die

Augen zusammengekniffen, als glaube sie, solange sie ihn nicht sah, würde er sie nicht bemerken und folglich auch nicht auf dumme Gedanken kommen.

Er trat zu ihr, legte ihr eine blutige, behandschuhte Hand unters Kinn und drehte ihr Gesicht fast zärtlich zu sich herum.

»Hey«, sagte er.« Hey, ich bin noch da.«

Die Frau wimmerte mit geschlossenen Augen.

Während er so vor der halbnackten, zu Tode verängstigten Frau stand, spürte er, wie sich bei ihm eine Erektion ankündigte. Macht. Gerechte, zornige Macht. Herrlich.

»Eigentlich«, sagte er, »sollte ich dich wohl töten. Nicht weil mir das Vergnügen bereiten würde, ganz und gar nicht. Aber ...« Er seufzte. »Verstehst du? Du bist genauso schuldig wie er. Du machst bei allem mit. Mit der Zeit wärst du vielleicht so geworden wie er. Ehrlich gesagt würde ich der Welt einen Gefallen tun, wenn ich dich beseitige. Andererseits ...«, er zuckte mit den Achseln, »warst du nicht Teil der Abmachung. Und ich stehe zu meinem Wort.«

Er ließ ihr Gesicht los und erhob sich. Starrte auf sie herab.

»Nimm das als Warnung. Siehst du, was ihm passiert ist? Das wird auch dein Schicksal sein, wenn du dich nicht besserst. Verstehst du? Ich bin hier, um dir zu helfen.«

Er wandte sich ab und blickte sich erneut im Zimmer um.

»Oh ja«, sagte er, sobald er damit fertig war. »Jetzt können sie mich nicht länger ignorieren.«

Er holte sein Handy heraus und wählte.

21 Zeit fürs Abendessen. Joanne Marsh freute sich immer auf das Abendessen. Es schmeckte ihr gut, sogar hier. Zu Hause aß sie, worauf sie gerade Lust hatte. Einige Dinge kaufte sie ein, die anderen holte sie von der Farm, und dann kochte sie daraus etwas für sich und ihren Vater. Sie konnte gut kochen. Fand sie jedenfalls. Ihr Dad sagte nie was über ihr Essen, weder was Gutes noch was Schlechtes, aber das machte ihr nichts aus. Sie fand es einfach schön, einen Mann zu haben, für den sie kochen konnte.

Einen Mann. Ein Zittern ging durch ihren Körper. Ein trauriges Zittern. Ein Mann. Sie würde ihre Männer nie wiedersehen, das hatte die Frau mit dem vielen Haar ihr gesagt. Nie mehr. Und sie durfte nie wieder nach Hause, das hatte sie ihr auch gesagt. Das Zittern wurde stärker, und gleich darauf fing sie an zu weinen.

Da hörte sie ein Geräusch von der Tür her.

Hastig wischte sich Joanne die Augen. Sie wollte nicht, dass die anderen sie so sahen. Sie wusste nicht, wer da kam, aber sie wollte nicht, dass jemand sie mit rotem, aufgequollenem Gesicht sah. Die Männer mochten es nicht, wenn sie heulte, dann waren sie nicht mehr an ihr interessiert. Sie konnte nur vermuten, dass es hier genauso war.

Die Tür ging auf.

»Bitte sehr, Joanne. Das Abendessen.«

Sie stand auf und setzte sich an den kleinen Tisch. Sah auf. Es war der junge, gutaussehende Pfleger. Ordentlicher Haarschnitt und ein nettes Lächeln. Gut gebaut, das konnte sie sogar unter seiner Kluft erkennen. Oh ja, sie hatte darauf geachtet. Sie lächelte ihn an. Er erwiderte ihr Lächeln.

Er findet mich gut, dachte sie. Und lächelte weiter.

Er stellte das Tablett vor sie auf den Tisch. Kartoffelbrei, irgendwas Grünes und ein Stück Fleisch in brauner Soße. Ein Becher Joghurt, daneben ein Löffel.

»Warum muss ich alleine essen?«, fragte sie.

»Sie wissen doch, warum, Joanne. So sind die Regeln. Alle essen alleine auf ihren Zimmern.«

»Aber warum?«

Er lächelte wieder. Sie konnte sein Aftershave riechen, so nah war er ihr.

»Regeln sind Regeln. Wir müssen sicherstellen, dass das Besteck vollständig zurückgeht, verstehen Sie? Keine Sorge, Sie sind bestimmt nicht mehr lange hier.«

»Klar.« Als sie ihn das letzte Mal gefragt hatte, hatte er das auch schon gesagt, aber so richtig verstehen konnte sie es immer noch nicht.

Er wandte sich zum Gehen.

»Hey«, sagte sie. Er drehte sich um. »Wollen Sie nicht noch ein Weilchen bleiben?«

Sie zog sich das Oberteil ein Stück herunter, drückte ihre Brüste zusammen und lehnte sich nach vorn. Männern gefiel das.

»Kommen Sie, Joanne«, sagte er. Er lächelte noch immer, aber seine Stimme war jetzt leiser. »Essen Sie Ihr Abendessen, okay?«

»Sind Sie sicher?« Sie zog immer noch an ihrem Oberteil herum.

»Für mich tanzen Sie ohnehin auf der falschen Seite des Ballsaals, meine Liebe.« Er ging und sperrte die Tür hinter sich ab.

Joanne ließ ihr Oberteil los. Jetzt war sie wieder traurig. Die Männer hatten sie doch immer gemocht. Hatten sie immer gewollt. Wenn sie mit Männern zusammen war, fühlte sie sich gut. Sexy und schön. Und jetzt hatte er etwas über Ballsäle gesagt, das sie nicht verstand, aber sie wusste, dass es nichts Gutes war. Sie würde sich wohl daran gewöhnen müssen, ohne Männer zu leben. Für immer.

Als sie ihre Gabel nahm und zu essen anfing, merkte sie, wie ihr erneut die Tränen kamen.

Später, nachdem das Geschirr vom Abendessen abgeholt und das Besteck durchgezählt worden war, durfte Joanne aus ihrem Zimmer. Nur dass sie gar nicht nach draußen wollte. Sie saß auf dem Bett und starrte geradeaus.

»Hey«, sagte eine Stimme.

Joanne hob den Kopf. Da stand eine Frau in der Tür und schaute zu ihr rein. Jung, mit dunklen Haaren und Brille. Sie lächelte Joanne freundlich zu.

»Darf ich reinkommen?«

Joanne wunderte sich. Sie war noch nicht lange hier im Krankenhaus, aber bis jetzt hatte sie noch nie jemand gefragt, ob er oder sie ins Zimmer kommen durfte. Die Ärzte und Pfleger, die Polizei und diese Frau vorhin mit dem vielen Haar waren einfach reingekommen. Aber diese Frau fragte um Erlaubnis. Das war nett. Das war höflich.

Joanne nickte, und die Frau trat ein.

»Wie heißt du?«, fragte Joanne.

»Fiona«, sagte die Frau und sah sich um. Viel gab es nicht zu sehen. Wände und Regale waren leer. Joanne besaß nichts. Fiona setzte sich aufs Bett.

»Du bist noch relativ neu, oder?«, fragte Fiona.

Joanne nickte abermals. »Ein paar Tage.«

»Ich auch. Bin noch nicht lange hier.«

»Und wie lange bleibst du? Mir haben sie gesagt, dass ich vielleicht für immer hier drin sein muss.« Joanne machte ein niedergeschlagenes Gesicht. Sie gab sich Mühe, nicht zu weinen.

»Ach, ich werde hier nicht alt«, meinte Fiona. »Ich komme bald wieder raus.«

»Das ist gut.« Joanne seufzte. »Ich wünschte, ich könnte mitkommen.«

Fiona sah Joanne sehr lange an. Ihr Blick war klar und aufrichtig. »Ich weiß über dich Bescheid«, sagte sie irgendwann. »Ich weiß, warum du hier bist.«

Joanne kämpfte die Tränen nieder und zog stattdessen einen Schmollmund. »Ich darf keine Männer mehr treffen.«

Fiona nickte. »Das ist gemein. Wirklich gemein.«

Joanne sah auf und runzelte die Stirn.

Fiona fuhr fort. »Bei deinen Männern geht es dir doch gut, oder? Bei denen fühlst du dich jung und hübsch?«

Joanne war sprachlos. Woher wusste die Frau das alles? Sie konnte kaum antworten. Schließlich brachte sie ein genuscheltes »Ja« heraus.

»Von ihnen fühlst du dich geliebt. Das ist doch das Wichtigste – dass du dich von ihnen geliebt fühlst.«

Joanne war völlig durcheinander und schon wieder den Tränen nahe, also sagte sie nichts.

»Du gibst ihnen deinen Körper, und dafür bekommst du das Gefühl, die wichtigste Frau auf der Welt zu sein, ist es nicht so?« Sie wartete nicht auf eine Antwort, sondern redete weiter. »Und deshalb willst du sie immer wieder sehen. Deshalb brauchst du sie. Es geht nicht nur um Sex, obwohl dir das auch wichtig ist. Sondern ums Gefühl. Um dieses wunderbare, schöne warme Gefühl in dir drin.«

Sie sah Joanne an und wartete auf eine Antwort. Joanne begann zu schluchzen.

»Du … du hast recht, ja …« Sie lehnte sich gegen Fiona und weinte an ihrer Brust.

»Ich weiß«, sagte Fiona und legte beruhigend den Arm um sie. »Ich weiß …«

So saßen sie eine Zeitlang da. Trotz all der Traurigkeit, die sie empfand, war Joanne glücklich, eine Freundin gefunden zu haben. Fiona redete. Ihre Stimme war leise, aber trotzdem stark. »Joanne, du wirst sie nie wiedersehen, nie wieder.«

Das Weinen wurde wieder stärker. »Ich weiß ...«

»Sie werden dich hierbehalten, und du wirst für den Rest deines Lebens allein sein.«

Immer lauteres Schluchzen.

»Du wirst dich nie wieder geliebt fühlen.«

Joanne zerriss es das Herz. Sie schluchzte und schluchzte und schluchzte. Irgendwann, sie wusste nicht, wie viel Zeit vergangen war, hatte sie keine Tränen mehr. Sie saß einfach nur noch da, eng an Fiona geschmiegt.

»Wie geht es dir jetzt?«, fragte Fiona sanft.

»Ich wünschte, ich wäre tot.«

Fiona nickte verständnisvoll und zog ein Tafelmesser aus ihrer Hosentasche. Sie gab es Joanne. »Damit würde es gehen«, sagte sie.

Joanne starrte das Messer an. Das Licht spiegelte sich auf der Klinge. Es war viel schärfer als die Messer, die man ihnen zum Essen gab.

»Joanne.« Fiona nahm ihre Hände und sah ihr geradewegs in die Augen. »Sie werden dich nie mehr hier rauslassen. Du wirst deine Männer nie mehr wiedersehen. So kannst du Frieden finden.« Sie lächelte. »Sei tapfer. Ich weiß, dass du es schaffst.«

Fiona stand auf und ging.

Joanne sah ihr nach.

Dann betrachtete sie das Messer.

22

Im Büro war es still, als Phil eintrat. Alle waren angespannt. Warteten, was passieren würde, wenn Phil zum Hörer griff.

Er tat es.

»DI Brennan«, sagte er so neutral und unverbindlich wie möglich.

»Sie wissen, wer dran ist«, meldete sich eine vertraute gedämpfte Stimme.

»Ja«, sagte Phil. »Was kann ich für Sie tun?«

Er bekam mit, wie Elli an ihren Rechner ging und zu tippen begann. Sie versuchte den Anruf zurückzuverfolgen. Sie warf Phil einen Blick zu und nickte. *Halten Sie das Gespräch am Laufen*, sollte das bedeuten.

Aus der Leitung kam etwas, von dem Phil annahm, dass es sich um ein Lachen handelte. »Was Sie für mich tun können?« Ein Hauch Wut schlich sich in die Stimme. »Für den Anfang könnten Sie mich ernst nehmen.«

»Warum sollten wir Sie nicht ernst nehmen?«, sagte Phil. »Sie haben bereits zwei Menschen getötet.«

»Nein«, widersprach der Anrufer. »Das ist nicht wahr. Ich habe sie nicht getötet. Sie haben sich töten lassen.«

»Was? Wie ist das gemeint? Haben Sie sie etwa nicht umgebracht?«

Ein ungehaltener Seufzer. »Sie hören mir nicht zu. Sie hören, was ich sage, aber Sie verstehen es nicht. Sie waren selbst für ihren Tod verantwortlich. Die Entscheidungen, die sie in ihrem Leben getroffen haben, haben dazu geführt, dass sie gestorben sind. Ich hatte damit nichts zu tun.«

»Shannon, das Kleinkind«, sagte Phil. »Sie war für ihren eigenen Tod verantwortlich?«

Eine Weile hörte man nur das Rasseln von Atem in der Leitung. Phil wartete.

»Ein Kollateralschaden«, sagte die Stimme schließlich. »Bedauerlich, aber früher oder später wäre es sowieso passiert. Außerdem konnte es nur sie treffen. Es musste jemand sein, der ihm wichtig war. Sonst wäre das Ganze völlig sinnlos gewesen. Sonst hätte er nichts daraus gelernt.«

»Wer? Darren Richards?«

»Gerechtigkeit. Das ist mein Anliegen. Darum geht es hier. Um Gerechtigkeit.«

Phil warf einen Blick zu Elli, die Phil mit einer Geste der linken Hand zum Weiterreden aufforderte. Ihre andere Hand flog währenddessen über die Tastatur, ihr Blick war starr auf den Bildschirm gerichtet.

»Sie haben Darren Richards also vor eine Wahl gestellt? Stimmt das? Ist es das, was Sie sagen wollen? Und wie sah diese Wahl aus?«

Ein Seufzer. »Kommen Sie, Phil, Sie sind doch ein intelligenter Mann. Finden Sie es selbst heraus.«

»Gerechtigkeit. Haben Sie das damit gemeint?«

»Er hätte für das bestraft werden müssen, was er getan hat. Er hat eine Frau und ein Kind getötet.«

»Genau.« Phil nickte. »Also haben Sie im Gegenzug seine Freundin und Tochter getötet.«

»Nein, nein, so ist es nicht gewesen. Er musste bestraft werden. Er musste wählen. Ich habe ihm diese Wahl ermöglicht.«

»Das heißt ... Sie haben ihn vor die Entscheidung gestellt: entweder das Leben seiner Freundin und Tochter oder sein eigenes. War es so?«

»Jetzt kommen Sie langsam dahinter.« Die Stimme klang stolz. »Gerechtigkeit. Verstehen Sie?«

In Phils Kopf jagte eine Frage die andere. Es gab so viel, was er wissen musste. Er wollte versuchen, den Anrufer aufs Glatteis zu locken, damit er einen Fehler machte. Oder war es besser, einfach nur dafür zu sorgen, dass er weiterredete? Vielleicht würde er sich von selbst verraten. Phil verwarf mehrere Fragen, bevor er sich für folgende entschied.

»Aber warum gerade Darren Richards?«, fragte er. »Es gibt doch sicher noch wichtigere Leute als ihn.«

»Aha«, sagte die Stimme. »Sie glauben also, dass einige Menschen wichtiger sind als andere? Habe ich das richtig verstanden? Ist das Ihre Vorstellung von Gerechtigkeit?«

»Das habe ich nicht gesagt.« Phil sprach ruhig, um nicht die Verbindung zu ihm zu verlieren. »Ich habe lediglich eine Frage gestellt. Was ich meinte, war: Es wurden schon schlimmere Verbrechen begangen, die nicht bestraft wurden. Warum haben Sie gerade ihn ausgesucht?«

»Als Visitenkarte.« Auch diesmal schwang unüberhörbarer Stolz in der Stimme des Anrufers mit.

Ein dumpfes Grauen beschlich Phil. »Sie wollen also weitermachen?«

»Aber sicher. Das war nur der Erste.«

»Verstehe.« Phil beschloss, die Taktik zu ändern. »Und warum ich? Warum wollten Sie ausgerechnet mit mir sprechen?«

Wieder dieses merkwürdige Lachen. »Das hat viele Gründe. Der wichtigste ist, dass ich Sie kenne.«

Phils Magen machte einen unangenehmen Satz. »Sie kennen mich? Woher?«

»Ach ... so eben.« Dann hastig hinterhergeschoben: »Hauptsächlich aus dem Fernsehen. Ich habe Sie im Fernsehen gesehen.«

»Aha.« Phil war nicht sicher: Hatte der Mann sich um ein Haar verraten? »Wie soll ich Sie denn nennen? Haben Sie einen Namen?«

Eine Pause. Des dramatischen Effekts wegen, vermutete Phil.

»Sie können mich ... den Rechtsprecher nennen.«

Phil merkte, wie Sperring den Kopf schüttelte und mit einem gequälten Lächeln irgendetwas vor sich hin murmelte.

»Rechtsprecher. Aha. In Ordnung. Aber ...«

Phil hatte keine Gelegenheit, seinen Satz zu beenden. Der Anrufer unterbrach ihn. »Ach, wo habe ich nur meinen Kopf? Da rede und rede ich Ewigkeiten lang, dabei habe ich Ihnen noch gar nicht gesagt, weshalb ich anrufe.«

»Weshalb rufen Sie an?«

»Nun ja, so schön es auch war, ein bisschen zu plaudern – eigentlich wollte ich Ihnen mitteilen, dass ich erneut Recht gesprochen habe.«

Phil hörte, wie im Raum kollektiv nach Luft geschnappt wurde.

»Wo?«, fragte Phil.

»Ich gehe davon aus, dass Sie versuchen, diesen Anruf nachzuverfolgen. Zumindest würde ich das an Ihrer Stelle tun. Ich kann Ihnen die Arbeit abnehmen. Kommen Sie ins Malmaison, Zimmer 702. Bringen Sie Rettungssanitäter mit. Sie werden sie brauchen.«

Er legte auf.

Sofort brach im Büro das Chaos los.

23

Letisha Watson starrte die Wand an. Sie hatte den Fernseher eingeschaltet, konnte aber nicht hinsehen. Hatte weder Kraft noch Lust dazu. Sie brachte nicht mal die Energie auf, in die Küche zu gehen und sich was zu essen zu machen. Nicht dass es in ihrer Küche was Essbares gegeben hätte. Eigentlich gab es dort überhaupt nichts. Und sie hatte sowieso keinen Hunger, da war nur dieses leere, krampfende, nagende Gefühl in ihrem Innern. Sie saß im Sessel und sah zu, wie draußen der Himmel dunkler wurde und der Tag in den Abend überging.

Im Film oder im Fernsehen ging das immer schneller. Sie zeigten ein Gebäude, zum Beispiel einen Wohnblock wie ihren, und der Himmel dahinter veränderte sich im Zeitraffer. Die Wolken glitten über den Horizont und wechselten dabei die Farbe, von rot zu grau zu schwarz. Dann veränderte sich das Schwarz, wurde zu Pink und Grau, und schon war der nächste Morgen da. Alles innerhalb weniger Sekunden. Hier drinnen, wo sie saß, fühlte es sich ganz anders an. Die Zeit dehnte sich endlos. Und je mehr man hinsah, desto langsamer verging sie. Als täte die Zeit das mit Absicht, um sie zu ärgern.

Der Besuch der Polizei hatte sie aufgewühlt – sie scheute sich nicht, es zuzugeben, wenigstens nicht sich selbst gegenüber. Sie hatte keine Angst, sie könnten denken, dass sie diese blöde Schlampe umgebracht hatte. Jedenfalls nicht wirklich. Obwohl, wenn sie wollten, konnten sie die Fakten verdrehen und es danach aussehen lassen. Sie dafür drankriegen. Das hatte sie oft genug bei Bekannten erlebt. Sie wusste, wozu die Bullen fähig waren.

Nein. Daran lag es nicht. Es lag daran, wie der Ältere sich ihr gegenüber verhalten hatte. Er war in ihr Schlafzimmer gegangen. Das wusste sie genau. Und sie wusste auch, was er da gemacht hatte. Er hatte es nicht mal zu vertuschen versucht. Hat einfach ihr Handy auf dem Bett liegen lassen, die Seite noch offen, die er sich zuletzt angesehen hatte. Um sie zu verhöhnen, sie zu provozieren. Auf dem Display hatte ein Name gestanden.

Moses Heap.

Es war, als wüssten sie Bescheid. *Sie wussten Bescheid* – das hatte er gesagt. Sperring, so hieß er, oder? Der Ältere.

Sie musste sich darum kümmern. Die Sache in den Griff kriegen, bevor sie außer Kontrolle geriet. Bevor ihr alles über den Kopf wuchs und sie es nicht mehr alleine bewältigen konnte.

Und dann noch das mit Darren. Sie hatte Darren gern gehabt, ihn vielleicht sogar geliebt. Sie sagte so was nicht oft. Früher schon, als sie noch jünger gewesen war – doch die Jungs, denen sie es sagte, benutzten das nur als Ausrede dafür, um sie wie ein Stück Scheiße zu behandeln. Als müssten sie sich keine Mühe mehr geben, weil sie sie da hatten, wo sie sie haben wollten. Deshalb hatte sie auch angefangen, auf den Strich zu gehen. Warum denn auch nicht? Da wurde sie wenigstens bezahlt. Na ja, das war jedenfalls einer der Gründe. Nicht der einzige.

Aber Darren. Er hatte irgendwie anders gewirkt, irgendwie … besonders. Nicht wie all die anderen. Obwohl er letzten Endes genauso war wie sie. Das hatte er ja bewiesen, indem er dieser Schlampe einen Braten in die Röhre geschoben und Letisha für sie sitzengelassen hatte. Er müsse Verantwortung übernehmen, hatte er gesagt. Das Richtige tun. Und ja, sie hatte sich die Bitch eines Abends gekrallt und versucht, ihr eine Lektion zu erteilen. Gebracht hatte es nichts. Also hatte sie ihn ziehen lassen. Auf Nimmerwiedersehen. Und sich eingeredet, dass sie über ihn hinweg war.

Aber das bedeutete noch lange nicht, dass sie ihm das, was ihm und seiner Schlampe und ihrem Kind passiert war, gönnte. Um Gottes willen, auf keinen Fall.

Und jetzt das. Die Polizei in ihrer Wohnung. Schon wieder.

Sie sah sich um. Über den Fernsehbildschirm flimmerte etwas, das sie gar nicht als Leben wiedererkannte. Jedenfalls nicht als das wahre Leben, nicht als *ihr* Leben. Irgendeine Serie, die in der Vergangenheit spielte, wo die stinkfeinen Leute alle ein bisschen seltsam drauf waren, aber dafür unglaublich höflich, und ihre Diener, die einfachen Leute, knicksten und verbeugten sich andauernd und mussten Tag und Nacht dafür sorgen, dass das Leben ihrer Herrschaften möglichst störungsfrei verlief. Als wäre das für sie das Allerwichtigste. Als wäre ihr eigenes Leben einen Scheißdreck wert.

Einen Scheißdreck.

Vielleicht waren diese Leute doch nicht so anders als sie. Sie seufzte, steckte sich wieder eine Zigarette an. Versuchte sich zu sagen, dass sie etwas tun musste, irgendetwas, um die Sache in Ordnung zu bringen. Schon um ihrer selbst willen. Und für –

Es klopfte an der Tür.

Letisha fuhr zusammen und stieß dabei den Aschenbecher vom Arm des Sessels. Er fiel auf den Teppich.

»Mist.«

Sie sah nach unten. Man sah dem Teppich an, dass ihr das nicht zum ersten Mal passiert war.

Es klopfte wieder. Diesmal lauter, drängender. Da war jemand, der unbedingt reinwollte. Letisha seufzte erneut. Erhob sich langsam. Sie hatte das Gefühl, als würde ihr Körper den Befehlen ihres Gehirns nicht gehorchen. Vielleicht wollte er auch einfach nicht. Und selbst als das Signal bei ihren Gliedmaßen ankam, schien es, als wollten ihre Gelenke nicht richtig funktionieren. Als wäre sie alt und gebrechlich.

Wieder ein Klopfen, diesmal begleitet von Rufen. Hart und drohend.

Ein plötzlicher Schauer durchfuhr Letisha, als wäre sie vom Blitz getroffen worden. Sie wusste, wer es war. Und was das bedeutete.

Langsam stand sie auf. Betrachtete den Aschenbecher, überlegte, ob sie ihn aufheben sollte, aber dann wurde ihr bewusst, dass sie dazu keine Zeit hatte. Sie musste an die Tür gehen. Sie sah sich im Wohnzimmer um. Wohnzimmer – was für ein Witz. Es war ein Saustall, in dem man keinen Besuch empfangen konnte. Zumindest nicht diesen Besuch.

Sie ging zur Tür.

»Komme ja schon …«

Sie öffnete.

Auf der Schwelle stand einer der schönsten, bestangezogenen, bestriechenden Männer, die sie je im Leben gesehen hatte. Bei seinem Anblick kam sie sich mit ihren schäbigen Klamotten, dem nach Kippen stinkenden Atem und ihrem ungeduschten Körper vor wie ein Häufchen Nichts. Er war so vollkommen, dass sie sich in seiner Gegenwart *immer* wie ein Häufchen Nichts vorkam. Ihr Herz setzte einen Schlag aus. Dann noch einen.

Er sagte etwas.

»Wir müssen reden.«

»Ja«, sagte sie.

»Kann ich reinkommen?«

»Es … es ist ein bisschen unaufgeräumt.«

Er lächelte. Und die ganze Nacht erstrahlte in hellem Glanz.

»Das macht doch nichts.«

Sie trat zur Seite und ließ Moses Heap in ihre Wohnung. Dann schloss sie die Tür.

24

»Du lieber Himmel …«

Eine Rezeptionistin öffnete ihnen mit einer Schlüsselkarte die Tür zu Zimmer 702. Danach hielt Phil die Frau mit dem Arm davon ab, den Raum zu betreten.

»Sie sollten da nicht reingehen«, sagte er. »Das ist ein Tatort. Wir kommen jetzt allein zurecht. Vielen Dank.«

Die junge Frau schien heilfroh zu sein, dass sie nicht weitergehen musste. Ihr reichte schon, was sie vom Flur aus gesehen hatte.

Die Rettungssanitäter waren als Erste im Raum.

»Das hier ist ein Tatort«, rief Phil. »Bitte seien Sie vorsichtig …«

Er wurde nicht direkt ignoriert, trotzdem schenkte niemand seiner Warnung Beachtung. Alle wussten, dass es sich um einen Tatort handelte, doch der Zustand der beiden Opfer machte lebensrettende Maßnahmen zur obersten Priorität.

Phil schaute von der Tür aus zu. Als er genug gesehen hatte, drehte er sich um und blickte den Gang hinunter.

»Er war hier«, sagte er zu Sperring. »Er hat von hier aus angerufen. Vielleicht ist er noch in der Nähe. Wenden Sie sich ans Management. Überprüfen Sie die Überwachungsvideos. Suchen Sie nach ihm. Suchen Sie nach jedem, der aus diesem Zimmer gekommen ist. Diesmal hat er sich verraten. Er muss eine Spur hinterlassen haben.«

Sperring eilte davon.

Bereits beim Betreten des Hotels hatte Phil Khan erste Anweisungen gegeben. »Nadish, sperren Sie sämtliche Ein- und Ausgänge. Holen Sie sich so viele Uniformierte, wie Sie können. Niemand kommt rein oder raus. Er kann noch nicht weit sein, er muss uns ins Netz gehen.«

Nadish war unten geblieben und hatte angefangen, alles zu koordinieren.

Jetzt riskierte Phil einen weiteren Blick ins Zimmer.

Die Sanitäter hatten keine Zeit verloren. Als Erstes hatten sie den Mann von seinem Stuhl losgeschnitten und legten ihm nun Druckverbände um seine Hände an. Am Boden um ihn herum war zu sehen, wie viel Blut er verloren hatte. Der Teppich war förmlich durchtränkt, die Schuhe der Sanitäter machten bei jeder Bewegungen quietschende Geräusche.

Da können wir uns nicht viele Spuren erhoffen, dachte Phil bei sich. Auf dem Boden lagen die Finger des Mannes, wie Phil bei genauerem Hinsehen erkannte. Einer der Sanitäter rief nach Eis, um sie zu transportieren, doch Phil glaubte nicht, dass mit ihnen noch viel anzufangen war.

Die halbbekleidete Frau im Sessel neben dem Mann wirkte auf den ersten Blick unverletzt, stand jedoch augenscheinlich unter Schock. Ihr Gesicht verriet, dass sie Dinge mit angesehen hatte, die kein Mensch je mit ansehen sollte.

Phil trat beiseite, als die Sanitäter den Mann auf eine Trage hievten und ihn aus dem Zimmer rollten.

»Hatte er einen Ausweis bei sich?«, fragte Phil, als sie ihn vorbeischoben.

»Tut mir leid«, antwortete einer von ihnen. »Danach können wir später suchen.« Sie eilten an ihm vorbei den Gang hinunter.

Phil ließ den Blick erneut durch den Raum schweifen. Er konnte sich nicht vorstellen, was für Schmerzen der Mann erlitten haben musste, konnte nicht einmal ansatzweise begreifen, warum der Täter ihm das angetan hatte. Er hatte Recht gesprochen, so hatte er es formuliert. Bei dem Anblick des Blutbads, das er hinterlassen hatte, fragte sich Phil, was für eine Gerechtigkeit das sein sollte.

Er wandte sich ab, ging den Gang entlang. Im Gehen zog er sein Handy aus der Tasche und rief Marina an. Er landete auf ihrer Mailbox. Also hinterließ er eine Nachricht, in der er ihr mitteilte, dass er nicht so bald zu Hause sein werde und dass er sie liebe.

25 »Wie geht es Ihnen?« DC Imani Oliver sah, wie Darren Richards' Lider sich flatternd hoben.

»Keine Ahnung«, sagte er, blickte sich um und begriff wieder, wo er war. Er wollte die Hand heben, stellte aber fest, dass Schläuche ihn daran hinderten, und versuchte seine aufsteigende Panik in Schach zu halten, indem er sich auf Imanis ruhiges Gesicht konzentrierte.

»Sie haben viel durchgemacht«, sagte sie. »Ruhen Sie sich einfach aus.«

»Wollen Sie ... sind Sie hier, um mir noch mehr Fragen zu stellen?«

»Nur wenn Sie in der Verfassung dazu sind. Je mehr wir darüber wissen, was Ihnen passiert ist, desto besser sind unsere Chancen, den Täter zu fassen.«

Darren nickte. »Ja«, sagte er. Er ließ sich in seine Kissen zurückfallen und starrte an die Decke.

Imani wartete.

»Haben ... haben Sie irgendwas gehört?«

»Noch nicht«, sagte Imani. »Aber wir hoffen bald Neues zu erfahren.«

Darren nickte wieder. »Sie sind echt nett.«

Imani lächelte. »Danke.«

»Nicht wie die anderen Bullen. Die behandeln mich wie Dreck.«

»Sie sind hier das Opfer, Darren.« Sie beugte sich zu ihm, nahm seine Hand. »Wenn Ihnen noch etwas einfällt – irgendetwas, das uns helfen könnte –, dann sagen Sie es mir bitte.«

»Ja«, sagte er und schien wieder in seinen Dämmerzustand zurückzufallen. Imani hielt weiter seine Hand. Plötzlich riss er die Augen auf.

»Alles in Ordnung?«

»Ja. Mir ist was eingefallen. Er hat gesagt, es geht um Gerechtigkeit. Das hat er gesagt. Gerechtigkeit. Deswegen hat er mich verschleppt. Er wollte, dass ich für das leide, was ich getan hab.« Darren traten Tränen in die Augen.

»Leiden – hat er sich so ausgedrückt?«

»Er hat gesagt ... Ich hätte die Wahl. Zwischen mir und ... und ...« Die Tränen flossen immer schneller.

Imani wartete, bis er sich ausgeweint hatte. »Also«, sagte sie irgendwann in sanftem, freundlichem Ton. »Er hat Chloe und Shannon getötet, weil er wollte, dass Sie leiden? Meinten Sie das?«

Darren wandte den Blick ab, so dass sie sein Gesicht nicht sehen konnte, und nickte.

»Das ist ja schrecklich«, sagte sie.

»Ja«, sagte Darren.

»Und warum war er der Ansicht, Sie müssten bestraft werden, Darren? Hat er Ihnen das auch gesagt?«

»Wegen ... wegen dem, was ich getan hab. Als ich damals das Auto geklaut hab.«

»Da haben Sie eine Mutter mit ihrer Tochter überfahren.«

Darren nickte.

»Er hat Chloe und Shannon getötet, weil Sie damals eine Mutter mit ihrem Kind getötet haben. Stimmt das?«

Darren seufzte tief.

»Ja.«

»Aber ... Sie waren dafür nicht im Gefängnis, stimmt's?«

Ein kurzes Fuchslächeln huschte über Darrens Züge. »Nee. Bin noch mal davongekommen.«

»Wie das?«

»Durch meinen Anwalt. Der hat einen Fehler bei den Ermittlungen gefunden. Hat mich echt rausgeboxt. Prima Typ.«

»Aha.« Imani hielt immer noch Darrens Hand, die sich jetzt allerdings verschwitzt anfühlte. »Und haben Sie hinterher noch manchmal daran gedacht, was Sie getan haben?« Sie fragte aus ehrlichem Interesse heraus.

Darren runzelte die Stirn. »Wissen Sie, wie das ist, wenn Sie *Grand Theft Auto* spielen? Oder ein ähnliches Spiel?« Er nickte begeistert. »Wissen Sie, wenn Sie ... also, wenn Sie da Leute anfahren und die dann durch die Luft fliegen? Ja? Einfach so. *Boom.*« Er nickte erneut, diesmal mit geschlossenen Augen, als wäre er sehr zufrieden mit sich oder als wolle er sie mit seinen Worten beeindrucken.

»Sie haben Ihnen also nichts bedeutet? Die zwei Menschen, die Sie getötet haben?«

»Na ja, irgendwie nicht.« Er zuckte mit den Schultern. »Kannte sie ja auch gar nicht.«

»Empfinden Sie denn gar nichts? Bedauern Sie nicht, was Sie getan haben?«

»Ach«, sagte Darren. Seine Augen wurden schmal, seine Stimme klang härter. »Das hat mein Anwalt auch gesagt. Ich soll Reue zeigen und all den Scheiß. Sie klingen genau wie er.«

Imani atmete ein paarmal tief durch, um sich zu beruhigen. »Er hat also Chloe und Shannon getötet, um ... Ihnen eine Lektion zu erteilen?«

»Ja.«

»Weil Sie nicht im Gefängnis waren? Oder weil Sie keine Reue gezeigt haben?«

»Wahrscheinlich beides. Hat mich gezwungen, eine Wahl zu treffen.«

»Eine Wahl? Was denn für eine Wahl?«

»Na, die oder ich, was denn sonst? Entweder er tötet sie, oder er tötet mich.«

Imani drehte sich der Magen um. »Also – hat er Ihnen die

Entscheidung überlassen. Er hat gesagt, er würde entweder Sie umbringen oder Chloe und Shannon. Wirklich?«

»Ja.« Erneut wandte Darren den Blick ab. »Er hat gemeint, ich muss bezahlen.« Seine Stimme war leiser geworden. Er sagte mehr, als er eigentlich sagen wollte.

Imani ließ seine Hand los.

»Was ist denn?«, sagte er. »Ich hab getan, was jeder andere an meiner Stelle auch getan hätte. Sie würden es doch genauso machen, oder nicht?«

Imani hatte Glück. Ihr Handy klingelte und enthob sie einer Antwort. Sie nahm ab. Es war Phil, der sie anwies, so schnell wie möglich ins Malmaison zu kommen.

Sie stand auf. »Ich muss jetzt los, Darren.«

»Was?« Plötzlich sah er enttäuscht aus, als hätte er eine Frau um ein Date gebeten und einen Korb bekommen. »Wo müssen Sie denn hin?«

»Arbeiten.« Sie entfernte sich von seinem Bett.

»Und was ist mit mir?«

Sie blieb stehen, drehte sich um. »Was soll mit Ihnen sein?«

»Ich dachte ... sollen Sie nicht hier bei mir bleiben oder so was? Auf mich aufpassen?«

»Ich glaube, Sie können sehr gut auf sich selbst aufpassen, Darren. Sie haben sich für das Leben entschieden. Jetzt müssen Sie auch damit leben, was Sie getan haben.«

Damit wandte sie sich ab und verließ die Krankenstation.

26

Die Uniformierten waren im Malmaison eingetroffen. Phil erteilte ihnen Anweisungen.

»Er ist hier noch irgendwo. Er *muss* hier noch irgendwo

sein. Riegeln Sie das Gebäude ab. Er kann sich nicht in Luft aufgelöst haben. Legen Sie los.«

Sie taten es.

Dann erlöste er Nadish von seinem Posten am Eingang und ließ ihn stattdessen die Befragung der Hotelgäste organisieren. Er sollte herausfinden, ob es Zeugen gab und was sie gesehen hatten.

Sein Handy klingelte. Sein erster Gedanke galt Marina, doch ein Blick auf das Display offenbarte, dass es Sperring war.

»Kommen Sie, Sie müssen sich was anschauen«, sagte er.

Phil fand seinen DS in einem Raum im Erdgeschoss, wo er Videoaufzeichnungen sichtete.

»Was gibt's?«, fragte er, als er den engen, stickigen Raum betrat.

»Das hier, Boss«, sagte Sperring. Er beugte sich vor und deutete auf den Monitor.

Ein Mann, der neben Sperring saß, hielt den Film an und spulte zurück. Sperring sagte ihm, wann er wieder auf ›Play‹ drücken sollte.

»Hier ist unser Pärchen«, erklärte Sperring. »Sie kommen den Gang runter.«

Auf dem Bildschirm waren der Mann und die Frau aus dem Hotelzimmer zu sehen. Sie gingen Arm in Arm, und der Mann versuchte die ganze Zeit, die Frau zu begrabschen, doch selbst auf den körnigen Aufnahmen war deutlich zu sehen, dass sie seine Berührungen nicht genoss, sondern allenfalls tolerierte.

»Die tun ja richtig verliebt«, stellte Sperring fest.

»Jedenfalls einer von ihnen«, sagte Phil.

»Hier gehen sie aufs Zimmer.«

Man sah, wie sich die Tür des Hotelzimmers schloss. Der Mann hatte eine Hand auf dem Hintern der Frau.

»Und dann?«, fragte Phil.

»Nur Geduld«, mahnte Sperring.

Phil musste nicht lange warten. Eine weitere Person näherte sich der Tür. Phils Magen zog sich zusammen. Er wusste sofort, wer es war. Schaute höchst aufmerksam auf den Monitor, damit ihm kein Detail entging.

Die Gestalt trug etwas, das wie ein Overall oder eine Arbeitsmontur aussah, dazu Stiefel und eine Jacke mit Kapuze. Ein Schauer durchlief Phil.

»Dreh dich um ... dreh dich um ...«

Als hätte die Gestalt Phil gehört, tat sie genau das. Augenblicklich machte sich Enttäuschung breit. Die Gestalt trug eine Gasmaske.

»Scheiße«, sagte Phil.

Als Nächstes sahen sie, wie der Maskierte nach oben in Richtung Kamera blickte und demonstrativ grüßte.

»Mistkerl. Er wusste, dass wir uns das anschauen würden.« Sperring konnte nur mit Mühe seinen Frust im Zaum halten.

Der Maskierte schwang sich seinen Rucksack über die Schulter und klopfte. Die Tür wurde geöffnet. Er verschwand im Zimmer.

»Spulen Sie vor«, sagte Phil. »Irgendwann muss er ja wieder rauskommen.«

»Tut er auch«, sagte Sperring.

Der andere Mann spulte die Aufzeichnungen vor, bis dieselbe Gestalt das Zimmer verließ, den Gang hinunterging und schließlich verschwand.

Phil lehnte sich zurück. Dann kam ihm ein Gedanke, und er beugte sich erneut nach vorn. »Stopp. Noch mal zurück«, sagte er. »Bis zu der Stelle, wo er rauskommt.«

Der Mann kam der Bitte nach. Noch einmal beobachteten sie, wie der Maskierte das Hotelzimmer verließ.

»Halt«, rief Phil. Er setzte seine Lesebrille auf, kniff die Augen zusammen. »Besser kann man das Bild auf dem Monitor nicht darstellen?«

Der Mann schüttelte den Kopf.

»Sehen Sie«, sagte Phil und zeigte auf etwas. »Da. Seine Füße.«

»Was ist mit denen?«, fragte Sperring.

»Andere Schuhe. Oder Stiefel. Der Teppich im Zimmer war voller Blut. Wenn er in denselben Schuhen wieder rausgegangen wäre, hätte er eine blutige Spur hinterlassen müssen. Er muss sie also gewechselt haben. Und zwar im Zimmer.«

»Glauben Sie, die sind noch da?«

»Ich bezweifle es, aber nachschauen schadet nichts. Wenn nicht, muss er sie bei sich haben. Das sollte es uns leichter machen, ihn zu finden, selbst wenn er sich zwischenzeitlich umgezogen hat. Vielleicht hat er sogar DNA-Spuren hinterlassen. Irgendetwas. Egal was.«

»In einem Hotelzimmer?«, fragte Sperring. »Da wimmelt es doch nur so von DNA.«

»Wir müssen es versuchen.« Phil seufzte. »Kennen wir inzwischen die Namen des Pärchens?«

»Das Zimmer war auf einen gewissen John Wright gebucht«, sagte Sperring. »Schwer zu sagen, ob das sein echter Name ist oder nicht. Was die Frau angeht – keine Ahnung.«

»Das Hotel müsste uns da weiterhelfen können. Er hat doch bestimmt mit Kreditkarte bezahlt.«

Phil nahm die Brille wieder ab und rieb sich die Augen. Bevor er noch etwas sagen konnte, klingelte sein Handy. Er nahm es aus der Tasche, rechnete auch diesmal mit Marina und schaute auf das Display. Das Revier.

»Tut mir leid, falls ich Sie störe«, meldete sich Elli, »aber ich dachte mir, Sie wollen den Anruf bestimmt selbst entgegennehmen. Er ist in der Leitung.«

Phils Magen machte erneut einen unangenehmen Satz. »Stellen Sie ihn durch.«

Er legte die Hand über den Lautsprecher des Handys, raunte leise »Er ist es« in Sperrings Richtung, dann hörte er mehrmaliges Klicken, während der Anruf durchgestellt wurde.

»Hallo, Phil«, sagte die inzwischen bekannte dumpfe Stimme. »Sie haben doch nichts dagegen, dass ich Sie Phil nenne, oder? Da wir zusammenarbeiten, ist es doch nur angemessen, dass wir uns gegenseitig mit Namen ansprechen, finden Sie nicht?«

»Und wie soll ich Sie nennen?«

»Das habe ich Ihnen doch bereits gesagt. Rechtsprecher.«

»Ach ja. Rechtsprecher. Und ... und wie kommen Sie auf die Idee, wir würden zusammenarbeiten?«

»Sie haben doch sicher meinen letzten Urteilsspruch gesehen. John Wright, Banker. Wurde mit der Hand in der Kasse erwischt.« Gelächter. »Damit ist es jetzt vorbei, nicht wahr?«

Phil war sprachlos. Er hatte nicht die geringste Ahnung, was er darauf erwidern sollte. Sollte er den Anrufer einfach weiterreden lassen oder ihm widersprechen? Er versuchte einen klaren Kopf zu behalten, weitere Fragen zu stellen. Er war Ermittler. Er musste sich auf seine Aufgabe konzentrieren.

»Ich denke mal, dass Sie noch im Hotel sind?«

»Da denken Sie falsch.«

»Warum zeigen Sie sich nicht? Kommen Sie zu uns, dann können wir reden und alles klären, bevor noch mehr passiert.«

Wieder ein Lachen. »Ob das wohl jemals einer tut, was meinen Sie? Einer von der Polizei, Sie zum Beispiel, macht diesen Vorschlag, und der andere denkt bei sich: ›Klar, ich höre auf mit dem, was ich tue, und stelle mich. Nur zum Reden, versteht sich.‹« Die Stimme wurde härter. »Behandeln Sie mich nicht wie einen Schwachkopf. Sie haben gesehen, wozu ich fähig bin. Sie wissen, weshalb ich es tue. Ich werde nicht aufhören. Sie sollten sich darauf einstellen, mir dabei zu helfen. Andernfalls wird es Konsequenzen geben, und die werden Ihnen nicht gefallen.«

»Was sollte –«

»Seien Sie still. Seien Sie einfach nur still, und hören Sie zu. Sie werden ins Fernsehen gehen. Und werden allen verkünden, was ich getan habe und wieso. Dann wird man mich ernst nehmen.«

»Und wenn nicht?«

»Wollen Sie es wirklich darauf ankommen lassen? Ganz im Ernst? Im Augenblick stehen Sie noch auf der richtigen Seite. Auf derselben Seite wie ich. Aber wenn Sie sich gegen mich wenden, werden Sie mein Feind. Und Sie haben gesehen, was ich mit meinen Feinden mache.«

Die Leitung war tot.

Phil starrte auf sein Handy.

DRITTER TEIL

SCHREI NACH RACHE

27

In der Nacht tat Marina kaum ein Auge zu. Anfangs dachte sie noch, es läge daran, dass sie die zweite Nacht in Folge weit weg von zu Hause in unbekannter Umgebung verbrachte, doch das war nicht der Grund. Sie vermisste Phil. Sie vermisste ihn jedes Mal, wenn sie fort war. Seine Gegenwart tröstete sie. Es tat gut, seinen eins achtzig großen Körper neben sich zu spüren, ihn zu berühren, selbst im Schlaf. Aber es lag auch nicht an der Abwesenheit ihres Mannes. Nein, schuld waren ihre Träume.

Kaum hatte sie die Augen zugemacht und war eingeschlafen, sah sie die falsche Fiona Welch vor sich. Sie saß in ihrem Zimmer und beobachtete Marina mit einem Lächeln im Gesicht, genau wie sie es am vergangenen Nachmittag getan hatte. Hinter ihren Augen tanzten Gedanken, dort verbargen sich all ihre Geheimnisse. Schreckliche, dunkle Geheimnisse. Im Traum sahen Fionas Haare anders aus. Dunkler, lockiger, mehr wie Marinas. Dasselbe traf auf ihre Kleider zu. Es waren nicht die, die sie in Wirklichkeit getragen hatte, vielmehr ähnelten sie denen von Marina. Im Traum sagte Fiona nichts, zumindest konnte sich Marina nach dem Aufwachen an nichts erinnern. Doch trotzdem kommunizierte sie etwas, auf beinahe telepathischem Weg: dass Phil sich eine Jüngere an seiner Seite wünschte. Dass er Marina zu alt fand; dass sie, Fiona, diejenige war, die er eigentlich wollte.

Marina wachte auf und konnte danach lange nicht mehr einschlafen.

Deshalb rief sie auch Phil an. Sie hatte ein schlechtes Gewissen, weil sie ihn aufweckte, aber sie hatte das dringende Bedürfnis, mit ihm zu sprechen. Solange Phil bei ihr war, konnte sie der Dunkelheit trotzen, mit der sie Tag für Tag zu tun hatte. Und sie wusste, dass sie für ihn dasselbe bedeutete. Was sie hatten, war mehr als eine Ehe. Sie beide hatten in den Abgrund geschaut und der Abgrund in sie. Allein ihre gegenseitige Liebe hielt sie davon ab, den letzten Schritt über den Rand zu tun.

Er meldete sich mit schlaftrunkener Stimme. »Hallo?«

»Hey«, sagte sie. »Tut mir leid, dass es so spät ist.«

Ein Rascheln am anderen Ende, vermutlich sah er auf die Uhr. »Schon gut.« Sie hörte, wie er sich im Bett aufsetzte. »Wo bist du?«

»In der Nähe von Finnister. Es ist was dazwischengekommen.«

»Stimmt, ich habe gestern Abend deine Nachricht erhalten. Tut mir leid, dass ich zu müde war, um darauf zu antworten.«

Marina hatte Phil angerufen, um ihm mitzuteilen, dass sie, entgegen ihrer ursprünglichen Planung, die Nacht über bei Anni bleiben würde. Sie wusste, dass Phils Mutter Eileen sich um ihre Tochter Josephina kümmerte. Das war eine Sorge weniger.

»Entschuldige«, sagte sie. »Ich dachte, du würdest schlafen, ich wollte dir nur kurz Bescheid sagen. Was machst du?«

»Wollte gerade aufstehen. Hatte einen langen Tag gestern. Es gab … ach, das braucht dich nicht zu interessieren.«

»Kann ich helfen?« Sie hatte unbedingt mit ihm über ihre Situation sprechen wollen, wusste aber, dass seine Arbeit genauso wichtig war wie ihre.

»Vielleicht später. Gestern Abend ist uns jemand durch die Lappen gegangen. Ich muss mich darum kümmern. Ihn fassen.«

»Das wirst du auch.«

»Wenn ich nur dein Selbstvertrauen hätte.« Stille. »Was ist bei euch los?«

»Na ja …« Nun, da sie ihn tatsächlich am Hörer hatte, kam es ihr ein wenig albern vor, ihn mit ihrem Problem zu behelligen. Aber dann dachte sie an ihren Traum und an die letzten Worte der Frau, die sich Fiona Welch nannte. Und sprach weiter. »Wir hatten hier eine etwas heikle Situation. Du weißt doch, dass Anni und Mickey mich gebeten haben, ein psychologisches Gutachten von einer Patientin zu erstellen?«

»Ja.«

»Also, die Sache ist noch deutlich komplizierter.« Sie hielt inne, holte tief Luft. »Es gibt hier eine Frau, die sich für Fiona Welch hält.«

Mit einem Schlag war Phil hellwach. »Was? Fiona Welch? Bist du sicher?«

»Ich meine, natürlich ist sie es nicht. Definitiv nicht.«

»Es sei denn, sie ist von den Toten auferstanden. Ich habe sie sterben sehen. Habe aus nächster Nähe miterlebt, wie sie in den Tod gestürzt ist.«

»Ich weiß. Aber sie ist … irgendwie unheimlich. Gruselig. Keiner weiß, woher sie kommt, wer sie wirklich ist. Ich habe ein bisschen nachgeforscht und nichts gefunden. Alles, was man von ihr weiß, ist, dass sie zwei junge Männer dazu gebracht hat, ihre Freundinnen zu töten.«

»Mein Gott.«

Marina sagte nichts mehr. Phil spürte, dass ihr noch etwas auf der Seele lag. »Und?«

Wieder musste Marina tief Luft holen. »Und die toten Frauen sahen aus wie ich – angeblich.«

»Ich …« Phil wusste nicht, was er sagen sollte.

»Ich weiß. Außerdem hat sie behauptet, sie würde dich kennen.«

»Unmöglich.«

»Ja, ich weiß. Und es klingt auch alles vollkommen lächerlich, wenn ich es laut ausspreche, aber dann denke ich darüber nach, und auf einmal ist es nicht mehr lächerlich. Sie hat mir wirklich Angst gemacht. Ganz im Ernst.«

»Ist das deine professionelle Meinung?«

»Das ist die einzige Meinung, die ich mir bilden konnte. Und sie hat noch etwas gesagt. Ich soll dir etwas ausrichten, nur ein Wort. Gerechtigkeit.«

Schweigen am anderen Ende. Eine Eiseskälte schlich sich in das elektronische Statikgeräusch der Leitung.

»Phil?«

»Ja, ich bin noch da. Gerechtigkeit? Mehr nicht?«

»Das war alles.« Marina seufzte. »Phil …«

»Ja?«

»Bin ich zu alt für dich?«

»Was?«

»Hättest du gerne eine jüngere Frau?«

»Was – wo kommt denn das auf einmal her?« Er versuchte, es mit einem Lachen abzutun.

»Von Fiona Welch. Entschuldige – von der Frau, die behauptet, Fiona Welch zu sein. Siehst du, wie leicht es ist, das zu glauben? Sie hat es gesagt. Sie hat gesagt, du … ich wäre zu alt für dich.«

»So ein Quatsch. Sie versucht doch nur, dir zuzusetzen – wer auch immer diese Person ist. Lass sie nicht an dich ran.«

Marina war erleichtert. Sie wusste, es war dumm, aber die Worte der Frau hatten sie verunsichert. »Danke.«

»Du musst mir nicht danken. Du musst nur rausfinden, wer diese Frau ist.«

»Wir arbeiten daran. Aber es gab gestern Abend auch noch einen Selbstmord in der Klinik. Die Frau, die ich begutachten sollte. Deswegen bin ich noch hier.«

»Du meine Güte – wenn es kommt, dann kommt es dicke.«

»Wem sagst du das? Ich kümmere mich um die Sache, dann komme ich nach Hause.

»Gut. Pass auf, mach dir wegen dieser Fiona-Welch-Imitatorin keine Gedanken. Sie sitzt in Finnister. Sie kann keinen Schaden mehr anrichten.«

»Ich weiß.«

»Aber?«

»Ja, es gibt da noch ein Aber. Ich fühle mich so … ach, ich weiß auch nicht.«

»Zerbrich dir wegen ihr nicht den Kopf. Mickey und Anni werden sich schon um sie kümmern. Sie werden dahinterkommen, wer sie ist.«

»Ich weiß.«

»Komm einfach bald nach Hause. Du fehlst mir.«

Marina lächelte und spürte, wie Phil ebenfalls lächelte. »Du mir auch.«

»Bis dann.«

Sie verabschiedeten sich und legten auf.

Marina war froh, dass sie Phil angerufen hatte. Allein mit ihm zu reden hatte ihr schon geholfen. Sie fühlte sich jetzt besser. Ja, die Frau, die sich Fiona Welch nannte, verstörte sie. Sie machte ihr sogar Angst, wenn sie ehrlich war. Aber Marina hatte die Kraft, mit ihr fertigzuwerden.

Wenigstens hoffte sie das.

Sie zog sich an und fuhr nach Finnister.

28

Der Morgen war angebrochen, doch der Himmel schien nichts davon zu wissen. Dunkle Sturmwolken hingen tief über der Landschaft von East Anglia. Sie trieben den Tag einem verfrühten Abend zu, saugten alle Freude aus ihm heraus und ließen nichts als Beklommenheit zurück. Ein unmittelbar bevorstehender Wolkenbruch drohte den Tag in monochromes Rauschen zu verwandeln.

Marina war in Richtung Finnister House unterwegs. Sie wollte unbedingt ankommen, bevor der Regen losging. Als sie sich der Klinik näherte, schien diese ihr nicht länger derselbe Ort zu sein wie noch am Tag zuvor: eine hochmoderne, geschlossene psychiatrische Anstalt. Jetzt war es ein düsterer Steinhaufen, ein öder, trostloser Ort, an dem mehr als eine Wahnsinnige auf mehr als einem Dachboden ihr Unwesen trieb.

Marina hatte sich für einige Tage von der Universität beurlauben lassen. In der Regel gab es damit keine Probleme – die Fakultät genoss den Zugewinn an Prestige, wenn ein Mitglied des Lehrkörpers so oft als externe Beraterin angefragt wurde. Es war eine Bestätigung, dass man die richtige Person als Dozentin ausgewählt hatte.

Sie parkte ihren Prius. Schon jetzt war der Parkplatz voller Streifenwagen und Fahrzeuge der Taktischen Unterstützung. Sie eilte zum Eingang. Anni und Mickey waren bereits da. Sie war nach ihnen aus Colchester losgefahren. Sie hatten Händchen gehalten, doch sobald sie sie kommen sahen, ließen sie sich unauffällig los. Dienst war Dienst.

Anni und Mickey waren jetzt ganz offiziell ein Paar. Die kleine vorlaute Schwarze mit den blonden Igelstacheln und der kahlrasierte Stiernacken mit den warmen, klugen Augen. Sie waren lange umeinander herumgeschlichen, hatten immer wieder vorsichtige Annäherungsversuche unternommen, wobei jeder darauf gewartet hatte, dass der andere den ersten Schritt machte. Sie hatten befürchtet, eine Liebesbeziehung könne ihr kollegiales Verhältnis und ihre Freundschaft gefährden, doch als sie endlich zusammen waren, hatten sie festgestellt, dass ihre Freundschaft dadurch nur noch stärker wurde. Genau wie ihr Zusammenhalt auf der Arbeit. Paarbeziehungen innerhalb eines Teams wurden offiziell nicht gutgeheißen, aber Mickey und Anni hatten es erfolgreich geschafft, ihr berufliches von ihrem Privatleben zu trennen, so dass die Qualität ihrer Arbeit nie in Frage gestellt wurde. Man ließ sie gewähren.

Marina freute sich sehr für die beiden; sie zählten zu ihren besten Freunden und liebsten Kollegen.

Aber jetzt hatten sie Arbeit vor sich.

Anni wandte sich um, als Marina sich zu ihnen gesellte. »Ein Glück, dass du doch noch geblieben bist.«

»Ich muss es irgendwie geahnt haben«, sagte Marina.

»Ist ja unheimlich«, meinte Mickey. »Als würde man mit einem Medium zusammenarbeiten.«

Marina sah in den Himmel. Die Luft war kühler geworden und hatte eine scharfe Note bekommen. Sehr bald würde es regnen.

»Kommt, gehen wir rein«, schlug sie vor.

Hinter der Sicherheitsschleuse wurden sie von einer Frau in Empfang genommen. Zierlich, die dunklen Haare zu einem adretten Pferdeschwanz gebunden, die Kleider funktional, aber modisch. Ihre Miene verriet, dass sie eine tüchtige Frau war, die nach Kräften eine schwierige und fordernde Aufgabe meisterte. Und dass der heutige Tag diese Tüchtigkeit auf eine harte Probe stellte.

»Carol Blakemore«, sagte sie und schüttelte ihnen die Hand. »Ich bin die Leiterin. Wir hatten gestern noch nicht die Gelegenheit, miteinander zu sprechen.«

Marina stellte sich vor. »Ich bin nur in beratender Funktion hier«, erklärte sie. »Ich gehöre nicht zum Ermittlungsteam.«

»Im Moment noch nicht«, sagte Anni und sah erst Marina, dann Carol Blakemore an. »Ist die hiesige Polizei schon eingetroffen?«

»Ja, ist sie«, antwortete Carol. »Bereits heute früh. Sie gehen gut mit der Sache um, und es fällt in ihren Zuständigkeitsbereich. Aber da Sie ja gestern bereits hier waren, dachten wir uns, dass Sie sicher umgehend informiert werden wollen.«

Anni nickte.

»Können Sie uns sagen, was genau passiert ist?«, fragte Mickey.

Carol Blakemore blies die Backen auf und stieß die Luft aus, als wäre sie es leid, zum wiederholten Male dasselbe sagen zu müssen.

»Bitte«, sagte Anni. »Ich weiß, es ist schlimm, aber wir kennen den Hergang ja noch nicht. Tun Sie einfach so, als würden Sie es zum ersten Mal erzählen.«

Carol schaute ein wenig schuldbewusst. »Na ja, wie ich den anderen Polizisten bereits gesagt habe, wurde heute früh Joannes Zimmer aufgeschlossen und ...« Sie hielt inne, als erlebe sie das Geschehene im Geiste noch einmal ... »Sie lag am Boden. Ihre Pulsadern ... alles war voller Blut.«

Anni nickte. »Wäre es vielleicht möglich, sich das Zimmer anzuschauen?«

»Äh, ja«, sagte Carol, als wache sie gerade aus einem besonders unangenehmen Traum auf. »Hier entlang.«

Sie deutete einen Korridor hinunter. Sie nahmen denselben Weg wie am Tag zuvor. Im Krankenhaus herrschte jetzt eine ganz andere Atmosphäre. Am Vortag war es ihnen hell und lichtdurchflutet erschienen. Das blonde Holz und die weißen Wände hatten das Sonnenlicht zurückgeworfen, das durch die gläserne Decke hereinfiel, und auf den Gängen hatten Patienten und Mitarbeiter für rege Betriebsamkeit gesorgt. Jetzt hingegen wirkte es verlassen und beklemmend. Das Licht schien fahl und drückend, als hätte es sich mit den grauen Wolken draußen am Himmel verschworen, die Schatten in die Länge zu ziehen und die Wände grau zu färben. Die Patientinnen waren auf ihren Zimmern eingeschlossen, das Personal wurde von der Polizei befragt.

Sie waren bei Joanne Marshs Tür angelangt. Zweifarbiges Absperrband verhinderte den Zutritt. Jenseits der Schwelle waren mehrere Kriminaltechniker in ihren Plastik-Overalls konzentriert bei der Arbeit und suchten nach verwertbaren Spuren.

Mickey wandte sich an Carol. »Sie haben also heute Morgen Joannes Zimmer aufgeschlossen und sie am Boden liegend vorgefunden.«

»Richtig.« Sie bemühte sich, nicht ins Zimmer zu schauen, sondern studierte stattdessen das abstrakte Gemälde an der gegenüberliegenden Wand. »Ich würde gerne sagen, dass wir alles Menschenmögliche getan haben. Alles. Wir haben bei jedem Schritt die Dienstvorschriften befolgt. Das tun wir immer. Darauf lege ich sehr großen Wert.«

»Das bezweifeln wir überhaupt nicht«, sagte Anni. »Und es war definitiv Selbstmord?«

Carol runzelte die Stirn. »Wie meinen Sie das?«

»War sie allein? War jemand bei ihr? Hatte irgendjemand während der Nacht Zutritt zu ihrem Zimmer?«

»Nun ja, das Personal natürlich. Aber ansonsten war sie allein. Und vor dem Einschluss wurde das Zimmer kontrolliert. Niemand war bei ihr.«

Anni nickte. »Was ist mit dem Messer?«

»Das Messer?«, wiederholte Carol. Sie nickte geistesabwesend. »Ja. Sie hatte ein Messer. Ein ganz normales Tafelmesser. Wir wissen nicht, wie sie daran gekommen ist. Wir haben gestern Abend das gesamte Besteck durchgezählt, das machen wir immer, und dann wird ein zweites Mal gegengezählt. Wie jeden Abend. Der Wärter war sich hundertprozentig sicher, gestern nach dem Abendessen ihr Besteck mitgenommen zu haben. Hundertprozentig.«

»Okay«, sagte Anni. »Sie haben also keine Vermutung, wo sie das Messer herhaben könnte?«

»Nicht die geringste. Überhaupt keine. Das Ganze ist uns vollkommen unerklärlich. Natürlich stellen wir Nachforschungen an. Überprüfen alles noch einmal in aller Gründlichkeit.« Wieder machte sie ein schuldbewusstes Gesicht. Ihr Ruf stand auf dem Spiel.

»Natürlich«, sagte Anni. »Hat vielleicht nachts jemand nach ihr gesehen? Wie sieht das übliche Vorgehen aus?«

»Die Aufseher machen ihre Runden, nichts Besonderes. Sie galt nicht als suizidgefährdet, war keine Risikoinsassin. Wir haben gleich nach ihrer Einlieferung eine umfassende Risikoabschätzung durchgeführt, so wie bei jeder neuen Patientin. Es gab keinerlei Anzeichen auf erhöhte Selbstmordgefahr. Uns ist nichts aufgefallen. Gar nichts …« Sie verstummte fassungslos.

Marina hatte bis dahin schweigend zugehört. »Carol«, sagte sie nun, »hat Joanne gestern Abend auf ihrem Zimmer von irgendjemandem Besuch bekommen? Vor dem Einschluss?«

»Besuch? Ich … ich weiß es nicht. Gut möglich. Jede Patientin bekommt manchmal Besuch. Die Frauen können kommen und gehen, wie sie wollen. Das bin ich schon gefragt worden. Wir werden noch versuchen, Genaueres herauszufinden. Wir werden voll kooperieren.«

»Gut. Könnte ich Sie noch etwas fragen?«, fuhr Marina

fort. »Es ist nur so ein Gedanke. Eine von Joannes Besucherinnen war nicht zufällig Fiona Welch?« Sie spürte Annis und Mickeys Blicke auf sich.

»Fiona Welch?« Carol nickte. »Ja, ich glaube, das könnte sein. Ihr Name ist in dem Zusammenhang gefallen.« Tief besorgt sah Carol zwischen den dreien hin und her. »Wollen Sie etwa andeuten ...?«

»Ich deute gar nichts an«, sagte Marina. »Es war nur eine Frage.«

Ein Donnerschlag. Marina fuhr zusammen.

Das Unwetter war über sie hereingebrochen.

29

Moses öffnete die Augen. Das Tageslicht war grau und schwach. Es fiel durch dünne Vorhänge, die genauso grau waren. Das machte den Morgen gleich doppelt bedrückend.

Er wälzte sich herum. Die Bewegung fühlte sich an, als schwämme er auf einem winzigen Floß im Ozean. Gott, was hatte er gestern Abend getrunken? Und geraucht? Mund und Rachen fühlten sich an, als hätte jemand sie mit dem Sandstrahler bearbeitet, und in seinem Kopf drehte sich ein Karussell.

Er streckte den Arm aus. Berührte Haut. Warme, weiche Haut. Zuckte vor Schreck zurück. Mit der Berührung kam auch die Erinnerung.

Letisha. Da lag sie, nackt, mit dem Rücken zu ihm, und schnarchte leise.

Er drehte sich auf den Rücken, durchforstete sein Gedächtnis. Er war zu ihr gegangen, nachdem sein Anwalt ihn bei der Polizei rausgeholt hatte. Anwalt. Polizei. Die Worte lösten einen ganz anderen Gedankengang in ihm aus.

Er verachtete sich dafür, wie er sich benommen hatte, erst im Studio, dann auf der Wache. Wie ein wütender Straßengangster. Aber genau so hatte er sich gefühlt. Sobald die Polizei anfing, Fragen zu stellen, wurde er aggressiv, feindselig. Als hätte es all die Jahre, in denen er sich gebildet und kulturell engagiert hatte, gar nicht gegeben. Seine Sprache, seine Attitüde – alles war wieder auf den Stand von damals zurückgefallen. Er schämte sich für sein Verhalten, aber er hatte nicht anders gekonnt. Er war so konditioniert, daran war seine Vergangenheit schuld. Sie verwandelte ihn wieder in den verängstigten kleinen Jungen, der ein Problem mit Autoritäten hatte. Er wusste: Ganz egal, wie weit er sich von der Straße entfernte, die Straße würde immer in ihm sein. Ein Teil von ihm würde immer unterdrückt und gefesselt bleiben. Das zugeben zu müssen, war schmerzhaft.

Er versuchte, diese Gedanken abzuschütteln und sich stattdessen darauf zu konzentrieren, warum er hier war.

Er hatte mit Letisha reden müssen. Und sie hatten auch geredet. Allerdings nicht über das, worüber er eigentlich hatte reden wollen. Sie hatten geredet, und dann hatten sie miteinander geschlafen. Und jetzt lag er in ihrem Bett.

Er bewegte den Kopf, diesmal vorsichtiger, und betrachtete sie. Er liebte ihre Haut. Hatte sie von Anfang an geliebt. Dieses weiche, glatte, zarte Gefühl unter seinen Fingern, wenn er sie streichelte und liebkoste. Und er wusste, dass es ihr gefiel, wenn er das tat. Sie hatte es ihm selbst gesagt. *Du bist nicht einer von diesen Ex-und-hopp-Typen, oder?*, hatte sie ihn einmal gefragt, in einem anderen Zimmer, in einer anderen Zeit. *Nee, so einer bin ich nicht*, hatte er geantwortet. *Mit Schönheit muss man sich Zeit lassen. Man muss sie gut behandeln, dann belohnt sie einen.* Den Spruch hatte er davor schon bei anderen Frauen gebracht – aber bei ihr war es mehr als ein Spruch gewesen. Er hatte es wirklich so gemeint. Damals. Sie hatte gelacht: *Ach ja, ist das so?* Aber sie hatte ihn belohnt. Und wie.

Und jetzt das. Schon wieder. Letzte Nacht. Ihre Haut war nicht mehr ganz so zart wie früher. An einigen Stellen war sie etwas rauer. An anderen zu weich. Aber sie war immer noch sie. Und er war noch er. Vielleicht auch nicht mehr derselbe, der er früher gewesen war. Eine andere Version seiner selbst. Aber eine, die sie noch wiedererkennen konnte.

Und sie war immer noch schön. Innen wie außen. Als die Angst und die Anspannung von ihr abgefallen waren, hatte er es gesehen. Und er hatte darauf reagiert. Wieder und wieder. Da war dieses Verlangen zwischen ihnen. In ihm. Sie wussten, wenn sie ihm nachgeben, würde das Konsequenzen haben, aber sie hatten beide so viel Alkohol getrunken und so viel Gras geraucht, dass es ihnen in dem Moment vollkommen egal gewesen war. Die Einsicht würde erst später kommen. Viel später.

Nämlich jetzt. Moses blickte sich im Zimmer um. Gestern Abend hatte er den Dreck und die Unordnung nicht wahrgenommen, zu groß war sein Begehren gewesen. Aber jetzt sah er es. Eine kleine Gebirgskette aus schmutziger Wäsche auf dem Fußboden. Flecken auf den Bettlaken. Die Staubschicht so hoch wie der Flor des Teppichs. Eine nackte Glühbirne an der Decke, wie in einem Verhörraum oder einer Zelle. Und die behelfsmäßigen Vorhänge vor den Fenstern. Zu dünn, um ihren Zweck zu erfüllen.

Erneut betrachtete er ihre Haut. Jetzt sah er, dass sie nicht mehr die Farbe von süßem Kaffee hatte, die er so mochte. Im trüben Licht des Schlafzimmers wirkte es eher wie Zombiegrau.

Er schüttelte den Kopf. Langsam. Dass ein Zimmer wie dieses hier – ein Leben wie dieses hier – Schönheit so entstellen konnte. Ein altes Gefühl flackerte wieder in ihm auf:

Niedergeschlagenheit, gepaart mit Wut, wenngleich nicht mehr im selben Verhältnis wie früher.

Er schlug die fadenscheinige Decke zurück und versuchte aufzustehen. Das Zimmer um ihn herum begann zu schwanken und zu zerfließen. Übelkeit stieg in ihm hoch. Er legte sich wieder hin.

Er musste hier weg. Bevor Letisha aufwachte. Allmählich setzte die Scham ein über das, was sie getan hatten. Und da war noch etwas anderes, etwas nicht minder Vertrautes: Angst. Er musste weg.

Er unternahm einen weiteren Versuch aufzustehen. Diesmal gelang es ihm. Er stand nackt im Zimmer, fand sein Gleichgewicht und blickte auf Letisha herab. Sie war wirklich schön. Daran konnten auch die Narben, die das Leben ihr zugefügt hatte, nichts ändern. Oder nur ein wenig. Er hoffte, dass es immer so bleiben würde, aber er war Realist. Er wusste es besser. Er hatte es schon zu oft gesehen. So war der Lauf der Dinge. Der Lauf der Welt.

Sie regte sich, sah zu ihm auf. Lächelte. Dieses Lächeln gehörte in ein ganz anderes Zimmer, zu einer ganz anderen Frau in einem ganz anderen Leben.

Er wusste, dass sie seinen Körper betrachtete. Dass ihr gefiel, was sie sah. Sein Körper war sein Tagebuch, eine Karte seines Lebens. Jeder Kampf, in den er verwickelt gewesen war, jedes Mal, jede Narbe, jede Wunde von einer Stichverletzung, alles war da. Der Patchwork-Mann.

Früher, als er noch jünger gewesen war, ein echter Gangsta, da war er stolz auf seinen Körper gewesen. Er war seine Visitenkarte. Zeigte er doch, wie viel Respekt er auf den Straßen genoss. Doch sobald er sich von diesem Leben abgewandt hatte, begann er sich dafür zu schämen. Inzwischen versuchte er, sich damit abzufinden. Es anzunehmen. Er musste damit leben lernen.

Letisha war die einzige Frau, die ihn angesehen und ihn mit all seinen Narben geliebt hatte. Nicht weil sie ihn wie einen harten Kerl aussehen ließen – das hatten viele verlockend gefunden. Nein. Weil sie wusste, was Schmerz bedeutete. Und Heilung. Er hatte sich noch nie so nackt gefühlt wie bei ihr. Noch nie so verletzlich. Aber so lebendig.

»Morgen, Süßer«, sagte sie.

Ihre Stimme war leise und rau. Das gefiel ihm.

»Morgen, du Schöne«, antwortete er und bereute es augenblicklich.

So hatten sie einander früher immer genannt. Die Namen waren Teil einer Vorstellung, bei der der letzte Vorhang längst gefallen war.

Sie kicherte. Freute sich über seine Worte.

Sie rollte sich auf den Rücken und zeigte ihm ihren Körper. »Kommst du zurück ins Bett?«

Er wollte es. Und wie er es wollte. Er hatte ihr noch nie widerstehen können. Nicht einmal jetzt und hier, nach allem, was passiert war. Aber er musste. Er hatte keine andere Wahl.

»Nee, ich ... muss dann los. Hab noch Sachen zu erledigen.«

Enttäuschung spiegelte sich in ihren Augen. Er hatte sie verletzt.

»Sorry, Babe«, sagte er. »Geht nicht anders.« Seine Stimme klang dünn, seine Worte lahm und falsch.

Sie setzte sich auf. Ihre kleinen, perfekten Brüste zogen seine Blicke auf sich. Er merkte, wie er steif wurde. Begann nach seinen Sachen zu suchen.

»Bleib doch«, sagte sie. »Bitte.«

»Geht nicht, Babe«, sagte er und wich ganz bewusst ihren Blicken aus.

Er fand erst eine Socke, dann die zweite. Zog sie an. »Ich muss los. Viel zu tun heute.«

Sie stand auf, stellte sich vor ihn hin. Ohne Scham wegen ihrer Nacktheit. Sie legte eine Hand auf seine Brust. Strich mit den Fingerspitzen die Narben nach. »Komm schon, Baby«, sagte sie. »Sei doch nicht so. Du bist gestern zu mir gekommen. Und es war ...« Sie schüttelte den Kopf und lächelte bei der Erinnerung. »Toll. Mein bester Abend seit Ewigkeiten.« Ihre Hand streichelte seine Brust. »Das muss doch keine einmalige Sache bleiben. Bitte.«

Er entzog sich ihr brüsk, zog sein T-Shirt über. Schüttelte den Kopf.

»Moses ...«

Er hatte alle seine Sachen gefunden. So schnell er konnte, kleidete er sich an. Die Übelkeit, die Kopfschmerzen ignorierte er.

»Bitte, jetzt ... jetzt warte doch. Verbring den Tag mit mir. Nur einen Tag. Bitte.«

Er war fertig angezogen. Drehte sich zu ihr um.

»Ich kann nicht.«

»Doch, du kannst.«

»Nein. Das weißt du doch. Wir können das nicht.« Die Angst stand ihm ins Gesicht geschrieben. Er konnte sie nicht vor ihr verbergen. Er hatte nie irgendwas vor ihr verbergen können.

»Bitte ...«

»Wir dürfen das nicht tun.«

Letisha hielt ihn fest, grub ihre Finger in seine Haut.

»Was denn jetzt?«

»Was meinst du?«

»Was denn nun? Wir dürfen nicht, oder wir können nicht?«

»Das macht doch keinen Unterschied.«

»Moses, das macht einen riesengroßen Unterschied. Das eine bedeutet niemals, das andere bedeutet ...«

Sie brachte den Satz nicht zu Ende.

»Bedeutet was?« Er stellte die Frage, obwohl er die Antwort eigentlich gar nicht hören wollte.

»Hoffnung«, sagte sie.

»Ich muss jetzt los.« Er seufzte. »Es war eine blöde Idee. Ich hätte nicht herkommen sollen. Das war ... mehr als nur ... Es geht nicht nur darum, was passiert ist. Das weißt du.«

Sie lächelte. In ihrem Lächeln vereinten sich seine Angst und ihre Traurigkeit. »Ich bin trotzdem froh, dass du's getan hast.«

»Ich ...« Er wusste nicht, was er sagen sollte. Genau wie es einen Unterschied zwischen ›nicht können‹ und ›nicht dürfen‹ gab, gab es einen noch größeren Unterschied zwischen dem, was er sagen wollte, und dem, was er sagen musste.

»Wir sehen uns. Denk dran, was ich dir gestern Abend erklärt hab. Vergiss es nicht.«

Er konnte gar nicht schnell genug zur Tür kommen.

Sein Kopf tat weh, sein Magen tat weh, und sein Herz tat weh.

Er wusste gar nicht, welcher Schmerz der schlimmste war.

Das war eine Lüge. Er wusste es sehr wohl.

30

»Vorsicht«, sagte Anni zu Marina, sobald Carol Blakemore außer Hörweite war. »Setz ihr bloß keine Flöhe ins Ohr. Außerdem soll niemand den Eindruck bekommen, dass du ein bisschen besessen bist.«

»Das bin ich ja auch gar nicht«, gab Marina eine Spur zu scharf zurück. »Das war nur ... Die Frage lag doch wohl auf der Hand.« Sie sah zwischen den beiden hin und her. »Oder etwa nicht? Ich meine, nach unserem Gespräch mit ihr gestern? Und wenn man bedenkt, weshalb sie hier drinnen sitzt. Oder?«

»Kann schon sein«, meinte Mickey.

»Aber wir müssen in alle Richtungen ermitteln«, sagte Anni, und ihre Augen blitzten. »Das habe ich so gelernt. Von einem der Besten.«

»Du hast absolut recht«, sagte Marina und brach die Anspannung mit einem Lächeln.

Carol Blakemore kam zurück. Begleitet wurde sie von einem kleinen, leicht gedrungenen, adrett gekleideten Inder. Er sah aus wie jemand, der sehr penibel und detailverliebt war. Sie wies auf ihn. »Dies ist –«

»Hallo, Deepak«, sagte Mickey.

Carol Blakemore machte ein etwas verstimmtes Gesicht. »Sie zwei kennen sich?«

»Wir ... haben schon mal zusammengearbeitet«, erklärte Mickey.

Deepak gab Marina die Hand. »Detective Sergeant Shah.«

»Marina Esposito. Kriminalpsychologin.«

Deepaks Augen wurden schmal. »Marina ...«

»Ja, sie ist es«, sagte Anni.

Deepak Shah hatte einige Jahre zuvor mit Anni und Mickey an einem Fall gearbeitet, bei dem Marinas und Phils Tochter entführt worden und Phils Adoptivvater im Zuge eines Brandanschlags getötet worden war.

»Aha«, sagte er. »Sind also wieder aufs Pferd gestiegen.«

»Sieht ganz danach aus«, sagte Marina.

»Was können Sie uns sagen?«, wollte Anni wissen.

»Wahrscheinlich nichts anderes als das, was Professor Blakemore Ihnen bereits gesagt hat«, antwortete Deepak. Er holte seinen Notizblock hervor und konsultierte seine fein säuberlich verfassten Aufzeichnungen.

»Joanne Marsh wurde heute Morgen um circa sieben Uhr dreißig tot in ihrem Zimmer aufgefunden. Es war keine andere Person zugegen, und die Verletzungen an der Innenseite ihrer Handgelenke machten den Anschein, als habe sie sie sich selbst beigebracht. Kein Verdacht auf ein Verbrechen.« Er klappte sein Notizbuch mit Schwung zu. »Selbstmord, würde ich sagen.«

»Wir haben eine Gefährdungsabschätzung vorgenommen, und es gab keine Hinweise auf einen möglichen Suizid«, sagte Carol Blakemore. »Überhaupt keine.«

»Nein«, pflichtete Marina ihr bei. »Ich hatte auch nicht den Eindruck, sie sei selbstmordgefährdet, als ich mich gestern mit ihr unterhalten habe.« Sie wandte sich an Deepak. »Gibt es eine Liste der Personen, die gestern Abend in ihrem Zimmer waren?«

»Wird gerade zusammengestellt. Selbstverständlich gehen wir jeder Spur nach und befragen alle. Woran denken Sie?«

»Dass ihr jemand das Messer gegeben haben muss, wenn es sich nicht vorher in ihrem Zimmer befunden hat und auch nirgendwo fehlte.«

»Das glauben wir auch«, sagte Deepak. »Und wir gehen der Sache nach.«

»Und ...« Marina sah zwischen den anderen hin und her. Sie zögerte, ehe sie weitersprach. »Ich stelle es nur in den Raum, aber möglicherweise hat ihr jemand den Selbstmord eingeredet?«

»Sie war sehr empfänglich für Suggestionen«, sagte Carol Blakemore zustimmend. Sie klammerte sich an jeden Strohhalm, der ihre eigene Verantwortlichkeit in der Sache mindern könnte.

»Um es milde auszudrücken«, sagte Marina. »Was meinen die anderen dazu?«

»Du denkst an Fiona Welch«, stellte Anni fest.

Marina spürte, wie ihre Wangen heiß wurden. Dachte erneut an ihren Traum. Selbst das Gespräch mit Phil hatte sie nicht vollständig beruhigt. »Die Frau, die von sich *behauptet*, Fiona Welch zu sein – vergessen wir das nicht. Es wäre doch immerhin eine Möglichkeit. Deswegen sitzt sie ja schließlich hier. Sie hat es selbst zugegeben.«

Anni wandte sich an Deepak. »Sollen wir sie dazu vernehmen? Wir haben gestern schon mit ihr gesprochen.«

Deepak zog die Schultern hoch. »Sicher, warum nicht? Es gibt hier ja offensichtlich einige Überschneidungen. Tun Sie sich keinen Zwang an. Aber halten Sie mich auf dem Laufenden.«

»Wird gemacht«, versprach Anni.

»Leiten Sie den Fall?«, erkundigte sich Mickey.

»Genau. Ich wurde befördert.«

»Glückwunsch«, sagte Mickey. Er sah sich um. »Ist DS James nicht hier?«

Deepak lächelte traurig. »Tut mir leid, Jessie – DS James – hat bei der Polizei aufgehört.«

»Ach. Wie schade«, sagte Mickey.

Marina sah, wie er rot wurde. Sie sah auch, wie Anni ihm giftige Blicke zuwarf.

»Soweit ich richtig informiert bin, hat sie eine Ausbildung zur Sportpsychologin angefangen«, fügte Deepak hinzu.

»Na, dann wünsche ich ihr viel Glück. Grüßen Sie sie von mir, falls Sie sie mal sehen.«

»Mache ich.«

Anni beeilte sich, die beiden Männer voneinander zu trennen. »So, wollen wir dann jetzt mal? Du weißt schon: unseren Job machen?«

»Entschuldigung«, sagte Deepak, der die angespannte

Atmosphäre spürte und ahnte, was die Ursache war. »Ich lasse Sie dann Ihrer Arbeit nachgehen. War schön, Sie beide wiederzusehen.« Er wandte sich an Marina. »Freut mich, dass es Ihnen gutgeht.«

»Danke.« Er wandte sich ab und ging zurück durch den Korridor.

»Sie wollen mit Fiona Welch reden?«, fragte Carol Blakemore. »Entschuldigung. Mit der Frau, die sich als Fiona Welch ausgibt? Hier entlang.«

Sie ging in die andere Richtung los. Marina folgte ihr. Hinter ihr hörte sie Mickey und Anni streiten.

»Grüßen Sie sie von mir«, äffte Anni leise nach.

»Ich war nur höflich«, sagte Mickey.

»Klar. Ich weiß genau, was das war. Warte nur. Warte nur bis nachher ...«

Marina schmunzelte und ging weiter.

31

»Er nennt sich der Rechtsprecher«, sagte Phil und ließ den Blick einmal quer durch das Großraumbüro schweifen. Er hoffte, so die Aufmerksamkeit aller Anwesenden auf sich und die Ermittlungen zu lenken. »So viel ist uns bekannt.«

Das Team war zur morgendlichen Besprechung zusammengerufen worden – das übliche Vorgehen, wenn sie einen besonders wichtigen Fall bearbeiteten. Und als solcher war er mittlerweile eingestuft worden; dafür hatte die Entdeckung des fingerlosen Bankers gesorgt. Phils Leute sahen übernächtigt aus und rotäugig, als wären Schlaf und Erholung Dinge, in deren Genuss nur andere Menschen kamen.

Phil selbst hatte ebenfalls kaum geschlafen, und Marinas frühmorgendlicher Anruf hatte sein Übriges getan. Nicht dass es ihn gestört hätte, dass sie ihm erzählen wollte, was ihr auf der Seele lag. Im Gegenteil: Er wünschte, er hätte mehr für sie tun können, aber im Moment hatte seine Arbeit Vorrang.

Widerstrebend schob er die Gedanken an seine Frau beiseite. Konzentrierte sich. Neben ihm auf dem Tisch stand sein Becher mit Kaffee. Er hatte ihn auf dem Weg zum Revier gekauft, wusste er doch aus Erfahrung, dass man das Gebräu aus der Abteilung nicht genießen konnte. Erneut sah er sich im Raum um und fragte sich, wie viele Briefings hier wohl schon abgehalten worden waren. Wie viele Echos die Wände aus Backstein und Holzpaneelen schon geschluckt hatten. Wie viele Geister früherer Fälle hier herumspukten. Aber daran durfte er jetzt nicht denken. Es lag eine Menge Arbeit vor ihnen.

»Der Name des Opfers lautet John Wright.« Phil betrachtete die Pinnwand hinter ihnen. Dort hingen Fotos von Opfern und Tatorten, zusammen mit den bislang bekannten Einzelheiten zum Fall. Linien verbanden Gesichter miteinander wie ein makabres Netz. Erst kürzlich war das Foto von John Wright dazugekommen. Phil zeigte darauf, während er fortfuhr: »Er arbeitet bei einer Bank. Mit allem, was das beinhaltet.«

Einige Buhrufe und Schimpfwörter schallten durch den Raum.

»Dennoch«, fuhr Phil fort, »hat er nicht verdient, was ihm angetan wurde.«

»*Wahrscheinlich* nicht«, murmelte jemand halblaut – Phil konnte nicht ausmachen, wer es war. Jemand anders lachte. Phil ignorierte sie.

»Wir müssen den Täter fassen. Anscheinend hatte John Wright ein Meeting mit Kollegen, gefolgt von einem gemeinsamen Mittagessen in einem Restaurant in Brindleyplace. Danach ist er mit –« Phil schaute in seinen Aufzeichnungen nach – »Denise Nettleworth ins Malmaison gegangen. Sie ist nicht seine Ehefrau. Ich denke, jeder hier kann sich ausmalen, was er vorhatte. Nur leider ist nichts daraus geworden. Der Rechtsprecher ist ihm in die Quere gekommen. Aufgrund von Wrights Geschäften fand der Rechtsprecher«, Phil kam sich jedes Mal albern vor, wenn er das Wort in den Mund nahm, »dämlicher Name ... Jedenfalls dachte er, Wright wäre ein legitimes Ziel für seinen Kreuzzug. Wie es scheint, hat er ihm die Wahl gelassen: Entweder er verliert sein Geld oder seine Finger. Wright hat sich für seine Finger entschieden.«

»Typisch Banker«, meinte Sperring in einer Mischung aus Verachtung und Schadenfreude.

»Das wissen wir von Denise Nettleworth. Sie hat einen schweren Schock erlitten, trotzdem ist es uns gelungen, ihr einige Informationen zu entlocken. Offenbar hatte der Rechtsprecher«, Phil musste tief durchatmen, »einen Laptop dabei, auf dem er Wrights Konten einsehen konnte. Während er ihm die Finger abschnitt, floss Geld von den Konten ab. Wright hat eine ganze Menge Geld verloren. Vielleicht war das Amputieren härtere Arbeit als gedacht.«

»Oder vielleicht konnte er den Gedanken nicht ertragen, dass Wright etwas von dem Geld behält«, sagte Imani.

»Guter Einwand«, sagte Phil. »Unser Täter wird von Zorn getrieben. Wäre Wright finanziell unbeschadet aus der Sache hervorgegangen, selbst unter Verlust seiner Finger, hätte der Rechtsprecher vermutlich das Gefühl gehabt, nichts erreicht zu haben. Das ist natürlich reine Spekulation, aber es klingt zumindest plausibel.«

»Darren Richards hat er auch vor eine Wahl gestellt«, meldete sich Imani zu Wort. »Weil er eine Mutter und ihr Kind getötet hatte und nicht dafür bestraft worden war, hat der Täter Richards gezwungen zu entscheiden, ob er lieber selbst sterben oder dabei zusehen will, wie seine Freundin und seine Tochter getötet werden. Er hat sich für Letzteres entschieden.«

Aufstöhnen und Flüche waren zu hören.

»Hat er das selbst zugegeben?«, wollte Phil wissen.

»Ja«, antwortete sie. »Und dann hat er sich gewundert, weshalb ich kein Mitleid mit ihm habe.«

»Wunderbar«, sagte Phil. »Unser Mann sucht sich seine Opfer also gut aus. Stellt Nachforschungen über sie an, plant präzise, was er tun will, sucht nach einer Form von Bestrafung, die er jeweils für angemessen hält – im Sinne von ausgleichender Gerechtigkeit oder was auch immer. Dann führt er seinen Plan aus. Er sieht sich selbst als Held, den Rächer im Dienste der Allgemeinheit. Wir müssen ihn von diesem Irrglauben befreien.« Er wandte sich an DC Khan. »Nadish, was gibt's bei Ihnen?«

Khan sah auf seine Notizen. »Noch nicht viel. Ich hab die Befragung der Nachbarschaft beim ersten Mord geleitet. Das Gebäude stand leer, war schon zur Hälfte abgerissen. Die meisten anderen Gebäude in der Straße sind in einem ähnlichen Zustand. Die Gegend drum herum wurde ein bisschen aufgehübscht, aber bis hierher sind die Bemühungen noch nicht vorgedrungen.«

»Genau aus dem Grund hat er das Gebäude vermutlich ausgesucht«, warf Phil ein.

»In der Nähe gibt es einen Sikh-Tempel, aber es war niemand da, mit dem man hätte sprechen können. Ich fahre später noch mal hin. Dann gibt es noch ein paar kleine Häuser und Geschäfte in der näheren Umgebung. Einige der Anwohner waren nicht zu Hause, deshalb versuche ich es später noch mal. Nicht besonders vielversprechend, ich weiß, aber …« Er hob die Schultern. »Na ja.«

»Das ist unsere Arbeit«, sagte Phil. »Wir müssen gründlich sein. Gut gemacht. Wir können also festhalten, dass er den ersten Tatort ausgesucht hat, weil er relativ abgelegen ist. Einen anderen Grund scheint er nicht gehabt zu haben. Er muss das Gebäude zuvor ausgekundschaftet haben. Er ist sehr sorgfältig, deshalb muss er vorher mehrmals dort gewesen sein. Bestimmt hat er die Ein- und Ausgänge überprüft. Irgendjemand wird ihn gesehen haben, wann auch immer. Und wie hat er seine drei Opfer dorthin gebracht? Er muss ein Fahrzeug gehabt und sich irgendwie Zutritt zum Grundstück verschafft haben. Bleiben Sie an der Sache dran, Nadish.«

Khan nickte ernst.

»Kontaktieren Sie auch die Abrissfirma. Fragen Sie nach, ob einer der Mitarbeiter in irgendeiner Weise auffällig geworden ist. Vielleicht fällt denen ja etwas dazu ein. Und gleichen Sie etwaige Namen mit denen kürzlich entlassener Straftäter ab, die in der näheren Umgebung wohnen. Elli kann Ihnen zeigen, wie das geht, falls Sie Hilfe mit der Datenbank brauchen.«

Bei diesen Worten wirkte Khan schon deutlich weniger zufrieden. Er war noch jung, ja, trotzdem hatte Phil ihn schon des Öfteren wegen seiner reaktionären Ansichten und Verhaltensweisen ermahnen müssen. Phil wusste, Khan war Sperrings Protegé, und es wäre naiv gewesen zu hoffen, dass er sich von seinem Mentor ausschließlich die positiven Dinge abschaute.

»Die Spurensicherung ist noch mit beiden Tatorten beschäftigt«, berichtete Phil weiter. »Am ersten wurde bislang nichts Verwertbares gefunden. Klinisch rein, den Worten von Jo Howe zufolge. Obwohl ich mich immer gefragt habe, wie rein Kliniken wirklich sind. Die ganzen Keime … Egal. Ich schweife ab.« Er bemerkte die seltsamen Blicke einiger

Kollegen. Viele im Team fanden ihn nach wie vor ein bisschen sonderbar. Oder zumindest … anders.

Aber er lieferte Ergebnisse. Das mussten sie anerkennen.

»Gut. Das Hotel. Wie weit sind wir da?«

»Noch nicht weit«, antwortete Sperring. »Die Sache ist erst wenige Stunden her. Wir sind von Zimmer zu Zimmer gegangen und haben die Gäste gefragt, ob sie jemanden gesehen oder was gehört haben. Nichts. Die Wände zwischen den Zimmern sind ziemlich dick, außerdem waren nicht alle Zimmer belegt. Wir haben Gäste und Angestellte die ganze Nacht im Hotel festgehalten. Kam nicht bei allen gut an, wie man sich ja vorstellen kann. Yardley und Chapman sind noch vor Ort und kümmern sich um alles. Aber ganz ehrlich – gut sieht's nicht aus. Er scheint sich einfach in Luft aufgelöst zu haben.«

In Luft aufgelöst, dachte Phil. *Wie ein Geist*. Erneut schweifte sein Blick durch den Raum, und er dachte an all die Gespenster darin.

Die Geister von früher stören mich nicht, dachte er. *Ich will den Geist fangen, der jetzt umgeht.*

32

Die Frau, die von sich behauptete, Fiona Welch zu sein, saß auf ihrem Bett an fast derselben Stelle und in exakt derselben Position wie tags zuvor. Als Anni und Marina eintraten, hob sie den Kopf und lächelte. Es war ein wissendes Lächeln, fand Marina, als hätte sie sie erwartet und mit sich selbst eine Wette abgeschlossen, wie lange es wohl dauern würde, bis sie kamen.

»Ich nehme an, Sie sind seit ungefähr … einer Stunde hier?«, fragte Fiona Welch.

»So ungefähr«, sagte Anni. »Wieso ist das wichtig?«

Das Lächeln der Frau wurde noch breiter. »Ich hätte früher mit Ihnen gerechnet.«

Anni lächelte ebenfalls. Als sie sprach, war ihr Tonfall betont beiläufig, ihre Frage klang wie eine hingeworfene Belanglosigkeit. »Halten Sie sich für so wichtig?«

Fiona Welchs Züge versteinerten. Bevor sie etwas erwidern konnte, fuhr Anni fort: »Jemand ist tot, und wir müssen mit sehr vielen Leuten reden. Da kann es schon eine Weile dauern, bis man drankommt.«

Anni zog sich einen Stuhl heran und setzte sich. Marina zog es vor, stehen zu bleiben. Sie sah sich im Zimmer um. Es war penibel aufgeräumt. Marina inspizierte es gründlich, versuchte möglichst viele Informationen zu sammeln. Auf dem Regal einige Bücher, allesamt über Psychologie und in gutem Zustand. Daneben ein Ordner mit der Aufschrift »Fallstudien« in sauberer, enger Handschrift. Ihr Blick schweifte weiter durch den Raum.

Fiona Welch bemerkte, wie sie sich umsah. »Suchen Sie etwas?«

Marina öffnete den Mund, um zu antworten, besann sich dann jedoch eines Besseren. »Ich schaue nur«, sagte sie. Dann deutete sie auf den Ordner. »Darf ich?«

Etwas zuckte über Fiona Welchs Gesicht. Marina konnte nicht sagen, ob es Furcht war, Stolz oder eine Mischung aus beidem.

»Nur zu«, sagte sie.

Marina nahm den Ordner vom Regal und begann darin zu lesen.

Anni machte derweil mit der Befragung weiter.

»Wie Sie sicher wissen«, sagte sie zu Fiona Welch, »wurde Joanne Marsh heute Morgen tot aufgefunden.«

»Ich habe davon gehört«, antwortete die Frau.

»Ja. Und nun befragen wir alle auf der Station, wo sie gestern Abend waren.«

»Und mit mir wollen Sie auch reden.«

»So ist es.«

Fiona Welch lächelte abermals, als freue sie sich darüber, Aufmerksamkeit zu bekommen. »Und was möchten Sie mich gerne fragen?«

»Haben Sie gestern Abend mit Joanne gesprochen?«

»Ja, habe ich.«

»Wo war das?«

»Auf ihrem Zimmer.«

»Worüber haben Sie gesprochen?«

Sie lehnte sich zurück, streckte die Arme nach vorn und drückte den Rücken durch, als wäre sie müde. Dann seufzte sie. »Ist nicht weiter wichtig.«

»Vielleicht ja doch.«

»Ich glaube kaum.« Sie klang herablassend, als spräche sie zu jemandem, der ihrer Aufmerksamkeit nicht würdig war.

»Sagen Sie es mir einfach; das Urteil bilde ich mir dann schon selbst.«

»Urteil?« Fiona Welch lachte. »Ach ja, schließlich sind Sie das Gericht. Vielleicht sogar der Richter?«

Anni schwieg.

Fiona Welch war mit ihren Dehnungsübungen fertig und beugte sich vor. »Und wenn Sie der Richter sind, dann sind Sie bestimmt auch die Geschworenen. Da spielt es gar keine Rolle, welche Antwort ich Ihnen gebe.«

»Wenn Sie meinen.«

»Und wenn ich Ihnen eine Antwort gebe, die Sie nicht hören wollen oder die Ihnen als Geschworene nicht gefällt, sind Sie dann auch der Henker?«

Auch darauf ging Anni nicht ein. Fiona Welch lachte. »So viel Macht haben Sie nicht, stimmt's? Sie tragen lediglich

Informationen zusammen. Lesen Dinge auf. Mehr nicht. Sie sind eine Sammlerin.«

»Ja«, sagte Anni und versuchte, ihre Worte mit Bedacht zu wählen. »Das ist es, was Ermittler tun. Sie sammeln Informationen. Und wenn wir alle nötigen Informationen gesammelt haben, treffen wir auf ihrer Grundlage eine Entscheidung. Und wenn diese Entscheidung zu Ungunsten desjenigen ausfällt, über den wir die Informationen gesammelt haben, dann wird Anklage gegen ihn erhoben. Und wenn die Staatsanwaltschaft derselben Meinung ist und die Geschworenen auch, wandert derjenige ins Gefängnis. Eigentlich müsste Ihnen das doch bekannt sein.«

»Oh, das ist es auch. Ich weiß, wie das Gesetz funktioniert.« In ihren Augen lag ein seltsamer Glanz. »Aber wünschen Sie sich nicht manchmal, Sie könnten mehr tun, als nur zu sammeln? Wünschen Sie sich nicht, dass Sie, wenn Sie jemanden finden, von dem Sie wissen, dass er schuldig ist, auch wenn Sie es vielleicht nicht beweisen können – wünschen Sie sich in so einem Fall nicht, Sie könnten das ganze Brimborium einfach überspringen und handeln?«

»Der Henker sein, meinen Sie?«

»Genau das meine ich.«

Anni lehnte sich zurück und lächelte. »Ich glaube, wir kommen vom eigentlichen Thema ab.«

»Wirklich? Ich finde, das hier ist das eigentliche Thema.«

Anni hielt inne, ordnete ihre Gedanken. Doch ehe sie weiterreden konnte, ließ Marina den Aktenordner sinken und wandte sich an Fiona Welch.

»Diese Fallstudien«, sagte sie. »Sollte Joanne eine davon werden?«

»Ja«, sagte Fiona Welch. »Ganz richtig.«

»Und«, sagte Marina, »ist das der Grund, weshalb Sie gestern Abend bei ihr waren?«

»Das stimmt.«

»Und warum«, klinkte sich Anni ein, »haben Sie uns das nicht früher gesagt?«

»Weil Sie die Frage nicht gestellt haben«, gab Welch erneut herablassend zurück.

»Sie war also eine Fallstudie«, sagte Anni.

»Ja.«

»Welcher Art? Weshalb genau haben Sie sie studiert?«

»Ich interessiere mich für psychisch Kranke. Vor allem, wenn es eine sexuelle Komponente gibt. Joanne ist ein Paradebeispiel dafür.« Sie lächelte. »Entschuldigung. War.«

»Hat Sie Ihnen gegenüber erwähnt, dass sie sich umbringen will?«

»Nein. Warum sollte sie?«

»Was hat sie denn zu Ihnen gesagt?«

Fiona Welch schien von der Frage gelangweilt und antwortete nicht. Stattdessen richtete sie ihre Aufmerksamkeit auf Marina. »Und was meinen Sie?«, fragte sie. Jetzt klang sie nicht länger herablassend, sondern stolz. »Von Fachfrau zu Fachfrau.«

»Ziemlich schlau«, sagte Marina. »Respekt.«

Fiona Welch konnte ihr strahlendes Lächeln nicht unterdrücken. »Danke schön. Ich freue mich, dass Sie den Wert meiner Arbeit erkennen.«

»Oh, das habe ich nicht gesagt«, widersprach Marina.

Fiona Welch runzelte die Stirn. »Wie meinen Sie das?«

»Ich sagte, Ihre Notizen zu den Fällen sind schlau. Sie sind zweifellos sehr gut gemacht. Trotzdem glaube ich kein einziges Wort davon.«

»Was?« Die Frage kam scharf, zornerfüllt.

Marina durchquerte das Zimmer, bis sie direkt vor Fiona stand. »Sie haben sich definitiv der korrekten Fachsprache bedient. Wahrscheinlich haben Sie die aus den Fachbüchern da im Regal. Die sehen aus, als wären sie kaum gelesen worden, wahrscheinlich haben Sie sich gerade genug damit beschäftigt, um Ihrer Arbeit einen Hauch von Authentizität zu verleihen. Aber eben nur einen Hauch. Sie verwenden in Ihrem Text praktisch keine primären oder sekundären Quellen. Ihre Argumentation ist schwach, letzten Endes fußt sie nur auf Vermutungen mit ein paar eingestreuten Beispielen. Wann immer Sie andere Psychologen zitieren, hat man den Eindruck, Sie würden sich die allergrößte Mühe geben, sie falsch zu interpretieren. Und Ihre Schlussfolgerungen sind schlichtweg lachhaft.« Sie blickte auf Fiona Welch herab. »Soll ich fortfahren?«

Fiona Welch starrte sie wortlos an.

Marina machte eine Geste in den Raum hinein. »Dieses Zimmer hier«, sagte sie. »Da ist nichts. Man findet keine Hinweise auf Ihre Persönlichkeit. Keinerlei Anzeichen von Individualität. Nichts. Genau wie die Fallstudien. Es ist alles eine Scharade. Eine clevere Scharade, zumindest auf den ersten Blick, aber eben doch eine Scharade.«

Marina verstummte und wartete.

Fiona Welch blickte starr geradeaus, ihr Brustkorb hob und senkte sich hektisch. Sie sagte nichts. Lange saß sie einfach nur so da. Ihr Blick war leer und voll blanker Wut zugleich.

»Ich existiere«, sagte sie schließlich. »Existenz ist Identität.«

Marina runzelte die Stirn. Den Satz hatte sie schon einmal irgendwo gehört, wusste aber nicht mehr, wo.

Sie hatte auch keine Zeit, darüber nachzudenken, weil Anni nun wieder das Wort ergriff.

»Also, warum waren Sie gestern Abend bei Joanne im Zimmer? Worüber haben Sie mit ihr geredet?«

»Fall. Studie.« Die Worte mussten sich ihren Weg aus ihrer Kehle regelrecht erkämpfen, als hätte Fiona Welch allergrößte Mühe, sich zu beherrschen.

»Fallstudie«, wiederholte Anni.

»Ja. Fallstudie.«

Fiona Welch lehnte sich zurück und sagte gar nichts mehr.

33

Geister, dachte Phil. Nein. Der Rechtsprecher war kein Geist. Was immer er war, er war real. »Was natürlich unmöglich ist«, sagte er. »Das kann gar nicht passiert sein. Die Überwachungskameras müssen ihn aufgezeichnet haben. Ohne seine Maske.«

»Wir haben ihn noch nicht gefunden.«

»Wenn John Wright wieder zu sich kommt, kann er uns mit ein bisschen Glück vielleicht eine detailliertere Beschreibung liefern.«

»Das hat Denise Nettleworth schon getan«, warf Sperring ein. »Aber machen Sie sich keine großen Hoffnungen. Es ist genau dasselbe wie beim letzten Mal. Irgendein Overall, Stiefel, Handschuhe und eine Gasmaske. Unter der Verkleidung könnte jeder stecken.«

Phil schüttelte den Kopf. »Meinetwegen. Wir suchen trotzdem weiter. Wir bleiben dran. Überwachungskameras müssen ihn irgendwo erwischt haben. Irgendwie. Wir müssen ihn nur finden. Er muss sich auf irgendeine Weise getarnt haben. Er muss eine Tasche mit seiner Ausrüstung dabeigehabt haben. Danach sollten wir Ausschau halten.«

»Machen wir doch schon«, sagte Sperring, dessen Stimme die Anspannung deutlich anzuhören war. »Aber wir reden hier von einem Hotel. Da hat jeder eine Tasche. Und manche sind nicht gerade scharf darauf, dass wir sie durchsuchen ohne einen –«

»Entsprechenden Beschluss, ich weiß«, sagte Phil. »Daran sind die vielen Krimiserien schuld. Und bis man die Leute erst überredet hat …«

»Ziemlich ermüdend«, sagte Sperring. »Aber wir machen es trotzdem.«

»Gut. Irgendwas kommt bestimmt dabei heraus. Hoffentlich.«

Bevor er weitersprechen konnte, mischte sich DCI Cotter in das Briefing.

»Phil. Wenn ich Sie an dieser Stelle unterbrechen darf«, sagte sie.

Phil stutzte.

Sie stand auf und richtete das Wort an das Team.

»Wie Sie vermutlich alle wissen, hat der Rechtsprecher …« Sie hielt inne und schüttelte den Kopf. »Was für ein lächerlicher Name. Das zeigt schon, mit was für einem Kerl wir es zu tun haben.« Sie fuhr fort, wobei sie den Namen mit vor Sarkasmus triefender Stimme aussprach. »… hat der Rechtsprecher eine Art Beziehung zu DI Brennan aufgebaut. Wir wissen nicht, wieso. Phil selbst weiß es auch nicht. Aber so ist es nun mal, also müssen wir damit arbeiten. Er hat hier angerufen und wollte mit DI Brennan persönlich sprechen. Er hat ein Verhältnis zu ihm aufgebaut. Es ist klar, dass es sich um ein zutiefst gestörtes, womöglich geisteskrankes Individuum handelt. Wir müssen also behutsam vorgehen. Falls weitere Anrufe kommen, könnte es hilfreich sein, wenn uns ein Psychologe zur Seite steht. Ich denke, DI Brennans erste Wahl«, sie warf Phil einen Blick zu und lächelte verhalten, »ist derzeit nicht verfügbar, insofern müssen wir vielleicht erst mal abwarten.«

»Ich glaube, wir haben schon eine recht gute Vorstellung

davon, mit was für einem Menschen wir es zu tun haben«, sagte Phil.

»In der Tat«, sagte Cotter. »Geistesgestört und narzisstisch. Und das ist noch nicht alles. Wie Sie ja wissen, hat er DI Brennan gebeten, sich im Fernsehen direkt an ihn zu wenden.«

»Narzissmus in Reinform«, sagte Sperring.

»Genau«, pflichtete Cotter ihm bei. »Unter normalen Umständen würde ich auch nicht erlauben, dass wir auf die Launen eines Kriminellen eingehen. Aber in Anbetracht dessen, was er bereits getan hat und dass wir ihm bisher keinen Schritt näher gekommen sind, würde ich sagen, es handelt sich um eine Extremsituation.«

Sie wandte sich an Phil. »Sind Sie geschult im Umgang mit den Medien, Phil?«

Die Frage überraschte ihn. »Wenn ich ehrlich sein soll, bin ich ein bisschen eingerostet. Normalerweise versuche ich den Umgang mit Fernsehkameras zu vermeiden.«

Cotter nickte. Begutachtete seine äußere Erscheinung. »Sie werden sich ein bisschen in Schale werfen müssen.«

Phil stöhnte innerlich auf.

Cotter wandte sich wieder an die Gruppe. »DI Brennan und ich haben vor dem Briefing bereits darüber gesprochen. Er hat eingewilligt, vor die Kameras zu treten. Und wird so hoffentlich zum Rechtsprecher Kontakt aufnehmen können. Natürlich wird alles, was er sagt, vorher genau abgestimmt.«

»Darf ich nur kurz anmerken«, sagte Phil, »dass ich mir, da der Täter ja eine gewisse Bindung zu mir aufgebaut hat oder aufbauen will, sämtliche meiner zurückliegenden Verhaftungen vornehmen werde, um zu prüfen, ob jemand von ihnen eventuell als Täter in Frage kommt.«

»Ja«, sagte Sperring und lehnte sich vor. »Moses Heap.

Ich weiß, wir haben uns bei ihm nicht besonders schlau angestellt, aber ich glaube trotzdem, er hängt irgendwie in der Sache mit drin. Soll ich mir den mal genauer anschauen?«

Cotter blickte ihn scharf an. Phil wusste, wie seine Antwort auf diese Frage gelautet hätte, aber im Moment war er nicht der, der die Entscheidungen traf. Und Cotter schien sich den Vorschlag durch den Kopf gehen zu lassen.

»Diskret, wenn möglich, Ian. Ich will keine Wiederholung von gestern. Wenn Sie der Meinung sind, dass er mit der Sache zu tun hat, brauchen wir hieb- und stichfeste Beweise, bevor wir ihn damit konfrontieren. Er ist eine Person des öffentlichen Lebens. Und er hat diesen grauenhaften Anwalt.«

»Danke, Ma'am.« Sperring lächelte in sich hinein.

»Sonst noch was?«

Keiner meldete sich.

»Gut. Dann übergebe ich jetzt wieder an DI Brennan.«

Cotter nahm Platz, und Phil erhob sich von der Schreibtischkante, auf die er sich gesetzt hatte. Er warf einen Blick auf seinen Kaffee. Kalt. Er würde sich einen frischen holen müssen. Er betrachtete sein Team. Wusste, dass er etwas sagen musste, um ihnen neue Energie zu geben, sie zu motivieren, zur Konzentration anzuhalten.

»Inzwischen haben Sie alle mitbekommen, wie der Rechtsprecher operiert. Sie wissen, mit wem wir es zu tun haben. Mit jemandem, der getrieben ist, einer instabilen Persönlichkeit. Einem selbstgerechten Narzissten, der sich auf einem Kreuzzug wähnt. Aber in erster Linie ist er schlau. Wir dürfen ihn trotz allem nicht unterschätzen, ihn als Verrückten abtun. Er ist gerissen und clever. Er hat keine DNA oder andere Spuren an den Tatorten hinterlassen, wenigstens haben wir nichts gefunden. Wir wissen nicht, was uns erwartet. Wir wissen nicht, wen er zu seinem nächsten Opfer auserkoren hat. Wir wissen nur, dass es ein nächstes Opfer geben wird. Er wird nicht plötzlich aufhören. Im Gegenteil, er fängt gerade erst an.«

Erneut ließ er seinen Blick über die Gesichter schweifen. Alle hörten ihm aufmerksam zu.

»Gehen Sie durch die Akten. Suchen Sie nach alten oder ungelösten Fällen. Nach irgendwas. Prüfen Sie, ob Ihnen jemand oder etwas ins Auge sticht. Gleichen Sie die Namen aktenkundiger Straftäter mit denen politischer Aktivisten ab. Er kann nicht einfach aus dem Nichts gekommen sein. Es muss eine Entwicklung gegeben haben. Er muss schon früher auffällig geworden sein. Irgendwann, irgendwie.«

Ein letzter Blick in den Raum.

»Finden wir ihn. Bevor er ein weiteres Opfer fordert.«

34

»Irgendwas müssen Sie doch machen können, Mann. Ich meine, das ist doch mindestens Verletzung meiner Menschenrechte …«

Glen Looker musterte seinen Klienten unbewegt. *Gott*, dachte er. *Es wird aber auch nie leichter.* Darren Richards lag, auf Kissen gestützt, Kanülen im Arm, in seinem Krankenbett. Im Krankenhaus war man der Meinung, dass seine körperliche Verfassung seine Entlassung zuließe, doch Looker hatte dagegen argumentiert. Ja, womöglich gebe es jemanden, der das Bett dringender brauche, aber sein Klient habe ein tiefes Trauma erlitten, eine derart grauenhafte Erfahrung gemacht, die sich die meisten Menschen nicht einmal in ihren schlimmsten Alpträumen vorstellen könnten, und er könne nur beten, dass so etwas nie einem von ihnen widerfahre. Folglich müsse Darren unbedingt an einem ruhigen, sicheren Ort bleiben, wo er sich eine Weile erholen und zu sich selbst kommen könne. Er sollte doch nicht verfrüht nach Hause geschickt werden und dann einen Rückfall erleiden? Das könne doch nicht im Sinne der Krankenhausleitung sein? Ein Prozess könne sehr kostspielig werden.

Das Krankenhauspersonal hatte sich widerwillig seinen Forderungen gefügt.

Doch jetzt, während er Darren Richards betrachtete, wie dieser unruhig und wütend in seinem Bett lag und erwartete, dass alle nach seiner Pfeife tanzten, fragte sich Looker, warum er sich eigentlich die Mühe gemacht hatte. *Wenn Sie gesund genug sind, um mit mir zu streiten*, dachte er, *sind Sie auch gesund genug, um nach Hause zu gehen.*

»Verletzung Ihrer Menschenrechte. Tja, das kann natürlich nicht angehen.«

»Eben. Scheiße, sie hat dagesessen – genau da, wo Sie jetzt sitzen. Diese Schwarze ...«

»Moment, Moment«, sagte Glen Looker. »Keine rassistischen Äußerungen. Das schadet Ihnen nur.«

»Was hab ich denn gesagt?«

»Schwarze. Sie haben sie über ihre Hautfarbe definiert.«

»Aber sie ist doch schwarz«, sagte Darren mit verständnisloser Miene. »Wie soll ich sie denn sonst nennen?«

»DC Oliver. So heißt sie. Solche Dinge müssen Sie sich merken.«

»Was auch immer. Sie ist eine von den Bullen, und die sind alle gleich. Ist ja auch egal. Sie hat jedenfalls mit mir geredet, hat einen auf nett gemacht, und ich hab ihr erzählt, was in dem Lagerhaus passiert ist. Mit Chloe und Shannon und das alles. Und dann hat sie losgelegt. Irgendwann ist sie dann einfach abgehauen. Als wäre ich der letzte Dreck.«

»Darren, Sie hätten gar nicht mit ihr sprechen sollen,

ohne dass ich dabei bin. So viel müssten Sie doch inzwischen gelernt haben.«

»Ja, ich weiß. Aber ich dachte, diesmal ist es anders. Weil ich ja das Opfer bin.« Er seufzte und zog in einer fast cartoonhaften Parodie eines Schmollmundes die Mundwinkel nach unten. »Aber in Wahrheit ist es genau wie immer. Die behandeln mich immer noch wie Abschaum.«

»Also, lassen Sie es mich noch mal zusammenfassen«, sagte Looker. »Sie haben denen gesagt, dass dieser Kapuzenmann Sie vor eine Wahl gestellt hat.«

»Das war kein Kapuzenmann. Er hatte eine Maske auf.«

»Gut. Der Maskierte, wie auch immer. Diese Person hat mit einer Armbrust auf Sie gezielt und Sie vor eine Wahl gestellt. Und Sie haben sich entschieden zu leben.«

»Ja. Genau so war's. Ich hab gemacht, was jeder andere in meiner Lage auch gemacht hätte, oder?«

Darauf fiel Glen Looker keine Antwort ein. Jedenfalls keine ehrliche. »Verstehe. Und jetzt denken Sie ... was?« Er zuckte mit den Achseln.

»Dass die mich dafür drankriegen.«

»Wirklich?«

»Wegen Totschlag oder so. Weil ich ihren Tod in Kauf genommen hab.«

»Niemand wird Sie wegen Totschlags anklagen. Wie sollten sie damit durchkommen?«

»Sie waren ja nicht dabei.« Darren hob die Stimme und gestikulierte so wild mit den Armen, dass er sich fast die Kanülen herausriss. »Sie haben ihr Gesicht nicht gesehen ... Ich sag's Ihnen, Mann, die wollen mich drankriegen. Und Sie werden mich beschützen.«

Glen Looker nickte. »Gut, ich rede mit ihnen. Aber glauben Sie mir, man wird nicht gegen Sie vorgehen. Nach der Presse, die der Fall bekommen hat, würde das niemand wagen.«

Darren Richards stierte trübsinnig vor sich hin. »Bin immer noch nicht so richtig überzeugt.«

»Überlassen Sie das nur mir.«

Darren nickte widerwillig.

Sie saßen eine Weile schweigend da. Irgendwann ergriff Glen wieder das Wort. »Dann trauern Sie also noch?«

»Was?« Darren legte die Stirn in Falten, als hätte er die Frage nicht richtig verstanden.

»Trauern. Ob Sie noch trauern?«

Darrens Stirn war immer noch gerunzelt. »Was soll das heißen, trauern?«

»Um Chloe. Und Shannon.«

»Oh.« Er zog die Augenbrauen hoch, als er endlich begriff. »Ach so. Schon kapiert. Trauern. Klar.« Er zuckte mit den Achseln. »Ja.« Seine Miene war ausdruckslos, beinahe unsicher.

»Sind Sie sicher?«

»Ja. Klar doch.« Neuerliches Schulterzucken. »Sie fehlen mir halt.«

Glen Looker nickte.

»Und wann reden Sie jetzt für mich mit den Bullen?« Darren wirkte wieder etwas lebendiger. »Heute noch?«

Glen Looker stand auf. »Überlassen Sie das alles mir.«

»Wehe, Sie machen das nicht heute noch. Wehe.«

»Ich bin froh, dass es Ihnen bessergeht.«

Glen Looker drehte sich um und verließ das Zimmer.

Als er bei seinem Wagen ankam, plärrten die ersten Akkorde von Robin Thickes »Blurred Lines« aus seiner Anzugtasche. Zwei Krankenschwestern blieben stehen und lächelten. Er lächelte zurück, im Glauben, sie mit seinem Musikgeschmack beeindruckt zu haben. Ihre Mienen allerdings sagten etwas anderes.

Hastig zog er das Handy aus der Tasche, um den Song

zum Verstummen zu bringen, und warf einen Blick auf das Display. *Moses Heap.*

Er unterdrückte ein Stöhnen und nahm den Anruf an.

»Ja, Moses? Was kann ich für Sie tun?«

»Hören Sie zu, Mann, ich wollte mich nur bedanken, dass Sie mir gestern geholfen haben. Die Bullen sitzen mir immer noch im Nacken.«

»Tja, so sind sie nun mal.« Looker versuchte beim Telefonieren seine Wagentür zu öffnen. »Das wissen Sie doch inzwischen.«

»Ja, Mann, aber ich hab nichts gemacht. Ich bin total sauber. Sie kennen mich.«

»Ja, Moses, ich kenne Sie.«

»Eben. Also, ich meine ja nur. Ich bin ein neuer Mensch. Aber die sind immer noch an mir dran. Bleiben Sie in den nächsten Tagen bloß in der Stadt, vielleicht brauche ich Sie noch mal, verstanden?«

»Keine Sorge, Moses. Ich habe nicht vor, irgendwohin zu gehen.«

»Cool, Mann. Machen Sie's gut, okay? Wir sprechen uns dann.«

Er legte auf.

Glen stieg in seinen Wagen und stieß einen abgrundtiefen Seufzer aus. Er schaute auf den Beifahrersitz, wo ein Stapel Urlaubsprospekte lag. Einige waren alt und voller Eselsohren, weil er sie so oft durchgeblättert hatte. Andere hatte er erst am Tag zuvor aus dem Reisebüro geholt. Er starrte auf die Fotos ferner Länder: weißer Sand, blauer Himmel, paradiesische Ruhe. Beweise dafür, dass man Glück sehr wohl mit Geld kaufen konnte. Auch wenn er wusste, dass der Preis für den Ort, an dem er in der Lage wäre, Frieden zu finden, seinen Verdienst um ein Vielfaches überstieg.

»Ich habe nicht vor, irgendwohin zu gehen«, sagte er laut. »Gott, schön wär's.«

Er fuhr los. Daft Punk dröhnte so laut durchs Auto, wie die Lautsprecher es hergaben. Dann musste er beim Fahren wenigstens nicht nachdenken.

35

»Fallstudie«, wiederholte Marina. »Fallstudie.«

Fiona Welch schwieg.

»Was genau haben Sie denn studiert? Welcher Aspekt an Joanne Marshs psychologischer Verfassung hat Sie dabei besonders interessiert?«

Fiona Welchs Nasenflügel blähten sich, als sie ein- und ausatmete, doch sie sagte nach wie vor kein Wort.

Marinas Hände zitterten. Ihre Stimme jedoch blieb ruhig. »Das würde ich wirklich zu gern erfahren.«

Fiona Welch drehte sich in ihre Richtung. Sie sprach langsam und überlegt.

»Das glaube ich Ihnen sofort.« Sie lächelte. »Sie werden langsam alt, Marina. Alt. Ich schätze, es ist schwer für Sie, auf dem Laufenden zu bleiben, was die neuesten Theorien und Methoden angeht. Irgendwann bewegt man sich nur noch auf eingefahrenen Gleisen. Jede Generation kommt mit neuen, besseren, belastbareren Theorien, die alles auf den Kopf stellen, was vorher gegolten hat. Das muss sehr schwierig für Sie sein.«

Marina erhob die Stimme. »Sie haben doch keinen Schimmer, wovon Sie reden.«

Fiona Welch ließ sich davon nicht irritieren. »Und genauso schwer muss es sein, mit zunehmendem Alter das Interesse eines Mannes aufrechtzuerhalten, zumal wenn die nächste Generation schon in den Startlöchern steht. Jünger. Besser. Dynamischer. Das muss Sie wirklich sehr belasten.«

Ehe Marina etwas erwidern konnte, stand Anni auf. »Das führt doch alles zu nichts.« Sie wandte sich an Fiona. »Ich habe schon verstanden. Sie sind eine Betrügerin, wenngleich eine ziemlich gute. Ich weiß nicht, warum Sie Fiona Welch sein wollen, weshalb Sie sich ausgerechnet diese Verbrecherin ausgesucht haben. Und ganz ehrlich: Es ist mir auch egal. Ich habe keine Ahnung, wer Sie wirklich sind. Aber wissen Sie, was ich glaube? Was ich wirklich denke? Ganz unter uns, versteht sich.«

Fiona Welch tat zwar gelangweilt, doch Marina sah ihr an, dass sie neugierig war. Ihrer Miene nach zu urteilen, hatte sie sogar ein klein wenig Angst. Sie zuckte mit den Schultern.

»Ich will einfach nur wissen, ob Sie für Joanne Marshs Tod verantwortlich sind. Mehr nicht. Genau wie Sie vorhin sagten: Informationen sammeln ist alles, was ich tue. Alles andere interessiert mich nicht. Für wie schlau Sie sich halten, mit welchem Ziel Sie das alles machen – es interessiert mich kein Stück. Wenn überhaupt, langweilt mich Ihr Theater. Also hören Sie auf damit und sagen Sie mir: Haben Sie etwas mit Joanne Marshs Tod zu tun?«

»Ja. Hat sie.«

Sie drehten sich um. Mickey war dazugekommen. Er hatte eine Weile still in der Tür gestanden und zugehört, jetzt trat er ins Zimmer.

»Sie trägt die Verantwortung für Joanne Marshs Tod. Daran besteht kein Zweifel mehr.«

Angst stand plötzlich in Fiona Welchs Augen, und sie reagierte empört. »Was soll das heißen? Sie wissen doch gar nicht, was Sie da reden.«

»Oh doch«, gab er zurück. »Was dagegen, wenn ich mich

setze? Er nahm sich einen Stuhl und betrachtete ihn. »Obwohl – nein. Ich glaube, ich bleibe lieber stehen. Sie haben ihren Tod zu verantworten. Sie waren unvorsichtig. Haben nicht richtig nachgedacht. Es gibt eine Zeugin.«

Fiona Welch schwieg, aber ihre Augen blitzten.

Er fuhr fort: »Sie haben ganz richtig gehört. Eine Zeugin.«

Fiona Welch fand ihre Sprache wieder. »Das stimmt nicht. Das kann gar nicht sein, weil ich es nämlich nicht war.«

»Also gut.« Er verschränkte die Arme vor der Brust. »Kommt Ihnen das bekannt vor? *Sie werden dich nie mehr hier rauslassen. Du wirst deine Männer nie mehr wiedersehen. So kannst du Frieden finden.*«

Er löste die Arme und sah sie an. »Klingelt's da bei Ihnen?«

Fiona Welch begann zu zittern.

»Ich habe mit den anderen Patientinnen geredet«, sagte Mickey. »Unter anderem mit Eloise Brownley. Sie war gestern Abend bei Joanne auf ihrem Zimmer, nachdem Sie bei ihr gewesen waren. Sie hat mir erzählt, was Sie zu Joanne gesagt haben. Dass Sie sie dazu gedrängt haben, sich das Leben zu nehmen. Und dass Joanne deswegen sehr aufgewühlt war, es aber trotzdem tun wollte. Eloise Brownley mag ein paar Schrauben locker haben, aber als Zeugin ist sie glaubwürdig. Und das würden die Geschworenen im Zweifelsfall garantiert auch so sehen.«

Fiona stand auf und trat ganz dicht an ihn heran.

»Sie sind gut«, sagte Mickey. »Aber wir sind besser.«

Ihre Atemzüge wurden länger. Tiefer. »Sie Schwein.« Im nächsten Moment hatte sie sich auf ihn gestürzt. Sie schrie wie von Sinnen, zerkratzte ihm das Gesicht, zerrte an seinen Haaren, versuchte ihm die Kleider herunterzureißen.

Anni war mit einem Satz auf den Beinen. Sie packte Fionas Arme und zog sie von Mickey weg, der sich rasch von dem Schrecken erholte und seiner Partnerin half, Fiona festzuhalten. Marina sah fassungslos zu.

Fiona Welch trat um sich und schrie immer weiter. Sie versuchte die beiden zu schlagen und zu beißen und war kaum zu bändigen. Sie gebärdete sich wie ein wildes Tier. Endlich gelang es den beiden, sie mit dem Gesicht zu Boden zu drücken und ihr die Arme auf den Rücken zu drehen. Mickey, der auf ihr saß, nahm seine Handschellen und fesselte sie.

»So, das hätten wir«, sagte er keuchend.

Sobald er sie fixiert hatte, stand er auf. Fiona Welch versuchte sofort sich aufzurappeln, wegzukriechen, irgendwie zu entkommen.

»Ruf einen Pfleger«, wies Anni Marina an. »Der soll nachsehen, ob sie hier auf der Station Gurte haben. Bestimmt.«

»Nein ...«, sagte Fiona, und ihre Bewegungen wurden schwächer. »Nein – ich ... es geht schon ... Ich mache auch nichts mehr ...«

»Freut mich zu hören«, sagte Anni. Dann, an Marina gewandt: »Hol die Gurte.«

»Nein«, sagte Fiona Welch erneut, diesmal lauter, schriller. »Ich ... ich bin still. Ich bin ganz still. Ich ... ich mache keinen Ärger mehr, versprochen.«

Mickey und Anni wichen argwöhnisch einen Schritt zurück, bereit, beim kleinsten Anzeichen einzugreifen. Doch das erwies sich als unnötig. Fiona Welch hatte sich beruhigt. Sie lag auf dem Fußboden und rührte sich nicht. Mickey und Anni tauschten einen Blick.

»Willst du, oder soll ich?«, fragte er.

Anni grinste, machte eine ausladende Bewegung mit der Hand und verbeugte sich dabei. »Ich lasse Ihnen den Vortritt.«

Mickey zog Fiona Welch auf die Füße. Drückte sie auf den Stuhl, auf den er sich eben fast gesetzt hätte. Sah ihr direkt in die Augen. »Ihr kleiner Urlaub hier ist vorbei«, verkündete er. »Fiona Welch, oder wer auch immer Sie sind: Sie haben das Recht zu schweigen …«

Sie begegnete starr seinem Blick. Von ihrer Wildheit war nichts mehr übrig. Jetzt war ihre Miene ganz ruhig, beinahe gelöst. Während Mickey redete, lächelte sie.

Und das, fand Marina, war das Beängstigendste, was die Frau, die sich Fiona Welch nannte, bisher getan hatte.

36

Phil schloss energisch die Tür zu seinem Büro, ließ die Jalousie herunter und setzte sich hinter seinen Schreibtisch. Er wollte nicht, dass jemand sah, was er gleich tun würde.

Er holte sein Handy heraus und wählte Marinas Nummer.

Ihr letzter Anruf ging ihm nicht aus dem Kopf. Bislang war es ihm ganz gut gelungen, sich auf seine Arbeit zu konzentrieren, doch zwischendurch kamen ihm immer wieder ihre Worte in den Sinn. Fiona Welch. Gerechtigkeit. Phil konnte sich keinen Reim darauf machen. Er wusste, es war irrational, aber er machte sich Sorgen um sie. Es lag nicht an dem, was sie gesagt hatte. Eher daran, *wie* sie es gesagt hatte. Er hatte etwas in ihren Worten mitschwingen hören. Einen Unterton, der ihr überhaupt nicht ähnlich sah. Er rechnete eigentlich nicht damit, sie zu erreichen, wahrscheinlich hatte sie zu viel zu tun, aber versuchen wollte er es trotzdem.

Umso überraschter war er, als er tatsächlich ihre Stimme hörte.

»Hey«, meldete sie sich.

Schon an diesem einen Wort hörte er, wie angespannt sie war.

»Selber hey«, erwiderte er. »Wie läuft es so bei dir?«

»Ach, na ja …« Ein Seufzer. »So wie es aussieht, hat unsere gemeinsame Bekannte wieder zugeschlagen.«

Phil spürte, wie es ihm eiskalt den Rücken hinablief. »Erzähl mir mehr.«

»Meine Patientin, Joanne Marsh …? Alles deutet darauf hin, dass Fiona Welch –«

»Die Frau, die sich als Fiona Welch ausgibt«, verbesserte Phil sie.

»Ja. Aber so ist es einfacher.«

»Und genau das will sie. Tut mir leid, ich habe dich unterbrochen.«

»Okay. Also, es deutet alles darauf hin, dass sie Joanne dazu überredet hat, Selbstmord zu begehen.«

»Oh mein Gott.«

»Du sagst es. Sie wird natürlich angeklagt und aufs Revier gebracht – in Handschellen. Hoffentlich finden wir dort endlich mehr über sie raus.«

»Gut«, sagte Phil. »Ich denke auch, sie ist auf dem Revier besser aufgehoben. Kannst du schon sagen, ob Franks und das Team wollen, dass ich hinkomme?«

»Das steht noch in den Sternen. Warten wir erst mal ab, was Anni und Mickey aus ihr herausbekommen.«

»Ist wahrscheinlich auch besser so. Mir steht die Arbeit hier sowieso bis zum Hals. Gleich nachdem du weg warst, ist hier das Chaos losgebrochen.«

»Inwiefern?«

Er zögerte. »Ich muss eine Pressekonferenz geben.«

Marina lachte. Das schien zu helfen, denn danach klang sie schon ein klein wenig entspannter. »Stell sie dir einfach nackt vor. Oder wie sie auf dem Klo sitzen oder so was Ähnliches.«

»Danke für den Tipp, aber es ist ein bisschen komplizierter. Ich weiß, du hast selbst alle Hände voll zu tun, aber es gibt hier einige Probleme. Und ich habe das Gefühl, dass sich die Lage immer weiter zuspitzt.«

Sie spürte den Ernst in seinem Tonfall und gab sich einen Ruck. Konzentrierte sich auf das, was er zu sagen hatte. »Erzähl.«

»Wir haben einen Mörder, der Selbstjustiz verübt. Er sucht sich Opfer aus, von denen er meint, sie seien für etwas ungestraft davongekommen. Er stellt sie vor eine Wahl: Entweder sie bezahlen für ihre Taten und erkennen damit ihre Verantwortung an, oder sie verlieren etwas, das ihnen lieb und teuer ist.«

»Um Himmels willen.«

»Ja. Und aus irgendeinem Grund mag er mich.«

»Wie äußert sich das?«

»Unter anderem durch Telefonanrufe. Deshalb auch die Pressekonferenz. Er will, dass ich ihm eine persönliche Botschaft übermittle, sonst macht er weiter.«

»Was denn für eine Botschaft?«

»Eine, die ihm signalisiert, dass ich auf seiner Seite stehe.«

»Na, großartig. Mit anderen Worten: Egal, was du tust, du kannst nur verlieren.«

»Genauso ist es. Irgendwelche Ideen?«

Marina lachte heiser. »Ich?«

»Ist ja eher dein Gebiet als meins. Ich finde bloß Beweise und verhafte die Verbrecher.«

Marina verstummte kurz. »Das höre ich heute schon zum zweiten Mal. Aber so einer bist du nicht, Phil. Das weißt du.«

»Schon, aber ...« Er seufzte. »Ich glaube, die Sache hier wächst mir allmählich über den Kopf. Pressekonferenzen, Geheimbotschaften und das ganze Zeug. Also, was würdest du vorschlagen?«

Eine Weile war nur statisches Summen in der Leitung. Marina überlegte. »Du musst auf Zeit spielen. Etwas sagen, das oberflächlich betrachtet sein Selbstwertgefühl stärkt, aber gleichzeitig unverbindlich ist. Sprich seinen Narzissmus an. Schmeichle ihm. Aber sag nicht, dass du mit ihm einer Meinung bist. Das solltest du auf keinen Fall.«

»Ich weiß, öffentliche Rechenschaftspflicht und so weiter. Nicht dass hinterher sein Anwalt sagt, ich hätte seinen Mandanten zu einer Straftat angestiftet.« Ein Bild von Glen Looker erschien vor seinem inneren Auge, und in seinem Magen begann es unangenehm zu grummeln. »Fallen dir irgendwelche Formulierungen ein, die ich benutzen könnte?«

»Jede Menge. Aber sie klingen alle einstudiert. Dir wird schon das Richtige einfallen. Ich habe vollstes Vertrauen in dich.«

Phil lächelte. Ihm wurde warm bei ihren Worten.

»Versuch, ihn ein bisschen aus der Reserve zu locken«, riet Marina. »Bitte ihn vielleicht sogar um ein Treffen, warte ab, wie er darauf reagiert. Hilft dir das weiter?«

Phil seufzte. »Ja. Danke.«

Als Marina das nächste Mal sprach, konnte er ihrer Stimme anhören, dass sie lächelte. »Darauf wärst du auch von allein gekommen. Bist du wahrscheinlich sogar schon. Gib's zu, du hast mich nur angerufen, weil du mich vermisst.«

Auch Phil musste lächeln. »Das stimmt. Schuldig im Sinne der Anklage. Und ich wollte hören, ob du Fortschritte mit deiner eigenen Wahnsinnigen machst.«

Sie lachte. »Für jeden von uns der passende Verrückte.

So sieht unser Leben aus.« Ihr Gelächter verebbte. »Und ich vermisse dich auch. Wie geht es Josephina?«

»Sie ist noch bei Eileen. Die beiden haben viel Spaß miteinander. Ich habe sie vorhin angerufen.«

»Gut.« Noch ein Seufzer. »Ich kann's gar nicht erwarten, dich wiederzusehen. Ich komme später nach Hause, um –«

Im Hintergrund waren laute Geräusche zu hören, und er merkte, dass Marina abgelenkt war. »Pass auf, ich muss jetzt los. Viel Glück.«

»Grüß Anni und Mickey von mir.«

»Sie lassen dich bestimmt zurückgrüßen.«

Ein schnelles »Ich liebe dich« zum Abschied, dann legten sie auf.

Phil lehnte sich auf seinem Schreibtischstuhl zurück. Blickte ins Leere. Er hatte immer noch keine persönlichen Gegenstände in seinem Büro, nicht mal ein Foto von Marina oder Josephina. Er hatte viele Bilder von ihnen auf seinem Handy, die konnte er jederzeit ansehen, wenn ihm danach war. Er wusste ja nicht einmal, ob er bleiben oder nach Colchester zurückkehren würde. Seine Stelle hier kam ihm immer noch wie ein Provisorium vor. Da war immer noch dieses gewisse Unbehagen. Das Gefühl, dass er nicht ganz ins Team passte. Als gehörten sie nicht wirklich zu ihm und er hätte die Leitung nur vorübergehend übernommen – bis der richtige Chef kam.

Er steckte sein Telefon ein und schüttelte den Kopf.

Vielleicht hatte Marina recht. Vielleicht hatte er sie nur angerufen, um ihre Stimme zu hören.

Er stand auf, versuchte sich wieder auf seine Arbeit zu konzentrieren. Er musste die Pressekonferenz vorbereiten.

Aber zuerst musste er sich umziehen.

Er wusste nicht, wovor ihm mehr graute.

37

Letisha Watson saß in ihrem Sessel, drehte ihre Zigarette zwischen den Fingern und sah zu, wie sie zu einem Aschestummel herunterbrannte. Darauf konzentrierte sie sich, auf nichts anderes. Die Welt und alles andere befand sich jenseits ihrer Zigarette. Unwichtig. Zusehen, wie die Zigarette herunterbrannte, nur das zählte. Das war ihre ganze Welt.

Sie seufzte. Natürlich wusste sie, dass es noch eine Welt jenseits ihrer Zigarette gab. Sie wollte es bloß nicht wahrhaben.

Es klopfte.

Sie sprang auf, die lange Aschespitze brach ab und fiel auf den Teppich. Ihr Herz setzte einen Schlag aus. *Moses*, dachte sie. *Er ist zurückgekommen …*

Rasch sah sie sich nach dem Aschenbecher um. Drückte die Kippe aus. Zog ihren Bademantel zurecht. Sie hatte sich nach ihrem Abschied von Moses noch gar nicht angezogen. Sie griff sich ins Haar, glättete es notdürftig, hoffte, dass es halbwegs okay aussah. Ihr Atem roch nach Zigarettenqualm, und sie brauchte dringend eine Dusche, aber darum konnte sie sich immer noch kümmern, wenn er erst mal drinnen war. Sie ging zur Tür, ein Lächeln auf den Lippen. Zog sie weit auf.

Und erstarrte.

»Na? Freuen Sie sich so, mich zu sehen? Oder haben Sie jemand anderen erwartet?« Hastig wurde ihr Gesicht zu der undurchdringlichen Maske, die sie immer aufsetzte, wenn sie mit der Polizei zu tun hatte.

»Was wollen Sie?«

DS Sperring stemmte feixend den Arm gegen den Türrahmen, als wäre er ein alter Freund, der ein bisschen plaudern wollte. Ihr fiel auf, dass er Latexhandschuhe trug. Sie kam sich schmutzig vor.

»Lassen Sie uns doch nicht hier draußen zwischen Tür und Angel reden, Letisha. Wollen Sie mich nicht reinbitten?«

Ohne zu antworten, drehte sie sich um und ging zurück ins Zimmer. Sie wusste, dass er hinterherkommen würde. Ob er die Tür zumachte oder nicht, war ihr egal.

Er tat es. Folgte ihr ins Wohnzimmer. Stand da und sah sich um, betrachtete alles mit großem Interesse. Dann wandte er sich an sie. Er lächelte. Es war kein angenehmes Lächeln.

»Home sweet home«, sagte er.

»Was wollen Sie? Ich hab nichts mehr zu sagen. Ich hab Ihnen gestern schon alles gesagt.«

»Haben Sie das?«

Er ging durchs Zimmer, nahm Dekogegenstände in die Hand und inspizierte sie, als wäre er ein Kunstexperte. Oder als dachte er, sie seien gestohlen.

»Stellen Sie die wieder hin. Sie haben kein Recht, meine Sachen anzufassen.«

Er stellte die Porzellanfigur hin, die er gerade in der Hand gehabt hatte, und drehte sich zu ihr um. »Ich glaube, Sie haben gestern *nicht* alles gesagt.«

Sie schluckte. Ihre Kehle fühlte sich an, als wäre sie voller Steine. »Was ... was meinen Sie damit?«

»Sie haben mir was verschwiegen, stimmt's?« Er ging auf sie zu. Baute sich vor ihr auf. Sein Gesicht war ihrem ganz nahe.

Sie hatte Angst. Es war immer dasselbe, wenn sie mit der Polizei zu tun bekam: Angst. Selbst wenn sie nichts angestellt hatte. Sie wusste genau, wie sie ihre Autorität ausspielten. Ihre Position als Hebel benutzten. »Ich – ich hab nicht ...«

»Oh doch, Sie haben, Letisha.«

»Raus aus meiner Wohnung. Sofort.« Sie merkte selbst, wie erbärmlich sie klang.

Sperring lachte bloß. »Spielen Sie keine Spielchen. Das haben Sie gestern schon versucht. Und jetzt sehen Sie, was Sie davon haben: einen zweiten Besuch von mir. Also, wenn Sie nicht wollen, dass ich noch ein drittes Mal zu Ihnen komme, dann reden Sie gefälligst.«

Sie schwieg. Er sollte einfach nur verschwinden.

»Ich weiß, dass Sie Darren Richards' Freundin waren. Und wir wissen ja, was ihm zugestoßen ist.«

»Darren war mir scheißegal. Die Schlampe konnte ihn gerne haben.«

»Da habe ich aber was anderes gehört. Was war denn mit Ihrem Streit?«

Sie zuckte mit den Achseln. »Hab eben was Dummes gemacht. Na und?«

»Oh ja, das kann man wohl sagen, Letisha. Da gibt es nämlich noch jemanden, den Sie mir verschwiegen haben.«

Sie versuchte erneut zu schlucken. Es ging nicht. »Wer denn?« Ihre Stimme war staubtrocken.

»Moses Heap.«

Sie konnte nur hoffen, dass ihr Gesicht nicht preisgab, was sie empfand. Dass er nichts sehen konnte, nicht mal in ihren Augen.

»Was ... was ist mit dem?«

»Ein Schwerkrimineller wie der? Hat Vorstrafen, ist leicht reizbar. Vielleicht wollte er Ihnen einen kleinen Gefallen tun?«

Mittlerweile war Letisha den Tränen nahe. »Hauen ... hauen Sie doch einfach ab ...«

Sperring rührte sich nicht vom Fleck. »Beantworten Sie die Frage.«

»Nein, er ist ... ein Freund, weiter nichts. Ein Freund. Wir kennen uns schon lange, er und ich.«

Sperring nickte. »Verstehe. Wir hatten Mr Heap gestern

bei uns auf dem Revier. Hat sich hinter seinem Anwalt verschanzt.«

»Und?«

»Ich glaube, er lügt. Ich glaube, er verbirgt etwas. Ich will wissen, was.«

Er machte einen Schritt auf sie zu, kam ihr erneut ganz nahe. Sie konnte alle Poren in seiner Haut sehen, jede einzelne geplatzte Ader an seiner Nase. Letisha versuchte wegzuschauen, aber es ging nicht. Sie wich vor ihm zurück.

»Was verbirgt er, Letisha?«

Sie hasste ihn. In diesem Augenblick war sie überzeugt, noch nie jemanden mehr gehasst zu haben als diesen Bullen. Und in ihrem Hass fand sie Kraft. Sie hielt sie fest, ließ sie anwachsen. Sie sah zu Sperring auf. Ihre Augen blitzten.

»Raus aus meiner Wohnung, Sie scheißverdammtes Arschloch. Sonst ruf ich auch gleich einen Anwalt an. Und zeige Sie wegen Belästigung an.«

»Seien Sie doch nicht so.«

»Raus hier!«, brüllte sie. Sie sah sich um. Ihr Blick fiel auf die Figur, die er zuvor in der Hand gehabt hatte. Sie hob sie auf und begann ihn damit gegen die Brust zu schlagen.

»Raus hier ... raus hier!«

»Schon gut, ist ja schon gut ...«

Doch sie schrie weiter, prügelte immer weiter auf ihn ein, bis er durch den Flur zur Tür zurückgewichen war. Er tastete nach der Türklinke, stolperte auf den Gang hinaus und fiel hin. Sie stand über ihm, bereit, ein weiteres Mal zuzuschlagen.

»Schon gut ... Ich bin ja schon weg ...«

Sie ließ von ihm ab. Sah zu, wie er sich mühsam aufrappelte. Er stand im Gang, wollte noch etwas sagen, doch sie holte mit dem Arm aus, um die Figur nach ihm zu werfen. Worauf Sperring kehrtmachte und ging.

»Und komm ja nicht wieder, du Schwein!«, brüllte sie ihm nach.

Sie kehrte in ihre Wohnung zurück, warf die Tür hinter sich zu. Lehnte sich dagegen.

Und brach in Tränen aus.

38

Phil hatte das Gefühl, von seiner Krawatte stranguliert zu werden. Er zog daran, versuchte den Finger in den Kragen seines Hemds zu zwängen, um ihn ein wenig zu lockern, aber es gelang ihm nicht. Der steife Stoff gab nicht nach.

Er hasste Anzüge. Hasste Schlips und Kragen. Tatsächlich besaß er nur einen einzigen Anzug, ein Oberhemd und eine Krawatte. Das war sein Outfit, wenn er vor Gericht erscheinen musste. Und für Beerdigungen, wenn es denn sein musste. Und Hochzeiten, sofern sie besonders förmlich waren. Es war ein guter Anzug, das musste er zugeben – wenn man Anzüge mochte, was er definitiv nicht tat. Marina war mitgekommen, als er ihn gekauft hatte. Hatte ihm zu einem Modell geraten, das er von allein niemals gekauft hätte. Teuer, gut geschnitten. Er stand ihm ausgezeichnet und passte zu ihm. Marina sah ihn gern in dem Anzug und fand immer, er sollte ihn ruhig öfter tragen. Doch jedes Mal, wenn er ihn angehabt hatte – allzu viele Gelegenheiten waren es bisher nicht gewesen –, hatte er es gar nicht abwarten können, ihn loszuwerden und endlich wieder etwas Bequemeres anzuziehen. Irgendetwas, das ihn nicht beim Denken und Arbeiten behinderte.

»Sind Sie bereit?« DCI Cotter sah ihn an, wischte ihm etwas von der Schulter.

»Ja«, sagte er und warf einen Blick auf seine Notizen. »Ich habe mir was aufgeschrieben. Ich werde mir aber Mühe geben, nicht so auszusehen, als würde ich ablesen.«

»Ja. Denken Sie daran, immer nach oben schauen. Sie stehen vor der Kamera. Keiner will –«

»Sehen, wie es oben auf meinem Kopf aussieht, ja, ich weiß. Ich habe meine Medien-Schulung nicht vergessen.«

Cotter schmunzelte. »Gut.« Sie trat einen Schritt zurück und begutachtete ihn.

»Sie sehen gut aus – wenn Sie sich Mühe geben. Ich sollte Sie öfter auf Pressekonferenzen schicken.«

»Nein danke«, erwiderte er.

Sie sah auf die Uhr. »Es wird Zeit.«

Er nickte. Stand einen Augenblick lang still, versuchte seine Nerven zu beruhigen. Ging im Kopf durch, was er sagen würde. Und vor allem, was er für sich behalten musste.

»Keine Bange. Ich bin bei Ihnen.«

Er nickte. Holte einmal tief Luft, dann noch einmal, und dann betrat er das kleine Podium.

Sofort merkte er, wie die Kameras sich auf ihn richteten. Sah Blitzlichter aufflammen. Hoffentlich kniff er nicht die Augen zusammen. Wenigstens nicht zu oft. Ein Detective, der blinzelte und vor dem Blitzlicht zurückzuckte, wirkte nicht vertrauenswürdig, das hatte er gelernt, genau wie jeder andere Polizist, der dieselbe Schulung mitgemacht hatte. Er setzte sich hinter den Tisch. Rechts neben seinem Platz standen ein Krug Wasser und ein Glas, als wäre er zu Gast in einer Talkshow. Was ja irgendwie auch zutraf.

Cotter setzte sich neben ihn. Sie wirkte vollkommen entspannt, als säße sie nach der Arbeit auf ihrem Sofa und würde sich gleich ein schönes großes Glas Merlot genehmigen.

Er ließ den Blick über die Leute schweifen, die sich im

Raum versammelt hatten. Erkannte ein paar Gesichter wieder – Reporter von Lokalzeitungen und regionalen Nachrichtensendungen. Aber es gab auch viele, die er zum ersten Mal sah. Die überregionalen Medien waren in die Stadt gekommen – wie bei einem solchen Fall nicht anders zu erwarten.

Er räusperte sich, legte seine Aufzeichnungen vor sich auf den Tisch. Beugte sich zum Mikrophon. »Mein Name ... ist Detective Inspector Phil Brennan. Dies hier«, er deutete auf Cotter, »ist Detective Chief Inspector Cotter.« Cotter nickte. »Ich leite ... ich leite die Ermittlungen im Doppelmord an Chloe Hannon und ihrer Tochter Shannon. Außerdem die ...«, er wollte das Wort ›Verstümmelung‹ nach Möglichkeit vermeiden, wusste aber nicht, wie er sich sonst ausdrücken sollte ..., »den Fall John Wright, der gestern Abend in einem Hotel im Stadtzentrum verletzt aufgefunden wurde. Wir haben Grund zu der Annahme, dass beide Fälle miteinander in Zusammenhang stehen.«

Sofort schnellten Hände in die Luft.

»Wenn Sie ... wenn Sie sich noch kurz gedulden könnten, bis ich ausgeredet habe ...« Ausgeredet habe? Mein Gott, er klang wie ein Lehrer. »Danach werde ich alle Fragen beantworten, soweit ... soweit ich dazu imstande bin.«

Er lehnte sich zurück, merkte, wie ihm der Schweiß herunterlief. Es war die reinste Tortur. Er war schon in lebensgefährliche Situationen mit Kriminellen geraten, die ihm angenehmer vorgekommen waren als das hier.

Er begann zu reden, beschrieb die Einzelheiten im Zusammenhang mit der Entdeckung der Leichen von Chloe und Shannon. Er informierte die anwesende Presse auch darüber, dass sich ein weiterer Mann, Darren Richards, am Tatort befunden habe, der gegenwärtig noch im Krankenhaus sei, allerdings nicht mehr in kritischem Zustand. Dann sprach er über den Fall des Bankers John Wright, der dank eines anonymen Hinweises rechtzeitig entdeckt worden war. Er war umgehend in ein Krankenhaus eingeliefert worden, wo er sich hoffentlich von seinen Verletzungen erholen würde. Sein Zustand sei kritisch, jedoch nicht unmittelbar lebensbedrohlich.

Erneut eine Pause. Phil seufzte vor Erleichterung, nur um gleich darauf zu hoffen, dass niemand es mit der Kamera eingefangen hatte. Wenn man bedachte, wo er war, war dies wohl ein frommer Wunsch.

»Gibt es noch Fragen dazu?«

Bitte nicht, dachte er.

Aber es gab noch Fragen. Jede Menge. Es handelte sich um einen aufsehenerregenden Fall. Die Presse hatte über ihre Quellen in Erfahrung gebracht, dass etwas Großes im Gange war. Dass die Polizei Einzelheiten zurückhielt. Normalerweise hätte Cotter die Pressekonferenz geleitet und allzu bohrende Fragen mit routinierter Leichtigkeit abgeblockt. Sie hätte dafür gesorgt, dass nur solche Informationen an die Öffentlichkeit gelangten, von denen sie dies auch wollte.

Phil war lange nicht so geübt wie sie. Dessen wurde er sich jetzt schmerzhaft bewusst. Trotzdem: Er wusste, weshalb er hier war. Was er sagen musste. Er hoffte nur, dass Cotter einschreiten und ihn retten würde, falls etwas schiefging.

»Was veranlasst Sie zu der Annahme, dass zwischen den beiden Fällen ein Zusammenhang besteht?«

Er wusste nicht, wer die Frage gestellt hatte. Vermutlich ein Journalist von einer der überregionalen Zeitungen.

»Es gibt ... gewisse Parallelen zwischen den Fällen.«

»Zum Beispiel?«

»Nun ... da wären –«

Cotter lehnte sich zu ihrem Mikrophon. »Ich fürchte, darüber können wir zum gegenwärtigen Zeitpunkt nicht sprechen.« Sie machte ein strenges Gesicht. »Wenn beim derzeitigen Stand der Ermittlungen zu viele Einzelheiten bekannt werden, könnte uns das die Suche nach dem Täter erheblich erschweren.«

»Liegen Ihnen denn Hinweise auf den Täter vor?«

Phil sah zu Cotter. Sie nickte. »Ja«, antwortete er. »Wir gehen mehreren Hinweisen nach, von denen einige vielversprechend sind. Insbesondere einer. Leider kann ich im Moment nichts Genaueres dazu sagen. Aber sobald wir mehr wissen, erfahren Sie es als Erste.«

Und so ging es weiter. Die Fragen der Presse wurden von Cotter professionell und von Phil – wie dieser fand – eher stümperhaft beantwortet. Die Fragesteller waren allesamt ausgebildete Journalisten. Jedes Zögern, jede noch so kleine Unsicherheit wurde sofort registriert.

Innerhalb von Sekunden hatten sie sich auf ihn eingeschossen. Schickten immer neue Fragen hinterher, bohrten, fischten, stellten Behauptungen auf, die er weder bestätigen noch leugnen konnte, weil jede Antwort als ein Eingeständnis gewertet worden wäre, das er nicht zu geben bereit war.

Cotter spürte, wenn er ins Schwimmen geriet, und griff ein, wann immer es nötig wurde. Irgendwann verkündete sie, dass es an der Zeit sei, zum Schluss zu kommen, und dass es keine weiteren Fragen geben werde. Allerdings habe Detective Inspector Brennan noch eine Mitteilung zu machen.

Abermals räusperte sich Phil. Jetzt kam der wahre Grund, weshalb er an der Pressekonferenz teilgenommen hatte – der Teil, den sie im Vorfeld sorgfältig besprochen hatten. Sein einstudierter Text. Er blickte geradeaus und widerstand dem Drang, sich eine Kamera auszusuchen und hineinzustarren. Er wusste, dass sich alle auf ihn richten würden.

»Wenn ... wenn Sie das hier sehen – und ich bin mir sicher, dass Sie es sehen«, begann er, »dann müssen Sie eins wissen: Was Sie tun, ist falsch. Vielleicht denken Sie, es sei richtig. Vielleicht glauben Sie, Sie hätten das Recht, so zu handeln. Vielleicht meinen Sie, für die Menschen zu sprechen. Normale Menschen, von denen Sie glauben, dass sie Ihre Ansichten teilen. Nun, mag sein, dass einige es tun. Vielleicht tun wir es sogar alle. Aber es gibt einen Unterschied zwischen Denken und Handeln.« Er lehnte sich zurück. Die Miene bewusst neutral, versuchte er den Anschein zu erwecken, als hätte er die Situation vollkommen im Griff. Hoffte, dass die Kameras nicht seine zitternden Hände einfingen. »Reden Sie mit mir. Ich weiß, dass Sie es wollen. Und Sie wissen, dass ich mit Ihnen reden will. Kommen Sie zu mir. Dann können wir reden.« Er machte eine Pause. Blickte die ganze Zeit geradeaus. Ließ seine Worte wirken. »Sie wissen, wie Sie mich erreichen können. Tun Sie es.«

Phil und Cotter erhoben sich, und sofort brach im Raum ein Höllenlärm los, weil alle Reporter Fragen durcheinanderriefen. Phils Ansprache hatte sie überrascht, und jetzt wollten sie unbedingt mehr erfahren.

Phil und Cotter verschwanden aus dem Presseraum. Draußen im Flur lehnte Phil sich gegen eine Wand und lockerte seine Krawatte. Dann atmete er laut aus.

»Also«, meinte Cotter. »Ich fand, es lief ziemlich gut.«

»Warten wir's ab«, sagte Phil. »Kommt darauf an, was er als Nächstes tut.«

Während sie noch so dastanden, Phil schwer atmend und Cotter geduldig wartend, kam jemand auf sie zu. Sie sahen hoch.

»Detective Inspector Brennan, Detective Chief Inspector Cotter ...«

»Oh nein«, entfuhr es Phil. »Als wäre das eben nicht schon schlimm genug gewesen …«

Es war Glen Looker.

39

Der Rechtsprecher war nicht zufrieden. Ganz und gar nicht zufrieden. Er ging ruhelos im Raum auf und ab. Hin und her und im Kreis herum. Ballte immer wieder die Fäuste. Knirschte mit den Zähnen. Seine Atemzüge kamen schwer und unregelmäßig. Er merkte gar nicht, was er tat oder wo er hinging. Marschierte auf und ab und knurrte wie ein Tier im Käfig.

»Mistkerl … dieser Mistkerl …«

Was Sie tun, ist falsch …

Wie konnte er es wagen? Verdammt noch mal, wie konnte er es wagen? Nach allem, was er gesagt hatte, nach den Gesprächen, die sie geführt hatten? Er hatte geglaubt, in Detective Inspector Phil Brennan einen Verbündeten gefunden zu haben. Ihm war vorgegaukelt worden, Brennan wäre offen für das, was er zu erreichen versuchte. Nun, offenbar stimmte das nicht. Man hatte den Rechtsprecher getäuscht. Brennan war genau wie all die anderen. Alles war entweder schwarz oder weiß. Der Rechtsprecher wusste das. Ohne jeden Zweifel. Es war der Kern all dessen, woran er glaubte. Der Grund seines Handelns.

Denken oder nicht denken, das war stets die Frage. Er hatte sich dafür entschieden zu denken. Zu hinterfragen. Er hatte sich dafür entschieden, sich denjenigen entgegenzustellen, die in voller Absicht das Wesen von Gesellschaft ad absurdum führten – den Menschen, die ausschließlich ihren Launen folgten, den Hedonisten, den Unwürdigen. Er unternahm etwas gegen sie. Er hielt an seinen moralischen Grundsätzen fest. Das musste er. Ihm blieb gar keine andere Wahl. Nur so konnte er sein Leben führen, nur so *wusste* er überhaupt zu leben. Und durch seine Taten, seine ruhmreichen Taten, erkannten auch andere, was die richtige Art zu leben war. Zumindest war das sein Ziel.

Und er hatte geglaubt, Brennan würde ihm dabei helfen, dieses Ziel zu verwirklichen.

Wie sehr er sich geirrt hatte. Er hätte es besser wissen müssen.

Er blieb stehen und versuchte, seine Atmung unter Kontrolle zu bringen. In Gedanken ging er noch einmal die gesamte Pressekonferenz durch.

Das Erste, was er bemerkt hatte, war, dass Brennan anders aussah als bei ihrer letzten Begegnung – anders, als er ihn sich vorgestellt hatte. Ein Freidenker. Jemand, der aus der Masse herausstach. Doch er sah keineswegs danach aus. Im Gegenteil: Er sah aus wie alle anderen. Ein gewöhnlicher Mann in einem billigen Anzug. Ein dummer, einfältiger Bulle unter vielen. Hätte der Rechtsprecher das gewusst, wäre er womöglich gar nicht erst an ihn herangetreten.

Was hatte Brennan gesagt? *Reden Sie mit mir. Ich weiß, dass Sie es wollen.* Wirklich? Wirklich? Sie *hatten* geredet. Und was hatte es ihm gebracht? Nichts. Schon wieder belogen worden. Manchmal glaubte er, dass es auf der Welt niemanden mehr gab, dem er vertrauen, an den er glauben konnte. Sein Vater hatte damals die Wahrheit gesagt. *Verlass dich nie auf andere. Lebe nie für andere. Bitte sie nicht, für dich zu leben oder dir zu helfen.* Das Mantra seines Vaters. Die Worte, nach denen er gelebt hatte. Er hatte dasselbe versucht. Er hätte es wissen sollen. Er hätte es wissen sollen.

Sein Vater hatte Kraft aus seiner Philosophie des Objektivismus geschöpft. *Strebe nach deinem eigenen Glück.* Das war das Einzige, was zählte. Freiheit und Kraft durch Produktivität. Ein Mann arbeitet, ein Mann verkauft. So etwas wie Gesellschaft gibt es nicht. An diesen Maximen hatte er sein Leben lang rigoros festgehalten.

Und genau so etwas sollte auch seine Arbeit als Rechtsprecher sein. Ein Lebenswerk. Eine Lebensphilosophie.

Er ging zur Jukebox, überflog die Titel, suchte verzweifelt nach einem Song, der ihn beruhigen, der ihn von sich selbst ablenken, an einen besseren Ort entführen würde. Wieder und wieder ging er die Singles durch, bis er am Ende der Liste ankam. Dann noch einmal von hinten nach vorn. Irgendwann wandte er sich von dem Gerät ab.

Nichts. Rein gar nichts.

»Alles in Ordnung mit dir?«

Er spürte, wie Finger seine Schulter streichelten. Er erschauerte bei der Berührung, drehte sich um. Das vertraute Parfüm stieg ihm in die Nase. Seine Schwester war wieder zurück. »Ja, mir geht es gut. Ich habe dich nicht gehört. Wusste gar nicht, dass du wieder da bist.«

»Ich bin eben gekommen. Du wirkst verärgert. Kann ich dir helfen? Lass uns doch reden.«

Er seufzte. »Es ist … kann sein. Kann sein, dass du mir helfen kannst. Aber im Augenblick nicht. Später vielleicht.«

»Soll ich dich lieber allein lassen?«

»Bitte. Ich muss nachdenken. Wir reden später.«

»Gut. Bis später dann.«

Sie nahm langsam ihre Finger weg und verließ den Raum. Selbst nachdem sie fort war, lag ihr Parfüm noch in der Luft. Er war wieder allein.

Er setzte sich. Versuchte, nicht an Brennan zu denken. Zwecklos. Immer wieder kam ihm dieser Mistkerl im Anzug in den Kopf. Wie er ihn ansah, mit seinen ehrlichen, aufrichtigen Augen. Er hätte kotzen können.

Er stand wieder auf. Untätigkeit war keine Lösung. Er wollte nicht wieder damit anfangen, rastlos hin und her zu gehen, also stellte er sich still in die Mitte des Zimmers. Schloss die Augen. Er musste nachdenken. Planen. Das Negative in etwas Positives verwandeln. Aus dem Rückschritt einen Schritt nach vorn machen.

Denk nach. Denk logisch. Fast hätte er gelacht. Logisch. Wie sollte man denn sonst denken? Objektiv und logisch. *Denk nach.*

Er hatte viel erreicht. Zwei erfolgreiche Missionen. Perfekte Resultate. Er hätte sich keine besseren wünschen können. Die zweite war besonders aufregend gewesen. Vor allem der Anruf und alles, was danach gekommen war. Seine Flucht. Daran würden sie noch lange denken. Sie alle. All das würde in den kommenden Jahren zu seiner Legende beitragen. Sie lebendig erhalten, sie immer größer werden lassen. Und was am besten war: Sie würden nie darauf kommen, wie er es gemacht hatte. *Nie.*

Er war sorgfältig gewesen, hatte gewissenhaft geplant. Keine DNA am Tatort. Nichts, wodurch man ihn aufspüren konnte. Er hatte seine Spuren gut verwischt. Penibel, so wie immer.

Aber jetzt das. Brennans Verrat …

Er musste etwas tun. Er überlegte. Trat zu einem antiken Schreibtisch. Nahm einen Schlüssel, der um seinen Hals hing, öffnete damit die oberste Schublade und holte eine Mappe heraus. Keine Computer. Zu gefährlich. Zu riskant. Er hatte jede seiner Internet-Recherchen von einem anderen Rechner aus gemacht, und keiner der Rechner gehörte ihm. Sie standen an verschiedenen Orten in der ganzen Stadt verstreut.

Er legte die Mappe auf den Tisch. Betrachtete sie. Sie enthielt seine gesamte Arbeit. Seine Mission, seine Berufung. Alles war in dieser Mappe. Er schlug sie auf. Blätterte die Seiten um, suchte nach seinem nächsten Auftrag. Das war es, was er jetzt tun musste. Die Abläufe beschleunigen, die Sache in Gang halten. Er hatte ihre Aufmerksamkeit errungen, nun musste er dafür sorgen, dass er sie auch behielt. Es könnte riskant werden, man fahndete nach ihm, die ganze Stadt war in Alarmbereitschaft. Aber das beunruhigte ihn nicht wirklich. Er wusste, wie man sich unsichtbar machte. Wie man sich mitten unter den Menschen bewegte, ohne bemerkt zu werden. Oh ja. Er konnte direkt an ihnen vorbeigehen, ohne dass sie auch nur den Hauch einer Ahnung hätten. Genial. Jetzt musste er nur noch sein nächstes Opfer auswählen ... Und da war es auch schon. Er starrte es an. *Perfekt*, dachte er.

In dem Moment klingelte es an der Tür.

40

»Ich will zu Darren Richards.«

Sperring beugte sich über den Tresen des Schwesternzimmers und winkte mit seinem Dienstausweis. Die diensthabende Schwester las gerade in einer Illustrierten, die geneigte Leserinnen über die Gewichtsschwankungen diverser bikinitragender Promifrauen aufklärte. Sperring warf einen kurzen Blick auf die Fotos. Er kannte keine der Frauen, und sie interessierten ihn auch nicht weiter.

Er war gekommen, um etwas nachzuprüfen, das war alles. Er hielt sich an die Dienstvorschrift. Wollte sehen, ob dieser widerliche Sack – er korrigierte sich im Geiste: der arme Mann – noch etwas zu sagen hatte.

Er war froh, dass Phil anderweitig beschäftigt war. Seine Meinung über seinen neuen Chef – und er betrachtete Phil immer noch als »neu« – war nicht mehr ganz so vernichtend wie zu Anfang, aber Sympathien hegte er trotzdem nicht für ihn. Und er hatte seine Auffassung nur zum Teil revidiert. Zugegeben, sein Besuch bei Letisha Watson war nicht so gelaufen wie erhofft. Aber das machte nichts. Das Leben war ein einziger Lernprozess. Diesmal würde die Vernehmung so laufen, wie er es für richtig hielt. So, wie es sich gehörte. Brennan war nicht da, um ihm einen Strich durch die Rechnung zu machen.

»Da lang, drittes Zimmer links«, teilte ihm die Schwester mit, sichtlich verstimmt, weil er sie von ihrer Lektüre abhielt.

Er bedankte sich, aber sie hatte ihn schneller vergessen als er kurz zuvor die Bikinischönheiten.

Darren Richards lag in seinem Bett, die Stöpsel seines iPhone in den Ohren. Sein Daumen wischte über das Glas des Displays. Sperring trat auf ihn zu.

»Sind denn im Krankenhaus seit neuestem Handys erlaubt, Darren?«

Darren Richards sah auf. Anfangs war er bloß erschrocken, weil er gestört worden war, doch als ihm bewusst wurde, wer da vor ihm stand, trat ein seltsamer Blick, halb Argwohn, halb Berechnung, in seine Augen.

Wir kennen uns nicht, dachte Sperring, *und doch hat er sofort spitzgekriegt, dass ich ein Bulle bin. Wen wundert's?* Sperring nahm lächelnd auf der Bettkante Platz.

»Wie geht's Ihnen, Darren?« Sperrings Lächeln war so dick und künstlich wie die rote Nase eines Clowns.

Widerstrebend nahm Richards die Ohrstöpsel heraus. »Was?«

»Ich habe Sie gefragt, wie es Ihnen geht. Behandelt man Sie anständig? Kümmert man sich gut um Sie?«

Richards' Misstrauen wuchs. »Ja … wieso interessiert Sie das?«

»Lediglich eine Frage, Darren. Ich wollte es einfach nur wissen.« Sperring lächelte immer noch. »So machen wir das bei Menschen, die Opfer schwerer Straftaten geworden sind. Wir betreuen sie, wir sorgen uns um ihr Wohlergehen.« Das Lächeln verschwand. »Aber woher sollten Sie das wissen? Normalerweise sind Sie ja derjenige, der die Straftaten begeht.«

Darren Richards starrte ihn an. Er versuchte, ein trotziges Gesicht zu machen, schien aber unsicher, ob seine Angst vielleicht nicht doch durchschimmerte. »Ich ... wenn Sie gekommen sind, um mich zu belästigen ... Ich hab schon mit meinem Anwalt gesprochen. Der ... der macht Sie fertig.«

Sperring zuckte übertrieben mit den Schultern. »Sie belästigen, Darren? Wieso sollte ich das tun? Sie sind Opfer eines Verbrechens und haben Anspruch auf jede Art von Unterstützung, die die Polizei Ihnen geben kann. Dazu gehört auch, dass wir die Person fassen, die Ihre Freundin und Ihre Tochter auf dem Gewissen hat.«

Richards war immer noch voller Argwohn. Sein Blick huschte umher. »Was meinen Sie damit? Was wollen Sie damit sagen?«

»Ich *will* überhaupt nichts sagen. Ich *sage* es. Und jetzt denken Sie mal zurück. Was können Sie uns über den fraglichen Abend erzählen? Ist Ihnen noch was eingefallen, das uns vielleicht weiterhelfen könnte?«

»Nein.«

»Lassen Sie sich Zeit, Darren. Denken Sie in aller Ruhe nach.«

Darren Richards lachte kurz auf. »Ich weiß, was Sie da abziehen. Mich können Sie nicht verarschen.«

»Nicht?« Sperring musste sich beherrschen, um sich seine Belustigung nicht anmerken zu lassen. »Will ich das denn?«

»Klar. Sie wollen, dass ich gestehe. Das wollen Sie.«

»Was denn gestehen? Haben Sie es etwa getan? Haben Sie die Armbrust abgefeuert?«

»Nein ...«

Sperring schlug sich theatralisch mit der flachen Hand an die Stirn. »Ah, jetzt verstehe ich. Weil Sie zugelassen haben, dass er Ihre Freundin und Tochter tötet – weil Sie diese Wahl getroffen haben –, glauben Sie jetzt, dass wir Sie für die Tat verantwortlich machen. Ist das richtig?«

»Na, das tun Sie doch auch, oder nicht? Deshalb sind Sie doch hier. Damit ich gestehe, dass ich Beihilfe geleistet hab oder wie das heißt.«

»Wie kommen Sie denn darauf, Darren? Glauben Sie etwa, was passiert ist, war Ihre Schuld?«

Darren Richards setzte sich so hastig im Bett auf, dass sich das Kopfhörerkabel in einem seiner Schläuche verhedderte. »Nein, ich konnte nichts dafür! Mich trifft überhaupt keine Schuld! Er war das! Ich hab nichts damit zu tun.«

»Nichts?«

»Nein, nichts.«

»Tja, so kann man es vielleicht auch betrachten. Andererseits: Wenn Sie damals nicht die Frau und das Kind totgefahren hätten, wäre das alles nicht passiert, stimmt's?«

»Wollen Sie damit sagen, es war meine Schuld?«

»Ich sage, was ich sage: Hätten Sie damals nicht die Frau und das Kind getötet, dann hätte der Mörder, wer auch immer er ist, Sie auch nicht vor die Wahl gestellt, ob Sie leben wollen und Ihre Freundin und Ihre Tochter an Ihrer Stelle sterben müssen.«

Darren Richards wandte kopfschüttelnd den Blick ab. »Ich bin unschuldig. Und das, was Sie da machen, ist Belästigung. Ich rufe jetzt meinen Anwalt an.«

»Tun Sie, was Sie nicht lassen können. Nur eine Frage noch. Letisha Watson. Moses Heap. Was gibt es da für eine Geschichte?«

Richards' Augen verdunkelten sich. »Was soll die Frage?«

»Ganz einfach: Was läuft zwischen den beiden? Woher kennen sie sich? Wie kommt es, dass Sie mit den beiden zu tun haben? Und so weiter.«

Richards' Miene versteinerte. »Ich weiß nichts. Ich weiß überhaupt nichts über sie.«

»Schwachsinn, Darren. Sagen Sie es mir. Was ist die Verbindung?«

»Es gibt keine. Jedenfalls nicht, dass ich wüsste.« Darren Richards schluckte trocken. *Es sah aus, als hätte er einen Stein in der Kehle*, dachte Sperring. *Einen Stein in der Kehle und Furcht in den Augen.*

»Ich glaube, Sie wissen mehr, als Sie sagen.«

Er schüttelte hastig den Kopf. Zu hastig. »Ich ... nein ... und jetzt lassen Sie mich in Frieden. Ich ... ich sag sonst meinem Anwalt Bescheid.«

Sperring erhob sich. »Tun Sie, was Sie für richtig halten, Darren. Aber irgendwas ist da im Gange zwischen Moses Heap und Letisha Watson. Und Sie hängen mit drin.«

Wieder schüttelte Richards den Kopf. Sein Blick flackerte. »Tu ich nicht. Tu ich nicht.«

»Wie Sie wollen. Aber ich komme wieder. Und sollte sich rausstellen, dass Sie mich angelogen haben, werde ich sehr ungemütlich. Sehr, sehr ungemütlich. Und das werden Sie zu spüren kriegen, Opfer hin oder her.«

Darren Richards schwieg. Sperring konnte seinen Schweiß riechen.

Er wollte gehen, blieb dann aber noch einmal stehen und musterte Richards aufmerksam. »Darren.«

»Ich hab Ihnen gesagt, ich weiß nichts.«

»Ja, das sagten Sie. Aber ich will Sie noch was anderes fragen. Sie haben dagesessen und zugelassen, dass Ihre Freundin und Ihre Tochter sterben. Vor Ihren Augen. Was haben Sie dabei empfunden?«

Wieder ein kurzes Auflachen. »Als würde ich Ihnen das erzählen.«

»Nein, wirklich, Darren, ich will es wissen. Was für Gedanken sind Ihnen durch den Kopf gegangen, als Sie es mit angesehen haben? Wie haben Sie sich gefühlt?«

Darren Richards seufzte so schwer, als wäre er Atlas und trüge die Welt auf seinen Schultern.

»Es war, es war einfach nur der Horror. Furchtbar. Ich konnte nicht mehr aufhören zu schreien, ich ... ich hab die ganze Zeit geschrien. Horror.«

Sperring nickte. »Aha. Ungefähr so ging es auch Graham Marshall.«

Richards runzelte die Stirn. »Wem?«

»Dem Ehemann der Frau, die Sie auf dem Gewissen haben. Der Vater des kleinen Mädchens, das Sie überfahren haben. Vielleicht ist unser Killer doch gar kein so übler Kerl, was?«

Sperring ging. Hinter ihm erklang etwas wie das Winseln eines Tieres, das in eine Falle geraten war.

Darren Richards weinte.

41

Nadish trat einen Schritt von der Tür zurück und wartete. Er schaute die Legge Lane in beide Richtungen hinunter. Das leerstehende Gebäude war immer noch abgeriegelt, Uniformierte und Kriminaltechniker suchten Böden, Wände und den Schutt auf dem Grundstück nach Spuren ab.

Er selbst ging wieder der ihm zugeteilten Aufgabe nach, der Befragung der Nachbarschaft. Er sollte herausfinden, ob jemand etwas gesehen hatte.

Sinnlose Plackerei. Die meisten der umstehenden Gebäude waren ähnlich heruntergekommen wie das, in dem man Darren Richards und die Leichen gefunden hatte. Sie warteten nur darauf, dass die Zeit ihnen den Garaus machte oder ein Bauunternehmer ihnen zur Wiederauferstehung verhalf. Einstmals solide Backsteinmauern bröckelten, die morschen Fensterrahmen, in denen streifige, stumpf gewordene Scheiben saßen, schwangen in der Brise hin und her, als warteten sie auf den einen Windstoß, der sie zum Bersten bringen und ihre Scherben auf den Gehweg regnen lassen würde.

Die meisten Gebäude im Umkreis waren in demselben Zustand, allerdings nicht alle. Das, an dem Khan soeben geklingelt hatte, machte einen wesentlich besseren Eindruck. Die Backsteinmauern waren gut instand gehalten, die Fenster neu und vergittert. Die Tür hatte auf den ersten Blick ausgesehen, als wäre sie aus Holz, doch als Khan angeklopft hatte, weil er zunächst keine Türklingel hatte finden können, war ihm aufgefallen, dass sie in Wahrheit aus Metall war. Keine Ahnung, wer in diesem Haus wohnte, aber leer stand es auf alle Fälle nicht.

Diesen Teil seiner Arbeit hasste er. Wie so vieles andere. Wenn er nicht allein gewesen wäre, wäre es vielleicht noch einigermaßen erträglich gewesen. Dann hätten sie über die Arbeit Witze machen können, und es hätte sich leichter aushalten lassen. Vielleicht hätten sie auch einen Wettstreit daraus gemacht: Wer in einer Stunde am meisten Befragungen schaffte. Hinterher hätten sie sich dann Anekdoten erzählt – wie die Leute so wohnten, was sie gesagt hatten. Hätten Wetten darüber abgeschlossen, welche Sätze am häufigsten fallen würden. Und vor allem hätten sie den gelangweilten Hausfrauen, die den jungen, kräftigen Polizisten unbedingt behilflich sein wollten, Noten geben können. Einige seiner Kollegen ließen sich sogar Telefonnummern zustecken und kamen wieder, wenn sie nicht im Dienst waren. Nadish machte so etwas nicht.

Wenigstens bis jetzt noch nicht.

Nein. Ganz alleine von Haustür zu Haustür zu gehen, machte nicht annähernd so viel Spaß wie zu mehreren. Er drückte ein weiteres Mal auf die Klingel. Wenn jetzt niemand kam, würde er gehen.

Da wurde plötzlich die Tür mit einem heftigen Ruck aufgerissen.

»Ja?«, sagte jemand ungehalten, beinahe wütend.

Nadish war zunächst erschrocken, fing sich aber schnell wieder. Schließlich war er ein Profi. Er musterte den Mann, der ihm geöffnet hatte: weiße Hautfarbe, Ende zwanzig oder Anfang dreißig, mittelgroß, schlank, mausbraunes Haar, sauberer, aber langweiliger Schnitt, konservativer Seitenscheitel. Dunkle Cordhose, Pullover mit V-Ausschnitt, darunter ein Karohemd. Er wirkte unscheinbar. Gewöhnlich. Ungefähr so individuell wie ein Stück abgepackter Käse aus dem Supermarkt.

Die Augen allerdings erzählten eine andere Geschichte. In ihnen brannte ein Feuer, das nicht zu seiner übrigen Erscheinung passte. Es war, als gehörten sie in Wahrheit jemand ganz anderem – jemandem mit mehr Energie. Und mehr Wut.

»Ja?«, sagte der Mann noch einmal, diesmal mit kaum beherrschter Ungeduld.

Nadish zeigte ihm seinen Dienstausweis. »Detective Constable Khan. Hätten Sie Zeit, einige Fragen zu beantworten? Es dauert auch nicht lange.«

Die Augen des Mannes wurden schmal und argwöhnisch. »Worum geht es denn?«

Nadish bemühte sich um einen sachlichen, möglichst unaufgeregten Ton. Dank seines Jobs war er darin geübt. Er wandte sich um und deutete auf das Gebäude gegenüber. »Nur darum, was vorgestern Abend dort drüben passiert ist – ob Sie vielleicht etwas gesehen haben.«

Die Augen des Mannes verdunkelten sich, wurden undurchdringlich. »Nein, habe ich nicht. Was gesehen, meine ich.«

Seine schroffen, ausweichenden Antworten machten Nadish hellhörig. »Es sind wirklich nur ein paar Fragen. Es dauert nicht mal eine Minute.«

Der Mann verschränkte die Arme vor der Brust. »Was wollen Sie wissen?«

»Nun, für den Anfang erst einmal, mit wem ich rede.«

»Hinchcliffe. Stuart Hinchcliffe.«

Da war etwas an der Art, wie er seinen Namen aussprach – irgendwie förmlich, wie einstudiert –, das Nadish zu der Auffassung brachte, dass der Mann älter war, als er auf den ersten Blick aussah. Oder dass er älter wirken wollte.

»Vielen Dank, Mr Hinchcliffe. Dürfte ich dann vielleicht einen Moment reinkommen? Das ist einfacher, als sich hier draußen zwischen Tür und Angel zu unterhalten.«

Hinchcliffe überlegte kurz, dann trat er widerwillig einen Schritt zur Seite und ließ Nadish ins Haus.

»Danke, Mr Hinchcliffe. Je eher ich meine Fragen loswerden kann, desto schneller bin ich wieder weg.«

Als die Tür hinter ihm ins Schloss fiel, hatte Nadish Khan das Gefühl, auf einer Spur zu sein.

42

»Also, Mr Looker«, sagte Phil, führte den Anwalt in sein Büro und schloss die Tür. »Wie kann ich Ihnen helfen?«

Looker setzte sich ohne vorherige Aufforderung, noch ehe Phil Gelegenheit hatte, hinter seinem Schreibtisch Platz zu nehmen, und kam sofort zur Sache. »Belästigung, Mr Brennan. Es geht um Belästigung.«

Phil setzte eine neutrale, entspannte Miene auf. Eine Maske, die seine wahren Gefühle über den Mann verbarg. Das war notwendig, um überhaupt ein Gespräch mit ihm führen zu können. »In welcher Weise, und um wen geht es?«

»Darren Richards zum einen.«

Phil runzelte die Stirn, als wäre er verwirrt. »Darren Richards? Ich verstehe nicht ganz. Inwiefern wird er belästigt? Und von wem?«

»Von zweien Ihrer Leute. Mindestens. Eine gewisse DC ...« Er holte ein Notizbuch hervor, schlug es auf und las etwas ab: »... Oliver. DC Oliver.«

Jetzt hatte Phil schon deutlich mehr Schwierigkeiten, an sich zu halten. »DC Oliver ist eine meiner besten Mitarbeiterinnen. Vorbildhaft. Ich glaube keine Sekunde lang, dass sie Ihren Mandanten belästigt hat.«

»Er sagt es aber. Ich muss es melden.«

»Hat Mr Richards sich eingehender dazu geäußert? Gab es irgendein besonderes Vorkommnis, von dem Sie mir in dem Zusammenhang vielleicht berichten möchten?«

»Nun ja, er hat keine Einzelheiten genannt. Es war ihr Verhalten insgesamt. Er fühlte sich bedrängt. Er glaubt, sie beabsichtigt, wegen Totschlags gegen ihn zu ermitteln.«

»Mit welcher Begründung denn?«

»Weil er billigend in Kauf genommen hat, dass seine Lebensgefährtin und das gemeinsame Kind an seiner statt ermordet wurden. Nun, Mr Brennan, ich bin mir sicher, Sie können nachvollziehen, dass mein Mandant sich in einer äußerst schwierigen Lage befand. Es ist unmöglich zu sagen, wie man selbst unter derartigen Umständen reagieren würde. Ich wage die Behauptung –«

»Und wann hat DC Oliver Ihrem Mandanten mitgeteilt, dass sie oder diese Abteilung beabsichtigen, gegen ihn zu ermitteln?«

»Bis zum gegenwärtigen Zeitpunkt noch gar nicht. Mein Besuch hier ist eine reine Vorsichtsmaßnahme auf Wunsch meines Mandanten. Ich bin sozusagen der Kanarienvogel im Kohlenschacht.«

Phil hatte Mühe, ernst zu bleiben. »Ist das so?«

»Ja, so ist das.« Looker lief leicht rot an.

Ich wette, in seinem Kopf hat das vorher besser geklungen, dachte Phil bei sich.

Looker fuhr fort: »Ich will Sie und Ihre Kollegen nur warnen, dass jeder Schritt, den Sie gegen meinen Mandanten unternehmen, ein negatives Licht auf Sie und Ihre Abteilung werfen wird.«

»Betrachten Sie mich als gewarnt«, sagte Phil. »Gibt es sonst noch –«

»Detective Sergeant Sperring.«

»Was ist mit ihm?«

»Mir ist soeben zu Ohren gekommen, dass er ebenfalls Mr Richards einen Besuch abgestattet hat. Danach war Mr Richards in Tränen aufgelöst.«

Phil wusste nicht recht, ob er lachen oder sich über die Zeit, die er durch dieses Gespräch verlor, ärgern sollte. »Und aus dem Grund sind Sie hier? Weil Darren Richards sagt, ein großer böser Polizist hätte ihn zum Weinen gebracht? In seinem Zustand würde ihn wahrscheinlich auch eine Folge von *Hollyoaks* zum Weinen bringen.« Phil schüttelte den Kopf.

Looker wand sich unbehaglich auf seinem Stuhl, ließ aber nicht locker. »Das ist noch nicht alles. Ich habe einen Anruf von einem anderen meiner Mandanten bekommen. Moses Heap. Ich bin sicher, Sie erinnern sich an ihn.«

»Als wäre es gestern gewesen«, sagte Phil.

»Ich verlange, dass DS Sperring sich von ihm fernhält.«

»Mein Detective Sergeant scheint ja sehr umtriebig zu sein. Wann war er denn bei Mr Heap?«

»Also ... gar nicht. Noch nicht.«

Phil legte die Stirn in Falten. »Und ...? Sie drohen mir, verstehe ich das richtig? Sie drohen mir, damit ich dafür sorge, dass meine Polizisten Ihrem Mandanten nicht weiter auf die Pelle rücken. Ja?«

»Meine Mandanten sind unschuldig. Sie haben nichts getan. Sie haben keine Straftat begangen.«

»Diesmal vielleicht nicht.«

Looker stutzte. Im ersten Moment rechnete Phil fast damit, der Anwalt würde ihm zustimmen. Stattdessen ignorierte er den Einwurf. Er beugte sich vor und sprach ganz langsam, damit das Gesagte auch ja bei Phil ankam. »Wie ich sagte, sie haben keine Straftat begangen. Wenn Sie sie also weiterhin auf diese Art und Weise schikanieren, muss ich von vorsätzlicher Belästigung ausgehen, und in dem Fall wird mir nichts anderes übrigbleiben, als juristisch dagegen vorzugehen.«

Auch Phil lehnte sich nach vorn. Er schluckte seinen aufsteigenden Zorn hinunter und blieb beherrscht. »Mr Looker, lassen Sie mich eins klarstellen. Ich stecke mitten in den Ermittlungen zu einem Mordfall. Einem sehr hässlichen Mordfall. In diesem Zusammenhang sind unter anderem auch die Namen Ihrer Mandanten gefallen. Wenn ich oder meine Kollegen also mit ihnen reden wollen, dann werden wir das tun. Auch ohne Ihre Einwilligung und ohne uns verpflichtet zu fühlen, Sie darüber in Kenntnis zu setzen. Habe ich mich klar ausgedrückt?«

Looker lehnte sich zurück und seufzte. Eine Sekunde lang schien die Maske der Professionalität von ihm abzufallen, seine Fassade zu bröckeln. Er sah alt und müde aus. Ausgelaugt von seinen eigenen Worten. Dann gab er sich einen Ruck und fuhr fort. »Sie dürfen sie befragen. Selbstverständlich dürfen Sie das. Das ist schließlich Ihre Aufgabe.«

Phil lächelte. »Ich danke Ihnen vielmals für Ihre Großzügigkeit.«

Einen Augenblick lang war Looker aus der Bahn geworfen. Er stockte kurz, dann redete er weiter. »Genau, Ihre Aufgabe. Und ich habe absolut nichts dagegen einzuwenden. Wogegen ich jedoch aufs Schärfste protestieren muss, ist jede Form von Belästigung. Dass Mr Richards und Mr Heap von Ihnen wie Kriminelle behandelt werden.«

»Aber das sind sie doch, oder nicht?« Die Erwiderung war niveaulos, das wusste Phil. Er war einfach neugierig, wie Looker reagieren würde. »Insofern sollten sie daran gewöhnt sein.«

Looker erhob die Stimme. »Darf ich Sie daran erinnern, dass Mr Richards in keinster Weise an den Ereignissen beteiligt war? Er ist ein unschuldiges Opfer.«

»Na ja. Wenn man Wortklauberei betreiben wollte«, wandte Phil ein, »könnte man behaupten, dass er niemals ins Visier des Täters geraten wäre, wenn er nicht zuvor eine Straftat begangen und sein Anwalt aufgrund eines Formfehlers die Einstellung des Verfahrens erwirkt hätte.«

Looker starrte ihn ungläubig an. »Heißen Sie etwa gut, was der Mörder getan hat? Ist das Ihr Ernst?«

»Nein, ich weise lediglich auf eine Tatsache hin. Wäre er unschuldig, vollkommen unschuldig, wäre er gar nicht erst in diese Lage gekommen. Das ist alles, was ich sagen will.«

Looker beschloss, das Thema fallenzulassen. »Mr Heap ist mittlerweile ein geachteter Bürger dieser Stadt. Ja, er hat eine kriminelle Vergangenheit, aber genau das ist der Punkt: Es ist seine Vergangenheit. Sie glauben doch bestimmt daran, dass ein Mensch sich ändern kann? Dass er eine zweite Chance verdient hat?«

»Sicher«, bekräftigte Phil. »Das tue ich auf jeden Fall. Wahrscheinlich mehr als manch einer meiner Kollegen. Allerdings nehme ich die Menschen so, wie sie sich mir darstellen. Ich treffe meine eigenen Urteile.«

»Dann würde ich Ihnen nahelegen, dies mit Bedacht zu tun. Sonst finden Sie und Ihre Abteilung sich als Beklagte in einem sehr unangenehmen Gerichtsprozess wieder.«

Phil erhob sich seufzend. Er hatte genug von diesem scheinheiligen kleinen Niemand. »Was haben Sie eigentlich davon? Um Gerechtigkeit kann es Ihnen doch nicht gehen. Worum dann? Welche Befriedigung ziehen Sie aus Ihrer Tätigkeit?«

Looker öffnete den Mund, um zu antworten, besann sich dann jedoch eines Besseren. Stattdessen setzte er ein Lächeln auf, um zu signalisieren, dass er nicht aus der Ruhe zu bringen war. »Es gibt mehr als nur eine Art von Gerechtigkeit«, sagte er. Dann erhob er sich und ging zur Tür. Als er dort angekommen war, drehte er sich noch einmal um. »Halten Sie sich einfach von meinen Mandanten fern. Das ist alles.«

Er verließ das Büro.

Phil sah ihm leicht verwundert nach, während in seinem Kopf eine Idee Gestalt annahm.

Mehr als eine Art von Gerechtigkeit …

43 Sperring saß draußen vor dem alten viktorianischen Backsteingebäude. Das Schild der No Postcode Organisation hing weithin sichtbar über dem Eingang. Die Musik, die im Innern gemacht wurde, war Welten entfernt von den Easy-Listening-Klängen, die aus seinen Wagenlautsprechern rieselten. Er hörte Radio Two.

Moses Heap, dachte er. *Ich hab dich im Auge.*

Er hatte Darren Richards seiner verspäteten Selbstmitleidsorgie überlassen und war direkt weiter zum Tonstudio gefahren. Nach allem, was er wusste und gesehen hatte, wäre Moses Heap mit größter Wahrscheinlichkeit dort. Bislang hatte Sperring allerdings noch niemanden hineingehen oder herauskommen sehen. Zumindest niemanden, den er wiedererkannte. Niemanden, der etwas mit den Gangs zu schaffen hatte.

Gangs. Ja, er wusste, dass Moses Heap ein neues Kapitel in seinem Leben aufgeschlagen hatte – wenigstens behauptete er das. Und ja, seit Inkrafttreten des Waffenstillstandes war die Kriminalität in der Gegend, vor allem der Stich- und Schusswaffengebrauch, deutlich zurückgegangen. Aber das bedeutete nicht, dass keine illegalen Geschäfte mehr liefen. Denn was hielt die beiden Gangs davon ab, sich zusammenzusetzen und das Gebiet unter sich aufzuteilen? Zu beschließen, wer welche Straßen und Wohnsiedlungen als Drogenumschlagplatz bekam, wer wo seine Frauen auf den Strich schicken oder Schutzgelder erpressen durfte? Nur weil sie sich nicht länger gegenseitig umbrachten, hieß das noch lange nicht, dass sie nichts Verbotenes taten.

Und dann war da noch der Rechtsprecher. Darren Richards war eine Sache, aber dieser Banker – das war ein ganz anderes Kaliber. Spontan hätte Sperring ja zu der Auffassung geneigt, dass Moses Heap nicht clever genug war, um so etwas durchzuziehen. Zu hoher Planungsaufwand, zu viele Unbekannte. Doch je länger er darüber nachdachte, desto glaubhafter erschien es ihm. Denn war Moses nicht schließlich Boss einer Gang gewesen? Dafür musste man schließlich auch planen und organisieren können, da reichte es nicht aus, einfach nur die Muskeln spielen zu lassen und andere einzuschüchtern. Prinzipiell war es also möglich. Und selbst wenn Moses nicht der Rechtsprecher war, stand er garantiert irgendwie mit ihm in Verbindung. Sperring wusste nicht, wie, und er wusste auch nicht, warum. Wenigstens im Moment noch nicht. Aber an dem Kerl war etwas faul, das sagte ihm sein Riecher. Deshalb musste er der Spur nachgehen. Ihm blieb gar keine andere Wahl.

Er grinste. Er konnte sich lebhaft vorstellen, was Phil sagen würde, wenn er ihn hier sähe. Wie er ihn zur Sau machen würde. Was für einen Vortrag er ihm halten würde, über all die anderen Richtungen, in die er gefälligst ermitteln sollte, statt einen persönlichen Rachefeldzug gegen jemanden zu führen, von dem ihm ausdrücklich gesagt worden war, er solle die Finger von ihm lassen. Aber wenn es ihm gelang, Heap zu überführen – wenn er seine Machenschaften aufdeckte –, dann würden sie ja sehen, wie Phil reagierte. Und all die anderen.

Sperring fuhr zusammen. Ihm war gar nicht klar gewesen, dass er laut geredet hatte. Er hatte beim Sprechen sogar mit den Händen gestikuliert. *Ja*, dachte er, *Brennan macht mich immer noch fertig.*

Das Lied im Radio war zu Ende, ein neues fing an. Sperring starrte weiterhin auf das Gebäude gegenüber.

Irgendetwas musste passieren.

Bald …

44

»Was ist das hier für ein Gebäude?«

DC Nadish Khan sah sich in dem Raum um, den er eben betreten hatte. Das Erste, was ihm auffiel, waren die beachtlichen Dimensionen. Das Haus war innen größer, als es von außen den Anschein hatte. Hinter der roten Backsteinfront verbarg sich ein Raum, der auf den ersten Blick wie eine Werkstatt aussah. Es war dunkel, das einzige Licht kam von einer Tür, die über eine Treppe in den hinteren Bereich des Hauses führte. Nadish kniff die Augen zusammen, sah sich um, zählte drei große, in regelmäßigen Abständen zueinander aufgestellte Werkbänke; an den Wänden hingen Werkzeuge, säuberlich geordnet. Alles war mit Staub und Schmiere bedeckt und voller Spinnweben. Oben an der Decke waren alte Neonröhren angebracht, die nicht leuchteten. Vielleicht funktionierten sie gar nicht mehr.

Er konnte spüren, dass Hinchcliffe hinter ihn getreten war. Er stand ihm zu nah, drang in seinen persönlichen Distanzbereich ein. Nadish wandte sich um und blickte ihm ins Gesicht. »Was ist das hier für ein Gebäude?«, fragte er erneut und ging einen Schritt auf Abstand.

»Ist das eine der Fragen, die Sie mir stellen wollten?«

»Nein.«

»Was dann?«

Nadish sah sich um. »Könnten wir vielleicht irgendwohin gehen, wo es ein bisschen gemütlicher ist?«

Hinchcliffe folgte seinem Blick, schien dann zu einer Entscheidung zu gelangen.

»Kommen Sie mit nach hinten«, sagte er schließlich.

Er führte Khan quer durch die Werkstatt zur Treppe und stieg die Stufen hinauf. Khan folgte ihm. Oben angelangt, drehte Hinchcliffe sich um. »Ist es hier eher nach Ihrem Geschmack? Für Ihre Fragen, meine ich?«

Khan sah sich um. Sie befanden sich in einem Flur, von dem mehrere Zimmer abgingen. Es schien, als ob hier früher einmal ein Gewerbebetrieb gewesen wäre – oder zumindest eine Fortführung der Werkstatt – und die Räume erst später zu einer Wohnung umgebaut wurden. Ganz hinten entdeckte er eine Küche, in einem weiteren Raum sah er durch die angelehnte Tür die Ecke eines Betts.

»Hier leben Sie also?«, fragte er.

»Ja.« Hinchcliffe rührte sich nicht.

»Können wir uns vielleicht irgendwo hinsetzen? Ich bin schon den ganzen Vormittag auf den Beinen.«

Hinchcliffe seufzte. Khan bemerkte etwas in seinen Augen. Angst? Nervosität? Er war sich nicht ganz sicher. Jedenfalls passte dieser Ausdruck besser zu seiner äußeren Erscheinung als dieses seltsame Funkeln zuvor. Khan hatte immer noch ein komisches Gefühl, als wäre irgendetwas mit dem Mann nicht in Ordnung. Er glaubte nach wie vor, dass er etwas verbarg.

»Kommen Sie mit«, forderte Hinchcliffe ihn auf.

Er öffnete eine Tür am Ende des Flurs neben der Küche und trat hindurch. Khan folgte ihm. Blieb stehen. Sah sich um.

»Wow«, sagte er. »Für so eine Wohnung würden manche Leute sicher eine hübsche Stange Geld auf den Tisch legen.«

Das Zimmer war komplett entkernt worden, an den Wänden sah man das nackte Mauerwerk. Ein Teil der Möbel war antik, ein anderer im Industriedesign gehalten. In einer Ecke stand ein riesiger moderner Fernseher, entlang der Wände waren unzählige Modelle in Vitrinen zu sehen: Flugzeuge. Raumschiffe. Ein riesiger Ozeandampfer.

»Ist das«, sagte Khan und zeigte auf das Schiff, »die *Titanic*?«

Hinchcliffe nickte, ohne weiter auszuführen.

»Aha.« Nadish fühlte sich ein wenig unbehaglich. »Sie leben also ganz alleine hier?«

»Meine Schwester ist bei mir.«

»Ist sie jetzt gerade zu Hause?«

»Im Moment nicht.«

»Keine Frau oder Freundin?«

»Nein.«

»Kinder?«

Hinchcliffe schüttelte den Kopf. »Sind das die Fragen, die Sie mir stellen wollten, Detective …?

»Khan. Detective Constable Khan.«

»Detective Constable Khan. Sind das Ihre Fragen?«

»Nein, entschuldigen Sie. Habe mich einfach ablenken lassen. Von Ihren wirklich beeindruckenden Sachen.« Er wollte sich gerade hinsetzen, als etwas in einer Ecke seine Aufmerksamkeit erregte. Er ging hin. »Ist die echt?«

»Ist sie.«

»Was für ein Modell?«

»Eine Rock-Ola Princess 435. Sehr selten, habe ich mir sagen lassen.«

»Ja«, sagte Khan. »Ein Freund von mir sammelt die Dinger. Arbeitet sie auf und verkauft sie dann weiter. Nettes kleines Geschäft. Funktioniert sie noch?«

»Ja, das tut sie. Was jetzt Ihre Fragen angeht …«

»Was haben Sie denn so drauf?«, fragte Khan, der von einem Ohr bis zum anderen grinste. »Wenn ich fragen darf.«

»Natürlich.« Hinchcliffe gesellte sich zu ihm. »Soul aus den Sechzigern. Meine Leidenschaft.«

»Sie sind ein alter Soulboy, was? Aretha, James Brown und so?«

»Ja.« Hinchcliffe lächelte. »Das und noch mehr.«

»Genial. Ich liebe diese Musik. Rare Groove sagt man dazu, nicht wahr?«

»Ich glaube schon, ja.«

Allmählich wurde Hinchcliffe Khan sympathisch. Seine ursprünglichen Bedenken hatte er beiseitegeschoben. Er überflog die Liste der Titel. »Die Hälfte von denen habe ich noch nie gehört.«

»Wie gesagt, Soul ist meine Leidenschaft. Sie wissen doch, wie Sammler sind. Wir jagen den obskursten Dingen hinterher. Sie sind oft die lohnendsten. Es ist der Gegensatz zwischen dem Prinzip der Massenfertigung, dem fabrikmäßig hergestellten Klang einerseits und der tiefen inneren Schönheit der Musik andererseits, der mich so reizt.«

»Ja«, sagte Khan, immer noch in die Songliste der Jukebox vertieft. »Genial. Das muss man sich mal anschauen. Es geht eben nichts über Old School ...« Er richtete sich auf. »Und das hier erst.« Er berührte die Wand. »Das ist ja gar nicht echt.«

Das Wandbild hinter der Jukebox stellte eine Terrassentür dar, die zu einem in voller Sommerblüte stehenden Garten führte.

»Wow. Das sieht fast aus wie echt. Man denkt, man könnte einfach durchspazieren.«

»Da es sich um eine Wand handelt«, sagte Hinchcliffe, »hätte das vermutlich unangenehme Verletzungen zur Folge. Man nennt es Trompe-l'oeil.«

»Was?«

»Trompe-l'oeil. Das ist Französisch. Heißt übersetzt so viel wie ›täusche das Auge‹. Es ist eine Form der Malerei.«

»Aha«, sagte Khan und lachte. »Unangenehme Verletzungen.« Erneut betrachtete er die Wand. »Haben Sie das selbst gemalt?«

»Meine ... ein anderes Mitglied der Familie.«

»Ihre Schwester?«

Hinchcliffe antwortete nicht.

Nadish nahm sein Schweigen als Zustimmung. »Eine begabte Familie. Und Sie? Was machen Sie?«

Hinchcliffe schaute demonstrativ auf die Uhr. »Haben Sie nun Fragen an mich, Detective Constable Khan?«

»Oh ja, tut mir leid. Es geht um das Gebäude gegenüber.« Khan ging zum Fenster und sah nach draußen. »Sie haben einen ziemlich guten Blick darauf, nicht wahr?«

»Es nimmt die gesamte Straßenfront ein. Wenn man rausguckt, sieht man nichts als rote Ziegel und grauen Himmel.«

»Klar«, sagte Khan. »Ich kann nachvollziehen, weshalb Sie das da gemalt haben wollten.« Er deutete in Richtung der illusionistischen Gartenszenerie.

»Ja.«

»Also, Sie wissen ja wahrscheinlich, dass es da drüben einen Mord gegeben hat. Sie haben bestimmt das Aufgebot an Polizei und Presse gesehen.«

»Habe ich.«

»Ich habe in dem Zusammenhang die Anwohner befragt, ob jemandem etwas Verdächtiges aufgefallen ist.«

»Sie meinen, ob ich einen Mörder gesehen habe?«

»So in der Art.«

»Ich weiß gar nicht, wie ein Mörder aussieht, Detective Constable Khan. Ich nehme mal an, sie unterscheiden sich optisch nicht unbedingt von normalen Menschen.«

»Da haben Sie recht. Haben Sie denn eine verdächtige Person in das Gebäude reingehen oder rauskommen sehen? Vielleicht zu einer ungewöhnlichen Tageszeit?«

»Ich fürchte, nein. Ich wohne hier nur. Ich nehme nicht an dem teil, was hier auf den Straßen geschieht.«

»Sie haben also nichts bemerkt?«

»Nichts. Aber ich habe auch nicht Ausschau gehalten.«

»Auch nicht in den Tagen oder Wochen davor?«

»Tut mir leid, nein.«

»Gut. Allerletzte Frage. Wo waren Sie am Sonntagabend, dem siebzehnten?«

»War das der Abend, an dem der Mord passiert ist?«

»Wir gehen davon aus, ja. Wo waren Sie zu dem Zeitpunkt?«

»Hier. Zu Hause, denke ich.«

»Und Sie haben nichts gesehen? Nichts gehört?«

»Wenn ich abends zu Hause bin, höre ich normalerweise Musik. Sie übertönt dann alles andere. Erst recht alles Unangenehme.«

»Verstehe.« Khan sah sich abermals um. »Na dann, vielen Dank, dass Sie sich die Zeit für mich genommen haben. Fantastische Wohnung.«

Hinchcliffe lächelte. »Danke.«

»Ich verabschiede mich dann. Aber falls Ihnen noch was einfällt – hier ist meine Karte. Rufen Sie mich an, auch wenn es nur eine Kleinigkeit ist. Man weiß ja nie.«

»Mache ich.« Hinchcliffe nahm die Karte. »Mal sehen, Detective Constable Khan, vielleicht hören Sie noch von mir.«

»Das würde mich freuen. Alles Gute.«

Hinchcliffe brachte Khan noch nach draußen. Sobald er gegangen war, schloss er die Tür und verriegelte sie sorgfältig.

Khan ging die Straße entlang. *Komischer Vogel*, dachte er. *Jedenfalls zu Anfang. Ziemlicher Eigenbrötler. Hatte ihn sogar im Verdacht. Aber dann wurde er ganz zugänglich. Und diese Jukebox …*

45 Der Rechtsprecher wartete, bis die Nadel sich gesenkt hatte. Zweimal die Snare Drum, dann setzte das Riff der Hörner ein. Er begann durchs Zimmer zu tanzen. Er sang mit. Seine Stimme war voller Leidenschaft, wenngleich lange nicht so gut wie Curtis Mayfields wunderbar reiner, souliger Gesang. »Move On Up«. Das traf es genau.

Dämlicher Bulle ... dieser dämliche, beknackte Scheißbulle ...

Redete über Modelle, über Jukeboxen, über Gott und die Welt – nur nicht über das, weshalb er eigentlich gekommen war. Kinderleicht an der Nase herumzuführen. Kinderleicht anzulügen. Vollidiot. Vollkommen ahnungslos. Anfangs hatte er gedacht, die Polizei hätte ihn nicht befragt, weil er ganz einfach Glück gehabt hatte. Doch als schließlich dieses Exemplar vor seiner Tür gestanden, als er es hautnah in Aktion (beziehungsweise Nicht-Aktion) erlebt hatte, war ihm klargeworden, dass es mit Glück überhaupt nichts zu tun hatte. Er war einfach klüger als sie. Ihnen haushoch überlegen. Daran lag es.

Sie hatten ihn noch nicht geschnappt, und sie würden ihn auch nicht schnappen. Jetzt konnte ihn nichts mehr aufhalten. Weil er das Richtige tat. Das wusste er. Alle Zweifel, die er vielleicht noch gehabt hatte – und er hatte Zweifel gehabt, denn bei jeder wichtigen Sache, die man tat, gab es irgendwann Zweifel –, waren durch das Erscheinen des Polizisten ausgeräumt worden. Der Rechtsprecher hatte auf ein Zeichen gewartet, auf etwas, das ihm die Bestätigung gab, auf dem richtigen Weg zu sein. Er hatte gehofft, in den Gesprächen mit Phil Brennan würde sich ihm dieses Zeichen offenbaren. Ein Irrtum. Brennan hatte sich als jemand entpuppt, der genauso war wie alle anderen. Und wenn man von diesem Khan auf das geistige Niveau der anderen Leute von Brennans Ermittlungsteam schließen konnte, überraschte ihn das kein bisschen.

Gleich und gleich gesellte sich gern.

Nein. Khans Besuch war genau das gewesen, was der Rechtsprecher gebraucht hatte. Er stand bewegungslos in der Mitte des Zimmers, ließ sich von der Musik umfließen, den Beat in seinem Leib vibrieren. *Das war es*, dachte er. *Dafür war er geschaffen. Dafür war er auf die Erde gesandt worden. Und nichts würde ihn aufhalten. Niemand. Ein Omen.* Für gewöhnlich glaubte er nicht an so etwas. Er hielt sich nicht für abergläubisch. Aberglaube war für die Kleinen und Beschränkten. Diejenigen, die es nicht fertigbrachten, an sich und ihren eigenen Verstand zu glauben, die immer jemand anderem die Schuld für ihre Misere geben mussten. Sie brauchten Horoskope und Gott und Kristalle und weiß der Teufel was sonst noch alles, um durchs Leben zu kommen. Er war vollkommen anders. Sein Vater hatte ihn geprägt. *Man arbeitet*, hatte er immer gesagt. *Das ist es, was man tut. Man arbeitet, und man lebt sein Leben. Man macht sich seine Chancen selbst, man wartet nicht darauf, dass andere sie einem geben. Denn dann kann man bis in alle Ewigkeit warten.*

Er hatte recht gehabt, sein Vater – obwohl er seine Arbeit, kurz darauf seine Gesundheit und schließlich sein Leben verloren hatte. Er hatte nie aus dem Blick verloren, woran er glaubte.

Es war nicht seine Schuld, dass die Zeiten sich änderten. Dass das, was er konnte, die Arbeit, der er sein Leben geweiht hatte und in der er ein wahrer Künstler war, nicht länger nachgefragt wurde. Es war nicht seine Schuld. Und er gab sich Mühe, auch nicht anderen die Schuld daran zu geben. Doch am Ende gelang ihm das nicht mehr. Seine Gesundheit wurde immer schlechter, bis er an manchen Tagen nicht einmal mehr wusste, wer er war. In klaren Momenten sagte er dann noch, dass es nicht seine Schuld sei. Niemand könne etwas dafür. Doch der Rechtsprecher, der zusehen musste, wie sein Vater sich vor seinen Augen aufzulösen schien, der Zeuge wurde, wie er Stück für Stück verschwand, als wäre er eins seiner kostbaren Modelle, das auseinandergenommen wurde – der Rechtsprecher wusste, dass er jemandem die Schuld daran geben *musste.* Und als sein Vater schließlich starb, machte er sich an die Umsetzung seines Plans.

Brian Wildman war der Mann, von dem sein Vater die meisten Aufträge bekommen hatte. Wildmans Firma fertigte Modelle für Bühne, Film und Fernsehen. Und sein Vater war sehr gefragt. Doch dann begann die Zahl der Aufträge abzunehmen. Sie wurden immer weniger, dann hörten sie schließlich ganz auf. Und Brian Wildman, der das Können seines Vaters immer so hoch geschätzt hatte, der davon gesprochen hatte, ihn zum Partner zu machen, ihm einen Anteil an der Firma zu geben; der Mann, der seinem Vater, als die Aufträge abnahmen, immer wieder versichert hatte, er müsse sich keine Sorgen machen, er werde auf jeden Fall dafür sorgen, dass er ein Auskommen hätte …

Hatte all das nicht getan. Stattdessen hatte er die Firma verkauft und eine Stelle in einem Studio angenommen. Hatte seinen Vater eiskalt im Regen stehen lassen.

Sein Vater hätte umschulen und eine andere Arbeit annehmen können. Aber dann bekam er Alzheimer. Damit begann sein schleichendes Ende.

Doch der junge Rechtsprecher konnte das nicht akzeptieren. Er wusste, es musste etwas getan werden. Irgendeine Form von Ausgleich musste her. Brian Wildman sollte für das, was er seinem Vater angetan hatte, bezahlen.

Also zog er nach Berkshire am Rande von London, wo

Brian Wildman mittlerweile lebte, und beschattete ihn. Tage- und nächtelang. Er machte sich mit seiner täglichen Routine vertraut. Studierte seine Gewohnheiten. Beobachtete, wo er hinging. Und am allerwichtigsten: wann er alleine war.

Es war ein Kinderspiel. Brian Wildman war verheiratet und hatte drei Töchter. Und eine Geliebte in einem Wohnblock an der North Circular in Finchley, die er hin und wieder besuchte. Normalerweise am Donnerstagabend. Er fuhr immer alleine hin. Parkte immer in einer unbeleuchteten Seitenstraße. Ging immer den zugewachsenen Fußweg um das Gebäude herum zum Eingang, damit niemand ihn sah.

Perfekt.

Er lauerte ihm auf. In die Büsche geduckt, wartete er auf die Dunkelheit. Und auf Brian Wildman. Er war ganz in Schwarz gekleidet, trug sogar eine schwarze gestrickte Skimaske. In der Hand hielt er eine Socke mit einer großen Kartoffel darin. Er hatte lange und gründlich über die Wahl seiner Waffe nachgedacht, bevor er sich am Ende für die Kartoffel entschieden hatte. Würde er hinterher – oder sogar vorher gefasst und befragt, könnte er einfach behaupten, eine Kartoffel sei ja wohl keine gefährliche Waffe. Dass er sie zu Hause als Ofenkartoffel zubereiten wolle. Es war eine lahme Ausrede, das war ihm selber klar. Aber eine Kartoffel war besser als ein Messer oder eine Pistole. Und leichter zu handhaben. Alles, was er brauchte, war seine Wut.

Irgendwann hörte er Brian Wildmans Wagen vorfahren. Sein Herz pochte, seine Hände zitterten. Als Schritte näher kamen, war sein erster Gedanke, gar nichts zu tun. Einfach sitzen zu bleiben und dann nach Hause zu gehen. Sich nicht einzumischen. Denn er wusste eins: Hätte er seinen Plan erst einmal ausgeführt, wäre eine Grenze überschritten. Danach gäbe es kein Zurück mehr.

Er wollte aufstehen, und im ersten Moment fürchtete er, seine Füße würden ihm nicht gehorchen, seine Beine ihn nicht tragen. Doch dann taten sie es doch. Rasch erhob er sich aus seinem Versteck. Vertrat Brian Wildman den Weg. Wildman sah die schwarzen Kleider, die Skimaske und bekam es augenblicklich mit der Angst zu tun.

»Bitte«, sagte er. »Lassen Sie mich vorbei. Lassen Sie mich weitergehen, sonst rufe ich die Polizei.«

Der junge Rechtsprecher stand regungslos da.

»Bitte, ich ... Sonst schreie ich ... Ich schreie ...«

Er merkte, wie sein Arm sich fast von selber hob, wie er ausholte und die Kartoffel in der Socke einen großen Bogen über seinem Kopf beschrieb, ehe sie heftig gegen Brian Wildmans Schädel prallte. Die Wucht des Schlages riss ihm die Brille herunter und ließ ihn zu Boden gehen.

»Aua ... was soll das – warum machen Sie das ...«

Ohne nachzudenken, schlug er ein zweites Mal zu. Und noch einmal. Immer wieder. Vielleicht war die Kartoffel eine lächerliche Waffe, aber das Geräusch, wenn sie Brian Wildmans Schädel traf, die Wunden, die sie ihm zufügte, bis sein Kopf nur noch Brei war, all das hatte nichts auch nur im Entferntesten Lächerliches an sich. Die Kartoffel war hart und robust wie ein Stein. Nach dem fünften oder sechsten Schlag rührte Wildman sich nicht mehr. Sein Kopf war weich und violett verfärbt, das Innere seines Schädels quoll heraus.

Der junge Rechtsprecher wirbelte herum und floh. Schaute nicht zurück.

Er gab seine Mietwohnung auf und zog wieder nach Birmingham, beinahe taub vor Entsetzen über seine Tat.

Erst einige Tage später, als er einen Artikel darüber in der Zeitung las, wurde ihm das Ausmaß seines Handelns wirklich bewusst. Er hatte es getan. Hatte seinen Vater gerächt.

Gerechtigkeit – die einzige Form von Gerechtigkeit, die für ihn möglich gewesen war. Wie er sich damit fühlte? Nun, er hatte mit lähmenden Schuldgefühlen gerechnet. Mit Qualen der Reue. Hatte gedacht, dass er weinen und untröstlich sein würde. Dass er nachts kein Auge mehr zubekäme. Doch er fühlte nichts von alledem. Ganz im Gegenteil. Er war ruhig, gelöst. Gerechtfertigt. Er schlief so gut wie seit langem nicht.

Da wusste er, dass er seine Berufung gefunden hatte.

Der Song war zu Ende. Eine Pause von mehreren Sekunden trat ein, ehe der nächste begann. Als Erstes kamen das Knistern und Knacken, die hörbare Anlagerung der Jahrzehnte. Das Präludium dessen, was gleich folgen würde. Dann Ike Hayes in Hochform. »Good Love«. Das Stück begann verhalten, aber dann setzte der Groove ein, und am Ende entfaltete es eine gewaltige, stampfende, unwiderstehliche Kraft. Ein absoluter Hit. Er lachte. Genau wie er. Der Song war eine Metapher auf das, was er tat.

Es wäre klug, bis zur nächsten Mission noch einige Tage verstreichen zu lassen. Dessen war er sich bewusst. Das sagte ihm die Vernunft. Sich Zeit lassen. Erst einmal die letzten beiden auskosten, dann die nächste in aller Ruhe und Gründlichkeit vorbereiten. Doch das Omen hatte ihm gesagt: *Hör nicht auf die Vernunft. Mach weiter. Tu es. Tu es jetzt.*

Denn er war unaufhaltsam.

Aber nur für alle Fälle wäre es gut, einen Blick auf den Kalender zu werfen …

Er tat es. Und musste schallend lachen. Perfekt. *Perfekt.* Für seine nächste Mission, sein nächstes Ziel, hätte es keinen besseren Tag – keinen besseren Abend – geben können.

Es war so perfekt, und sein Vertrauen in sich und seinen

Plan war so groß, dass er womöglich sogar Phil Brennan anrufen würde. Nicht nur um anzukündigen, dass er erneut zuschlagen würde. Sondern um ihm mitzuteilen, wer das Opfer sein und wann es ihn treffen würde.

Es gab nichts, was Brennan tun konnte, um ihn aufzuhalten.

Absolut gar nichts.

46

Phil saß in seinem Büro und ging den vorläufigen kriminaltechnischen Bericht zum John-Wright-Tatort durch. Er wollte sehen, ob darin vielleicht ein Hinweis enthalten war, irgendeine noch so winzige Auffälligkeit, die ihm als Ansatzpunkt für seine Ermittlungen dienen konnte. Bislang war er nicht fündig geworden. Wer auch immer der Rechtsprecher war, er ging gründlich vor.

Das brachte Phil ins Grübeln. Vielleicht war Glen Looker doch kein passender Kandidat. Zu offensichtlich. Außerdem hatte er kein Motiv. Er verdiente gutes Geld damit, seine Mandanten vor dem Gefängnis zu bewahren. Wenn er in seiner Freizeit Kriminelle ermordete oder verstümmelte, von denen er zuvor einige erfolgreich vor Gericht verteidigt hatte, musste er an einer wirklich ernsthaften psychischen Störung leiden. Nein. Phil hatte spekuliert, dass der Rechtsprecher unter Umständen sogar ein Polizist sein könnte. Einer von den Kollegen, die sich in anonymen Blogposts über die Aspekte ihrer Arbeit ausließen, über die sie in der Öffentlichkeit nicht reden durften. Aber für solche Typen waren ihre Blogs und Twitter und Facebook doch sicher Ventil genug? Die meisten wollten sich einfach nur etwas von der Seele reden. Ihrem Ärger Luft machen, damit sie sich hinterher besser fühlten. Von Jammern zu Morden war es ein großer Schritt. Glaubte Phil wenigstens. Hoffte er.

Sein Gedankengang wurde vom Klingeln seines Handys unterbrochen. Er schaute auf das Display – eigentlich unnötig, denn er hörte bereits am Klingelton, wer dran war. »One Day Like This« von Elbow. Marina.

»Hey, du«, sagte er.

»Selber hey«, gab sie zurück.

Er lächelte. Das nutzte sich niemals ab.

»Dreimal an einem Tag. Das muss ein neuer Rekord sein«, meinte er.

»Die moderne Ehe«, lautete ihr Kommentar. »So ist das eben, wenn zwei karriereorientierte Menschen zusammenleben.«

»Trotzdem«, sagte Phil. »Das ist es wert.«

»Nun gut«, meinte Marina und versuchte ein Lächeln in ihre Stimme zu legen. »Ich habe mir die letzten Nächte bei Anni um die Ohren geschlagen …«

»Und jetzt willst du gar nicht mehr zurückkommen?«

Marina lachte. Dann wurde sie plötzlich ganz leise und ernst. »Ich kann es gar nicht erwarten, zurückzukommen.«

»Gut. Ich auch nicht. Wann ist es denn so weit?«

»Bald. Sehr bald.«

Er lächelte sein Handy an. »Gut.« Rasch sah er sich um, er wollte nicht, dass jemand zuhörte. Eine überflüssige Vorsichtsmaßnahme, die Tür zu seinem Büro war geschlossen. Trotzdem senkte er die Stimme. »Du fehlst mir.«

»Du mir auch«, gab Marina ebenso leise zurück. Sie musste sich in einem öffentlichen Gebäude befinden.

»Wie geht es unserer gemeinsamen Bekannten?«

»Wird gleich nach Colchester überführt. Ich muss noch eine Weile hierbleiben, ein paar letzte Details regeln, dann komme ich.«

»Gut.«

»Und wie ist es bei dir? Wie war die Pressekonferenz?«

»Wie zu erwarten war, würde ich sagen. Wir müssen abwarten, was er als Nächstes tut.«

»Wenn ihr ihn nicht vorher schnappt.«

»Richtig«, sagte Phil. »Aber so, wie die Dinge im Moment laufen, ist das eher unwahrscheinlich. Wir kriegen ihn einfach nicht zu fassen. Bis jetzt gibt es keinerlei Hinweise.«

»Irgendwann macht er einen Fehler.«

»Ja, ich weiß. Ich hoffe nur, dass wir uns nicht darauf verlassen müssen und es vorher einen Durchbruch gibt.«

»Sei einfach vorsichtig«, bat sie.

»Danke, Mami. Keine Sorge, ich passe schon auf mich auf.«

»Bestimmt. Aber ich meine es ernst. Er hat schon Kontakt zu dir aufgenommen. Er wird es wieder tun.«

»Ich weiß. Wie gesagt, wir warten.«

»Du brauchst mich. Ich sollte da sein und euch unterstützen.«

»Ich will nicht lügen, deine Anwesenheit hier wäre sehr hilfreich. In mehr als einer Hinsicht.«

Marina lachte leise auf. »Ganz im Ernst. Sei vorsichtig, wenn du ihn kontaktierst. Für den Fall, dass er sich auf dich fixiert hat. Wir müssen auch an Josephina denken, vergiss das nicht. Wir wollen nicht, dass ihr etwas zustößt. Oder uns.«

Das unausgesprochene *wieder* hing zwischen ihnen.

»Ich weiß«, sagte er. »Und ich *bin* vorsichtig. Dieser Wahnsinnige hat keinen Grund, persönlich mit mir in Kontakt zu treten. Absolut keinen. Er ist ausschließlich an mir in meiner Funktion als Ermittler interessiert. Und sollte es irgendwelche Anzeichen dafür geben, dass er weitergehen will, sorge ich sofort dafür, dass sie unter Schutz gestellt wird. Du auch, falls es hart auf hart kommt.«

»Und du. Versprich mir, dass du auch an deine Sicherheit denkst.«

»Natürlich. Und du, komm nach Hause. Ich möchte für dich da sein.«

»Okay.« Ihre Stimme wurde wieder leiser. »Ich vermisse dich.«

»Ich dich auch.« Wieder musste er lächeln. »Ich kann's gar nicht erwarten, dich wiederzusehen.«

»Geht mir genauso. Ich bringe Anni noch nach Hause und mache mich dann sofort auf den Weg.«

»Keine Lust auf einen weiteren Mädelsabend?«

Sie lachte. »So gar keine.«

»Prima. Ich freue mich auf dich.«

Sie legten auf.

Phil versuchte sich wieder dem kriminaltechnischen Bericht zu widmen, doch in Gedanken war er noch bei dem Telefonat. Bei seiner Frau.

Dann kam Imani in sein Büro geplatzt und riss ihn aus seinen Gedanken.

»Anruf, Boss. Er ist es.«

Mit einem Satz war Phil auf den Beinen und eilte ihr nach.

47

Letisha Watson sah sich in ihrer Wohnung um. Seufzte. Gott, was für ein Saustall. Was für ein beschissenes Drecksloch.

Sie betrachtete alles mit dem Blick eines Außenstehenden. Als wäre sie ein Gast. Nicht einer von den Bullen, die gestern bei ihr gewesen waren. Was die dachten, war ihr egal. Nein. Wie Moses. Sie versuchte, ihre Wohnung durch seine Augen zu sehen. Was er bei dem Anblick gedacht haben musste – das war ihr wichtig. Bestimmt nichts besonders Positives.

Klar, sie litt immer noch unter der Begegnung mit diesem fetten Bullenschwein, Sperring. War völlig durch den Wind. Trotzdem, daran lag es nicht. Sie hatte sich geschämt. Ja, so war es: Sie hatte sich für die Unordnung und den Dreck geschämt. Weil Moses gesehen hatte, wie tief sie gesunken war. Das alles durch seine Augen zu betrachten, ließ diese Scham erneut aufleben. Es hatte eine Zeit gegeben, da war das Leben, wie sie es sich erträumte – das Leben, das sie anstrebte, das ihres sein sollte – in greifbarer Nähe gewesen. Hatte sie zumindest geglaubt. Damals, als sie Julian Wilsons Mädchen gewesen war.

Julian und Letisha. Wilson und Watson. Wie füreinander geschaffen – das hatten sie früher immer gesagt. Wie füreinander bestimmt. Wenigstens hatte *sie* das gesagt. *Sie* hatte es geglaubt. Vermutlich als Einzige, rückblickend betrachtet.

Das Herz wurde ihr schwer bei der Erinnerung. Sie dachte fast nie an die Zeit damals, da sie dann noch mehr Mühe hätte, durch den Tag zu kommen. Es war alles so glamourös gewesen. »Ghetto fabulous«, wie sie es immer genannt hatten. Am Arm des Anführers der Chicken Shack Crew war sie durch die Clubs und Bars der Stadt gezogen. Man zollte ihr Respekt, sogar Ehrerbietung. Alle anderen Jungs waren scharf auf sie, während ihre Freundinnen und die Mütter ihrer Kinder sie beneideten. Sie hatte es genossen. Es hatte ihr so unfassbar gutgetan. Denn sie wusste ganz genau, was sie war. Wo sie herkam. Sie wusste, wie viel Glück sie gehabt hatte. Als eins der Mädchen, das die Gang auf den Strich geschickt hatte. Ein Mädchen aus der Stadt, ein Handsworth-Gewächs durch und durch. In der Schule hatte sie nichts gelernt, außer dass kein Mensch die Schule brauchte. Als Teenager hatte sie dann angefangen, im Chicken Shack abzuhängen. Da war es aufregend. Dort konnte man einen Blick auf ein gefährliches, spannendes Leben erhaschen – das totale Kontrastprogramm zu ihrem Zuhause. Mit ihrer Mutter musste sie in die Kirche gehen und nach der Schule immer gleich heimkommen. Im Chicken Shack saßen echte Gangster. Player. Das war cool. So unglaublich cool. Eine andere Welt. Eine *bessere*.

Klar gab es auch jede Menge Poser, die sich im Dunstkreis der Gang rumtrieben, aber die hatte sie schnell durchschaut. Die echten Gangster überstrahlten sie einfach in jeder Hinsicht. Sie sah, wie die Gangster – die *echten* Gangster – reinkamen und ihre Mädchen mitbrachten. Die Männer hatten alle Muskeln. Sahen schön und verwegen aus, mit Markenklamotten und lässiger Attitüde. Und die Mädchen wirkten so exotisch in ihren Designerfummeln, mit dem aufwendigen Make-up und den teuren Frisuren, als kämen sie von einem ganz anderen Ort, aus Hollywood oder so.

Sie standen rum, während die Männer Geschäfte machten. Ihre gelangweilten Mienen verliehen ihnen etwas Unnahbares, Unerreichbares. Hin und wieder – sehr selten – kam jemand rein, der keine Ahnung hatte, wer diese Mädchen waren, und versuchte, eine von ihnen anzuquatschen. Aber das ging nie lange gut. Die Lektionen, die solchen Idioten erteilt wurden, waren kurz und schmerzhaft. Danach sah man sie nie wieder im Chicken Shack. Oder überhaupt in der Gegend.

Das, wusste die junge Letisha, wollte sie auch: eins dieser Mädchen werden.

Also machte sie sich an die Arbeit, und zwar mit einem Ehrgeiz, wie sie ihn in der Schule nie an den Tag gelegt hatte. Sie fiel den richtigen Leuten auf, freundete sich mit ihnen an. Machte sich hübsch für die Jungs, die wichtig waren. Ihr Plan ging auf. Dachte sie. Man lud sie auf Partys mit der Crew ein. Erst da wurde ihr klar, was man von ihr erwartete. Bis dahin war Letisha noch Jungfrau gewesen, aber nach den ersten paar Malen, die ziemlich unangenehm gewesen waren, fand sie nichts mehr dabei. Als den Jungs klarwurde, dass sie in Ordnung war, wurde sie zu noch mehr Partys eingeladen. Und zu noch mehr. Sie dachte, dass bald einer der Jungs sie zu seiner Freundin machen würde. Irrtum. Stattdessen schickte man sie anschaffen.

Anfangs fand sie es gar nicht so schlimm. Für etwas bezahlt zu werden, was ihr ohnehin Spaß machte, war doch ganz okay. Ihrer gottesfürchtigen Mutter sagte sie natürlich nicht, was sie so trieb. Überhaupt ließ sie sich nur noch selten zu Hause blicken und übernachtete stattdessen lieber bei einer neuen Freundin.

Aber auf Dauer laugte die Arbeit sie aus. Gesagt zu bekommen, mit wem sie schlafen musste, auch wenn sie gar keine Lust hatte, war anstrengend. Manchmal wurde ihr sogar richtiggehend übel davon. Sie wollte aussteigen. Aber das war leichter gesagt als getan.

Dann, etwa zur selben Zeit, erregte sie die Aufmerksamkeit von Julian Wilson. Und damit wurde alles anders.

Endlich hatte sie ihr Ziel erreicht. Sie war nicht nur eins der Mädchen, das alle wollten oder beneideten. Jetzt war sie das Mädchen vom Boss, das selbst von den anderen Gangster-Mädchen beneidet wurde. Sie hatte keine Ahnung, ob sie sie respektierten oder fürchteten, liebten oder hassten. Aber das spielte auch keine Rolle. Hauptsache, sie wurde von allen gut behandelt.

Und dann begegnete sie Moses Heap.

Für eine Weile wurde alles besser. Sie konnte es kaum glauben. Sie war glücklicher als jemals zuvor in ihrem Leben. Aber auch das änderte sich. Auf den berauschenden Höhenflug folgte der tiefe Fall. Und als sie unten ankam, tat es sehr weh.

Seitdem war sie hier.

Abermals sah sie sich in der Wohnung um. In ihrer winzigen, schäbigen Wohnung. Ihrem winzigen, schäbigen Leben.

Und empfand nichts als Hass auf sich selbst.

Sie dachte nicht oft an die alten Zeiten zurück, denn danach ging es ihr immer so wie jetzt. Sie verachtete sich und ihre Wohnung. Verachtete sich dafür, sich mit dieser Schlampe Chloe Hannon angelegt zu haben. Wegen Darren Richards. War sie wirklich so tief gesunken? Hatte sie diesen Versager so verzweifelt halten wollen, dass sie sich mit einer anderen Frau geprügelt hatte? Hatte sich denn in der kurzen Zeit, die sie zusammen gewesen waren, irgendetwas in ihrem Leben verbessert? Tatsächlich? Wenn sie daran dachte, wie tief sie gefallen war, was sie einmal gehabt und dann wieder verloren hatte, konnte sie die Frage nur mit einem Nein beantworten.

Ihre Mutter sprach kein Wort mehr mit ihr. Sie begegneten sich oft, auf der Straße oder im Laden. Aber ihre Mutter sah immer weg. Als reichten die Liebe und das Mitgefühl, die sie andauernd predigte, nicht mal mehr für ihre eigene Tochter.

Sie hatte nichts mehr. Niemanden. Nichts, worauf sie sich freuen konnte. Keine Zukunft, nur ihre Erinnerungen. Und den gestrigen Abend mit Moses.

Moses.

Sie spürte das vertraute Ziehen im Bauch. Zwischen ihnen gab es eine Verbindung, tief und stark. So ein Gefühl hatte sie nie zuvor bei jemand anderem gehabt, und sie wusste, dass sie es auch nie wieder bei jemand anderem haben würde. Nur bei ihm. Und in dem Augenblick war klar, dass sie ihn wiedersehen musste. Nicht nur wegen dem, was er ihr gestern Abend gesagt hatte, weshalb er zu ihr gekommen war. Sondern weil es Zeit war, mit dem Versteckspielen aufzuhören. Sie hatte es satt, rumzusitzen und zu bereuen, was sie getan hatte. Was passiert war. So satt. Es war Zeit, nach vorne zu schauen.

Sie stand aus ihrem Sessel auf und ging ins Bad.

Sie wollte einen Hauch des Mädchens heraufbeschwören, das sie einmal gewesen war. Das Mädchen, das in anderen Neid und Eifersucht geweckt hatte. Lust und Begehren. Hoffentlich keinen Hass.

Wie auch immer. Sich vorzeigbar zu machen war das Mindeste, was sie tun konnte.

48

»Pass auf, ich wollte einfach nur höflich sein, mehr nicht …«

Anni hatte Mickey den Rücken zugekehrt. Sie musste ihn gehört haben, obwohl er nicht sehr laut gesprochen hatte, doch sie ließ sich nichts anmerken. Sie hatte den Kopf gesenkt, machte Notizen und wartete darauf, dass die Uniformierten kamen, um mit ihr zu sprechen. Es gab noch einige letzte Dinge zu klären, bevor sie endlich zurück nach Colchester fahren konnten.

Sie verhielt sich so abweisend, seit er sich bei Deepak nach Jessie erkundigt hatte. Sie hatten einmal bei einem Fall zusammengearbeitet. Zwischen ihnen war nichts passiert, allerdings hatte Jessie ihm eindeutig signalisiert, dass sie nichts dagegen hätte, wenn etwas passieren *würde*. Zumindest glaubte Anni das.

Sie war immer so. Er wusste nicht, ob es echte Eifersucht war oder ob sie einfach eine Reaktion aus ihm herauskitzeln wollte. Ihm zeigen wollte, wer die Hosen anhatte. Ihre Beziehung war nie ernsthaft in Gefahr gewesen, im Gegenteil, der Versöhnungssex hinterher war jedes Mal gigantisch. *Vielleicht tat sie es deshalb*, überlegte er. Falls ja, durfte sie gerne damit weitermachen. Trotzdem war da immer dieses Gefühl, dass sie es irgendwann vielleicht einmal ernst meinen könnte. Und dann würde es keine Gnade für ihn geben.

Ein Uniformierter kam und wechselte ein paar Worte mit ihr. Sie entfernte sich einige Schritte und gab ihm Anweisungen. Mickeys Blick fiel auf Marina, die mit dem Rücken zu ihm etwas abseits stand und telefonierte. Er wusste natürlich, mit wem sie sprach, und war etwas neidisch. Marina und Phil hatten eine gute Beziehung. Sie passten perfekt zusammen, ergänzten sich in allen Lebensbereichen. Beide hatten sich ihr Glück hart erkämpfen müssen, aber ihr Leid und all die Schwierigkeiten schienen ihre Beziehung nur noch stärker gemacht zu haben. Was er und Anni hatten, war solide – die beste Beziehung, die er je gehabt hatte –, nur gelegentlich ertappte er sich bei dem Wunsch, nicht ganz so hart dafür arbeiten zu müssen. Das war alles.

Anni war mit ihrer Unterredung fertig. Drehte sich zu ihm um.

»Pass auf«, begann er und seufzte. »Ich hab nicht –«

»Sind Sie dann so weit? Können Sie jetzt die Verdächtige nach Southway überführen, Detective Sergeant Phillips?«, sagte sie mit todernster Miene.

»Äh, ja, so gut wie. Ich … ich frage mal nach.«

»Tun Sie das. Wir wollen keine Verzögerungen, nicht wahr?«

Dann trat Anni ganz nah an ihn heran, bis ihr Mund an seinem Ohr war. »Wart nur, bis du nach Hause kommst, Tiger ...« Sie rückte von ihm ab, grinste und zwinkerte ihm zu. Dann ging sie, um noch irgendetwas zu erledigen.

Mickey grinste breit. Sie hatte es schon wieder getan. Ihn aufs Glatteis geführt. Aber das machte ihm nichts. Im Gegenteil, er hatte das Gefühl, als würde sein Herz zerspringen.

Gott, er liebte diese Frau. Bedingungslos und mit allem, was er hatte. Wenn er ehrlich war, war es sogar mehr als Liebe. Er war felsenfest davon überzeugt, dass sie ihm das Leben gerettet hatte.

Sie und Phil Brennan. Beide auf ganz unterschiedliche Weise.

Ursprünglich hatte er einen Posten bei der Metropolitan Police gehabt. Er war in Ilford an der Grenze zwischen East London und Essex aufgewachsen und hatte nie etwas anderes gewollt, als Polizist zu werden. Aber nicht irgendein x-beliebiger Polizist. Er war mit Wiederholungen von *The Sweeney – Die Füchse* aufgewachsen, *Thief Takers* und so weiter. Sein Lieblingsfilm war der alte Gangsterstreifen *Rififi am Karfreitag*. Solche Filme hatten seine Phantasie beflügelt und seinen Berufswunsch geprägt. Einen besseren Anreiz, zur Polizei zu gehen, gab es nicht. Er stand nicht auf Uniformen, nicht wie einige andere aus seiner Klasse in Hendon; er wollte einfach nur schnelle Autos fahren und Verbrecher jagen – kriminelle Subjekte, den Abschaum der Gesellschaft. Es ihnen so richtig zeigen. Die Straßen für die Bürger sicherer machen, und wenn einige dieser Bürger – beziehungsweise Bürger*innen* – ihm auf die eine oder andere Weise ihre Dankbarkeit erweisen wollten, warum nicht?

Und zu seiner Überraschung war es genau so gekommen, wie er es sich erhofft hatte. Er war bei der Drogenfahndung gelandet, in einem Team von Kollegen, die alle ungefähr in seinem Alter waren und alle mit denselben Phantasien großgeworden zu sein schienen. Sobald ihnen das klarwurde, verloren sie keine Zeit, diese Phantasien auszuleben.

Am Anfang war es großartig gewesen. Er hatte seinen Jugendtraum gelebt und war dabei so gut wie unantastbar gewesen. Aber es war auch der Beginn seines Abstiegs gewesen.

Es dauerte nicht lange, da fingen sie an, Bestechungsgelder zu nehmen. Sie ließen sich von Prostituierten umsonst bedienen, warfen sich mehr Drogen ein als die Kriminellen, die sie jagten, und schauten immer öfter bei Straftaten weg. Und während seine Kollegen ihr Leben genossen, als wäre es eine einzige große Party, baute er zunehmend ab – und nicht nur körperlich, wobei auch sein Krankenstand langsam auffiel. Nein, er merkte, wie seine Seele litt. Die Arbeit verdarb ihn innerlich, wie er es davor nie für möglich gehalten hätte. Mickey hielt nicht viel von Leuten, die andauernd von der Seele schwafelten – religiöse Spinner, alle miteinander. Doch je länger er über die Stränge schlug, desto stärker wurde sein Gefühl, dass er eben doch eine Seele hatte. Eine Seele, die im Begriff war, aufgefressen zu werden.

Irgendwann, als er keinen anderen Ausweg mehr wusste, stellte er einen Versetzungsantrag. Seine Jugendphantasien waren eben nur das gewesen: Phantasien. Das wahre Leben war ungleich härter. Es interessierte ihn nicht, wo er hinkam und was er dort machen musste. Hauptsache weg aus seinem alten Umfeld, weg von seinen alten Kollegen.

Zum Glück wurde eine Stelle für einen DS in der Abteilung für Kapitalverbrechen in Colchester frei. Mickey ergriff die Gelegenheit beim Schopf. Er rechnete nicht damit, die Stelle tatsächlich zu bekommen – aber was er tun würde, falls er sie nicht bekam, wusste er auch nicht. Er fuhr über die A12 nach Colchester, um sich mit Phil Brennan zum Vorstellungsgespräch zu treffen. Anfangs glaubte er, seine erste und einzige Chance gründlich versaut zu haben. Er ging mit einer geballten Ladung Arroganz, die er sich während seiner Zeit in London angewöhnt hatte, in das Treffen. Erst als er den Mann sah, für den er arbeiten sollte – Jeans, Chucks und kariertes Westernhemd, die Haare zur Tolle frisiert –, wurde Mickey klar, dass er einen Riesenfehler gemacht hatte. Doch wie sich herausstellte, hatte Phil Brennan hinter seine Macho-Fassade und sein Alphatier-Gehabe geblickt und dort den intelligenten, kreativen Ermittler gesehen, der sich danach sehnte, endlich zum Zuge zu kommen.

Und so hatte Phil Brennan ihm in beruflicher Hinsicht das Leben gerettet.

Und dann hatte er Anni kennengelernt. Was Phil für seinen Beruf bedeutete, bedeutete sie für sein Privatleben. Vor ihr hatte er nie eine ernsthafte Beziehung gehabt. Natürlich hatte er mit Frauen geschlafen, manchmal hatte er sogar umsonst die eine oder andere Nummer mit Prostituierten geschoben oder seinen Dienstausweis missbraucht, um bei Uniform-Groupies gewisse Anreize zu schaffen, wenn er gerade Lust auf Sex hatte. Doch er hatte nie eine echte, langfristige Beziehung gehabt. In dieser Hinsicht teilte er die Weltsicht seiner ehemaligen Kollegen bei der Met: Frauen waren Gebrauchsgegenstände, keine gleichberechtigten Partner.

Aber Anni änderte das. Sie war die erste Frau, die er als ihm ebenbürtig betrachtete. Sie waren Kollegen und Freunde – nur dass sie eben zufällig eine Frau war. Erst mit der Zeit merkte er, wie stark er sich zu ihr hingezogen fühlte. Dass es ihr genauso ging, spürte er zwar, wagte es sich aber nicht einzugestehen. Er zögerte, seinen Gefühlen nachzugeben. Er wollte nicht, dass eine offene Bekundung seiner Zuneigung ihre Zusammenarbeit oder ihre Freundschaft gefährdete. Anni nahm sich an ihm ein Beispiel und machte es ebenso.

Deshalb hatten sie so lange gebraucht, um zusammenzukommen. Am Ende erwiesen sich ihre Sorgen jedoch als unbegründet. Anni war einfach perfekt, als Liebhaberin und Lebensgefährtin ebenso wie als Kollegin und gute Freundin. Er hatte seine Arbeit, und er hatte die Liebe.

Mickey, der in diesem Moment ungeduldig darauf wartete, endlich mit Fiona Welch Richtung Colchester starten zu können, damit er sich später am Abend noch mit Anni treffen konnte, war noch nie in seinem Leben glücklicher gewesen.

49

Phil stürzte ins Großraumbüro. Mit seinem Hirnholzparkett, den Wänden aus getäfeltem Holz und überstrichenem Backstein wirkte es wie ein altes Schulzimmer. Die Art, wie seine Mitarbeiter schweigend und erwartungsvoll herumstanden, verstärkte diesen Eindruck noch. Er war der Lehrer, schien dieses Schweigen zu sagen. Und alle warteten darauf, dass er mit dem Unterricht begann.

Phil setzte sich Elli gegenüber an den Schreibtisch, nahm den Hörer. Sie bezog Position hinter ihrem Rechner und nickte ihm zu. Phil versuchte sein hämmerndes Herz zu beruhigen. Hob den Hörer ans Ohr.

»Phil Brennan«, sagte er so geschäftsmäßig wie möglich.

»Hallo, Phil. Wissen Sie, wer hier spricht?«

Die Stimme klang dumpf wie immer, war aber trotzdem unverkennbar. Inzwischen hätte Phil sie immer und überall wiedererkannt.

»Ja, ich weiß, wer da spricht.«

Eine Pause. Dann leise: »Sagen Sie meinen Namen.« Ein Beben ging durch die Worte.

»Wie bitte?«

»Sagen. Sie. Meinen. Namen.«

Phil sah auf, fing Cotters Blick ein. Sie nickte ihm auffordernd zu.

»Rechtsprecher.«

Der Rechtsprecher lachte. Es lag eine Spur Wahnsinn darin. »Sehr gut, sehr gut … braver Mann.«

Phil versuchte ihn herunterzuholen, das Gespräch unter Kontrolle zu bringen. »Wir sind Ihnen dicht auf den Fersen. Wir kommen Ihnen näher.«

Die Antwort darauf bestand aus noch lauterem Gelächter. »Nein, das stimmt nicht, Phil. Lügen Sie mich nicht an. Wenn Sie mir dicht auf den Fersen wären, wäre ich umringt von einem Trupp Polizisten, die mit Waffen auf mich zielen.« Stille. »Ich habe mich gerade umgeschaut. Niemand hier.« Diesmal klang sein Lachen nicht mehr ganz so wahnsinnig, sondern eher nach Abschied. »Sie sind meilenweit davon entfernt, mich zu finden.«

Phil gab keine Antwort. Er hätte auch nicht gewusst, wie er antworten sollte.

»Also«, fuhr der Rechtsprecher fort. »Ich habe Ihre Pressekonferenz verfolgt.«

»Und wie hat sie Ihnen gefallen?«

»Wenn ich ehrlich sein soll, war sie nicht gerade die eindrucksvolle Bestätigung, die ich mir erhofft hatte. Ich meine – sind Sie wirklich auf meiner Seite? Das, was ich im

Fernsehen gehört habe, hat mir nämlich einen gänzlich anderen Eindruck vermittelt. Ist das so?«

»Kann es denn so simpel sein?«, fragte Phil zurück. »Entweder man ist für Sie oder gegen Sie?«

»Ja«, antwortete der Rechtsprecher. »Das ist es. Und im Fernsehen klang es danach, als wären Sie gegen mich. Stimmt das? Dass Sie mir das Handwerk legen wollen? Ist diese Annahme korrekt?«

Phil seufzte und ließ seine Stimme leicht müde, wenngleich geduldig klingen. »Hören Sie, warum reden wir nicht einfach miteinander? Unter vier Augen. Wenn Sie nicht herkommen wollen, können wir uns auch woanders treffen, auf neutralem Boden. Was meinen Sie dazu?«

Die Stimme des Rechtsprechers wurde härter. »Beleidigen Sie mich nicht. Diese Diskussion hatten wir bereits, nur offenbar kann sich einer von uns nicht mehr daran erinnern. Ich werde garantiert nicht zu Ihnen kommen und mich mit Ihnen unterhalten. Ich werde Sie auch nicht auf neutralem Boden treffen. So etwas wie ›neutralen Boden‹ gibt es nämlich nicht. Ihre Leute hätten mich innerhalb von Sekunden überwältigt. Ich bin kein Dummkopf, also behandeln Sie mich nicht wie einen.« Bei den letzten Worten hatte er die Stimme erhoben, sie klang wie eine einzige Drohung.

Cotter machte Phil ein Handzeichen: *Sorgen Sie dafür, dass er weiterredet.*

»Hören Sie«, sagte Phil im Bemühen, nicht die Kontrolle über das Gespräch zu verlieren. »Ich stimme ja mit dem überein, was Sie sagen. Voll und ganz. Sie haben jedes Recht, über die herrschenden Zustände wütend zu sein.«

»Oh, habe ich das? Na, das ist aber außerordentlich gütig von Ihnen, Phil. Vielen herzlichen Dank.«

Phil ignorierte den beißenden Spott und sprach unbeirrt

weiter. »Ich stimme Ihnen zu. Das ist keine Lüge. Sie sind zu Recht wütend. Es geht uns allen ähnlich, und so wie die Dinge stehen, ist das auch kein Wunder. Ich teile Ihre Wut. Alle in meinem Team teilen diese Wut. Tag für Tag.«

»Ach, wirklich? Obwohl Sie und Ihresgleichen oft genug die Ursache dieser Wut sind? Verzeihen Sie mir, wenn mich Ihre Beteuerungen nicht überzeugen.«

»Warum nicht?«

»Weil es mir so vorkommt, als wäre die Polizei fast täglich wegen irgendeines Fehlverhaltens in den Schlagzeilen. Weil nach Schießereien Beweise gefälscht wurden. Weil sie sich gegenseitig decken, wenn sie einen Fehler gemacht haben, statt ehrlich dazu zu stehen. Ein brasilianischer Elektriker wird fälschlicherweise für einen Terroristen gehalten und in der U-Bahn erschossen. Zeugen machen auf Anweisung der Polizei vor laufender Kamera Falschaussagen. Ein sogenannter Gangster wird in der Tottenham Street regelrecht exekutiert. Ein unschuldiger Zeitungsverkäufer wird von einem Mitglied der Bereitschaftspolizei, das für seine gewaltbereite Einstellung bekannt war, angegriffen und getötet. Ein in Ungnade gefallener Arzt fälscht sogar einen Obduktionsbefund für sie. Alle diese Menschen sind tot. Alles vom Gesetz gedeckt. Die Mörder sind ausnahmslos Polizisten. Und sie sind ausnahmslos ungestraft davongekommen. Die Mörder dieser Menschen sind Leute wie Sie. Sie werden es mir also nachsehen, dass ich Ihnen nicht glaube, wenn Sie mir sagen, dass Sie meine Wut teilen.« Er klang aufgebracht, jedes seiner Worte sprühte vor Zorn.

»Sie können glauben, was Sie wollen«, sagte Phil. »Ich war von den Vorfällen, die Sie eben genannt haben, genauso schockiert wie Sie, Polizei hin oder her. Sie sollten mir glauben, wenn ich das sage.«

»Sollte ich das?«

»Ja. Sie haben mit Beispielen um sich geworfen, jetzt lassen Sie mich auch eins anführen. Wir werden an einen Tatort gerufen. Sagen wir, ein Kind ist tot. Wir gehen rein, reden mit den Eltern. Wir merken sofort, dass der Vater das Kind misshandelt hat und die Mutter massiv einschüchtert. Womöglich misshandelt er auch sie. Aber wir haben keine Beweise. Wir können es ihm nicht nachweisen. Was tun wir also? Wie sollten wir vorgehen?«

Schweigen.

»Ich habe Sie etwas gefragt.«

»Ach so, tut mir leid«, sagte der Rechtsprecher mit vor Sarkasmus triefender Stimme. »Ich dachte, das wäre eine rhetorische Frage. Sie wollen eine Antwort von mir? Ernsthaft? Bringen Sie den Vater zum Reden.«

»Aber wir haben nichts außer einem toten Kind. Die Mutter schweigt, der Vater ist nicht zu knacken. Also tun wir das, wofür wir ausgebildet sind. Sammeln Beweise. Beobachten. Versuchen das Gesamtbild zu rekonstruieren. Dann laden wir beide Eltern zur Vernehmung vor. Wir stellen ihnen dabei grundsätzlich keine Fragen, auf die wir nicht bereits die Antwort kennen oder die von ihnen leicht zu beantworten sind. Wir lassen unsere persönliche Meinung über die Personen und das, was sie möglicherweise getan haben, außen vor und tun unsere Arbeit. Denn es geht um Gerechtigkeit. Nicht um Rache – sondern darum, dass der Gerechtigkeit Genüge getan wird.«

»Aber was, wenn etwas schiefläuft?«, wandte der Rechtsprecher ein. »Was machen Sie dann?«

»Sie meinen, ich sollte wütend werden?«, erwiderte Phil und versuchte ruhig zu bleiben. »Das kann jeder. Sich aufschwingen und gewalttätig werden. Eine Waffe in die Hand nehmen und sich einreden, man würde etwas Gutes tun. Das ist aber keine Gerechtigkeit.«

»Dieser Fall mit dem toten Kind – was, wenn der Vater vor Gericht kommt, aber freigesprochen wird? Oder die Mutter. Unzureichende Beweislage. Die Verteidigung präsentiert eine überzeugendere Version der Ereignisse. Sie oder einer Ihrer Kollegen macht einen Fehler? Wo bleibt Ihre Gerechtigkeit dann?«

»Damit müssen wir leben«, sagte Phil. »Wir machen nicht immer alles richtig. Aber wir tun unser Bestes. Das System ist nicht vollkommen. So ist es nun mal.«

»Das ist keine Gerechtigkeit«, sagte der Rechtsprecher voller Zorn. »Das ist nicht mal das *Bemühen* um Gerechtigkeit.«

»Was würden Sie denn tun?«, wollte Phil wissen.

Der Rechtsprecher lachte. Sein Lachen hatte einen harschen, metallischen Klang. »Ich würde dafür sorgen, dass er oder sie nie wieder töten kann. Denn genau das würden sie früher oder später tun. Sie sind bereits einmal davongekommen. Sie haben nichts aus der Sache gelernt. Bei mir würden sie für ihre Tat bezahlen. Auf die eine oder andere Weise.«

»Sie würden das Gesetz in die eigene Hand nehmen?«

»Warum nicht?«, gab der Rechtsprecher zurück. »Sie scheinen ja nicht viel damit anfangen zu können.«

Phil verstummte. Er merkte, wie Cotter in seine Richtung gestikulierte, damit er das Gespräch am Laufen hielt, aber im Moment fiel ihm nichts ein, was er noch hätte sagen können.

Da er von Phil nichts hörte, ergriff der Rechtsprecher wieder das Wort. Er seufzte. »Ach, Phil«, sagte er. »Ich hatte so große Hoffnungen in Sie gesetzt. So große Hoffnungen.«

»Dann tut es mir leid, Sie enttäuschen zu müssen«, antwortete Phil, der kein bisschen so klang, als täte es ihm leid.

»Und mir erst, Phil. Und mir erst. Mir wurde vorgegaukelt, dass Sie jemand sind, mit dem ich Geschäfte machen kann, wie die alte Giftkröte Maggie Thatcher immer zu sagen pflegte.«

Plötzlich war Phil hellwach. Er lehnte sich nach vorn, umfasste den Hörer fester. »Wer hat Ihnen das gesagt? Wer hat Ihnen das vorgegaukelt?«

Schweigen in der Leitung. Phil hörte, wie der Rechtsprecher scharf die Luft einsog. Mit diesem Schweigen hatte er, selbst wenn er eigentlich nichts verraten hatte, doch zu viel preisgegeben.

Phil bohrte weiter. »Wer hat Ihnen das gesagt?«

»Hören Sie mir einfach zu«, schnitt der Rechtsprecher Phils Frage ab. »Ich werde das Gesetz ein weiteres Mal in die eigene Hand nehmen. Und da Sie sich bis jetzt als geradezu lachhaft unfähig erwiesen haben, mich zu fassen, halte ich es nur für fair, Ihnen einen kleinen Vorsprung zu geben.«

Phils Herz setzte einen Schlag aus. »Was wollen Sie damit sagen?«

»Heute Abend.«

»Was ist heute Abend?«

»Was glauben Sie denn? Heute Abend werde ich wieder jemanden für seine Verbrechen büßen lassen.«

Ohne sich umzuschauen, spürte Phil das wachsende Unbehagen im Raum. Er versuchte ruhig und gemessen weiterzusprechen. »Dürfen wir erfahren, wo?«

Der Rechtsprecher lachte. »Sie dürfen sogar mehr als das. Sie dürfen erfahren, *wer.*«

Phil wartete. Begriff, dass der Rechtsprecher von ihm erwartete, dass er die Frage aussprach. »Wer?«

»Jemand, der dafür verantwortlich ist, dass die meisten Verbrecher in Birmingham frei herumlaufen. Der dafür verantwortlich ist, dass sie sich wieder und wieder dem Arm des Gesetzes entziehen – sowohl Ihrem als auch meinem.

Eines der schlimmsten Exemplare menschlichen Abschaums in einer Branche, die mit Abschaum ihr Geld verdient.«

»Wer?« Phil konnte seine Ungeduld kaum zügeln.

»Glen Looker.«

Phil merkte, wie alle im Raum den Atem anhielten.

»Wir werden Sie aufhalten«, sagte er. »Wir werden ihn beschützen.«

Wieder lachte der Rechtsprecher. »Nein, das werden Sie nicht. Glauben Sie mir, das werden Sie nicht. Die Gerechtigkeit ist zwar blind – aber Sie, fürchte ich, sind noch blinder.«

Er legte auf.

Im Büro brach augenblicklich hektische Geschäftigkeit aus.

50

Das Licht schwand, der Tag neigte sich dem Ende zu.

Genau wie Sperrings Beschattungsaktion.

Er hatte den ganzen Nachmittag vor dem Studio der No Postcode Organisation gesessen und darauf gewartet, dass Moses Heap auftauchte. Und obwohl er wusste, dass es wichtigere Dinge zu tun gab – zumindest Dinge, die Brennan für wichtiger hielt –, hatte er dennoch das Gefühl, etwas Sinnvolles zu tun. Zugegeben, es waren nicht gerade viele Leute gekommen und gegangen, wenigstens nicht viele, deren Gesichter ihm bekannt vorkamen – aber das bedeutete seiner Ansicht nach noch lange nicht, dass er seine Zeit verschwendete. Er hatte jeden fotografiert, der durch die Tür kam. So hätte er immerhin etwas zu tun, wenn er zurück aufs Revier kam. Und selbst wenn Phil dagegen war, dass er die Sache weiter verfolgte: Sperring hatte da so ein

Gefühl – auf seinen guten, alten Riecher war Verlass –, dass er die Fotos irgendwann noch brauchen würde. Dass es die Fotos von gegenwärtigen oder künftigen Gang-Mitgliedern waren.

Moses Heaps Bekehrung zum Guten – diesen Müll glaubte Sperring nicht. Kein einziges Wort von diesem Quark glaubte er. Kriminelle wie Heap machten so etwas nicht, jedenfalls nicht nach Sperrings Erfahrung. Okay, ein oder zwei gab es vielleicht, und die machten auch viel Wind darum, schrieben Bücher über ihre Erlebnisse, ihre schlimme Kindheit, wie sie zu einem kriminellen Leben verführt worden waren. Dass sie ihre Fehler eingesehen hatten. Beschlossen hatten, ihr Geld zukünftig als Autor zu verdienen oder als Schauspieler oder Künstler oder weiß der Geier was. Genau, was die Welt brauchte. Trotzdem wünschte er ihnen viel Glück. Solange er sich nicht wieder mit ihnen herumschlagen musste, war ihm alles recht.

Die äußeren Umstände. Nur darum ging es. So wie der Laden aussah, in dem Moses Heap seine Zeit verbrachte, und den Leuten nach zu urteilen, mit denen er sich abgab, hatten sich seine äußeren Umstände kein bisschen geändert. Ergo war er immer noch derselbe wie früher. Sperringsche Logik. Praktisch unfehlbar.

Sperring gähnte, sah auf die Uhr. Mein Gott, die Zeit schien stillzustehen. Oder sogar rückwärts zu laufen. Jedenfalls kam es ihm so vor.

Er überlegte eine Weile, ob er Feierabend machen sollte. Sich was zu essen holen und vielleicht später noch mal wiederkommen sollte. Heap in seiner Freizeit weiter beschatten. Früher hatte Heap sich so gut wie nie tagsüber blicken lassen. Wahrscheinlich hatte sich daran nicht viel geändert.

Dann klingelte sein Handy. Nadish.

»Was gibt's?«

»Komm zurück aufs Revier«, sagte Nadish. Er klang außer Atem, als hätte er einen Sprint über die gesamte Länge der Steelhouse Lane hingelegt.

»Wieso? Ist doch gleich Feierabend.«

»Es ist wegen ihm, dem Rechtsprecher. Er hat wieder angerufen. Hat uns sein nächstes Opfer genannt und Ort und Zeit. Der Boss will, dass alle da sind. Jetzt sofort.«

»Scheiße.«

Sperring legte auf und startete den Wagen.

Und genau in dem Moment sah er sie: Letisha Watson, wie sie die Stufen zum Eingang des Studios hochging.

»Scheiße«, sagte Sperring noch einmal lauter.

Er war hin- und hergerissen. Buchstäblich. Dass Letisha ins Studio kam, ausgerechnet jetzt, nach allem, was in den letzten Tagen geschehen war – das konnte kein Zufall sein. Unmöglich. Es bedeutete, dass irgendwas passierte oder bald passieren würde. Etwas Großes. Und es rechtfertigte seine Entscheidung, den ganzen Nachmittag hier zu sitzen. *Mein Riecher*, dachte er. *Sag ich doch. Der irrt sich nie.* Dann dachte er an die Anweisung, zurück aufs Revier zu kommen.

An die Chance, den Rechtsprecher in flagranti zu erwischen. Er konnte nicht so tun, als hätte er den Anruf nie bekommen. Er konnte nicht länger hierbleiben.

Widerstrebend wendete er und fuhr zurück zum Revier.

51

»Gut. Hast du alles?«

Anni sah Mickey an. Ganz geschäftsmäßig, von Kollegin zu Kollege. Als hätte es ihre Andeutung kurz zuvor nie gegeben. Und er liebte sie nur noch mehr dafür.

»Ja«, sagte er. Er sah zu Fiona Welch hinüber, die von zwei Uniformierten flankiert wurde. »Ich fahre mit ihr direkt nach Colchester. Sie soll so schnell wie möglich aufs Revier. Die Zeit läuft.«

»Eigentlich sollte ich mitkommen«, sagte Anni.

»Ich weiß«, sagte er. »Aber du musst hier ja noch ein paar Sachen erledigen. Ich setze sie auf die Rückbank. Sie trägt Handschellen.« Er lächelte. »Ich denke, ich bin ihr gewachsen.«

»Hoffen wir's mal«, sagte Anni, dann lächelte auch sie. »Nicht, dass ich auch noch wegen ihr eifersüchtig werden muss ...«

»Verstehe«, sagte er. Er lachte, aber da war dieser Unterton in ihrer Stimme gewesen. Er wollte sie trotz allem nicht reizen.

Sie lehnte sich zu ihm und flüsterte: »Das war ein Witz, du Idiot.«

»Klar«, sagte er entrüstet. »Wusste ich doch.«

Anni schüttelte den Kopf. »Ich frage Marina, ob sie mich zu Hause absetzt. Wir sehen uns dann später.«

»Okay.« Er beugte sich zu ihr, um sie zu küssen.

»Nicht hier«, sagte sie. »Mensch.«

Mickey lief rot an. »'tschuldigung«, sagte er, »hab ganz vergessen, wo wir sind.«

Anni ging lächelnd davon.

Mickey nahm Fiona Welch beim Arm und steuerte mit ihr auf den Ausgang zu.

»Einen Moment noch«, sagte sie.

»Was ist denn?«

»Ich möchte mich noch von jemandem verabschieden.«

»So lange sind Sie doch gar nicht hier gewesen. Ich glaube kaum, dass Sie in der Zeit Freundschaften geschlossen haben.«

Sie wandte sich zu ihm um. Ihre Miene war undurchschaubar. »Ich will mich verabschieden.« Sie machte eine Geste mit der Schulter – der einzige Teil ihres Körpers, den sie zum Zeigen verwenden konnte, da ihre Arme mit Handschellen hinter ihrem Rücken gefesselt waren. »Von ihr.«

Mickey folgte ihrem Blick. »Von wem, Marina Esposito?«

»Eine Psychologin von der anderen.«

Mickey schüttelte den Kopf. »Von mir aus. Aber machen Sie schnell.«

Er führte sie zu Marina. Die sah auf, als sie näher kamen.

»Sie will nicht gehen, ohne auf Wiedersehen zu sagen«, erklärte Mickey.

Marina wirkte erstaunt. »Oh. Aha.« Sie stand da, vollkommen reglos, gab sich keine Blöße.

Fiona Welch lächelte. »Leben Sie wohl«, sagte sie. »Obwohl: Ich gehe davon aus, dass wir uns schon sehr bald wiedersehen.«

Diese Worte schienen Marina ein wenig zu verwirren. »Ich ... Das glaube ich kaum.«

»Sie irren sich, Marina. Und wie Sie sich irren.«

»Bestimmt nicht.«

Mickey seufzte. Er hatte genug. Er packte sie am Arm und führte sie weg. »Kommen Sie«, sagte er. »Sie hatten Ihren Spaß.«

Fiona Welch wandte sich noch einmal um und warf über die Schulter einen Blick auf Marina. »Richten Sie Phil ganz liebe Grüße von mir aus.«

Marina reagierte nicht.

Mickey zog sie mit sich fort.

»Bekloppte«, murmelte er halblaut.

Fiona Welch lächelte nur.

52

Phil hatte Glen Lookers Büro noch nie von innen gesehen, war nie auch nur in der Gegend gewesen. Noch hatte er bisher viele Gedanken darauf verschwendet, wie es wohl aussehen mochte. Doch als er dort ankam, stellte er zu seiner Verwunderung fest, dass es genauso aussah wie ein Büro, in dem Glen Looker arbeiten würde.

Es lag auf der anderen Seite von Queensway und damit nicht allzu weit von Birmingham Central entfernt, dem Revier in der Steelhouse Lane. *Das*, so dachte er, *musste allerdings ein Zufall sein*. Denn was alles andere betraf, hätte Lookers Kanzlei ebenso gut am anderen Ende der Stadt liegen können. Wenn nicht gar am anderen Ende des Landes.

Sie war nahe genug bei den Gerichten, um Kundschaft anzuziehen, aber zugleich so weit entfernt, dass die Mieten noch erschwinglich waren. Durch eine schäbige Eingangstür gelangte man in das heruntergekommene alte Bürogebäude. Ein handgeschriebenes Schild an der Klingel informierte etwaige Interessenten darüber, dass ›Looker, Rechtsanwalt‹ hier residierte. Phil spielte mit dem Gedanken, die Klingel zu drücken, doch dann stellte er fest, dass die Tür nicht verschlossen war, und trat ein.

Die Treppe war schmal und mit einem abgewetzten, stellenweise losen Läufer bedeckt, der Looker als Anlass für zahlreiche erfolgversprechende Schmerzensgeldklagen hätte dienen können. Es roch leicht nach Kohl oder einer anderen Speise, die zu lange gekocht worden war. Von den Wänden bröselte der Putz. Phil stieg langsam höher, immer durch den Mund atmend. Im ersten Stock blieb er vor einem verschlossenen Durchgang mit einem weiteren Klingelknopf stehen.

Er betätigte die Klingel und wartete.

Irgendwann meldete sich aus der Gegensprechanlage eine gelangweilte Frauenstimme und nannte den Namen der Kanzlei.

»Detective Inspector Brennan«, stellte er sich vor. »West Midlands Police. Ich muss mit Mr Looker sprechen. Es ist dringend.«

»Haben Sie einen Termin?«

»Nein, den habe ich nicht, aber es ist sehr wichtig. Würden Sie mich bitte reinlassen?«

Eine Pause folgte, während der die Frau vermutlich überlegte, ob sie seiner Bitte nachkommen sollte oder nicht. Schließlich tat sie es, und er konnte den Empfangsbereich betreten.

Auf Stühlen, die aussahen, als wären sie irgendwann während John Majors Regierungszeit als Restposten bei einem Ramschverkauf erstanden worden, saßen hier entlang der Wände die Leute, mit denen Phil von Berufs wegen des Öfteren zu tun hatte. Einige Gesichter kamen ihm sogar bekannt vor, und als sie bei seinem Anblick unruhig wurden, Hände in Jackentaschen verschwanden und die Gespräche verstummten, wurde ihm klar, dass er für die hier Sitzenden ebenfalls kein Unbekannter war.

Es waren Drehtürleute. Landeten immer wieder vor Gericht und in Haft – so oft, dass das Gefängnis für sie schon eine Art zweites Zuhause war.

Phil musterte die Empfangsdame, eine reizlose Frau mittleren Alters, die in ihrem Leben schon manchen Kampf ausgefochten – und verloren – zu haben schien, bevor sie endlich zu dem Schluss gekommen war, dass sie besser daran täte, sich so zu akzeptieren, wie sie war. Auch wenn diese Erkenntnis weder gewollt noch willkommen war.

»Ist das da sein Büro?«, fragte Phil und deutete auf eine Tür.

»Sie können da nicht reingehen«, sagte die Frau und stand von ihrem Platz hinter ihrem Schreibtisch auf.

»Polizeiangelegenheit. Es ist dringend. Eine Frage von Leben und Tod.« Phil steuerte auf die Tür zu.

Die Empfangsdame, erstaunlich behände für eine Frau von ihrer Leibesfülle, kam ihm zuvor. *Wahrscheinlich ist sie gewohnt, dass die Leute versuchen, sich Zutritt zu ihrem Boss zu verschaffen,* ging es Phil durch den Kopf.

»Ich habe gesagt, Sie können da nicht rein«, wiederholte sie und breitete abwehrend die Arme aus. »Ist mir ganz egal, wer Sie sind.«

»Dann sagen Sie ihm, dass ich hier bin. Und dass er mit mir sprechen muss. Sofort.«

Sie starrte Phil geradewegs in die Augen. Es war ein harter Blick, unter dem die Leute, selbst hartgesottenste Verbrecher, sicher normalerweise klein beigaben. Phils eigener Blick war allerdings noch härter. Irgendwann gab sie sich geschlagen.

»Ich schaue nach, ob er Zeit hat.«

»Das will ich für ihn hoffen.«

Sie verschwand in seinem Büro und knallte absichtlich die Tür. Schon bald jedoch ging diese Tür wieder auf, und ein junger Schwarzer kam heraus. Er war ziemlich aufgebracht, dass sein Termin so rüde unterbrochen worden war, noch dazu von einem Bullen. Er ging an Phil vorbei und versuchte lässig und knallhart zu wirken, doch man sah ihm an, wie sehr er sich zusammenreißen musste, um nicht die Beine in die Hand zu nehmen und aus dem Raum zu stürzen.

Die Empfangsdame folgte kurze Zeit später.

»Mr Looker empfängt Sie jetzt«, verkündete sie.

»Danke«, sagte Phil und rang sich ein Lächeln ab.

Es wurde nicht erwidert.

Er betrat den Raum, schloss die Tür hinter sich. Glen

Looker saß an seinem Schreibtisch. Die Möbel im Raum sahen aus, als entstammten sie derselben Konkursmasse wie die Stühle draußen im Empfangsbereich. Die Atmosphäre war dunkel und bedrückend. Der einzige Lichtblick war ein Poster, das für Urlaub an den weißen Stränden der Malediven warb. Durch die leuchtende Schönheit des Bildes wirkte der Raum noch trostloser und enger.

»Detective Inspector Brennan«, sagte Glen Looker und lehnte sich in seinem Sessel zurück. »Willkommen in meiner Welt.«

»Danke sehr.«

Looker stützte die Ellbogen auf. »Ich hoffe, Sie haben einen verdammt guten Grund, hier einfach so reinzuplatzen. Die arme Janice hat Ihretwegen fast einen Herzinfarkt erlitten.«

»Ich glaube, dazu wäre einiges mehr nötig«, sagte Phil.

Looker zuckte mit den Schultern. »Mag sein. Also, was führt Sie zu mir? Ich nehme an, dass es wichtig ist?«

»Ist es«, sagte Phil und setzte sich auf einen der unbequem aussehenden Metallstühle. »Unser Freund, der Rechtsprecher, hat sich wieder gemeldet.«

»Hat er das?«

»Und er hat uns verraten, wer sein nächstes Opfer sein wird.«

»Aha? Und wer könnte das sein? Einer meiner Mandanten, vermute ich mal.«

»Nicht ganz. Sie.«

Looker starrte ihn mit offenem Mund an. Er brauchte eine Weile, aber irgendwann hatte er sich wieder gefangen. »Was?«, erwiderte er leise und fassungslos.

»Es ist so, wie ich gesagt habe. Er hat uns angerufen – es besteht kein Zweifel, dass er es war – und uns mitgeteilt, dass Sie sein nächstes Opfer sind.«

Looker starrte immer noch. Dann zog sich sein Gesicht zusammen, und seine Schultern begannen zu beben.

Oh Gott, dachte Phil. *Gleich weint er.*

Aber das tat er nicht. Auf seinem Gesicht erschien ein Lächeln, dann warf er den Kopf in den Nacken und fing an, schallend zu lachen.

Phil war vollkommen perplex.

Das Gelächter dauerte unnatürlich lange an. Doch schließlich verstummte Looker und musterte Phil einmal mehr. Er hatte immer noch ein Schmunzeln im Gesicht.

»Schön, dass es Sie so erheitert«, sagte Phil, der nicht wusste, ob Looker seine Unerschrockenheit demonstrieren wollte, ob er tatsächlich belustigt oder einfach nur wahnsinnig war.

»Köstlich«, sagte Looker. »Und wann soll die Sache steigen? Hat er Ihnen das auch gesagt?«

»Ja, das hat er«, antwortete Phil. »Heute Abend.«

Looker riss die Augen auf, dann ertönte erneut Gelächter.

Irgendwann war auch dieser Lachanfall vorüber, und Looker saß da und wartete, bis er wieder zu Atem gekommen war. »Heute Abend. Das ist gut. Das ist wirklich gut.«

»Warum ist das wirklich gut?«, fragte Phil. »Was ist so besonders an heute Abend?«

Lookers Mundwinkel zuckten immer noch ein wenig. »Heute Abend findet das alljährliche Bankett der Juristischen Gesellschaft der West Midlands statt. Im Radisson Blu Hotel. Sehr elegante Veranstaltung. Wundert mich, dass Sie nichts davon wissen.«

»Nicht meine Art von Event.«

Looker zuckte mit den Achseln. »Ach. Verstehe schon. Smoking ist Pflicht, das volle Programm. Und ich werde hingehen.«

»Dann kommen wir mit.«

Looker schüttelte den Kopf. »Glauben Sie wirklich, dass er mir dort etwas antun kann? Mitten unter all den Gästen? Im Ernst? Das würde er nicht wagen.«

»Anscheinend schon. Deshalb bin ich hier, um Sie davon zu überzeugen, nicht hinzugehen.«

Wieder musste Looker lachen. »Sie können mich mal kreuzweise. Ich habe Monate im Voraus bezahlt. Ich verschenke doch mein Geld nicht einfach so.«

»Ihr Leben ist in Gefahr.«

»Behaupten Sie. Was glauben Sie denn, was er tun wird? Meinen Gin Tonic vergiften? Dafür sorgen, dass ich an dem Gummihühnchen ersticke? Das ist im Übrigen kein Scherz. Lediglich ein Kommentar zur Qualität des Catering bei Großveranstaltungen.«

»Dann wollen Sie trotzdem teilnehmen?«

»Selbstverständlich. Das will ich mir auf keinen Fall entgehen lassen. Der Abend ist die ideale Gelegenheit, um Kontakte zu knüpfen.«

»Ich kann Sie nicht dazu überreden, sich in Schutzgewahrsam nehmen zu lassen?«

»Ich bitte Sie. Ich kenne Sie, und ich weiß, wie Sie über mich denken. Wenn ich mich in Ihre Obhut begebe, komme ich da nie wieder raus.«

Phil schüttelte den Kopf. Das war nicht die Reaktion, mit der er gerechnet hatte.

»Hey.« Looker beugte sich vor. In seine Augen trat ein manisches Leuchten. »Vielleicht hat er es ja gar nicht auf mich abgesehen.«

»Wie kommen Sie darauf?«

»Vielleicht ist es nur ein ... Ablenkungsmanöver. Genau, das ist es. Verstehen Sie, was ich meine? Er lockt Sie auf die falsche Fährte. Klassischer Trick. Wie im Film. Sie wissen schon: Sie ziehen Ihr Team, all Ihre Kräfte an einem bestimmten Ort zusammen, und er legt Sie rein, indem er in Wahrheit ganz woanders zuschlägt. Wäre doch denkbar.«

»Wir sind aber nicht im Film. Er hat es auf Sie abgesehen. Und er wird Sie heute Abend holen. Das hat er uns gesagt, und darauf bereiten wir uns vor.«

»Aha.« Looker senkte den Kopf und nickte.

»Also, was machen wir jetzt, Mr Looker?«

Er sah auf. »Machen? Was soll das heißen? Wollen Sie, dass ich eine schusssichere Weste trage oder was?«

»Würden Sie sich dazu bereiterklären? Auch wenn es nur eine Stichschutzweste ist?«

»Natürlich nicht. Das würde den Sitz meines Smokings ruinieren.«

Phil erhob sich seufzend. »Also, ehrlich gesagt hätte ich mit mehr Besorgnis gerechnet. Schließlich ist Ihr Leben in Gefahr.«

Looker breitete in einer geradezu flehentlichen Geste die Arme aus. »Hören Sie, Detective Inspector, ich habe jeden Tag mit solchen Leuten zu tun. Ich weiß, wie sie ticken. Sie doch bestimmt auch. Sie drohen andauernd mit irgendwas. Sie werden mich umbringen. Meiner Familie etwas antun. Was auch immer. Wenn ich für jede Todesdrohung, die ich bis heute erhalten habe, ein Pfund bekommen hätte, hätte ich mich längst zur Ruhe gesetzt.« Er wies auf das Malediven-Plakat.

»Schön. Wenn Sie es so wollen. Aber eins sage ich Ihnen: Wir werden da sein. Mein Team und ich. Wir werden das Hotel überwachen, und wir werden Sie den ganzen Abend lang nicht aus den Augen lassen. Ob es Ihnen passt oder nicht.«

Wieder lächelte Looker. »Wollen Sie etwa meine Rechte verletzen, Detective Inspector?«

Phil seufzte erneut. »Ich wünsche Ihnen noch einen schönen Abend, Mr Looker.«

Damit drehte er sich um und verließ das Büro.

Glen Looker schaute ihm nach. Dabei verschwand das Lächeln langsam aus seinem Gesicht. Als er ganz sicher sein konnte, dass Phil weg war, beugte er sich über seine Gegensprechanlage.

»Bitte sagen Sie bis auf Weiteres alle meine Termine ab, Janice«, sagte er und ließ den Knopf los, ehe sie ihm antworten konnte.

Er griff in die untere Schublade seines Schreibtischs, holte eine Flasche Teacher's und ein Glas heraus. Goss sich einen großzügigen Schluck ein und trank ihn in einem einzigen Zug fast ganz aus.

Er versuchte dabei nicht auf das Zittern seiner Hände zu achten.

53

Letisha Watson hatte ihre besten Klamotten ausgegraben. Jedenfalls die besten, die sie auf die Schnelle gefunden hatte und die sauber waren. Sie hatte gehofft, die Sachen würden ihr Selbstvertrauen geben – dass sie sich darin fühlen würde wie eine Frau, die eine wunderschöne Liebesnacht mit einem wunderbaren Mann verbrachte hatte. Aber im Gegenteil: Die Sachen erinnerten sie bloß daran, wie weit sie sich von dem Mädchen entfernt hatte, das von allen beneidet worden war. Wie viel Selbstachtung sie verloren hatte. Und der Besuch dieses Bullenschweins hatte ihr auch nicht gerade Mut gemacht.

Danach war ihre Sehnsucht nach Moses noch größer geworden. Sie wollte ihn unbedingt wiedersehen.

Sie ging schnell am Empfang vorbei – ein bisschen von der alten Attitude war noch da – und suchte sich den Weg durchs Gebäude. Bestimmt war er im Studio, so wie immer. Sein Büro, nannte er es. Dort traf er sich mit Leuten, machte Geschäfte, arbeitete, entspannte sich. Darum beneidete sie ihn. Und dafür liebte sie ihn.

Sie ging die Flure entlang und tat so, als gehöre sie hierher. Irgendwann gelangte sie zu dem Raum, den sie gesucht hatte. Der mit den zwei Lichtern über der Tür.

Rot hieß, dass man draußen bleiben musste, grün hieß, dass man reinkommen durfte. Das rote Licht leuchtete. Sie lehnte sich gegen die Wand und wartete.

Ihr entfuhr ein schwerer Seufzer. Was tat sie nur? Warum war sie überhaupt hier? Sie machte sich total lächerlich. Wie diese Frauen, die andauernd den Kerlen hinterherliefen. Dumme Weiber, total auf ihre Männer fixiert. Aber nein, bei ihr war das was anderes. Bei ihr ging es um mehr. Dass dieser Bulle innerhalb von zwei Tagen zweimal bei ihr geklingelt hatte, war Beweis genug dafür. Sie musste ihn sehen. Nicht nur aus Eigennutz oder wegen der Dinge, die sie ihm unbedingt sagen wollte. Sondern auch aus anderen Gründen.

Viel wichtigeren Gründen.

Sie stand da und wartete. Wagte kaum zu atmen. Sie hatte Lust auf eine Zigarette, aber wenn sie sich hier drinnen eine ansteckte, würde man sie garantiert rauswerfen, also unterdrückte sie den Drang, so wie sie all die anderen Dinge unterdrückte, die sie gerne getan hätte.

Das rote Licht ging aus, das grüne ging an.

Letisha holte tief Luft. Erst einmal, dann ein zweites Mal. Dann ging sie rein.

Das Erste, was ihr auffiel, war der Geruch von Gras. Dann das schummrige Licht. Das Mischpult war von mehreren Schreibtischlampen erhellt, aber der Rest des Raums lag im Halbdunkel. Hinter der Glasscheibe stand ein junger Rapper, den sie von ihrem Wohnblock kannte. Er nahm gerade seine Kopfhörer ab und sah sehr zufrieden aus. Der Typ hinter dem Mischpult sah nicht viel älter aus als der Rapper, aber er wusste ganz offensichtlich, was er tat. Er hatte den Kopf gesenkt, war ganz auf die Regler konzentriert. Keiner der beiden hatte ihr Eintreten bemerkt.

Sie blieb bei der Tür stehen und wartete, während ihre Augen sich an das Zwielicht gewöhnten. Sie sah sich um, hielt Ausschau nach dem Mann, wegen dem sie gekommen war. Fand ihn nicht. In der hintersten Ecke des Raumes konnte sie einige Gestalten ausmachen, die auf Beanbags oder Sofas herumlagen. Hin und wieder glommen rote Punkte auf, die ihr verrieten, dass der Haschgeruch von da kam. Bestimmt saß Moses dort irgendwo.

Sie wusste nicht, was sie tun sollte. Sie hatte es bis hierher geschafft, aber jetzt verließ sie der Mut. Sie konnte einfach zu den Jungs rübergehen, sich nach Moses umsehen. Oder sie konnte den Jungen am Mischpult fragen.

»'tschuldigung«, sagte sie. Sie versuchte, selbstbewusst zu klingen, hatte aber Angst, ihre Stimme könne von der Schalldämpfung des Raumes geschluckt werden. »'tschuldigung. Ich will zu Moses Heap.«

Der Junge sah nur ganz kurz zu ihr hoch. Er deutete mit einer Kopfbewegung zu den dunklen Silhouetten in der Ecke und widmete sich dann wieder seiner Arbeit.

Letisha merkte, wie ihre Knie zitterten, als sie hinging. Sie versuchte, sich ihre Angst auszureden. Warum fürchtete sie sich? Sie hatte die Nacht mit dem Mann verbracht, er war in ihrem Bett gewesen, hatte mit ihr geschlafen. Warum hatte sie jetzt solchen Schiss davor, ihn wiederzusehen?

Sie war bei der Gruppe angekommen und blieb vor ihnen stehen. Sie sah Moses auf Anhieb.

»Moses?«, sagte sie zaghaft, fast ehrfürchtig. Als wäre sie mit ihrer Mutter in der Kirche.

Grinsend drehte er sich um. Doch sein Grinsen verschwand, sobald er sah, wer da vor ihm stand. Er stand auf.

»Was machst du denn hier?«, sagte er und packte sie an der Schulter.

»Ich ... ich ... musste dich sehen ...«

Hastig sah er zu den anderen. Ihr Blick folgte ihm, und sie entdeckte ein vertrautes Gesicht. Tiny Wilson, der Anführer der Chicken Shack Crew. Julians kleiner Bruder. Jetzt war er nicht mehr so klein. Er sah sie an. Erkannte sie auf den ersten Blick wieder.

Moses zog sie durch den Raum, am Mischpult vorbei und nach draußen auf den Flur. Hinter ihnen fiel die Tür langsam ins Schloss. Er starrte sie an.

Erst als die Tür zu war, öffnete er den Mund.

»Was soll das? Was machst du hier?«

»Ich musste dich sehen. Es ... dieser Bulle war heute wieder da. Hat mich Sachen gefragt. Sachen über dich. Wir ... wir müssen ...«

»Was? Was müssen wir?«

»Wir müssen was tun.«

»Was denn? Was schlägst du vor?«

»Ich ... weiß nicht ...«

Er schüttelte den Kopf.

»Moses, ich hatte Angst. Ich wusste nicht, was ich machen soll. Ich musste zu dir kommen. Ich musste einfach ...«

Die Tür ging auf. Tiny Wilson trat auf den Gang. Seine Miene war ernst. »Alles okay bei dir?«, fragte er Moses.

»Klar, Mann, alles cool. Bin gleich wieder da.«

Tiny musterte Letisha von oben bis unten, ehe er, immer noch mit derselben ernsten Miene, wieder im Studio verschwand. Damit war der letzte Zweifel, ob er sie tatsächlich wiedererkannt hatte, ausgeräumt.

Moses drehte sich wieder zu ihr um. Sie sah ihn flehentlich an. »Was machen wir denn jetzt?«

»Jetzt hast du's echt versaut«, sagte er. »Kapierst du das nicht? Herzukommen – du hast es total versaut.«

»Tut mir leid, ich …«

»Tut dir leid? Na, super. Es tut dir leid. Jetzt ist alles am Arsch.«

Er ließ ihre Arme los, wandte sich ab und ging wieder rein. Die Tür schloss sich mit einem leisen Zischen.

Letisha ließ sich gegen die Wand sinken.

Er war weg. Sie hatte sich noch nie so allein gefühlt.

54

Das Bankett der Juristischen Gesellschaft war eine opulente Angelegenheit, wie man es von einer Zusammenkunft von Anwälten nicht anders erwartet hätte. Sie fand im großen Saal des Radisson Blu statt, dem riesigen Monolithen aus blauem Glas, der zwar noch eine recht neue Ergänzung zur Skyline von Birmingham darstellte, jedoch bereits zu einem der beliebtesten Veranstaltungsorte für Hochzeiten und Konferenzen avanciert war. Der Saal war riesig und verfügte über direkten Zugang zu zwei Bars, von denen sich eine auf demselben Stockwerk, die andere im Stockwerk darunter befand. Das Design der Ausstattung wirkte trotz des etwas bemühten Hipster-Touches streng, bot aber jeden Komfort für die Bewirtung von Geschäftskunden. Die Wirkung des Saals war wie beabsichtigt: Er beeindruckte – und gab somit den hier feiernden Gästen das Gefühl, selbst auch beeindruckend zu sein.

Phil stand an den rückwärtigen Doppeltüren und ließ den Blick durch den Raum schweifen. Er hatte sich wieder in seinen Hochzeits-Begräbnis-Pressekonferenz-Anzug geworfen, und obwohl er weder wie ein geladener Gast noch wie jemand vom Personal aussah, trug er den Anzug immerhin mit ausreichend Unbehagen, um auch nicht auf Anhieb als Polizist entlarvt zu werden. Die Gäste waren ausnahmslos in Smoking und Abendrobe gewandet, selbst Cotter, die mit ihrer Lebensgefährtin, einer Anwältin, zu dem Event erschienen war.

Phils Leute waren überall im Raum postiert und standen durch unauffällige In-Ohr-Mikrophone in ständigem Kontakt zueinander. Er hatte versucht, sie an Stellen zu postieren, von wo aus sie einen guten Überblick über das Geschehen hatten, ohne allzu sehr aufzufallen. Das war gar nicht so einfach gewesen. Cotter hatte vorgeschlagen, dass sie sich als Kellner tarnen sollten, um sich besser ins Gesamtbild einzufügen, doch da sich unter Phils Leuten keiner fand, der über die nötige Erfahrung oder Neigung verfügte, sich als Servicemitarbeiter zu versuchen, war der Vorschlag recht schnell abgeschmettert worden. Sie würden nur das Personal bei der Arbeit behindern und sich selbst nicht voll und ganz auf ihre Aufgabe konzentrieren können. Dazu kam, dass sie für viele der Gäste keine Unbekannten waren. Diese hätten es, gelinde gesagt, kurios gefunden, wenn die halbe Belegschaft des Raub- und Morddezernats ihnen plötzlich Häppchen servierte.

Die Gäste waren mittlerweile mit dem Abendessen fertig. Nun saßen sie geduldig auf ihren Plätzen, tranken zur Verdauung Kaffee oder Likör und lauschten höflich den Reden, wobei sie stets an den richtigen Stellen lachten.

Den Rücken zu den Eingangstüren, sprach Phil leise in sein Mikrophon.

»Imani, wo sind Sie?«

»Hier, Boss«, kam die Antwort in seinem Ohr. »Hier drüben bei der Säule. Ich stehe direkt dahinter. Warten Sie, ich zeige mich.«

Sie trat langsam hinter der Säule hervor. Phil sah sie.

»Ich kann Sie sehen. Haben Sie ihn im Blick?«

»Sitzt an seinem Tisch. Wirkt völlig entspannt. Baggert seine Sitznachbarin an.«

»Die Glückliche. Bleiben Sie an ihm dran.«

»Wird gemacht, Boss.«

Sie verschwand wieder hinter ihrer Säule. Keinem der Gäste war etwas aufgefallen.

»Nadish?«

»An der Bar, Boss.«

Phil lächelte düster. »Wieso überrascht mich das nicht?«

»Ich mache mich bereit für den Ansturm. Ich –«

»Nadish? Nadish!« In Phil stieg Panik hoch.

»Hier, Boss.«

»Was war da los?«

Nadish lachte. »Sorry. Die Barfrau hat mich was gefragt. War kurz abgelenkt. Nur eine Sekunde lang.«

»Das ist zu lang. Konzentrieren Sie sich. Sobald Looker in Ihre Nähe kommt, lassen Sie ihn nicht mehr aus den Augen.«

»Alles klar, Boss. Sorry, Boss«, sagte er zerknirscht.

»Die Reden müssten bald vorbei sein. Danach wird es die meisten wohl an die Bar ziehen. Seien Sie darauf gefasst.«

»Geht klar, Boss.«

»Gut. Ian?«

»An der anderen Bar, Chef. Ich warte noch.«

»Lässt es dir gutgehen, was?«, hörte Phil Nadish fragen.

»Ist mir alles zu Schickimicki. Ich würd der Plörre, die sie hier servieren, jederzeit ein anständiges Glas M&B vorziehen.«

Anständig und M&B – na, wenn das kein Widerspruch in sich ist, dachte Phil. »Gut«, sagte er dann. »Konzentrieren Sie sich auf Ihre Aufgabe.«

»Wird gemacht. Aber im Moment ist es noch ruhig.«

Applaus schwappte herüber. Er war laut, was zum einen dem Alkohol geschuldet war, zum anderen der Erleichterung, dass die Ansprachen nun endlich vorüber waren. Phil wandte sich um.

»Alles bereitmachen ...«

Der letzte Redner verließ das Podium, der Gastgeber richtete noch ein paar Worte an die Menge, dann war der offizielle Teil beendet.

Den Rest des Abends würden die Gäste sich unterhalten, fachsimpeln und Kontakte knüpfen.

Sie erhoben sich von ihren Plätzen, die Frauen griffen ihre Taschen, und man zerstreute sich. Die einen nahmen Kurs auf die Bars, die anderen auf benachbarte Tische.

»Wo ist Looker?«, wollte Phil wissen.

»Bin nach wie vor an ihm dran«, meldete Imani. »Redet mit seiner Sitznachbarin. Ist bis jetzt noch nicht aufgestanden. Moment mal ...«

Stille in der Leitung. Phil reckte den Hals, versuchte zu sehen, was vor sich ging. »Imani?«

»Er hat sich gerade zu ihr gelehnt, ihr die Hand auf den Arm gelegt und ihr etwas zugeflüstert.« Er hörte Lachen in seinem Ohr. »Keine Ahnung, was, aber es ist nicht so gut angekommen. Sie ist aufgestanden und gegangen.«

»Sicher, dass sie nicht zur Rezeption geht, um ein Zimmer zu buchen?«, fragte Nadish.

»Ihrem Gesicht nach zu urteilen, nicht.« Wieder eine Pause. »Nein, sie hat das Weite gesucht. Hat ihre Handtasche genommen und ist abgehauen.«

»Was macht er jetzt?«, wollte Phil wissen.

»Glotzt ihr hinterher, als könne er nicht glauben, dass seine Anmache nichts gebracht hat. Ich wette, da ist er der Einzige.«

Phils Blicke folgten der Frau, mit der Looker gesprochen hatte, als sie an ihm vorbeikam und zur Bar ging. Ihr Gesichtsausdruck ließ darauf schließen, dass sie tödlich beleidigt war. *Armer Glen*, dachte er ohne großes Mitgefühl.

»Er versucht den anderen Gästen gegenüber gute Miene zum bösen Spiel zu machen«, meldete Imani, »aber die haben schon begriffen, was passiert ist. Er zeigt jetzt zur Bar, als wolle er zu ihr gehen. Aber damit täuscht er keinen. Nicht mal sich selbst.«

»Passen Sie auf, Nadish«, sagte Phil. »Er kommt in unsere Richtung.«

»Hab ihn im Auge«, sagte Nadish.

Phil sah, wie Looker Kurs auf die Bar nahm. Looker sah ihn, blieb stehen. Kam auf ihn zu.

»Amüsieren Sie sich gut, Detective Inspector Brennan?« Looker lächelte bereits wieder, doch Phil merkte, dass es nur aufgesetzt war.

»Prächtig, danke schön, Mr Looker. Und selbst?«

»Ging mir noch nie besser. Noch nie besser.« Er ließ den Blick schweifen, fixierte dann wieder Phil. »Die Gerüchte über meinen Tod scheinen stark übertrieben, meinen Sie nicht?«

»Ich versuche, aufgeschlossen zu bleiben.«

Looker legte Phil die Hand auf den Arm. »Kommen Sie, trinken Sie doch einen Schluck mit mir.«

»Tut mir leid, Mr Looker, ich bin im Dienst.«

»Ach, kommen Sie. Ein Drink wird Sie schon nicht umbringen. Heute Abend könnten wir doch Waffenruhe halten, oder? Was sagen Sie? Wie die Soldaten im Ersten Weltkrieg, die aus ihren Schützengräben gekommen sind, um Fußball zu spielen. Gehen Sie mit mir an die Bar. Klettern Sie aus dem Schützengraben. Nur für diesen einen Abend.«

Phil entging nicht, dass Looker bereits gehörig angetrunken war. »Tut mir leid, Mr Looker, ich arbeite. Ein andermal vielleicht.«

»Hören Sie, bitte, ich ...« Looker schüttelte den Kopf, dann seufzte er und ließ widerstrebend Phils Arm los. Ging weiter in Richtung Bar.

Da war irgendetwas in seinen Augen gewesen, dachte Phil. *Furcht? War es das? Vielleicht war er doch nicht so ruhig, wie er behauptet hatte.*

Phil behielt ihn im Auge.

55

»Mickey«, sagte Fiona Welch. »Ihr Vorname. Detective Sergeant Phillips. Michael Phillips. Mickey. Mickey Phillips. Dumpfmeister Mickey.« Sie kicherte. »Ah, der war nicht schlecht.«

Mickey seufzte, nahm die rechte Hand vom Lenkrad und schaltete das Radio ein. Klassische Musik erklang. Er drehte sie lauter, um das Gerede der Frau nicht hören zu müssen.

Sie waren auf der A12 in Richtung Colchester unterwegs. Es dunkelte bereits, der Tag neigte sich dem Ende zu. Er war ereignisreich gewesen, wenn man das so sagen konnte, und Mickey brannte darauf, seine Passagierin so schnell wie möglich auf dem Revier abzuliefern, den nötigen Papierkram zu erledigen und dann endlich nach Hause zu fahren. Ein schönes, langes Vollbad und ein, zwei Flaschen Bier … um die Zeit zu überbrücken, bis Anni kam. Den Rest des Abends würde er mit ihr verbringen. Er freute sich schon sehr darauf. Und je mehr diese Fiona Welch redete, desto verzweifelter klammerte er sich an die Aussicht auf Bad und Bier.

»Klassik«, sagte sie über den Klang des Radios hinweg. »Das überrascht mich aber. Ja, ganz recht, Mickey, Sie haben mich überrascht. Wer hätte gedacht, dass Sie Klassik mögen?«

Das tat er gar nicht, normalerweise hörte er ganz andere, viel wildere, lautere Musik. Musik, die gute Laune machte. Aber das behielt er lieber für sich. Am Morgen war Anni gefahren, und sie hatte zur Entspannung den Klassiksender eingestellt. Er hatte ihn einfach so gelassen.

»Oh«, sagte Fiona Welch, »es sei denn, das ist gar nicht Ihre Wahl. Ich wette, Sie sind heute Morgen mit DC Hepburn hergefahren. Vielleicht hat sie ja den Sender eingestellt. Ja, bestimmt war es so. Ich weiß es ganz genau. Kommando zurück, Dumpfmeister Mickey.«

Am liebsten hätte er sie geschlagen. Irgendwo fernab der Hauptstraße angehalten und ihr mit seinen Fäusten das Maul gestopft. Er schüttelte den Kopf, um den Gedanken zu verscheuchen. Das war nicht richtig. So etwas durfte er nicht denken, so durfte er sich nicht verhalten. Unmöglich. Das war der alte Mickey, der sich da zurückmeldete, und nach dem hatte er weiß Gott keine Sehnsucht. Aber diese Frau brachte sein altes Ich in ihm zum Vorschein. Sie ließ seine Emotionen hochkochen, schaffte es immer wieder, ihn auf dem falschen Fuß zu erwischen. Rein rational begriff er natürlich, dass sie es genau darauf anlegte. Sie wollte, dass er unvorsichtig wurde. Seine Deckung aufgab und sich auf ein Gespräch mit ihr einließ. Aber wenn er das tat, dann hätte sie ihn. Dann hätte sie einen Weg in seinen Kopf gefunden. Die Uhr tickte unerbittlich, und die Zeit, die ihnen auf dem Revier mit ihr zur Verfügung stand, war begrenzt. Wenn sie bei der Vernehmung mit dieser Taktik weitermachte, konnte es sogar geschehen, dass sie während des Verhörs nichts erreichten und am Ende keine ausreichenden Beweise für eine Anklage zusammenbekamen. Das durfte auf keinen Fall passieren.

Also sagte er nichts. Ließ sie reden und schluckte alles herunter.

»Wie auch immer«, fuhr sie fort. »Ich sollte mich wohl bei Ihnen bedanken.«

Schon machte er den Mund auf, um eine Gegenfrage zu stellen.

Warum?, hätte er um ein Haar gefragt. Und wäre ihr damit beinahe in die Falle gegangen. Beinahe.

Fiona Welch wartete auf eine Antwort, und als keine kam, redete sie einfach weiter. »Ja, wirklich, ich sollte mich bei Ihnen bedanken. Mir wurde allmählich langweilig da drinnen. Trostloser Ort. Ich weiß, ich war zu Studienzwecken da – im Einsatz, wenn man so will –, aber trotzdem. Es gibt einfach eine gewisse Grenze, und die meisten dort hatten sie überschritten.« Sie seufzte. »Gott, sie sind so fade. Ich meine, ich habe reichlich Material zusammenbekommen – so viel, dass es für mehrere Bücher reichen würde –, aber im Ernst: Die meisten dort sind nichts weiter als sabbernde Trottel. Nehmen anderen Menschen die Luft zum Atmen weg. Ganz zu schweigen von den Steuergeldern, die für sie verpulvert werden.« Sie lehnte sich zurück und machte es sich so bequem, wie es mit hinter dem Rücken gefesselten Händen eben ging. »Aber ich vermute mal, Sie wissen das alles. Und ich vermute, Sie stimmen mir zu.«

Mickeys Finger umklammerten das Lenkrad fester. Ansonsten zeigte er keine Reaktion.

»So ist das bei den meisten Bullen. Und ehrlich gesagt kann ich es Ihnen nicht verübeln. Wenn ich darüber nachdenke, was Sie Tag für Tag erleben müssen. Die Leute, mit denen Sie es zu tun bekommen, die Sie ins Gefängnis bringen, na ja ... eine undankbare Aufgabe. Der Bodensatz der Gesellschaft. Stimmt doch, oder?«

Die Violinen, fand Mickey, *klingen faszinierend. Und die Melodie ist wirklich hübsch.*

»So ist es doch. Man würde ihnen einen Gefallen tun, wenn man sie zwangssterilisiert, finden Sie nicht? Ich meine, man lässt sie laufen, und was passiert? Sie vermehren sich, und man hat noch mehr von der Sorte am Hals. Und dann setzen die auch wieder Kinder in die Welt und so weiter. Ein immerwährender Kreislauf. Nein. Sterilisation ist der einzige Weg. Und der humanste noch dazu. So wie man es mit Hunden und Katzen macht, wenn sie ins Tierheim kommen. Die Streuner, die Ausgesetzten. Das Erste, was man tut, ist zu verhindern, dass sie sich weiter fortpflanzen. Schon sind sie viel ausgeglichener.« Sie hielt erneut inne, Mickeys Reaktion abwartend. »Sie wissen, dass ich recht habe.« Sie lehnte sich nach vorn. »Oder?«

Mickey stöhnte und drehte das Radio noch etwas lauter. Das würde eine lange Fahrt werden.

56

»Wo ist er jetzt?« Phil war zu seiner Position bei den Türen zurückgekehrt und beobachtete das Kommen und Gehen der Gäste. Er hielt Ausschau nach jedem, der aussah, als gehöre er nicht hierher.

So wie er selbst.

»Er ist …« Nadish zögerte. »Alles klar. Hab ihn.«

»Wo?«, fragte Phil, weiterhin Ausschau haltend.

»An der Bar.« Eine kurze Pause. »Er hat mich gesehen. Scheiße, er hat mich bemerkt.«

»Machen Sie sich darüber keine Sorgen«, sagte Phil. »Er weiß, dass wir hier sind.«

»Stimmt«, meinte Nadish. »Er stellt sich für einen Drink an. Ziemliches Gedränge. Der bleibt garantiert noch eine Weile.«

»Gut. Lassen Sie ihn nicht aus den Augen.« Bislang war Phil an keinem der Gäste etwas Ungewöhnliches aufgefallen. Allerdings wusste er gar nicht genau, wonach er eigentlich suchen sollte – zumal der Rechtsprecher wohl kaum in Overall und Gasmaske erscheinen würde.

Nadish schienen ähnliche Gedanken durch den Kopf zu gehen, wenngleich er sie anders äußerte. »Das ist wie diese Stelle in *Batman*, oder? *The Dark Knight*?«

»Was meinst du?«, fragte Imani.

»Als sie alle auf dieser schicken Party sind, und plötzlich taucht der Joker auf und fängt an, die Gäste umzulegen. Das meine ich.«

»Konzentrieren Sie sich auf Ihre Aufgabe, Nadish«, wurde er von Phil ermahnt.

»Schon gut, Boss«, antwortete Nadish resigniert.

Stille in Phils Ohr. Alles, was er hören konnte, war sein eigener Atem.

»Er ist … Moment mal …«, kam dann Nadishs Stimme aus dem Mikrophon.

»Was ist?«, fragte Phil beunruhigt. »Wo ist er?«

»Er ist – er war eben noch hier, aber jetzt …«

»Nadish?« Phil versuchte seine aufsteigende Angst im Zaum zu halten. Nur nicht überreagieren.

»Mann, ich hab nur ganz kurz weggeschaut, und er … Scheiße!«

»Was?« Phils Panik wuchs. »Nadish, was ist denn?«

»Ich hab eben kurz einen blauen Overall gesehen. Moment, ich …«

»Nadish. Nadish!« Phil hörte Keuchen in seinem Ohr.

»Ich – er geht zum Lift …«

Phils Blick sprang durch den Saal. War er es? War der Rechtsprecher hier? »Können Sie ihn zweifelsfrei identifizieren? Nadish. Nadish!«

Phils Herz hämmerte. Ein Wort von ihm würde ausreichen. Ein einziges Wort, und das ganze Team wäre im Alarmzustand.

»Nadish …«

»Ja.« Khan war außer Atem. »Er ist es nicht, Boss. Definitiv nicht. Nur jemand von der Putzkolonne. Kommt gerade von ihrer Schicht.«

»*Ihrer* Schicht?«

»Ja. Sorry, Boss. Bin ein bisschen angespannt.«

»Nicht so schlimm. Wo ist Looker?« Ein paar Sekunden lang hatte er ganz ihre Zielperson vergessen.

»Ich sehe ihn«, meldete Imani.

Phil atmete erleichtert auf. »Gut. Danke, Imani. Wo ist er?«

»Geht gerade von der Bar weg. Jetzt ist er stehen geblieben, um sich mit jemandem zu unterhalten.«

»Mann oder Frau?«, wollte Phil wissen.

»Frau«, antwortete Imani. »Nordeuropäisch, glaube ich zumindest. Jede Menge Selbstbräuner.«

»Kennen wir sie?«

»Ich kann ihr Gesicht nicht sehen, nur ihren Rücken. Aber er lächelt.«

»Was für ein Typ?«, fragte Phil.

»Kurvig«, sagte Imani. »Und sie scheint durchaus an ihm interessiert zu sein.«

Phil atmete erleichtert auf. »Na, dann hoffen wir mal, dass sie es eine Weile mit ihm aushält. Ich glaube kaum, dass unser Täter zuschlägt, solange Looker nicht allein ist.«

»Richtig«, sagte Imani. »Sie bewegen sich in deine Richtung, Nadish. Bist du wieder in Position?«

»Ja«, sagte Nadish. »Hab ihn.«

»Können Sie die Frau besser sehen?«, fragte Phil.

»Nein, zu viele Leute. Und sie geht vor ihm. Er hat die Hand auf ihrem Hintern. Und er lächelt immer noch. Wirkt sehr zufrieden.«

Wenigstens einer, dachte Phil.

»Sieht klasse aus, zumindest ihrem Rücken nach zu urteilen«, sagte Nadish. »Gut gebaut. Jede Menge Kurven.« Er lachte. »Hey, vielleicht ist sie eine 16–64.«

Phil runzelte die Stirn. »Eine was?«

»Eine 16–64. Sie wissen schon, von hinten sieht sie aus wie sechzehn, aber wenn sie sich umdreht …«

»Halt den Mund, Nadish«, sagte Imani.

»Ich habe verstanden«, sagte Phil. »Bleiben Sie einfach an ihm dran. Beobachten Sie, was er macht.«

»Tu ich doch«, sagte Nadish ein wenig gekränkt. »Sie haben sich jetzt hingesetzt. Sie hat die Haare offen, die verdecken ihr Gesicht. Kann es nicht erkennen. Aber es sieht so aus, als würden sie lachen. Ich denke mal, die bleiben fürs Erste da sitzen.«

»Ich hoffe, Sie haben recht«, sagte Phil und fuhr fort, den Saal zu beobachten.

57

»Bestimmt interessiert es Sie, weshalb ich mich habe festnehmen lassen«, sagte Fiona Welch.

Auch diesmal verkniff sich Mickey eine Antwort.

»Nein? Na ja, selbst wenn Sie nichts sagen – wissen wollen Sie es garantiert. Diese Jungs in Colchester, die Studenten. Sind Sie da nicht wenigstens ein bisschen neugierig?«

»Sparen Sie sich das fürs Revier auf«, sagte Mickey.

»Er spricht! Endlich! Ach, wenn ich doch nur applaudieren könnte. Wunderbar.« Sie beugte sich nach vorn. »Also, sind Sie es? Neugierig, meine ich?«

Mickey verfluchte sich im Stillen dafür, nicht einfach den Mund gehalten zu haben. Aber streng genommen, sagte er sich, war das ja keine Unterhaltung. Zumindest keine richtige. Er schwieg, versuchte dem Radio zu lauschen und dachte abermals an das ausgiebige Vollbad und sein kaltes Bier.

»Ich deute Ihr Schweigen als ein Ja. Das mit denen war ein Kinderspiel. Diese Jungs – ich habe eine Theorie an ihnen getestet, nichts weiter. Es war ein empirisches Experiment. Ich wollte mich vergewissern, dass meine Hypothesen korrekt sind, und die beste Möglichkeit war, sie einem Praxistest zu unterziehen. Was ich auch getan habe. Ich habe mir diese Studenten ganz bewusst ausgesucht. Habe herausgefunden, was und vor allem *wen* sie mögen. Wie sie sich ihre Traumfrauen vorstellen. Und dann habe ich versucht, diese Träume wahr werden zu lassen. Sie konnten ihr Glück kaum fassen. Ich meine – wem würde es da nicht so gehen? Ich war die Fleischwerdung all ihrer Phantasien. Willens zu tun, was immer sie wollten. Genau so haben sie es mir gesagt, die Armen. Es war, als hätte man ihren Kopf aufgemacht und einen Blick in ihre Gedanken geworfen.«

Sie lachte. »Schlichte Gemüter. Natürlich habe ich exakt das getan.«

Mickey schwieg, hörte allerdings mit widerwilliger Faszination zu.

»Ich habe in ihre Köpfe geschaut. Das war nicht weiter schwer. Sie waren so leicht zu lesen. So gewöhnlich. Wandelnde Klischees. Trotzdem musste ich meine Hypothese testen, deshalb habe ich alles mitgemacht. Aber das war noch nicht genug. Ich musste noch einen Schritt weiter gehen. Phase zwei einleiten.«

Mickey hielt den Blick starr geradeaus gerichtet. Es war dunkel. Nirgendwo Straßenlaternen. Das einzige Licht kam von den Frontscheinwerfern der entgegenkommenden Autos auf der anderen Fahrbahnseite. Es war eine intime Situation, als höre er eine Schauergeschichte im Radio. Er beugte sich vor und drehte die Klassik leiser, damit er sie besser verstehen konnte.

»Aha«, machte Fiona Welch. »Sie hören also doch zu. Gut. Wo war ich stehengeblieben? Ach ja, bei den Studenten. Phase zwei. Lag eigentlich auf der Hand. Ich hatte sie dorthin manövriert, wo ich sie haben wollte, da war es nur logisch, dies auch auszunutzen. Ich wollte, dass sie die ultimative Tat begingen. Sie sollten für mich töten.« Sie lachte. »Sie würden staunen, wie einfach das war. Ich hatte ihre Phantasien wahrgemacht, ihr wahres Ich zum Vorschein gebracht. Und dann habe ich gedroht, ihnen alles wieder wegzunehmen. Kein Sex mehr. Gar nichts. Also haben sie getan, was ich von ihnen verlangte. Männer tun immer, was man von ihnen verlangt, auch wenn sie sich dessen oft gar nicht bewusst sind.«

Wieder ein Lachen. Mickey schwieg.

»Also haben sie ihre Freundinnen getötet. Weil ich es ihnen befohlen habe.« Wieder beugte sie sich nach vorn. »Sie sollten sich das aufschreiben. Oder auf Band aufzeichnen oder so. Das ist nämlich das einzige Geständnis, das Sie von mir bekommen werden.«

Und auch diesmal verkniff sich Mickey eine Erwiderung.

»Tja, Ihr Problem. Also: Ja, die beiden haben ihre Freundinnen für mich getötet. Und haben nicht sehr viel Reue gezeigt. Eigentlich tat es ihnen erst leid, als ich ihnen hinterher gesagt habe, dass ich nichts mehr mit ihnen zu tun haben will. Dass es aus ist. Das war das Einzige, was sie interessiert hat. Finden Sie das nicht merkwürdig? Nein?«

Mickey antwortete nicht.

»Ich interpretiere das mal als Ja. Ich finde es jedenfalls merkwürdig. In jedem Fall hat es meine Hypothese bestätigt. Diese Männer haben letzten Endes an nichts und niemanden gedacht außer an sich selbst. Ich habe ihre verborgensten Phantasien lebendig gemacht, bin selbst zu ihrer Phantasie geworden, zu einer Phantasie aus Fleisch und Blut. Ich wurde praktisch ein Teil von ihnen. Und um diesen Teil zu behalten, waren sie sogar bereit zu töten. Das war ihnen wichtiger als ihre Freundinnen, ihre Beziehungen. Wichtiger als sie selbst.« Sie ließ sich zurück in die Polster sinken. »Da haben Sie es. Handfeste Beweise dafür, dass Menschen – vor allem Männer –, wenn sie mit ihrem wahren Selbst konfrontiert werden, ausschließlich egoistische Verhaltensweisen zeigen. Sie denken nur an sich, andere Menschen sind ihnen unwichtig. Meine These war somit bewiesen.«

Mickey kämpfte gegen das Bedürfnis an, dagegenzuhalten. Sie dazu zu bringen, noch mehr zu sagen. Doch das war nicht seine Aufgabe. Sie könnte sowieso alles zu einem späteren Zeitpunkt widerrufen. Also schwieg er und prägte sich genau ein, was sie sagte, damit diese Informationen in ein paar Stunden während der offiziellen Vernehmung verwendet werden konnten.

»Aber ich hatte sie ja nicht eigenhändig umgebracht, ganz zu schweigen davon, dass ich eigentlich tot bin. Deshalb wusste niemand, wie man mit mir verfahren soll. Also ab nach Finnister. Aber das Kapitel ist ja nun abgeschlossen. Soll ich Ihnen verraten, was als Nächstes passieren wird?«

Mickey fiel es immer schwerer, nichts zu sagen. Er hatte keine Ahnung, wie lange er noch durchhalten würde.

58

»Was macht er jetzt?« Phil behielt immer noch den Saal im Auge. Bislang hatte er niemanden entdeckt, der verdächtig wirkte. Jedenfalls nicht, soweit er es beurteilen konnte.

»Quatscht immer noch mit der Braut«, sagte Nadish, bevor er sich korrigierte: »'tschuldigung. Mit der Frau.«

»Okay. Gut«, sagte Phil. »Behalten Sie ihn im Auge. Wenn wir Glück haben, bleibt sie den ganzen Abend in seiner Nähe. Obwohl ich in diesem Zusammenhang das Wort ›Glück‹ nur unter Vorbehalt verwenden würde.«

»Könnte schwierig werden«, meldete sich Sperring zu Wort. »Das Beste, worauf wir hoffen dürfen, ist, dass sie sich hier ein Zimmer nehmen, statt zu ihm zu fahren. Oder zu ihr. Hier können wir sie wenigstens weiter beobachten.«

»Stimmt«, sagte Phil. »Aber wir sollten nicht vorgreifen. Viel Erfolg hat er bislang heute Abend ja nicht gehabt.«

»Ich glaube, sein Glück wendet sich«, sagte Nadish. »Sie spielt mit ihren Haaren. Und die zwei sitzen sehr dicht nebeneinander.«

»Die Glückliche«, sagte Imani.

»Moment mal«, sagte Nadish. »Er ist aufgestanden. Geht

an die Bar. Hat die Barfrau irgendwas gefragt. Sie zeigt nach rechts. Er bedankt sich und geht weg.«

»Zur Toilette?«, mutmaßte Phil.

»Wahrscheinlich.«

»Bleiben Sie an ihm dran«, befahl Phil. »Folgen Sie ihm. Das könnte die Gelegenheit sein, auf die unser Freund gewartet hat.«

»Bin schon unterwegs.«

»Imani, gehen Sie dorthin, wo die beiden gesessen haben. Behalten Sie die Frau im Auge.«

»Mache ich.«

Stille.

»Sie ist weg«, meldete Imani.

»Was?« Phil wurde erneut unruhig. »Sind Sie sicher?«

»Ja«, sagte Imani. »Ich muss kurz mal weggeschaut haben. Nur eine Sekunde ...«

»Vielleicht ist sie ihm nachgegangen, oder sie will ein Zimmer buchen. Sie wissen ja, wie sie aussieht. Finden Sie sie.«

»Wird gemacht.«

»Nadish, sehen Sie ihn noch?«

»Ja, ist direkt vor mir. Nein, halt. Jetzt geht er in Richtung Treppe.«

»Nach oben oder nach unten?«

»Nach unten.«

»Bleiben Sie hinter ihm«, sagte Phil.

Phil ließ erneut den Blick durch den Raum schweifen. Er musste eine Entscheidung treffen: entweder zu seinem Team stoßen oder auf seinem Posten bleiben und darauf warten, dass Looker zurückkehrte. Er traf die Entscheidung. Ging zu seinem Team.

»Reden Sie mit mir, Nadish«, sagte er, während er auf den Ausgang zulief.

»Er geht die Treppe runter. Kommt in deine Richtung, Ian.«

»Alles klar«, sagte Sperring. »Bin bereit.«

»Sehen Sie ihn?«, fragte Phil.

»Er ist hier«, sagte Sperring. »Hat mir gerade zugelächelt. Ich lächle zurück. Dieser Wichser – hat keine Ahnung, was ich gerade gesagt habe ... Ich glaub, er sucht hier auf dem Stockwerk nach den Toiletten.«

»Lassen Sie ihn nicht aus den Augen«, wies Phil ihn an. »Ian, er geht auf keinen Fall alleine da rein. Imani, wo ist die Frau?«

»Hab sie verloren. Sie ist wie vom Erdboden verschluckt.«

»Verdammt.« Panik stieg in Phil hoch. Er kämpfte sie nieder, blieb konzentriert. »Suchen Sie weiter. Wie sieht's bei Ihnen aus, Ian?«

»Wäre doch peinlich, wenn sie mit ihm da drin wäre«, keuchte Nadish, der gerade die Treppe heruntergerannt war, »und ihm in der Kabine einen bläst.«

»Halten Sie die Leitung frei, Nadish«, sagte Phil. »Also, Ian, was passiert gerade?«

Keine Antwort.

»Ian? Ian?«

Nichts.

Phil pfiff auf seine Tarnung und stürzte in Richtung Treppe.

59

»Ich werde berühmt sein«, sagte Fiona Welch. »Deshalb tue ich es ja: für Ruhm und Ehre. Und natürlich, um der Welt zu zeigen, wie genial ich bin.«

Langsam wurde es wirklich ermüdend, fand Mickey. Er

hatte das Gefühl, dass sie ihm bereits alles über ihre Verbrechen gesagt hatte, was er hören wollte – beziehungsweise hören musste. Jetzt prahlte sie nur noch. Und es gab nichts Schlimmeres, als einem Langweiler beim Monologisieren zuzuhören. Serienmörderin hin oder her.

»Und aus anderen Beweggründen, die …« Sie lachte auf. »Sagen wir einfach, sie werden sich beizeiten offenbaren. Gott, wie ich Klischees hasse.« Sie versuchte sich an einem Schulterzucken. »Trotzdem …«

Mickey sah auf die Uhr. Er hatte das Gefühl, als würde die Zeit stillstehen. Sie hatte ihm einige brauchbare Informationen geliefert, auch wenn es immer noch Lücken gab, die gefüllt werden mussten. Aber immerhin hatten sie nun eine Grundlage, auf der sie aufbauen konnten. Er hoffte nur, dass er sich nicht weiter mit dem Fall würde befassen müssen. Allerdings sah es nicht gerade rosig für ihn aus. Er war derjenige, der sie nach Colchester brachte und darüber hinaus am besten mit dem Fall vertraut war. Vermutlich würde er also in den sauren Apfel beißen müssen. Die Badewanne und das Bier rückten in immer weitere Ferne, je näher sie der Stadt kamen.

Das Display seines Handys, das auf dem Beifahrersitz lag, leuchtete auf. Er warf einen Blick darauf. Anni. *Fahr gerade los. Bis nachher. XXX*. Er lächelte.

Fiona Welch redete unverdrossen weiter. »Ich werde bestimmt keine Schwierigkeiten haben, einen Verlag zu finden. Ich doch nicht. Und dann werden sich alle davon überzeugen können, wie brillant ich bin. Dass meine Theorien Hand und Fuß haben. Man wird mich nicht meiden, falls Sie das annehmen. Nein, vielmehr wird es zu einer radikalen Neubewertung sowohl meiner Person als auch meiner Arbeit kommen. Man wird mich endlich als das anerkennen, was ich bin. Eine Wegbereiterin. Eine Revolutionärin.

Jemand, der nicht einfach nur Behauptungen aufstellt, sondern der sich nicht scheut, sie auch selbst zu überprüfen. Und der sich dann hinsetzt und alles aufschreibt.« Wieder lehnte sie sich nach vorn. »Jemand, der die Wahrheit kennt.«

Irre, dachte Mickey. *Völlig irre*. Das immerhin hatte sie mit der echten Fiona Welch gemeinsam.

»Vielleicht werde ich auch in Talkshows auftreten müssen«, sagte sie und lachte. »Oder sogar bei *Big Brother*. In der Promi-Ausgabe, versteht sich. Das britische Fernsehpublikum wäre sicher fasziniert von mir. Die Leute, die bei solchen Formaten mitmachen, sind sowieso allesamt Narzissten und Psychopathen. Ich wäre bloß authentischer als die meisten anderen.«

Mickey musste sich erneut zusammennehmen, um nicht zu antworten. Diesmal hätte er ihr nämlich gerne zugestimmt.

»Wer hat noch gleich die letzte Staffel gewonnen? Ein Comedian, dessen Shows vor rassistischen und homophoben Inhalten nur so strotzen. Ein Exalkoholiker, der hin und wieder mal seine Frau schlägt. Was habe ich im Vergleich dazu schon geleistet?« Wieder ein Kichern. »Wahrscheinlich ist es dort so ähnlich wie da, wo ich gerade herkomme. Nur dass die Kandidaten attraktiver sind. Na ja, ein bisschen.«

Mickey sah zum x-ten Mal auf die Uhr. Es war kaum Zeit vergangen.

»Selbstverständlich würde ich die Show gewinnen. Ganz ohne Frage. Ich sage das nicht aus Arroganz, ich *weiß* einfach, dass ich gewinnen würde. Wie sehen Sie das?«

Mickey überlegte, ob er ihr recht geben sollte, nur damit sie endlich den Mund hielt.

»Und wissen Sie, woher ich das weiß? Na?« Sie lehnte sich erneut zu ihm nach vorn, ihre Stimme war kaum lauter als ein Flüstern, Mickey musste sich anstrengen, sie zu verstehen. »Weil ich die Menschen so gut manipulieren kann. So gut, dass sie es gar nicht merken.« Sie lachte. »*Vor allem so*, dass sie es nicht merken. Finden Sie nicht auch, Dumpfmeister Mickey?«

Sie ließ sich in ihren Sitz zurückfallen und lachte.

Es war das befremdlichste Lachen, das Mickey je gehört hatte.

60

Phil erreichte die Toiletten in der unteren Etage zur selben Zeit wie Nadish. »Wo ist er?«, rief er.

»Ich ... keine Ahnung ... ich hab nur ...«

Phil stieß Nadish zur Seite und riss die Tür auf. »Ian?«

Der Waschraum blitzte vor Sauberkeit. Sperring lag in der Mitte des Raums auf den Fliesen. Blut lief dunkelrot aus einer Bauchwunde und ruinierte das minimalistische Design der Umgebung.

Phil kniete sich neben ihn. »Ian ...«

Sperrings Lider flatterten. Er versuchte die Lippen zu bewegen.

»Nicht sprechen.« Phil sah auf. »Nadish, rufen Sie einen Krankenwagen. Schnell.«

Nadish holte sein Handy hervor und begann hastig hineinzusprechen.

Phil sah auf Sperring herab. Blut tränkte sein Hemd und sprudelte im Takt seines immer schneller werdenden Herzschlags aus der Wunde. Bald würde der hämolytische Schock einsetzen. Sperring musste sich beruhigen, sonst würde er verbluten, noch ehe der Notarzt eintraf.

Phil sah sich um, suchte nach etwas, womit er den Blutfluss stoppen konnte. Papiertücher wären hilfreich gewesen, aber alles, was er sah, waren elektrische Handtrockner.

»Nadish, laufen Sie in die Küche, in die Wäscherei, egal, wohin. Besorgen Sie mir ein paar Handtücher, Laken oder was immer Sie finden können. Wir müssen eine Kompresse machen, um den Blutfluss zu stoppen. Frischhaltefolie, was weiß ich. Na los. Gehen Sie!«

Nadish stürzte davon.

»Kommen Sie, Ian«, sagte Phil. »Jetzt nicht aufgeben. Bleiben Sie stark ...«

Phil fühlte sich vollkommen hilflos, während er vor seinem blutenden Kollegen kniete. Er musste etwas tun. Er riss sich die Anzugjacke herunter und versuchte sie möglichst fest um Sperrings Bauch zu wickeln. Sperring verzog vor Schmerz das Gesicht.

»Kommen Sie schon, Ian, bleiben Sie bei mir ... Sie schaffen das ...«

Imani kam hereingestürzt, sah Sperring am Boden liegen und blieb wie angewurzelt stehen. »Ach du Scheiße, oh nein ...«

Phil sah zu ihr hoch. »Finden Sie ihn!«, rief er. »Gehen Sie raus, holen Sie sich die Uniformierten oder wen immer Sie kriegen können. Er hat Looker. Finden Sie ihn.«

Imani gewann ihre Fassung zurück, wirbelte herum und rannte los.

Phil kümmerte sich wieder um Sperring. »Ian ... Ian ... können Sie mich hören?«

Keine Reaktion.

»Ian ... Ian ...«

Sperrings Lider waren still.

Das Blut hörte nicht auf zu fließen.

61

»Also, Mickey, was läuft da eigentlich zwischen Ihnen und DC Hepburn? Anni?«

Es war zu schön gewesen, um wahr zu sein. Nach ihrer Rede über Manipulation hatte Fiona Welch lange geschwiegen, was die Fahrt für Mickey um einiges erträglicher gemacht hatte. Aber nein. Natürlich hatte sie wieder anfangen müssen zu reden. Noch dazu über Anni.

Er antwortete nicht. Sie sprach trotzdem weiter.

»Wie lange sind Sie schon zusammen? Oh, das mussten Sie mir nicht sagen, das habe ich sofort gemerkt. Es war nicht schwer zu erraten. Man muss kein Psychologe sein, um das zu erkennen, es ist vollkommen offensichtlich, so wie Sie beide sich ansehen. Vor allem wie *Sie* sie ansehen. Sie versuchen, den knallharten Cop zu geben, dabei schmachten Sie sie die ganze Zeit mit Ihrem treudummen Dackelblick an.« Sie lachte. »Selbst wenn sie dabei ist, tun Sie knallhart. Machen Sie das mit Absicht? Glauben Sie, Sie können sie damit beeindrucken?« Ihr Tonfall wurde neckend. »Macht sie das an? Kommen Sie schon, mir können Sie es doch sagen.«

Mickey schlug mit der flachen Hand auf die Hupe. Ein Fahrer auf der Gegenspur wäre bei einem Überholmanöver um ein Haar in ihn hineingefahren.

»Oh«, sagte Fiona Welch. »Ich glaube, ich habe einen Nerv getroffen ...«

Mickey gab keine Antwort. Starrte geradeaus auf die Straße.

Fiona Welch ließ nicht locker. »Ist das überhaupt erlaubt bei der Polizei? Sie wissen schon – Beziehungen zwischen Mitgliedern desselben Teams? Ich hätte ja gedacht, dass man dafür eine spezielle Genehmigung haben muss. Weil eine Beziehung zwischen Kollegen einen im Job zu sehr ablenken könnte. Und wenn Sie keine solche Genehmigung haben, könnte man dann einen von Ihnen versetzen?«

Mickey sagte nichts.

»Nein, ganz im Ernst. Das interessiert mich wirklich.«

Schweigen.

Fiona Welch seufzte. »Das ist langweilig.« Sie sah aus dem Fenster. Sie waren immer noch auf einem unbeleuchteten Streckenstück unterwegs. Hecken säumten zu beiden Seiten die Straße. Nach einiger Zeit wandte sie sich wieder an Mickey. »Lassen Sie mich einfach hier raus.«

Fast hätte Mickey laut gelacht.

Fiona Welchs Miene hingegen blieb vollkommen ausdruckslos. Eine Totenmaske. »Ich meine es ernst. Lassen Sie mich hier aussteigen.«

Mickey schüttelte den Kopf.

»Halten Sie einfach an und lassen Sie mich raus. Sie müssen nicht mal meine Handschellen aufschließen.«

Keine Reaktion.

Sie seufzte. »Das würde Ihnen eine Menge Ärger und Kummer ersparen. Wirklich. Ihnen und Anni.«

Keine Reaktion.

Da lehnte sie sich ganz weit nach vorn und sprach, als hätte er sie bis jetzt gar nicht gehört. »Auch auf die Gefahr hin, dass ich mich wiederhole: Lassen Sie mich hier aussteigen. Bitte. Sie ersparen sich dadurch eine Menge Probleme und Kummer. Probleme für Sie, Kummer für Anni. Das ist kein Witz.«

»Ich bringe Sie nach Colchester«, stellte Mickey klar und ärgerte sich prompt, dass er ihr geantwortet hatte.

Sie lachte. »Er spricht! Er spricht!« Ihr Gelächter erstarb, und ihr Gesicht wurde wieder zu der starren Maske. »Spaß beiseite. Ich fahre nicht mit nach Colchester. Im Gegenteil: Es wird allerhöchste Zeit für mich, auszusteigen.«

»Sie bleiben schön sitzen«, sagte Mickey. »Sie fahren nach Colchester, und das wissen Sie auch.«

Fiona Welch lächelte. Es sah unheimlich aus. »Mickey, es gibt eine Frage, die Sie mir noch nicht gestellt haben. Dabei ist es eine der wichtigsten Fragen überhaupt, und Sie hätten sie mir unbedingt stellen müssen, bevor wir in den Wagen gestiegen sind. Wissen Sie, wie diese Frage lautet?«

Er antwortete nicht.

»Dann will ich es Ihnen verraten. Was habe ich in Finnister gemacht? Warum habe ich es so eingefädelt, dass ich dort lande statt in einem normalen Gefängnis? Und was habe ich damit bezweckt, eine leicht beeinflussbare Patientin dazu zu bringen, sich das Leben zu nehmen? Gut, eigentlich sind das mehrere Fragen – drei, genau genommen, aber Sie verstehen schon, worauf ich hinauswill. Drei Fragen, die Sie mir hätten stellen müssen. Wollen Sie sie mir vielleicht jetzt stellen?«

Nichts.

»Ich bitte Sie wirklich dringend, es zu tun. Es ist entscheidend für den weiteren Verlauf dieser Situation. Für Sie, meine ich.«

Wieder nichts.

»Also schön, dann sage ich es Ihnen. Ich war dort, weil ich Ihre Aufmerksamkeit erregen wollte. So einfach ist das. Ihre und die Ihres Teams. Vor allem die der Psychologin. Und das, was gleich passieren wird, tut mir leid, aber –«

Sie schnellte nach vorn. Die Bewegung kam so plötzlich, dass Mickey völlig überrumpelt war. Mit ihrem ganzen Körpergewicht stürzte sie sich auf ihn und schlug die Zähne in seinen Hals.

Mickey schrie vor Schmerzen. Instinktiv ließ er das Lenkrad los und fasste nach ihrem Gesicht. Versuchte sie wegzustoßen. Doch das führte nur dazu, dass sie sich noch fester verbiss. Ihre Zähne, die ungewöhnlich scharf waren, gruben sich mit der Gnadenlosigkeit eines Fangeisens in sein Fleisch und drangen immer tiefer ein.

Der Wagen kam von der Spur ab und fuhr Schlangenlinien auf der Straße. Mickeys Fuß war noch auf dem Gas, er hatte reflexartig das Bein ausgestreckt, während er sich gegen sie zu wehren versuchte.

Doch sie ließ nicht locker. Biss noch fester zu. Er hörte, wie ein erstickter Schrei aus ihrem Mund kam, ein wilder, animalischer Jagdschrei.

Mickey versuchte, ihr Gesicht zu erwischen, tastete nach ihren Augen. Er wollte ihr die Daumen in die Augäpfel drücken. Bei einem Auge gelang es ihm schließlich. Er drückte mit aller Kraft. Ihr Schrei übertönte seinen eigenen, und dann sah er plötzlich, dass er auf die Gegenfahrbahn geraten war und ihnen ein riesiger Schwerlastzug lautstark hupend entgegenkam.

Es gelang ihm, mit einer Hand das Steuer nach links zu reißen und den Wagen wieder auf die richtige Spur zu bringen. Das gab Fiona Welch Gelegenheit, ihren Angriff zu verstärken.

Er spürte, wie ihre Zähne an seinem Hals herumkauten und mahlten. Sie suchten nach seiner Arterie. So weit durfte er es nicht kommen lassen.

Er versuchte logisch zu denken – zu entscheiden, was in welcher Reihenfolge zu tun war. Er nahm die Finger aus ihrem Gesicht und legte beide Hände wieder ans Lenkrad. Er musste den Wagen unter Kontrolle halten und links ranfahren, damit er sich effektiv gegen sie wehren konnte.

Als sie merkte, was er vorhatte, biss sie noch heftiger zu. Und sie fand die Arterie, nach der sie gesucht hatte.

Mickey versuchte, sich von ihr loszureißen. Dabei ließ er erneut das Lenkrad los.

Sie riss an seinem Hals, zog und zerrte wie ein Hund.

Plötzlich spürte Mickey, wie seine Hände und sein Hals nass wurden. Wenig später breitete sich die Nässe bis über seine Brust aus. Er begriff, was geschehen war, und versuchte noch ein letztes Mal verzweifelt, sich zu befreien.

Doch sie schlug ihre Zähne nur umso tiefer in seinen Hals, und erneut drang dabei ein wilder Schrei aus ihrer Kehle.

Überall war Blut. Es spritzte gegen die Windschutzscheibe und nahm ihm die Sicht.

Mickeys Atemzüge wurden flacher und stockender. Seine Stimme war nur noch ein ersticktes Wimmern. Er spürte, wie das Leben ihn Pulsschlag für Pulsschlag verließ. Ungesagte Worte, ungedachte Gedanken taumelten durch seinen Kopf. Trauer, Panik, Furcht. Die Nacht um ihn herum wurde immer dunkler.

Er schrie ein letztes Mal. Es war der kraftlose Schrei eines Besiegten. Er klang wie »Anni«, hätte aber genauso gut einfach nur ein Schrei sein können.

Sein Fuß rutschte vom Gaspedal.

Dunkelheit schlug über ihm zusammen.

62

Die Sanitäter waren mit Sperring ins nächste Krankenhaus gefahren. Sein Leben hing an einem seidenen Faden. Phil stand im Gang bei den Toiletten, das Sakko voller Blut. Er konnte nicht sprechen. Schaffte es kaum zu stehen.

Von Glen Looker fehlte jede Spur. Sie hatten alles nach ihm abgesucht, nirgendwo ein Hinweis auf seinen Verbleib oder den der Frau, die bei ihm gewesen war.

Der Rechtsprecher hatte zugeschlagen. Direkt vor ihren Augen. Er hatte ihn verschleppt.

Noch nie hatte Phil sein Versagen so bitter empfunden wie in diesem Moment. Dass Sperring mit dem Tod rang, machte alles noch viel schlimmer.

Sie würden weitersuchen, notfalls die ganze Nacht. Doch insgeheim wusste Phil: Looker war fort.

Cotter tauchte im Gang auf. Phil brachte es nicht über sich, sie anzusehen.

»Meine Güte«, sagte sie seufzend. »Was für ein gottverdammter Schlamassel.«

Phil rang sich ein Nicken ab.

»Und direkt vor unserer Nase … Wie hat …?« Sie seufzte noch einmal, schüttelte den Kopf.

»Ich habe versagt«, erklärte Phil. »Er war hier und …« Er presste die Lippen aufeinander. »Ich habe versagt.«

Cotter baute sich vor ihm auf. »Reißen Sie sich zusammen, Phil. Für so was haben Sie jetzt keine Zeit. Sie haben einen Job zu erledigen. Wir müssen ihn finden. Umgehend.«

Phil nickte wie betäubt. Er hörte kaum, was sie sagte.

Sein Handy klingelte.

Er holte es aus seiner Tasche, warf einen Blick auf das Display. *Unbekannter Teilnehmer.*

Mit klopfendem Herzen nahm er den Anruf an.

»Phil Brennan.«

Er wusste sofort, wer es war. Das Atemgeräusch verriet es ihm.

»Was habe ich Ihnen gesagt, Phil?«

»Woher haben Sie diese Nummer?«

Der Rechtsprecher lachte. »Ach, kommen Sie, Phil. Sie haben jetzt wirklich andere Sorgen. Schon verrückt, was man sich heutzutage alles aus dem Internet besorgen kann.«

»Sie haben einen meiner Mitarbeiter niedergestochen. Damit werden Sie nicht durchkommen.«

»Wirklich? Glauben Sie das?« Die Stimme wurde härter. »Ich habe es Ihnen doch gesagt: Wenn Sie nicht mein Freund sind, sind Sie mein Feind. Ich glaube, wir wissen inzwischen, auf welchen Seiten wir stehen, habe ich recht?«

»Ich werde Sie finden. Ich werde Sie kriegen.«

Gelächter. »Das glaube ich kaum. Leben Sie wohl, Phil. Ich werde jetzt mit Mr Looker ein bisschen Spaß haben. Sie werden sicher noch davon hören. Auf die eine oder andere Weise.«

Die Leitung war tot. Phil starrte sein Handy an und schleuderte es mit einem ohrenbetäubenden Schrei voller Frust und blanker Wut gegen die Wand.

VIERTER TEIL

DER HELDEN ENDE

63

Glen Looker öffnete die Augen. Sah das maskierte Gesicht, das ihn anstarrte. Zuckte zurück.

»Was ... wo ist ...?«

»Die Toilette? Das Licht? Was genau versuchen Sie zu sagen?«

Looker begriff nicht recht, was er hörte. Redete weiter, obwohl sein Hirn vollkommen vernebelt war. »Die Frau. Wo ist die ... Frau ...?«

Der Rechtsprecher richtete sich auf. »Wissen Sie das nicht?«

Looker starrte seinen Kidnapper an. Begriff. Schüttelte den Kopf und lächelte ein kleines, angespanntes Lächeln. »Ja. Ja, jetzt weiß ich es wieder.«

»Gut. Wissen Sie auch, wer ich bin?«

»Ich kann's mir denken.« Erneut schüttelte er langsam den Kopf, versuchte das dumpfe Gefühl in seinem Schädel loszuwerden. »Sie sehen aus wie der Überlebende eines Slipknot-Konzerts.«

Der Rechtsprecher schwieg kurz, ehe er fortfuhr. »Und Sie wissen auch, weshalb Sie hier sind?«

Looker antwortete nicht gleich. Stattdessen versuchte er die Arme zu bewegen, was ihm allerdings nicht gelang. Als er den Blick nach unten richtete, stellte er fest, dass er mit breitem Isolierband an einen Stuhl gefesselt war. Er schaute sich um. Fast überall herrschte Dunkelheit.

Hinter seinem Gastgeber leuchtete ein Licht, dessen Schein die Finsternis um ihn herum noch schwärzer machte. Er versuchte sich nach vorne zu lehnen. Ohne Erfolg. Der Stuhl war am Boden und an irgendetwas hinter ihm fixiert. Genau wie er selbst fest am Stuhl fixiert war. Er seufzte.

»Ja«, sagte er. »Ich weiß, warum ich hier bin. Oder wenigstens, warum Sie mich hierhaben wollen.«

»Und warum?«

Looker lächelte. »Ach, kommen Sie, muss ich das wirklich buchstabieren? Sie sind doch der Typ, der angeblich alle Antworten hat, also sagen Sie es mir.« Seine Stimme klang unerwartet kraftvoll.

Der Rechtsprecher schwieg erneut. Er wunderte sich über Lookers Ansage, sein Verhalten. Er hatte mit Angst gerechnet, mit Ausflüchten. Geständnissen. Stattdessen bekam er ... *das*. Diese Unverschämtheit.

»Wollen Sie tapfer erscheinen, Mr. Looker? Versuchen Sie, mir zu demonstrieren, wie mutig Sie sind? Denken Sie, wenn Sie sich furchtlos geben, überlege ich es mir vielleicht noch anders?«

Glen Looker sah ihn direkt an. Dachte über die Frage nach. Er hatte gedacht, er würde Angst empfinden, vielleicht sogar weinen. Seinen Geiselnehmer anflehen, ihn am Leben zu lassen. Feilschen wie ein jämmerlicher Angeklagter vor dem Richter. Er dachte an den gestrigen Tag zurück. Daran, wie Phil Brennan in seinem Büro aufgetaucht war. Er hatte versucht, die vermeintliche Bedrohung wegzulachen. Selbst gestern Abend – falls es gestern Abend gewesen war, er hatte jedes Zeitgefühl verloren – hatte er zwar Angst gehabt, aber sobald ihm klargeworden war, was passierte, hatte er sich einfach dem Schicksal überlassen. Ohne jede Gegenwehr.

Er hätte die Möglichkeit zur Flucht gehabt. Die Frau an

der Bar, Diana, hatte ihn angesprochen. Auf den ersten Blick hatte er sie für eine ganz normale Frau gehalten. Hatte sich über sein Glück gefreut – erst recht nach der Pleite, die er beim Abendessen hatte einstecken müssen. Hochnäsige Kuh. Doch je länger Diana sich mit ihm unterhielt, desto mehr durchschaute er, was vor sich ging. Wer sie war. Er hätte sich verabschieden oder wenigstens einen der Detectives alarmieren sollen, die nicht gerade unauffällig überall im Saal herumstanden. Aber er hatte es nicht getan. Er hatte sie weiterreden lassen. Und als sie ihm vorgeschlagen hatte, irgendwo anders hinzugehen, war er bereitwillig mitgekommen, obwohl er zu diesem Zeitpunkt bereits gewusst hatte, wer und was sie war. Insgeheim hatte er dem Rechtsprecher für sein geschicktes Vorgehen sogar Respekt gezollt.

Unter dem Vorwand, austreten zu müssen, hatte er die Bar verlassen und war nach unten gegangen. Dort war ihm einer von Brennans Kollegen begegnet und auf die Toilette gefolgt. Plötzlich war Diana hinter ihnen aufgetaucht und hatte sich schnell und lautlos um den Polizisten gekümmert. Während er einfach nur dastand und zusah. Wie betäubt. Er hätte fliehen können. Er hätte zurück nach oben gehen und jemandem sagen können, was passiert war. Doch das tat er nicht. Stattdessen stand er einfach da und wartete. Wartete, bis sie mit dem Polizisten fertig war.

Dann waren sie zur Tür und nach draußen zum Taxistand geeilt. Auf und davon.

Und jetzt ... war er hier.

Er erinnerte sich vage, ihr gesagt zu haben, dass sie gar nichts zu tun brauche, weil er freiwillig mitkommen würde, aber jetzt war er sich nicht mehr sicher, ob er das nur geträumt oder wirklich gesagt hatte. Es spielte auch keine Rolle. Er war hier. Es war in etwa das eingetreten, womit er gerechnet hatte.

Ihm wurde bewusst, dass der Rechtsprecher noch auf eine Antwort wartete. Er beschloss, ihm keine zu geben, sondern stattdessen seinerseits eine Frage zu stellen.

»Wo ist Diana?«

Der Rechtsprecher stutzte, schon wieder auf dem falschen Fuß erwischt. »Wissen Sie das nicht?«

»Doch«, sagte Looker. »Ich glaube schon. Ich wollte es nur von Ihnen hören.«

»Diana ist ... weg. Fürs Erste.«

»Aha. Und wer ist sie? Was hat sie für eine Geschichte?«

»Sie glauben, es gibt da eine Geschichte?«

»Natürlich. Muss doch so sein.« Er versuchte vergebens, mit den Schultern zu zucken. »Ich meine, jetzt mal ganz im Ernst ...«

»Es gibt keine Geschichte.« Trotz der Maske hörte Looker die Wut des Rechtsprechers. »Keine Geschichte.« Er beugte sich zu ihm herab. »Ich habe Sie etwas gefragt. Kommen Sie sich mutig vor? Und glauben Sie, dass Ihr Mut Ihnen etwas nützen wird?«

»Genau genommen sind das zwei Fragen. Welche davon soll ich zuerst beantworten?«

Der Rechtsprecher machte einen Schritt nach vorn und schlug Looker mit dem Handrücken ins Gesicht. »Spielen Sie keine Spielchen mit mir, sondern beantworten Sie die Frage.«

Lookers Kopf flog zur Seite. Er sah Sterne, eine kleine Galaxis in der Dunkelheit des Raumes. Nach einiger Zeit erloschen sie, und er sah wieder klar. Er spürte etwas Feuchtes im Mund. Spie es auf den Boden. Es schmeckte nach altem Kleingeld. Blut.

Er lachte. Trotz seiner Schmerzen lachte er.

»Ich bin Anwalt«, sagte er durch seine rasch anschwellende Lippe. »Ich habe jeden Tag mit Worten zu tun. Mit

Lügnern. Mit Leuten, die tricksen. Ich bin gut in meinem Job, weil ich selbst einer von ihnen bin. Ich könnte Sie mit Worten fester einschnüren, als Sie mich an den Stuhl hier geklebt haben.«

Erneut machte der Rechtsprecher einen Schritt nach vorn. Beugte sich ganz dicht zu Looker hinab. »Aber das können Sie nicht wirklich, stimmt's? Sie genießen hier keinen Heimvorteil. Sie befinden sich auf meinem Territorium. Hier müssen Sie nach meinen Regeln spielen.«

»Und welche wären das?«

Der Rechtsprecher richtete sich auf, entfernte sich ein Stück und drehte sich um. Durch das Licht hinter ihm sah es aus, als hätte er einen Heiligenschein. »Sie müssen für Ihre Taten bezahlen.«

»Ach ja? Welche Taten denn?«

»Sie haben dafür gesorgt, dass Verbrecher, die eigentlich ins Gefängnis gehören, frei herumlaufen. Sie, mit Ihren Worten und Ihren Tricks. Sie haben sich eine Karriere darauf aufgebaut, einen Ruf. Ihr ganzes Leben gründet auf dem Leid und Elend anderer Menschen.«

Looker sah ihn an. »Ist das Ihr Eröffnungsplädoyer? Nicht schlecht.«

Der Rechtsprecher hielt erneut inne. Looker sah, wie er tief Luft holte. »Folgendes ist mein Vorschlag«, sagte er. »Wir zählen all die Jahre zusammen, die Ihre Verbrecher eigentlich hinter Schloss und Riegel hätten sitzen müssen. Dann nehme ich Ihnen etwas in derselben Größenordnung.«

»Ich habe eine Exfrau, die mich hasst, und eine Tochter, die nicht mehr mit mir redet. Viel Glück bei der Suche«, erwiderte Looker.

»Oh, ich finde schon etwas, machen Sie sich keine Sorgen«, gab der Rechtsprecher kalt zurück.

Looker schwieg.

»Also, was halten Sie davon? Haben wir eine Abmachung?«

»Unter einer Bedingung«, sagte Looker.

»Sie sind nicht in der Position, Bedingungen zu stellen.«

»Sie haben mich gefragt, ob wir eine Abmachung haben. Das hier ist die Abmachung: Sie können mich anklagen. Ich werde mich mit Argumenten verteidigen. Gegen jede einzelne Ihrer Anschuldigungen. Wenn Sie danach immer noch glauben, im Recht zu sein, wenn Sie dann immer noch der Überzeugung sind, dass das, was ich getan habe, falsch war und ich dafür bestraft werden muss, dann nur zu. Machen Sie mit mir, was Sie wollen. Aber wenn Sie zu dem Schluss kommen, dass ich mich überzeugend vertreten habe, dann lassen Sie mich gehen. Fair?«

Der Rechtsprecher antwortete nicht.

»Ich habe gefragt, ob das fair ist? Gilt die Abmachung?«

Looker hörte ein Aufseufzen hinter der Maske. »Ja. Gut. Die Abmachung gilt.«

»Schön. Eine Sache wäre da noch.«

»Was denn?« Die Stimme klang tonlos, beinahe erschöpft.

»Ich will mehr über Diana erfahren.«

Der Rechtsprecher starrte ihn nur an. Looker fragte sich, ob er zu weit gegangen war. Ob er seinen Gastgeber womöglich falsch eingeschätzt hatte.

Doch irgendwann nickte der Rechtsprecher knapp. »Einverstanden.«

»Gut.«

Looker empfand eine perverse Vorfreude auf das, was nun kommen würde. Mehr noch: Er hatte das Gefühl, dass ein Teil von ihm – ein Teil, der an dem Glauben festhielt, dass er, Looker, noch nicht unrettbar verloren war – ihn bis zu diesem Moment geführt hatte. Statt sich zu fürchten, fühlte Glen Looker sich lebendig wie lange nicht mehr.

»Sind Sie bereit?«, fragte der Rechtsprecher. »Zeit für Wahrheit oder Pflicht. Haben Sie den Mut, die Wahrheit zu sagen?«

»Aber sicher doch«, erwiderte Looker so munter wie möglich. »Womit wollen Sie anfangen?«

64

Phil öffnete die Augen, sah sich um. Er saß an seinem Schreibtisch. Immer noch. War schon wieder eingenickt.

Er hatte die Nacht auf dem Revier geschlafen – oder es zumindest versucht: Wirklich geschlafen hatte er nur wenig, und von Erholung konnte keine Rede sein. Der Einsatz im Hotel am Abend zuvor hatte im Chaos geendet. Von Looker fehlte jede Spur, Sperrings Zustand war nach wie vor kritisch. Und Phil hatte das Gefühl, beides wesentlich mitverschuldet zu haben. Er hatte das Kommando gehabt. Letztendlich lag die Verantwortung bei ihm.

Er rieb sich die Augen. Er hatte geduscht und sich statt des Anzugs ein Karohemd und Jeans angezogen – Kleidung zum Wechseln, die er im Büro gehabt hatte. Doch besser ging es ihm nicht, zu viel ging ihm durch den Kopf.

Sperring lag auf der Intensivstation. Sie hatten bislang nichts gehört, wussten aber, dass er umgehend operiert worden war. Er hatte viel Blut verloren. Nach Angaben eines der Sanitäter war die Stichwunde tief, aber sauber. Leicht zu verschließen, zumindest theoretisch. Das war ein Hoffnungsschimmer. Ein kleiner.

Sie hatten das ganze Hotel auf den Kopf gestellt. Looker schien wie vom Erdboden verschluckt. Die umliegenden

Straßen waren ebenfalls abgesucht worden, mit demselben Ergebnis. Als hätten er und die Frau sich in Luft aufgelöst. Sie hatten stadtweit Beschreibungen herausgegeben, doch bislang gab es keine positiven Rückmeldungen. Der Rechtsprecher hatte seinen Zugriff gut geplant.

Phil warf einen Blick auf seinen Computerbildschirm, überflog seine E-Mails. Dann das Display seines iPhones. Nichts. Niemand hatte versucht, ihn zu erreichen. Keine Neuigkeiten. Seufzend lehnte er sich zurück und rieb sich abermals die Augen. Dann legte er prüfend die Hand auf seine Brust. Kein Engegefühl, keine Schmerzen. Keine Anzeichen einer Panikattacke. Noch nicht.

Es klopfte, und im nächsten Moment ging die Tür auf.

»Mein Gott«, sagte Alison Cotter. »Sie sehen so aus, wie ich mich fühle.«

»Danke«, sagte Phil und setzte sich aufrecht hin. »Ich freue mich immer über Komplimente.«

Sie trat ein, schloss die Tür hinter sich. »Tut mir leid«, sagte sie und nahm Platz. »Wahrscheinlich nicht gerade das, was Sie hören wollten. Ein bisschen taktlos. Mein Fehler.«

Mein Fehler. Phil hasste diese Floskel, war aber zu müde, um sich aufzuregen. Außerdem kam sie aus dem Mund seiner Vorgesetzten. Er musterte sie. Sie sah elend aus, wie er. Auch sie hatte sich umgezogen, trug jetzt ein schmal geschnittenes, schlichtes graues Kostüm und flache Schuhe. Das Abendkleid und die dazugehörige Grazie der letzten Nacht nur noch Erinnerung. Jetzt war sie wieder ganz Ermittlerin.

»Haben Sie überhaupt geschlafen?«, wollte sie wissen. »Waren Sie zu Hause?«

Phil schüttelte den Kopf. »Habe mich hier ein bisschen ausgeruht. Schlafen konnte ich sowieso nicht. Also habe ich den Funk abgehört. Ich wollte wissen, ob sie gesichtet wurden.«

»Wurden sie aber nicht.«

Er schüttelte den Kopf. »Nein.«

»Ich weiß. Ich habe genau dasselbe gemacht wie Sie.«

Stille trat ein. So saßen sie eine Zeitlang da. Sie waren nicht entspannt, hatten sich nur kurz in den Schützengraben zurückgezogen, bevor es wieder ins Gefecht ging.

Irgendwann brach Phil das Schweigen. »Gibt es Neuigkeiten von Ian?«

Cotter schüttelte den Kopf. »Immer noch auf der Intensiv. Sie sagen Bescheid, sobald es neue Entwicklungen gibt.« Ihr gelang ein flüchtiges Lächeln. »Machen Sie sich Sorgen um ihn, Phil?«

»Er ist mein DS« sagte Phil und wandte einen Moment lang den Blick ab. »Mein Stellvertreter.«

»Als Sie hier angefangen haben, haben Sie beide sich gehasst.«

»Das ist nicht fair.« Phil hob die Hände, um zu protestieren. »*Er* hat *mich* vielleicht gehasst. Weil er fand, ich hätte ihm seinen Posten weggeschnappt. Das ist alles. *Ich* habe ihn nie gehasst.«

»Wirklich nicht?« Cotter lächelte. »Sie waren also nie der Ansicht, dass er ein reaktionärer alter Dinosaurier ist? Sie haben nie gesagt, man sollte ihn in Rente schicken? Er sei genau die Sorte Polizist, die das Ansehen der Polizei in der Öffentlichkeit beschädige?«

Phil spürte, wie ihm die Röte in die Wangen stieg. »Vielleicht habe ich mal eine Bemerkung gemacht … aber keine war so schlimm wie das, was Sie gerade gesagt haben.«

Sie lächelte immer noch. »Was? Dabei habe ich eben nur die Highlights erwähnt. Gewissermaßen die bereinigte Fassung.«

»Ah«, sagte Phil. »Na, wenn das so ist.« Jetzt war er derjenige, der lächeln musste.

»Ja«, sagte Cotter. »So ist es.« Ihr Lächeln erstarb. »Ich bin froh, dass Sie beide sich zusammengerauft haben. Dass Sie einen Weg gefunden haben, miteinander zu arbeiten und sich gegenseitig zu respektieren.«

»Na ja, vielleicht können wir beide noch was vom anderen lernen.«

»Vielleicht.«

Erneut huschte ein Lächeln über Phils Züge. »Er zumindest von mir.« Nach dem gestrigen Abend klangen seine Worte irgendwie hohl.

Cotter schüttelte den Kopf. »Ich glaube fest daran, dass er durchkommt. Er ist zäh. Ein Kämpfer.«

Phil nickte stumm.

Cotter musterte ihn unverwandt, wie um in seinem Gesicht zu lesen. »Und was ist mit Ihnen?«

»Was soll mit mir sein?«

»Soll ich Sie von dem Fall abziehen? Ich hätte die Befugnis dazu, das wissen Sie. Wahrscheinlich wäre es sogar besser. Gleich ist das Morgenbriefing. Eigentlich wollte ich es selber leiten oder jemanden aus einer anderen Abteilung als neuen Leiter dazuholen. Das wäre klug. Durch die Attacke auf Ian ist die Sache für Sie zu persönlich geworden; es wäre sinnvoll, wenn Sie sich aus dem Fall zurückzögen.«

Phil wusste, was sie da tat. Sie bot ihm eine Möglichkeit, nach dem vermasselten Einsatz halbwegs erhobenen Hauptes aus dem Fall auszusteigen. Ein würdevoller Rückzug.

»Es sei denn, es gelingt Ihnen, mich davon zu überzeugen, dass ich nach wie vor auf Sie zählen kann«, fügte sie hinzu, ehe er eine Antwort geben konnte. Ihre Stimme wurde leise und vertraulich, als befürchte sie, jemand könnte mithören. »Nach gestern Abend.«

»Wollen Sie das denn überhaupt?«, fragte Phil. Er stand auf, begann im Raum hin und her zu gehen. »Ich habe immer noch einen Fall. Ein Team, das meine Führung braucht. Ich muss einen Mörder finden. Glauben Sie, ich kann mich da so einfach aus der Sache zurückziehen? Die Ermittlung jemand anderem übergeben? Glauben Sie das wirklich?«

Cotter sah ihm unverwandt in die Augen. »Ich bewundere Ihr Engagement, Phil. Aber können Sie weiterhin professionelle Distanz wahren? Oder lassen Sie sich von persönlichen Gefühlen leiten?«

»Mittlerweile sollten Sie mich gut genug kennen«, gab er zurück. »Ja, ich habe jemanden aus meinem Team verloren, aber ich werde nicht zulassen, dass meine Emotionen mir in die Quere kommen. Ich bin nach wie vor der Richtige für den Job. Ich weiß das, und Sie wissen es auch.«

Sie sah ihn an.

»Ma'am«, schob er hinterher.

»Sind Sie ganz sicher?«

»Ja, ich bin sicher«, antwortete er so nachdrücklich wie möglich.

Cotter erhob sich. »Gut«, sagte sie. »Da bin ich froh. Ich will, dass Sie den Fall weiter bearbeiten. Ich will, dass Sie ihn zum Abschluss bringen.«

»Danke, Ma'am.«

Sie war bereits an der Tür, da drehte sie sich noch einmal um. »Aber«, sagte sie, und jeder Hauch von Kameradschaft war aus ihrer Stimme verschwunden, »wenn es in die Hose geht, mache ich Sie dafür verantwortlich.«

»Ich weiß«, sagte Phil.

»Briefing in dreißig Minuten.«

Sie verließ den Raum.

Phil war bereit.

65

Marina öffnete die Augen. Einige wundervolle Sekunden lang ging es ihr gut. Dann kehrten die Erinnerungen an die Schrecken des gestrigen Tages zurück, und mit ihnen kam die emotionale Leere. Sie fühlte sich körperlich krank.

Ihr war kalt. Sie lag in Annis Wohnzimmer auf dem Sofa. Die Decke, die sie während der Nacht abgeworfen hatte, hatte sich um ihre Füße gewickelt. Sie trug das T-Shirt und die alte Jogginghose, die sie anstelle eines Schlafanzugs mitgehabt hatte. Trotz der Kälte schwitzte sie. Es war ein kalter, juckender Schweiß.

Sie zog die Decke wieder hoch, versuchte, sich von ihrem Gewicht trösten zu lassen. Es half nichts. Vermutlich würde es sehr lange dauern, bis sie wieder Trost finden konnte.

Aber nicht so lange wie für Anni.

Sie waren am vorigen Abend gemeinsam nach Colchester zurückgekehrt. Mickey war nicht auf dem Revier in Southway gewesen. Anni hatte sich schon einige Dinge zurechtgelegt, die sie ihm sagen wollte, weil er sie versetzt hatte, doch Marina hatte genau gemerkt, dass sie sich Sorgen machte. Mickey war absolut zuverlässig. Nicht aufzutauchen, obwohl sie sich verabredet hatten, sah ihm gar nicht ähnlich.

Rückblickend konnte Marina sogar behaupten, dass Anni eine Art Vorahnung gehabt hatte, dass ihm etwas zugestoßen sein könnte. Oder wenn schon keine Vorahnung, so doch wenigstens ein ungutes Gefühl.

Dann erschien bei ihnen Gary Franks, Annis und Mickeys Vorgesetzter. Er bat sie in sein Büro und forderte sie auf, Platz zu nehmen. Dann berichtete er Marina und Anni von dem Verkehrsunfall.

Anni verlor völlig die Beherrschung. Sie krümmte sich auf ihrem Stuhl zusammen. Mit einem Schlag lag ihre ganze Welt in Trümmern.

»Ein Verkehrsunfall?«, fragte Marina, während sie die hemmungslos schluchzende Anni fest im Arm hielt. Es rutschte ihr einfach so heraus, sie wusste gar nicht, ob sie tatsächlich weitere Einzelheiten hören wollte. Weder jetzt noch irgendwann später.

»Auf der A 12«, sagte Franks. Als suche er verzweifelt nach etwas, was er noch sagen konnte, fügte er hinzu: »Tückisch, dieses Streckenstück südlich von Ipswich.« Dann verstummte er.

Marina drohte von ihrer Trauer überwältigt zu werden. Anni weinte immer noch. Marina hatte fast das Gefühl, als hätte ihr Geist ihren Körper verlassen und würde nun die Szene von oben betrachten. Als widerführe das alles nicht ihr, sondern jemand anderem. Stillleben mit Tragödie.

Franks redete immer weiter, suchte verzweifelt nach Worten, um die Stille auszufüllen. »Allem Anschein nach waren ... keine weiteren Fahrzeuge beteiligt.«

Anni bemühte sich um Fassung. Sie musste einen klaren Kopf behalten. Fragen stellen. »Was ... was ist denn genau passiert?«

»Wir ... wissen es noch nicht. Sein Wagen scheint von der Straße abgekommen zu sein. Er ist – sind Sie sicher, dass Sie das hören wollen?«

Anni nickte unter Tränen, die Augen geschlossen.

Franks zögerte zunächst, fuhr dann aber fort: »Der Wagen hat Feuer gefangen. Er ist ... er ist mit irgendetwas am Straßenrand zusammengestoßen und ... ausgebrannt.«

Anni öffnete die Augen. »Ein ausgebranntes Auto. Auf der A 12 ...«

Marina wusste, was sie als Nächstes sagen würde. Und fürchtete sich davor.

»Ein ausgebranntes Auto ... wir sind an einem vorbeigekommen. Marina, wir sind daran vorbeigekommen – wir mussten langsamer fahren.«

Marina schwieg. Sie waren in den Stau geraten, als die Fahrbahn sich an der Unfallstelle auf eine Spur verengt hatte und alle Fahrzeuge sich einfädeln mussten. Anni hatte sich beschwert, dass sie zu spät nach Hause kommen würden. Das Unfallfahrzeug hatten sie kaum eines Blickes gewürdigt, sie waren einfach froh gewesen, dass es kurz dahinter wieder schneller ging.

»Wir ... wir sind an ihm vorbeigekommen«, wiederholte Anni. »Mein Mickey war in dem Wagen, wir sind direkt an ihm vorbeigefahren ... Und wir, wir –«

Erneut begann sie zu schluchzen.

»Er ... wird sofort tot gewesen sein, falls das ein Trost ist«, sagte Franks.

Anni sah ihn an. »Nein, Sir, ist es nicht. Das ist es wirklich nicht ...«

Ihre Stimme erstarb. Marina umarmte sie noch fester.

Sie hatte keine Ahnung, wie lange sie so dasaßen. Anni schluchzte, Marina hielt sie im Arm, Franks ballte in unregelmäßigen Abständen Fäuste. Er wollte unbedingt helfen, sah aber ein, dass er nichts tun konnte.

Irgendwann sah Anni auf. Sie wischte sich Augen und Nase mit dem Handrücken ab. Sah Franks an.

»Haben Sie gelacht?«, fragte sie.

Franks runzelte verwirrt die Stirn. »Ob ich was gemacht habe?«

»Haben Sie gelacht? Mussten Sie vorher üben, was Sie zu mir sagen würden, damit Sie nicht lachen? Ich habe schon genug Todesnachrichten überbracht, um zu wissen, dass man vorher üben muss.«

Anni hatte Marina einmal davon erzählt: Wie die Polizisten im Wagen saßen, ehe sie bei jemandem klingelten und ihm die Nachricht vom Tod eines geliebten Angehörigen überbrachten. Sie mussten sich die Worte vorher genau zurechtlegen, um nicht das Falsche zu sagen oder zu lachen. Und sie lachten nicht, weil die Situation etwas Komisches hatte, sondern weil der Moment im Gegenteil so schrecklich ernst und traurig war, dass sich die Anspannung manchmal nur auf diese vollkommen unpassende Weise entladen konnte.

»Nein«, gab Franks sichtlich gekränkt zurück. »Ich habe nicht gelacht. Was gibt es denn da zu lachen?«

Daraufhin begannen Annis Tränen erneut zu fließen.

Sie saßen lange einfach nur da – so lange, bis Marina schließlich das Gefühl hatte, sie würden den Rest ihres Lebens nichts anderes mehr tun.

»Was ist mit Fiona Welch?«, brach sie irgendwann das Schweigen.

»Was soll mit ihr sein?«, gab Franks zurück.

»Sie saß doch auch im Wagen«, sagte Marina. »Er wollte sie nach Colchester bringen.«

Franks wirkte völlig perplex. »Es war ... sonst niemand im Wagen. Nur Mickey. Keine Spur von einer weiteren Person.«

»Aber wo ist sie dann?«, fragte Anni gequält.

Genau, dachte Marina. *Wo ist sie?*

Anni hatte ein Beruhigungsmittel bekommen und war nach Hause geschickt worden. Sie hatte sich dagegen gesträubt. Hatte gesagt, sie wolle nach Fiona Welch suchen. Herausfinden, was genau mit Mickey passiert war. Doch Franks hatte sich nicht erweichen lassen. Er hatte gesagt, sie brauche Ruhe.

»Wir leiten sofort die Fahndung nach ihr ein. Allerdings werden Sie bei den Ermittlungen nicht dabei sein. Sie wissen, dass das nicht geht.«

Ja, Anni wusste es. Trotzdem wollte sie sich nicht kampflos geschlagen geben.

»Hören Sie zu, Anni, wenn ich irgendetwas für Sie tun kann«, sagte Franks noch. »Was auch immer es ist ...« Das Angebot war gut gemeint, doch am Ende gingen ihm die Worte aus.

Anni nickte. Marina war sich nicht sicher, ob sie ihn überhaupt gehört hatte.

Sie hatte ihre Freundin nach Hause gefahren. Dort hatte Anni das Beruhigungsmittel geschluckt und war sofort ins Bett gegangen, während Marina dasaß und grübelte.

Sie hatte mehrmals versucht, Phil anzurufen, war aber immer auf seiner Mailbox gelandet. *Er schläft bestimmt schon*, hatte sie bei sich gedacht. *Oder er arbeitet.* Sie hatte ihm keine Nachricht hinterlassen. Solche Neuigkeiten konnte man niemandem per Anrufbeantworter mitteilen. Nicht, wenn es um einen engen Freund und Kollegen ging.

Marina hatte dagesessen, Anni beim Schlafen zugeschaut und auf Neuigkeiten über Fiona Welch gewartet. Sie hatte keine Zeit, um ihren guten Freund zu trauern. Sie musste stark sein und Anni beistehen. Trauern konnte sie später. Sie rechnete fast damit, dass ihr Telefon klingeln und jemand ihr sagen würde, dass es sich um ein schreckliches Missverständnis handle, dass Mickey quicklebendig sei und der Wagen jemand anderem gehöre. Dass das Ganze nur eine dumme Verwechslung sei. Doch niemand rief an. Niemand sagte die erlösenden Worte. Es war tatsächlich passiert. Es war real.

Sie griff nach ihrem Handy. Warf einen Blick auf das Display. Nichts. Kein Anruf.

Sie wollte es noch einmal bei Phil probieren, entschied sich aber schließlich dagegen. Sie wusste, dass er entweder arbeitete oder schlief, und bei beidem wollte sie ihn nicht stören. Sie hatte Eileen angerufen, um sich zu erkundigen, wie es Josephina ging. Mit ihrer Tochter sei alles in Ordnung, und Phil habe viel zu tun, hatte Eileen ihr mitgeteilt. Sie war wirklich ein Geschenk des Himmels.

Nun legte sie das Handy weg, schlug die Decke zurück, ging zum Schlafzimmer und öffnete die Tür. Anni schlief noch. Sie sah so friedlich aus, dass Marina sich wünschte, sie könnte für immer weiterschlafen, damit ihr der Schmerz erspart bliebe, der nach dem Aufwachen unweigerlich auf sie warten würde.

Aber so war das Leben leider nicht.

Sie kehrte zum Sofa und unter ihre Decke zurück. Zog sie sich bis zum Hals. Versuchte sich die Kälte fernzuhalten, die niederdrückenden Gedanken.

Da klingelte ihr Handy.

66

»Hey«, sagte Phil.

»Selber hey«, antwortete Marina.

»Entschuldige. Habe ich dich geweckt?«

»Nein, ich war ...« Marina sah sich im Zimmer um. Hoffte, dass Anni von dem Handyklingeln nicht wach geworden war, auch wenn ihr das angesichts der Menge an Tabletten, die sie geschluckt hatte, unwahrscheinlich erschien. »Nein, ich war schon auf.«

»Stimmt ja. Josephina hat dich sicher nicht lange schlafen lassen.«

»Nein, ich ... ich bin immer noch in Colchester.«

Phils Ton wurde ernst. »Wirklich? Wieso denn das?«

»Ach, wir hatten – es gab da noch was zu tun. Es hat alles länger gedauert. Du weißt ja, wie es manchmal ist.«

»Wem sagst du das? Ich musste letzte Nacht im Büro schlafen. Es hätte sich nicht gelohnt, nach Hause zu kommen. Dieser Fall ist einfach ziemlicher Mist.«

Marina war froh, dass Phil nicht weiter nachhakte. Es war weder die richtige Zeit noch der richtige Ort, ihm von Mickey zu erzählen. Er steckte mitten in einem schwierigen Fall und musste sich ganz darauf konzentrieren. Er hatte nicht einmal nach Fiona Welch gefragt, worüber sie ebenfalls erleichtert war.

»Was ist denn passiert?«

Er seufzte. »Es ... ich erzähle es dir später, wenn du wieder hier bist. Aber ...« Ein weiterer Seufzer. »Ian liegt im Krankenhaus.«

Marina setzte sich kerzengerade hin. »Was?«

Phil schien sich über das Ausmaß ihres Erstaunens zu wundern. »Ja, der Einsatz gestern Abend war ein totales Fiasko. Wir haben versucht, den Rechtsprecher zu fassen, das ist dieser Täter, der Selbstjustiz verübt, aber stattdessen hat er uns sein nächstes Opfer direkt unter der Nase weggeschnappt. Und Ian wurde dabei niedergestochen.«

Für Marina war diese Neuigkeit wie ein Stich ins Herz. »Oh nein ... oh nein ...« *Nicht auch noch er*, wollte sie sagen, aber sie beherrschte sich. Erst Mickey und jetzt Sperring ...

»Das ist ... halb so schlimm«, wiegelte Phil ab. »Na ja, zumindest gibt es Hoffnung. Ian liegt auf der Intensivstation, aber die Ärzte tun alles für ihn. Es sieht ganz gut aus.«

»Ach, Gott sei Dank«, sagte sie und stieß den Atem aus, von dem sie erst jetzt wusste, dass sie ihn angehalten hatte.

»Ja. Insofern – mach dir nicht allzu viele Sorgen. Aber könntest du mir vielleicht einen Gefallen tun?«

»Was?«

»Könntest du mir einen Gefallen tun?«

»Ja, ich habe dich schon verstanden. Was für einen Gefallen denn?«

»Wenn ich dir alles schicke, was wir über den Rechtsprecher haben, könntest du dann schnell ein Profil erstellen?«

»Wie schnell?«

»Zwanzig Minuten?«

Marina lachte vor schierer Erleichterung. »Ich dachte schon, du sagst zehn.« Erneut geisterte ihr Blick durchs Zimmer. Die Nachricht über Sperring hatte sie vollends aus der Bahn geworfen, ließ alles noch unwirklicher erscheinen. Doch vielleicht war dies genau die Gelegenheit, die sie brauchte, um auf andere Gedanken zu kommen.

»In einer halben Stunde ist das Morgenbriefing«, erklärte Phil. »Es wäre gut, wenn ich bis dahin etwas in der Hand hätte, das ich den anderen präsentieren kann.«

»Dir ist aber klar, dass es nicht sehr detailliert sein wird, okay? Ich kann nicht zaubern.«

»Sicher. Aber wenigstens hätten wir eine Grundlage. Falls nötig, gebe ich ein ausführliches Profil bei dir in Auftrag, sobald du wieder hier bist.«

»Okay.«

»Ein bisschen Vitamin B hat noch niemandem geschadet. Ich schicke dir das Material sofort rüber.« Phil machte eine Pause. »Bist du sicher, dass es dir gutgeht?«

Marinas Ton wurde vorsichtig. »Ja. Wieso?«

»Weil ... Ich weiß auch nicht. Du klingst so ... abwesend.«

»Die letzten Tage waren ziemlich hektisch. Sie gehen mir mehr an die Nieren, als ich anfangs dachte.«

»Ich weiß genau, was du meinst.« Er seufzte. »Ich vermisse dich. Ich brauche dich hier.«

»Ich brauche dich auch. Jetzt gerade.« In diesem Moment

hatte Marina das Gefühl, noch nie so große Sehnsucht nach Phil empfunden zu haben. Mit Phil würde alles besser werden. Einfach nur bei ihm zu sein würde ihr wieder Kraft geben.

In der Leitung herrschte Schweigen, während sie ohne Worte kommunizierten. Irgendwann brach Phil den Bann.

»Ich schicke dir die Unterlagen.«

»Bin schon gespannt.«

Marina holte ihr MacBook. Froh über die Ablenkung, machte sie sich an die Arbeit.

67

Moses hatte nicht geschlafen.

Er hatte sich die ganze Nacht im Bett gewälzt, während vor seinem inneren Auge wieder und wieder die Ereignisse der letzten Tage abliefen. Und irgendwann kamen auch andere, länger zurückliegende Tage dazu. Tage, in denen es die Chicken Shack Crew noch gegeben hatte. Die Handsworth Boys. Julian Wilson. Die Tage vor dem Friedensschluss. Die Tage, die zu dem Friedensschluss geführt hatten.

Irgendwann war er aufgestanden. Es war witzlos, es weiter zu versuchen, einfach dazuliegen, die Augen fest geschlossen, und zu *wollen*, dass die Träume verschwanden, dass sein Hirn abschaltete, dass in seinem Kopf endlich Ruhe herrschte. Er wusste so oder so, dass das nicht passieren würde. Also war er aufgestanden, hatte geduscht und Kaffee getrunken. Er wollte irgendwo hingehen, irgendwas tun, wusste aber nicht, wohin oder was.

Sein erster Gedanke war Letisha. An sie konnte er sich wenden. Mit ihr konnte er reden. Aber nein. Das ging nicht. Es gab Dinge, die er erst noch klären musste. Falls er sie überhaupt wiedersehen konnte. Trotzdem war das sein erster Gedanke gewesen. *Sie* war sein erster Gedanke gewesen. Vielleicht hätte ihn das überraschen sollen, aber das tat es nicht. Irgendwie kam es ihm nur richtig vor, dass er zuerst an sie dachte. Aber das, so viel war klar, konnte gefährlich werden.

Nein. Er musste etwas anderes tun. Er wusste auch schon, was. Aber er freute sich nicht darauf.

Er saß auf der Bettkante und sah sich im Zimmer um. Es gehörte ihm. Nur ihm. Er fand, dass er einen guten Geschmack hatte. Jede Menge Stil. Jeder, der seine Wohnung betrat, sah auf den ersten Blick, dass er ein erfolgreicher junger Mann war. Sie sah anders aus, als man es vielleicht erwartet hätte. Hatte nicht den Look, von dem die anderen Jungs aus der Gang immer schwärmten. Die schauten regelmäßig diese Sendung auf MTV, *Cribs*. Darin gewährten Rapper und Sportler Einblick in ihre Häuser. Zeigten, wie stolz sie waren auf das, was sie erreicht hatten. *Nicht schlecht*, hatte Moses gedacht, als er die Sendung einmal verfolgt hatte. Eins musste man diesen Typen lassen: Die meisten von ihnen hatten ganz unten angefangen und es weit gebracht. Hatten ihre Talente genutzt, um etwas Gutes aus ihrem Leben zu machen. Respekt. Ganz ohne Frage. Leider schienen einige dieser Typen ernsthaft zu glauben, dass sie mit Geld auch guten Geschmack kaufen konnten. Konnten sie aber nicht. Moses verstand sie nur zu gut. Man war dem Ghetto entkommen und wollte zeigen, was man hatte. Ein ganzes Zimmer in Gold und Marmor. Aber es gab eben auch so etwas wie Stil und Sinn für Schönheit. Er fand, er besaß beides. Wenn er früher mit den anderen Jungs die Sendung geschaut hatte, hatten sie immer voller Ehrfurcht darüber geredet. Dann hatten sie von ihren eigenen Plänen erzählt. Darüber, wie sie ihre Wohnungen einrichten würden. Sie hatten sich gegenseitig in ihren Phantasien beflügelt, hatten sie immer größer werden lassen.

Er dachte darüber nach, wo diese Jungs jetzt waren. Ein paar waren noch bei ihm, ein oder zwei vielleicht. Andere saßen im Knast. Anfangs waren sie zwischendurch immer mal wieder kurz draußen gewesen, aber irgendwann hatten sie sich auf ein Leben hinter Gittern eingestellt. Alle anderen waren tot. Sie hatten keine Chance mehr, ihre Träume zu verwirklichen, ob geschmacklos oder nicht. Opfer der Straße. Sie waren in der Mehrheit.

Er stand auf, sah auf die Uhr. Inzwischen musste Tiny im Studio sein. Es brachte nichts, es noch länger hinauszuschieben.

Hingen dunkle Wolken über dem viktorianischen Backsteinbau, oder bildete sich Moses das nur ein? Er wusste es nicht, und eigentlich war es ihm auch egal. Die dunklen Wolken hingen über *ihm* – das war die Wahrheit. Das war es, was zählte.

Er schloss seinen Wagen ab und ging rein. Ging den Flur zum Studio hinunter wie ein Gefangener auf dem Weg zu seiner Hinrichtung. Die wollten immer Rippchen oder Hühnchen oder Burger als Henkersmahlzeit. Er selbst würde Toast bestellen. Auch wenn das irgendwie unpassend war.

Er stand vor dem Studio. Die grüne Lampe leuchtete. Er stieß die Tür auf, wollte reingehen. Da hörte er hinter sich ein Geräusch. Er drehte sich um. Tiny.

»Dachte mir schon, dass du kommst.«

Moses ignorierte den respektlosen Ton. Nickte. »Tiny.«

Tiny trat näher. »Was soll der Scheiß, Mann?«

Moses sagte nichts.

»Hä? Was soll der Scheiß? Was bringst du die alte Schlampe hierher?«

»Ich hab sie nicht hergebracht«, sagte Moses bemüht ruhig und sachlich.

»Ach nein? Und warum war sie dann hier, Mann?«

»Sie wollte mich sehen.«

Tiny kam noch näher. »Sie wollte dich sehen.« Er nickte. »Süß. Sie wollte dich sehen. Okay.«

Wieder sagte Moses nichts. Wartete ab.

Tiny war ihm jetzt ganz nahe. Seine Stimme klang leise, gefährlich. »Fickst du sie?«

»Tiny ...«

Tiny nickte. »Du fickst sie. Scheiße, Mann. Die Freundin meines toten Bruders. Seine Hure. Wie lange geht das schon?«

»Tiny, das stimmt nicht. Sie ist gestern wegen einer ganz anderen Sache zu mir gekommen.«

Tiny kam Moses mit seinem Gesicht ganz nahe. »Ach ja? Weswegen denn?«

Moses sah Tiny in die Augen. Er sah *wirklich* hinein. Sie waren schwarz und leer. Denselben Ausdruck hatte er auch bei einigen der Jüngeren in der Gang schon gesehen, bei der nächsten Generation. Da war kein Mitgefühl, überhaupt nichts Menschliches. Als wären in ihrem Kopf die Leitungen nicht richtig verlegt. Als könnten sie jemanden töten, und es würde sie vollkommen kaltlassen.

Es machte ihm Angst, was mit den Kids passierte. Es machte ihm wirklich Angst.

Tiny war neunzehn.

»Die Bullen wollten was von ihr. Wegen ihrem Ex. Seine Neue und ihr Kind wurden ermordet. Hast wahrscheinlich davon gehört.«

Tiny ließ nicht erkennen, ob er darüber Bescheid wusste.

»Sie sind hergekommen, weil sie auch mit mir reden wollten, schon vergessen? Haben mich sogar aufs Revier geschleppt, weil sie dachten, ich wär's gewesen.«

»Warst du's?«

»Nein, Mann. Natürlich nicht. Wieso hätte ich so was machen sollen?«

»Und wieso war die Schlampe dann bei dir?«

»Die Polizei ist danach noch mal bei ihr aufgetaucht. Sie wollte mich nach meinem Anwalt fragen.« Bei genauerem Nachdenken war das vermutlich nicht mal gelogen. Jedenfalls versuchte Moses, es wie die Wahrheit klingen zu lassen.

»Danach hat sich's für mich aber nicht angehört, als ich euch beide gestern gesehen hab.«

Moses spürte, wie etwas in ihm nachgab. Angst, Wut – er wusste nicht, was es war. Aber er war es satt, sich von einem Teenager herumschubsen zu lassen. Selbst von einem so nervigen wie Tiny. »Dann hast du eben falsch gehört.«

In den Tiefen von Tinys Augen flackerte etwas auf. Ein Feuer, von dem Moses wusste, dass es schwer zu löschen sein würde. »Disst du mich, oder was?«

»Nein, Tiny, ich disse dich nicht.«

»Klingt aber so.«

Moses antwortete nicht.

»Die Hure war mit meinem Bruder zusammen, als er getötet wurde. Sie hat sich geweigert, den Namen des Schützen zu nennen. Hier hat niemand Respekt für sie übrig. Sie ist hier nicht willkommen. Sie macht für Geld die Beine breit, hab ich gehört. Stimmt das?«

»Hab ich auch gehört.«

»Passt zu ihr, Alter. Gut. Ich hoffe, sie kriegt Aids. Ich hoffe, sie schreit, wenn sie abkratzt. Sie hat vielleicht meinen Bruder umgelegt. Oder jemanden damit beauftragt.«

»Wir konnten nichts beweisen«, sagte Moses. »Was da passiert ist, war schrecklich, aber es hat uns dazu gebracht, uns an einen Tisch zu setzen. So ist der Frieden zwischen uns zustande gekommen. Schon vergessen?«

»Nein, Mann.«

»Wir haben immer noch Frieden, Bruder.«

Tiny starrte ihn an. »Wir *hatten* Frieden, bis du die Nutte angeschleppt hast.«

»Das hat nichts damit zu tun, und das weißt du auch.«

Tiny starrte Moses direkt in die Augen. »Du siehst aus, als ob du Schiss hast, Mann. Hast du Schiss?«

Moses schluckte trocken. »Nein.«

»Warum hast du Schiss, Mann?«

»Ich hab keinen Schiss.«

»Du fickst sie.«

Diesmal war es keine Frage, sondern eine Feststellung.

»Ich fick sie nicht.«

Tiny nickte bedächtig. Dann sagte er: »Hau lieber ab, Mann. Ich muss nachdenken. Du bist hier heute nicht willkommen.«

Moses machte den Mund auf, wollte widersprechen, doch dann wurde ihm klar, dass es zwecklos wäre. Also machte er kehrt und ging.

Und kam sich vor, als hätte er eine Zielscheibe auf dem Rücken.

68

Phil stand vor seinem Team und wiederholte im Stillen sein neuestes Mantra: *Kling ja nicht wie ein Versager … Kling ja nicht wie ein Versager …*

»Danke«, sagte er, an die Gruppe gewandt. »Danke, dass Sie immer noch hier ausharren.« Er ließ den Blick über die anderen schweifen. Sah trübe, blutunterlaufene Augen, müde Köpfe, müde Glieder. Er musste Führungsstärke beweisen, sie inspirieren. Sie dazu bringen, für die bevorstehende Schicht all ihre Kräfte zu mobilisieren. Er durfte sich nicht wie jemand anhören, der den Hauptverdächtigen samt Opfer hatte entkommen lassen und der nicht verhindert hatte, dass ein Kollege dabei schwer verletzt wurde. Er musste dafür sorgen, dass das Team diese Rückschläge schnellstmöglich wegsteckte. Er musste sie mit seiner eigenen Leidenschaft anstecken. Ihnen zeigen, wie glühend sein Wunsch war, den Rechtsprecher zu fassen.

Er merkte, wie er sich unwillkürlich die Brust rieb, nach ersten Anzeichen von Schmerzen suchte. Rasch ließ er die Hand sinken. Damit war jetzt niemandem geholfen.

»Sie alle sind im Bilde darüber, was gestern passiert ist«, sagte er. »Die meisten von Ihnen waren dabei. Detective Sergeant Sperring, Ian Sperring, liegt nach wie vor auf der Intensivstation. Die Ärzte sind optimistisch. Sie haben gesagt, er sei stabil. Sein Zustand ist nicht mehr kritisch.«

Phil fing Nadishs Blick ein. Der jüngere Kollege machte einen verzweifelten Eindruck, versuchte aber, es so gut es ging zu verbergen.

»Er ist stabil«, wiederholte Cotter und stellte sich neben Phil. So demonstrierte sie ihre Unterstützung. »Und er ist in guten Händen. Mit ein bisschen Glück wird er wieder ganz gesund.«

»Das sind gute Neuigkeiten«, sagte Phil. »Wir dürfen uns durch den Ausfall eines Kollegen nicht von unserer eigentlichen Aufgabe ablenken lassen. Was ihm passiert ist, darf nicht unseren Verstand blockieren. Wir müssen über unser weiteres Vorgehen nachdenken. Wir müssen den Rechtsprecher aufspüren. Ihn aufspüren und verhaften. Und wir müssen Glen Looker finden, bevor der Rechtsprecher sich ihn vornimmt.«

Eine Welle des Unbehagens schwappte durch den Raum.

Phil spürte, dass das Team in diesem Punkt nicht vollkommen auf seiner Seite war.

»Ja, ich weiß, die meisten von Ihnen hatten bereits das zweifelhafte Vergnügen, mit Mr Looker die Klingen zu kreuzen. Aber hier geht es um etwas anderes. Er befindet sich in der Gewalt eines Wahnsinnigen, über den wir so gut wie nichts wissen, außer dass er in tödlicher Absicht handelt. Wir müssen alles daransetzen, Glen Looker zu finden, unabhängig davon, was wir persönlich über ihn denken. Und wer weiß?«, Phil versuchte sich an einem Lächeln, »wenn wir ihn lebend finden, verklagt er uns vielleicht nicht.«

Das Gelächter war kaum mehr als höflich, aber immerhin nahm es ihnen etwas von der Anspannung.

»Also.« Phil sprach weiter, solange er die Aufmerksamkeit hatte. »Wir haben nicht viel in der Hand, daher habe ich ein vorläufiges psychologisches Profil über den Rechtsprecher in Auftrag gegeben.« Er hielt ein Blatt Papier hoch. »Hier ist es. Wenn Sie Anmerkungen dazu haben, bitte.« Er begann vorzulesen.

»Rechtsprecher scheint unter einer psychotischen Störung zu leiden.« Er sah hoch. »Darüber werden wir mehr erfahren, sobald wir ihn gefasst haben.« Er las weiter. »Person ist extrem zielstrebig. Fokus auf ein ganz bestimmtes Projekt.«

»Ja«, sagte Nadish. »So viel wussten wir vorher auch schon.«

»Er ist klug. Vermutlich hochgebildet. Das Interessante: Wahrscheinlich hat er irgendwann in seiner Vergangenheit ein Trauma erlitten, infolgedessen seine Weltwahrnehmung gestört ist. Durch seine Taten versucht er sein inneres Gleichgewicht wiederherzustellen und der Welt um ihn herum einen Sinn zu geben.«

»Und als was würden Sie ihn klassifizieren?«, fragte Imani. »Als Psychopathen, Soziopathen, affektgestört – was?«

»Ich weiß es nicht«, gestand Phil. »Das werden wir schon noch herausfinden. Er will, dass wir die Dinge durch seine Brille sehen. Um das zu erreichen, ist er bereit, alles zu tun, sogar zu töten.«

»Dann ist er also ein Psycho«, schloss Nadish.

»Nicht zwangsläufig«, erwiderte Phil.

»Wo liegen seine Schwächen?«, wollte Imani wissen. »Wie können wir ihn schnappen?«

»Er ist ein Planer«, sagte Phil. »Überaus sorgfältig. Aber er kann auch übermütig werden. Denken Sie an gestern Abend. Hat er den Zugriff von langer Hand geplant, oder gab es ein konkretes Ereignis, das ihn zu der Einschätzung gebracht hat, er könne es versuchen, ohne geschnappt zu werden? Ich weiß es nicht. Aber wenn seine Pläne durchkreuzt werden, wird er die Nerven verlieren. Auf diese Art werden wir ihn fassen.«

»Hoffentlich bald«, warf Cotter ein.

»Genau«, sagte Phil. Er legte das Blatt auf seinen Schreibtisch und dankte Marina im Stillen für ihre Arbeit. »Gut. Mit diesem Wissen im Hinterkopf – was haben wir bislang?«

Er wandte sich dem Whiteboard zu, vor dem er stand. Normalerweise hingen dort Informationen zum jeweiligen Fall: Spuren, Hinweise und Verbindungen zwischen beteiligten Personen. Bei diesem Fall allerdings hatte die Wand eher Ähnlichkeiten mit einem Puzzle, bei dem zu viele Teile fehlten. Die Fotos der Opfer waren zu sehen, teilweise durch Linien miteinander verbunden. Ein Bild von Moses Heap mit einem Fragezeichen darunter, daneben das Konterfei von Letisha Watson, von der eine gestrichelte Linie zu Darren Richards führte. Diesen wiederum verband eine durchgezogene Linie mit Chloe Hannon. An einer anderen Stelle des Whiteboards hing ein Bild von John Wright, von dem nicht eine einzige Linie irgendwohin führte. Ein Foto von Glen Looker war neu hinzugekommen. Es hatte sowohl eine Verbindung zu Darren Richards als auch zu Moses Heap.

»Das ist der aktuelle Stand«, schloss Phil. »Mehr haben wir nicht. Opfer, aber keinen Täter. Nicht mal ein Foto, nur eine Beschreibung. Wie findet er seine Opfer? Kennt er sie vorher?«

»Vielleicht sucht er sich einfach Personen aus, die allgemein bekannt sind«, spekulierte Imani, »so wie im Fall von John Wright. Und dann stellt er weitere Nachforschungen über sie an.«

»Klingt plausibel«, gab Phil zurück. »Aber was ist mit den anderen? Sie haben alle eine Verbindung zu Looker.«

»Vielleicht hatte er Looker als Erstes im Visier«, meinte Nadish, »und dann hat er über ihn von den anderen erfahren. Hat sich zuerst Darren Richards geschnappt, weil ...« Er verstummte.

»Weil er es konnte?«, schlug Imani vor. »Weil an ihn am einfachsten heranzukommen war? Es könnte jede Menge Gründe geben. Er hat mit dem leichtesten Opfer angefangen und arbeitet sich hoch.«

»Stimmt«, sagte Phil. »Oder wenigstens mit dem Opfer, das am einfachsten zu greifen war.«

»Ja«, sagte Imani. »Vielleicht hat er sich Darren gegriffen, weil er für Looker erst noch üben musste? Vor allem, wenn man bedenkt, wie er bei Looker vorgegangen ist.«

»Ja«, sagte Phil. »Klingt logisch. Angenommen, es war so. Angenommen, Darren Richards war das am leichtesten zu fassende Opfer, gewissermaßen seine Eröffnungsnummer – wissen wir denn irgendwas darüber, wo er entführt wurde?«

»Nichts«, sagte Imani. »Angeblich war er auf dem Weg zu einem Freund in Winson Green, ist aber nie dort angekommen. Bei Chloe und Shannon Hannon war es ähnlich. Keine Zeugen.«

»In so einer Gegend? Kein Wunder«, meinte Nadish.

»Ja«, sagte Phil. »Das scheint also eine Sackgasse zu sein. Was ist mit dem Ort, an dem er aufgefunden wurde? Könnte der eine tiefere Bedeutung haben? Das halb abgerissene Lagerhaus? Gibt es da irgendeine Verbindung zum Rechtsprecher? Was meinen Sie? Nadish?«

Nadish konsultierte seine Notizen. »Wir haben uns die Geschichte des Gebäudes angeschaut. Nichts. Wurde von einer Immobilienfirma aufgekauft, die es abreißen lassen und dort Wohnungen bauen will oder so.«

»Wem gehörte das Gebäude ursprünglich?«

»Eine Holding-Gesellschaft. Bislang unverdächtig. Ich hab Leute darauf angesetzt, aber ich glaube nicht, dass uns das weiterbringt. Die Spurensicherung ist noch vor Ort, hat aber bis jetzt nichts gefunden. Jo Howe bezweifelt, dass sich das noch ändern wird.«

»Autopsien der beiden Opfer?«

»Genau wie anfangs vermutet«, antwortete Imani. »Getötet durch den Schuss einer Armbrust. Keine verwertbaren Spuren an den Leichen. Die Waffe könnte in einem beliebigen Sport- oder Waffengeschäft gekauft worden sein. Oder im Internet. Es kümmert sich jemand darum, aber ...« Sie zuckte mit den Achseln.

»Okay. Was ist mit der Befragung der Nachbarschaft? Hat sich da was ergeben?«

Nadish zögerte mit der Antwort, als müsse er zunächst etwas abwägen. »Nein, nichts.«

»Sicher?«

»Ja. Nichts Ungewöhnliches.« Er nickte, fast wie zu sich selbst. »Ja.«

Phil war nicht vollständig überzeugt von dieser Antwort, hatte aber auch keinen Grund, sie anzuzweifeln. »Gut. Falls Ihnen doch noch etwas einfällt oder Sie sich an jemanden erinnern, der sich ungewöhnlich verhalten hat, sagen Sie mir Bescheid, in Ordnung? Vielleicht kommt Ihnen später noch eine Idee. Dann melden Sie sich bei mir.«

Nadish saß mit steif durchgedrücktem Rücken da. Er schien sich schikaniert zu fühlen. Oder zumindest vor seinen Kollegen in Verlegenheit gebracht. »Schon klar. Ich weiß, was ich tue.«

»Sicher«, sagte Phil, dem die Wirkung seiner Nachfrage nicht entgangen war, beschwichtigend. *Nicht verzweifelt aussehen*, dachte er bei sich. *Keine Hinweise herbeiphantasieren. Nicht die Leute gegen mich aufbringen, auf die ich mich verlassen muss.* »Das weiß ich doch. Weiter im Text. John Wright. Wie ist da der Stand der Dinge?«

Matt Trevor, ein DS, der für die Dauer der Ermittlungen aus einer anderen Abteilung abgestellt worden war, ergriff das Wort. »Das Hotel wurde von oben bis unten durchsucht. Sauber.«

»Gibt es keine Hinweise darauf, dass der Rechtsprecher sich ein Zimmer genommen hatte?«, fragte Phil. »Um sich umzuziehen?«

»Wir haben nichts gefunden. Aber selbst wenn: Das wäre die sprichwörtliche Suche nach der Nadel im Heuhaufen. Die Zimmer werden geputzt, sobald die Gäste ausgecheckt haben.«

»Und in keinem wurde etwas vergessen?«

Trevor sah in seinen Aufzeichnungen nach. »Es wurde nichts gefunden.«

»Suchen Sie weiter«, wies Phil ihn an. »Prüfen Sie alles doppelt und dreifach. Wir müssen absolut sichergehen. Was ist mit den Verletzungen des Opfers? Wie verläuft der Heilungsprozess?«

»Er hat viel Blut verloren«, sagte Imani.

»Von Fingern ganz zu schweigen«, ergänzte Nadish.

»Danke, Nadish«, meinte Phil.

Imani nickte und fuhr fort. »Sie haben überlegt, sie wieder anzunähen. Ich glaube, sie versuchen es sogar, aber angesichts des Zustands, in dem sie aufgefunden wurden, machen sich die Ärzte keine großen Hoffnungen. In jedem Fall kriegt er garantiert die beste Behandlung, die man für Geld kaufen kann.«

»Falls überhaupt noch was von seinem Geld übrig ist, nachdem der Rechtsprecher seine Konten geleert hat. Neue Erkenntnisse dazu?«

Ein weiterer Neuzugang, DC Vicki Hazzard, ergriff das Wort. Als Spezialistin für Finanzkriminalität war sie extra für den Fall hinzugezogen worden. »Er war sehr gründlich«, sagte sie. »Wirklich *sehr* gründlich. Er wusste, was er tat, kannte sich mit der Materie aus. Um sich Zugang zu Konten zu verschaffen, noch dazu in so kurzer Zeit, braucht man ziemlich viel Know-how. Er muss es lange im Voraus geplant haben. Hat das Ding durchgezogen wie ein waschechter Hacktivist.«

»Würde es sich lohnen, in diese Richtung weiter zu ermitteln?«, fragte Phil. »Könnte er Mitglied bei – keine Ahnung – Anonymous sein?«

»Nein.« Zum ersten Mal meldete sich Elli zu Wort. Alle sahen sie an. Sie wurde rot, redete aber weiter. »Das hab ich schon überprüft. Ich hab ein paar Kontakte in der Hacktivisten-Szene. Sie beteuern übereinstimmend, mit der Sache nichts zu tun zu haben.«

»Sind sie denn vertrauenswürdig?«, fragte Cotter.

»So vertrauenswürdig wie andere Menschen auch«, gab Elli zurück. »Die, mit denen ich gesprochen hab, meinten, dass sie vielleicht mit seinen Zielen übereinstimmen, aber nicht mit seinen Methoden.«

»Aber Anonymous ist doch eine amorphe Gruppierung mit unübersichtlichen Strukturen«, wandte Phil ein. »Er könnte einer von ihnen sein.«

»Könnte, sicher«, gab Elli zu. »Aber nach allem, was ich von meinen Kontakten gehört hab, halte ich das für unwahrscheinlich.«

Unwahrscheinlich, dachte Phil. Etwas daran machte ihm zu schaffen.

Er schob es fürs Erste beiseite. Im Moment gab es Wichtigeres.

69

Letisha Watson wanderte durch ihre Wohnung wie ein Geist. Sie betrat ein Zimmer, wusste dann nicht mehr, was sie dort wollte, kehrte in das Zimmer zurück, aus dem sie gekommen war, und fragte sich, was sie da eigentlich gemacht hatte. Das passierte ihr immer und immer wieder. Den ganzen Vormittag lang.

Sie hatte nicht schlafen können. Ihre Begegnung mit Moses, und vor allem Tiny, hatte ihr mehr zugesetzt, als sie für möglich gehalten hätte. Klar hatte sie von Anfang an gewusst, dass es ein schwerer Gang werden würde, aber sie musste sich mit dem auseinandersetzen, was gerade passierte, vor allem das zwischen Moses und ihr. Sie konnte es nicht einfach ignorieren. Und es war nicht nur Sex. Da war eine tiefere Verbindung zwischen ihnen. Das Gefühl, um ihrer selbst gewollt zu werden, nicht bloß weil sie zur Verfügung stand.

Sie wusste, wie die anderen im Block sie nannten. Hure. Nutte. Prostituierte. Schlampe. Mietmöse. Ja, das wusste sie. Und nicht nur hinter ihrem Rücken. Manchmal sagten sie es ihr auch direkt ins Gesicht. Im Pub, im Laden. Wann immer jemand ihr eins reinwürgen wollte. Und was am schlimmsten war: Manchmal sah Letisha sich genauso.

Sie war tief gefallen. Früher war sie Julians Bitch Nummer eins gewesen, und auf einmal – war sie nur noch Dreck. Es war alles so schnell gegangen. Nach Julians Tod war Letisha plötzlich nichts mehr. Sie war eine Ausgestoßene, wurde von den anderen gemieden. Hatte nur noch die teuren Klamotten und den Schmuck als Trost. Und das auch nicht mehr lange. Ein Stück nach dem anderen vertickte oder verpfändete sie, weil sie Bargeld brauchte. Sie hatte erwartet, dass Moses ihr helfen würde – hatte ihn angefleht, ihr zu helfen –, aber er war ihr wie alle anderen aus dem Weg gegangen. Er war nicht gehässig zu ihr gewesen, hatte bloß gesagt, dass es das Beste wäre, wenn sie sich nie wiedersähen, das müsse sie doch verstehen. So wäre es das einzig Richtige, auch wenn keiner von ihnen es wollte. Er hatte ihr Geld gegeben – so viel er eben entbehren konnte –, aber das war auch ziemlich schnell weg gewesen.

In ihrer größten Not hatte sie sich an ihre Mutter gewandt, aber alles, was sie von der bekam, war ein Vortrag. Sie solle ihre Sünden bereuen, sich in Gottes Hände begeben, um geläutert und gerettet werden. Dann würde sie vielleicht darüber nachdenken, die Tochter wieder bei sich aufzunehmen.

Scheiß drauf.

Also hatte sie das Einzige getan, was sie konnte. Mit ihrem Körper Geld verdient. Es mit jedem gemacht, der es wollte, egal, wie viel er bezahlte. Anfangs hatte sie sich noch als Luxus-Callgirl versucht, hatte einsame Geschäftsmänner auf ihre Hotelzimmer begleitet und ihnen so viel Geld abgeknöpft, wie sie konnte. Hatte sich gut für ihre Dienste bezahlen lassen. Hatte sich ihre letzten Markenklamotten angezogen und sich mit ihren letzten Schmuckstücken behängt, damit sie mehr hermachte. Um ihre Kunden zu beeindrucken. Lange hatte das nicht funktioniert. Die Hotels waren ein straff organisierter Markt, der von Escort-Agenturen beherrscht wurde, bei denen sie keinen Fuß in die Tür bekam. Es gab einfach keine große Nachfrage nach einem dunkelhäutigen ehemaligen Gangsta-Girl. Ihre Kleider konnten noch so teuer sein, sie roch immer nach Straße, wie ihr einer der Agentur-Chefs höflich erklärt hatte.

Also ging sie genau dorthin zurück: auf die Straße. Da kannte sie sich aus. Sie bediente Freier an Straßenecken und in dunklen Gassen, stieg zu Fremden ins Auto und fragte sich, ob sie wohl lebend wieder aussteigen würde. Manchmal zahlten die Freier nicht, sondern schlugen sie stattdessen. Benutzten ihren Kopf, um zu testen, wie stabil die Seitenscheiben ihrer Autos waren, nachdem sie ihnen einen geblasen hatte und ihre anfängliche Geilheit in Wut und Selbstekel umschlug. Dann wurde sie blutend und voller blauer Flecke irgendwo aus dem Wagen geworfen und konnte eine Woche lang nicht arbeiten. Und weil sie Hunger hatte und verzweifelt war, stieg sie manchmal sogar ein zweites Mal in denselben Wagen ein, obwohl sie genau wusste, was sie erwartete. Sie hoffte einfach, dass diesmal wenigstens ein bisschen Geld dabei rausspringen würde. Doch auch dieser letzte Rest Optimismus wurde ihr bald brutal ausgetrieben.

Dann lernte sie Darren kennen. Er sah nicht besonders gut aus, und im Bett war er eine ziemliche Null. Regelmäßige Knastaufenthalte waren bei ihm praktisch vorprogrammiert. Aber er war gut zu ihr. Behandelte sie anständig. Schlug sie nie, tat ihr nie weh. Sie hatte eine gute Zeit mit Darren. Sie warfen sich alle möglichen Drogen ein, gingen viel aus, hatten Spaß zusammen. Sie liebte ihn nicht, für so einen Quatsch hatte sie keine Zeit, außerdem wollte sie sich keinen Illusionen hingeben. Aber sie war ihm dankbar, denn er war gerade noch rechtzeitig aufgetaucht.

Sie klammerte sich an ihn, als wäre er ihr Rettungsanker. Und als er dann diese Schlampe Chloe Hannon kennenlernte, brach für sie natürlich eine Welt zusammen. Durch Darren waren ihr das Leben und die Arbeit wieder erträglich geworden. Er hatte sie davor bewahrt, innerlich vollkommen abzusterben. Nun hatte sie Angst, was ohne ihn aus ihr werden würde.

Deshalb kämpfte sie um ihn. Aber es war zu spät. Die Bitch hatte sich bereits von ihm schwängern lassen. Und obwohl er immer beteuert hatte, dass er glücklich war, einfach nur mit ihr zusammen zu sein, wusste Letisha genau, dass er sich irgendwann Kinder wünschte. Wenigstens eins. Und den Wunsch konnte sie ihm nicht erfüllen. Dafür hatten die vielen gewalttätigen Freier gesorgt. Nein, als Chloe schwanger wurde, wusste Letisha, dass sie ihn verloren hatte.

Und als sie Darren verlor, da verlor sie auch sich selbst wieder.

Monatelang lebte sie in einer Art Dämmerzustand vor sich hin. Tat, was getan werden musste. Ertrug, was sie ertragen musste. Sie schlug sich durch.

Dann stand die Polizei vor der Tür.

Und dann Moses.

Und sie dachte, ihr Leben würde wieder neu beginnen. Okay, das Gefühl hielt nur die eine Nacht an, in der er bei ihr war. Schon am nächsten Morgen zeigte er ihr mit seinem

Verhalten, wie falsch sie gelegen hatte. Und sie verstand ihn auch irgendwie. Ehrlich. Aber war nicht genug Zeit vergangen? Konnten sie das alles nicht hinter sich lassen? Endlich nach vorne schauen? Anscheinend nicht. Das hatte Moses gesagt, und das hatte ihr der Ausflug ins Studio vor Augen geführt. Jetzt hatte sie keine Ahnung, was sie tun sollte oder was die Zukunft bringen würde. Sie wusste nur, dass es noch weiter bergab gehen würde, wenn sie sich nicht zusammenriss und sich schnell etwas überlegte.

Es klopfte an der Tür.

Sie zuckte zusammen, das Geräusch holte sie jäh in die Gegenwart zurück. War das etwa schon wieder die Polizei mit ihren herablassenden Bemerkungen und ihrer Verachtung? Hofften die immer noch, sie würde einknicken und ihnen alles sagen? Oder kam es noch schlimmer?

Sie stand wie gelähmt da, wagte nicht, sich zu rühren. Wenn sie die Tür aufmachte, und draußen stand die falsche Person, dann wäre alles vorbei. Für immer.

Es klopfte erneut.

Aber wäre das so schlimm? Vielleicht hatte ihre Mutter ja doch recht. Vielleicht wartete Gott nur darauf, ihr zu vergeben und sie bei sich im Himmel willkommen zu heißen. Vielleicht konnte sie sich auf eine lange, lange Ruhe freuen.

Aber vielleicht auch nicht.

Wieder ein Klopfen. Diesmal begleitet von einer Stimme: »Komm schon, Letisha, ich weiß, dass du da bist.«

Eine heftige Woge der Erleichterung überrollte sie. Sie stürzte zur Tür und riss sie auf. Moses fiel fast in die Wohnung, so eilig hatte er es, vom Treppenabsatz wegzukommen.

Sie riss ihn an sich, umarmte ihn.

»Ich dachte, du … ich dachte, du …«

Er machte sich sanft von ihr los und trat in ihr Wohnzimmer. Sah sie an.

»Wer ist hier gewesen? Heute?«

»Keiner. Nur ... nur du.«

»Dir ist niemand gefolgt? Keine Anrufe, nichts dergleichen?«

»Nein. Was soll –« Sie brach ab, musterte ihn. In seinen Augen sah sie etwas, das sie dort seit Jahren nicht mehr gesehen hatte. Etwas, das damals die Ursache ihrer Trennung gewesen war. Furcht.

»Wir haben nicht viel Zeit«, sagte er.

70

»Gut«, sagte Phil. »Womit wir wieder bei Ihnen wären, Elli. Die Überwachungsaufnahmen. Wie geht es mit denen voran?«

»Überhaupt nicht«, sagte sie. »Ich hab mir die Aufzeichnungen von gestern Abend von hinten nach vorn angeschaut. Die Frau ist auf keiner der Aufzeichnungen zu erkennen. Es ist, als hätte sie gewusst, wo sich die Kameras befinden. Ihr Gesicht ist immer abgewandt oder verdeckt. Manchmal hat sie die Haare vor dem Gesicht, und wenn sie redet, gestikuliert sie mit den Händen, so dass man ihren Mund nicht sehen kann. Außerdem hält sie den Kopf meistens gesenkt oder hat ihn weggedreht. Glen Looker muss sich mehrmals ganz dicht zu ihr beugen, um überhaupt hören zu können, was sie sagt.«

Phil nickte und hatte das Gefühl, als ob gerade noch eine Mauer vor ihm errichtet wurde. »Wissen wir denn sonst etwas über sie? Haben wir irgendwelche Aufnahmen, die sich möglicherweise zu einem Phantombild zusammensetzen lassen?«

Elli grinste. »Ich dachte mir, dass Sie das fragen würden,

also habe ich mich schon mal dran versucht. Meine Software verfügt nur über einen begrenzten Funktionsumfang, ist noch in der Beta-Phase, aber das hier habe ich immerhin erreicht, ohne es den Spezialisten zu geben.«

Ein Mausklick, und auf dem Monitor ihres Rechners erschien das Bild einer Frau, das Kopf und Schultern zeigte. Es war verwaschen, als wäre es mitten in der Bewegung aufgenommen worden, und wirkte seltsam zerstückelt, als hätte es jemand – was ja auch der Fall war – aus mehreren Bildern zusammengesetzt. *Eine Frankenstein-Verdächtige,* dachte Phil.

Alle drängten sich vor Ellis Rechner, um das Bild zu betrachten.

»Ich drucke mehrere davon aus, dann bekommt jeder eins«, sagte sie. »Aber das hier ist sie – so gut ich sie eben hinkriegen konnte.«

Phil studierte das Bild. Abgesehen von grundlegenden physischen Parametern – mittlere Größe, zierlicher Körperbau – war es nicht aufschlussreich genug, um es an die Streifenpolizisten zu verteilen. Andererseits hatte Phil schon wesentlich schlechtere Phantombilder herausgegeben.

»Danke«, sagte er, »erstklassige Arbeit. Jetzt haben wir wenigstens einen Anhaltspunkt. Etwas Greifbares.«

»Ich arbeite auch noch an einer anderen Sache«, sagte sie und strich sich mit den Händen, an denen sie zahlreiche Ringe trug, seitlich den Körper entlang. Ein Zeichen von Nervosität, das wusste Phil. Sie hasste es, vor Leuten zu sprechen, selbst wenn es ihre Kollegen waren. Während sie redete, fiel Phil ihr T-Shirt auf. *Fahrenheit 451* – eine Reproduktion des Buch-Covers von Ray Bradbury und darunter der Text: »Read & destroy!« Es gefiel ihm, dass es in seinem Team jemanden gab, der noch eigenwilliger angezogen war als er. Das gab ihm Hoffnung – wenigstens ein bisschen.

»Hier«, sagte Elli. »Passen Sie mal auf.«

Sie klickte erneut auf etwas, und das Porträt der Frau verschwand. An seiner Stelle erschienen die Bilder einer Videoaufzeichnung. Die Kamera, die die Bilder aufgenommen hatte, schien fest installiert zu sein und zeigte aus einiger Entfernung die Straße vor dem Radisson Blu.

»Das sind Aufnahmen von gestern Abend«, erklärte sie. »Ich habe sie mir mehrmals angesehen. Mal schauen, was Sie dazu sagen.«

Sie startete das Filmmaterial. Zu sehen war der Taxistand vor dem Hotel, Reihe um Reihe schwarzer Taxis, die auf Fahrgäste warteten. Es waren mehr Taxen als gewöhnlich, weil im Hotel eine Veranstaltung stattfand, was gute Kundschaft versprach.

Nach einiger Zeit öffnete sich die Eingangstür des Hotels, und Glen Looker und die Frau eilten ins Freie.

»Aufpassen«, sagte Elli. »Jetzt kommt's.«

Alle verfolgten aufmerksam die Bilder. Man sah die beiden Gestalten zielstrebig auf das erste Taxi zusteuern. Die Frau trat ans Fenster und redete mit dem Fahrer.

»Ohne Ton«, sagte Phil. »Schade. Hätte uns die Sache enorm erleichtert.«

Nachdem sie dem Fahrer offenbar Anweisungen gegeben hatte, öffnete Glen Looker die Tür, damit die Frau einsteigen konnte. Sobald beide drinnen saßen, fuhr das Taxi los.

Das Bild stand still, als Elli die Aufnahme stoppte. »Also«, sagte sie. »Was halten Sie davon?«

»Sie sind in ein Taxi gestiegen«, stellte Nadish fest, »und weggefahren.«

»Exakt«, sagte Elli. »Aber ist sonst niemandem was aufgefallen?«

»Ihre Körpersprache«, sagte Imani. »Vor allem die von

Glen Looker. Er wirkt – ich weiß nicht genau – gelöst? Erwartungsvoll? Ja, erwartungsvoll.«

»Er weiß, was ihn erwartet«, ergänzte Nadish. »Glaubt er zumindest.«

»Schon. Aber«, warf Phil ein, »das hier passiert unmittelbar nach der Messerattacke auf Ian. Gut möglich, dass Looker dabei sogar Zeuge war. Und er unternimmt keinen Fluchtversuch. Obwohl er doch wissen, oder wenigstens ahnen muss, was sie getan hat.«

»Das ist nur unsere Vermutung«, gab Cotter zu bedenken.

»Wollen Sie es noch mal anschauen?«, fragte Elli.

Sie taten es. Am Ende nickte Phil. »Sie haben recht. Looker scheint regelrecht heiß darauf, ins Taxi zu steigen und mit ihr wegzufahren. Die große Frage lautet: Weiß er, dass sie eine Komplizin des Rechtsprechers ist? Oder ist er ein so großer Trottel, dass er nach allem, was zuvor passiert ist, immer noch glaubt, dass er mit ihr eine Nummer schieben wird?«

»Nun ja, wir hatten bereits mit Mr Looker zu tun«, sagte Cotter. »Wir wissen, wie sein Verstand arbeitet ...«

Höfliches Gelächter.

»Stimmt«, sagte Phil. »Trotzdem ...« Er blickte angestrengt auf den Monitor, auf das Taxi. »Kann jemand die Nummer der Taxe ermitteln und überprüfen, ob irgendeine andere Kamera in der Stadt sie eingefangen hat? Das würde uns Hinweise bezüglich ihrer Fahrtroute liefern. Können wir es bitte noch einmal anschauen? Ein allerletztes Mal.«

Elli nickte. Phil war hochkonzentriert. »Da«, sagte er. »Stopp.«

Elli hielt die Aufnahmen an.

»Schauen Sie sich das an. Was sehen Sie da?« Er deutete auf die zwei Gestalten, kurz bevor sie ins Auto stiegen.

»Sie lächeln beide«, sagte Nadish.

»Schauen Sie noch genauer hin«, drängte Phil. »*Sie* lächelt, das kann man an ihrem Gesicht erkennen. Aber Looker? Der sieht eher so aus, als hätte ihm jemand gesagt, dass er lächeln soll. Als würde er für ein Foto posieren, auf das er eigentlich gar nicht mit draufwill.«

Imani beugte sich näher zum Bildschirm. »Er sieht aus, als hätte er Angst«, stellte sie fest.

»Können wir ihr Gesicht da gut erkennen?«, fragte Phil. »Oder kriegen wir es besser hin?«

»Ich tue, was ich kann«, versprach Elli. »Und versuche die Ergebnisse ins Phantombild zu integrieren.«

»Danke.« Dann kam ihm noch ein anderer Gedanke. »Ach, übrigens, haben wir schon die Überwachungsvideos aus dem Malmaison überprüft, um zu sehen, ob die Frau dort irgendwo auftaucht?«

»Noch nicht«, sagte Elli. »Aber das ist eine verdammt gute Idee.«

»Dann kümmern Sie sich darum. Wenn sie im Radisson war, war sie vielleicht auch im Malmaison.«

»Könnte der Rechtsprecher eine Frau sein?«, fragte Nadish. »Diese Frau da?«

»Ich habe seine Stimme oft genug gehört«, sagte Phil. »Es ist definitiv ein Mann. Was aber nicht ausschließt, dass er eine Komplizin hat.« Erneut ließ er den Blick über die Gruppe schweifen, dann richtete er sich auf. »Okay. Das ist also der derzeitige Stand. Hat noch jemand etwas hinzuzufügen?«

Niemand meldete sich zu Wort.

»Dann machen Sie mit den Sachen weiter, an denen Sie gerade arbeiten«, sagte er. »Wir kriegen ihn. Denken Sie an das Profil. Er ist nicht unbesiegbar. Er wird einen Fehler machen. Vielleicht hat er sogar schon einen gemacht, und wir müssen nur peinlich genau den Hinweisen nachgehen. In Ordnung?«

Alle nickten.

»Ich weiß, Sie sind müde. Das bin ich auch. Aber wir haben jetzt einen Mann weniger, da ist es wichtig, dass Sie alle Ihr Bestes geben. Die Zeit arbeitet gegen uns. Wir müssen Glen Looker finden, bevor ihn ein ähnliches Schicksal ereilt wie die bisherigen Opfer des Rechtsprechers. Prüfen Sie jede Spur, mir ist völlig egal, wie oft Sie es schon gemacht haben. Gehen Sie jeder Eingebung, jeder Idee nach, auch wenn sie Ihnen noch so albern vorkommt. Vielleicht haben Sie etwas übersehen oder als unwichtig abgetan. Und vielleicht ist das gerade die Spur, die wir brauchen. Wir müssen als Team funktionieren. Legen wir los.«

Das Briefing war zu Ende. Cotter und Phil blieben alleine zurück.

»Gut gemacht«, lobte sie. »Sie sind gleich wieder aufs Pferd gestiegen.«

»Danke«, sagte er. »Ich hatte gar keine Wahl.«

»Glauben Sie, dass er ihn dazu bringen wird, zu gestehen?«, fragte Cotter. »Der Rechtsprecher. Dass er Looker zwingen wird, seine Sünden zu beichten, bevor er ihm etwas antut?«

»Könnte ich mir vorstellen. Wahrscheinlich wird er sogar von ihm erwarten, dass er Reue zeigt.«

Cotter nickte. »In dem Fall können wir nur hoffen, dass er jede Menge Sünden zu beichten hat. Damit wir eine Chance haben, ihn rechtzeitig zu finden.«

71

Fiona Welch betrachtete sich im Spiegel. Ihr gefiel, was sie sah. Gar nicht mal so übel. Die Kleider waren vielleicht ein paar Jahre aus der Mode – nicht das, was sie selbst für sich ausgesucht hätte. Aber sie passten ausgezeichnet. Bluejeans, Seidenbluse und eine Jacke. Unauffällig. Gut. Genauso wollte sie es haben.

Sie drehte sich ins Profil, legte sich die Hand auf den Bauch und drückte ihn flach. Die Jeans saßen gut. Die Frau, der die Kleidungsstücke ursprünglich gehört hatten, musste gehofft haben, wieder in Form zu kommen und die paar Extra-Kilos, die sie mit sich herumschleppte, wieder loszuwerden. Fiona Welch lächelte. Dafür war es jetzt zu spät.

Der Wagen war von der Straße abgekommen, während Mickey Phillips schreiend gestorben war. Kurz vor dem Aufprall hatte sie von ihm abgelassen und sich im Fußraum hinter dem Fahrersitz zusammengekauert. Ihre Arme waren immer noch hinter dem Rücken gefesselt und daher nutzlos.

Als der Wagen in die Böschung raste, zog sie den Kopf so dicht wie möglich an die Brust und wappnete sich. Es kam nicht so schlimm, wie sie befürchtet hatte. Eine Weißdornhecke fing die größte Wucht auf. Ihre krummen, ineinander verwachsenen Äste und Dornen dienten als Stoßdämpfer.

Am Ende landete das Auto auf der Seite in einem Graben. Sie wusste, dass ihr nicht viel Zeit blieb. Sie kletterte aus dem Fußraum und drehte sich so, dass sie mit den gefesselten Händen die Tür erreichen konnte. Rüttelte am Türgriff. Der Graben versperrte die Tür, sie ließ sich nicht öffnen. Rasch drehte Fiona sich um, rutschte zur anderen Seite und versuchte es dort. Es brauchte mehrere Anläufe und einen heftigen Stoß, bei dem sie sich empfindlich an der Schulter wehtat, aber schließlich gelang es ihr, die Wagentür aufzustoßen. Als sie aus dem von Nesseln zugewachsenen Graben unbeholfen nach oben kroch, spürte sie, wie die Dornen ihr Kleider und Haut zerrissen. Sie ignorierte die Schmerzen, schob sie im Geiste in eine dunkle Ecke, so wie sie es schon viele Male getan hatte. Dort würden sie bleiben, bis sie Zeit hatte, sich mit ihnen zu befassen. So schnell sie konnte, entfernte sie sich vom Wagen. Ihr Wissen über Automotoren bezog sie ausschließlich aus Hollywood-Filmen, deshalb konnte sie nicht sagen, ob die Gefahr bestand, dass er explodieren würde, doch sie wollte kein Risiko eingehen.

Sie sah sich um. Auf der Straße flammten Scheinwerfer auf. Vorbeifahrende hielten an, um zu sehen, ob sie helfen konnten. Sie hatte nicht die Absicht, hierzubleiben und entdeckt zu werden. Mit eingezogenem Kopf und geschlossenen Augen kroch sie durch die Weißdornhecke auf den Acker dahinter. Sie spürte, wie die Dornen an ihr zerrten, sie zerkratzten und blutige Fetzen aus ihrer Haut rissen, während sie sich entschlossen durch die Zweige kämpfte. Sie wollte schreien, doch sie beherrschte sich. Schmerzen würden sie nur aufhalten.

Stolpernd entfernte sie sich von der Unfallstelle, versuchte in der zerfurchten Erde des Ackers voranzukommen. Im nächsten Moment wurde sie von einer sengenden Hitze und einer Druckwelle wie von einer kleinen Bombe zu Boden geworfen.

Das Auto war in Flammen aufgegangen.

Sie lief weiter. Hoffte, dass trotz des Feuerscheins niemand sie sehen würde.

Sie rannte. Hielt sich die ganze Zeit am Ackersaum im Schatten der Bäume. Sie trug immer noch Handschellen, überlegte und plante jedoch bereits fieberhaft, wie sie erst ihre Hände von den Fesseln und dann sich selbst aus ihrer Lage befreien konnte.

Sie lief immer weiter, bis sie zu einem Dorf kam. Jeder andere Mensch wäre mittlerweile am Ende seiner Kräfte gewesen, aber die Frau, die sich Fiona Welch nannte, wurde von einer gänzlich anderen Art Energie angetrieben.

Sie bewegte sich weiterhin im Schatten. Versteckte sich, wann immer ein Auto vorbeifuhr, wenn die Lichtkegel von Scheinwerfern um die Kurve schweiften oder durch Schlaglöcher holperten. Sie verbarg sich vor den wenigen Spaziergängern und Hundebesitzern, die in der Dunkelheit auf der Hauptstraße unterwegs waren. Irgendwann sah sie die Lichter des Dorfpubs. Sie lächelte. Sehr gut.

Er sah nicht anders aus als die meisten Pubs auf dem Lande. Alte Bausubstanz, Holzbalken und Reetdach, geschmackvoll und behutsam modernisiert. Sie vermutete, dass es eher ein Restaurant als ein klassischer Pub war.

Wie sich herausstellte, hatte sie recht. Durch die Fenster fiel ein warmer, einladender Lichtschein auf den dunklen, gekiesten Parkplatz. Sich immer noch in der Nähe der Büsche und Hecken haltend, schlich sie in gebückter Haltung um die geparkten Autos herum. Schließlich fand sie einen guten Beobachtungspunkt und wartete. Sah die Gäste kommen und gehen.

Und irgendwann kamen diejenigen, auf die sie gewartet hatte. Ein Pärchen, beide etwa Mitte dreißig, gut gekleidet, ohne Kinder. Sie machten nicht den Eindruck, als wären sie mit jemandem verabredet. Vermutlich wollten sie alleine essen gehen. Ihr Auto war ein teures Modell, BMW. Perfekt. Zumindest würde sie es perfekt machen.

Wenn die Frau, die sich Fiona Welch nannte, eins besaß, dann Geduld. Sie hatte sie sich antrainiert, anfangs aus reiner Notwendigkeit, später dann als eine Art Lebenseinstellung, um das zu bekommen, was sie haben wollte. Sich Zeit lassen. Den rechten Augenblick abpassen. Ja, das konnte sie. Sie hatte schon so lange gewartet, da machten die zwei

Stunden, in denen das Pärchen zu Abend aß, keinen Unterschied mehr.

Sie konnte sie vom Parkplatz aus durchs Fenster beobachten. Sie hockte hinter ihrem BMW und wartete. Irgendwann kamen sie heraus, satt und zufrieden, und schlenderten gemächlich in Richtung ihres Wagens. Das war der Moment, in dem die Frau, die sich Fiona Welch nannte, mit ihrer Vorstellung begann.

Sie rollte sich neben dem Hinterreifen zusammen und fing leise an zu wimmern.

Sie hörte, wie die beiden kamen und bei ihrem Anblick stehen blieben.

»Was –?«, stieß die Frau hervor und beugte sich zu ihr herab. Sah ein erbärmliches, blutüberströmtes menschliches Wrack am Boden liegen und wich einen Schritt zurück. Ihre Hand flog an ihren Mund.

»Was ist denn –?« Ihr Mann trat neben sie. Zuckte dann vor Schreck ebenfalls zurück. »Oh mein Gott …«

Fiona Welch stemmte sich mühsam in die Höhe. Tat so, als wolle sie weglaufen, verlöre dabei aber das Gleichgewicht, weil ihre gefesselten Hände sie behinderten. Sie strauchelte und fiel hin.

»He, halt«, sagte der Mann. »Schon gut, wir … das … Wir tun Ihnen nichts.«

Sie wimmerte und zitterte. Hatte die Augen weit aufgerissen, schien in Todesangst wie ein in die Ecke gedrängtes Tier.

Die Frau beugte sich langsam wieder zu ihr herunter, die Arme ausgestreckt, als versuche sie das Vertrauen einer verwilderten Katze zu gewinnen. »Hey, keine Angst. Wir tun Ihnen nichts … Alles ist gut …«

Vorsichtig hielt sie ihr die Hand hin. Fiona Welch drehte sich um, damit die beiden ihre Handschellen sahen.

»Mein Gott«, sagte der Mann noch einmal. »Wo kommen Sie her? Was ist mit Ihnen passiert? Wer hat Ihnen das angetan?«

Sie wimmerte noch ein wenig.

»Komm«, wandte der Mann sich an seine Frau. »Wir bringen sie zur Polizei.«

»Nein«, flehte Fiona Welch mit heiserer, bebender Stimme. »Keine Polizei, nein ... die, die ... bitte, nein ...« Sie begann zu schluchzen.

»Aber dort kann man Ihnen helfen.«

»Nein, keine Polizei ...«

»Warum denn nicht?«

Ihre Antwort bestand aus immer lauter werdendem Schluchzen.

Der Mann und die Frau starrten sie an, dann tauschten sie einen ratlosen Blick.

»Wir können sie doch nicht einfach hier liegen lassen, Graham ...«, sagte die Frau leise.

»Was sollen wir denn machen? Sie will nicht zur Polizei.«

Die Frau sah ihren Mann an. Ihr Gesicht war gerötet vom Wein, ihre Augen waren ein wenig glasig. Sie wollte helfen, die barmherzige Samariterin sein. Eine gute Tat vollbringen. »Also, hierlassen können wir sie jedenfalls nicht, oder? Wir könnten sie doch mit zu uns nehmen. Nach Hause.«

Der Mann sah aus, als könne er nicht glauben, was er da hörte. »Das geht nicht.«

»Warum nicht?«

»Na ja, ich meine – wir wissen doch überhaupt nichts über sie, Lauren. Wir wissen nicht, wer ihr das angetan hat oder warum oder was mit ihr los ist. Vielleicht ... vielleicht nimmt der Täter dann uns ins Visier.«

»Graham, sie braucht Hilfe.«

Er trat ganz dicht zu seiner Frau und redete absichtlich leise, damit Fiona ihn nicht hörte. »Kann sich denn nicht jemand anders um sie kümmern? Da sitzen doch massenhaft Leute im Pub.«

»Wie kannst du nur so was Widerliches sagen, Graham? Außer uns ist doch hier draußen keiner. Könntest du es mit deinem Gewissen vereinbaren, wenn wir diese Frau sich selbst überlassen? Sie einfach hier liegen lassen? Gott weiß, an wen sie als Nächstes gerät.«

Graham betrachtete die am Boden sitzende Frau, dann blickte er in das flehentliche Gesicht seiner Gattin. Er seufzte. »Also gut. Wir nehmen sie mit nach Hause. Da kann sie sich frisch machen, und wir überlegen, was zu tun ist.«

Lauren lächelte. »Danke.« Dann wandte sie sich wieder an Fiona. Sie sprach langsam, wie mit einem zurückgebliebenen Kind.

»Wir nehmen Sie jetzt erst mal mit zu uns nach Hause, ja? Keine Angst, wir tun Ihnen nichts. Wenn Sie möchten, helfe ich Ihnen beim Aufstehen. Aber wenn Sie denken, Sie schaffen es alleine, dann fasse ich Sie nicht an. In Ordnung?«

Fiona Welch, deren Blick panisch umherflatterte wie ein gefangener Sperling, nickte. Sie ließ sich von den beiden zur hinteren Tür ihres Wagens begleiten, wo sie bewusst umständlich und mühsam einstieg. Sobald alle saßen, fuhren sie los.

»Keine Sorge«, sagte Lauren und drehte sich nach hinten. »Wir kümmern uns um Sie.«

Fiona Welch lächelte.

Nicht halb so gründlich, wie ich mich um euch kümmern werde, dachte sie.

72

»Warum tun Sie das?«, fragte der Rechtsprecher.

»Warum tue ich was?«, fragte Glen Looker.

»Ihre Arbeit. Kriminelles Pack vor Gericht vertreten. Dafür sorgen, dass solche Leute Gehör finden.«

Looker starrte seinen Gastgeber an. Versuchte, hinter der Maske die Augen des Mannes zu erkennen. Die dumpfe Stimme verriet ihm nicht viel. Er musste reden, und zwar um sein Leben, und dafür musste er wissen, in welcher geistigen Verfassung sein Publikum war. Zu dumm, dass er hinter den runden Augenfenstern der Gasmaske nichts erkennen konnte. »Was sollte ich Ihrer Meinung nach denn sonst tun? Wie sollte das Justizsystem mit solchen Menschen umgehen?«

»Diese Leute sind Abschaum. Sie sind alle schuldig.«

»Schuldig inwiefern?«, fragte Looker. »Die Leute, die ich vertrete, sind arm. Sie wurden immer nur vom System beschissen. Schlechte Wohnungen, schlechte Schulen, schlechte Familien. Immer benachteiligt. Eigentlich könnte man sie genauso gut von der Schule direkt in den Knast schicken. Der Ansicht ist zumindest ein gewisser Teil unserer Gesellschaft, wenn man den einschlägigen Zeitungen glauben darf. Wenn sie eine Straftat begehen, haben sie niemanden, der sich für sie einsetzt. Ich bin der Einzige.«

Der Rechtsprecher ließ einen harschen, verzerrten Laut hören. Zuerst dachte Looker, der Mann hätte eine Art Anfall. Erst dann wurde ihm klar, dass er lachte.

»Sentimentaler, linksliberaler Schwachsinn«, sagte der Rechtsprecher. »Diese Leute spielen die Opferrolle, um sich Vorteile zu verschaffen. Sie brechen das Gesetz und müssen dafür bestraft werden. So einfach ist das.«

»Nein, ist es eben nicht«, widersprach Looker. »So einfach ist es ganz und gar nicht. Was meinen wir denn überhaupt mit ›Gesetz‹? Mit Moral innerhalb des Gesetzes? Sollte man den Buchstaben des Gesetzes oder den Geist des Gesetzes befolgen? Wenn man einen Laib Brot stiehlt, weil man kurz vor dem Verhungern ist und seine Familie ernähren muss, ist das falsch?«

»Sollen sie sich doch einen Job besorgen. Dann kann man seine Familie ernähren, und zwar mit Stolz.«

»Was, wenn es keine Jobs gibt? Oder die einzigen verfügbaren Jobs zu weit weg sind und man es sich nicht leisten kann zu pendeln oder sich für Arbeitsstellen in der Nähe umschulen zu lassen? Was, wenn man zwar Arbeit hat, aber damit nicht genug Geld verdient, um davon leben zu können? *Das* ist für Millionen von Menschen die Lebenswirklichkeit in diesem Land. *Das* sind meine Mandanten.«

»Wie gesagt, linksliberaler Schwachsinn. Ich habe die Leute gesehen, die Sie vertreten. Gesocks. Versager. Sie hauen diese Typen raus, damit sie dann genau dasselbe wieder tun können, immer und immer wieder. Diese Leute sind nicht die edlen Armen, von denen Sie da reden. Die sind Gesindel.«

»Das ist Ihr ganz persönliches Urteil.«

»Stimmt«, sagte der Rechtsprecher. »Und schauen Sie sich an, wo wir sind. Ich bin hier derjenige, dessen Urteil zählt. Zumindest für Sie.«

Trotz seiner ernsten Lage – oder vielleicht gerade deswegen – spürte Glen Looker, wie das Streitgespräch ihn wieder motivierte. Er hinterfragte seit einiger Zeit immer öfter den Sinn seiner Arbeit und seinen Dienst an den von ihm vertretenen Mandanten. Jeder Besuch im Gefängnis war deprimierender als der vorangegangene. Eine Auseinandersetzung mit der Polizei, um einen Mandanten vor dem Knast zu bewahren, war ermüdender als die andere. Und waren sie ihm dankbar? Wussten sie die Mühe, die er sich machte, überhaupt zu schätzen? In den seltensten Fällen. Er erinnerte sich an Darren Richards' Gesicht im Krankenhaus. Dessen Gedanken kreisten ausschließlich um ihn selbst. Er dachte nicht an Chloe und Shannon, sondern nur an sich.

Widerwillig musste Looker sich eingestehen, dass an den Worten des Rechtsprechers durchaus etwas Wahres dran war.

»Also gut«, lenkte er ein. »Behaupten wir rein hypothetisch, dass Sie nicht meiner Meinung sind.«

»Definitiv nicht.«

»Ich weiß. Das können wir als gegeben ansehen. Aber es gibt da noch etwas, das Sie nicht bedacht haben. Etwas viel Wesentlicheres.«

»Und zwar?«

Looker verkniff sich ein Lächeln. Der Rechtsprecher reagierte auf seine Feststellungen mit Fragen. Das war ein gutes Zeichen. Ein eindeutiges Indiz dafür, dass er die Situation nicht so gut im Griff hatte, wie er vielleicht glaubte.

»Das übergeordnete Wohl.«

»Es gibt kein übergeordnetes Wohl«, sagte der Rechtsprecher. »Es gibt nur Gut und Böse.«

»Und was sind Sie?«, fragte Looker wirklich neugierig.

»Gut.« In seiner Stimme war nicht der leiseste Hauch von Zweifel zu hören.

»Obwohl Sie töten und verstümmeln?«

»Das mache ich doch gar nicht. Ich tue nur, was sie wollen. Ich gebe ihnen eine Wahl. Das ist mehr, als ihre Opfer je hatten.«

»Sie haben sich Darren Richards geschnappt, weil er versehentlich eine Frau und ein Kind getötet hatte.«

»Korrekt.«

»Und Sie haben sich John Wright geschnappt, weil der nie für seine Vergehen als Banker bestraft worden ist.«

»Er hat Existenzen zerstört. Familien und Städte in den Ruin getrieben. In voller Absicht. Und er ist ungestraft davongekommen. Wenigstens bis er mir begegnet ist.«

»Und wo hört das auf?«

»Alle Schuldigen müssen für ihre Verbrechen bezahlen.«

»Alle Schuldigen? Das sind aber eine ganze Menge. Wo ist für Sie Schluss? Wo ziehen Sie die Grenze?«

»Es gibt keine Grenze. Es gibt nur Gut und Böse. Unschuld und Schuld. Gerechtigkeit. Mehr nicht.«

»Keine mildernden Umstände?«

»So etwas gibt es nicht.«

Looker lächelte. »Interessant. Viele würden Sie für einen Verbrecher halten. Sie würden das, was Sie tun, als böse bezeichnen.«

»Dann sind diese vielen im Unrecht.«

»Sie töten und verstümmeln. Der Kontext ist Ihnen gleichgültig. Sind das die Taten eines guten Menschen?«

Der Rechtsprecher drehte sich um und entfernte sich ein paar Schritte von Looker. Er schien nachzudenken. Schließlich wandte er sich wieder um und starrte Looker an.

»Ich weiß, was Sie da tun.«

Looker schluckte schwer. Der Tonfall des Rechtsprechers klang auf einmal anders. Irgendwie wahnsinnig.

»Und … was wäre das?«

»Sie versuchen, in mir Unsicherheit und Verwirrung zu säen. Damit ich an meiner Berufung zweifle. An meiner Arbeit. Sie glauben, mich mit Worten von meinem Tun abhalten zu können.« Er baute sich unmittelbar vor Looker auf. Looker roch seinen Schweiß. Der Rechtsprecher bückte sich. Seine Maske war Lookers Gesicht ganz nah. »Das wird Ihnen aber nicht gelingen.«

»Das habe ich auch nie behauptet.«

»Gut. Sie werden damit nämlich keinen Erfolg haben.«

»Das habe ich auch nie behauptet«, wiederholte Looker und hoffte, dass seine Stimme fest klang. »Denn das war gar nicht meine Absicht. Wir reden, oder etwa nicht? Führen eine Unterhaltung. Ich habe Ihnen erklärt, warum ich das tue, was ich tue. Sie haben mir zugehört. So wollten Sie es doch, oder irre ich mich?«

Die runden toten Scheiben der Gasmaske starrten Looker an. Zwei schwarze Teiche. Kaum ließ sich erahnen, dass sich dahinter ein Mensch verbarg. Looker merkte, dass er den Atem angehalten hatte.

Der Rechtsprecher richtete sich auf und lief ein paar Schritte. Drehte sich um und fixierte Looker.

»Das übergeordnete Wohl«, sagte er, und das Licht hinter ihm wirkte wie ein Heiligenschein um seinen Kopf.

»Was?«

»Das übergeordnete Wohl. Davon wollten Sie mir doch erzählen.«

»Stimmt.«

»Ihr Gutmenschen-Gerede beginnt mich zu langweilen. Werden Sie konkret. Geben Sie mir ein Beispiel, wie Sie etwas für das übergeordnete Wohl getan haben.«

Looker antwortete nicht. Er überlegte fieberhaft. Schließlich sah er auf. »Also gut«, sagte er. »Wie wäre es hiermit? Die Straßen von Birmingham sind sicherer, seit es kaum noch Bandenkriege gibt. Und dafür bin ich mitverantwortlich.«

»Inwiefern?«

»Indem ich die richtigen Leute dazu überredet habe, im richtigen Moment wegzuschauen.«

Der Rechtsprecher legte den Kopf schief und hörte zu. »Erzählen Sie mir mehr«, verlangte er.

Looker lächelte. Schon besser. Das hier war seine Chance.

73

Das Pärchen, Graham und Lauren hießen sie, hielt Wort. Sie nahmen Fiona mit zu sich nach Hause und halfen ihr hinein.

Da sie zu dem Schluss gekommen war, dass ihr anfängliches Maß an Hysterie auf Dauer unangenehm wirken und das Mitgefühl der beiden überstrapazieren würde, beschloss sie, einen Gang herunterzuschalten. Außerdem wäre es gut, wenn ihre Gastgeber sahen, dass ihre Fürsorge etwas bewirkte. Das würde ihnen ein gutes Gefühl geben und, was noch wichtiger war: sie in Sicherheit wiegen.

Spiel das Opfer, dachte sie. *Spiel einfach das Opfer, und alles wird nach Plan laufen.*

Sie saß im Wohnzimmer auf dem Sofa, eine dicke Decke um die Schultern. Vor ihr auf dem Tisch stand ein Becher mit heißem Tee.

»Ich schaue mal, ob ich in der Garage was habe, womit wir diese Dinger da loswerden können«, verkündete Graham.

»Danke«, sagte sie mit einer Stimme, die so dünn und zerbrechlich war wie gesponnener Zucker. »Sie sind ... Sie sind sehr nett.«

Als Graham gegangen war, lächelte Lauren sie an. Legte ihr eine Hand aufs Knie. »Keine Sorge. Jetzt wird es Ihnen bald bessergehen. Sie sind bei uns in guten Händen.«

Sie nickte und tat so, als würde sie Tränen wegblinzeln.

Graham kam mit einer Astschere zurück. »Die müsste gehen«, meinte er. »Wenigstens, um die Kette durchzuschneiden. Die ist stark genug, um ganze Äste zu kappen.«

Die Kette ließ sich problemlos durchtrennen. Die Metallmanschetten allerdings waren schon schwieriger. Er musste eine Eisensäge holen und sie mühsam aufsägen. Als er es endlich geschafft hatte, war ihr Tee kalt geworden.

»Ich mache Ihnen einen neuen, ja?«

»Dank … danke«, stammelte sie und rieb sich die Handgelenke. Sie sah zu Graham auf. »Und Ihnen auch. Für das hier. Ich dachte schon, ich würde nie mehr …« Erneut traten ihr Tränen in die Augen.

»Na, na«, sagte er und war kurz davor, ihr den Arm um die Schultern zu legen. Im letzten Moment hielt er sich zurück. »Schon gut. Keine Angst. Sie sind jetzt in Sicherheit.«

Danach ließen sie sie in Ruhe. Ließen ihr ein Bad ein und suchten einen alten Frottee-Bademantel für sie heraus, den sie anziehen konnte. Sie genoss das heiße Bad so lange es ging, ohne Misstrauen zu erregen. Sie hatte es bitter nötig. Sie wusch sich das Blut ab – ihr eigenes und das des Polizisten. Die Wärme war eine Wohltat für ihre schmerzenden Muskeln und half ihr, den Klinikgestank auf ihrer Haut loszuwerden.

Sie betrachtete ihre Handgelenke. Die roten Striemen sahen aus, als wäre sie gebrandmarkt worden. Sie lächelte still vor sich hin.

Das würde ein Kinderspiel werden.

Irgendwann kam sie zurück nach unten. Die beiden waren noch auf. Es war weit nach Mitternacht, ihr anfänglicher Adrenalinrausch verflüchtigte sich langsam, nun kam die Müdigkeit. Trotzdem wollten sie nicht ins Bett gehen. Nicht ehe sie mehr über ihren Hausgast erfahren hatten.

Lauren lächelte, als sie hereinkam. »Setzen Sie sich doch. Bestimmt geht es Ihnen jetzt schon besser.«

»Vielen Dank«, sagte sie. »Ja.«

»Also«, sagte Graham und beugte sich vor. »Wie heißen Sie denn eigentlich? Wir kennen nicht mal Ihren Namen.«

»Ich …« Sie zögerte. Nicht weil sie sich keinen Namen ausgedacht hatte, sondern um den Eindruck zu erwecken, dass es ihr schwerfiel, sich ihnen zu öffnen, und dass es ein

Vertrauensbeweis war, wenn sie es trotzdem tat. »Anni Hepburn.«

»Anni«, sagte Graham. »Aha.« Er lächelte. »Hallo, Anni.«

Sie lachte erleichtert.

»Was ist Ihnen denn nur passiert?«, fragte Lauren, nur um gleich darauf zurückzuschrecken. »Wenn – also, wenn Sie es uns erzählen wollen. Wenn Sie dazu bereit sind.«

»Ich ... ich versuch's«, sagte sie und umklammerte ihren Becher Tee, als wäre er ein Talisman, an dem sie sich festhalten musste. »Ich war ...« Sie verzog das Gesicht und senkte die Stimme wie jemand, der sich nur widerstrebend an ein besonders unangenehmes Erlebnis erinnert. »Ich war abends unterwegs. Mit ... mit meinen Freunden, in Ipswich. Wir waren tanzen. Und dann, dann ...« Sie brach ab und richtete ihren Blick ins Leere.

»Lassen Sie sich ruhig Zeit«, beruhigte Lauren sie und tätschelte ihr erneut das Knie. »Lassen Sie sich so viel Zeit, wie Sie brauchen.«

Sie nickte, scheinbar dankbar für den Zuspruch. »Also, ich weiß nicht mehr, was passiert ist. Ich habe die ganze Zeit darüber nachgedacht, aber ...« Sie seufzte. »Ich war mit meinen Freunden im Club. Dann wurde mir auf einmal schwindlig. Und dann ...« Ein Achselzucken. »Bin ich ... ganz woanders aufgewacht. Ich hatte keine Ahnung, wie ich da hingekommen war.«

»Wohin denn?«, fragte Graham.

»Das war ... ich weiß nicht. Jedenfalls war ich nicht allein. Da waren noch andere Frauen, die waren schon länger da als ich. Es war ...« Sie schloss die Augen, drohte erneut in Tränen auszubrechen. »So schrecklich ... oh Gott ...«

Laurens Hand lag noch immer auf ihrem Bein. »Guter Gott, Anni ...« Sie wartete, bis die Tränen versiegt waren. »Wie sind Sie entkommen?«

»Ich …« Ihre Augen verdunkelten sich. »Ich … habe etwas Schreckliches getan …«

Noch mehr Tränen.

Graham schüttelte den Kopf. »Wir bringen Sie besser zur Polizei.«

»Nein!«, rief sie absichtlich laut. »Keine Polizei. Ich glaube … ich weiß es nicht genau, aber ich glaube, sie waren …« Ein Seufzer. »Da waren Männer. Sie sind oft vorbeigekommen und haben grauenhafte Dinge getan. Einige von ihnen waren … Polizisten …«

Graham und Lauren wechselten einen Blick, von dem sie glaubten, ihr Gast bekäme ihn nicht mit.

»Ich …«, sagte sie und ließ Kopf und Schultern hängen, »ich will einfach nur schlafen …«

»Also gut«, sagte Laura. »Ich denke auch, das ist das Beste. Wir können morgen früh immer noch überlegen, was wir machen.«

Das Haus war klein, aber behaglich. Das zweite Schlafzimmer benutzte Lauren als Ankleidezimmer, und im Gästezimmer hatte Graham sein Arbeitszimmer eingerichtet, also machten sie das Schlafsofa für sie fertig. Sie kuschelte sich unter die Decke und schenkte ihren Gastgebern ein Lächeln. »Vielen Dank. Vielen, vielen Dank. Ich weiß nicht, was ich gemacht hätte, wenn ich Ihnen nicht begegnet wäre, ich …«

Und wieder kamen ihr die Tränen.

Die beiden gaben noch einige letzte Plattitüden von sich, sagten, es sei doch alles kein Problem, sie solle sich keine Sorgen machen, sie sei jetzt in Sicherheit. Dann zogen sie sich in ihr Schlafzimmer zurück. Und man sah ihnen an, wie sehr sie sich nach ihrem Bett sehnten. Nach der ganzen Aufregung waren sie müde. Sie würden schnell einschlafen.

Umso besser.

Es dauerte nicht lange. Sie lag wach, bis sie sicher sein konnte, dass beide schliefen. Leises Schnarchen war im ansonsten stillen Haus zu hören. Sie schlich in die Küche, nahm dort das größte Messer, prüfte, ob die Klinge scharf war, und huschte lautlos die Treppe hinauf.

Sie fand das Schlafzimmer und schlüpfte geräuschlos wie ein Geist hinein. Lauren lag auf der Seite des Betts, die der Tür am nächsten war. Es war eine Kleinigkeit, ihr mit einer Hand den Mund zuzuhalten und mit einer raschen Bewegung die Klinge über die Gurgel zu ziehen. Sie fest auf die Matratze zu drücken und zu warten, wie mit dem Blut auch das Leben aus ihr herauslief. Bis dahin hatte Graham sich nicht gerührt. Aber das änderte sich bald.

Er erwachte, als sie sich rittlings auf ihn setzte und ihm die Spitze des Messers in die Kehle bohrte. Neben ihm lag blutüberströmt seine tote Frau.

»Deine Kreditkarten und deine Scheckkarten«, sagte sie. »Und die Geheimnummern. Verarsch mich ja nicht. Du siehst, dass ich es ernst meine.« Sie sah die widerstreitenden Emotionen, die über sein Gesicht zuckten. Sie bohrte das Messer tiefer in seine Haut, bis Blut aus der Wunde quoll, damit er sich auf das Wesentliche konzentrierte.

»Jetzt«, sagte sie.

Er nannte ihr die Geheimnummern. Dann erklärte er ihr, wo die Karten lagen. Sie stieg von ihm herunter und ging sie holen. Als sie zurückkam, lag er noch genauso da wie zuvor. »Braver Junge«, sagte sie. »Autoschlüssel?«

Auch das verriet er ihr.

»Danke.«

»Sie ... Sie lassen mich doch gehen, oder? Bitte, bitte tun Sie mir nichts ...«

»Ich habe keine Verwendung mehr für dich.«

Sie versenkte das Messer tief in seinem Hals und zog es rasch zur Seite. Es war schnell vorbei.

Nun war der nächste Morgen, und sie stand, frisch geduscht und in Laurens Sachen, in ihrem Ankleidezimmer. Sie packte etwas zum Wechseln in eine von Laurens Designertaschen, bei denen es sich wahrscheinlich um billige Kopien handelte, die sie während eines Pauschalurlaubs am Mittelmeer auf irgendeinem Markt erstanden hatte. Sie sah sich ein letztes Mal um. Sie hatte alles, was sie brauchte.

Sie nahm die Schlüssel und trat aus dem Haus, gerade als die Sonne aufging.

Fiona Welch war Geschichte. Es war Zeit für eine neue Identität.

Und sie wusste auch schon, welche das sein würde.

Sie setzte sich hinters Steuer und fuhr los.

Richtung Birmingham.

74

»Was ist los?«, fragte Imani. Sie saß neben Elli und hatte genau wie ihre Kollegin den Blick starr auf den Monitor gerichtet. Gemeinsam sichteten sie die Aufzeichnungen der Überwachungskameras aus dem Malmaison.

»Bist du eingenickt?«, fragte Elli, deren Augen am Bildschirm klebten, mit einem Lächeln.

»Diese Hotelkorridore sehen alle gleich aus«, beklagte sich Imani. »Das ist, als würde man eine vierundzwanzig Stunden lange Version von *The Shining* gucken, nur dass die ganze Zeit nichts passiert.«

»Ich hab so was mal gesehen«, meinte Elli, ohne den Blick vom Bildschirm abzuwenden.

»Was hast du gesehen?«

»Na ja, es war nicht *The Shining*, sondern *Psycho*. Eine Vierundzwanzig-Stunden-Version von *Psycho*.«

»Du liebe Zeit ...«

»Das war Kunst. Sollte es jedenfalls sein.«

»Wieso war das Kunst?«

»Dieser Typ, der Künstler, hat den Film so langsam laufen lassen, dass er exakt vierundzwanzig Stunden gedauert hat. Alles in Zeitlupe. In ungeheuer langsamer Zeitlupe.«

»Oh.« Imani wusste, dass Elli der abteilungseigene Computernarr war und sich konsequent abseits des Mainstreams bewegte. Imani bedachte ihre Kollegin mit einem Blick, der ausdrückte, dass absolut nichts, was diese sagte, sie noch überraschen könnte.

»Und ... hat's dir gefallen?«

»Nee, eigentlich nicht. Das Original ist mir lieber.«

»Freut mich zu hören.«

Sie wandten sich wieder ihrer eigentlichen Aufgabe zu.

Korridore. Die Lobby. Noch mehr Korridore. Imani gähnte.

»Wie weit reichen die eigentlich zurück?«, wollte sie wissen.

»Wir haben auch die Bänder vom Tag davor. Falls die Frau eingecheckt hat, müssten wir sie irgendwann zu sehen kriegen.«

Imani holte ihren Notizblock heraus.

»Was machst du?«

»Schreib mir nur was auf. Ich versuche, einen Zeitrahmen zu erstellen, das könnte uns helfen. Um wie viel Uhr hat Phil den Anruf bekommen? Was steht im Protokoll?«

Ellis Finger flogen über die Tasten, und auf dem Desktop erschien kurzzeitig eine andere Benutzeroberfläche. »Um achtzehn Uhr drei«, sagte sie.

»Okay. Und zu dem Zeitpunkt hat der Täter gesagt, dass er bereits über alle Berge wäre und wir ihn niemals finden würden.«

»Genau.«

»Wie ist er also entkommen? Und wann?«

»Na ja, auf jeden Fall davor.«

»Richtig. Elli, wie viele von diesen Kameras gibt es? Sind die nur drinnen im Hotel oder auch draußen?«

»Draußen sind keine.«

Enttäuscht ließ sich Imani auf ihrem Stuhl zurückfallen. Ihr war eine Idee gekommen, von der sie für einen Moment begeistert war. »Mist.«

»Aber es gibt auch noch Aufnahmen aus der Tiefgarage.«

Prompt setzte Imani sich wieder auf. Elli grinste.

»Und warum schauen wir uns die nicht an?«

»Weil der Boss gesagt hat, wir sollen die Aufzeichnungen aus dem Hotel checken, und die Tiefgarage gehört streng genommen nicht zum Hotel. Für die Aufnahmen musste ich einen gesonderten Antrag einreichen.«

»Und, hast du sie bekommen?«

»Klar. Ich hatte vor, sie mir vorzunehmen, wenn wir mit denen hier fertig sind.«

»Ich denke, der Boss wird unsere Eigeninitiative zu schätzen wissen, wenn wir beschließen, die Aufnahmen aus der Tiefgarage zuerst anzuschauen, was meinst du?«

Elli runzelte die Stirn. »Eine Sekunde.«

Sie hackte auf einige Tasten ein, und das Bild am Monitor verschwand.

Imani hatte Elli von Anfang an gemocht. Sie war keine typische Polizistin, was sie ihr umso sympathischer machte. Imani konnte gut verstehen, weshalb Phil sie in sein Team geholt hatte. Sie hatten viel gemeinsam. Oder besser: Sie hatten mehr gemeinsam, als ihnen bewusst war. Beide durften sich in Bezug auf ihre äußere Erscheinung mehr herausnehmen als andere, was daran lag, dass sie Ergebnisse lieferten und behaupteten, die Art, wie sie sich kleideten, würde ihnen dabei helfen. Auf keinen der beiden passte das Klischeebild eines Polizisten, trotzdem liebten sie ihre Arbeit und hatten es geschafft, ihre jeweilige Nische zu finden.

Es gab allerdings auch Dinge, in denen sie sich unterschieden. Elli war Inderin und stammte aus einer streng religiösen Familie. Sie sah mit ihren Piercings, Tattoos und Motto-T-Shirts zwar rebellisch aus, war in ihren Ansichten jedoch eher konservativ. Imani fand diesen Gegensatz spannend.

»So, da haben wir es«, verkündete Elli. »Lass mich nur noch kurz ...« Der Bildschirm zeigte Aufnahmen aus der Tiefgarage unterhalb des Malmaison. Gut ausgeleuchtet, niedrige Decke. Erwartungsgemäß waren die meisten der Stellplätze belegt. »Welche Uhrzeit brauchen wir noch gleich?«

»Er hat den Boss um drei Minuten nach sechs angerufen.«

»Drei nach sechs ...« Erneut tippte Elli etwas ein. Die Aufnahmen wurden schneller, liefen dann ein Stück rückwärts und verlangsamten sich schließlich wieder.

»Okay ... fangen wir eine Stunde früher an ... Voilà. Das ist doch eine gute Stelle.«

Der Bildschirm war vierfach geteilt, jede der vier Ansichten zeigte einen anderen Bereich der Tiefgarage. »Du nimmst die beiden«, sagte Imani und deutete auf die zwei Ausschnitte auf der linken Seite des Monitors. »Ich nehme die hier.«

Erneut vertieften sie sich in die Aufzeichnungen. Leute kamen und gingen. Autos fuhren hinein und hinaus. Jedes Mal, wenn sie jemanden sahen, der einen Koffer oder eine

Reisetasche bei sich hatte, stutzten sie und beugten sich nach vorn. Sobald sie merkten, dass es nicht die Gesuchte war, sanken sie wieder auf ihre Stühle zurück. So ging es immer weiter, bis Imani sich irgendwann ruckartig aufsetzte.

»Da!«, rief sie laut. »Halt mal an.«

Elli stoppte und blickte angestrengt auf den Bildschirm. In einem der Ausschnitte war eine Frau zu sehen, die Glen Lookers Gesprächspartnerin vom vorangegangenen Abend nicht unähnlich war – sie hatte dieselbe Größe und Statur. Und sie zog einen Trolley hinter sich her.

»Ist sie das?«, fragte Imani. Ihr Puls jagte, ihr Herz klopfte wie wild.

»Ich glaub schon ... Ich lasse mal zurücklaufen.«

Elli gab einen Tastaturbefehl ein, und die Aufnahme spulte zurück. Noch einmal kam die Frau ins Bild. Elli hielt den Film an.

»Da«, sagte sie. »Sie will die Straße überqueren. Dazu muss sie erst nach rechts und links schauen, und wir können ihr Gesicht sehen.«

Elli ließ die Aufzeichnungen Einzelbild für Einzelbild weiterlaufen. Der Kopf der Frau drehte sich langsam zur Seite. Imani war ganz aufgeregt.

»Scheiße.«

Die Frau hielt in der Bewegung inne, bevor sie sich vollständig ins Profil gedreht hatte, so dass ihr Gesicht auch diesmal nicht richtig zu erkennen war.

»Sie weiß, wo die Kameras sind«, schlussfolgerte Imani. »Anders ist das nicht zu erklären.«

»Was bedeutet, dass sie vorher schon mal da gewesen sein muss, um sich alles anzusehen. Und das wiederum bedeutet, dass es noch mehr Aufzeichnungen von ihr gibt.«

»Ja, aber wir wissen nicht, wann sie da war – vor wie vielen Tagen, Wochen, Monaten oder gar Jahren«, gab Imani zu bedenken. »Da müssten wir ziemlich viele Aufnahmen durchgehen.«

»Sehen wir sie uns doch noch mal genauer an«, schlug Elli vor. »Mal schauen, wo sie hinwill.«

»Bist du dir überhaupt sicher, dass sie es ist?«, fragte Imani.

»So sicher wie du. Du hast sie gestern Abend gesehen, was meinst du?«

»Ich würde sagen, sie ist es.«

»Also dann. Schauen wir weiter.«

Die Frau mit dem Trolley entfernte sich von der Kamera. Irgendetwas an ihr, fand Imani, wirkte merkwürdig, auch wenn sie nicht hätte erklären können, was es war. Sie hatte nur so ein Gefühl.

»Sie sieht ... irgendwie seltsam aus«, meinte Elli.

»Ja, dasselbe habe ich auch gerade gedacht.«

»Ich kann nicht genau sagen, wieso, aber ... seltsam eben.«

Die Frau verschwand aus dem Bild und tauchte auch nicht im Bereich einer der anderen Kameras auf.

»Wo ist sie hin?«, wunderte sich Imani.

»Sie muss an einer Stelle geparkt haben, wo es keine Kameras gibt. Sie hat sich gut vorbereitet.«

»Und wo steckt er?«, fragte Imani. »Man sieht, wie sie weggeht – aber wo ist er?«

»In dem Trolley?«, sagte Elli.

»Darüber denken wir später nach.« Imani erhob sich. »Überprüf mal die rausfahrenden Autos, vielleicht siehst du sie ja.«

»Und wo willst du hin?«

»Zurück an meinen Schreibtisch. Ich möchte mir noch mal die Gäste vornehmen. Die Namen aus dem Malmaison mit denen aus dem Radisson vergleichen. Vielleicht springt mir ja was ins Auge. Mach du hier weiter. Auf jeden Fall haben wir schon mal eine Spur.«

Imani ging, und Elli widmete sich wieder den Aufzeichnungen. Der Vergleich mit *Psycho* hatte ein mulmiges Gefühl in ihr hervorgerufen.

Trotzdem: Als sie den Gang der Frau beobachtete, war sie sicher, dass etwas mit ihr nicht stimmte …

75

»Geht nicht ran«, sagte Moses und beendete die Verbindung, noch ehe die Mailbox ansprang. »Ich sims ihm.« Er hatte den ganzen Vormittag über versucht, Glen Looker zu erreichen. Erst in seinem Büro, jetzt auf dem Handy. Seine Sekretärin hatte gesagt, sie wisse auch nicht, wo er sei und wann er zurückkommen würde. In ihrer Stimme hatte ein Hauch von Besorgnis mitgeschwungen. Moses hatte nicht weiter nachhaken wollen. Das ging ihn nichts an. Vielleicht hatten die beiden was am Laufen, und er hatte ihr gesagt, dass er zu seiner Frau zurückkehren würde. Oder zu seiner Freundin. Oder was auch immer. Er wusste nicht viel über Glen Lookers Privatleben, und er interessierte sich auch nicht dafür. Er brauchte einfach nur seine Hilfe als Anwalt. Es war ein Notfall.

»Ich sims ihm«, sagte er noch einmal. »Schreib ihm, was hier gerade los ist.«

»Was … was ist denn los?«, fragte Letisha.

»Das weißt du doch, Babe«, sagte er, während seine Daumen über die Buchstaben auf dem Display flogen. »Wir müssen weg. Irgendwo untertauchen.«

»Ich weiß, dass es gefährlich ist und alles, das hast du ja

gesagt, aber … können wir nicht lieber hierbleiben? Wenn wir einfach sagen, dass –«

»Nein.« Nachdem er die SMS abgeschickt hatte, legte er sein Handy weg und fasste Letisha bei den Schultern. Nicht grob, aber fest. Er sah ihr direkt in die Augen.

»Du weißt doch, wie solche Sachen ablaufen. Dir muss doch klar gewesen sein, was passiert, als du ins Studio gekommen bist.«

»Ich hatte keine Ahnung, dass Tiny da ist.«

»Wieso sollte er nicht da sein? Zwischen uns herrscht Frieden. Offiziell stehen wir auf derselben Seite. Er war früher schon misstrauisch, aber ich dachte, das hätte sich inzwischen gelegt. Dachte ich wenigstens. Dass er dich und mich zusammen gesehen hat, lässt ihn garantiert wieder ausrasten. Da spielt es gar keine Rolle, aus welchem Grund du da warst. Er hat nichts vergessen. Und er wird's auch nie vergessen. Du weißt doch, wie er tickt. Wozu er fähig ist.«

Letisha erschauerte. Ja, das wusste sie. Sie hatte es mit eigenen Augen gesehen. Sie ließ den Kopf hängen.

»Das Risiko ist zu groß. Wir müssen abhauen. Wenigstens für eine Weile, bis sich die Lage wieder einigermaßen beruhigt hat.« Er nahm die Hände von ihren Schultern, legte eine Hand sanft unter ihr Kinn und hob ihr Gesicht zu seinem empor. »Okay?«

Sie lächelte.

»Okay. Solange, na ja … solange du bei mir bist.«

»Ich bin bei dir, Babe.«

Trotz all der Angst und Gefahr fühlte Letisha einen winzigen Hoffnungsschimmer. »Dann los.«

Sie lösten sich voneinander. Letisha ging ins Schlafzimmer, um zu packen.

»Was soll ich mitnehmen? Was hast du denn mitgenommen?«

»So viel du tragen kannst. Ich hab einfach nur ein paar Klamotten in eine Tasche geworfen. Keine Ahnung, für wie lange wir verschwinden müssen. Sobald wir weg sind, soll Looker sich um alles kümmern. Er kann Verhandlungen anfangen, damit wir irgendwann zurückkommen können.«

Letisha hielt im Packen inne, steckte den Kopf durch die Tür. »Aber was, wenn … du weißt schon. Was, wenn er uns nicht zurückkommen lässt?«

Um Letishas willen rang Moses sich ein aufmunterndes Lächeln ab. »Dann schauen wir eben, wohin es uns verschlägt.«

Sie verschwand beruhigt im Schlafzimmer. Während sie ihre noch halbwegs tragbaren Kleider in eine billige, abgewetzte schwarze Reisetasche stopfte, dachte sie über seine Worte nach. *Dann schauen wir eben, wohin es uns verschlägt.* Das klang gut. Das klang sogar noch besser als eine Rückkehr nach Birmingham. Richtig romantisch. Nur sie beide, irgendwo unterwegs, ohne Plan und Ziel. Ihr Leben ein einziges großes Abenteuer. Zusammen. Je länger Letisha darüber nachdachte, desto mehr wünschte sie es sich. Sie wünschte es sich mehr als alles andere.

Eigentlich war sie froh, dass sie zu ihm ins Studio gegangen war. Froh, dass die Sache mit Darren sie wieder zusammengebracht hatte. Vielleicht war es Schicksal gewesen. Bestimmung. Karma. Sie wusste nicht, was das Wort bedeutete, jedenfalls nicht so richtig, aber sie hatte es mal im Fernsehen gehört und fand, dass es gut klang. Die Leute im Fernsehen hatten erklärt, dass man für alles Schlechte, was einem widerfuhr, auch was Gutes erlebte, solange man selber gut war. Das hörte sich doch schön an. Ihr war im Laufe der Jahre so viel Scheiße passiert, dass das Karma ihr jetzt eine Riesenladung Gutes schuldete.

Und dann klopfte es an der Tür.

Letisha hielt inne.

Es klopfte noch einmal.

So schnell und leise sie konnte, schlüpfte Letisha zurück ins Wohnzimmer. Sie starrte Moses an, und Moses starrte die Tür an. Seine Augen waren groß vor Angst und Entsetzen. Keiner der beiden rührte sich.

Es klopfte wieder. Dann rief jemand: »Hey, Moses, ich weiß, dass du da bist. Dein Wagen steht unten. Mach auf.«

Tinys Stimme.

Als er sie hörte, erwachte Moses aus der Starre, in die ihn das Klopfgeräusch versetzt hatte. Panisch sah er sich im Zimmer um. Stürzte zur Balkontür, riss sie auf. Der Balkon war klein, die Entfernung zum Boden gewaltig. Der Balkon des Nachbarn mehrere Meter entfernt. Vielleicht würde er den Sprung schaffen. Vielleicht aber auch nicht. Und Letisha sowieso nicht.

Er überlegte sogar kurz, ob sie es mit dem Trick versuchen sollten, den er aus Filmen kannte. Der Held – normalerweise James Bond – versteckt sich vor den Bösewichten, indem er unter dem Balkon hängt und sich erst wieder hochzieht, wenn die Luft rein ist.

Klar, geniale Idee. Das würde bestimmt funktionieren. Überhaupt kein Problem.

Es klopfte schon wieder. Tinys Stimme: »Ich werd langsam ungeduldig hier draußen …«

Letisha stand neben ihm und sah ängstlich, aber zugleich voller Vertrauen zu ihm auf. *Wenn ich's ihr sage, würde sie auch vom Balkon springen*, dachte er. *Sie sieht so aus, als wäre sie bereit, mir bis ans Ende der Welt zu folgen.*

»Was machen wir jetzt?«, fragte sie mit brüchiger, kaum hörbarer Stimme.

Moses seufzte. »Lass ihn rein, Babe.« Er klang resigniert. »Was bleibt uns anderes übrig?«

»Aber … können wir nicht …«

»Wir haben's versucht, Babe«, sagte Moses. »Wir haben's versucht.«

Letisha nahm seine Hand. »Ich liebe dich, Moses.«

Er schenkte ihr ein trauriges Lächeln. »Ich lieb dich auch, Babe.«

Moses ließ ihre Hand los und ging zur Tür.

76

»Dann erklären Sie es mir«, sagte der Rechtsprecher. Er stand unmittelbar vor Glen Looker und blockierte das Licht, so dass Looker nichts anderes sah als ihn. Er war seine ganze Welt. »Erklären Sie mir: Wie kann es uns vor einem größeren Übel bewahren, wenn wir ein kleines Übel tolerieren?«

»Sie haben noch nie von diesem Prinzip gehört?«

»Doch, selbstverständlich. Ich habe bloß nie daran geglaubt. Weil es blanker Unsinn ist. So etwas gibt es in Wahrheit nicht.«

»Ich schildere Ihnen ein kleines Beispiel«, sagte Looker, nun wieder ganz der Anwalt, als spräche er zu einem Raum voller Menschen, die es mit seinen Argumenten zu beeindrucken galt. »Natürlich eins, an dem ich selbst beteiligt war.«

Der Rechtsprecher wartete, ein lauernder, bösartiger Schatten, der alles Licht verschluckte.

»Erinnern Sie sich noch an die Bandenkriege?«, fragte Looker. »Hier in Birmingham? Ist noch gar nicht so lange her. Natürlich erinnern Sie sich. Ganz bestimmt.«

»Vage«, antwortete der Rechtsprecher. »Ein Haufen Schwarze, die sich gegenseitig umbringen. Pack dezimiert sich. Hat mich nicht sonderlich interessiert. Je mehr von denen getötet wurden, desto weniger liefen auf den Straßen herum. Ein Gewinn für alle.«

»Schwachsinn«, sagte Looker, der sich langsam warmredete. »Sie haben ja keine Ahnung. Die Bandenkriege haben diese Stadt an den Rand des Ruins gebracht.«

Der Rechtsprecher konnte seine Wut über Lookers nun immer überheblicheren und angriffslustigeren Ton nicht verbergen, sagte jedoch nichts.

»Die Handsworth Boys? Die Chicken Shack Crew? Sagen Ihnen die Namen etwas? Sie haben die Stadt zwischen sich aufgerieben, haben unzählige Menschen auf dem Gewissen. Teenager mit Waffen. Verängstigte Teenager mit Waffen. Erinnern Sie sich nicht mehr an die vielen unschuldigen Kinder, die im Kugelhagel ums Leben gekommen sind? Erschossen, abgestochen? Es stand in allen Zeitungen, kam landesweit in den Nachrichten. Erinnern Sie sich oder nicht?«

»Ja, ich erinnere mich.«

Looker lächelte schmallippig. »Nun: Ich habe dafür gesorgt, dass die Gewalt ein Ende hat. Zumindest war ich an dem Prozess beteiligt. Sagen wir: Ich habe eine zentrale Rolle dabei gespielt, diese Stadt sicherer und friedlicher zu machen.«

»Wie?« Die Stimme des Rechtsprechers klang flach und tonlos.

»Da war ein Bandenführer. Nennen wir ihn Julian.«

»Wilson«, ergänzte der Rechtsprecher.

Looker lächelte breit. »Aha, Sie wissen also doch Bescheid.«

»Fahren Sie fort.«

»In Ordnung. Es war so: Er hatte eine Freundin. Die erste Bitch in seinem Stall – seine Worte, nicht meine. Diese Freundin war nur mit ihm zusammen, weil er ihr ein schönes Leben bieten konnte. Kann sein, dass sie ihn mochte, das will ich nicht ausschließen, aber das, was er ihr geben konnte – das mochte sie noch mehr.«

»Schmuck«, sagte der Rechtsprecher. »Materielle Dinge.« Ein verächtliches Auflachen hinter der Maske.

»Ja«, sagte Looker. »Unter anderem. Aber nicht nur. Auch viel wichtigere Dinge: ein besseres Leben. Einen Ausweg aus dem tristen, perspektivlosen Dasein, in das sie hineingeboren worden war.«

Der Rechtsprecher schwieg.

»Aber es gab da ein Problem. Während dieses Mädchen mit Julian zusammen war, verliebte sie sich in einen anderen. So richtig Hals über Kopf. Und dieser andere war der Anführer einer verfeindeten Gang.«

Der Rechtsprecher gab ein fast schrilles Geräusch von sich. Es sollte wohl ein Lachen sein. »Die Montagues und die Capulets.«

»Wenn man so will. Jedenfalls hatte sie vor, Julian für diesen anderen Gangleader zu verlassen. Nennen wir ihn –«

»Moses Heap.«

Looker lachte. »Ich sehe, Sie tun nur so, als hätten Sie keine Ahnung.«

»Einer von den Handsworth Boys hat Julian Wilson getötet. Das ist allgemein bekannt. Kommen Sie irgendwann zum Punkt?«

»Wenn Sie das glauben, dann wissen Sie längst nicht so viel, wie Sie denken. Das ist lediglich die offizielle Version der Ereignisse. Ich hingegen kenne die Wahrheit. Hören Sie mir zu, dann verrate ich Ihnen, was wirklich passiert ist. Also, wie gesagt, das Mädchen wollte raus aus der Beziehung mit Julian. Leichter gesagt als getan. Und dann bekam Julian auch noch Wind davon. Ich will nicht behaupten, dass das Mädchen die Liebe seines Lebens war. Wahrscheinlich empfand er für sie in etwa das Gleiche wie sie für ihn. Hübscher Armschmuck, sexuell gefügig und so weiter. Aber er wollte nicht sein Gesicht verlieren, konnte nicht dulden, dass sie zum Feind überläuft. Er wäre zum Gespött geworden. Hätte als Schwächling dagestanden. Also hat er versucht, sie umzubringen.«

»Versucht?«

»Versucht. Er hätte jemand anderen damit beauftragen sollen, einen seiner Gefolgsmänner, aber nein, er wollte es unbedingt selber tun. Nur, dass es danebenging. Er hat versucht, sie zu erschießen, es gab ein Handgemenge, sie konnte ihm die Waffe entreißen und hat ihn erschossen.«

»Und all das ist wahr?«

»Aber selbstverständlich. Weil sie danach nicht wusste, was sie tun sollte, hat sie Moses eingeweiht. Die beiden standen nun vor der Wahl: Entweder sie sagen die Wahrheit, liefern sich der Gnade der Polizei aus und schildern, was passiert ist – dass es Notwehr war, weil Julian versucht hat, sie umzubringen. Entweder sie bleiben bei der Wahrheit und vertrauen dem Rechtssystem – ein System, mit dem sie bisher nur negative Erfahrungen gemacht hatten, möchte ich hinzufügen. Nein, sogar noch mehr: ein System, das von vorneherein gegen sie voreingenommen war.«

»Das behaupten doch alle Linken.«

»Ja, mag schon sein«, räumte Looker ein. »Vor allem diejenigen, die tagtäglich mit solchen Tatsachen konfrontiert werden. Wie ich sagte – das war die eine Möglichkeit. Die andere bestand darin, alles zu vertuschen. Deshalb haben sie mich angerufen.«

»Und was sollten Sie tun?«

»Julians Tod inszenieren. Den Anschein erwecken, als wäre er an einem anderen Ort von einer anderen Person getötet worden.«

Der Rechtsprecher beugte sich nach vorn und musterte Looker durch die Augenlöcher seiner Maske. »Warum erzählen Sie mir das alles? Was versprechen Sie sich davon?«

»Was glauben Sie?«, entgegnete Looker lauter als beabsichtigt. »Sie töten mich doch sowieso. Ganz egal, was ich sage und welche Argumente ich liefere, Sie werden mich am Ende töten. Das weiß ich.«

»Das wissen Sie nicht.«

»Doch.« Looker lachte. »Ich kenne Sie besser als Sie sich selbst. Vielleicht will ich es mir einfach nur von der Seele reden. Eine allerletzte Beichte.«

Der Rechtsprecher machte einen Schritt zurück und richtete sich auf, wodurch er erneut das Licht blockierte. »Dann reden Sie weiter.«

»Schön. Wir haben den wahren Tathergang also vertuscht. Ich kenne da ein paar Leute, Freunde von Freunden, die von solchen Dingen Ahnung haben. Ich nehme ihre Hilfe nicht oft in Anspruch, aber manchmal bleibt einem eben nichts anderes übrig ...« Er versuchte sich an einem Achselzucken. Fuhr dann fort: »Aber noch während wir damit beschäftigt sind, kommt Moses die Idee, dass er Julians Tod für etwas anderes nutzen könnte. Nicht nur für sich selbst und Letisha – oje, jetzt ist mir ihr Name herausgerutscht.«

»Weiter.«

»Schon gut. Es geht ihm nicht mehr nur darum, dass er und Letisha ungestraft davonkommen. Er will, dass etwas Gutes aus Julians Tod erwächst. Will ihn als Anlass nehmen für Friedensverhandlungen zwischen den beiden Gangs. Ich warne ihn noch, dass es riskant sei, aber er lässt sich nicht umstimmen. Also macht er Folgendes: Er geht zu Julians jüngerem Bruder Tiny, weil er weiß, dass der nach Julians Tod die Geschäfte übernehmen wird. Man muss wissen, dass Tiny einen ziemlichen Dachschaden hat, nicht gerade psychisch stabil ist, deshalb muss Moses behutsam vorgehen. Das tut er auch. Er sagt Tiny, dass er genug hat vom Blutvergießen und von der Gewalt zwischen den beiden Gangs. Er will Frieden. Tiny ist nicht interessiert. Er lechzt nach Blut. Da macht Moses ihm ein Angebot: Wenn er herausfindet, wer für Julians Tod verantwortlich ist – denn von ihm sei der Befehl ganz sicher nicht gekommen –, wenn er den Schuldigen findet und ihn aus dem Weg räumt, wäre Tiny dann bereit, sich mit ihm an einen Tisch zu setzen? Und Tiny sagt ja.«

»Und dann hat er einen seiner eigenen Leute ans Messer geliefert.«

»Nein. Er hat einen aus seiner Gang gefunden, der bereit war, die Schuld auf sich zu nehmen. Aber er hat ihn nicht umgebracht. An der Stelle kam wieder ich ins Spiel, beziehungsweise ein anderer Freund eines Freundes ... Wir haben dem Gangmitglied eine neue Identität verschafft. Er ist nicht tot, er wohnt in Runcorn. Na ja, manch einer würde vielleicht behaupten, dass das irgendwie dasselbe ist.«

Der Rechtsprecher ließ ihn fortfahren.

»Tiny darf das alles natürlich nie erfahren. Dass Letisha es war, die seinen Bruder getötet hat, und dass derjenige, den er für den Mörder hält, noch am Leben ist. Dass Moses ihn nach Strich und Faden belogen hat. Wenn er das herausfände, wäre es mit dem Frieden vorbei. Moses und Letisha dürfen sich nicht einmal treffen, denn dann würde Tiny sofort misstrauisch werden. Er hat Moses ohnehin nie ganz vertraut, war aber trotzdem bereit, die Sache durchzuziehen.«

»Warum?«

»Weil er erkannt hat, wie gut der Frieden ist. Für alle.«

Looker lehnte sich zurück. Oder versuchte es zumindest.

»Also, bitte. Eine kleine böse Tat wurde vertuscht, um etwas Gutes zu erreichen. Genau genommen war es ja auch keine böse Tat, eher ein Unfall. Also, was sagen Sie dazu, Rechtsprecher?« Looker sprach den Namen mit hörbarem Genuss aus. »Wie passt das in Ihre Philosophie?«

Der Rechtsprecher sagte nichts. Starrte Looker schweigend an.

Looker lächelte. »Dachte ich mir. Also, ich wäre dann nun fertig. Tun Sie mit mir, was Sie wollen, alles Weitere liegt jetzt in Ihren Händen. Aber fair ist fair. Ich habe meine Karten auf den Tisch gelegt, jetzt müssen Sie Ihre auf den Tisch legen. Ich möchte, dass Sie mir von Diana erzählen.«

Der Rechtsprecher sah ihn wortlos an. Das tat er so lange, bis Looker zu zittern begann, weil er fürchtete, nun doch zu weit gegangen zu sein. Dann machte der Rechtsprecher etwas, womit Looker nie im Leben gerechnet hätte. Er riss sich die Maske herunter.

Looker hatte keine Ahnung, wer der Mann war. Seine Augen wirkten jetzt kleiner, sein Gesicht war eher nichtssagend. Trotzdem hörte er nicht auf, Looker anzustarren.

In dem Moment durchfuhr den Anwalt eine Erkenntnis: *Ich habe sein Gesicht gesehen. Ich werde das hier nicht überleben.*

77

Phil legte gerade mit einem leisen Lächeln den Hörer auf, als es an seiner Tür klopfte.

»Ja?«

Nadish steckte den Kopf durch den Spalt. Blickte von rechts nach links, als fürchte er, jemand könne mithören. »Kann ich ... kann ich kurz mit Ihnen sprechen, Boss?«

Phil nahm die Hand vom Telefonhörer und lehnte sich auf seinem Stuhl zurück. »Klar können Sie das. Kommen Sie rein, Nadish. Worum geht's denn?«

Nadish nahm auf dem Stuhl vor dem Schreibtisch Platz. Er wirkte ein wenig verlegen. »Na ja, es ... ich weiß auch nicht recht. Ich hab darüber nachgedacht, was Sie eben beim Briefing gesagt haben. Über das psychologische Profil und so.«

»Was ist damit?«

»Also ... Sie haben ja gesagt, wir sollen noch mal über jeden nachdenken, dem wir begegnet sind und der uns aus dem einen oder anderen Grund im Gedächtnis geblieben ist. Da war dieser Typ ...«

Neugierig geworden, beugte Phil sich über den Schreibtisch.

»Bei dem hatte ich so ein komisches Gefühl.«

»Wie heißt er?«

»Stuart Hinchcliffe. Wohnt gegenüber von dem Lagerhaus, wo wir die beiden Leichen gefunden haben.«

»Ich bin ganz Ohr. Reden Sie weiter.«

»Na ja, er schien mir ein ziemlicher Eigenbrötler zu sein. Ein bisschen sonderbar. Hat erzählt, er sammelt Soulplatten aus den Sechzigern. Das seien die letzten wirklich bedeutenden massengefertigten Produkte oder so was Ähnliches. Er hatte eine alte Jukebox, über die sind wir ins Gespräch gekommen. Ich hab nämlich einen Bekannten, der solche Geräte restauriert. Wir haben uns ein bisschen unterhalten.« Nadish seufzte. »Also, ich glaube, deshalb war ich nicht ganz so ... Na ja, Sie wissen schon – ich hab mich ablenken lassen.«

Phil musterte seinen jüngeren Untergebenen. Trotz aller Fehler besaß Nadish einen guten Instinkt. »Sonst noch was?«

»Na ja, es war eigentlich nur so eine Ahnung. Ich hatte

das Gefühl – also, rückblickend hatte ich das Gefühl, dass er ... sich über mich lustig macht. Mich insgeheim verspottet. Weil ich in seinen Augen bloß ein dummer Bulle bin. Wissen Sie, was ich meine?«

»Ich weiß, was Sie meinen. Ist mir auch schon vorgekommen.«

»Wirklich?«

»Uns allen. Erzählen Sie weiter.«

»Okay.« Nadish legte den Kopf in den Nacken und dachte nach. »Na ja, er wirkte gebildet, aber eben ein bisschen seltsam. Sagte, er lebt mit seiner Schwester zusammen, aber die habe ich nicht gesehen.«

Phil spürte das vertraute Kribbeln, das sich immer dann einstellte, wenn er eine Spur witterte. Dieses Kribbeln war nicht unfehlbar, aber es lohnte sich, ihm nachzugehen.

»Könnte er der Rechtsprecher sein, was meinen Sie?«

»Ich weiß nicht. Jetzt, wo ich es laut sage, klingt das alles ein bisschen ... dürftig. Es war nur so ein Gefühl.«

Phil überlegte kurz. »Wann haben Sie mit ihm gesprochen?«

»Gestern Nachmittag.«

»Um wie viel Uhr?«

Nadish blies die Backen auf und überlegte. »So gegen ... drei?«

Gegen drei. Phil schlug etwas in einer Akte nach, die auf seinem Schreibtisch lag. Der Anruf vom Rechtsprecher war um kurz vor halb vier eingegangen. »Ich habe gestern einen Anruf vom Rechtsprecher bekommen, kurz nachdem Sie mit Stuart Hinchcliffe fertig waren. Er hatte etwas Triumphierendes, als freue er sich über ... einen Sieg. Vielleicht glaubte er, Sie an der Nase herumgeführt zu haben. Vielleicht war das auch der Auslöser dafür, dass er sich gestern Abend Looker geschnappt hat.«

»Verdammt. Glauben Sie, das war meine Schuld? Ich hab ihn entwischen lassen …«

»Sie hätten es doch gar nicht wissen können, Nadish. Wir hätten uns an Ihrer Stelle vermutlich genauso verhalten. Aber danke, dass Sie mir Bescheid gesagt haben.«

»Was soll ich jetzt machen?«

Phil überlegte. »Na ja, wir wollen nicht gleich mit einem Sondereinsatzkommando bei ihm anrücken. Noch nicht. Wir haben keine Beweise gegen ihn, nicht mal einen Anfangsverdacht. Nur Ihren Instinkt – mit dem Sie durchaus richtig liegen können, aber falls Sie sich irren, würde die Presse uns kreuzigen. Erst recht nach der Blamage gestern Abend. Dann können wir als Team geschlossen den Verkehr regeln gehen. Also lassen Sie uns mit Bedacht vorgehen. Nehmen Sie Imani mit und befragen Sie ihn erneut. Wenn Ihr Verdacht sich erhärtet, holen Sie ihn zur Vernehmung aufs Revier. Ich lasse Elli seinen Hintergrund checken, während Sie bei ihm sind. Rufen Sie mich an, falls Sie glauben, dass Sie Verstärkung benötigen. Ich kümmere mich dann um alles Weitere.«

Phil stand auf und nahm seine Jacke von der Rückenlehne des Stuhls.

»Wo wollen Sie denn hin, Boss? Kommen Sie nicht mit?«

»Geht nicht. Das Krankenhaus hat eben angerufen. Ian ist aufgewacht. Er will mich sprechen. Es ist dringend.«

78

Moses und Letisha saßen einander im Wohnzimmer gegenüber. Moses auf der Couch, Letisha im Sessel, flankiert von zwei von Tinys Schlägern. Moses kannte die beiden, hätte sie sogar als seine Freunde bezeichnet – bis gestern. Bis heute. Er kannte ihre Namen, hatte mit ihnen gelacht und gute Zeiten erlebt. Aber das war jetzt wohl vorbei. In ihren Gesichtern hatte sich etwas verändert. Jede Spur von menschlicher Wärme war aus ihnen verschwunden, jetzt war da nur noch Leere. Eine gefährliche, mörderische Leere.

Bestimmt genoss Tiny den Moment, dachte Moses. Es gab da eine Seite an ihm, die er lange unterdrückt hatte, und jetzt durfte er sie endlich wieder zum Vorschein kommen lassen. Als wäre er zu seiner wahren Persönlichkeit zurückgekehrt – oder zu der, die er für seine wahre Persönlichkeit hielt. Zu der, die auszuleben ihm am meisten Spaß machte. Er durchmaß mit großen Schritten die Wohnung, nahm hin und wieder Gegenstände in die Hand, betrachtete sie, beurteilte sie. Und keins dieser Urteile, das sah Moses ihm an, fiel positiv aus.

Er fand auch Letishas Reisetasche, die er auskippte, so dass alle Kleider und Kosmetikartikel herausfielen. Er ließ sie in einem Haufen am Boden liegen und schleuderte die leere Tasche in eine Ecke. Dann konzentrierte er sich auf Letisha.

»Wolltest wohl verreisen, was?«

Sie starrte ihn wortlos an.

Kluges Mädchen, dachte Moses. Angst stand ihr ins Gesicht geschrieben, und trotzdem wollte sie sich nicht einschüchtern lassen. Sie wusste genauso gut wie er: Wenn sie sich erst auf ein Gespräch mit ihm einließen, würde es nicht lange dauern, bis die Wahrheit ans Licht kam. Es wäre klüger, einfach abzuwarten. Sollte Tiny als Erster reden. Mal sehen, wie viel er wusste. Dann konnten sie immer noch weitersehen.

Wenn sie dazu die Gelegenheit bekamen. *Wenn* Tiny vernünftig war. Zwei große *Wenns*.

»Ich hab dich was gefragt, Schlampe.« Tiny baute sich vor ihr auf. Er war nicht groß, wirkte deshalb aber nicht weniger furchteinflößend.

Letisha schluckte. Wandte den Blick ab.

Er packte sie am Kinn. Sie schnappte nach Luft und wand sich in seinem Griff. Moses sah ihr an, dass es ihr weh tat. Dort, wo Tinys Finger sich in ihre Wangen gruben, war ihre Haut fast weiß.

»Ich hab dich was gefragt ...«

Keuchend versuchte sie, sich ihm zu entziehen. Tinys Griff wurde noch härter. »Wolltest du irgendwo hin?«

»Lass sie in Ruhe, Tiny.« Moses ahnte, worauf es hinauslaufen würde. Er wollte Letisha nicht leiden sehen.

Tiny ließ sie los und drehte sich um. »Was willst du? Du hast hier gar nichts zu melden. Du antwortest bloß auf meine Fragen, klar?«

Moses hob die Hände und zuckte mit den Schultern. »Klar, Tiny. Was immer du sagst.«

Tiny nickte. »Schon besser. Zeig mal ein bisschen Respekt.« Er durchquerte das Zimmer und trat dabei nach dem Kleiderhaufen. »Also. Was läuft hier? Was habt ihr mir zu sagen?«

Moses hoffte, dass seine Miene hart war wie Stein. So wie früher in seinen Tagen als Gangster. Damals, als er noch ein anderer Mensch gewesen war. Aber dieser Mensch, erinnerte er sich, war nur äußerlich aus Stein gewesen, innerlich hatte er vor Angst geschlottert. Er sah zu Tiny hoch, und ihn beschlich das Gefühl, dass sich daran in Wahrheit nicht viel geändert hatte.

»Ich hab ihr gesagt, sie soll für eine Weile wegfahren. Hab ihr ein bisschen unter die Arme gegriffen.« Sein Gesicht zeigte keinerlei Regung. Hoffte er jedenfalls.

Tiny reagierte mit einem übertriebenen Achselzucken.

»Warum? Hat sie denn was zu verbergen? Läuft sie vor irgendwas weg? Oder vor jemandem?«

»Ja«, sagte Moses. »Vor den Bullen.«

»Vor den Bullen.«

»Ja«, wiederholte Moses, froh, dass ihm das noch eingefallen war. »Darren Richards' Freundin und ihr Kind wurden ermordet. Letisha hatte was mit Darren, deshalb dachten die Bullen, sie steckt da vielleicht mit drin.«

»Dachten sie das?« Tinys Tonfall verriet, dass er ihm kein Wort glaubte.

»Ja. Das weißt du doch. Sie sind ins Studio gekommen und haben mich verhört. Haben mich sogar mit aufs Revier genommen. Erinnerst du dich nicht mehr, oder was?«

»Doch, ich erinnere mich. Ich war ja dabei.« Jetzt war Tiny derjenige, dessen Gesicht zu Stein wurde.

»Mehr steckt nicht dahinter. Sie haben sie andauernd belästigt, und da ist sie eben zu mir gekommen. Sie war völlig verzweifelt. Ich hab ihr gesagt, sie soll eine Weile wegfahren. Ich hab ihr geholfen, das Nötige zu regeln.«

»Verstehe.« Tiny lächelte. Es war kein angenehmes Lächeln. »Ja, ich weiß noch, wie die Polizei gekommen ist. Sie wollten wissen, ob du hinter den Morden steckst.«

»Schon, aber –«

»Oder ob du sie in Auftrag gegeben hast. Wäre eher dein Stil, oder? Jemand anderen für dich die Drecksarbeit machen zu lassen.«

»Tiny, ich weiß nicht, was –«

Tiny trat drohend auf Moses zu und beugte sich zu ihm herunter, während der Kerl hinter ihm ihn gleichzeitig bei den Schultern packte. Er hatte das Gefühl, in einer Schraubzwinge festzustecken, die immer fester angezogen wurde.

»Machst du so was oft, Mann? Morde in Auftrag geben? Für Freunde?«

»Tiny, ich –«

»Oder für deine Weiber?«

Moses schwieg.

Tiny richtete sich auf. Lächelte, als wäre er überzeugt, im Recht zu sein.

»Nein«, sagte Moses. »So was mache ich nicht. Würde ich auch nicht machen. Niemals.«

Wieder lächelte Tiny. Es sah zum Fürchten aus. »Du lügst«, sagte er.

»Ich lüge nicht –«

»Ich kauf dir die Nummer nicht ab. Ich will die Wahrheit hören.«

Er wandte sich um. Machte seinem anderen Gefolgsmann ein Zeichen. Der trat nach vorn und packte Letisha. Als sie schrie, presste er ihr grob die Hand auf den Mund. Tiny wandte sich wieder Moses zu.

»Ich will endlich die Wahrheit, Moses. Die Wahrheit. Bisher hast du mir nichts als Bullshit aufgetischt. Ich hab seit Jahren so meine Zweifel, was dich angeht. So meinen Verdacht. Aber du hast es immer wieder geschafft, dich da rauszureden. Mich einzulullen.«

»Ich hab dir keinen Bullshit aufgetischt, Tiny. Ich hab nur –«

»Halt dein Maul. Ich war bereit, es unter den Tisch fallen zu lassen. Für den Frieden und das alles. Wir sind gut miteinander ausgekommen. Ich hab sogar angefangen, dir zu glauben. Und dann kreuzt sie plötzlich wieder auf. So wie sie dich angesehen hat – so wie du sie angesehen hast … Da muss mir keiner mehr was erklären. Ich hab sofort geschnallt, was los ist. Auf einmal ist mir alles klargeworden.«

Er stand in der Mitte des Zimmers. Sein Blick ging zwischen Moses und Letisha hin und her.

»Also. Wenn ich dir was antue, bringt das nichts, Moses. Du bist ein Kämpfertyp. Warst du zumindest mal. Vielleicht ist ja noch was davon übrig. Und vielleicht versuchst du dann auch nur wieder, dich da rauszuquatschen, so wie immer.« Er drehte sich zu Letisha um. »Aber die da ...«

»Tiny, nein ...«

Letisha begann zu zappeln. Tinys Handlanger verstärkte seinen Griff.

Tiny lächelte. »Du willst doch nicht, dass er ihr was antut ...«

Moses versuchte aufzustehen, doch der andere Schläger drückte ihn zurück aufs Sofa. »Bitte, Tiny. Bitte nicht ...«

Tiny drehte sich zu dem Kerl um, der Letisha festhielt.

»Lass sie leiden«, sagte er.

79

Marina hörte einen Schrei, gefolgt von Schluchzen. Sie ließ den Teebeutel zurück in die Tasse fallen und rannte ins Schlafzimmer. Anni war aufgewacht.

»Anni?«

Ihre Freundin hob den Kopf. Sie wirkte orientierungslos und benommen. Als sie Marina sah, ließ sie die Schultern hängen.

»Ich habe geträumt, dass er noch da ist, hier bei mir ... Ich habe geträumt ... Und dann bin ich aufgewacht ...« Anni begann zu weinen.

Marina setzte sich neben sie, legte ihr den Arm um die Schultern und zog sie an sich. Sie sagte nichts, spendete ihr einfach nur Nähe, damit sie in Ruhe weinen konnte.

»Oh Gott ... oh Gott ...«

Marina nickte nur stumm.

»Ich wünschte, ich wäre gar nicht aufgewacht. Ich wünschte, ich hätte einfach ... weitergeschlafen. So lange, bis es nicht mehr so weh tut. Falls das jemals aufhört ...«

»Ich weiß«, sagte Marina und streichelte ihr Haar. »Ich weiß.«

Anni machte sich von ihr los und sah sie an. »Ach ja?«

»Ja, Anni.« Marinas Ton blieb freundlich und ruhig.

Anni runzelte die Stirn. »Woher denn?«

»Tony. Der Mann, mit dem ich zusammen war, als ich Phil kennengelernt habe. Weißt du noch?«

»Oh«, sagte Anni. »Stimmt. Entschuldige.«

»Ich weiß, man kann es nicht wirklich vergleichen, aber ...«

»Ja, jetzt fällt es mir wieder ein«, fiel Anni ihr ins Wort. »Er wurde brutal attackiert. Von jemandem, hinter dem wir her waren.«

Marina nickte. Es war das erste Mal seit Jahren, dass sie an Tony dachte. *Wirklich* an ihn dachte. »Ja«, sagte sie. »Aber er hat noch eine Weile gelebt. Wenn man das Leben nennen kann. Ich musste bestimmen, wann die Maschinen abgestellt werden sollten. Das war eine der härtesten Entscheidungen meines Lebens.«

»Bereust du sie?« Annis Stimme war klein und zittrig.

Marina überlegte gründlich, ehe sie antwortete. »Nein. Es war die einzig richtige Entscheidung – rückblickend. Aber damals hat sie mich fast zerrissen. Es hat so weh getan, dass ich ... danach eine Zeitlang überhaupt nicht mehr klarkam. Ich kann von Glück reden, dass Phil in der Phase für mich da war.« Marina verstummte betroffen, als ihr klarwurde, was sie da gesagt hatte. »Tut mir leid«, flüsterte sie.

»Nein«, sagte Anni. »Das ... muss es nicht.« Sie seufzte.

Marina nickte. »Ich denke immer noch an Tony. Manchmal kommt er mir völlig unerwartet in den Sinn. Und so sollte es auch sein. Es wäre nicht richtig, ihn zu vergessen. Egal, was passiert, die Erinnerungen an ihn werden immer bleiben.«

Anni schwieg.

So saßen sie lange da. Keine bewegte sich, keine sprach. Ein Stillleben der Trauer.

Schließlich sagte Anni: »Ich habe das schon so oft gemacht. Und man ahnt ja gar nicht, man denkt nie daran, dass …«

Marina sagte nichts. Ihr Schweigen gab Anni den Mut zum Weiterreden.

»Wie sehr sie leiden. Die Opfer. Die Angehörigen. Ich meine, was müssen sie Schreckliches durchmachen. Man klingelt bei jemandem. Man hat seinen Spruch vorher im Wagen geübt, aber selbst das kann einen nicht darauf vorbereiten, es dann wirklich tun zu müssen. Und es spielt überhaupt keine Rolle, wie oft man es schon gemacht hat, es wird nie leichter. Und trotzdem: Am Ende kann man einfach gehen. Man kann sich aus der Situation verabschieden. Vielleicht geht es einem beschissen – ganz bestimmt sogar –, aber immerhin ist man nicht derjenige, der jetzt in dem Haus sitzt, das man gerade verlassen hat, und mit dem schmerzhaften Verlust klarkommen muss.« Ihr Seufzer klang nach Tränen. »Und jetzt sitze ich hier. Jetzt bin ich diejenige, an deren Tür geklingelt wurde. Jetzt kann ich nicht mehr einfach aufstehen und nach Hause gehen. Ich bin zu Hause …«

Erneut begannen die Tränen zu fließen. Marina hielt ihre Freundin fest im Arm.

Irgendwann beruhigte sie sich. »Soll ich dir einen Tee machen?«, fragte Marina.

Anni lachte traurig auf. »Das sagen wir auch immer. Wenn wir bei den Angehörigen sind. Trinken Sie einen Tee, schön süß und stark, auch wenn Sie gar keinen Zucker mögen. Das wird Ihnen guttun ...« Sie seufzte. »Was für ein dämlicher Scheiß.«

»Manchmal ist es besser, wenn man weiterredet. Einfach irgendwas sagt, egal was.«

Wieder ein Seufzer von Anni. »Ja. Reden. Anreden gegen die Dunkelheit.«

»Heißt das jetzt ja oder nein?«

Anni lächelte. »Ja. Aber ohne Zucker. Ich hasse Zucker.«

Marina brühte zwei Becher Tee auf und trug sie zurück ins Schlafzimmer. Anni hatte sich hingesetzt. Sie war im Bad gewesen, hatte sich das Gesicht gewaschen. Sie lächelte Marina dankbar an, als sie ihr den Tee reichte. »Danke.«

Sie stellte ihre Tasse neben das Bett. Wahrscheinlich würde sie ihn einfach dort stehen lassen und nicht mehr anrühren. Marina hielt ihre Tasse in den Händen.

»Hör mal«, sagte sie irgendwann. »Ich bleibe bei dir, solange du mich brauchst. Solange wie nötig.«

Anni schüttelte den Kopf. »Nein. Das geht nicht.«

»Wieso nicht?«

»Du hast eine Familie in Birmingham, die dich braucht.«

»Anni«, sagte Marina, stellte ihren Becher weg und nahm die Hand ihrer Freundin. »Jetzt brauchst du mich.«

Anni nickte. »Ja. Aber Phil auch. Und Josephina.« Sie atmete tief durch. »Ich ruf meine Schwester an und frage sie, ob sie kommen kann.«

»Wann?«

»Ich mache es heute noch.«

»Ich lasse dich nicht allein, Anni. Gib mir die Nummer, ich rufe für dich an.«

»Später.«

Anni ließ sich zurück in die Kissen sinken. Sie schloss die

Augen, auf einmal sah sie wieder todmüde aus. Marina konnte sich vorstellen, was für grauenhafte Bilder ihr durch den Kopf gehen mussten.

Sie saß bei ihr, bis sie eingeschlafen war.

80

»Mein Vater war Modellbauer«, sagte der Rechtsprecher. »Ein Handwerker vom alten Schlag.«

Looker gab sich Mühe zuzuhören, aber nun, da er statt einer Maske ein echtes, menschliches Gesicht vor sich hatte, fiel es ihm schwerer, sich zu konzentrieren. Er wusste, was er in den nächsten Minuten zu hören bekommen würde, war wichtig – so wichtig, dass seine Reaktion darüber entscheiden würde, ob er lebte oder starb. Da der Rechtsprecher nicht mehr maskiert war, schätzte Looker seine Überlebenschancen als nicht besonders hoch ein.

»Ihr Vater?«, sagte Looker. Er spielte auf Zeit, während er versuchte, sich mit der neuen Situation zurechtzufinden.

»Ja«, sagte der Rechtsprecher. »Mein Vater. Ich erzähle Ihnen von Diana, aber zuerst müssen Sie etwas anderes verstehen. Meinen Vater. Die Familie. Philosophie.«

In seinen Augen lag regelrecht etwas Flehentliches, fand Looker. Entweder er wollte unbedingt verstanden werden, oder er war kurz davor, in den Wahnsinn abzugleiten. Schwer zu sagen.

»Aha. Na dann. Ich höre.«

»Gut. Mein Vater. Er war Handwerker.« In seiner Stimme schwang Stolz mit. »Und Objektivist.« Noch größerer Stolz.

»Ein was?«

Der Rechtsprecher sah seinen Gefangenen an, als hätte

dieser einen unverzeihlichen Fauxpas begangen. »Typisch. So typisch ...«

Looker spürte, dass sein Gesprächspartner ihm jeden Moment entgleiten konnte, und bemühte sich, ihn zurückzuholen. »Was ist das? Ich habe den Ausdruck noch nie gehört.«

»Es handelt sich um eine philosophische Strömung«, erklärte der Rechtsprecher herablassend. »Ehrlicher Lohn für ehrliche Arbeit. Ayn Rand, *Der ewige Quell*. Der Gegenentwurf zum Sozialstaat.« Das letzte Wort klang regelrecht verächtlich. »Freiheit durch Produktivität. Kraft durch Produktivität. Man arbeitet, ansonsten existiert man nicht. Gesellschaft ist eine Illusion.«

»Aha«, sagte Looker. »Habe ich alles schon mal irgendwo gehört.« *Ein bunt zusammengestückelter Flickenteppich, von den Nazis bis zu Thatcher,* dachte er.

»Er war bei uns zu Hause wie ein Gott«, fuhr der Rechtsprecher fort. »Wirklich, ein Gott. Der stärkste Mann, den ich je gekannt habe.« Seine Augen trübten sich, ein wehmütiges Lächeln erschien auf seinen Lippen.

Sieh zu, dass er weiterredet, dachte Looker. *Er ist gerade auf dem Nostalgietrip. Vielleicht stimmt ihn das milder.* »Und was war mit Ihrer Mutter?«

Prompt verflog das Lächeln. »Ein Geist«, sagte er. »Ein Nichts. Sie hat unserem Vater gedient. Das war ihre Aufgabe im Leben. Mehr musste sie nicht tun.«

»Verstehe. Klingt ... nach einer interessanten Konstellation.«

»Es hat funktioniert. Perfekt funktioniert. So, wie es sich gehörte. Bis ...« Er seufzte.

»Bis was?«

»Bis er nicht mehr gebraucht wurde. Die Zeiten hatten sich geändert. Ehrliches Handwerk wurde nicht länger geschätzt. Man bekam keine Anerkennung mehr dafür.« Der Rechtsprecher trat zurück in den Schatten, und auch seine Züge verfinsterten sich. »Er … hat angefangen zu trinken.« Das letzte Wort brachte er nur mühsam über die Lippen, als wäre es mit Schande verbunden. »Viel. Es ging bergab mit ihm.«

»Hätte er sich nicht eine andere Arbeit besorgen können?«

»Nein.« Erneut wurden seine Stimme und seine Augen schärfer. »Er hatte einen Kodex, nach dem er lebte. Was ist ein Mann, wenn er keinen Kodex hat? Keine moralischen Grundsätze? Keine Ethik? Nichts. *Nichts.*«

»Aha. Verstehe.«

»Aber irgendwann konnte er nicht mehr. Es ging nicht.« Die Stimme des Rechtsprechers war schwer von Trauer, als erlebe er alles noch einmal. »Er … ist gestorben. Hat sich das Leben genommen.«

»Das tut mir leid«, sagte Looker. Der Rechtsprecher blickte ihn an, als sähe er ihn zum ersten Mal wirklich. Als hätte er seine Anwesenheit zwischenzeitlich vollkommen vergessen. »Tut es das? Sie kannten ihn doch gar nicht.«

Looker schwieg. Jedes Wort, das er jetzt sagte, konnte das falsche sein. Ihm zur Gefahr werden.

»Ich bin mit Hass in meinem Innern aufgewachsen«, fuhr der Rechtsprecher fort. »Hass darauf, was die Welt – das System – aus einem stolzen, begabten Mann gemacht hatte.«

Looker lauschte schweigend. Wartete.

»Danach hat meine Mutter uns alleine großgezogen.«

»Uns? Das heißt …«

»Diana und mich. Meine Schwester.«

»Aha.« Auch diesmal wartete Looker geduldig.

»Und meine Mutter …« Die Züge des Rechtsprechers verzogen sich vor Zorn. »Meine Mutter hatte Geld. Sie stammte aus einer wohlhabenden Familie. Aber mein Vater war immer zu stolz gewesen, um ihr Geld zu nehmen. Zu stolz. Das war nicht die Rolle der Frau. Der Mann hatte für seine Familie zu sorgen. Der Mann musste sich in der Welt behaupten. So gehörte es sich.« Wieder ein Seufzer. »Aber sie hat ihm heimlich Geld gegeben, das wir zum Leben brauchten. Er hat es angenommen. Ihm blieb nichts anderes übrig, sonst wären wir verhungert. Die Scham darüber war einer der Gründe, die zu seinem Selbstmord geführt haben.« Er war aufgebracht. »Meine Mutter und ihr Geld haben ihn in den Tod getrieben.«

»Was ist aus Ihrer Mutter geworden?«, erkundigte sich Looker, der sich fragte, wann er endlich auf Diana zu sprechen kommen würde.

»Sie ist gestorben. Als ich noch ein Teenager war. Einfach … dahingewelkt. Ich habe alles geerbt. Wir haben alles geerbt, Diana und ich. Und damit fing der ganze Ärger an.«

Looker schwieg. Jetzt kam der Teil, auf den er die ganze Zeit so gespannt gewartet hatte.

81

Sperring öffnete die Augen. »Sie sollten mal den anderen sehen …«

Phil lächelte matt über den schlechten Scherz. Sperring sah furchtbar aus. Er lag flach auf dem Rücken, nur den Kopf leicht erhöht, an mehrere Schläuche und Drähte angeschlossen. Sein ohnehin stattlicher Leibesumfang wirkte durch den dicken Verband an Bauch und Brust noch mächtiger. Sein Gesicht war aschfahl und faltig, als wäre er über Nacht um zehn Jahre gealtert. Die Grimassen, die er zog, wenn er zu sprechen versuchte oder auch nur die geringste

Bewegung machte, verrieten, dass er starke Schmerzen litt. *Früher*, dachte Phil schuldbewusst, *hatte es eine Zeit gegeben, da hätte er sich über das Leiden seines Untergebenen vielleicht sogar gefreut.*

Aber diese Zeiten waren vorbei.

Sperring hatte ein Einzelzimmer bekommen. Phil wusste nicht, ob er die Ruhe schätzte oder ihm die Einsamkeit irgendwann auf den Geist gehen würde. Vermutlich Ersteres.

Phil setzte sich auf den Stuhl neben dem Bett, rückte ihn näher zu Sperring heran. »Wie fühlen Sie sich?«

»Als hätte mir eine Verrückte ein Messer in den Leib gerammt.«

Wieder lächelte Phil. »Tja ... das ist wohl nicht weiter verwunderlich.«

»Ja. Berufsrisiko, wie's so schön heißt.« Sperring begann zu husten. Versuchte es zu unterdrücken. Phil sah ihm an, welche Schmerzen ihm das Husten bereitete, doch indem er es mit Gewalt zurückhielt, machte er es nur noch schlimmer. Schließlich konnte er nicht anders, er musste es rauslassen und die Schmerzen ertragen.

»Mein Gott«, röchelte er hinterher und drückte mit dem Daumen auf einen Knopf, den er in der Hand hielt. »Morphin. Oder so was Ähnliches. Jedenfalls astrein, das Zeug. Jetzt kann ich verstehen, warum Junkies so schnell süchtig werden.«

Phil wartete, bis Sperring halbwegs wieder zu Atem gekommen war, erst dann fuhr er fort. »Aber von den ständigen Schmerzen mal abgesehen«, sagte er betont leichthin, »wie geht es Ihnen?«

»Ist nicht so wichtig«, wiegelte Sperring ab. »Ich muss mit Ihnen reden. Es ist dringend.«

»Worüber?«

»Ich muss Ihnen was sagen.« Sein Gesicht krampfte sich

zusammen, und er ächzte vor Schmerzen. Offenbar tat das Medikament noch nicht seine Wirkung.

»Erzählen Sie.«

»Es ... es ist wichtig.«

»Ja, das haben Sie schon gesagt. Geht es um den Rechtsprecher? Um gestern Abend?«

Sperring runzelte die Stirn. »Was? Nein. Keine Ahnung. Die Erinnerung an gestern Abend ist noch ein bisschen verschwommen. Weiß gar nicht mehr so genau, was da eigentlich passiert ist. Ich war auf der Toilette, hab mich umgedreht ...« Er versuchte ein Achselzucken. »Nichts. Ich zerbreche mir den Kopf, aber es fällt mir nicht mehr ein.« Er seufzte. Die Schmerzmittel schienen allmählich zu wirken. »Wissen Sie, früher dachte ich immer, die Leute reden Blödsinn. Etwas so Wichtiges, etwas so Traumatisches, das würde man doch nicht vergessen. Offenbar schon.«

»Worüber wollten Sie denn nun mit mir reden?«

»Ich glaube, ich hab da eine Spur. Der müssten Sie mal nachgehen.« Er brachte ein dünnes Lächeln zustande. »Ich bin momentan nicht in der Verfassung dazu.«

»Okay. Schießen Sie los.«

»Moses Heap.«

Phil stöhnte. »Ian –«

»Jetzt hören Sie mir doch erst mal zu. Lassen Sie mich ausreden.« Sperring versuchte sich aufzusetzen, wohl um Phil von der Dringlichkeit seines Anliegens zu überzeugen. Die Schmerzen ließen ihn jedoch keuchend zurück in die Kissen sinken.

»Im Moment habe ich keine Kapazitäten frei für Dinge, die nichts mit dem Rechtsprecher zu tun haben«, sagte Phil. »Und Zeit auch nicht.«

»Bitte«, sagte Sperring. »Hören Sie mir doch einfach mal zu. Letisha Watson war gestern bei ihm. Im Studio.«

Phil hob die Schultern. »Na und?«

»Das ist wichtig. Ich war …« Sperring machte ein etwas betretenes Gesicht. »Ich hab sie beschattet. Sie. Ihn.«

»Was?« Unwillkürlich wurde Phil lauter. »Sie sollten im Fall des Rechtsprechers ermitteln, nicht Ihren privaten Rachefeldzug verfolgen.«

»Das war kein Rachefeldzug.« Auf einmal war Sperrings Stimme hart wie Stahl. Auch die Schmerzen und sein angeschlagener Zustand konnten seine energische Persönlichkeit nicht zügeln. »Das war Arbeit. Ich hatte … eine Eingebung. Ich dachte, bei den beiden steckt mehr dahinter, als sie uns gesagt haben. Dass Heap, als wir ihn aufs Revier zitiert haben, sich hinter diesem scheißverdammten korrupten Winkeladvokaten Looker versteckt hat, ist doch ein klarer Beweis dafür. Also hab ich ein bisschen nachgeforscht.«

»Während Sie eigentlich etwas ganz anderes hätten tun sollen.«

Sperring knurrte. »Ist ja schon gut. Sie haben mich erwischt, Boss. Können wir das jetzt abhaken, und Sie hören sich an, was ich zu sagen habe?«

Phil hob die Hände. »Legen Sie los.«

»Ich bin ihnen gefolgt, weil ich den Verdacht hatte, dass da was am Laufen ist. Ich hatte keine Ahnung, was, aber ich wusste es. Ich hatte es im Gespür. Ich stand also draußen vor dem Studio und wartete auf … keine Ahnung – darauf, dass irgendwas passiert.«

»Und ist etwas passiert?« Phils Tonfall machte deutlich, dass er mit einem Nein als Antwort rechnete.

»Na ja«, sagte Sperring. »Das ist es ja gerade. In dem Moment hab ich den Anruf bekommen, dass alle zurück aufs Revier sollen. Aber kurz davor hab ich noch gesehen, wie Letisha Watson im Gebäude verschwunden ist.

Sah ziemlich fertig aus. Sie hat sich die ganze Zeit umgeschaut, wirkte ängstlich und nervös. Dann ist sie reingegangen.«

»Und dann?«

»Keine Ahnung. Dann musste ich ja weg.«

Phil schüttelte den Kopf. »Moses Heap ist nicht der Rechtsprecher. Das dürfte inzwischen ja wohl zweifelsfrei feststehen.«

Sperring packte Phil am Arm. Sein Griff war überraschend fest. Mit beschwörendem Blick fuhr er fort. »Boss, hören Sie mir zu. Ich mache den Job schon lange genug, um zu wissen, wann mein Radar was auffängt. Ich war an etwas dran, das weiß ich ganz genau.«

Sein Griff lockerte sich, dann ließ er kraftlos die Hand fallen.

»Also schön«, sagte Phil nach einer längeren Pause. »Ich prüfe das nach. Wenn ich Zeit habe, schaue ich mal bei ihnen vorbei.«

»Gehen Sie jetzt gleich.«

Phil funkelte ihn an.

»Sir.«

Normalerweise hätte Sperring dabei gegrinst. Oder verächtlich geschnaubt. Doch jetzt tat er nichts dergleichen, sondern blickte ihn einfach nur aufrichtig an. »Tun Sie es sofort. Bitte. Sonst geht uns was durch die Lappen, da bin ich mir hundertprozentig sicher. Was auch immer da im Gange ist, es passiert jetzt, in diesem Moment. Wenn wir das nicht weiterverfolgen, ist es vielleicht zu spät.«

»Gut«, lenkte Phil ein. »Ich fahre bei Letisha Watson vorbei.«

Sperring entspannte sich merklich. »Danke, Boss. Wenn ich mich irre, dürfen Sie es mir vom Lohn abziehen.«

Phil lächelte. »Das mache ich, keine Sorge. Auf die eine

oder andere Weise.« Er stand auf. »Dann gehe ich jetzt mal. Und Sie schonen sich.«

»Was bleibt mir anderes übrig?«

»Ich komme bald wieder. Nächstes Mal bringe ich Weintrauben mit.«

Sperring grinste. »Ich scheiß auf Weintrauben. Wie wär's mit einer Flasche Bell's?«

82

Nun kam der Rechtsprecher mit seiner Geschichte so richtig in Fahrt.

»Diana wollte ... einen draufmachen, so könnte man es wohl bezeichnen. Spaß haben. Sie sagte, sie fände es unerträglich, ständig mit mir und meinem herrschsüchtigen Vater im Haus zu hocken. So hat sie es formuliert. Genau das waren ihre Worte. Und mit ihrer Mutter, die nichts weiter sei als ein jämmerlicher Fußabtreter.« Seine Stimme bebte, als er fortfuhr. »Sie hat gesagt, sie fände es widerlich, zuzuschauen, wie ich meinem Vater in den Arsch krieche. Dass ich alles tun würde, um so zu werden wie er. Dass ich eigentlich *er* sein wolle. Sie hat gesagt, sie könne doch genau sehen, wie mir das schade, wie es mich verbiege ...« Er schüttelte den Kopf. »Sie hatte keine Ahnung. Wusste gar nichts. Ja, ich wollte so sein wie er. Aber doch nur, weil er ein großartiger Mann war. Ich habe ihn *geliebt*.«

Das Echo seiner Worte hallte in dem dunklen Raum wider. Erstarb.

»Diana hat gesagt, ihre Kindheit sei der reinste Horror gewesen«, fuhr er mit gesenkter Stimme fort. »Sie wollte weg. Einfach nur weg. Ich wollte, dass alles so blieb, wie es war. Wollte das Gedächtnis meines Vaters bewahren. Das

Haus und die Werkstatt in ihrem ursprünglichen Zustand erhalten. Dafür sorgen, dass sein Werk, sein Leben nicht in Vergessenheit gerät. Seine Erinnerung am Leben erhalten.« Wieder ein Kopfschütteln. Er wurde noch leiser, als rede er jetzt nur noch mit sich selbst. »Diana und ich haben gestritten. Wir haben einige ... schreckliche Dinge zueinander gesagt. Verletzende Dinge. Voller Absicht.« Er seufzte. »Ich habe ihr gesagt, sie sei nur eine Schlampe. Eine dauerbetrunkene Schlampe, die durch die Stadt zieht, sich Pillen einwirft und jeden vögelt, der sie will. Sie hat auch ein paar fürchterliche Dinge zu mir gesagt.« Er wurde immer leiser und verstummte schließlich.

Looker ahnte, dass er allmählich zum Wesentlichen vordrang, zum Kern der Geschichte. Er musste mit Bedacht vorgehen. »Was denn zum Beispiel?«, fragte er sanft wie ein Priester, der jemandem die Beichte abnimmt.

Der Rechtsprecher seufzte. Er redete genauso leise wie Looker, als akzeptiere er dessen Rolle als Beichtvater. »Ich sei ... nicht ganz richtig im Kopf. Ein Freak. Ich ... ich sei von meinem Vater besessen, und das hätte mich krank gemacht. Mein Vater und das, was er mir früher angetan hat, wären der Grund, weshalb ich krank im Kopf sei. Das hat sie gesagt.«

Looker schwieg. Er ahnte, dass noch mehr kommen würde.

»Sie hat behauptet, ich hätte sie früher manchmal im Badezimmer beobachtet. Und in ihrem Schlafzimmer.« Seine Stimme war noch leiser geworden, als wäre sein Geständnis jetzt nur noch für seine eigenen Ohren bestimmt. »Ich ... ich hätte früher ihre Unterwäsche angezogen, wenn sie nicht da war.«

Hab ich dich, dachte Looker. *Das ist es also.* »Und? Stimmte das denn?«, fragte er.

Der Rechtsprecher nickte. »Ja. Und sie wusste davon – natürlich wusste sie davon. Weil ich ihre ... ihre Höschen ...«

Nachdem die geflüsterten Worte verklungen waren, herrschten nur noch Schweigen und Dunkelheit.

Der Rechtsprecher setzte sich auf einen Stuhl. Er ließ die Schultern hängen und stützte den Kopf in die Hände, den Oberkörper nach vorn gebeugt. »Also ... ich habe sie dafür geschlagen«, sagte er. »Ich musste es tun. Ich durfte ja nicht zulassen, dass sie ...« Ein Seufzer. »Ich musste es tun.« Er sah auf. »Ich wollte es nicht, nicht so hart, aber ... ich war wütend ...«

Seine Schultern bebten, und er begann zu schluchzen, als die Erinnerungen an den Moment über ihn hereinbrachen.

»Sie ist nach hinten gefallen, die Treppe hinunter ... die Treppe zur Werkstatt.«

»War sie tot?«

Der Rechtsprecher nickte. »Sie hat sich das Genick gebrochen. Sie ... sie war ... Sie ist einfach nicht wieder aufgestanden.«

Looker wartete. Auf einmal war ihm kalt.

»Ich hatte solche Angst, wusste nicht, was ich tun soll. Ich war völlig außer mir.« Er seufzte. Sah auf. Seine Augen waren gerötet und feucht. »Aber ich wusste, dass ich etwas tun muss. Also habe ich ... habe ich mich gefragt, was mein Vater tun würde. Ich habe versucht, so zu handeln wie er. Habe mich von seiner Stärke leiten lassen.«

»Und? Was haben Sie gemacht?« Looker war voller Unbehagen. Er hatte eine ziemlich konkrete Ahnung, was jetzt kommen würde.

»Ich habe seine Werkzeuge genommen.« Die Stimme des Rechtsprechers war auf einmal wieder voller Stolz. Selbstgefällig. Er brüstete sich mit seiner Klugheit. Seine Augen leuchteten.

»Ich habe sie zerlegt. Gleich an Ort und Stelle, in der Werkstatt. Das kam mir irgendwie passend vor. Ich meine, sie war ja tot, meine Schwester. Sie war nur noch Fleisch. Einzelteile, die man auseinandernehmen oder zusammensetzen konnte. Dann habe ich sie alle einzeln verpackt und bin mit ihnen zur Müllverbrennungsanlage gefahren. Das war's.« Er lächelte dünn.

»Und keiner hat nachgefragt?«, wollte Looker wissen. »Keiner hat für sie angerufen oder wollte sie besuchen? Keiner ihrer Freunde hat nach ihr gefragt oder ist misstrauisch geworden? Es muss sie doch jemand vermisst haben –«

»Nicht wirklich«, sagte der Rechtsprecher abfällig. »Ein paar Leute haben angerufen. Aber vorbeigekommen ist keiner. Ich habe ihnen einfach gesagt, dass sie ihren Anteil am Erbe genommen hat und davon eine Weltreise macht. Dass ich keine Ahnung habe, wann sie zurückkommt. Irgendwann haben sie sie dann ... vergessen. Haben sich jemand anders gesucht, dem sie auf der Tasche liegen konnten.«

»Sie haben einen Menschen getötet und sind ungestraft davongekommen.«

Der Rechtsprecher stand auf. »Nein«, sagte er und zeigte mit dem Finger auf Looker. »Nein. Da irren Sie sich. Vollkommen. Es ist nämlich so.« Er legte die Hand auf seine Brust, dort, wo sein Herz war. »Ich kann sie noch spüren. Hier drin. In mir. Immer. Sie ist die ganze Zeit bei mir.« Aus seinen Augen leuchtete eine kranke Freude. »Nachdem sie weg war, nachdem ich ihr Fleisch entsorgt hatte, bin ich zusammengebrochen. Wie nach dem Tod meines Vaters. Es war genauso schlimm. Aber dann ist sie zu mir gekommen. Sie hat mir gesagt, was ich tun soll. Was meine Berufung ist.

Diana war diejenige, die mir gesagt hat, dass ich zum Rechtsprecher werden soll. Dass ich für Gerechtigkeit sorgen soll im Namen aller, denen sie bislang verwehrt wurde. Für meinen Vater. Für Diana selbst. Das hat sie mir gesagt. Und genau das habe ich getan.« Der Rechtsprecher lächelte Looker an, als wäre seine Logik unangreifbar.

»Blödsinn«, sagte Looker.

83

Tinys Gefolgsmann packte Letishas Handgelenk und verdrehte es mit einem heftigen Ruck. Sie schnappte nach Luft und schrie auf. In der anderen Hand hielt er eine Zange, zwischen deren Greifbacken er nun ihren kleinen Finger einklemmte. Tiny bückte sich, fischte aus dem Kleiderhaufen am Boden ein T-Shirt heraus, trat zu Letisha und stopfte es ihr grob in den Mund. Sie musste würgen, bekam fast keine Luft mehr.

»Wir wollen ja nicht, dass du die Nachbarn aufweckst«, sagte er, dann nickte er seinem Gefolgsmann zu.

Der erwiderte das Nicken, drückte die Zange fest zusammen und bog ihren Finger zurück. Letisha schrie, auch wenn das T-Shirt in ihrem Mund das Geräusch dämpfte. Ein Knacken war zu hören, dann ließ der Mann die Zange sinken und begutachtete sein Werk. Letishas kleiner Finger hing nutzlos herab.

Tiny hatte alles vollkommen ungerührt mitangesehen. Jetzt wandte er sich an Moses und zog die Augenbrauen hoch. »Reicht das? Oder willst du noch mehr?«

Moses' Brust und Schultern bebten vor mühsam unterdrücktem Zorn. Er wurde von dem anderen Mann auf dem Sofa festgehalten. Er starrte Tiny ins Gesicht. Sein Blick brannte sich förmlich in ihn hinein. Er wünschte ihm den Tod. Einen qualvollen Tod.

Aber da war noch etwas anderes. Mitgefühl für Letisha. Und Angst, was mit ihnen geschehen würde, falls er auspackte. Oder falls er nicht auspackte.

Tiny zuckte mit den Schultern. »Nein? Okay. Wie du willst.« Er drehte sich zu seinem Gefolgsmann um, der auf ein neuerliches Nicken hin die Zange wieder hob. Er packte Letishas Handgelenk fester und nahm sich den nächsten Finger vor. Drückte die Greifbacken zusammen.

»Halt!«, schrie Moses. »Hör auf. Bitte ... tu das nicht, Mann.«

Tiny gab dem Mann ein Zeichen. Der ließ die Zange sinken. In seiner Miene war keinerlei Emotion erkennbar, weder Lust noch Abscheu. Als wäre es ihm vollkommen gleichgültig, ob er ihr Schmerzen zufügte oder nicht. Ein Automat aus Knochen und Fleisch, der den Befehlen seines Meisters bedingungslos gehorchte.

»Hast du mir was zu sagen, Moses?«, fragte Tiny und ging langsam auf ihn zu. »Wenn nicht ...« Er deutete erneut auf den Mann, der Letisha festhielt.

»Ja«, keuchte Moses. »Schon gut. Ich sag's dir. Ich sag dir alles, was du wissen willst. Alles.«

Tiny lächelte. »Na also. Läuft doch.«

»Aber dann musst du sie gehen lassen, Tiny. Du lässt sie frei.«

Tiny lachte. »Schau dich mal um, Bruder. Sieht es so aus, als wärst du in der Position, hier irgendwelche ...« Ihm wollte das passende Wort nicht einfallen, was ihn sichtlich ärgerte. »Schau dich einfach um, Bruder.«

»Lass sie gehen, Tiny«, wiederholte Moses. »Sie hatte mit dem, was deinem Bruder passiert ist, nichts zu tun. Sie ist unschuldig.«

Tiny sah Letisha an, als wäre sie eine minderwertige Lebensform.

»Die? Unschuldig? Die war noch nie unschuldig, Bruder. Nicht seit ihrer Geburt. Die ist eine Nutte, Mann. Lässt sich für Geld vögeln, oder noch schlimmer: weil's ihr Spaß macht.«

Moses bemühte sich, seine Wut zu zügeln. Ruhig und mit fester Stimme redete er auf Tiny ein. »Sie ist unschuldig. Hör auf, ihr weh zu tun. Lass sie gehen.«

Moses merkte, wie Letisha ihn ansah, wie sie versuchte, seinen Blick auf sich zu ziehen, und warnend den Kopf schüttelte. Er achtete nicht auf sie. Sah überallhin, nur nicht in ihre Richtung. Er wusste, was er gleich tun würde. Sie wusste es auch. Und sie wollte ihn unbedingt davon abhalten.

»Ich lass sie gehen, wenn ich mir angehört hab, was du zu sagen hast.«

»Also gut«, sagte Moses. »Ich sag's dir. Aber schön wird's nicht.«

Tiny zog die Brauen zusammen. Er witterte eine Falle. »Was soll das heißen?«

»Es geht um Julian. Deinen Bruder.«

»Was ist mit dem?«

Moses starrte Tiny eindringlich an. Er wollte, dass er ihm zuhörte, ihn verstand. »Er war ein böser Mensch, Tiny. Ein sehr böser Mensch. Ich weiß, du hast ihn verehrt, hast die ganze Zeit geglaubt, er wär ein Held. Aber das war er nicht.«

Moses konnte sehen, wie die Wut in Tiny brodelte, aber er fuhr unbeirrt fort. »Er war ein Monster. Vor allem zu Frauen. Vor allem zu dieser Frau.« Er zeigte auf Letisha. »Wozu er sie gezwungen hat, was sie alles für ihn tun musste … Das würdest du nicht glauben, Mann.«

Tiny lächelte. »Vielleicht doch. Versuch's mal.«

Moses sah den kranken, lüsternen Glanz in Tinys Augen und ahnte, dass es nichts bringen würde, weiter auf ihn einzureden. Offenbar war Tiny genauso schlimm wie sein Bruder. Dennoch, er musste es versuchen. »Er war ein Monster, Tiny. Ein echtes Monster. Und sie«, wieder deutete er auf Letisha, »hatte so was nicht verdient. Sie war zu gut dafür.«

Tiny grinste immer noch. »Klingt ja, als wärst du scharf auf sie.«

»Ich hab mich in sie verliebt, Tiny.«

Tiny lachte schallend. »Oh Mann. Nicht gerade eine kluge Entscheidung, Bruder. Echt nicht.«

»Man kann nicht alles planen«, entgegnete Moses. »Das Herz macht, was es will.«

Wieder musste Tiny lachen. Moses war klar, dass es nicht gut lief. Aber er hatte angefangen, jetzt konnte er nur noch weitermachen.

»Ich hab mich in sie verliebt, Tiny. Das konnte dein Bruder nicht von sich behaupten.«

»Musste er auch nicht«, sagte Tiny nun zunehmend zornig. »Wozu? Sie war seine Bitch, sein Eigentum. Er konnte mit ihr machen, was er wollte. Das war sein gutes Recht.«

»Nein, Tiny, sie war *nicht* sein Eigentum. Er konnte *nicht* mit ihr machen, was er wollte. Sie ist eine Frau. Ein Mensch. Sie gehört niemandem. Okay, sie war seine Freundin, als wir uns verliebt haben. Was mit dem Mädchen von einem anderen anzufangen, das war falsch.«

»Falsch? Du hast ja keine Ahnung, Mann. Aber dafür werd ich dich schon noch zur Kasse bitten.«

»Glaubst du das?«, fragte Moses. »Dass man nur dann ein Mann ist, nur dann stark ist, wenn man andere wie Dreck behandelt? Ihnen weh tut? Sie leiden lässt, sie besitzt? Glaubst du das?«

Tiny gab keine Antwort. Seiner verständnislosen Miene zufolge hatte er noch nie über diese Frage nachgedacht und hatte auch nicht vor, es zu tun.

»Sag mir einfach, was du gemacht hast, Moses. Sag mir, wie du ihn kaltgemacht hast.«

Moses sah ihn an. Er spielte auf Zeit. Versuchte sich eine Geschichte auszudenken, die Tiny glauben würde. Die ihn dazu bringen würde, ihn und Letisha gehen zu lassen.

»Spuck's aus«, fauchte Tiny mit unverhohlener Wut.

»Jemandem weh zu tun, jemanden zu besitzen, das macht dich nicht stark, Tiny. Nicht wirklich. Das macht dich schwach.«

»Ach ja?«, sagte Tiny. »Und was macht einen stark?«

»Liebe«, sagte Moses schlicht.

Tiny lachte, als hätte er noch nie etwas so Komisches gehört. Er jaulte und brüllte vor Lachen, krümmte sich vornüber und stützte die Hände auf die Schenkel. »Liebe ...« Er schüttelte den Kopf und musste schon wieder lachen.

Irgendwann richtete er sich auf und sah Moses mit blitzenden Augen an. Er hatte immer noch nicht aufgehört zu lachen. Er zeigte mit dem Finger auf ihn. »Mann, die Bitch hat dich voll an den Eiern. Aber so richtig. Liebe macht dich nicht stark, Moses. Schau dir doch nur mal an, in welcher Lage du jetzt gerade bist.«

»Nein?«

»Nein«, sagte Tiny endgültig. »Liebe macht dich zu einem Schwächling.«

Bevor Moses etwas erwidern konnte, sah Tiny zu seinem Gefolgsmann, der Letisha festhielt, und gab ihm einen Befehl. »Geh in die Küche. Stell das Gas an.« Danach wandte er sich mit einem Lächeln an Moses. »Der Junge hier wird uns gleich eine kleine Geschichte erzählen.«

84 Der Rechtsprecher starrte Looker an.

»Das war nicht Ihre Schwester, die da mit Ihnen geredet hat«, sagte dieser mit erzwungener Ruhe. »Das waren Ihre eigenen Schuldgefühle.«

»Unsinn«, kam die hitzige Reaktion.

»Das ist kein Unsinn.« Looker wusste, es wäre klüger, nicht zu widersprechen, sondern einfach zuzustimmen, doch er konnte die Sache nicht auf sich beruhen lassen. Er musste den Mann herausfordern. »Sie konnten nicht damit umgehen, was Sie ihr angetan hatten. Ihrer eigenen Schwester. Also haben Sie ihre Schuld externalisiert. Sie mussten jemanden bestrafen, denn sich selbst konnten Sie ja nicht bestrafen. Also haben Sie den Rechtsprecher geschaffen.«

»Seien Sie still ... Seien Sie still ...« Der Rechtsprecher begann vor ihm auf und ab zu gehen.

Looker fiel plötzlich auf, wie klein der Raum war, in dem sie sich befanden. Wie nah der Rechtsprecher ihm kam.

»Schuld ... Schuld ...« Er fuhr zu Looker herum. Sein Blick war wild, in seinen Mundwinkeln stand weißer Schaum. »Sie glauben, aus Schuldgefühlen könnte man all das erreichen, was ich erreicht habe? Könnte die Opfer so gut auswählen, wie ich sie ausgewählt habe? Sich mit Online-Hacktivisten in Verbindung setzen und lernen, wie man Bankkonten knackt? Alles so perfekt planen, wie ich es getan habe? Keine Spuren hinterlassen, vollkommen unsichtbar bleiben?« Der Rechtsprecher schüttelte den Kopf und beugte sich ganz dicht zu Lookers Gesicht herunter. »Das sind nicht die Taten eines von Schuldgefühlen zerfressenen Verstandes. Eines schlechten Gewissens. Das ist Rache. Vergeltung. Gerechtigkeit.«

»Oder das Tun eines kranken Menschen, der nicht weiß,

was er mit seiner Zeit anfangen soll«, hielt Looker dagegen. Auch diese Bemerkung hatte er sich einfach nicht verkneifen können. »Das hier ist keine Origin Story. Sie sind nicht Batman.«

Der Rechtsprecher starrte ihn an. Er atmete heftig durch die Nase, seine Augen waren weit aufgerissen und leuchteten wie rotglühende Kohlen. »Halten Sie den Mund«, sagte er und schlug Looker mit der flachen Hand ins Gesicht.

Der Schlag kam völlig unerwartet. Lookers Kopf flog zur Seite. Hinterher brannte seine Wange wie Feuer, und er hatte den Geschmack von Kleingeld im Mund. Er schmunzelte. *Schon besser*, dachte er. *Jetzt kommen wir allmählich in Fahrt.*

»Sie konnten schlecht selbst das Ziel sein«, sagte er mit einem Mund voller Blut. »Wie hätten Sie sich selbst zur Rechenschaft ziehen sollen? Folglich mussten Sie andere finden …«

»Halten Sie den Mund …« Die zweite Ohrfeige war noch härter. Der Rechtsprecher stand breitbeinig vor ihm. Starrte schweratmend und mit zusammengebissenen Zähnen auf ihn herab. »Sie haben Diana gestern Abend kennengelernt. Haben mit ihr gesprochen. Sind mit ihr hierhergekommen.« Die nächsten Worte spie er Looker ins Gesicht. »Oder etwa nicht?«

»Ich habe *Sie* kennengelernt. In einem Kleid«, sagte Looker.

Erschrocken richtete sich der Rechtsprecher auf. »Sie … wussten es?«

»Natürlich wusste ich es. Wie hätte ich das denn übersehen sollen? Aus der Entfernung waren Sie vielleicht noch einigermaßen überzeugend, Sie haben die passende Figur dazu. Aber aus der Nähe … Ich bitte Sie …« Looker schüttelte den Kopf.

»Nein!«, brüllte der Rechtsprecher. »Es war Diana! Diana! Sie hat mir geholfen …«

»Es war ein Kerl in einem Kleid. Geben Sie's doch zu. Glauben Sie ehrlich, Sie hätten mich damit reingelegt? Im Ernst? Sogar Stevie Wonder hätte gemerkt, dass Sie ein Kerl sind, wenn er so dicht neben Ihnen gesessen hätte wie ich.«

Der Zorn des Rechtsprechers drohte überzukochen. Er tigerte vor Lookers Stuhl auf und ab, ballte wieder und wieder Fäuste. »Und … und warum sind Sie dann mitgekommen? Na? Warum sind Sie mit mir mitgekommen, wenn Sie genau wussten, wer ich bin? Wenn Sie wussten, was passieren würde?«

Looker seufzte. »Ja, ich wusste es. Wahrscheinlich habe ich es die ganze Zeit gewusst. Mir war langweilig. Ich bin nicht mitgekommen, weil Ihr Plan so genial war. Sie hatten einfach Glück. Ich habe mich gelangweilt.«

»Gelangweilt? Was meinen Sie damit?«

Looker seufzte erneut. »Vielleicht haben Sie ja recht. Vielleicht hasse ich meine Arbeit. Die Mandanten, mit denen ich zu tun habe. Vielleicht wollte ich mein Leben ändern und konnte es nicht. Vielleicht schleppe ich zu viel Gepäck mit mir herum. Eine Exfrau, die mich hasst, eine Karriere, die nicht vorangeht. Ich muss immer weiter arbeiten, nur um auf der Stelle stehen zu bleiben. Falls ich jemals Ideale hatte, sind die mir längst abhandengekommen.« Er machte eine Pause. Seine nächsten Worte wählte er mit Bedacht. »Vielleicht bin ich einfach müde. Vielleicht habe ich mein Leben satt. Vielleicht sehe ich keine Perspektive mehr, bin aber ein zu großer Feigling, um die entsprechenden Konsequenzen zu ziehen.«

Der Rechtsprecher stand da, sah ihn an und wusste nicht, was er sagen oder wie er reagieren sollte.

»Also, bitte«, sagte Looker, nun wieder lauter. »Worauf warten Sie noch? Tun Sie es.«

Keine Reaktion.

»Das ist doch sowieso Ihr Plan. Sie wollen mich töten für das, was ich Ihrer Auffassung nach Schlimmes getan habe. Sie haben mich vorverurteilt, und nichts, was ich sage, könnte daran noch etwas ändern. Das ist mir inzwischen klargeworden. Also tun Sie es endlich. Na los doch, tun Sie es. Jetzt.«

Der Rechtsprecher sah sich im Raum um. Er versuchte etwas Vertrautes zu finden, das ihm Halt geben konnte, so sehr verwirrte ihn das, was hier gerade passierte.

Looker spürte seine Unsicherheit und legte nach. »Na los, worauf warten Sie? Sie haben so große Schuldgefühle in sich, die warten nur darauf, an der Welt ausgelassen zu werden. So ist es doch ... Sie haben Ihre Schwester umgebracht.«

»Nein ...«

»Doch, das haben Sie. Sie haben Ihre Schwester umgebracht, und jetzt wollen Sie Ihre Schuld an mir abarbeiten.«

»Nein. Das ist nicht wahr.«

»Schwachsinn. Sie wissen genau, dass es wahr ist. Sie sind so schuldig, wie man nur sein kann. In Wahrheit sind Sie nämlich derjenige, dem hier der Prozess gemacht wurde. Und so lautet das Urteil: schuldig. Sie sind schuldig.«

»Nein ...« Die Verwirrung des Rechtsprechers schlug in Wut um.

»Doch, das sind Sie. Genau das sind Sie. Das und nichts anderes.«

»Nein ...« Seine Wut wallte auf, legte zu. War kurz davor, überzulaufen. »Ich bin nicht schuldig. Ich bin der Rechtsprecher.«

»Dass ich nicht lache«, sagte Looker mit all der Energie, die er in sich angestaut hatte. »Sie sind bloß ein mordender kleiner Versager. Wer weiß, ein guter Anwalt hätte das mit Ihrer Schwester vielleicht auf Totschlag runterhandeln können. Das Geld für einen Rechtsbeistand hätten Sie in jedem Fall gehabt. Aber nein, Sie mussten sich ja für den Weg des Irren entscheiden. Den Weg des bedauernswerten armen Irren. Wie vorhersehbar.«

»Halten Sie den Mund ...« Wieder eine Ohrfeige.

Diesmal war der Schlag so heftig und der Schmerz so scharf, dass Looker Sterne sah. Er wandte mühsam den Kopf, sah den Rechtsprecher an und lächelte. »Mehr haben Sie nicht auf Lager?«

Der Rechtsprecher erwiderte den Blick. Unsicher, ob er seiner Wut freien Lauf lassen oder diesen neuen Gefühlen nachgehen sollte, die da in ihm hochkamen.

»Na, worauf warten Sie noch?« Looker lachte. »Sie schuldzerfressener, nichtsnutziger, Frauenkleider tragender Irrer ...«

Das war zu viel. Der Rechtsprecher nahm einen Schraubenschlüssel von einer Werkbank und begann mit einer rasenden Wut auf Looker einzuschlagen, von der er gar nicht gewusst hatte, dass sie in ihm steckte. Dabei schrie er die ganze Zeit wie von Sinnen.

Die Schläge taten weh. Sie waren schlimmer als alles, was Glen Looker jemals hatte ertragen müssen. Doch mit jedem Schlag rückte der Schmerz in immer weitere Ferne. Die Welt um ihn herum begann zu verschwimmen, und Schwärze umfing ihn.

Glen Looker schloss die Augen. Und dann sah er etwas. Die Schwärze teilte sich, und vor ihm lag ein Inselparadies, wie er es bislang nur in Urlaubsprospekten gesehen hatte. Es war ganz nah. Es rief nach ihm.

Glen Looker war froh, dass es endlich so weit war. Er lächelte. Machte sich auf den Weg.

Für immer.

85

Jessica Elton, geborene Hepburn, stand auf dem winzigen Balkon der Wohnung ihrer Schwester Anni, sog den Rauch ihrer Zigarette ein und blies ihn über die Dächer von Colchester. Marina, die zwei Tassen Kaffee in der Hand hielt, gesellte sich zu ihr.

»Bitte sehr.«

Jessica nickte zum Dank, als sie ihre Tasse entgegennahm. Dann schüttelte sie langsam den Kopf, wie um unangenehme Erinnerungen loszuwerden, und blickte auf die Stadt hinaus.

»Man ist einfach ...« Sie zog erneut an ihrer Zigarette, blies den Rauch aus, setzte dann nochmals an. »Es ist so grauenhaft. Was für eine grauenhafte Geschichte.«

Marina nickte zustimmend, jedoch ohne etwas zu sagen.

Jessica fuhr fort. »Wir wussten, dass es irgendwann dazu kommen würde.«

Marina runzelte die Stirn. »Sie wussten es?«

Jessica wandte sich zu ihr um. »Na ja, Sie verstehen schon. Natürlich wussten wir es nicht. Aber wir haben es geahnt. Daran gedacht. Uns davor gefürchtet. Als Anni bei der Polizei anfing, war es für unsere Mutter besonders schlimm. Wann immer in den Nachrichten etwas über einen getöteten oder verletzten Polizisten kam, dachte sie sofort, dass es Anni war.«

»So ist das wohl«, antwortete Marina. »Eine ganz natürliche Reaktion. Mein Mann ist Annis Boss. War ihr Boss. Von daher weiß ich genau, was Sie meinen.«

»Aber trotzdem erlauben Sie ihm, diese Arbeit zu machen.«

»Was soll ich denn tun? Das ist sein Beruf, der ist ein Teil von ihm. Er war schon in einigen ... sagen wir mal brenzligen Situationen. Ich auch. Aber bis jetzt haben wir es immer geschafft.«

Jessica nickte. »Mickey hatte nicht so viel Glück.« Sie wandte sich ab und ließ den Blick einmal mehr über die Stadt schweifen.

»Nein«, sagte Marina mit einem Seufzer. »Das hatte er nicht.« Genau wie Jessica schaute auch sie auf die Stadt. »Daran muss ich jedes Mal denken, wenn Phil oder mir etwas passiert. Oder Anni ... irgendeinem aus dem Team. Ich denke dann: Wir haben es geschafft, diesmal sind wir mit heiler Haut davongekommen. Das nächste Mal haben wir vielleicht nicht so viel Glück.«

»So wie Mickey.«

»Ja.« Mehr gab es nicht zu sagen.

Sie standen schweigend auf dem Balkon und beobachteten den vorbeiströmenden Verkehr.

»Als der Anruf kam, wissen Sie, was ich da als Erstes gedacht habe?«, sagte Jessica. Sie redete gleich weiter, ohne Marinas Antwort abzuwarten. »Ich dachte: Oh Gott, es ist was mit Anni. Ihr ist was zugestoßen. Das Schlimmste ist eingetreten. Und dann war es Mickey. Und wissen Sie, was das Schreckliche ist? Ich dachte: Gott sei Dank ist er es und nicht sie. Es war nur ein ganz kurzer Moment, aber ich habe es gedacht.« Sie sah Marina schuldbewusst an. »Ist das nicht furchtbar?«

»Machen Sie sich deswegen keine Vorwürfe«, sagte Marina. »Sie ist Ihre Schwester. Das ist eine vollkommen verständliche Reaktion.«

Jessica wandte sich ab. Sie antwortete nicht.

Schweigen.

»Wie machen Sie das nur?«, fragte sie dann, noch immer geradeaus starrend. »Wie halten Sie das jeden Tag aus? Ständig Angst zu haben, dass er vielleicht nicht nach Hause kommt. Sich andauernd zu fragen, wo er wohl gerade ist.«

»Das kommt nicht jeden Tag vor«, sagte Marina. »Ich sage mir immer, wenn man sich alles vorstellt, was an einem Tag schiefgehen kann, dann wird nichts schiefgehen. Das ist jetzt nicht mein Rat als Psychologin, aber so mache ich es immer. Es sind nur die Tage, an denen man nicht mit dem Schlimmsten rechnet, die einem gefährlich werden können.«

»Hey«, sagte jemand hinter ihnen. Sie drehten sich um. Anni war zu ihnen auf den Balkon gekommen.

»Ich habe gar nicht gehört, wie du aufgestanden bist«, sagte Jessica, drehte sich kurz um, schnippte die Kippe über das Geländer und trat dann zu ihrer Schwester, um sie in den Arm zu nehmen. »Wie geht es dir?«

Anni zuckte nur mit den Schultern.

»Willst du einen Kaffee?«, fragte Marina. »Ich habe gerade welchen gemacht.«

Anni schüttelte den Kopf.

»Okay«, sagte Marina. »Na ja, falls du deine Meinung noch änderst –«

»Bitte, Marina. Lass gut sein ... ich ... Ich brauche einfach Raum. Das ist alles.« Sie sah Jessica an. »Das ist wirklich alles. Ich muss irgendwie damit klarkommen ... es verarbeiten ...« Sie seufzte schwer. Man hörte ihr an, dass sie nervlich noch immer am Ende war.

Marina und Jessica wechselten einen Blick. Marina nickte. »Dann gehe ich mal«, sagte sie.

Anni sah auf. »So hatte ich das nicht –«

»Ich weiß«, beruhigte Marina sie. »Ich gebe dir nur den Raum, den du brauchst. Jessica kümmert sich um dich.«

Anni umarmte Marina. »Danke. Du bist ...« Ihr kamen die Tränen.

»Schon gut. Ich ruf dich später an.«

Marina wandte sich von den zwei Schwestern ab, suchte ihre Sachen zusammen und machte sich auf den Heimweg nach Birmingham. Zu ihrem Mann und ihrer Tochter.

Sie dachte an ihre Unterhaltung mit Jessica und hoffte, dass dies nicht einer der Tage werden würde, an denen sie vergaß, sich das Schlimmste vorzustellen.

86

»Imani Oliver.« Sie nahm das Handy ans Ohr und drehte die Musik im Wagen leiser. Sie waren gerade auf dem Weg zu Hinchcliffes Haus. Nadish saß am Steuer. Er wusste, dass der Anruf höchstwahrscheinlich beruflicher Natur war, und sah sie fragend an.

»Hi, Imani. Elli hier.«

»Ich stelle kurz auf Freisprecher, dann kann Nadish mithören.«

Sie tat es und schaltete auch das Radio aus.

»Okay. Seid ihr schon da?«

»Immer noch unterwegs«, sagte Nadish. »Ziemlich viel Verkehr.«

»Ich hab eine Überraschung für euch. Ich hab die Vergangenheit dieses Stuart Hinchcliffe ein bisschen unter die Lupe genommen. Ich glaube, ihr solltet über ihn Bescheid wissen, bevor ihr ihn befragt. Ich hab auch noch mal die Gästelisten vom Malmaison und vom Radisson Blu für die fraglichen Nächte miteinander verglichen. In beiden Fällen war ein Zimmer auf einen weiblichen Gast namens Diana Hinchcliffe gebucht worden.«

»Gibt's eine Beziehung zwischen denen?«, wollte Imani wissen.

»Jedenfalls haben bei mir sämtliche Alarmglocken geklingelt, also habe ich weitergegraben. Wie es aussieht, hatte Stuart Hinchcliffe eine Schwester mit Namen Diana. Wohnhaft unter derselben Adresse. Mutter und Vater sind beide verstorben.«

»Er hat mir gesagt, er lebt mit seiner Schwester zusammen«, warf Nadish ein. »Aber gesehen habe ich sie nicht. Sie war nicht zu Hause.«

»Das ist sie schon lange nicht mehr«, meinte Elli. »Vor vier oder fünf Jahren haben die beiden viel Geld geerbt, und seitdem hat man nie wieder von ihr gehört.«

»Nie wieder?«, fragte Imani.

»Stuart Hinchcliffe hat allen gesagt, sie befände sich auf Weltreise, danach scheint sich keiner mehr sonderlich für sie interessiert zu haben.«

»Glaubst du, sie ist wieder zurück?«, fragte Nadish. »War sie das gestern Abend mit Glen Looker?«

»Wäre nicht sehr schlau, ihren richtigen Namen zu benutzen, um in dem Hotel einzuchecken. Das würde uns doch sofort auf ihre Spur führen«, wandte Imani ein.

»Vielleicht dachte er, wir würden nach einem Kerl Ausschau halten«, erwiderte Nadish.

»Konntest du irgendetwas über die Kreditkarte herausfinden?«, wollte Imani wissen.

»Dazu wollte ich gerade kommen«, sagte Elli. »Die Kreditkarte, mit der bezahlt wurde, ist auf Diana Hinchcliffe ausgestellt. Unter der Adresse in der Legge Lane.«

Nadish und Imani tauschten einen Blick. »Wäre er wirklich so dämlich?«, fragte Nadish.

»Wenn er glaubt, dass er nicht gefasst werden kann – möglicherweise«, meinte Imani.

»Da ist noch was«, sagte Elli. »Die Idee ist mir eben erst gekommen.«

Sie warteten.

»Ich hab mir noch mal die Aufnahmen von letzter Nacht angeschaut. Und diese Frau – Diana, wenn sie es denn ist – die sieht irgendwie merkwürdig aus.«

»Inwiefern?«, hakte Imani nach.

»Sie wirkt ganz überzeugend, aber ich glaube, sie könnte ein Mann sein. Womöglich Stuart Hinchcliffe in Frauenkleidern?«

Nadish lachte überrascht auf. »Ach du lieber Gott …«

»Ernsthaft?«, fragte Imani.

»Ich bin mir einigermaßen sicher. Würde doch Sinn machen: Er hat das Zimmer in ihrem Namen gebucht und ihre Kreditkarte dafür benutzt.«

»Aber wo ist dann Diana?«, wollte Imani wissen.

»Das müssen wir Stuart Hinchcliffe selber fragen«, meinte Nadish.

»Soll ich Cotter Bescheid geben?«, fragte Elli. »Damit sie Verstärkung für euch anfordert?«

»Cotter?«, fragte Imani. »Wo ist denn Phil?«

»Immer noch bei Sperring im Krankenhaus. Angeblich hatte Sperring irgendeine Info für ihn. Ich habe versucht, ihn zu erreichen, kriege ihn aber nicht an die Strippe. Lande immer gleich auf der Mailbox.«

Erneut ging ein Blick zwischen Imani und Nadish hin und her. Schließlich zuckte er mit den Achseln. »Der Boss hat gesagt, wir sollen Hinchcliffe nur befragen. Er hat's extra noch mal betont, damit ich's auch ja kapiere.«

»Aber verändert das nicht die Lage?«, fragte Imani.

»Also, was soll ich denn jetzt machen?«, wollte Elli von ihnen wissen.

Imani überlegte. »Lass erst mal alles, wie es ist«, entschied sie schließlich. »Wir melden uns sofort per Funk, falls was sein sollte.«

Elli legte auf. Nadish und Imani sahen sich an.

Nadish trat aufs Gas.

87

»Sie hätten mich nicht wütend machen dürfen ... hätten mich nicht als Schwächling hinstellen dürfen ...«

Der Rechtsprecher stand ohne Maske über dem entstellten Leichnam von Glen Looker. Er streckte eine Hand aus und bewegte das, was noch von Lookers Kopf übrig war, von rechts nach links. Er war immer noch an den Stuhl gefesselt, der mit der Werkbank verschraubt war. Nur deshalb befand sich der Großteil seines Körpers noch dort, wo er hingehörte.

»Das hätten Sie nicht tun dürfen ...«

Lookers Kopf gab bei der Berührung ein nasses, schmatzendes Geräusch von sich.

Der Rechtsprecher sprudelte förmlich vor Energie. Glen Looker totzuschlagen war falsch gewesen, das wusste er jetzt. Doch sobald er einmal angefangen hatte, war ein gerechter Zorn über ihn gekommen, und er hatte nicht mehr aufhören können.

Wenigstens versuchte er sich davon zu überzeugen, dass sein Zorn gerecht gewesen war. Er versuchte es immer wieder.

»Sie sind selbst schuld«, meinte er anklagend zu Lookers zertrümmertem Schädel. Er ignorierte das Blut und die anderen Flüssigkeiten, die seine Ärmel tränkten. »An allem. Sie haben mich dazu gezwungen. Sie haben mich gezwungen, Ihnen von Diana zu erzählen. Und von den anderen Sachen. Ich habe mich schwach gefühlt. Sie haben mich ausgelacht ...«

Er spürte erneut diese unbändige Wut in sich hochkommen und versetzte dem Kopf einen heftigen Schlag, so dass er nach hinten kippte.

Der Rechtsprecher richtete sich auf. Sah sich in der Werkstatt um. Ließ die Geschichte des Ortes auf sich wirken. Versuchte – nicht zum ersten Mal – ein Gespür dafür zu entwickeln, was sie seinem Vater bedeutet haben musste. Wie stolz er gewesen sein musste, seine Arbeitstage hier zu verbringen. Wie es sich für ihn angefühlt haben musste, wenn er ein Projekt abgeschlossen hatte und im Wissen, etwas geleistet zu haben, hocherhobenen Hauptes sein Honorar entgegennehmen konnte. Wie er sich danach mit neugewonnenem Optimismus an sein nächstes Werk machte.

All das war für den Rechtsprecher eine gänzlich fremde Welt. Er hatte nie eine richtige Arbeit gehabt, immer nur vom Geld seiner Mutter gelebt. Er hatte nie erfahren, wie es war zu arbeiten, hatte sich dem Gefühl allenfalls mit seiner Vorstellungskraft nähern können.

Der Rechtsprecher zu werden hatte auch eine Wiedergutmachung dafür sein sollen. Ein Weg, das Gleichgewicht wiederherzustellen, damit sein Vater postum stolz auf ihn sein konnte. Deshalb hatte er Looker auch in die Werkstatt gebracht. Es war ihm wichtig erschienen.

Inzwischen war er sich nicht mehr so sicher. War sich bei gar nichts mehr sicher.

Er blickte auf die Leiche herab. Seufzte. Das war das Ende. Er spürte es. Er hatte einen Fehler gemacht, einen gravierenden Fehler. Statt sich an seinen Plan zu halten, den er mit solcher Sorgfalt ausgearbeitet hatte, war er zum Spielball seiner Gefühle geworden. Hatte sich von ihnen überwältigen lassen. Er hätte sie zügeln, hätte das große Ganze im Blick behalten müssen.

Er hatte genau das getan, was Glen Looker von ihm gewollt hatte. Er hatte ihn getötet. Der Mann war ein elender Feigling. Er hatte es nicht selbst geschafft, also hatte er den Rechtsprecher gezwungen, es zu tun. Doch das war nicht alles. Da war noch ein anderes Gefühl, das in seinem Innern brodelte und brannte. Er war seiner Hinrichtung im Namen der Gerechtigkeit beraubt worden. Denn eins wusste er, wenn er ganz ehrlich zu sich war: Sein Zorn war nicht gerecht gewesen. Nichts von dem, was er getan oder zu Looker gesagt hatte, war gerecht gewesen. Er war manipuliert und benutzt worden.

Ausgetrickst.

Die Empfindung, die sich nun durch sein Inneres wühlte, hätte er nicht benennen können. Aber sie zerrte an ihm, sprach laut und drängend zu ihm. Er musste etwas unternehmen. Das Gleichgewicht musste wiederhergestellt werden.

Er schloss die Augen. Wartete. Nichts. Er hatte gehofft, Diana würde kommen und mit ihm reden. Ihm sagen, was er tun sollte. Ihm einen Rat geben. Doch nichts geschah. Selbst Diana hatte ihn im Stich gelassen.

Er betrachtete erneut die Leiche und sah Lookers Handy aus der Innentasche seiner Jacke hervorschauen. Es musste herausgerutscht sein, während er auf ihn eingeschlagen hatte. Der Rechtsprecher zog es heraus und warf einen Blick auf das Display. Eine SMS von Moses Heap. Er klappte das Handy auf. Las die SMS.

Bin bei Letisha. Müssen weg hier, SOFORT. Brauchen Ihre Hilfe. Kommen Sie so schnell wie möglich.

Der Rechtsprecher warf das Handy auf die Werkbank und lächelte. Nickte. Oh ja. Das war ein Zeichen. Das war göttliche Fügung. Hier, an einem Ort, der seinem Vater so wichtig gewesen war, hatte er den Schlüssel zu seiner Erlösung gefunden. Einen neuen Pfad, dem es zu folgen galt.

Wenn wirklich alles zu Ende ging, könnte dies sein letzter ruhmreicher Akt werden. Die beiden hatten einen Mord begangen und waren ungestraft davongekommen. Glaubten sie wenigstens.

Erneut blickte er sich in der Werkstatt um. Er konnte nur hoffen, dass niemand herkam, solange er fort war, und die Leiche entdeckte. Dann ließe sich vielleicht noch alles retten. Dann konnte er noch einmal ganz von vorn anfangen. Nur noch dieser eine Akt der Gerechtigkeit. Danach wartete die Zukunft auf ihn.

Er wandte sich ab und ging.

In seine Waffenkammer. Um sich für die Schlacht zu rüsten.

88

»Es ist nicht abgeschlossen …«

Nadish versetzte der Tür zu Hinchcliffes Haus einen leichten Stoß, woraufhin diese ein Stück aufschwang. Er sah Imani an.

»Was meinst du?«, fragte er. »Sollen wir reingehen?«

»Der Boss hat gesagt, wir sollen mit ihm reden«, sagte Imani. »Mehr nicht. Wenn die Tür unverschlossen ist und Gitter vor den Fenstern sind, liegt meines Erachtens ein hinreichender Grund für das Betreten seiner Wohnung vor.«

Nadish lächelte grimmig. »Ich hab gehofft, dass du das sagen würdest.« Er gab der Tür einen zweiten, etwas kräftigeren Stoß, bis sie ganz offen stand. Nadish betrat das Haus und sah sich um. Imani folgte ihm.

»Mr Hinchcliffe?«, rief er ins Halbdunkel. Er wartete auf

eine Antwort, bekam jedoch keine. »Hier ist Detective Constable Khan. Wir haben uns gestern unterhalten.« Nichts. »Ich hätte da noch ein paar Fragen an Sie.« Stille. »Mr Hinchcliffe?«

Er stand im ersten Raum des Hauses, der Werkstatt. Seine Augen brauchten Zeit, um sich an die Düsternis zu gewöhnen.

»Lichtschalter?«, fragte Imani.

»An der Wand. Wahrscheinlich ...«, antwortete Nadish. »Ich war auch erst einmal hier. Glaubst du, ich kenne mich hier aus?«

»Empfindlich«, sagte Imani.

»Was denkst du denn, wo der Schalter ist? Blöde Frage.«

Imani vermutete, dass Nadish einfach nervös war und deshalb so ungehalten reagierte. Sie ließ die Sache auf sich beruhen. Hätte es einen anderen Grund für sein Verhalten gegeben, hätte er garantiert etwas gesagt.

Sie ging zur Wand und tastete mit den Fingern. Sie erfühlte diverse Gegenstände: Werkzeuge. Suchte weiter. Irgendwann hatte sie den Schalter gefunden und betätigte ihn.

Die Leuchtröhren an der Decke erwachten flimmernd zum Leben. Gleich darauf wünschte sie, sie hätte das Licht ausgelassen.

»Heilige Jungfrau Maria ...«

Entsetzt, aber zugleich unfähig, den Blick abzuwenden, starrte sie auf das Grauen, das sich ihr darbot. Als sie sich umdrehte, war Nadish bereits zur Tür gestürzt. Sie konnte hören, wie er sich draußen vor dem Haus übergab.

Sie fasste in ihre Tasche, holte ein Paar Latexhandschuhe heraus und zog sie über. Dann trat sie auf die Leiche zu.

»Ich glaube, wir haben Glen Looker gefunden«, rief sie. »Und ich glaube, aus unserem freundlichen Gespräch mit

Hinchcliffe wird wohl nichts mehr.« Langsam und vorsichtig, um ja nicht den Tatort zu verunreinigen, ging sie rückwärts aus der Werkstatt. Dabei fiel ihr etwas auf. Auf der Werkbank, an der Lookers Stuhllehne befestigt war, lag ein blutverschmiertes Handy. Sie bückte sich und betrachtete es. Schaltete es ein. Der Bildschirm leuchtete auf, und sie sah die SMS, die zuletzt aufgerufen worden war.

Als sie sie las, lief ein Schauer ihren Rücken hinab. Warum lag das Handy hier? Und warum war ausgerechnet diese Nachricht zu sehen? Sie warf erneut einen Blick auf das Display, um nachzuschauen, um wie viel Uhr die SMS geschickt worden war. Am Vormittag. Sie bezweifelte, dass Looker die Nachricht gelesen hatte. Somit blieb nur noch eine weitere Person.

Sie stürzte nach draußen auf die Straße, ihr Telefon bereits in der Hand. Als Nadish sie kommen sah, machte er ein beschämtes Gesicht. Er wollte zu einer Entschuldigung ansetzen, doch sie gab ihm keine Gelegenheit dazu, sondern brachte ihn mit erhobener Hand zum Schweigen. Am anderen Ende meldete sich jemand.

»Elli? Imani. Ich brauche die Adresse von Letisha Watson. Jetzt sofort. Und gib dem Boss Bescheid. Sag ihm, er soll so schnell wie möglich dorthin kommen. Mit Verstärkung.«

»Okay. Sonst noch was?«

»Ja«, sagte Imani mit einem Blick auf Nadish. »Wir wissen jetzt, wer der Rechtsprecher ist. Und wo er als Nächstes hinwill.«

89 Letisha konnte es nicht länger ertragen. Und wenn sie es schon nicht ertragen konnte, wollte sie sich gar nicht ausmalen, was Moses durchmachte.

Tinys Leute hatten ihn in die Küche gezerrt. Sie hatten ihn zu zweit festhalten müssen, so heftig hatte er sich gewehrt. Er hatte geschrien und getobt, wollte Hilfe herbeischreien, Aufmerksamkeit erregen. Sein Gesicht eine einzige Maske des Entsetzens. Einer von Tinys Männern hatte ihm mit solcher Wucht die Faust in den Magen gerammt, dass Letisha befürchtete, sie würde geradewegs durch seinen Körper gehen und im Rücken wieder herauskommen.

Moses krümmte sich unter dem Schlag zusammen. Viel fehlte nicht, und er hätte sich vor Schmerzen übergeben.

»Jammer nicht rum«, sagte Tiny. Dann fand er ein Geschirrtuch und stopfte es ihm in den Mund. Ganz tief in den Rachen, so dass er fast daran erstickte. Dann ging er zurück ins Wohnzimmer und schleifte Letisha an den Haaren in die Küche. Sie leistete keinerlei Widerstand. Inzwischen war ihr Wille so gut wie gebrochen.

»Sieh gut hin«, befahl er ihr. »Schau dir an, was dein Lover für dich auf sich nimmt. Schau dir an, wie ich Rache für meinen Bruder nehme. Für seinen Tod.«

Der Gasherd war an, alle vier Flammen brannten. Die Flamme links vorne, wo Moses stand, war die größte. Einer von Tinys Männern drehte sie bis zum Anschlag auf.

»Bereit?«, fragte Tiny mit einem ekelhaften Lächeln.

Moses sah aus, als würde er jeden Moment in Ohnmacht fallen. Mit vor Angst weit aufgerissenen Augen starrte er in die Flammen. Angst vor dem, was sie gleich tun würden, Angst davor, welchen Teil seines Körpers sie ins Feuer halten würden.

Einer der Männer packte seine Hand. Moses versuchte

sich dem Griff zu entwinden, hörte das Wimmern, das durch das schmutzige Tuch aus seiner Kehle drang. Schüttelte in verzweifelter Panik den Kopf.

Tiny nickte. »Oh ja ...«

Der Mann hielt Moses' Hand über die Gasflamme. Moses schrie auf. Heulte. Winselte.

Ein Geruch von verbrannter Haut und versengten Haaren breitete sich in der Küche aus. Die winzige Wohnung war nun erfüllt von Schmerz und Leiden.

Moses sah zu, wie seine linke Hand von den Flammen verzehrt wurde. Wie seine Haut Risse bekam und aufsprang, wie Blut und Fleisch sich schwarz färbten. Im vergeblichen Versuch, sie zu schützen, ballte er die Hand zur Faust.

Tiny machte seinem Mann ein Zeichen. Der zog Moses' Hand aus den Flammen. Moses starrte Tiny an. Seine Schmerzen waren so stark, dass er sich kaum aufrecht halten konnte. Er drohte in die Bewusstlosigkeit abzugleiten.

»Du hast also meinen Bruder kaltgemacht, ja? Du warst es. Für diese dreckige Schlampe da.« Tiny zeigte auf Letisha.

Letisha schüttelte den Kopf, flehte Moses an, nicht für sie die Schuld auf sich zu nehmen. In dieser Sekunde wusste Moses, wenn sie keinen Knebel im Mund gehabt hätte, hätte sie Tiny alles gesagt. Was damals wirklich passiert war. Wer wirklich die Schuld an Julians Tod trug. Moses wusste auch, dass er es auf keinen Fall so weit kommen lassen durfte.

Trotz der unerträglichen Schmerzen nickte er.

»Ich hoffe, sie war's wert, Bruder«, sagte Tiny. »Ich hoffe, sie war ein guter Fick.«

Moses schloss die Augen.

Erneut nickte Tiny seinem Handlanger zu. »Jetzt sein Gesicht.«

Letisha begann durch ihren Knebel wie von Sinnen zu schreien und versuchte verzweifelt, sich Tinys Griff zu entwinden. Doch der hielt sie nur noch eiserner fest.

Der Mann packte Moses am Hinterkopf und begann ihn in Richtung der Gasflamme zu drücken. Moses wehrte sich mit aller Kraft, versuchte ihn abzuschütteln, irgendetwas zu tun, um dem Unvermeidlichen doch noch zu entgehen.

Zwecklos. Die beiden Männer waren stärker und größer als er. Er hatte keine Chance.

Sein Gesicht berührte das Feuer. Er spürte, wie seine linke Wange Blasen schlug und der Schmerz durch seinen ganzen Körper jagte. Er roch, wie sein Haar verbrannte. Spürte, wie sein Ohr Feuer fing. Er kniff ganz fest die Augen zusammen, doch das Feuer brannte sich durch sein Lid. Er wollte schreien, wollte sich befreien, doch die Schmerzen waren zu stark. Etwas in seinem Innern drängte ihn dazu, einfach loszulassen. Aufzugeben. Je eher er sich in sein Schicksal ergab, desto schneller wäre er tot.

Sein Gesicht brannte, bis er die Schmerzen nicht länger spürte. Dann wurde er urplötzlich von den Flammen weggerissen.

Er öffnete die Augen. Nur noch das rechte war ihm geblieben. Tinys Mann lockerte den Griff um seinen Kopf, ließ ihn schließlich ganz los und eilte nach nebenan ins Wohnzimmer, wohin Tiny bereits verschwunden war.

Moses machte taumelnd ein paar Schritte vorwärts. Was er sah, ließ ihn wie angewurzelt stehen bleiben. Die Wohnungstür war aufgebrochen worden. In der Mitte des Wohnzimmers stand ein Mann in einem Overall und einer Gasmaske mit verdunkelten Augenscheiben. In der Hand hielt er eine gefährlich aussehende Armbrust. Einer von Tinys Männern lag rücklings am Boden. Aus seiner Stirn ragte ein Armbrustbolzen.

Der Eindringling hatte bereits einen neuen Bolzen aus dem Köcher vorne an der Waffe gezogen und nachgeladen. Er nutzte das geschockte Schweigen, um auch dem zweiten Mann einen tödlichen Schuss in den Kopf zu jagen.

Tiny starrte den Mann regungslos an.

Moses schaute hinter sich. Das Gas war immer noch an. Er versuchte, es abzudrehen, aber er litt so unerträgliche Schmerzen und war so verwirrt, dass er nur in der Lage war, die Flammen auszupusten.

»Mein Gott, was ist denn mit Ihnen passiert?«, wandte der Unbekannte sich an Moses.

Moses antwortete nicht. Er konnte nicht sprechen.

»Hier rein. Jetzt.«

Moses tat, was man ihm gesagt hatte, und stolperte ins Wohnzimmer.

Letisha zog sich mit der unverletzten Hand den Knebel aus dem Mund.

»Bitte«, sagte sie mit vor Angst fast überschnappender Stimme. »Er braucht einen Arzt, einen Krankenwagen. Bitte …«

In dem Moment sah Tiny seine Chance gekommen. Er wollte zur Tür stürzen, doch der Rechtsprecher war zu schnell. Diesmal war der Schuss aus seiner Armbrust nicht tödlich, er traf Tiny nur an der linken Schulter. Aber die Wucht des Projektils schleuderte ihn rückwärts gegen die Wand. Er rutschte zu Boden und fasste sich an die Wunde, aus der bereits Blut lief.

»Ich habe Ihnen nicht die Erlaubnis erteilt zu gehen«, sagte der Rechtsprecher. »Sie bleiben gefälligst, wo Sie sind.«

Keiner rührte sich. Er wandte sich an die anderen beiden. »Moses Heap. Letisha Watson.« Er hob die Armbrust. »Ich kann nicht zulassen, dass ihr nach einem Mord ungestraft davonkommt.«

Letisha und Moses hielten sich eng umschlungen. Keiner von ihnen verstand, was das alles zu bedeuten hatte, aber sie wussten, was jeden Moment passieren würde. Ihr vermeintlicher Retter war noch gefährlicher als Tiny.

Moses schloss sein unverletztes Auge. Betete, dass es schnell vorbei wäre.

Doch der Schuss blieb aus.

Stattdessen hörte er ein Klopfen an der Tür.

Moses schlug sein gesundes Auge auf.

Detective Inspector Phil Brennan betrat die Wohnung.

90

»Großer Gott …« Phil starrte auf die Szene, die sich seinen Augen bot. Im ersten Moment konnte er sich nicht von der Stelle rühren. Sein Herz hämmerte wie verrückt.

Zwei Tote, beides muskulöse schwarze Männer; ein Verwundeter, so zierlich, wie die anderen beiden groß waren. Und ein Pärchen, das ganz offensichtlich gefoltert worden war. Phil erkannte sie sofort. Moses Heap und Letisha Watson.

Und in der Mitte des Zimmers stand der Rechtsprecher.

Der Rechtsprecher drehte sich um und starrte ihn an. Phil hatte das untrügliche Gefühl, dass er hinter seiner Maske lächelte.

»Detective Inspector Phil Brennan«, sagte er. »Welch angenehme Überraschung.« Er hob erneut die Armbrust und zielte mit seinem letzten Bolzen, der ursprünglich für Moses und Letisha bestimmt gewesen war, auf Phil.

»Der Rechtsprecher, nehme ich an«, sagte Phil. »Sollte ich jetzt so etwas sagen wie: ›Endlich lernen wir uns mal persönlich kennen‹?«

»Sagen Sie, was Sie wollen«, erwiderte der Rechtsprecher. »Es wird das Letzte sein, was Sie überhaupt jemals von sich geben.«

Phil versuchte seine Gedanken zu sammeln, sich auf die Situation einzulassen. Er war hergekommen, um Sperring einen Gefallen zu tun. Wollte nur rasch etwas überprüfen und sich dann wieder seinem eigentlichen Fall zuwenden. Nun allerdings sah er sich mit einer stark veränderten Sachlage konfrontiert. *Sperring meinte noch, er hätte einen guten Riecher*, schoss es Phil durch den Kopf. *Ich muss ihm unbedingt sagen, dass er recht hatte.*

Sofern ich das hier überlebe.

»Und?«, sagte er, nachdem er seine Stimme wiedergefunden hatte. Er hoffte, sein Ermittlerhirn würde das Kommando übernehmen, sobald er zu reden anfing. »Was führt Sie hierher?«

Der Rechtsprecher deutete mit seiner Armbrust auf Letisha und Moses. Nur kurz, dann zielte er gleich wieder auf Phil. »Ich mache neuerdings auch Hausbesuche. Und führe dabei Mörder ihrer gerechten Strafe zu.«

»Wo ist Glen Looker? Was haben Sie mit ihm gemacht?«

»Mr Looker weilt nicht länger unter uns«, antwortete der Rechtsprecher. »Er wurde für seine Verbrechen zur Verantwortung gezogen.«

»Sie haben ihn getötet.« Es war weniger eine Frage als eine Feststellung.

Der Rechtsprecher gab nicht gleich eine Antwort. Es war, als scheue er sich zuzugeben, was er getan hatte. Phil fand dieses Zögern verwirrend, hatte jedoch keine Zeit, länger darüber nachzudenken.

»Hören Sie zu«, sagte er mit ruhiger, fester Stimme. »Wir können das klären. Friedlich. Dazu ist es noch nicht zu spät. Legen Sie … einfach die Armbrust weg.«

Der Rechtsprecher lachte. »Ich würde sagen, dafür ist es inzwischen deutlich zu spät, finden Sie nicht?«

Phil erinnerte sich an Marinas Profil: dass er ihnen ins Netz gehen würde, sobald er anfing zu improvisieren. Dann würde er die Kontrolle verlieren und einen Fehler machen. Als er den Rechtsprecher nun betrachtete und merkte, wie sehr die Armbrust in dessen Hand zitterte, glaubte er den Zeitpunkt gekommen.

Sofern er mit der Situation richtig umzugehen wusste.

»Meinen Sie?«, fragte Phil. »Es ist vorbei. Das war's. Schauen Sie, wo Sie sind. Sehen Sie sich um. Alles ist zu Ende.«

»Nein, das ist es nicht. Das ist es nicht ...« Seine Stimme wurde lauter, brüchiger.

Labil, dachte Phil. *Definitiv labil. Ich muss behutsam vorgehen.*

»Es ist vorbei«, wiederholte er.

Der Rechtsprecher sagte nichts. Stand einfach nur da und atmete schwer.

Phil fuhr fort. »Ich bin nicht allein gekommen. Verstärkung ist bereits auf dem Weg.« Er machte unauffällig einen Schritt auf den Rechtsprecher zu und hoffte, dass es ihm nicht auffallen würde. »Sie wird jeden Moment hier eintreffen.«

»Lügner ...«, sagte der Rechtsprecher. Seine Stimme war heiser, nicht nur wegen der Gasmaske.

»Jeden Moment«, wiederholte Phil. »Und was machen Sie dann? Wie wollen Sie dann aus der Situation wieder rauskommen? Einfach davonspazieren?«

»Lügner«, sagte der Rechtsprecher erneut. »Sie bluffen.«

»Das werden wir ja sehen.«

»Oh ja, das werden wir.«

»Nur noch eine Frage«, sagte Phil. »Eine ernst gemeinte Frage. Warum ich?«

»Was?«

»Warum ich? Wieso haben Sie von all den vielen Polizisten da draußen ausgerechnet mich ausgewählt?« Beim Sprechen schob er sich immer näher an den Rechtsprecher heran.

Der Rechtsprecher lachte. »Warum nicht Sie?«

»Das ist alles? Eine bessere Begründung haben Sie nicht?« Phil bewegte sich stetig weiter nach vorn. Er war ganz auf den Rechtsprecher konzentriert, als ihm plötzlich etwas auffiel. War da Gasgeruch?

»Doch«, sagte der Rechtsprecher. »Ich habe Sie im Fernsehen gesehen. Sie hatten gerade unter großer Aufmerksamkeit der Presse jemanden verhaftet, ganz Digbeth war abgeriegelt, Helikopter kreisten über der Stadt, das volle Programm. Ich habe mich gefragt, was für ein Polizist wohl dafür verantwortlich gewesen sein könnte. Wer eine solche Operation geleitet haben könnte. Und dann habe ich Sie gesehen. Kein Anzug, stattdessen Lederjacke und Karohemd. Und ich dachte mir: Der sieht anders aus als die anderen. Das ist vielleicht ein Mann, mit dem man Geschäfte machen kann. Er ist anders als die anderen.«

»Und bin ich das?«, fragte Phil. »Bin ich anders als alle anderen?«

»Nein«, sagte der Rechtsprecher tonlos. »Sie sind genauso. Ganz genauso.«

»Sie meinen, weil ich Straftäter überführe und die Öffentlichkeit vor ihnen schütze, ob ich dabei nun einen Anzug trage oder nicht? Ja, da haben Sie wohl recht.«

»Nein«, sagte der Rechtsprecher. »Das meinte ich nicht. Ich dachte, Sie wären anders. Sie wären in der Lage, eigenständig zu denken, die Dinge aus einem anderen Blickwinkel zu betrachten. Ich dachte, Sie würden erkennen, dass das, was ich tue, nicht kriminell ist, sondern vielmehr eine

Kampagne zur Bekämpfung von Kriminalität. Ich dachte, wir könnten zusammenarbeiten. Auf der gleichen Seite.«

Phil schob sich noch ein Stück vor. Ihm fiel auf, dass der Rechtsprecher sich ebenfalls bewegte, allerdings rückwärts. Und dann fiel ihm auf, dass Moses trotz seiner Schmerzen und der grauenhaften Verletzungen versuchte, sich hinter den Rechtsprecher zu schieben.

»Sie und ich werden nie auf der gleichen Seite stehen«, sagte Phil, »solange Sie glauben, Sie haben das Recht zu töten, wen Sie wollen.«

»Ich bin kein Krimineller. Ich bin ein ... Rechtsprecher.«

»Wenn das der Fall ist, warum legen Sie dann nicht die Armbrust weg, und wir reden vernünftig über alles?«

Der Rechtsprecher schaute auf seine Hände herab, als hätte er die Waffe ganz vergessen. Als hätte ihn erst Phils Aufforderung wieder daran erinnertet. Er nahm sie hoch und zielte damit abermals auf Phil.

»Wohl eher nicht«, sagte er.

Phil sah, wie der Finger sich um den Abzug krümmte. Spürte das Hämmern seines Herzens in seiner Brust. Dies hier gehörte definitiv nicht zu den Dingen, von denen er sich vorgestellt hatte, dass sie an diesem Tag passieren könnten.

Er blickte erst nach links, dann nach rechts. Versuchte zu entscheiden, wohin er springen konnte, um dem Bolzen zu entgehen. Er fühlte sich wie ein Torwart vor dem Elfmeter. Egal in welche Richtung er hechtete, es wäre mit ziemlicher Sicherheit falsch.

Doch er hatte nicht mit Moses gerechnet.

Der schwerverletzte Mann schlüpfte hinter den Rechtsprecher, hob seinen verbrannten Arm und schlang ihn ihm so fest um den Hals, wie er nur konnte. Mit der anderen Hand drückte er die Armbrust nach unten. Er schrie vor Qualen, doch die Schmerzen schienen ihm Kraft zu verleihen.

Ein Schuss wurde ausgelöst. Der Bolzen ging in den Teppich. Der Rechtsprecher wehrte sich gegen Moses, versuchte sich aus dessen Würgegriff zu befreien, doch Moses hielt ihn unerbittlich fest. Der Rechtsprecher zappelte, suchte nach Druckpunkten, an denen er Moses weh tun konnte, doch es nützte alles nichts. Moses empfand keine Schmerzen mehr.

Während sie miteinander rangen, verlor Moses das Gleichgewicht und zog den Rechtsprecher mit sich zu Boden. Er hatte ihn nach wie vor fest um den Hals gepackt. Der andere Mann hatte die Hände an Moses' Gurgel und rang unter der Maske verzweifelt nach Luft.

Phil stürzte vorwärts, um Moses zu helfen, doch der hielt etwas in seiner Hand. Phil blieb abrupt stehen.

Letishas Feuerzeug. Moses hielt es wie eine Waffe in die Höhe.

»Lauft!«, brüllte er trotz seiner vom Feuer versehrten Lippen. »Haut ab!«

»Nein, Moses!«, rief Phil. »Ich lasse Sie nicht allein zurück ...«

Moses hatte bereits den Daumen am Zündrädchen. »Los doch ...«

Der Rechtsprecher wand sich noch immer in seinem Griff, versuchte Moses zu treten, zu schlagen. Es war, als würde dieser seine Gegenwehr gar nicht bemerken – er drückte nur noch fester zu.

»Nicht, Moses«, beschwor Phil ihn. »Es gibt noch einen anderen Ausweg ...«

Moses schüttelte den Kopf. »Zu spät ... Dafür ist es zu spät ...«

Phil sah ihm an, dass er sich nicht von seinem Plan abbringen lassen würde. Also schlang er den Arm um Letisha und wollte mit ihr zur Tür.

»Nein«, rief sie. »Moses, nein … Ich liebe dich …«

Moses sah auf. In seinem Auge standen Tränen. »Ich liebe dich auch …«

Tiny war zwischenzeitlich die Flucht gelungen. Seine beiden Leute waren tot. Phil hielt die schluchzende, verzweifelt protestierende Letisha fest und zerrte sie mit nach draußen.

Als sie von der Wohnung fortstolperten, erkannte Phil zwei Personen, die von unten die Treppe heraufkamen. Imani und Nadish.

»Zurück!«, schrie er. »Zurück nach unten! Die Wohnung geht jeden Moment –«

Die Explosion warf sie alle zu Boden.

91

Phil war erschöpft bis auf die Knochen.

Stunden später kam er endlich bei ihrem Haus in Moseley an. Seine Kleider, seine Haut, sein Haar – alles stank nach dem Rauch der Explosion. Er hatte Ewigkeiten mit der Aufarbeitung der Ereignisse verbracht, hatte eine Aussage zu Protokoll gegeben, einen Bericht geschrieben und alles gesagt, was er wusste, bis er irgendwann nicht mehr sprechen konnte. Jetzt wollte er nur noch so schnell wie möglich unter die Dusche und dann ins Bett. Warten, bis Marina nach Hause kam.

Sie hatte ihm vor zwei Stunden eine SMS geschrieben, um Bescheid zu geben, dass sie auf dem Weg sei. Er merkte der knappen Nachricht an, dass sie genauso müde war wie er.

Im Haus war alles still. Nirgendwo brannte Licht.

Sie war also noch nicht wieder da. Josephina war noch bei Eileen und würde dort auch übernachten. Phil überlegte, ob er noch sein übliches Feierabend-Ritual vollziehen sollte:

sich ein Bier aus dem Kühlschrank holen und im Sessel ein bisschen Musik hören, um zu entspannen. Doch am Ende entschied er sich dagegen. Dusche und Bett, das reichte.

Er ging ins Schlafzimmer, um sich auszuziehen und seinen Bademantel zu holen. Dort sah er eine Ausbuchtung unter der Bettdecke. Eine Ausbuchtung in Marinas Größe.

»Na, meine Schöne?«, flüsterte er. »Bist du noch wach?«

Er streckte den Arm aus und berührte sie an der Schulter. Sie drehte sich um. Knipste das Licht an.

Phil fuhr erschrocken hoch und riss den Arm zurück.

»Sie sind nicht Marina …«

»Noch nicht«, sagte eine Frau, die er noch nie zuvor gesehen hatte. »Aber ich werde sie bald sein.«

Sie setzte sich auf. Ihre Haare sahen fast so aus wie die von Marina, und auch ihr Make-up ähnelte dem seiner Frau. Aber es war nicht Marina.

Phil krampfte sich der Magen zusammen.

»Was haben Sie mit meiner Frau gemacht? Wo ist Marina?«

Die Fremde erhob sich aus dem Bett und stand nackt vor ihm. Sie lächelte. Kam langsam und verführerisch die Hüften schwingend auf ihn zu.

Er wich zurück.

»Wo ist Marina?« Seine Stimme überschlug sich fast vor Angst.

»Die brauchst du nicht mehr«, sagte die Frau leise. Phil konnte hören, dass sie absichtlich ihre Stimme verstellte, um mehr wie Marina zu klingen. »Jetzt nicht mehr. Jetzt hast du mich.«

Phil starrte die Unbekannte an. Er hatte nicht den blassesten Schimmer, was er tun sollte. Sollte er sie überwältigen und festhalten, oder wäre es das Beste, sie einfach schnellstmöglich aus dem Haus zu befördern?

Er sah sich um, suchte verzweifelt nach einem Hinweis auf Marinas Verbleib. Es gab keinen. Keine Tasche, keine Koffer. Sie schien tatsächlich noch nicht nach Hause gekommen zu sein. Gott sei Dank.

»Wer sind Sie?«

Die Frau lachte. »Das weißt du nicht? Wirklich nicht?«

»Sie sind nicht Marina. Sie brauchen gar nicht so zu tun. Also, wer sind Sie?«

»Ich bin jünger als Marina. Besser. In jeder Hinsicht ...«

Sie kam ihm unaufhaltsam näher.

Etwas in ihren Worten ließ ihn aufhorchen. Jünger. Was hatte Marina noch gleich am Telefon gesagt? *Bin ich zu alt für dich? Fiona Welch hat das gesagt* ... In dem Augenblick begriff Phil, wer diese Frau war. Doch glauben konnte er es nicht. Sie befand sich doch in Polizeigewahrsam.

»Besser als sie? Das ist lächerlich. Keine Ahnung, wer Sie sind, aber bleiben Sie stehen. Kommen Sie keinen Schritt näher, sonst bin ich gezwungen, Gewalt anzuwenden.«

Die Frau lachte. »Könnte spaßig werden ...«

»Ich versichere Ihnen, das wird alles andere als spaßig.«

Sie lachte erneut. »Ich habe eine lange Reise hinter mir. Eine sehr lange Reise. Ich werde mich nicht von dir aufhalten lassen ...«

Die Arme nach vorn ausgestreckt, sprang sie ihn an. Phil war darauf gefasst gewesen, er packte ihre Arme und drückte sie nach unten. Allerdings gelang es ihr fast sofort, einen zu befreien. Phil staunte über ihre Wendigkeit und Körperkraft.

Sie versetzte ihm einen Fausthieb seitlich gegen den Kopf. Er sah Sterne, durch seinen Kiefer und seine Wange fuhr ein stechender Schmerz. Sie schlug ein zweites Mal zu, genau an dieselbe Stelle, mit noch mehr Kraft. Sein Griff um ihren Arm erschlaffte.

Sie entwand sich ihm. Ihr nackter Körper war so glatt, als hätte sie ihn mit Öl eingerieben.

Phil versuchte, sie erneut zu fassen zu bekommen, wollte ihr den Arm auf den Rücken drehen. Sie wich ihm aus. Ein Lächeln erschien auf ihrem Gesicht, in ihren Augen loderte ein helles, fast sinnliches Feuer.

»Willst du spielen?«, fragte sie. »Ich warne dich, ich werde gewinnen.«

Phil sah sich hastig im Zimmer um. Alle Gedanken an eine glatte Festnahme waren vergessen, jetzt suchte er nur noch nach einer Waffe, mit der er sich verteidigen konnte. Sein Blick fiel auf die Nachttischlampe neben dem Bett. Sie war nicht sehr groß, hatte einen dünnen Hals und einen kleinen Schirm, aber der Fuß bestand aus massivem Messing. Phil packte sie, riss den Stecker aus der Wand, holte aus und zielte auf den Kopf der Frau.

Sie duckte sich. Ihr Oberkörper klappte nach vorn wie ein Schnappmesser, so dass die Lampe in einem Bogen an ihr vorbeisauste.

Phil reagierte sofort und holte erneut aus, zielte diesmal tiefer. Er traf sie an der Schulter. Die Frau presste sich die Hand auf die Stelle und sah hoch. Ihre Augen blitzten, und sie fauchte ihn an.

Er holte wieder mit der Lampe aus, doch jetzt war sie vorbereitet. Sie ließ sich zu Boden fallen, rollte sich ab und kam auf seiner anderen Seite blitzschnell wieder auf die Füße.

Ehe Phil reagieren konnte, hob sie die Hand, krümmte die Finger und rammte ihm die Knöchel fest in die Niere.

Phil schrie auf, taumelte zur Seite und sackte dann in sich zusammen.

Sie beugte sich über ihn und wiederholte dasselbe auf der anderen Seite. Es waren Schmerzen, als wäre Phils Körper in Stacheldraht gewickelt, den jemand immer fester zusammenzog.

Sie stand über ihm und blickte auf ihn herab. Dann tastete sie mit den Fingern nach einer ganz bestimmten Stelle an seinem Schlüsselbein und drückte fest zu. Auf einmal war es Phil, als hätte er keine Knochen mehr im Leib. Hilflos und bewegungsunfähig lag er am Boden, nur noch ein Sack aus Haut und Blut, der nichts mehr tun konnte, außer vor Schmerz zu keuchen.

»Das ist ein Vorgeschmack.« Die Frau hatte sich neben ihn gekniet und wisperte ihm mit Marinas Stimme ins Ohr. Ihre Finger gruben sich immer noch in die Stelle am Schlüsselbein. »Nur ein Vorgeschmack auf das, was noch kommen wird.«

Phil versuchte etwas zu sagen, irgendwie zu reagieren. Es ging nicht.

»Du gehörst mir, Phil. Mir. Von jetzt an gehörst du ganz allein mir.«

Phil starrte sie an. Fragen wirbelten durch seinen Kopf, doch kein Wort drang über seine Lippen. Er war unfähig zu sprechen.

»Ich wollte dich einfach nur wiedersehen.« Sie lächelte. »Und meine Erwartungen wurden nicht enttäuscht. Aber ich bin nicht ganz bereit für dich. Noch nicht.« Sie beugte sich vor und gab ihm einen zärtlichen Kuss auf die Stirn. »Keine Angst, mein Liebling. Wir werden uns schon bald wiedersehen.«

Dann zog sie die Hand weg und stand auf. Ging zum Kleiderschrank und holte einen knöchellangen Mantel von Marina heraus. Sie schlüpfte hinein und zog ihn fest um sich. Leichtfüßig durchquerte sie das Zimmer, winkte ihm zum Abschied und warf ihm noch eine Kusshand zu. Dann schloss sie die Tür hinter sich und war verschwunden.

Er hörte sie die Treppe hinuntergehen. Wenig später wurde die Haustür geöffnet und fiel gleich darauf ins Schloss. Er stöhnte.

Er hätte nicht sagen können, wie lange er mit klopfendem Herzen dalag. Irgendwann kehrte das Gefühl in seinen Körper zurück, der wie mit tausend Stecknadeln traktiert zu brennen begann. Es gelang ihm, sich aufzusetzen. Da hörte er, wie erneut die Haustür aufging.

Panik erfasste ihn. Die Frau war zurück.

Er versuchte auf die Beine zu kommen. Zog sich am Türgriff hoch. Er hörte Schritte auf der Treppe, schaffte es, die Tür zu öffnen. Diesmal würde er sich nicht von ihr überrumpeln lassen. Hoffentlich.

Er sah eine Gestalt auf sich zukommen.

Marina.

Er stieß den Atem aus.

»Hey«, sagte sie.

»Selber hey«, brachte er hervor.

Sie lächelte. »Ich bin wieder da.«

Er brach am Boden zusammen.

FÜNFTER TEIL

EPITAPH

92 Das Krematorium von Colchester war ein um die Mitte des vorangegangenen Jahrhunderts errichteter Backsteinbau, der an einen viktorianischen Friedhof angrenzte. Die Trauernden hatten bereits Platz genommen. Gary Franks und sein Team, Mickeys Arbeitskollegen, hatten Plätze in der Mitte. Phil und Marina saßen ein wenig abseits von ihnen weiter hinten. Franks sah sie und winkte ihnen, sich dem Team anzuschließen. Phil schüttelte den Kopf. Irgendwie fühlte es sich nicht richtig an.

Anni saß ganz vorn neben ihrer Schwester, bei Mickeys Familie. Sie starrte ins Leere und vermied es krampfhaft, auf den Sarg zu schauen, der vor ihnen aufgebaut war.

Der Raum war hell und lichtdurchflutet und wirkte beinahe steril. Während die Trauergäste eingetroffen waren, hatte im Hintergrund leise Musik gespielt, irgendwelche Queen-Songs. Fast hätte Phil grinsen müssen. Er hasste Queen. Genau wie Mickey Phils Musik gehasst hatte. Das war stets einer der größten Streitpunkte zwischen ihnen gewesen, wenn sie gemeinsam Auto fuhren. Gleich darauf wurde ihm schmerzlich bewusst, dass sie sich nie wieder über Musik streiten würden, und er verspürte eine gähnende Leere in sich. Mickey war ein guter Freund gewesen.

Die Trauerfeier begann. Zu Phils und Marinas Verwunderung war es eine humanistische Zeremonie. Sie waren beide davon ausgegangen, dass in Mickeys Leben die Religion wenigstens eine kleine Rolle gespielt hatte – als etwas, das man zu gewissen Anlässen aus kindlicher Sentimentalität oder Aberglauben hervorholte. Allem Anschein nach hatten sie sich getäuscht. Unwillkürlich dachte Phil, dass sein ehemaliger DS mehr Facetten gehabt hatte als vermutet.

Die Frau, die durch die Trauerfeier führte, erzählte aus Mickeys Kindheit: von dem Unsinn, den er getrieben hatte, von seiner Schulzeit und seinen Freunden. Sie redete über seine Arbeit bei der Polizei und wie stolz er darauf gewesen sei. Sie erwähnte Phil als den Menschen, der Mickey gezeigt hatte, wie weit er es in seinem Beruf bringen könne. Dann sprach sie von Anni und darüber, wie glücklich sie ihn gemacht habe.

Nachdem sie geendet hatte, traten verschiedene Freunde und Verwandte ans Pult und erzählten, was Mickey ihnen bedeutet hatte. Der Erste, sein Cousin, brachte seine Rede nicht zu Ende. Er zitterte so stark, dass er irgendwann in Tränen ausbrach und zurück an seinen Platz begleitet werden musste. Der zweite Redner, ein alter Schulfreund, schaffte es etwas besser. Er machte sogar einige Scherze darüber, was er und Mickey früher alles angestellt hatten, und erntete Lacher von den Trauergästen. Dann jedoch hielt er unvermittelt inne, als begriffe er erst jetzt wirklich, dass er diese alten Geschichten nie wieder mit Mickey würde teilen können. Die anderen ahnten, was ihm durch den Kopf ging. Sie empfanden dasselbe.

Phil spürte, wie jemand seine Hand drückte. Er drehte sich zur Seite. Marina lächelte ihn an. Er erwiderte ihr Lächeln. Erst da wurde ihm bewusst, weshalb sie seine Hand genommen hatte. Er weinte.

Es war gut eine Woche her, seit Phil mit knapper Not der Explosion der Wohnung entkommen war. Seit die Fremde in sein Haus eingedrungen war. Noch immer hatte er nicht das Gefühl, sich von den beiden Erlebnissen wirklich erholt zu haben.

Stuart Hinchcliffes Haus war von der Kriminaltechnik mit der üblichen Sorgfalt unter die Lupe genommen worden. Abgesehen von Glen Lookers Leiche in der Werkstatt hatten sie auch noch ein ganzes Waffenarsenal entdeckt. Genug »um eine kleine Armee von Steuerverweigerern in Omaha auszurüsten«, wie Phil es beschrieben hatte. Taser, Armbrüste, Gewehre, automatische Handfeuerwaffen. Außerdem Blendgranaten und Gas. »Das erklärt, wie er sich Darren Richards geschnappt hat«, hatte Imani gemeint.

»Ich glaube, man kann wohl davon ausgehen«, sagte Phil im Büro, »dass Hinchcliffe seine Schwester ermordet hat.«

»Aber wo ist die Leiche?«, wollte Cotter wissen.

Phil zuckte mit den Achseln. »Keine Ahnung. Fragen können wir ihn ja nicht mehr.«

Nadish hatte bereits ein Auge auf die Jukebox geworfen, falls keiner aus Hinchcliffes Verwandtschaft einen Anspruch darauf erhob.

»Was ist mit seinem Vater?«, erkundigte sich Phil bei Cotter.

»Da gibt es eine Geschichte. Er hat Selbstmord begangen. Gegen ihn wurde ermittelt, weil er angeblich Kinder aus der Nachbarschaft missbraucht hatte. Deswegen hatte er auch seine Arbeitsstelle verloren.«

»Glauben Sie, er hat seinen eigenen Sohn missbraucht?«

»So, wie der sich entwickelt hat«, meinte Cotter, »würde ich jede Wette eingehen.«

Die Presse war außer Rand und Band. Hinchcliffes Geschichte war Manna für die Boulevardzeitschriften. Bücher wurden in aller Eile gedruckt, und es gab sogar Gerüchte über eine Verfilmung.

»Wer würde dich denn dann spielen?«, fragte Marina halb im Scherz.

»Weiß nicht genau«, antwortete Phil. »Na ja, George Clooney natürlich. Aber bei meinem Glück wäre es wahrscheinlich einer der Chuckle Brothers.«

Marina lachte. »Solange es der gutaussehende von den beiden ist.«

Phil starrte sie einfach nur an.

Sperring ging es langsam wieder besser. Er war von der Intensivstation auf eine normale Station verlegt worden. Ständig von anderen Menschen umgeben zu sein, zehrte an seinen Nerven.

»Ich sag ihnen die ganze Zeit, dass es mir gutgeht und ich nach Hause kann«, beschwerte er sich, als Phil und Cotter ihn besuchen kamen. »Aber keine Sau hört mir zu.«

»Vielleicht sollten stattdessen lieber Sie auf die Ärzte hören«, schlug Cotter vor.

»Aber wollen Sie mich denn nicht zurückhaben? Wie läuft der Laden überhaupt ohne mich?«

»Erstaunlich gut«, meinte Phil grinsend.

In Cotters Anwesenheit verbiss Sperring sich eine Erwiderung. Phil hatte eine ziemlich gute Ahnung, wie sie gelautet hätte.

Sie unterhielten sich eine Weile, brachten ihn auf den neuesten Stand. Das meiste hatte er bereits von anderen Kollegen oder aus der Presse erfahren.

»Was hab ich Ihnen gesagt?«, meinte Sperring. »Hab ich eine gute Nase, oder was?«

»Ja, ja«, sagte Phil. »Sie hatten Glück. Lassen Sie sich das bloß nicht zu Kopf steigen.«

»Zu Kopf steigen lassen? Ich werde dafür sorgen, dass Sie ab jetzt auf alles hören, was ich sage.«

»Mal sehen.«

Sie verabschiedeten sich, und er rief ihnen hinterher: »Und was ist überhaupt mit meiner Flasche Bell's?«

Draußen vor der Klinik wandte Cotter sich an Phil. »Gut gemacht, Phil. Wirklich. Sie und Ihr Team haben großartige Arbeit geleistet. Sie haben sich nach dem Fiasko im Radisson wieder aufgerafft, und Sie haben abgeliefert.«

Phil zog die Schultern hoch, sah sich um. Der Wind frischte auf, und er klappte den Kragen hoch. »Danke, Ma'am, aber das war pures Glück. Mehr nicht. Wir hatten einfach nur Glück.«

»Schauen Sie hin und wieder Fußball?«, fragte sie.

Phil runzelte die Stirn.

»Manchmal guckt man sich ein furchtbar eintöniges Spiel an. Es zieht sich endlos hin, ohne Seele, ohne Tore, und dann, aus heiterem Himmel, schießt plötzlich einer der Spieler ein Tor. Normalerweise durch irgendeinen dummen Zufall. Und Ihre Mannschaft gewinnt.«

»Ja«, sagte Phil.

»Glück hin oder her: Ein Tor ist ein Tor. Ein Sieg ist ein Sieg.«

»Danke, Ma'am.«

Sie ging. Er sah ihr nach.

Ich hatte Glück, dachte Phil. *Ich bin gerade noch mal so davongekommen. Nächstes Mal sieht es vielleicht schon anders aus.*

Nächstes Mal.

Letisha hatte das Gefühl, als hätte sie seit Tagen nichts anderes gemacht, als zu weinen. Sie hatte alles verloren. Alles. Nicht nur ihren kompletten Besitz – der war sowieso nicht viel wert gewesen –, sondern vor allem Moses. Sie konnte es immer noch nicht fassen, wachte nachts auf und weinte. Sie träumte, er wäre bei ihr, und sie würden zusammen das neue Leben anfangen, das er ihr versprochen hatte. Sie fuhren in seinem Wagen durch die Gegend, erlebten Abenteuer, lachten und waren glücklich. Dann wachte sie auf. Sah das Zimmer in der Pension, in dem das Sozialamt sie untergebracht hatte. Und fing wieder an zu weinen.

Sie versuchte, auf die Beine zu kommen, ihr Leben in den Griff zu bekommen, aber es war so schwer. Allein morgens aus dem Bett aufzustehen, kam ihr oft wie ein Ding der Unmöglichkeit vor. Außerdem hasste sie die anderen Gäste. Nein, es war kein Hass. Eher war es Angst. Sie lag nachts im Bett in ihrem schäbigen Zimmer, roch den Schimmel, sah, wie der Wind, der durchs kaputte Fenster strich, die wellige, feuchte Tapete in der Ecke zum Zittern brachte, und lauschte auf die Geräusche im Haus. Weinen. Lachen. Schluchzen. Gebrüll in fremden Sprachen. Dann wieder Schluchzen. Das war ihr Leben. So tief war sie gesunken. Sie sah keinen Ausweg. Keinen Sinn.

Nachdem Tiny sich einigermaßen erholt hatte, war er von der Polizei verhört worden. Er hatte ausgesagt, er wäre zu Letisha gegangen, um mit ihr über den Tod seines Bruders zu reden. Er gab Moses die Schuld an allem. Die Polizei hatte Letisha gefragt, ob sie seine Aussage bestätigen könne. Sie hatte keine andere Wahl gesehen. Entweder sie tat es, oder sie wanderte wegen Totschlags in den Knast. Also sagte sie, ja, Moses sei es gewesen. Sie kam sich vor, als würde sie auf sein Grab pinkeln, und verachtete sich für ihr Verhalten. Sie versuchte, die Gedanken wegzuschieben, diesen Schmerz in ihrem Innern irgendwie loszuwerden. Mit der Zeit flaute er zu einem dumpfen Gefühl ab. Dann zu Leere. Taubheit.

Dann bekam sie einen Anruf. Ein Verlag wollte, dass sie ihre Biographie schrieb. Gangsta Girl. Eine Fortsetzungsgeschichte in den Zeitungen, Besuche in Talkshows. Prominentenstatus. Zuerst sagte sie nein, zog sich in ihr Schneckenhaus zurück. Aber dann, nach ein paar weiteren Nächten in der Pension, überlegte sie es sich anders. Und sagte ja.

Jetzt hatte sie einen eigenen Agenten. Einen Ghostwriter, der ihr zuhörte und ihre Lebensgeschichte aufschrieb. Zeitungen, die ihr Geld boten.

Das war sie, dachte sie. *Ihre große Chance.*

Ihre einzige.

Sie würde berühmt werden. Karriere machen. *Big Brother* oder was auch immer. Vielleicht würde sogar ein Männermagazin anrufen, damit sie sich auszog. Alles prima. Solange sie Kohle dafür bekam.

Sie spürte noch immer diese Leere in sich, aber ganz langsam verkrustete sie, eine harte Schale fing an, sich darum zu legen. Sie fand es schrecklich, aber ihr blieb nichts anderes übrig. Entweder das hier oder gar nichts.

Und gar nichts – davon hatte sie in ihrem Leben weiß Gott genug gehabt.

Der Sarg fuhr auf dem Transportband in die Wandöffnung hinein, die Vorhänge schlossen sich. Mickey Phillips wurde zum zweiten Mal verbrannt.

Danach traten die Gäste hinaus ins kalte Tageslicht.

Der Leichenschmaus sollte in einem nahegelegenen Pub stattfinden. Ursprünglich hatten Phil und Marina kommen wollen, doch nachdem er während der Trauerfeier geweint hatte, fühlte Phil sich dem nicht gewachsen. Die Feier hatte ihn mehr aufgewühlt, als er erwartet hätte.

Anni kam zu ihnen und umarmte sie beide.

»Kommt ihr noch mit in den Pub?«

»Ich glaube, wir gehen lieber«, sagte Marina. »Phil ist …« Sie brachte den Satz nicht zu Ende. Das musste sie auch nicht.

Anni nickte verständnisvoll.

»Was ist mit dir?«, fragte Marina. »Wie hältst du dich? Entschuldige, das fragen dich sicher alle.«

»Ist ja auch ihr gutes Recht«, antwortete Anni. »Ich bin …« Sie seufzte. »Keine Ahnung. Ich habe Leute um mich. Euch. Meine Familie. Aber es wird sicher schwierig werden, wieder zur Arbeit zu gehen. Weil ich dann jeden Tag erwarte, dass gleich die Tür aufgeht und er reinkommt. Das wird hart werden.« Sie nickte. Sann eine Weile darüber nach. »Richtig hart.«

»Sie könnten sich versetzen lassen«, schlug Phil vor. »Ich kann jederzeit einen Platz in meinem Team für Sie freimachen.«

Sie rang sich ein Lächeln ab. »Danke, aber …« Sie zuckte mit den Schultern. »Vielleicht wäre es da genau dasselbe. Weil ihr da seid.« Sie schüttelte den Kopf. »Ich weiß nicht. Mal sehen.«

»Das Angebot steht«, meinte Phil. »Jederzeit.«

»Danke.«

In Annis Augen standen Tränen. »Also gut«, sagte sie, um Tapferkeit bemüht. »Ich gehe dann mal in den Pub.«

Sie machte sich auf den Weg.

Phil und Marina verabschiedeten sich von den anderen und brachen auf. Sie durchquerten den Garten der Erinnerung.

»Garten der Erinnerung«, sagte Marina. »Eine Allee der Erinnerung hat Colchester auch.«

»Stimmt«, sagte Phil.

»Darum geht es in dieser Stadt. Darum, nicht zu vergessen. Für uns jedenfalls.« Sie nahm seinen Arm.

Da war noch etwas anderes, etwas, das sie bislang kaum angesprochen hatten. Etwas, das über ihnen hing wie ein Damoklesschwert.

»Diese Frau«, begann Marina. »Fiona Welch. Wer auch immer sie war. Hast du …«

»Habe ich wieder von ihr gehört?«, beendete Phil ihre Frage. »Nein, habe ich nicht. Sonst hätte ich es dir gesagt.«

Sie schwiegen. Der abendliche Überfall auf Phil war für sie beide ein Thema, das sie beinahe zwanghaft mieden. Sie fühlten sich in ihren eigenen vier Wänden nicht mehr sicher und erwogen sogar einen Umzug. Es hatte noch am selben Abend eine großangelegte Suche nach der Frau gegeben, doch sie war abgetaucht, spurlos verschwunden. Keiner wusste, wer sie war oder woher sie kam. Man wusste lediglich, dass sie nicht Fiona Welch war, und sie war ganz sicher auch nicht Marina. Phil war wiederholt über alte Feinde befragt worden, Menschen, die er ins Gefängnis gebracht hatte – alle, die vielleicht einen Groll gegen ihn hegten und eine alte Rechnung begleichen wollten. Doch die Ermittlungen liefen ins Leere. Sie schien gar nicht zu existieren.

Cotter hatte Polizeibeamte in Zivil geschickt, damit sie Phils Haus bewachten und in gebührendem Abstand Josephina auf dem Weg in den Kindergarten begleiteten. Aber Phil und Marina wussten, dass das nicht ewig so weitergehen konnte. Die Mittel waren knapp, und wenn sie bis zu einem bestimmten Zeitpunkt nicht aufgetaucht war, würde man zu dem Schluss kommen, dass keine unmittelbare Bedrohung mehr bestand, und die Beamten abziehen.

»Was hat sie noch gleich zu dir gesagt?«

Phil seufzte und öffnete den Mund.

»Tut mir leid, ich weiß. Ich weiß. Du hast es mir oft genug gesagt. Mittlerweile kann ich es auswendig. *Noch nicht.*

Aber bald.« Marina seufzte. »Sollen wir das Haus verkaufen?«

Sie hatten diese Unterhaltung schon mehrmals geführt. Phil wusste, dass Marina redete, weil sie Angst hatte, und er konnte ihr keinen Vorwurf daraus machen. Er selbst hatte auch Angst. »Würde das was ändern? Wäre das die Lösung des Problems?«

»Was ist mit Personenschutz?«

»Von einem privaten Sicherheitsdienst? Teuer.«

»Die Polizisten werden nicht ewig bei uns vor dem Haus stehen.«

»Ich weiß«, sagte Phil. Das Gespräch drehte sich im Kreis. Dies hier war nur die jüngste Umdrehung. »Ich bin Polizist. Ich kann Gefälligkeiten einfordern. Dafür sorgen, dass du und Josephina sicher seid.«

»Und was ist mit dir?«

»Ich denke, ich kann selbst auf mich aufpassen. Ich bin jetzt vorbereitet.«

»Also tun wir was? Abwarten? Wachsam sein?«

»Ja. Wachsam sein.«

Phil spürte, dass Marina immer noch keine Ruhe hatte. Er wusste, dass sie sehr oft über die Sache nachdachte. Er schmiegte sich an sie, versuchte, einen Scherz zu machen. »Na, komm. Sie ist doch nicht die erste Verrückte, die es auf mich abgesehen hat.«

Marina reagierte mit einem flüchtigen Lächeln. »Stimmt. Die Beschreibung passt auf die meisten deiner Exfreundinnen. Vor mir, versteht sich.

Phil lächelte. »Versteht sich.«

Schweigend gingen sie weiter. »Es wird einer dieser Tage sein, an dem man nicht damit rechnet«, sagte Marina. »Wenn man sich nicht alles vorstellt, was schiefgehen könnte. An so einem Tag wird sie wiederkommen.«

»Dann müssen wir sichergehen, dass wir uns jeden Tag alles vorstellen. Lass uns bereit sein«, sagte Phil. »Und es gemeinsam durchstehen.«

»Ja«, sagte Marina. »So machen wir es.«